DEPOIS DE DEZEMBRO

wattpad

Depois de dezembro

JOANA MARCÚS

SÉRIE
Meses ao seu lado
VOLUME 2

TRADUÇÃO
SÉRGIO KARAM

PLATA
FORMA 21

TÍTULO ORIGINAL *Después de Diciembre*

Copyright © 2022 by Joana Marcús
The author is represented by Wattpad WEBTOON Studios.
A autora é representada pelo Wattpad WEBTOON Studios.
Todos os direitos reservados.
© 2025 VR Editora S.A.

Plataforma21 é o selo jovem da VR Editora

Este livro inclui conteúdo sensível relacionado com o consumo de drogas e relacionamentos abusivos.

GERENTE EDITORIAL Tamires von Atzingen
EDITORA Marina Constantino
ASSISTENTE EDITORIAL Michelle Oshiro
PREPARAÇÃO Ariadne Martins
REVISÃO Luana Negraes e Juliana Bormio
DESIGN DE CAPA Penguin Random House Grupo Editorial / Manuel Esclapez
FOTOGRAFIA DE CAPA © Stocksy / Julia Volk
ADAPTAÇÃO DE CAPA Pamella Destefi
DIAGRAMAÇÃO Pamella Destefi e P. H. Carbone
PRODUÇÃO GRÁFICA Alexandre Magno

Dados Internacionais de Catalogação na Publicação (CIP)
(Câmara Brasileira do Livro, SP, Brasil)

Marcús, Joana
Depois de dezembro / Joana Marcús; tradução Sérgio Karam. –
São Paulo: Plataforma21, 2025. – (Série meses ao seu lado; v. 2)

Título original: Después de diciembre
ISBN 978-65-88343-99-9

1. Ficção juvenil I. Título. II. Série.

24-237614   CDD-028.5

Índices para catálogo sistemático:
1. Ficção : Literatura juvenil 028.5
Cibele Maria Dias - Bibliotecária - CRB-8/9427

Todos os direitos desta edição reservados à
VR Editora S.A.
Av. Paulista, 1337 – Conj. 11 | Bela Vista
CEP 01311-200 | São Paulo | SP
plataforma21.com.br | plataforma21@vreditoras.com.br

*Para cada Jen
que tenta fazer a coisa certa,
que às vezes erra,
que continua aprendendo,
que sempre cai,
mas que sempre se levanta.*

Este livro é para nós.

1

CURAR FERIDAS

DIZEM QUE O TEMPO PASSA MAIS DEVAGAR QUANDO VOCÊ ESTÁ SOFRENDO... e eu não poderia estar mais de acordo com isso.

Tive minha própria cota de sofrimento, e o pior é que a culpada por isso fui eu mesma. Tomei uma decisão que, embora me parecesse a certa, era difícil de encarar: abandonei o garoto que eu amava.

Talvez "abandonar" seja um pouco exagerado. O garoto em questão ainda tinha todos os amigos ao seu lado. Will, Naya, Sue, e até mesmo seu irmão, Mike... Todos continuavam lá, com ele. Eu é que havia me afastado daquele caminho, tinha voltado a morar com meus pais e deixado tudo aquilo para trás.

Um ano antes, eu decidira me mudar para cursar uma faculdade que não me entusiasmava, talvez movida pelo desejo de me afastar o máximo possível de tudo que minha vida tinha sido até aquele momento. Foi então que conheci todos eles... e também Jack Ross, a quem eu achava muito mais complicado considerar como um simples *amigo*.

Foi ele quem me fez perceber que o que eu e Monty tínhamos não era amor, que eu devia aprender a pensar por mim mesma e que eu tinha dedicado toda a minha vida a agradar os outros, sem nem pensar se eles queriam me fazer feliz.

Provavelmente, ele não imaginou que a primeira decisão que eu conseguiria tomar por conta própria seria justo a de abandoná-lo. Jack precisava perseguir os seus sonhos, e eu não estava preparada para acompanhá-lo nisso. Eu tinha de encontrar meus próprios sonhos.

Eu ficaria com o crédito de todas essas frases de autoajuda, mas a verdade é que quem as enunciou foi minha terapeuta ao longo deste último ano. Consegui fazer essas consultas graças aos meus dois irmãos mais velhos, Spencer e Shanon, que me ajudaram a pagar a terapia até que eu conseguisse ter minha própria renda.

Num único ano, trabalhei como caixa, funcionária de um posto de gasolina, ajudante de armazém e monitora de atletismo com Spencer. De vez em quando esses trabalhos se sobrepunham e me consumiam tantas horas que me impediam de pensar em qualquer coisa que não fosse meu próprio cansaço. E, curiosamente, foi isso o que mais me ajudou.

Ter a oportunidade de agir por conta própria, ganhar meu próprio dinheiro, começar a decidir por mim mesma... foi uma mudança e tanto, uma que nunca pensei que chegaria a experimentar. Isso, juntamente com a terapia, me ajudou a encarar as coisas de uma nova perspectiva.

E uma das coisas que passei a ver com outros olhos foi... minha família.

As palavras de Jack sobre como eles conseguiam que eu sempre fizesse o que queriam ressoavam constantemente na minha cabeça. Eu tinha tentado ignorá-las, desconsiderar os sinais que lhe davam razão, fingir que tudo ia bem... até que, uma noite, tudo desabou.

Eu estava sentada à mesa da cozinha com meus irmãos gêmeos – Sonny e Steve –, meus pais e Spencer. O único som a interromper o jantar era o do jogo transmitido pela pequena TV perto da geladeira. Meus irmãos e meu pai estavam com os olhos grudados na tela, enquanto minha mãe e eu comíamos, sem muito entusiasmo.

O fato de que ela e eu estivéssemos desocupadas e não tivéssemos outra opção além de interagir foi, certamente, o que desencadeou a discussão.

– Não está com fome? – ela me perguntou, ao ver que eu remexia uma couve-de-bruxelas com o garfo.

Eu estava cansada demais para ter fome. Depois de cinco horas no posto de gasolina e outras quatro no campo de atletismo, mal conseguia me manter em pé.

– Não muita. Acho que vou guardar pra amanhã.

Mamãe permaneceu em silêncio por alguns instantes. Seus olhos castanhos, quase idênticos aos meus, observavam com algum rancor meu prato praticamente intacto.

– Tanto faz – sentenciou, por fim, e soltou seu garfo. – Também não estou com muita fome. Talvez o jantar não tenha ficado muito bom hoje.

– Não foi isso que eu disse, mamãe.

– Nem precisa dizer. Ultimamente, tudo está ruim pra você.

– Só estou cansada.

– Sempre tem alguma desculpa.

Eu sentia que ela andava um pouco rude comigo desde que voltara para casa, mas nunca tinha me atacado de forma tão direta e, sobretudo, tão injustificada. Era claro que algo estava acontecendo, mas ela não ousava me dizer.

Então, por algum motivo, naquela noite decidi encarar o assunto.

– Posso saber o que está acontecendo?

Meu tom era diferente. Sereno, mas direto. Um tom que nunca havia usado para falar com meus pais, talvez com ninguém. Era o que minha terapeuta chamava de "assertividade", e isso fez com que todos à mesa deixassem de prestar atenção à tela da TV e se virassem para mim, surpresos.

Mamãe, é claro, já tinha posto uma mão sobre o coração.

– Do que você está falando?

– Estou falando que tem alguma coisa acontecendo e não entendo por que você não quer me contar – expliquei, calmamente.

Papai e ela se entreolharam. Naquela época, faziam isso com frequência. Deu para entender que eles tinham falado sobre o assunto, e ambos sabiam perfeitamente do que eu estava falando. Fiquei com muita raiva de que, mesmo assim, nenhum dos dois admitisse.

– E então? – insisti, com a mesma calma.

– Não fale assim com sua mãe – papai me alertou.

– Não falei com ela de jeito nenhum, só perguntei o que está acontecendo e por que sinto que vocês não param de procurar motivos pra encontrar defeitos em mim.

Sonny e Steve soltaram risinhos sarcásticos. Apertei o garfo com força.

– Você anda meio desequilibrada – disse Steve, sem tirar os olhos da tela.

– Sim – acrescentou Sonny. – Desde que voltou pra casa, acha que todo mundo está contra você.

– Não acho nada, mas me incomoda sentir que todos vocês ficam falando de mim e não me contam.

– Ninguém falou sobre você – papai me garantiu.

Sua mentira foi tão evidente que ele até ficou vermelho. Trocou outro olhar rápido com mamãe.

– Não? – insisti. – E por que vocês estão se olhando assim?

– Não estamos nos olhando de jeito nenhum! – exclamou mamãe, irritada.

– Sim, estão!

– Paranoica – Steve falou, fingindo tossir, e Sonny deu uma gargalhada.

A essa altura, eu já estava estressada. Me sentia frustrada e cansada. Essa combinação infeliz fez com que, pela primeira vez em muito tempo, eu gritasse com meus irmãos.

– Calem a boca de uma vez!

– Jennifer! – Mamãe replicou meu grito. – Já chega! Ninguém está contra você. Não seja tão paranoica!

– Não sou paranoica, estou vendo o que vocês estão fazendo!

– E o que você está vendo? Que seus irmãos estão rindo? O que há de errado nisso?

– Eles não estão rindo! – Meu tom de voz estava cada vez mais alto e começava a se encher de desespero. – Estão zombando de mim! Há anos que me zoam e você nunca fala nada! E papai também não!

Papai franziu o cenho, mas foi mamãe quem respondeu:

– Posso saber a troco de que isso agora? Estamos tentando jantar em paz!

– Foi você que começou! E que fica me olhando feio desde que voltei pra casa! Não entendo, você não queria que eu voltasse? Agora estou atrapalhando?

O guincho estrangulado de mamãe fez meu pai se erguer um pouco mais, quase como se eu a tivesse esbofeteado e ele tivesse que se preparar para intervir.

– Você está passando dos limites! – papai gritou, algo que ele não costumava fazer.

– E daí? Vai negar que eles estão me zoando?

– Para de fazer os outros se sentirem mal – protestou Sonny, jogando um guardanapo na minha cara.

– E você me deixa em paz de uma vez por todas! – gritei, surpreendendo também seu irmão gêmeo. – Você não tem nada melhor pra fazer na vida do que implicar com sua irmã mais nova? Vocês não têm um negócio decadente pra cuidar na garagem? Vão trabalhar e me deixem em paz!

Pela primeira vez na história, deixei os dois caladinhos.

– Já chega! – Mamãe estava completamente vermelha, como sempre ficava quando se irritava. Chegou a apontar o dedo para mim. – Você não pode seguir pela vida fazendo os outros se sentirem infelizes, Jennifer!

– Os outros? E eu? Alguma vez vocês já se perguntaram como eu me sinto? Ou isso está totalmente fora de cogitação?

– Desde quando você fala com a gente desse jeito? – Depois de uma pausa, como se as palavras lhe faltassem, ela prosseguiu: – Com certeza foram seus amiguinhos da universidade que meteram isso na sua cabeça, principalmente esse garoto que você namorava!

Desde que voltei para casa, minha mãe não chamava Jack pelo nome. Era "esse garoto que você namorava". Inclusive seu tom de voz, antes carinhoso, passara a ser absolutamente desdenhoso.

– Foi mesmo! – exclamei, largando o garfo sobre a mesa. – Jack abriu meus olhos pra muitas coisas!

– Aí está! – Parecia que eu tinha lhe dado a resposta que tanto procurava. – Ele fez sua cabeça pra te colocar contra a gente! Inclusive fez com que você denunciasse aquele pobre garoto!

Eu ia responder, mas essa última frase me deixou perplexa. A meio caminho entre falar e ficar petrificada, afinal percebi que Spencer, que tinha permanecido em silêncio até aquele momento, se pôs de pé.

– Não – alertou, num tom muito sério. – Não vai por esse caminho, mãe.

Ela, que não estava acostumada a que alguém me defendesse, menos ainda contra ela, deu um pulo.

– Só estou falando das coisas como elas são!

– Se ela denunciou aquele idiota é porque era o que devia fazer, então tenha cuidado com o que fala.

– Spencer! – Papai também se levantou, furioso.

– Spencer nada!

– Essa denúncia não afeta apenas a ela! – gritou mamãe, alterada. – Você sabe como me olham aqui no bairro desde então? Sabe o que dizem sobre a gente? Toda a família dele nos deu as costas!

– Ele bateu na Jenny!

– Isso é o que ela diz!

Acho que essa foi a frase que fez meu corpo reagir. Tinha ficado petrificada desde o momento em que o nome de Monty surgiu na conversa, mas então, afinal, entendi tudo. Seu desprezo não era porque eu tinha voltado para casa, mas porque minhas decisões tinham afetado suas vidas. O que os incomodava não era que meu bem-estar pudesse estar em risco, mas sim o deles.

Não sei muito bem quando resolvi me mexer, mas de repente ouvi o barulho de minha cadeira sendo arrastada para trás e me vi saindo em direção à escada. Me movia como se fosse um robô. E sentia muita raiva. Raiva de meus pais e de meus irmãos, porque, um ano e vários golpes depois, as pessoas continuavam não acreditando em mim.

Porque... não, não acreditavam em mim, exceto umas poucas pessoas do bairro, mas ninguém comentava nada. Monty não era o tipo de garoto que parecia ser alguém abusivo. Era bonito, encantador e um bom jogador de basquete, o protótipo do homem perfeito. Eu, ao contrário, era a filha esquisitinha dos Brown, que tinha decidido morar fora por vários meses e, ao voltar, tinha arruinado a vida dele com uma denúncia.

Claro que não acreditavam em mim. Mal me conheciam. E, mesmo que me conhecessem, não lhes interessava acreditar em mim. Mas eu podia viver com isso.

O que me doía era que minha mãe também não acreditasse.

Fui para o meu quarto e tirei a mala de debaixo da cama. Não tinha ideia do que faria quando cruzasse de novo a porta daquela casa, mas sabia que não podia mais permanecer ali. Não permitiria que questionassem minha denúncia.

Era mais do que justa. Eu ainda me lembrava dos golpes, das mensagens, das humilhações e dos insultos. De minhas roupas e meus óculos destroçados. Não podia viver com medo de que aquilo se repetisse, porque algum dia aqueles gritos se transformariam em discussões, as discussões em empurrões, os empurrões em socos contra a parede... e aqueles socos, algum dia, voltariam a se dirigir contra mim. E então eu deixaria de ter controle sobre o que poderia acontecer comigo. Eu não podia viver assim.

Ouvi gritos, mas não os distinguia. Com o canto do olho, tive a impressão de ver um movimento. Spencer estava entrando no meu quarto no meio de uma discussão acalorada com meu pai, que teve a porta fechada em sua cara. Nunca o tinha visto tão irritado, e o fato de ter sido para me defender – o fato de que alguém acreditava em mim – quase fez com que eu me atirasse em seus braços.

– Não se preocupe, Jenny – disse meu irmão mais velho num tom bem mais suave, quase um sussurro. – Vou tirar você daqui, tá bem?

Não sei se cheguei a responder, mas, como uma mola, pulei da cama e abri o armário para jogar minhas roupas de qualquer jeito dentro da mala. Assim que peguei o suficiente, fechei a mala e me levantei, mas Spencer a tirou de minha mão para que ele mesmo a levasse. Não tinha percebido que ele estava com as chaves do carro na outra mão, mas ouvi seu tilintar. Realmente estávamos indo embora.

Meus pais gritavam enquanto saíamos. Diria que até meus irmãos tentaram intervir, mas não serviu de nada. Acabei no carro de Spencer, que dirigia a toda velocidade até um destino desconhecido. E somente então, quando ficamos a sós, não pude mais conter as lágrimas. Meu irmão passou a mão em minhas costas, mas não disse nada. Fiquei grata a ele por isso.

Ele estacionou o carro em frente à casa de nossa avó, que nos recebeu sentada na varanda, e então deduzi que Spencer havia falado com ela antes de iniciar o trajeto, mas não tinha me dado conta. Assim que ela nos viu, levantou-se e se aproximou de mim com um meio-sorriso triste.

– Entre, querida. Quer um chocolate quente?

Naquela noite, passei a morar com ela.

A solução não me agradava muito. Tinha medo de ser um peso para ela, que já era idosa e tinha seus próprios problemas. Várias vezes me ofereci para lhe dar uma parte de meu salário, mas ela nem sequer queria ouvir falar nisso. No fim, desisti e optei por trazer comida pronta para ela, para poupá-la do trabalho antes de se deitar.

Meus pais falaram com ela na primeira noite e, embora meu pai tenha tentado falar comigo por telefone até conseguir, minha mãe não voltou a me dirigir a palavra.

A partir daquela noite, a família se dividiu. Shanon e Spencer se distanciaram um pouco de meus pais, e os gêmeos, por sua vez, decidiram não falar mais comigo. Acho que os entendia: eu também não tinha vontade alguma de falar com eles.

Naquela época, eu falava com Naya pelo menos uma vez por semana, mas nunca comentei nada sobre toda essa situação. Para ela, eu tinha uma vida perfeita. Trabalhava como professora de atletismo, tinha me mudado para a casa de minha avó para ajudá-la, toda a minha família me adorava... Suspeito que ela também teria gostado de ouvir que Monty havia caído do quinto andar de algum prédio, mas não me atrevi a inventar tanto. Já me sentia bastante culpada por mentir para ela.

Mas, claro, conhecendo Naya... se tivesse lhe contado a verdade, ela já teria aparecido para me levar de volta ao apartamento.

– Você tem certeza que está bem? – ela perguntou numa dessas noites, no meio da ligação.

– Sim – insisti. Eu estava sentada na varanda da casa de minha avó, com um braço ao redor dos joelhos. – Claro que sim, por quê?

– Não sei, estou te achando meio desanimada.

Queria dizer a ela que estava tudo bem, para que não se preocupasse, mas fui incapaz de continuar fingindo.

– Estou cansada – admiti, em voz baixa.

Naya não sabia até que ponto eu me sentia esgotada, tanto física quanto mentalmente. Até que ponto eu não aguentava mais. Mesmo assim, ela me ofereceu todo o consolo que pôde, porque Naya é assim.

– Seja o que for que está te deixando cansada, Jenna... Não vale a pena se preocupar com isso. Você merece ser feliz.

– Eita, não sabia que a conversa ia ficar tão profunda – brinquei como pude. – Se soubesse teria trazido uma garrafinha de vinho.

– Deixa eu te consolar, sua idiota. Estou tentando dizer que talvez você precise de uma mudança de ares. Talvez o problema seja o lugar em que você vive.

– Talvez, não. Tenho certeza disso.

– Então você poderia voltar, né? Mesmo que só por um semestre. Assim você se desligaria um pouco dos problemas daí.

O pior é que isso não me parecia uma má ideia. Afinal, eu queria me afastar de meu entorno. Queria me esquecer de tudo por alguns meses.

Minha preocupação era que...

– Não quero encontrar o Jack.

– Eu sei, mas não acho que isso seja um problema. Afinal, ele foi estudar na França.

Isso eu já sabia. Ele havia partido pouco depois de eu ter voltado para casa. Foi Will quem me contou, e fiquei muito feliz por Jack.

– Eu sei, mas ele pode voltar a qualquer momento, mesmo que seja apenas por alguns dias. Não quero que se encontre comigo e se sinta incomodado.

Naya soltou um suspiro.

– Acho que ele não vai aparecer aqui, Jenna. O Ross não voltou uma única vez desde que foi embora.

Isso realmente me surpreendeu.

– E vocês não sabem nada dele?

– O Will liga pra ele de vez em quando, mas não muito mais.

– Ah...

Houve um momento de silêncio antes de Naya suspirar outra vez.

– Ei... pensa nisso, ok? Ainda estamos no começo de janeiro, acho que até o fim do mês você ainda consegue se matricular pra cursar o segundo semestre.

– Tá bem, vou pensar, mas não prometo nada.

– Muito bem! – Ela pareceu tão animada que me deu vontade de abraçá-la. – Se você voltar, quero ser a primeira a saber!

– Você sempre será a primeira.

– Privilégios de *besties*.

Quase senti que Naya piscava para mim. Comecei a rir.

– Ligo pra você amanhã, Naya. Preciso jantar.

– Tá bom. Mande um abraço meu pra sua avó!

– E você mande um abraço meu para os outros! Tenha cuidado na hora de abraçar Sue, ela pode arranhar seu rosto.

– Pode deixar, vou colocar uma máscara de proteção.

Depois de desligar com um sorriso, fiquei olhando para o celular por alguns segundos, mas logo voltei à realidade. Eu gostava muito de falar com ela, era o meu porto seguro no meio do dia. Com Naya tudo sempre parecia mais simples, como se os problemas não tivessem tanto peso e as alegrias durassem mais tempo. Talvez por isso ela sempre fosse a primeira pessoa em quem eu pensava quando me sentia mal e eu gostasse tanto de ser o mesmo para ela, quando a situação se invertia.

Mas a alegria daquele momento desapareceu. Foi algo instintivo: apesar de não ter ouvido nada, um calafrio percorreu minha espinha. Levantei a cabeça inconscientemente e, para meu horror, me vi frente a frente com Monty.

Ele estava de pé na entrada do jardim, com as mãos enfiadas nos bolsos do casaco e uma expressão ambígua, que não consegui entender inteiramente, e tampouco me importava. Naquele momento só consegui pensar que devia sair correndo.

Antes que ele abrisse a boca, eu já tinha me levantado, num pulo, e apontava para ele.

– Não se aproxime nem mais um passo – avisei-o, em voz baixa.

Monty soltou um suspiro enquanto eu recuava em direção à porta.

– Só quero conversar, Jenny.

– Você tem uma ordem restritiva. Quer conversar com a polícia?

Eu me movia devagar por causa do pânico que sentia de dar as costas para ele. Esticando a mão para trás, procurei a porta.

– Pode parar de fugir? – Seu tom de voz tranquilo não se alterou, mas ele deu um passo em minha direção, e todos os meus alarmes dispararam. – Já disse que só quero conversar.

Eu o ignorei. Finalmente tinha encontrado a porta. Já quase sorrindo, fui surpreendida pelo pior dos horrores numa situação dessas: a porta estava trancada.

Merda, será que eu estava com as chaves? Teria saído com elas? Duvidava muito, pois, normalmente, quando a porta estava trancada, eu esperava minha avó sair para ver por que eu estava demorando tanto. Isso costumava demorar uns cinco minutos.

Tomada pelo pânico, toquei a campainha insistentemente. Na terceira vez, Monty começou a avançar em minha direção com as mãos levantadas em sinal de rendição.

– Já falei pra não se aproximar! – Queria ter soado menos assustada.

– Não vou te machucar, eu juro!

Desesperada, tentei tocar a campainha mais uma vez. Era tarde. Monty já estava subindo os degraus da entrada.

O que eu podia fazer? Pensei em pular a cerca da varanda e correr rua abaixo. Eu fazia atletismo, podia ganhar dele em velocidade, tinha certeza disso.

No entanto, para isso eu precisaria passar ao seu lado, e sabia, por experiência própria, que ele não teria nenhum problema em me segurar.

Então só me restou a opção de grudar minhas costas à porta e suplicar que ele parasse. Monty ficou a um passo de distância, ainda com as mãos levantadas, e me olhou quase como se estivesse com pena de me ver daquela maneira. Isso me deixou com ainda mais raiva do que todo o resto.

– Vai embora – repeti, entre os dentes.

– Fiquei sabendo do que aconteceu com você e seus pais – ele replicou num tom suave, abaixando as mãos.

– Vai embora! Não tenho nada pra falar com você!

– Às vezes ajudo os seus irmãos na oficina, pra ganhar algum dinheiro – ele seguiu explicando, como se não tivesse me ouvido. – Seus pais gostam muito de mim, e eu agradeço por isso, mas...

– Vai embora – repeti, e dessa vez soou como uma súplica.

Por favor, eu precisava que alguém viesse logo. Por que eu havia saído para falar com Naya? Por que não tinha ficado na sala? Por que justamente naquele dia a porta tinha que se trancar?

Monty apertou os dentes.

– Não vou embora até você me escutar.

Meus olhos não paravam de rastrear seu corpo. Durante os meses que tínhamos passado juntos, eu tinha aprendido a detectar os movimentos e sinais que me indicavam a proximidade de um momento de perigo. Assim que notasse qualquer um deles, não teria outra opção a não ser tentar sair correndo.

– O que eu queria dizer é que aprecio o fato de que eles gostem de mim. – Ele continuou a me encarar, apesar de eu não retribuir o olhar. – Mas se isso for um problema para a sua relação com eles, posso deixar de visitá-los.

Aquilo me deixou tão desconcertada que quase comecei a rir. Agora ele era o bonzinho da história?

– Me deixa em paz – murmurei, balançando a cabeça.

– Não gosto de te ver assim, longe da sua família por causa de um cara que você nem sequer está namorando.

Analisei suas palavras. Como ele sabia que eu tinha me afastado de minha família? Tinha falado com eles?

– Pela última vez... Vai embora antes que eu chame a polícia.

– Não entendo por que você continua deixando que ele te separe da sua família se vocês já nem mesmo se veem – continuou. – Jenny, é a sua família. Eles estão sofrendo com tudo isso.

Ele não apenas acha que é uma boa pessoa, mas também um terapeuta familiar.

– Eles te amam e querem o melhor pra você. Embora às vezes não pareça, porque não usam as palavras adequadas, eu garanto que estão muito preocupados com você e só querem que você volte pra casa. Se eu precisar me afastar deles pra isso acontecer, basta me dizer e...

Ele se calou de repente. A porta se abriu de repente e eu quase caí para trás, mas me segurei no batente a tempo. Vi minha avó passar ao meu lado como o vento e, em questão de instantes, Monty recuar a toda velocidade.

– Fora do meu jardim! – ela vociferou, furiosa. – Nunca mais se atreva a se aproximar!

Fiquei surpresa ao ver Monty recuar com aquela cara de espanto, mas, ao ver minha avó empunhando a espingarda de caça de seu irmão, logo entendi o que estava acontecendo.

– Saia logo daqui! – ela berrou de novo, enquanto ele se apressava em ir embora. – Da próxima vez, vou sair com a arma destravada, entendeu?

Ao baixar a espingarda, minha avó semicerrou os olhos.

– Ele te machucou?

– Não – garanti imediatamente.

– E você está bem? Precisa de alguma coisa?

Curiosamente, eu não podia estar melhor. Vê-la me defender daquela maneira quase me fez rir de nervoso.

– Você sabe...? Ia usar essa coisa?

– A espingarda? Não funciona há vinte anos. – Ela soltou uma risada e passou a mão em minhas costas. – Venha, Jenny, vamos entrar.

Por conta do ocorrido, meus irmãos e minha avó concordaram em chamar a polícia. Dois policiais foram até lá, mas logo deduzi que não iriam acreditar. Enquanto tomavam nosso depoimento, entreolhavam-se e insistiam em determinados pontos. Para eles, era difícil acreditar que alguém com uma ordem restritiva tivesse se arriscado tanto apenas para falar com sua vítima. Shanon ficou tão irritada que, pela primeira vez, a ouvi soltar uma enxurrada de insultos na frente de seu filho, Owen, que ficou de boca aberta, muito impressionado com a situação.

Felizmente, Monty não voltou a fazer isso. Minha vida entrou mais uma vez no ciclo do cansaço: do posto de gasolina para a aula de atletismo; dos jantares com vovó para as noites de filme com meu sobrinho.

E assim continuou, até que, com o tempo, me animei a abrir o site da universidade. Só queria ver os preços, as datas... imaginar como seria terminar aquele primeiro ano de curso, no qual, afinal, não sei como, tinha conseguido ser aprovada.

Como quem não quer nada, fui clicando até chegar à página da pré-matrícula, com as cinco disciplinas que teria de cursar naquele semestre. Não pareciam ser muito mais complicadas do que as do primeiro semestre. Mordi o lábio inferior ao ver o preço total. Eu podia me permitir isso.

Como isso soa estranho.

Ainda deitada no sofá de minha avó, e sem saber muito bem por quê, liguei para o único colega do curso com quem mantive contato depois de um ano de ausência. Ele se chamava Curtis, tínhamos feito juntos vários trabalhos em grupo e ele sempre contribuía com o toque que faltava aos projetos. Era uma pessoa muito legal.

– Jeeeeeenna! – exclamou assim que atendeu. – Confesso que não esperava por uma ligação sua.

Não pude deixar de sorrir.

– Oi, Curtis. Posso te perguntar uma coisinha?

No fim das contas, meu querido colega havia reprovado em quase metade das disciplinas porque tinha passado boa parte do primeiro ano na farra. Ia precisar refazê-las e, portanto, estaríamos juntos em algumas das aulas. Ouvi-lo dizer que a maioria delas era fácil me ajudou bastante.

– O mais difícil vai ser o lance do alojamento – acrescentou, um pouco menos animado. – A essa altura, duvido muito que ainda haja vagas.

A ligação seguinte foi para Naya, que começou a gritar assim que me ouviu dizer que estava considerando a oferta.

– Como está o nosso quarto? – perguntei a ela, esperançosa. – Você divide com alguma colega ou está sozinha? Talvez eu pudesse tentar...

– Hummm... É que não estou morando mais no alojamento.

Silêncio. Pestanejei.

– Hein?

– Estou morando com o Will e a Sue há algumas semanas – acrescentou rapidamente. – Não tinha te contado porque esqueci, juro.

– Bom, espero que estejam se divertindo muito. Com certeza devem ter uma boa convivência.

– Não sei se a Sue concordaria com isso... Espera, posso ligar pro Chris e ver se minha vaga ainda está livre.

– Eu te agradeceria demais por isso.

No entanto, quando voltou a me ligar, ela não tinha boas notícias.

– A vaga foi ocupada – Naya se lamentou, embora seu humor logo tenha mudado. – Mas falei com o Will e a Sue e pensamos numa solução.

Eu já estava começando a suspeitar para onde aquilo estava se encaminhando.

– Naya...

– Você pode vir morar com a gente!

– Ah, claro...

– Por que não? Somos todos amigos e tem um quarto livre!

– Um quarto que é do meu ex-namorado. Não posso ir.

– Qual é, Jenna... Ele não aparece aqui há quase um ano. Você acha que ele vai fazer isso justamente agora que está começando seu segundo semestre?

– Com a sorte que eu tenho, aposto que sim.

– Quer que eu pergunte se ele está pensando em voltar?

– Não é só isso, Naya, é que eu não quero dormir no quarto dele. É rude e invasivo. Se fizessem isso comigo, eu me sentiria muito mal.

Naya soltou um suspiro melancólico.

– Tá booom... E se a gente comprar um sofá-cama? Pelo menos até você encontrar um lugar no alojamento... Chris me disse que, se liberar alguma vaga, vai me avisar.

A conversa durou bem mais do que isso, e, de alguma maneira, Naya acabou me convencendo de que era uma boa ideia.

E assim ficaram as coisas: depois de me demitir de meus dois empregos, pela primeira vez na vida estava com algum dinheiro no bolso e prestes a fechar a mala. Minha avó havia tricotado dois gorros de lã, e Shanon apareceu com uma sacola de roupas, para o caso de eu precisar. Spencer estava no andar de baixo com nosso sobrinho e, de meu quarto, eu conseguia ouvir suas risadas.

– Então... – Shanon me olhou pelo espelho, ainda sentada em minha cama. – Está nervosa?

Eu também me olhei no espelho. Era cisma minha ou nesse dia nada

– sério mesmo, nada – me caía bem? Eu estava horrorosa. Roupa estúpida, corpo estúpido. Arranquei a roupa que estava vestindo e joguei-a no chão, perto de um considerável monte de peças que eu havia descartado em tempo recorde.

Minha irmã mais velha parecia estar se divertindo muito com a situação.

– Vou entender isso como um sim à minha pergunta.

– Por que nada me veste bem?

– Você só acha isso porque está nervosa. E por causa das roupas. – Ela fez uma careta. – Sério, você precisa renovar seu armário. Ainda bem que eu trouxe algumas coisas pra você.

– Não tem nada de errado com minhas roupas – protestei entre os dentes.

– Jenny, minha querida, você sabe que eu gosto muito de você e que você é a melhor irmã que eu tenho, mas o seu gosto para moda...

– Pera aí, sou a única irmã que você tem.

– Exatamente.

Revirei os olhos.

Depois dessa pequena pausa, retomei o desafio de encontrar uma roupa adequada. Vasculhando um pouquinho, consegui resgatar um suéter vermelho que havia usado durante minha breve vida universitária.

– Você gosta deste? – perguntei.

– Claro que sim, porque é meu!

– Ah, sim... roubei de você faz tempo. Agora é meu.

– Se você ficar com ele, então suas botas de plataforma são minhas. E o colar azul.

– Sim, claro. E o armário inteiro, já que é assim.

– Agradeça o fato de eu estar cansada demais pra discutir. Além do mais, continua ficando melhor em mim.

– Isso é o que você acha.

O vermelho não me caía mal. Seria o escolhido, junto com a escassa seleção que já aguardava dentro da mala. O processo consistiu em minha irmã me jogar as roupas, que eu arrumava rapidamente para não ficar tudo uma bagunça. Pelo menos a seleção já parecia bastante completa.

– Isso não vai fechar – comentou Shanon.

Me sentei em cima da mala e começamos a puxar com força o zíper pelos dois lados.

– Me esclareça uma coisa – ela falou, enquanto continuávamos com nossa operação.

– O quê?

– Faz... hummm... como odeio malas...

– Shanon, você ia me dizer algo.

– Ah, sim, sim... Faz um ano que você não os vê, não é? Naya, Will, Sue... e o que vem depois deles e que não vou nomear pra não magoar ninguém.

– Aham...

– Exatamente um ano.

– Bem... não exatamente. Já estamos em meados de janeiro.

– E o seu namorado não vai estar, né? Está na França por causa...

Fiz uma careta quando ela pronunciou *a-palavra-proibida-que-come-ça-com-N*, e ela se calou.

– Não o chame assim – pedi, em voz baixa.

– Desculpa – Shanon se apressou a dizer. – Quer dizer que você tem certeza que não vai encontrar o Ross, né?

– Absoluta.

– E vai dormir no quarto dele?

– Num sofá-cama. Ou com a Sue, embora eu ache que ela não vai me deixar entrar no quarto dela. E vou pagar o aluguel, claro. Mesmo que recusem.

– Ok, e tudo isso é ótimo. Mas... – Ela fez uma pausa. – Você vai ficar bem, Jenny?

E eu sabia o que ela queria dizer com isso.

Esse último ano tinha sido difícil. Além de minhas discussões com papai e mamãe e de todo o assunto do Monty... a única pessoa que tinha visto como eu havia ficado mal pelo término com Jack havia sido minha irmã. Eu não tinha falado sobre ele com mais ninguém. E, evidentemente, não tinha me mostrado vulnerável para ninguém mais. Mas ela sabia, e estava consciente de que o primeiro mês tinha sido o pior. E de que, embora eu tenha conseguido suportar o restante do ano, ainda sentia sua falta e queria falar com ele.

De fato, ela foi a única pessoa a quem contei o que aconteceu no dia do aniversário de Jack. Eu tinha ficado a manhã toda enrolando, verificando o horário da França para não pegá-lo num momento ruim, e depois tinha me sentado na cama com o celular na mão.

Queria dar os parabéns a ele, mas não sabia como estaria nem se já se esquecera de mim, se minha intromissão invadiria de novo sua vida de forma desagradável, se ele ia querer falar comigo... Todas as opções pareciam bastante viáveis, mas mesmo assim eu precisava ouvir sua voz. Mesmo que fosse algo egoísta, queria que ele soubesse que eu tinha me lembrado dele no dia de seu aniversário e que só lhe desejava o melhor.

Assim, depois de umas dez tentativas frustradas de escrever uma mensagem, segurei a respiração e disquei seu número de telefone. Será que ele atenderia? Será que desligaria o telefone?

Talvez ele não quisesse ficar olhando o celular o dia inteiro. Conhecendo-o, sabia que nem sequer daria muita importância para o próprio aniversário. No ano anterior, eu mesma lhe dissera que ele devia comemorá-lo, e acabamos saindo para beber com nossos amigos. Talvez fosse melhor deixá-lo em paz.

Mas eu sentia tanta falta de falar com ele... Estava tão concentrada nisso que quase não me dei conta de que atenderam o telefone.

– Quem é?

Se eu tinha contido a respiração até aquele momento, soltei todo o ar de uma vez só. Era uma voz feminina.

Durante o que pareceu uma verdadeira eternidade, não consegui falar nada. Eu havia me preparado para tudo, menos para aquilo, mas fazia sentido. Talvez ele tivesse refeito sua vida. Praticamente um ano havia transcorrido, não faria muito sentido que ele ficasse sozinho por tanto tempo. Quem poderia culpá-lo por isso?

No entanto, a cada segundo de silêncio, o nó em minha garganta só aumentava.

– Olá – eu disse, por fim, com a voz um pouco sufocada. – S-sou... uma amiga do Ja... do Ross. Me chamo Jennifer. Ele está por aí?

A garota ficou em silêncio bem menos tempo do que eu. Seu sotaque era um pouco estranho, acentuava muito as vogais, embora com certa elegância.

– Jennifer? – repetiu, confusa.

Nem mesmo lhe parecia familiar. Fosse ela quem fosse, Jack não tinha lhe falado sobre mim. Talvez eu não fosse tão relevante em sua vida como acreditara. Talvez eu estivesse um pouco convencida demais.

– Ele está no banho – ela respondeu. – Quer que o chame?

No banho? Será que eles tinham...?

Não, isso não era problema meu. Fechei os olhos, engoli em seco, com dificuldade, e depois neguei com a cabeça, embora ela não pudesse me ver.

– Não precisa, pode deixar ele terminar o banho tranquilo. – Hesitei por alguns instantes. – Mas, quando ele sair do banho... você poderia me fazer um favor?

– Sim, claro. Diga.

– Poderia dizer que Jen queria lhe dar os parabéns, por favor?

Não sei por que insisti, ou por que estava agindo de maneira tão invasiva. Ele não me queria em sua vida. Por que eu não desistia de uma vez por todas?

A garota emitiu um som de aprovação.

– Vou cuidar disso, pode deixar – ela me garantiu. – *Au revoir!*

E, apesar daquela despedida, nunca tive uma resposta dele.

Suponho que Jack tenha conseguido virar a página. Somente eu fiquei estagnada nas entrelinhas.

– Jenny?

Shanon, no presente, me olhava como se eu estivesse em transe.

– Está me ouvindo?

– O quê? – pestanejei.

– Só quero... Olha, tem certeza que vai ficar bem? Durante um tempo você ficou muito mal. Tem certeza que quer voltar pra lá? Poderia ser como reviver tudo.

– Já está decidido, não?

Ela suspirou.

– É, acho que sim. Vamos, te acompanho até o aeroporto.

Desci as escadas carregando a enorme mala como pude. Biscuit, meu cachorro, foi o primeiro a se aproximar e a me receber com um ar de tristeza, como se soubesse que eu estava indo embora outra vez. Spencer o tinha trazido da casa de meus pais para que eu pudesse pelo menos lhe dar um último abraço.

– Hora de partir – anunciou Shanon.

– Posso ir junto? – Owen fez uma cara de filhote de cachorro. – Vai, por favor, por favor!

– Claro que sim, baixinho.

– Oba!

– Vem cá, coração. – Minha avó tinha se aproximado com os braços abertos. Me deu um abraço e suspirou. – Comporte-se. E, se mudar de ideia...

– Aqui sempre tem chocolate quente, já sei. – Ao envolvê-la em meus braços, todo o meu nervosismo desapareceu. – Te amo muito, vovó.

Ela se afastou de mim e sorriu.

– Também te amo. Aqui sempre será sua casa.

– Não fiquem tão sentimentais, com certeza dessa vez poderemos visitá-la – interveio Spencer.

Mesmo assim, me despedir da vovó e de Biscuit pela janela do carro foi desolador. De algum modo, estava deixando para trás certa comodidade para encarar algo fora de minha zona de conforto. E, apesar de estar apavorada... pela primeira vez em muito tempo sentia que estava retomando as rédeas de minha vida.

No aeroporto, os três me acompanharam até a zona de segurança, e depois não tiveram outra opção a não ser parar ao meu lado para se despedir. Para minha surpresa, Owen foi o primeiro a me abraçar, envolvendo meus joelhos.

– Eu gostava de você como treinadora, titia...

– E o que te faz pensar que não serei mais sua treinadora quando voltar? – Baguncei seu cabelo. – Vão ser só alguns meses. No verão a gente recupera o tempo perdido.

Ele não pareceu muito convencido.

– Se você encontrar seu namorado, não vai voltar tão cedo.

Meus irmãos pareciam ter entrado em pânico, como sempre que alguém mencionava Jack em minha presença. Não sabiam disfarçar.

– Não incomode sua tia, vamos. – Shanon lhe deu uma leve bronca antes de olhar para mim. – Sinto muito, tinha pedido pra ele não comentar nada.

– Não tem problema.

Mas Owen começou a choramingar. Ai, não.

– Não quero que a titia vá embora de novo... – Ele fungou.

– Ouça, Owen – interveio Spencer –, quer tentar a sorte na máquina de pegar bichinhos de pelúcia?

Ele parou de chorar na mesma hora e depois assentiu fervorosamente. Era muito fácil suborná-lo. Shanon aproveitou aquele momento para me dar um abraço de urso. Sorri assim que apoiei o queixo em seu ombro.

– Estou muito orgulhosa de você – ela disse, em voz baixa. – Embora você seja insuportável e tenha um gosto muito estranho para moda.

Comecei a rir.

– Também vou sentir sua falta.

Enquanto eu dava um passo para trás, Spencer se aproximou e envolveu meus ombros para me dar um beijo barulhento na testa.

– Qualquer coisa, me liga.

– Faz uma semana que você está me dizendo isso.

– Qualquer coisa, entendeu?

– Siiiiiim. – Sorri.

– Ótimo. E, por favor, não volte grávida. Uma surpresinha na família já foi o bastante.

Shanon lhe deu uma cotovelada. Owen parecia não ter percebido nada, estava ocupado brincando com seu novo bichinho de pelúcia, um cavalo branco com manchas marrons.

– Acho que isso não será um problema – murmurei.

– Nunca é demais repetir. Enfim... divirta-se, ok? É seu momento de aproveitar, não de se preocupar.

– Sim – Shanon sorriu –, aproveite esses meses. Vamos te visitar quando você quiser.

Tinha chegado a hora de partir. Peguei a mala e, depois de dar uma última olhada para eles, assenti e me preparei para ir. No entanto, Owen me deteve, me puxando pelo braço.

– Titia, leva o Manchinhas!

Então seu cavalo de pelúcia já tinha um nome! Surpresa, me agachei ao seu lado.

– Tem certeza, Owen? Não vai sentir falta dele?

Ele negou e pôs o Manchinhas em minhas mãos. Era muito fofo.

– Se você o levar, não vai se esquecer da gente – ele disse, em voz baixa.

Ah, era o que me faltava. Como eu conseguiria bancar a durona com ele me dizendo coisas como essa? Meus dois irmãos também pareciam emocionados. Spencer sorria, enquanto Shanon tinha curvado um pouco as sobrancelhas, com tristeza.

– Eu nunca me esqueceria de vocês – garanti a Owen. – Mas vou adorar levar o Manchinhas comigo.

Ele pareceu animado.

– Sério?

– Sério. E ele vai dormir comigo.

– Mamãe, temos que conseguir outro! Assim nós dois vamos dormir com o Manchinhas!

Spencer começou a rir por causa da cara de tédio de Shanon, e depois disso não tive outra opção a não ser ir embora.

2

DE VOLTA AO LAR

EU ESTAVA COM A SENSAÇÃO DE QUE UMA VIDA INTEIRA havia se passado desde que as vira pela última vez.

Ao cruzar o portão de chegada do aeroporto, senti o estômago revirar. Me vi frente a frente com o grupo de pessoas que esperavam por seus conhecidos. Ali estavam Naya e Lana, espichando o pescoço à minha procura.

Espere, Lana tinha ido me buscar?

Olha!

Lana? A mesma do ano passado?

Esperamos que não seja um clone seu.

Bem, talvez eu estivesse morrendo de vontade de ver como ela me trataria.

Avancei entre as pessoas, desviei de umas quantas malas para não tropeçar... e, justamente quando acreditava ter evitado todas as situações vergonhosas que podiam acontecer comigo num aeroporto, Naya fez sua aparição extravagante.

Assim que me viu, dei-lhe um sorriso entusiasmado. Durou pouco. Ela se pôs a gritar como se tivesse visto um *serial killer* e, literalmente, pulou a grade de entrada para correr em minha direção sob os protestos dos demais passageiros.

Quase me jogou no chão quando se atirou sobre mim para me abraçar. Lana fez exatamente o mesmo. Ambas começaram a me esmagar, aos gritos.

Bom, eu podia entender Naya, mas... Lana?! O que eu perdi?! Teria entrado num universo paralelo ao sair do avião?!

– NOSSA! – Naya continuava entusiasmada, inclusive dava pulinhos enquanto me abraçava com força. – Olha pra você!

– Parece que se passou uma eternidade! – assentiu Lana, igualmente entusiasmada.

– Fico feliz em ver vocês – admiti, constrangida. Todo mundo nos olhava.

– Você está divina! – Lana arqueou as sobrancelhas.

– Sim, minha nossa! – Naya concordou. – O que você fez? Está radiante.

Eu não tinha feito nada além de me bronzear tomando sol e entrar em forma graças às aulas de atletismo. De resto, minha aparência continuava a mesma. Olhos e cabelos castanhos, uma bunda maior e peitos menores do que eu gostaria, além de minha permanente cara de envergonhada.

– Eu poderia dizer o mesmo de vocês. – Passei os braços por cima dos ombros das duas. Eu também havia sentido falta delas. Inclusive de Lana.

E eu estava certa. Naya tinha cortado seu cabelo loiro à altura dos ombros. Mantinha aquele estilo único de tons pastéis que combinava tão bem com seus olhos azuis e as feições afiadas. Era uma boneca. Lana, por sua vez, tinha deixado o cabelo, da mesma cor, crescer e exibia sua maquiagem habitual e o estilo perfeito de sempre. No entanto, seu sorriso parecia mais caloroso do que eu lembrava.

Assim que me afastei delas, apontei para a porta.

– Admito que gosto das boas-vindas, mas... e se formos atrás de um táxi?

– Táxi? Lana está dirigindo! – Naya pegou minha mala e começou a correr. – E o carro dela é chiquérrimo!

Enquanto caminhava, a motorista designada me pegou pelo braço.

– Sinto muito se foi um pouco estranho que eu viesse. A verdade é que estava com vontade de te ver outra vez.

– Ah, não se preocupe. Fico feliz de ver que continuamos nos dando bem.

Ela sorriu.

– Naya está muito empolgada com a sua volta. Bem... todos estamos. Sentimos um pouquinho sua falta por aqui.

Fiquei sem palavras.

Assim que saímos do aeroporto, me deparei com a paisagem coberta por uma fina camada branca. A neve me lembrava o feriado natalino, e neste ano eu o havia passado com minha avó, Shanon, Owen e Spencer. Tinha sido um bom Natal.

De fato, o carro de Lana era espetacular, eu me sentia como uma estrela de Hollywood. No entanto, ela entrou nele como se não passasse de uma lata-velha. Naya me indicou o lugar do copiloto e foi se enfiando entre os assentos dianteiros durante o trajeto. Estava outra vez com seu sorrisinho entusiasmado.

– Você tem que nos contar tudo que aconteceu!

Eu quase ri.

– Te garanto que nada muito interessante... E vocês? Alguma novidade?

– Eu passei a morar com o Will e a Sue. E a Lana tem um namorado bonitão!

Lana revirou os olhos, mas parecia estar se divertindo.

– Além de ser bonito, ele tem outras qualidades.

– Mas eu quase não o conheço, então é isso que importa.

– Fico feliz por você – eu disse a ela, sorrindo.

– E você? – perguntou Naya. – Algum romance em vista?

– Que nada! – Eu ri. – A coisa mais parecida com um encontro que eu tive este ano foi uma consulta com o dentista.

– Sério?

– Não tive tempo. Tive que conciliar vários empregos.

– Vamos encontrar alguém pra você – Lana me garantiu.

E as duas trocaram um olhar cúmplice que me deixou tensa.

– Eu deveria me preocupar?

– Não! – Naya arrumou uma mecha de meu cabelo, alegremente. – Faz uma eternidade que não nos vemos e precisamos te atualizar. Você sabia que...?

E me contou tudo que havia acontecido em minha ausência. Seu irmão, Chris, tinha saído do armário e ficou várias semanas sem falar com os pais, o que me fez pensar nos meus. Depois de um tempo, eles decidiram conhecer o namorado dele e começaram a aceitá-lo, mas, mesmo assim, a relação não durou muito tempo. Sue continuava igual, apesar de estar em seu último ano da faculdade e um pouco aflita por causa do trabalho de conclusão de curso. Will cursava o penúltimo ano, tinha começado a parte prática e estava a curtindo bastante; mal podia esperar para terminar o curso e começar a trabalhar de verdade. E Naya, claro, tinha ido morar com eles. Não falou nada sobre o seu curso, mas me explicou com riqueza de detalhes como havia mudado a decoração de seu quarto.

– E fiz uns salgadinhos para a sua chegada! – exclamou. – Mas... hã...

Lana soltou uma risadinha.

– A não ser que você goste do sabor carvão, eu não os recomendo.

– Aquele forno estúpido não me entende! Não é culpa minha!

– Então ficamos sem jantar.

– Eu posso preparar alguma coisa – falei. – Não me importo.

– Nada disso! – Naya se sobressaltou. – Você é a convidada e, além disso, precisa descansar um pouco. Acabou de chegar.

– Como preferirem. Aliás, vocês já compraram o sofá-cama?

Elas se entreolharam novamente.

– Ainda não – disse Naya.

– Na verdade, sim – interveio Lana –, mas ainda não chegou.

O trajeto me pareceu ridiculamente curto. Lana estacionou o carro do outro lado da rua e, ao sair, olhei ao redor com nostalgia. As velhas lojas, as fábricas à distância, a vasta estrada, os postes acesos... Nem mesmo enfeitada pela neve aquela era a paisagem mais bonita do mundo, mas eu sentia como se fosse minha casa, e havia sentido muita falta dela.

Fui invadida pelas recordações assim que pus os pés no prédio, e a coisa ficou ainda pior quando entramos no elevador. Lana e Naya pareciam tão animadas quanto eu por estar ali. Era difícil acreditar que eu estava de volta àquele apartamento depois de tanto tempo.

– Até que enfim! – minha amiga exclamou ao sair do elevador, já com as chaves na mão. – Quero que você se instale logo!

Lana sorriu para mim enquanto abria a porta para nós. Deslizei a mala pelo corredor atrás de Naya, que não parava de dar pulinhos. Foi a primeira a entrar na sala enquanto tirávamos o casaco.

– Até que enfim. – A voz de Will alegrou o meu dia. – Onde vocês se meteram?

– Fomos atrás de uma surpresa! – Naya, entusiasmada, fez um gesto para mim. – Vem ver!

Eu não sabia muito bem o que esperar, mas, evidentemente, não eram as caras de perplexidade com que me deparei.

A sala continuava como sempre, com dois sofás, duas poltronas, as estantes abarrotadas, a pequena janela, o rack da TV cheio de jogos de video game, os velhos quadros na parede, a bancada que a separava da cozinha apertada, o corredor que levava até os quartos... Até o cheiro continuava igual. A única coisa que tinha mudado é que faltava ele. Ah, e que Will e Sue estavam me encarando como se tivessem visto um fantasma.

– O quê...? – começou Sue.

– Quando...? – prosseguiu Will.

– Surpresa! – exclamou Naya.

– Sim, surpresa! – Lana falou, apontando para mim.

– Surpresa? – murmurei.

Eu esperava uma reação mais empolgada de meus dois amigos, mas ficou claro que algo havia mudado durante minha ausência, porque não pareciam felizes em me ver.

Eles não haviam mudado muito. Sue continuava a prender o cabelo castanho e curto em coques despojados, seus olhos alongados continuavam penetrantes e seu corpo esguio ainda estava envolto em várias camadas de roupa que claramente não combinavam. Will, por sua vez, continuava atraente como sempre: cabelos e olhos pretos, tez escura, vestindo um suéter perfeitamente ajustado e com a expressão serena de sempre. Era a imagem perfeita do rapaz que sua mãe gostaria que você levasse para casa.

Como continuavam sem reagir, comecei a perder a paciência.

– Quanta alegria por me receber... – comentei em voz baixa, tentando brincar.

Como se minhas palavras tivessem servido de combustível, Will se levantou, num pulo, e olhou para Naya. Ele parecia... irritado? Desde quando Will se irritava? Especialmente com sua namorada.

A teoria do universo paralelo faz cada vez mais sentido.

– Não tô acreditando – ele disse a Naya, em voz baixa.

– Vai, amor, eu só queria...

– Não, você sabe que isso não é legal. – Franziu o cenho. – E você também, Lana. Vocês duas sabiam perfeitamente o que estavam fazendo. Não deviam ter trazido a Jenna pra cá.

Nossa. Tentei fazer com que não notassem o quanto eu estava magoada, mas isso não deve ter funcionado muito bem. Assim que se deu conta, Will assumiu uma expressão mais relaxada e se aproximou de mim para me segurar pelos ombros.

– Não é por sua causa – ele me garantiu, num tom mais suave. – Fico muito feliz por te ver, Jenna.

– E eu por ver você, mas não estou entendendo...

Sue me interrompeu enquanto puxava Will para o lado.

– Isso vai ser muito interessante, você vai ver. Mas fico feliz que esteja aqui – acrescentou, com um meio-sorriso divertido.

E, para espanto de todos, me abraçou.

O que estava acontecendo?!

Universo paralelo, já disse.

– Como você tá? – perguntei a ela, meio acanhada.

– Ainda tenho sorvete de sobra, então tudo bem.

Quis sorrir para ela, mas me detive ao ver que Will dava voltas pela sala, visivelmente alterado. Por que não me contava o que estava acontecendo?

Quando ele se sentou, soltou um suspiro melancólico.

– Não posso acreditar...

– Pois acredite. – Lana apertou seu ombro antes de se sentar numa poltrona. – É pelo bem comum.

– Pelo bem comum? Vocês não sabem o que fizeram.

Como todo mundo menos eu havia se sentado, senti que enfim podia insistir:

– Alguém pode me explicar o que está acontecendo?

Naya tinha se sentado no outro sofá, a uma distância prudente de seu namorado irritado. Sua expressão era a perfeita definição da culpa, especialmente quando Will me contemplou com os olhos escancarados.

– Você não sabe? – E olhou para Naya. – Ela não sabe?!

– Não sei o quê? – Fiquei um pouco assustada.

Minha amiga estava de braços cruzados.

– Se eu tivesse contado, ela não teria aceitado vir!

– Mas é claro que não! Porque ela é uma pessoa racional!

– E a gente não? – perguntou Lana, ofendida.

– Acabaram de mostrar que não!

Agitei os braços.

– Vocês podem parar de me ignorar, por favor?

– Merda... – Will suspirou pela enésima vez c se virou para mim. – É melhor você se sentar.

Cada vez mais nervosa, fiz o que ele me pediu e me sentei ao seu lado. Will, extremamente sério, colocou minha mão entre as suas e olhou para mim. Qualquer um diria que ele estava prestes a confessar um crime.

– Não surta – alertou, antes de começar.

– Mas você já está me fazendo surtar por não me contar logo!

– Jenna, você não vai gostar de saber disso.

– Está bem...

– Então, se prepara e...

– Fala logo! – protestou Sue.

– Vou falar!

– Então deixa de bobagem e...!

– O Ross está morando aqui!

Seu grito me deixou tensa dos pés à cabeça. Ele não tinha realmente dito o que eu achei que tinha escutado, não?

Fiquei sem reação. Só o encarei, com a mente entorpecida, dando tilte a cada segundo. Tive até a impressão de que meu rosto tinha ficado completamente pálido.

– O quê? – me ouvi dizendo em voz baixa.

– Surpresa? – Naya sorriu para mim com certo temor.

Pisquei antes de olhar de novo para Will. Uma parte de mim tinha esperança de que ele começasse a rir e dissesse que era uma brincadeira... mas ele não fez isso. Apenas retribuiu meu olhar, mais sério do que nunca, e apertou minha mão entre as suas.

Vamos, Will, diga que é só uma brincadeira.

– O quê? – repeti, como uma idiota.

– Imagina como ele vai reagir quando a vir – murmurou Sue. – Não sei vocês, mas eu estou pensando em gravar essa cena.

Em questão de segundos, passei da surpresa ao pânico e do pânico à ira. Todos esses sentimentos se agruparam, transformando-se finalmente em raiva dirigida à minha amiga. Ao me virar para ela, Naya se encolheu no sofá.

– Você me disse que ele continuava na França! – acusei-a, e depois olhei para Lana. – E você também sabia disso e não disse nada!

– Se a gente tivesse feito isso, você não teria vindo – disse Lana.

– Mas é claro que não! Eu tinha o direito de escolher! – Soltei a mão de Will para ficar de pé. – Vocês não tinham o direito de me meter nessa cilada!

– Não é uma cilada! – protestou Naya.

– Sim, é claro que é! Não acredito que vocês fizeram isso comigo.

– Nem eu – Will concordou.

– Não é pra tanto! – protestou Lana.

Naya sorriu, ainda se sentindo culpada.

– Com certeza o Ross vai ficar muito feliz ao te ver, e tudo voltará a ser como antes! Vamos voltar a ser uma pequena família feliz!

– Você acha mesmo que o Ross vai ficar feliz ao ver a Jenna? – perguntou Will. – Já se esqueceu desse último ano?

Naya abaixou a cabeça, constrangida.

– Não...

– E pode me dizer em que momento você decidiu que era uma boa ideia trazer ela pra cá sem avisar?

– Só quero que tudo seja como antes!

– Mas não é assim que vai conseguir isso. O que a gente vai fazer agora?

– Esperar o Ross – interveio Sue, tranquilamente. – E suplicar pra ele se comportar.

Essa última frase me fez levantar a cabeça e deixar de praguejar em voz baixa.

– Se comportar? O que você quer dizer com isso?

Houve um momento de silêncio coletivo.

– Tem mais alguma coisa que vocês não me contaram? – perguntei a ambas, irritada.

– É que... – Lana tentou me explicar, mas não soube como continuar.

– O Ross não é... – Naya suspirou, em busca das palavras adequadas. Silêncio outra vez. Will, exasperado, decidiu assumir o comando.

– O Ross não é mais exatamente como antes.

Sue me deu um meio-sorriso.

– Você conheceu o lado bom dele. Espero que esteja preparada para o lado mau.

– O lado mau?

– Ele mudou muito nesse último ano – murmurou Naya. – Ou melhor, eu diria que voltou às suas origens. Ele mudou foi quando você estava aqui...

Eu não estava entendendo nada. E todos pareciam muito desconfortáveis com aquela conversa.

– Ok, vamos por partes – murmurei. – Não era pra ele estar na França? O que ele está fazendo aqui?

– Ele começou o curso lá – explicou Will –, mas há quatro meses surgiu uma boa oportunidade aqui e ele voltou.

– "Uma boa oportunidade"? – repeti, como se nada fizesse sentido.

– Ele ficou... bastante famoso, Jenna. Saiu em muitas revistas e jornais. Vai lançar seu próprio filme.

Era muita informação de uma só vez, minha cabeça dava voltas. O plano tinha funcionado, Jack havia triunfado e lançaria seu próprio filme. Mas alguma coisa não se encaixava. Se tudo andava tão bem para ele, por que estavam falando daquele jeito?

– Jack fez um... filme?

– Vai estrear em três semanas – comentou Lana.

De novo, era muita informação. Levei as mãos à cabeça e demorei a reagir, mas afinal me virei para onde Naya havia deixado a mala. Estava bem ao lado da geladeira. Eu precisava sair daquele lugar.

Ela provavelmente adivinhou minhas intenções, porque se levantou apressada para me alcançar.

– Espera, não...!

– Nem pense nisso, Naya! – alertei-a, furiosa, o que surpreendeu a todos. – Você mentiu pra mim! Eu disse que só ficaria aqui se ele não estivesse, e você me garantiu que não haveria problema!

– Eu sei... Sinto muito...

– Não, não sente! Você fez isso de propósito! – Soltei algo parecido com um grunhido, esgotada. – Quero voltar pra casa.

Tinha sido uma má ideia. Uma péssima ideia. Queria voltar para a casa de minha avó, voltar para minha zona de conforto e me fechar de novo em meu próprio mundo, mesmo que naquele mundo metade das pessoas me odiasse. Que importância tinha isso? Lá eu não teria que cruzar com Jack nem assimilar o fato de que ele já não era como eu me lembrava dele, mas um diretor quase famoso prestes a estrear seu primeiro filme.

– Talvez você não precise ir embora – interveio Will. – Não vamos nos precipitar, deve ter uma solução pra...

Não importava o que ele estava dizendo. Fui direto até minha mala.

– Jenna, eu sinto muito! – insistia Naya. – Deixa eu me redimir e...!

O barulho na porta principal fez com que todos congelássemos em nossos lugares.

Ainda com uma mão na mala, não ousei me mexer um só centímetro. Ouvi passos lentos e pesados se aproximando. Assim que vi as chaves sendo jogadas estrategicamente sobre a bancada, soube que só uma pessoa conseguiria fazer isso sem que caíssem no chão.

Ai, não...

– Ross! – A voz de Naya soou horrorizada.

Ele estava de costas para mim, olhando para os outros. Não percebeu minha presença porque estava tirando a jaqueta para jogá-la em qualquer lugar.

Meu coração batia tão rápido que minhas costelas começaram a doer. Vê-lo, embora estivesse a alguns passos de distância e de costas para mim, fez meu corpo inteiro reagir. Eu queria me aproximar dele. Queria abraçá-lo. Queria lhe contar a verdade sobre o que tinha acontecido no ano anterior, perguntar por que ele não tinha retornado minha ligação, se realmente havia se esquecido de mim... Queria, acima de tudo, perguntar se ele estava bem.

Mas não consegui fazer nada disso porque ele se adiantou com um seco:

– O quê?

Uau. Eu nunca o tinha ouvido falar assim com ninguém. Não era o que ele tinha dito, mas o tom que tinha usado.

No entanto, meus amigos não pareciam estar nem um pouco surpresos. De fato, Lana fez menção de apontar para mim. Ele continuava de costas, sem me ver.

– Tem uma coisa que...

– O que você está fazendo aqui? – Ross a cortou.

Pestanejei, surpresa. Ele não era assim... Não falava com as pessoas com aquele desdém. O que estava fazendo?

– Naya me convidou – disse Lana, num tom cansado, como se já tivesse repetido aquele discurso dezenas de vezes. – Caso você tenha esquecido, ela também mora aqui.

– Por falar em convite... – Naya me olhou de soslaio antes de se concentrar de novo em Ross. – Hã... tem uma coisa que você precisa saber.

Ele suspirou.

– É melhor que não seja alguma das suas bobagens.

– Relaxa – alertou-o Will, com um olhar duro.

– Relax...? – Ross parecia estar rindo, mas parou bruscamente ao ver a expressão de Will. – O que aconteceu?

Oh, oh. Ross se dera conta de que algo estava errado.

Você vai ver só quando ele se der conta de que esse algo é você.

– O que vocês aprontaram agora? – insistiu.

– Eu não quero saber de nada disso – murmurou Sue, enquanto pegava o celular e se preparava para gravar tudo.

Jack, tenso, deu um passo na direção deles.

– O que houve?

– Cara, relaxa... – Will se levantou lentamente.

– Para de me mandar relaxar e me diz logo o que está acontecendo.

– Quando você relaxar...

– Eu não quero relaxar! O que aconteceu?!

– Oi – me ouvi dizer.

Silêncio.

Silêncio horrível.

Minha voz soou muito baixinha, mas foi suficiente para que todos se calassem. Eu só conseguia ver Jack. Na verdade, suas costas. Todos os seus músculos se tensionaram instantaneamente, mas ele não saiu do lugar.

Will alternava os olhares entre nós de modo insistente. Tinha ficado em pé ao lado de Jack, precavido, mas sem intervir.

Então, como em câmera lenta, Jack se virou para mim. A primeira coisa que notei foi que ele estava com a barba por fazer e com o cabelo mais curto do que o normal. E... sua expressão. Tinha mudado muito. Estava com olheiras, com a fisionomia cansada e bem mais magro... Há quanto tempo não dormia ou não se alimentava direito?

Não consegui pensar muito sobre isso, porque assim que ele se deparou com meu olhar fiquei completamente sem palavras.

Ele já não me olhava como um ano antes. De fato, qualquer um diria que ele me odiava. Sua expressão destilava desprezo, assim como cada poro de seu corpo. Desprezo por mim. E, com muita relutância, eu podia entender por quê.

Fiquei tentada a dar um passo para trás, mas consegui manter a compostura. Seu olhar deslizou de meus olhos até meus pés e subiu lentamente, provocando descargas elétricas por todo o meu corpo que achei que nunca mais voltaria a sentir. Retorci os dedos, nervosa, e ele olhou para eles por um momento. Estava com os lábios entreabertos.

E continuava um silêncio horrível. Eu só queria que ele dissesse alguma coisa. Nem sequer parecia irritado ou contente, apenas... perplexo. Eu precisava que ele reagisse. Para o bem ou para o mal.

Então dei um passo em sua direção, e Ross recuou, piscando como se tivesse voltado à realidade. Me analisou mais uma vez de cima a baixo e depois cravou o olhar num ponto qualquer da sala que não fosse eu.

– Sur... presa? – murmurou Naya.

Ross a ignorou completamente. Voltou a olhar para mim, agora de forma absolutamente gélida. Não deixava entrever nada do que estava pensando. Nada, absolutamente nada. E isso me intimidou um pouco. Retorci os dedos outra vez.

Ross fechou os olhos, e pensei em me aproximar, mas ele não me deu tempo para isso.

– Merda – murmurou, em voz baixa.

Então pegou suas coisas e saiu batendo a porta.

3

DE NOITES E BARES

JACK NÃO VOLTOU A APARECER... e ninguém parecia muito preocupado com isso, exceto eu. Enquanto contemplava o teto da sala – porque, obviamente, dormiria no sofá –, não conseguia deixar de pensar na expressão de seu rosto ao me ver. Continuava sem saber se tinha sido de espanto, tristeza ou irritação, ou talvez uma mistura das três coisas.

Fosse qual fosse, não expressava nada de bom. Meu único consolo foi abraçar Manchinhas e imaginar Owen fazendo o mesmo em sua cama, profundamente adormecido.

De manhã, quando acordei, Will estava preparando o café na cozinha. Como no dia anterior, não parecia muito preocupado. Ele logo notou meu olhar acusador.

– Não sou babá dele, Jenna – replicou. – Ele já é bem grandinho, sabe perfeitamente o que faz. Nós dois sabemos que, quando ele quiser conversar, vai aparecer.

Isso só me indicava que Will estava acostumado àquele tipo de atitude. Jack se ausentava com frequência, isso estava claro. Não sei por que aquele comentário me deixou com uma sensação tão desagradável. Afinal, Will estava coberto de razão ao dizer que Jack já era grandinho e sabia o que estava fazendo.

Mesmo assim...

Era segunda-feira de manhã, e minhas aulas só começariam na semana seguinte, então decidi pegar o metrô e ir ao campus que um ano antes havia sido meu mundo inteiro. No caminho, respondi a várias mensagens de meus irmãos, mas não lhes contei nada sobre Jack.

Ao chegar, fui tomada por uma agradável sensação de familiaridade.

Desde a velha estação de metrô até as áreas verdes para sentar dentro do campus, os prédios com seus respectivos bancos e bares... e o prédio das humanas – o mais próximo da estação –, que tinha sido o meu. O alojamento ficava bem ali atrás, e me encaminhei até lá. Já não havia aquele cartaz chamando para a luta pela liberdade da mulher: tinha sido substituído por outro, sobre os direitos dos animais. Subi as escadas, esboçando um sorriso. O interior tampouco havia mudado. Nem sequer a área do balcão, onde um garoto loiro com óculos enormes escondeu o celular no qual estava jogando Candy Crush.

No entanto, meu sorriso não demorou a desmoronar.

Chris estava falando com Jack.

Eu o reconheci mesmo de costas. Estava com a mesma roupa da noite anterior: jaqueta preta, tênis brancos e gastos. Pelo modo como se apoiava no balcão, parecia estar cansado. E Jack ficava de mau humor quando estava cansado.

E aqui está você para piorar tudo.

Quis recuar antes que eles me vissem, mas não foi possível. De repente, Chris levantou a cabeça em minha direção e abriu um grande sorriso.

– Oi, Jenna!

Bem, missão de fuga abortada...

Já não fazia muito sentido tentar fugir, então, quando os dois se viraram para mim, fiquei dura como um poste e forcei um sorriso que mais parecia uma careta.

– Olá... hummm... posso voltar depois ou...

– Pode chegar – me disse o loiro, surpreso. – Por que você não viria agora?

Olhei para Jack, hesitante. Ele estava mais uma vez voltado para o balcão, com os cotovelos apoiados sobre sua superfície, brincando distraidamente com uma caneta. Por sua aparência, eu diria que ele não tinha dormido, assim como no dia anterior, portanto era difícil de saber.

Eu não queria complicar mais as coisas, mas não sabia como sair dessa situação sem piorar tudo. Era desconfortável para mim ficar na casa de Jack, e mais ainda pedir um quarto para Chris na frente dele.

Por fim, também me apoiei no balcão, a uma distância prudente, remexendo os dedos.

– Só queria passar aqui pra te ver – inventei, me dirigindo unicamente a Chris.

Não, não me atrevia a olhar para meu ex-namorado, embora percebesse que ele olhava para mim de soslaio. Estava com o estômago em frangalhos, de tão nervosa. O que seria melhor, ignorá-lo ou tentar falar com ele? Não queria estragar ainda mais as coisas.

– Que bom te ver de novo por aqui – Chris falou, com um grande sorriso, e, sem dúvida, totalmente alheio ao desconforto que o cercava. – Com certeza minha irmã vai adorar.

– Ela foi me buscar no aeroporto. Chegou a pular o cordão de segurança.

– É, isso é a cara dela...

Eu queria sorrir, mas estava muito tensa e consciente de que Jack me observava. Quase podia senti-lo me examinar de cima a baixo.

Justamente quando estava prestes a me virar para ele, Chris interveio de novo.

– Você veio por causa do seu quarto? Ainda não encontrei nenhum.

Muito obrigada, Chrissy.

Em um ano, ele não tinha melhorado no quesito discrição. Na verdade, nem sei por que eu pretendia que ele mantivesse isso em segredo. Afinal, se eu saísse daquela casa tudo seria bem mais simples.

Eu não sabia o que dizer, e Jack, que tinha apoiado o queixo sobre o punho, soltou algo parecido com um riso sufocado, que imediatamente atraiu nossa atenção.

Seu olhar estava cravado em mim. Ele me observava com certa indiferença, como se estivesse assistindo a um espetáculo entediante. Seus lábios estavam curvados num meio-sorriso, mas sua expressão não tinha mudado, continuava sendo desdenhosa.

– Você quer voltar para o alojamento? – perguntou, com uma delicadeza que me pegou desprevenida. Seu olhar, totalmente fixo em mim, fez meus nervos aflorarem.

Mas por que ele estava falando comigo com tanta calma? Não devia estar irritado? Ou será que eu é que estava supervalorizando minha capacidade de alterar sua vida? Talvez isso não lhe importasse nem um pouco.

– Sim... – Meu tom de voz também mudou ao me dirigir a ele, e não gostei muito disso, porque soava hesitante. – Naya tinha me falado que você não estava aqui, e eu ia dormir num sofá-cama que achei que íamos comprar, mas... será mais simples se eu morar no alojamento.

Jack não esboçou nenhuma reação às minhas explicações. Brincando com a caneta e sem tirar os olhos de mim, seu meio-sorriso se acentuou.

– Acho que sim.

De novo, fiquei surpresa com sua falta de reação, mas não disse nada.

– Ouça, Chris – Jack falou, sem deixar de me encarar, o que me deixou meio nervosa –, ainda há algum quarto compartilhado?

– Não, já verifiquei quando Naya me pediu. A essa altura do curso, é mais comum ter algum quarto individual. Mas... claro, isso custa mais caro.

– Não creio que isso seja um problema – replicou Jack –, com certeza ela já encontrou alguém que pague tudo pra ela.

Ele falou isso com tal tranquilidade que demorei algum tempo para reagir. Até mesmo Chris – que, agora sim, estava nos observando – pareceu ficar nervoso.

– Hã... posso te avisar se algum quarto for liberado – Chris me disse, sem jeito.

Mas eu não o escutava. Olhava para Jack, pasma. Nunca o ouvira fazer esse tipo de comentário sobre ninguém, nem sequer sobre Mike ou sobre seu pai, que pareciam ser os principais objetos de suas alfinetadas.

E, no entanto, ele parecia totalmente tranquilo. De fato, diria até que estava satisfeito. Continuava a me observar, como se esperasse uma resposta ou uma reação negativa. Ele estava procurando uma discussão.

Naquele momento, lembrei das palavras de minha terapeuta: "É preciso escolher suas batalhas, não lutar todas elas". Aquela era melhor ignorar.

Muito tranquilamente, me virei de novo para Chris.

– Sim, me avise, por favor.

– Olha só como ela quer sair correndo – murmurou Jack, sarcasticamente. – Outra vez... Que surpresa!

De novo, eu o ignorei. Não era o momento de falar com ele, menos ainda estando com aquela atitude.

– Farei isso – Chris me garantiu.

– Obrigada... Desculpa te incomodar. Se não fosse importante, eu não te pediria.

Como eu, Chris escolheu, muito sabiamente, ignorar Jack.

– Tem uma garota que talvez se mude daqui a um mês. É um quarto individual. Se ela sair, você vai ser a primeira a ficar sabendo.

– Maravilha.

– Como você está com pressa de ir embora... Parece até que se cansou de dormir na minha cama.

Pela primeira vez, caí na armadilha e entrei no seu joguinho.

– Nem toquei no seu quarto, dormi no sofá.

Ao ver que eu tinha fisgado a isca, ele abriu um grande sorriso que não tinha absolutamente nada a ver com os que ele costumava exibir um ano antes.

– Quanta consideração – ironizou, num tom delicado. – Parece até que você se preocupa comigo. Ai, não... estava quase esquecendo que isso não é verdade...

– Jack...

– ... porque faz um ano que você me largou aqui como um otário.

Olhei para Chris, que fingia mexer numa gaveta, mas não perdia um só detalhe da conversa.

– Sinto muito pelo que aconteceu um ano atrás – comecei, sem ousar olhar para ele. – Não foi a melhor maneira, eu sei, mas...

– Ah, por favor – ele soltou, de repente. Seu tom de voz tinha passado a ser totalmente desprovido de falsa doçura. – Nem pense em fingir que se importa com isso.

– Estou te dizendo que...

– Que sente muito, não? – Jack se afastou do balcão. – Você acha que eu não te conheço? Você não está fazendo isso por mim, mas por você. Como sempre. Você só quer se sentir melhor com você mesma porque sabe que foi uma...

Ele interrompeu a frase a tempo e desviou o olhar. Vi que sua mandíbula sempre ficava tensa antes de ele se virar para mim. O ar debochado apareceu de novo em sua expressão.

– Por que você voltou? Quer recuperar os amiguinhos que abandonou há um ano?

– Quero terminar o semestre que deixei pendente, Jack. Eu não sabia que você estava aqui. Se soubesse...

– ... não teria se atrevido a voltar. Já sei.

– Não... não é uma questão de me atrever ou não, a questão é que isso é incômodo pra nós dois, eu entendo. Pode ficar com seu quarto, vou dormir no sofá enquanto isso, pra que...

Sua risada me cortou. Foi tão ríspida que eu franzi o cenho.

– Meu quarto? – ele disse. – Você está me dando permissão pra usar meu próprio quarto? Sério mesmo?

– Tá bom, não foi isso que eu quis dizer...

– Fique com o maldito quarto, se você gosta tanto dele. Afinal, ele é mais seu do que meu. Sempre foi, não é?

Não entendi a que ele se referia, mas aquilo me fez sentir muito mal. Como se me acusasse de algo muito mais grave do que parecia.

– Jack – comecei, sem saber muito bem como continuar –, sei que isso é...

– "Jack"? Quem você pensa que é pra me chamar assim?

Hesitei um momento.

– Eu te chamo assim... não?

– Minha namorada me chamava assim. Quem é você pra me chamar de um modo diferente de como os outros me chamam?

– Ah, vamos, não seja infantil.

Isso o ofendeu mais do que eu esperava. Quando deu um passo em minha direção, recuei instintivamente, e não de um jeito qualquer. Cheguei a me chocar contra a estante de livros usados atrás de mim.

O susto deixou Jack surpreso – ou assim me pareceu –, e também o irritou bastante. Ele fez menção de me dizer algo, mas pensou melhor e finalmente se afastou, bufando, e saiu.

Assim que o vi desaparecer no pátio do alojamento, me virei para Chris. Ele tinha presenciado tudo e ainda estava com uma cara de incredulidade.

– Eita, e eu achando que ele não podia ser mais insuportável...

– Não é insuportável, só está magoado.

– Você vai defendê-lo depois do jeito que ele falou com você? – perguntou, pasmo.

Suspirei e passei a mão no rosto.

– Você... apenas me avisa quando tiver um quarto livre, ok?

No fim das contas, passei o dia todo no campus. No alojamento, Curtis me convidou para entrar em seu quarto e conhecer nossos novos colegas de curso. Todos me pareceram bastante simpáticos, e, além disso, me dei conta de que um ano antes eu não teria me atrevido a entrar naquele quarto nem a falar com seus amigos. Teria ficado com receio de que não gostassem de mim e teria me sentido insegura. Me senti um pouco orgulhosa de mim mesma.

Anoiteceu sem nos darmos conta. Eu estava deitada na cama com uma amiga de Curtis, enquanto ele e dois outros garotos permaneciam sentados no tapete. Todos olhávamos para a pequena tela do computador, na qual Gal Gadot estalava seu chicote dourado contra as sombras que a espreitavam.

– Como a Mulher-Maravilha está gostosa – comentou Curtis. – Essa roupa fica melhor nela do que aquelas meias.

A garota ao lado, se divertindo, deu uma batidinha em seu ombro.

– Você já se esqueceu da palestra que vimos sobre a objetificação das mulheres?

– Também faço isso com os homens, não se preocupe. Com Henry Cavill, por exemplo.

– Isso não melhora as coisas, Curtis!

– Espere – intervim –, Henry Cavill não é um homem?

Devem ter percebido minha expressão confusa, porque os quatro explodiram em gargalhadas. Senti minhas bochechas esquentarem.

– Até onde sei, é – Curtis respondeu.

– Ah, é que tinha entendido... hã...

– Você não sabia que o Curtis é bissexual? – perguntou um dos garotos.

– Parece até que ele confessou ser um assassino – comentou o outro.

– Não é isso! – respondi rapidamente. – Não tenho nada contra, é que não...! Eu não...!

– A Jenna vem de um lugar em que ninguém sai do armário – Curtis disse por mim, com um sorriso tranquilo. – Vivem presos ao século XIX.

– Não é que vivamos presos ao passado, é que... não sei. Não se fala sobre essas coisas.

E eu não estava brincando. Não conseguia imaginar como seria comentar algo assim com meus vizinhos. Acho que não iriam insultá-lo ou mexer com ele, mas Curtis não escaparia de alguns olhares tortos. Para eles, era tabu. Até mesmo para mim era difícil falar sobre isso.

– Não ligo que você seja bissexual – garanti, constrangida.

– Menos mal – riu o primeiro garoto.

– Imagina se ligasse.

– Não disse nesse sentido!

– Eu te entendi, Jenna – Curtis me garantiu e apertou meu joelho. – Sejamos sinceros, o que aconteceu é que você entrou em pânico porque, por um momento, achou que eu estivesse fora do seu alcance.

– Não se preocupe, ele funciona tanto a álcool como a gasolina – brincou a garota.

– Come todo tipo de fruta – disse o outro garoto.

– Atira pra todo lado.

– Se Deus fez...

– Ok, já entendemos! – exasperou-se Curtis.

Depois disso, a tensão desapareceu do ambiente, e eu me senti bem mais à vontade, e suspeito que os outros também. Nada como uma situação embaraçosa para criar um vínculo.

Na hora de ir para casa, Curtis se despediu de mim com seu habitual abraço de urso e um sonoro beijo na bochecha. Sorri para ele, inevitavelmente, enquanto se despedia de nós da janela de seu quarto. Os dois garotos se ofereceram para me deixar perto de minha rua. Eu não quis recusar e inclusive me diverti bastante com eles durante o trajeto. Me deixaram a dois quarteirões e meio, onde estacionaram o carro em frente à casa deles.

– Tem certeza que não quer que a gente te acompanhe? – perguntou um deles, ao ver que já estava bastante escuro, pois já passava da meia-noite.

– Não precisa. – Recusei a proposta com um gesto tranquilizador. – Nos vemos na aula, meninos.

– Avise quando chegar em casa!

Com as mãos enfiadas nos bolsos do moletom, segui para o apartamento. Podia ter aceitado que me acompanhassem, mas achei que estaria forçando a intimidade com eles. Afinal, eram apenas duas quadras, nem daria tempo de algo ruim acontecer. Além disso, eu gostava desses momentos de solidão. Somente dois dias haviam se passado, e eu já me sentia sufocada. Sentia falta de morar com minha avó, da tranquilidade que dava saber que meu maior problema era conseguir conciliar o turno do posto de gasolina com o horário das aulas de atletismo.

Enquanto pensava nisso, algo passou voando à minha frente. Assustada, parei bem a tempo de desviar de uma lata vazia, lançada por um bêbado que tinha acabado de sair de um bar de onde vinha o único som daquela rua. A música estava insuportavelmente alta. Ao se dar conta de que eu o tinha visto, o homem soltou uma risada e me mostrou o dedo do meio. Apenas revirei os olhos e atravessei para o outro lado da rua.

Foi então que avistei o carro preto e cheio de adesivos estacionado em frente à outra calçada.

Parei sem me dar conta. Eu conhecia aqueles adesivos, conhecia aquele carro. E, obviamente, conhecia o dono do carro. Lentamente, virei a cabeça para o bar. Dava para ouvir dali o burburinho das pessoas. Era o único bar que abria nas segundas à noite.

Jack estaria lá dentro?

Quis entrar e, ao mesmo tempo, sair correndo. Não gostava de lugares como aquele, especialmente da parte em que acabaria tocando num monte de desconhecidos que inevitavelmente roçariam em mim ao passar. Só de pensar nisso eu sentia arrepios.

Mas... algo me dizia que não podia sair assim, sem mais nem menos.

Enquanto o bêbado se sentava desajeitadamente para fumar um cigarro, peguei o celular e liguei para Will. Felizmente, ele era o responsável do grupo e me respondeu no segundo toque.

– Oi, Jenna – disse, alegremente. – Tudo bem?

– Tudo bem. Hã... posso te perguntar uma coisa?

Talvez eu tenha sido muito direta, porque ele ficou em silêncio por um momento.

– Claro.

– Você sabe se Jack costuma ir a bares nas segundas à noite?

De novo, silêncio, embora esse tenha me parecido mais tenso.

– Ele está num bar? Nesse exato momento?

– Acho que sim. Estou vendo o carro dele, e o único lugar aberto por aqui é um bar que...

– É aquele bar que tem um logotipo com palmeiras? Que fica a cinco minutos daqui de casa?

Tive que conferir o logotipo: de fato, havia duas palmeirinhas.

– Sim, esse mesmo. Está tudo bem...?

– Vem pra casa, Jenna. Deixa que eu cuido disso.

E desligou.

Pasma, olhei para a tela do celular antes de observar novamente o carro de Jack. Will parecia preocupado e tinha me pedido para voltar para casa. Talvez fosse melhor. Com certeza, ele saberia o que fazer muito melhor do que eu.

No entanto, me detive antes de dar o segundo passo.

Não. A pedido de Will, a antiga Jennifer teria fugido, mas a nova precisava tomar suas próprias decisões. E eu queria ver o que estava acontecendo.

Decidida, me aproximei do bêbado, que me fulminou com o olhar assim que me viu.

– Não vendo coisas estranhas – alertou.

– Não estou interessada, muito obrigada. – Tentei não revirar os olhos mais uma vez. – Será que não viu aí dentro um rapaz alto, de cabelos castanhos meio bagunçados, com uma aparência cansada e...?

– O Ross?

Pestanejei, surpresa.

– Sim. Ele está aí dentro?

O homem soltou um suspiro, esmagou o cigarro e se endireitou. Assim que o vi entrar no bar, deixei o bom senso de lado e fui atrás dele.

O interior mostrou ser tão desagradável quanto eu imaginava. Havia tanta gente apinhada que era impossível se mexer sem encostar em alguém, ou sem receber vários empurrões. Todos pareciam estar bêbados a ponto de nem se darem conta de que tentavam passar a seu lado, como se você não existisse. Nem sequer desviavam de você. E o cheiro era insuportável: suor, tabaco e umidade, uma mistura muito desagradável.

O homem chegou, afinal, ao seu objetivo, uma área de mesas e sofás na qual reinava um pouco mais de tranquilidade. Avistei as costas de Ross, que conversava com dois sujeitos da mesma idade e se virou para meu guia quando este tocou no braço dele. No entanto, não consegui ver mais nada, porque continuava no meio das pessoas. Tive que dar vários empurrões para abrir caminho outra vez.

Flagrei o momento exato em que Jack girou a cabeça subitamente para procurar algo com o olhar. Assim que me viu, ficamos alguns segundos paralisados, até sua expressão se transformar num grande sorriso.

Espere aí... um sorriso?

Mas ele não estava irritado comigo ainda naquela manhã?

Jack se aproximou de mim rapidamente. Estava vestindo uma camiseta cinza e uns jeans surrados que eu já tinha visto dezenas de vezes, além da jaqueta preta. Não sei por que esse detalhe chamou minha atenção.

Com muito menos delicadeza do que eu, desviou-se das pessoas para chegar perto de mim.

– Jen! – exclamou, alegremente.

De novo... ele não estava irritado comigo?

Eu estava tão surpresa com aquela mudança de atitude que nem reagi quando ele se plantou à minha frente. Pareceu não gostar muito daquela falta de resposta, mas mesmo assim envolveu meus ombros com um braço, e com o outro abriu caminho para chegar até onde estavam seus amigos. Me deixei levar como uma boneca de pano.

– Meninos, esta é a Jen!

Eles não precisaram de nenhuma outra explicação. De repente, eu estava com uma garrafa de cerveja na mão e tinham me empurrado para um lugar em que as pessoas não topariam comigo. Não parei até bater de costas contra uma coluna do bar. Jack deu um grande sorriso enquanto abria a garrafa, logo a colocando de novo em minha mão.

Como não reagi, ele se inclinou para falar muito perto da minha orelha, elevando a voz por causa do volume da música.

– Você veio me ver? – perguntou, entusiasmado como uma criança ao abrir seu presente de Natal. – Toma essa cerveja, hoje é por conta da casa!

– Hã... Ross...

Ele já não me escutava. Alguém o cutucara no ombro, e ele começou a conversar com quem quer que fosse, mas sem sair do meu lado. Fiquei olhando para a garrafa de cerveja sem saber o que fazer. Havia muito tempo que não bebia nada alcoólico, e não queria que a primeira vez fosse naquelas circunstâncias.

Jack foi empurrado e apoiou uma das mãos na mesma coluna em que eu estava encostada. Assim, seu corpo ficou grudado ao meu. Fiquei olhando seu peito, a poucos centímetros de meu rosto. A camiseta cinza tinha manchas de cerveja. Na verdade, ele fedia a álcool. Ergui os olhos outra vez e vi que ele me observava com alegre curiosidade.

– Você veio me ver? – repetiu.

– Você tá bêbado?

Eu nunca o tinha visto bêbado. De fato, se bem me lembro, ele era uma dessas pessoas que precisam de grandes quantidades de álcool para entorpecer os sentidos. No entanto, ele estava claramente afetado. Não parava de cambalear, estava com um sorriso estúpido nos lábios e balançava perigosamente uma garrafa de cerveja quase vazia.

– Não está com sede? – perguntou, ao ver que eu apenas brincava com o gargalo da garrafa que ele havia me oferecido. Estava frenético. Então sua bebedeira era assim: a incapacidade de ficar quieto. Tirou a garrafa de minhas mãos e a largou numa mesa qualquer. – O que foi? Não tá se sentindo bem? Tá passando mal?

– Hã... Não, mas...

– Você tá com frio, né? Claro que sim. É que você sempre sai sem casaco, Jen. Você é um desastre. Só te perdoo porque você é meu desastre favorito.

Ele riu da própria piada. De repente, eu estava usando sua jaqueta preta, e ele ficou só de manga curta. Nem me deu tempo de reagir antes de ele me segurar pelo pulso e me levar até uns sofás, onde acabei praticamente sentada em cima dele por falta de espaço. Vi que ele falava com alguém às gargalhadas, mas para mim foi difícil me situar entre as luzes que oscilavam, os rostos desconhecidos, o cheiro, o ambiente... Não estava entendendo nada. Minha cabeça rodopiava.

Jack me envolveu com os braços e me puxou para perto dele, de modo que acabei com as costas grudadas em seu peito. Isso me lembrou do modo como ele tinha feito isso um ano antes, só que agora ele o fazia de maneira exagerada.

Eu não estava gostando de ver Jack embriagado. Me sentia mal por ele, como se ele fosse um bebê que eu tivesse de proteger de todo o mal.

Quando senti que ele apoiava a testa na curva de meu pescoço, fiquei incapaz de me mexer.

– Fico tão feliz que você tenha voltado... – suspirou.

Eu queria deixar que isso me levasse e alegrasse minha noite, mas não me permiti fazer isso.

– Hoje de manhã você não parecia muito contente.

– Ah, Jen... As coisas ficaram um pouco complicadas, mas tanto faz. Agora você tá aqui.

– E você está bêbado numa segunda à noite. – Não, não ia deixar as coisas tão fáceis para ele. – Ross, você não tem um trabalho pra fazer? Um filme ou algo assim?

– Foda-se o filme.

– É o seu trabalho, não...

– Podemos nos divertir por uma noite? – protestou. – Que saco, só quero me divertir com você. Senti sua falta.

Quis dizer a ele que não me importava e que eu também tinha sentido falta dele, mas sentia que aquilo não era real, e sim um efeito do álcool.

E, mesmo que quisesse responder, de repente mãos me agarraram e me fizeram levantar. Uma das garotas me arrastava para dançar junto com as outras. Enquanto todas elas se mexiam ao meu redor, procurei Jack com o olhar. Não podia perdê-lo outra vez. Não voltaria a ter a sorte de encontrá-lo.

Mas ele reapareceu. Em meio ao caos de luzes, vozes e cores, dançou colado em mim. Vi que ele ria, que bebia e que me puxava pela mão para que desse uma volta com ele. Mas eu não dançava, apenas olhava ao redor, meio desesperada. Precisava sair dali, e precisava levá-lo comigo. Will devia estar esperando. Quanto tempo havia se passado?

Em meio ao caos, tudo ficou muito confuso, e logo me dei conta de que Jack tinha desaparecido. Procurei-o em meio à multidão, mas foi inútil. Não paravam de me empurrar de um lado para outro, e havia tantas caras desconhecidas que comecei a me desesperar. Sentia calor com a jaqueta de Jack, mas não a tirei. Me limitei a procurar por ele.

Por fim, encontrei a garota que tinha me tirado para dançar e lhe perguntei pelo paradeiro de Jack. Como resposta, ela deu de ombros e apontou para a área das mesas. Ela me disse que ele tinha ido falar com um sujeito que eu não conhecia. Apontou para ele: estava com um moletom azul chamativo. Felizmente, era uma cor que se destacava, e foi muito fácil encontrá-lo. Me aproximei, decidida, para lhe perguntar do meu ex-namorado.

E então o vi.

Jack estava com ele, tal como tinham me dito. No entanto, os dois não estavam conversando. Sobre a mesa havia várias carreiras de um pó branco que um garoto estava terminando de arrumar com um cartão de crédito. Havia uma nota de cinco dólares enrolada ali ao lado, e foi isso que Jack usou para, depois de se inclinar e soltar uma gargalhada, aspirar uma daquelas carreiras pelo nariz.

Eu não saberia dizer exatamente o que senti ao ver aquilo. Sabia que Jack havia consumido drogas muito antes de me conhecer, sabia que em seu passado ele havia tomado decisões bastante questionáveis. E, mesmo assim, ver com meus próprios olhos... ver que aquilo estava acontecendo de novo... fez meu mundo desabar. Durante o que me pareceu uma eternidade, senti que tudo deixara de existir.

Pelo menos até que ele levantou a cabeça, no meio de uma risada, e seu olhar encontrou o meu. O riso morreu em seu rosto. Ele ficou completa e absolutamente pálido, assim como eu devia estar.

Jack bebia. Jack se drogava. Por isso tinha olheiras. Por isso aquele seu jeito frenético. Agora eu entendia os comentários dos outros. Ele tinha voltado a ser o Jack mal-humorado de que tinham me falado. Mas... será que sabiam de tudo? Sabiam que ele tinha sofrido uma recaída? Quando foi isso? Em que momento? Por que ninguém havia feito nada?

Eu precisava sair dali e, mais que isso, tirá-lo dali. Por isso não me movi quando ele começou a empurrar as pessoas – que protestaram furiosamente – para chegar até onde eu estava. Dessa vez, quando parou ao meu lado, não ousou tocar em mim. Me olhava com os olhos arregalados e com a respiração agitada, como se temesse que eu fosse sair correndo de repente.

Quando viu que eu não me movia, levantou as mãos para me segurar, mas afinal pensou melhor e as deixou cair com os punhos fechados. Não parava de fungar e de procurar meu olhar. Estava ansioso, frenético, desesperado.

– Jen – começou, com uma voz assustada –, n-não... não é...

E foi então que me arrisquei a pensar que eu ainda tinha alguma importância para ele, pelo menos um terço da que tinha no ano anterior, e usei a mim mesma como desculpa.

– Estou me sentindo muito mal – falei. – Acho que preciso de ar fresco.

Esperei, hesitante, e fiquei muito aliviada ao ver que sua expressão mudara para uma mais determinada. Sem falar nada, me envolveu de novo em seus braços para abrirmos caminho até a saída. Me deixei levar sem protestar, mas continuei olhando para ele. Via como ele esfregava o nariz, como piscava freneticamente. Parecia ter mais energia do que seu corpo era capaz de conter.

Honestamente, fiquei com vontade de chorar, mas aquele não era o momento mais adequado, portanto segurei a onda.

Quando finalmente chegamos do lado de fora, me afastei um pouco dele e lhe dei as costas. Talvez eu realmente estivesse precisando de ar fresco, no fim das contas. Estava muito tonta, mesmo sem ter bebido. Era o peso da realidade, que acabava de me atingir em cheio.

– Jen?

Não me virei para ele, mas sabia que ele me seguia de perto. Se não encostava em mim era porque não sabia como eu iria reagir, e não porque não quisesse.

A imagem de Jack aspirando uma carreira de cocaína invadiu minha cabeça mais uma vez. Fechei os olhos com força.

– Por favor, me diga alguma coisa. Qualquer coisa.

Abri os olhos. Ele estava com uma mão em meu braço, como se temesse que eu fosse embora e quisesse me prender ali.

– Não queria que você ficasse sabendo assim...

Eu me virei para olhar para ele, furiosa. Jack continuava pálido e me observava com uma expressão pesarosa.

– E como você queria que eu ficasse sabendo? – alfinctei. – Ross, você está...!

– Não é tão grave quanto parece!

Eu não sabia se ria ou chorava. Ou se fazia as duas coisas ao mesmo tempo. Assim que fiz menção de me afastar, ele voltou a me segurar pela manga da jaqueta. Parecia desesperado.

– Não tem problema! Posso parar com isso quando quiser – insistiu. – Só faço isso em festas, quando os outros trazem, nada além disso! Não é um hábito, Jen. Você tem que confiar em mim.

– Então você conseguiria jurar, aqui e agora, que não vai voltar a fazer isso nunca mais?

Ele hesitou, e naquele exato momento um carro cinza estacionou ao nosso lado com um rangido de pneus. Will saiu do carro num pulo, especialmente quando viu a cena, e rapidamente se aproximou de nós. Jack, por sua vez, me olhava como se eu o tivesse traído.

– Foi você que ligou pra ele?

– Eu estava preocupada.

– Podia ter dito isso pra mim!

– Você não está em condições de fazer nada! Precisa de ajuda!

Will trocou um olhar comigo antes de se aproximar de Jack, mas isso não serviu para nada. Assim que tentou segurá-lo, Jack o afastou com um empurrão. Não sei nem como conseguiu se manter de pé.

– Vocês podem ir à merda! – exclamou, apontando para nós dois. – Não preciso de uma babá, entenderam? Posso tomar minhas próprias decisões e...!

– Cara, entra no carro e deixa de besteira – falou Will.

Fiquei surpresa com seu tom de voz cansado. Com certeza já havia passado por isso mais de uma vez. Até mesmo Jack parecia acostumado. Continuaram a discutir, mas afinal Jack entrou no banco de trás do carro, batendo a porta. Antes que eu entrasse também, Will parou ao meu lado.

– Vai atrás com ele, por favor.

De novo, ele soava esgotado. Não quis contrariá-lo. Jack estava com a cabeça apoiada no assento, os olhos fechados com força. Não se mexeu ao sentir que eu me sentava ao seu lado. Enquanto isso, Will ligou o motor e deu uma olhada em nós dois.

– Você pode colocar o cinto de segurança nele? – me perguntou.

– Sei fazer isso sozinho!

Ignorando-o completamente, deslizei sobre o assento para me esticar sobre ele. Jack deixou-se ser empurrado e agora mantinha outra vez a cabeça colada ao encosto do assento. Estava pálido. Claramente, sua vertigem aumentava. Observei-o, preocupada, antes de apertar o cinto e decidir ficar no assento do meio, junto dele.

– Você tá bem? – perguntei, segurando seu pulso. – Tá me ouvindo?

Como resposta, soltou um grunhido e virou a cabeça para a janela do carro, na direção contrária.

– Deixa ele – recomendou Will, em voz baixa.

De novo, decidi acatar sua sugestão. O peito de Jack subia e descia de forma um pouco irregular, e ele não parava de se mexer. Não estava dormindo, mas também não estava completamente acordado. De repente, parecia estar vivendo num planeta completamente diferente. Eu estava apavorada.

Will foi quem passou um braço sobre os ombros dele para ajudá-lo a subir as escadas. Jack olhou para nós várias vezes, mas no fim sempre voltava a cabecear como se fosse cair no sono.

E assim foi. Logo que entramos no apartamento, Will o deixou cair sobre o sofá, e Jack fechou os olhos. Não estava roncando, mas tinha ficado totalmente grogue. Nosso amigo o girou para colocá-lo de lado, tirou seus sapatos, pôs um travesseiro sob sua cabeça e o cobriu com um cobertor. Mesmo assim, eu continuava olhando para ele sem saber o que fazer.

– Posso fazer alguma coisa pra ajudar?

Will negou com a cabeça.

– É melhor deixá-lo assim. Se ficar de lado e vomitar, não vai acontecer nada. É melhor que ele fique de lado, tá bem?

Assenti, meio paralisada.

– Você pode ficar um pouco com ele? Tenho que avisar a Naya que estamos bem.

Assenti outra vez, mas detive Will antes que ele pudesse sair.

– Você sabia o que ele estava fazendo naquele bar? – perguntei.

Will me deu as costas por algum tempo antes de se virar para mim. Estava com uma expressão sombria.

– Sim. E já sei o que você está pensando. Tentei ajudá-lo muitas vezes, Jenna, muito mais do que você imagina. Mas você não consegue ajudar alguém que não quer ser ajudado. A única coisa que você pode fazer é cuidar dele.

Não soube o que lhe dizer. No fim, só me ocorreu fazer uma pergunta:

– Como você sabe de que maneira é preciso tratar alguém que...? Você me entendeu...

Will teve uma reação quase imediata: desviou o olhar. Eu nunca o tinha visto fazer isso antes.

– Já volto.

Quando Will desapareceu no corredor, eu me aproximei de Jack. Ele estava com um dos lados do rosto enfiado no travesseiro, esfregando os olhos com o punho. Apesar de não olhar pra mim, estava acordado.

– Você tá melhor? – perguntei, meio inutilmente.

– Humm... pena que o Will seja um estraga-prazeres, a gente estava se divertindo muito.

– Você é que estava se divertindo *demais*.

Jack não abriu os olhos, mas esboçou um pequeno sorriso, que não chegou a me deixar muito contente. E eu não consegui falar muito mais, porque Will apareceu.

– Acho que hoje você devia dormir no quarto – ele recomendou, me olhando de soslaio.

Tentei dormir, mas foi difícil. Assim que entrei no quarto, tudo ao meu redor evocou as lembranças que eu tinha tentado esquecer durante um ano inteiro. A cômoda, o armário, os pôsteres, os troféus, a varanda fechada... Não tinha me dado conta de que havia sentido tanta falta daquele lugar. Só o cheiro é que havia mudado: era óbvio que Jack já não usava muito aquele quarto. Cheirava a lugar fechado. Isso me entristeceu.

Não consegui descansar muito. Meu sono foi intermitente, e, quando vi que já estava começando a amanhecer, desisti, mas não saí da cama. Não me atrevia a enfrentar o que me esperava na sala, isso até ouvir o ruído inconfundível de um móvel sendo arrastado de um lado para outro. Com o cenho franzido, me sentei na cama e ouvi com atenção. Sim, havia alguém abrindo gavetas e movendo os móveis de lugar. Da última vez que algo parecido aconteceu, era Mike. Talvez fosse ele novamente.

Levantei e olhei para mim mesma. Estava usando calças curtas e folgadas, uma camiseta de manga curta e meias vermelhas. Não parecia uma boa combinação para nos reencontrarmos depois de um ano, mas teria de ser suficiente.

No entanto, Mike não estava na sala. Ninguém havia entrado lá. Quem remexia nos móveis era Jack, que esvaziava as gavetas desesperadamente.

Eu não soube o que dizer, então fiquei de pé ao lado do sofá, como uma idiota, enquanto ele continuava remexendo nos móveis como um louco, praguejando em voz baixa. Quando passou de um móvel a outro, percebeu que havia alguém o observando. Ele se virou para mim com cara de espanto e pareceu surpreso ao me ver, como se algo não se encaixasse.

A princípio, não falou nada. Me examinou de cima a baixo várias vezes e depois franziu o cenho.

– O que você tá fazendo aqui?

– Ouvi você remexendo nas coisas – murmurei. – Você tá be...?

– Não, estou perguntando o que você tá fazendo aqui, em casa. Você não ia ficar no alojamento?

Pestanejei várias vezes antes de me dar conta de que ele estava falando muito sério.

– Chris não tinha nenhum quarto livre, Ross – falei lentamente, analisando sua expressão confusa. – E à noite encontrei você num bar. Você estava bêbado.

De novo, ele me olhava como se não entendesse nada, mas pelo menos teve uma ideia da situação. Agora parecia assustado.

– E você viu alguma coisa que...?

– Se eu vi o que você estava fazendo com aquela nota enrolada? Sim, Ross, eu vi.

Eu não queria que meu tom de voz tivesse saído tão amargo, mas agora era tarde. Ele desviou o olhar e, depois de alguns segundos, virou-se de novo para mim. Tinha ficado na defensiva.

– Estou ocupado e quero ficar sozinho. Tchau.

– Você não se lembra de nada do que aconteceu ontem à noite? – perguntei, ignorando-o. Comecei a avançar em sua direção sem pensar no que faria quando estivesse perto dele. Ele ficou ainda mais tenso. – Não se lembra nem sequer do que aconteceu naquele bar? Isso é... é isso que você procura?

– Me deixa em paz.

– Você não percebe como isso te faz mal? – insisti, teimosamente. – Há alguns minutos você nem sabia que eu estava aqui, nesta mesma casa!

– Mas quem você pensa que é? Minha mãe? Cuida dos seus problemas e me deixa em paz.

– Não acho que sou sua mãe, mas me preocupo vendo... tudo isso.

Eu tinha apontado para seu corpo como um todo. Jack cerrou os dentes.

– Isso? Você não gosta mais de mim, Jenny? Você vai partir meu coração... outra vez.

– Me refiro à sua aparência. Você está... – Não me ocorreu nenhum modo mais delicado de dizer isso. – Ross, você precisa de ajuda.

Sua resposta foi uma risada violenta.

– E você precisa aprender a diferenciar quando está sobrando e quando está fazendo falta.

– Não vou cair nessas provocações infantis, Ross. Eu cresci ouvindo esse tipo de coisa, sei como ignorar isso.

– Agora sou uma criança?

– Não, mas está sempre tentando fugir do assunto, pra não falar do que não quer. E só está querendo que eu discuta com você pra conseguir isso.

– A psicóloga...

– Exatamente, fiz terapia durante o último ano – repliquei. – E quer saber? Aprendi várias coisas. Você já tentou fazer terapia alguma vez? Talvez não fosse uma ideia tão ruim, Ross...

Pronunciei essa última frase num tom mais suave. Até tentei pôr uma mão em seu ombro, mas foi uma péssima decisão. Quando se deu conta de que eu ia tocar nele, deu vários passos para trás, afastando-se de mim. Parecia assustado.

– Não me toque – avisou.

– Tá bom – concordei –, não vou fazer isso, mas...

– Vai embora de uma vez! – insistiu, cada vez mais nervoso. – Porra, você não tem nada melhor pra fazer do que ficar me incomodando? Não pode tentar arruinar a vida de outra pessoa?

Aquilo me doía, mas eu me negava a reagir. Não o faria, ou pelo menos tentava me convencer disso.

– Quero te ajudar – insisti, suavemente. – Se você deixar...

– Não quero a sua ajuda! Não quero a ajuda de ninguém! Estou de saco cheio de ser tratado como uma criança que não sabe cuidar de si mesma. Sei o que estou fazendo, tá? Sei perfeitamente. Só... só preciso achar a merda da jaqueta. Não consigo encontrar! – Ele tinha começado a falar rápida e atropeladamente, eu mal conseguia entendê-lo. Segui-o com o olhar, pasma, enquanto ele passava as mãos pela cabeça freneticamente, parecendo que ia arrancar os cabelos. – Não sei onde ela está, porra! Não consigo encontrar! Não...!

De repente, ele parou. Seu peito subia e descia agitadamente. Eu não soube o que fazer quando ele se deixou cair no meio da sala, encostou os joelhos no peito e agarrou os cabelos com tanta força que seus dedos ficaram esbranquiçados.

– Merda, merda, merda...

Fiquei tão surpresa com aquilo que demorei alguns segundos para me aproximar dele.

Claro que ele não estava encontrando sua jaqueta: ela continuava no quarto, porque ele a tinha me emprestado no bar. Quis dizer isso a ele, mas me detive, com medo de que na verdade ele estivesse em busca de um saquinho cheio de pó branco.

Em vez disso, me agachei lentamente ao seu lado. Jack tinha fechado os olhos com força, e eu estava ficando preocupada, temendo que ele realmente começasse a arrancar os cabelos. Nunca tinha visto ninguém agarrá-los com tanta força.

– Jack... – Com tudo que estava acontecendo naquele momento, esqueci que ele tinha me pedido que não o chamasse assim. – O que foi?

– Cala a boca – ele disse, entre os dentes. – Me deixa em paz. Sai daqui.

– Não quero te deixar sozinho, quero te ajudar. – Me aproximei um pouco mais e pus uma mão em seu braço. Eu mesma começava a soar apavorada. – Me diz como posso te ajudar, por favor. O que é que tem nessa jaqueta? Do que você precisa?

Uma parte de mim esperava que ele me tirasse dali com um empurrão ou então que voltasse a se afastar, num pulo, mas ele não fez isso. Na verdade, deteve-se lentamente, e vi que agarrava o cabelo com menos força. Com os olhos grudados no chão, começou a balançar a cabeça.

– Eu estraguei tudo, Jen – ele disse, com um fio de voz.

Não entendi a que se referia exatamente, mas me sentei ao seu lado e passei o braço por suas costas. De novo, ele não me repeliu, mas também não me olhou no rosto.

– Com certeza as coisas não são tão graves quanto parecem – garanti, em voz baixa.

– São, sim... Você não entende.

– Então explica e me deixa te ajudar, por favor.

Quase um minuto se passou sem que ele dissesse nada. Passei a mão em suas costas, tentando animá-lo. Não sei se funcionou, mas pelo menos ele não se afastou.

E, por fim, depois do que pareceu uma eternidade, ele começou a falar:

– Estou... devendo dinheiro pra uma pessoa.

Bem, essa não era a resposta que eu esperava. Jack enterrou o rosto entre os joelhos mais uma vez. Estava devendo dinheiro a alguém, e, pelo jeito que ele falou isso, estava claro que não se tratava de pouco dinheiro.

– Bom... seu filme vai estrear daqui a pouco tempo. Então, com certeza você vai poder...

– Não, não vou. Já gastei todo o adiantamento que me deram. Não vou ganhar mais nada antes da estreia. E o filme pode ser um puta fracasso! Pode ser que ninguém queira assistir!

– E os curtas?

Eu estava começando a ficar sem opções. Jack bufou.

– Deixei de receber por eles há um ano.

Hesitei, visivelmente. Não sabia o que dizer para consolá-lo.

– É muito urgente? – perguntei, então.

Jack assentiu, sem olhar para mim.

– E... o que vai acontecer se você não pagar?

Desta vez, um simples olhar foi suficiente para que eu tivesse uma ideia. Um calafrio percorreu minha espinha. Tentei pensar rapidamente.

– Você acha que duzentos dólares serviriam pra ganhar tempo?

Jack pestanejou, ainda me olhando, e de repente sua expressão se tornou sombria.

– Não quero seu dinheiro. Não preciso da sua piedade.

– Só quero te dar uma mão.

– Mas eu não aceito.

– Você não pode simplesmente aceitar e pronto? Aceite isso como se... como se eu estivesse te devolvendo o dinheiro que você me emprestou no ano passado, certo? Com certeza, eu te devo muito mais do que isso. É só um adiantamento.

Então ele realmente hesitou. Senti que ele me observava quando entrei rapidamente no quarto para sair de lá com sua jaqueta e com os duzentos dólares que tinha acabado de tirar de meu cofrinho particular. Jack olhou para essas duas coisas com cautela, antes de se concentrar novamente em mim. Ele havia se levantado.

– Por que é que você tem duzentos dólares? – perguntou, sem rodeios.

– Porque trabalhei em mais de um emprego durante um ano inteiro. Não vou falir por causa disso, te garanto.

Depois de hesitar por mais alguns segundos, ele finalmente se adiantou e pegou a jaqueta e o dinheiro. Ficou olhando para as notas antes de se dirigir a mim:

– Eu vou te devolver.

Dei de ombros. Também não me importaria se ele não devolvesse. Era bom trocarmos de papéis, mesmo que fosse por uma única vez.

Ficamos em silêncio, e estava claro que não havia mais nada a ser dito. Era melhor não forçar as coisas. Ele já estava mais tranquilo, e eu, por fim, tinha conseguido ajudá-lo. Talvez fosse melhor deixar que ele dormisse e falar com ele em outro momento.

Quando me encaminhei para o corredor, ele se virou para deixar a jaqueta no sofá e me dar as costas.

– Durma bem, Jack.

Ouvi um murmúrio como resposta.

4

O INVASOR DE BANHEIROS

CONSEGUI DORMIR UM POUCO MAIS, talvez duas ou três horas seguidas. Depois fiquei cochilando e acordando alternadamente, até que por fim desisti e fui até a cozinha.

Fiquei surpresa ao ver o sofá vazio, sem sinal de Jack, mas nem precisei perguntar. Sue, que estava na bancada tomando seu sorvete direto do pote, apontou para mim com a colher.

– Quando eu acordei, ele já tinha saído.

– Ah... e isso é normal?

– O quê? Que ele passe a noite enfiando qualquer merda no nariz e depois desapareça? É bem normal.

Olhei para ela com os olhos arregalados, e ela me respondeu com uma careta.

– Fui dura demais?

– Um pouquinho.

– Tá bom. Sim, infelizmente é normal – explicou, enquanto eu me sentava ao seu lado. – Acho que a recaída foi na França. Desde que voltou, não parece a mesma pessoa.

Eu não soube o que dizer. Ainda estava tentando imaginar as circunstâncias em que ele havia decidido retomar esse caminho, do qual tanto se arrependia. Talvez a pressão da faculdade tenha sido demais para ele? Talvez ele tenha tido algum outro problema? O que quer que fosse, eu preferiria que tivesse encontrado outra maneira de relaxar.

– Mas ele não pode continuar assim – balbuciei. – Ele devia... não sei... O que se faz nesses casos? Procurar uma clínica?

– Acredito que sim. Não sou especialista no assunto.

– Bom diiiiia! – A voz de Naya nos interrompeu. Ela se aproximou toda contente, vestindo apenas uma calcinha e um moletom de Will. – Estou morrendo de fome.

Ela devia ser a única que não sabia da história toda, porque mesmo seu namorado, que apareceu atrás dela, parecia estar com o humor lá embaixo.

– Olá, meninas – murmurou, enquanto ligava a cafeteira. Seu olhar aterrissou sobre mim. – Conseguiu dormir?

– Acho que tanto quanto você.

Trocamos um meio-sorriso que fez Naya nos observar com curiosidade, como sempre que entrevia algum segredo.

Recebi uma mensagem e olhei para a tela do celular. Sue também. Como de costume, nem pensou em disfarçar.

CURTIS:
Tenho um programão pra esta tarde 😃

Sessão de cinema no meu quarto. Traga pipoca ou nem deixo você entrar.

– Puxa – comentou Sue. – Você não perde tempo, hein?

– O que você quer dizer com isso? – perguntou Naya, sempre muito atenta.

– Que o namorado dela mandou uma mensagem.

– Namorado?!

– O Curtis não é meu namorado – esclareci.

Mas o cerebrozinho fofoqueiro de Naya já funcionava a toda velocidade.

– Curtis? – repetiu, pensativa. – Esse nome é familiar.

Intervim antes que Sue conseguisse distorcer as coisas ainda mais:

– É um colega do curso. E um amigo.

– Ah, sim, lembrei dele! É muito bonito.

Sue tirou o celular de minhas mãos para ver a foto de perfil de Curtis. Pela cara que fez, imaginei que não estivesse muito de acordo.

– Foi com ele que você ficou ontem até altas horas? – Naya me perguntou, acompanhando a pergunta com um movimento sugestivo dos quadris. – Não estranho que você esteja com essa cara de cansada...

– Igual a sua? – provocou Sue.

Will revirou os olhos e se concentrou no café, enquanto Naya ficava vermelha.

E, mais uma vez, me dei conta de que ninguém perguntava por Jack, ninguém estranhava que ele não estivesse ali. Isso me fazia lembrar de...

– Por onde anda o Mike? – perguntei.

Pelos olhares que recebi, parecia que eu tinha acabado de falar a maior bobagem da história.

– Provavelmente mendigando em casas alheias – murmurou Sue. – Que diferença faz? Ele sempre acaba aparecendo.

Will sorriu levemente.

– Ele continua com a banda – Will me informou. – Gravaram uma música que fez certo sucesso, e nós o convencemos a se matricular em aulas de canto.

– Ah, e ele melhorou?

– Havia muito o que melhorar. – Naya sorriu malevolamente e ganhou um olhar de reprovação do namorado.

– Sim, melhorou bastante – disse Will. – Ainda não canta como os anjos, mas já consegue fazer mais do que só gritar no microfone.

Nova mensagem. Todos viramos automaticamente na direção de meu celular.

CURTIS:
Aliásss, já estou com o livro que você tinha me pedido! Estava escondido debaixo de uma pilha de cuecas.

Mas eu limpei, tá?

Quer que eu leve na sua casa?

Naya sufocou um grito.

– Diga que sim, assim vamos poder conhecer ele!

– Posso convidar, mas ele não é meu namorado – esclareci.

– Sim – falou Sue. – Que boa notícia, as pessoas podem ter amigos que sejam apenas isso.

– Certo, então vamos conhecer seu amigo. Se nos dermos bem, ele poderia vir aqui jantar ou algo assim. Sempre somos só nós, isso me entedia.

Sue levou uma mão ao coração.

– Já não somos o suficiente pra você?

– Não estou dizendo isso, mas alguma variedade até que seria bom.

Desde que ela havia feito essa proposta, Will a olhava fixamente, com uma expressão um pouco estranha, como se não achasse aquilo uma boa ideia. Ao se dar conta de que eu o tinha flagrado, ele se apressou a fingir que não tinha ouvido nada.

Curtis combinou de me trazer o livro naquela mesma tarde, o que me deixou bem contente. A ideia de Naya não me parecia tão ruim. Afinal, Curtis também tinha me apresentado a todos os seus amigos e garantido que eu me sentisse integrada. Não era justo que eu fizesse o mesmo com ele? Além do mais, Curtis era encantador. Com certeza todos se dariam superbem.

Quando Curtis tocou a campainha, Naya já estava completamente empolgada. Fui abrir a porta para ele com um grande sorriso. Meu colega da faculdade estava com o ombro apoiado no batente da porta. Pegou o livro e piscou para mim.

– Boa tarde! Entrega em domicílio.

– Obrigada por trazer o livro. Quer entrar?

– Claro que sim, quero ver onde você mora. Já estou curioso.

Dei risada e abri a porta para que ele pudesse entrar. Ainda não a tinha fechado quando ouvi a voz de Naya o cumprimentando. Até aquele momento, não havia me dado conta de como aqueles dois combinavam. Entre outras coisas, ambos eram o tipo de pessoa que convence um grupo de se integrar aos demais. E não estava enganada, porque em questão de minutos já estavam fofocando no sofá, enquanto Sue folheava uma revista na poltrona e Will colocava as cervejas sobre a mesa de centro.

– Então vocês vão juntos às aulas – concluiu Naya, nos olhando com um grande sorriso. – Que bom. Estava preocupada que Jenna se sentisse sozinha.

Isso me deixou um pouco vermelha.

– Por que você fala como se fosse minha mãe?

– Melhor que isso, sua irmã mais velha.

– E tem razão, porque pra você é difícil se relacionar com as pessoas – Curtis a apoiou, passando um braço por cima de meus ombros. Semicerrei os olhos tanto para Will quanto para Naya quando riram de mim. – Pelo menos quando estamos em grupos grandes, porque meus amigos adoraram você.

Isso me aliviou mais do que eu gostaria de admitir. Mesmo que eu conhecesse um grupo de pessoas e me desse maravilhosamente bem com eles, quando ficava a sós eu sempre duvidava de minha capacidade de fazê-las gostarem de mim.

– Quem é que gosta de grupos grandes? – murmurou Sue, e virou a página da revista.

– Eu gosto – comentou Curtis, afrouxando a pegada em meus ombros. – É divertido soltar comentários maldosos e ver como as pessoas ficam chocadas.

Sue não levantou a cabeça, mas, pelo jeito que ela apertou os lábios, soube que tinha gostado desse comentário e estava se divertindo e reprimindo um sorriso.

Espere aí, ele já estava ganhando a casa toda? Até mesmo Will parecia estar se divertindo! Como ele havia conseguido fazer isso tão depressa? Precisei de várias semanas para que Sue deixasse de me olhar com cara de nojo.

É admirável.

Justamente quando Curtis ia dizer algo mais, todos viramos a cabeça em direção à entrada do apartamento. Jack tinha acabado de chegar e de jogar as chaves sobre o balcão. Ele tinha trocado de roupa. Estava com um moletom cinza e uma calça jeans que eu nunca tinha visto. De fato, tudo parecia novo.

Era um detalhe muito pequeno, mas o fato de já não reconhecer suas roupas fez meu coração encolher um pouco. Será que as coisas tinham mudado tanto assim em apenas um ano?

– Escuta, Will – ele disse, ao se virar. – Onde está a Jen? Tenho que...

Quando por fim nos viu, se interrompeu e ficou plantado no meio da sala. Eu não tinha me dado conta de que Curtis continuava com o braço sobre meus ombros. Ninguém falou nada, e nem foi preciso, porque meu amigo retirou o braço na mesma hora, me deu uma palmadinha no ombro e se endireitou em seu lugar no sofá.

Jack não reagiu. Continuava a olhar fixamente para Curtis, como se algo não se encaixasse. Estava com uma das mãos enfiada no bolso do moletom, e senti que ia tirar algo dali, mas mudou de ideia, cerrou os dentes e tirou a mão do bolso.

– Ah, oi. – Will foi o primeiro a cortar o tenso silêncio que havia se formado ao nosso redor. – Esse é o Curtis, amigo da Jenna.

Fiquei com a impressão de que Will enfatizou a palavra "amigo". Jack olhou para ele por um momento, antes de se concentrar novamente em Curtis. Já havia voltado a ser ele mesmo, e sua expressão refletia o mesmo desdém daqueles últimos dias.

Por algum motivo, pensei que, depois do que acontecera na noite anterior, alguma coisa teria mudado entre nós. Quanta ingenuidade.

– Então tá – Jack murmurou, demonstrando pouco interesse.

Deu meia-volta, pegou uma cerveja e a abriu com a mão, sem olhar para nós. Depois se sentou do outro lado do sofá, deixando-me no meio. Mesmo com Jack se sentando o mais longe possível de mim, a situação ficou ainda mais desconfortável. Olhei-o de soslaio, mas ele estava tomando um gole de cerveja e não prestou a menor atenção em mim.

– Nosso querido amigo é diretor de cinema – informou Naya,

imagino que para quebrar aquele silêncio de novo. – Seu filme vai estrear em breve.

Curtis teve a delicadeza de se mostrar interessado.

– Sério? Quando será a estreia?

Jack respondeu sem olhar para ele:

– Daqui a duas semanas.

– Você parece estar muito entusiasmado – comentou Sue.

Jack continuava com os olhos grudados na tv, embora fosse óbvio que não estava prestando atenção. Quase lhe perguntei se estava se sentindo bem, mas certamente ele não teria gostado de uma pergunta como essa na frente de todo mundo.

Will interveio de novo:

– A Vivian vai estar na première?

Sem me dar conta, franzi um pouco o cenho. Me veio à mente a lembrança agridoce de uma garota atendendo o telefone no dia do aniversário de Ross. Então ela se chamava Vivian? Por que tinha atendido o celular dele? Eu tinha tentado não pensar muito nela e me convencer de que não era problema meu, mas isso ficava cada vez mais difícil.

– Obviamente – Ross falou, secamente.

– Quero conhecer ela – disse Naya, gentilmente.

Por que eu sentia que todo mundo havia se calado por minha causa? Olhei para Will em busca de ajuda, mas ele se esforçou para fingir que não percebia. Por fim, desisti e me virei para Curtis, que já tinha claramente se cansado de fingir que aquela situação era agradável para ele.

– Preciso ir – ele disse, com um meio-sorriso. – Mas nos falamos, hein?

– Claro. Vamos lá, eu te acompanho até a porta.

Tentei ignorar a sensação de estar sendo observada enquanto Curtis colocava sua jaqueta. Depois, abri a porta para ele e me afastei para deixá-lo passar. Agradeci o pequeno abraço que ele me deu.

– Um dia você vai ter que me contar por que é que aquele mal-encarado sentado no sofá estava me fuzilando com o olhar – ele murmurou em meu ouvido. – Isso tem cara de ser uma fofoca muito interessante.

Não pude deixar de sorrir.

– Você nem imagina.

– Aaaaaah, já estou morrendo de vontade de saber.

– Sinto muito que você tenha que sair assim... Se isso servir de consolo, todos os outros estão encantados com você.

Ele se afastou de mim com um sorriso.

– Mas é claro, eu sou incrível. Até mais, Jenna.

Assim que fechei a porta, me senti observada novamente, e não estava errada. Jack estava de pé, com um ombro apoiado no batente da porta da sala. Sua expressão não havia mudado, mas ele não parava de me olhar.

Decidi ir pelo caminho mais cordial possível.

– Você quer me dizer alguma coisa?

Como resposta, ele ergueu uma sobrancelha. Queria fingir desinteresse, mas estava com os dedos apertados na garrafa de cerveja, com os ombros tensos e com a ponta do sapato batucando insistentemente no chão. Eu me sentia como se estivesse de pé ao lado de uma bomba prestes a explodir.

– Você tinha dito que estava procurando por mim – insisti, tentando desviar o assunto de Curtis. – Era por algum motivo em particular?

– Você acha que eu quero falar com você? – perguntou, num tom ao mesmo tempo suave e mordaz. – Isso é um pouco egocêntrico da sua parte.

Apertei os lábios.

– Foi você que falou.

Ele sorriu, mas me transmitiu tudo menos humor.

– Não acho que você vai gostar muito da conversa, *Jenna*.

Senti que ele pronunciava meu nome como se fosse algo ofensivo, e isso me incomodou. Como eu não queria perder a paciência, decidi desviar o olhar e procurar alguma distração.

– Vou tomar um banho. Quando você quiser falar, me procura.

Meu tom foi um pouco extremo, mas fez com que eu me sentisse bem comigo mesma. Ele passava o dia me provocando, era bom retribuir com alguma alfinetada, por menor que fosse. E senti que havia funcionado assim que notei que ele me seguiu com o olhar até o banheiro.

Fui sincera ao lhe dizer que me procurasse quando quisesse conversar, mas não achei que ele levaria isso ao pé da letra. Enquanto eu pulava num pé só para terminar de tirar as calças, a porta do banheiro se escancarou.

Quase caí de bunda no chão por causa do susto, mas consegui me manter de pé e finalmente tirar as calças. Estava apenas de camiseta e calcinha e, no entanto, me pareceu que Jack nem sequer percebeu. Estava com os olhos cravados nos meus e claramente irritado.

– Ok, quero conversar – esclareceu.

– Agora?!

– Sim, agora.

– Onde está seu senso de privacidade?! Sai daqui agora mesmo!!!

– Você se instalou na minha casa, no meu sofá, depois de me deixar jogado, como se eu não fosse nada – replicou, enquanto se aproximava de mim. Tinha até ficado vermelho de tanta raiva. – E a primeira coisa que vejo ao voltar é que você trouxe outro cara pra cá, para ficar abraçada nele na sala da minha casa!

– Ross, sai da...!

– Posso saber qual é a sua? – alfinetou, me ignorando. – Você foi sempre assim? Porque não me lembrava de você ser uma pessoa tão ruim.

Eu ia pedir outra vez para ele sair do banheiro, mas essa última frase me fez cerrar os punhos.

– "Ruim"? – repeti. – E por que seria? Por ter um amigo? Agora eu tenho que pedir permissão pra ter amigos?

– Pra trazê-los na minha casa, sim!

– Então não se preocupe, porque a partir de agora eu é que vou à casa dele.

Isso talvez tenha sido cruel ou inadequado, mas não pude resistir. E Jack cerrou tanto os dentes que uma veia começou a palpitar em seu pescoço.

– Que se foda – ele me disse, em voz baixa.

– Que se foda você! Por acaso eu me intrometo querendo saber se você tem ou não amigas? Ou interrompo o seu banho pra perguntar?

– "Seu banho"? Você não tinha nem começado!

– Ross, eu estou quase pelada! Sai daqui!

Ele jogou a cabeça para trás, confuso, e me examinou de cima a baixo. Parecia procurar algum tipo de explicação.

– Como se tivesse algo que eu já não tenha visto antes.

Isso me deixou ainda mais irritada. Vermelha de raiva, peguei minhas calças e as atirei em sua cara. Ele desviou a tempo, mas de qualquer jeito recuou um pouco.

– Isso não te dá o direito de invadir minha privacidade! – gritei. – Nem de me ver de nenhuma maneira sem o meu consentimento!

– Ross! – A voz de Will nos interrompeu. – Tenho certeza que terão momentos melhores para...!

– Pois esse me parece ideal!

– Não é! Sai daqui agora! – gritei. – E, pra sua informação, tenho o direito de ter quantos encontros eu quiser, sem precisar te dar explicações!

Enquanto eu o fazia recuar até a porta, Jack franziu o cenho. Ele não tinha gostado dessa parte.

– O que você quer dizer com isso? Que tem um encontro?

– SAI DAQUI!

Assim que ele saiu do banheiro, fechei a porta com força. Não ouvi mais nada, então pensei que ele tinha ido embora de uma vez.

Mas não.

Assim que me virei, ouvi-o tentando abrir a porta outra vez. O susto me fez agir sem refletir: empurrei a porta com força, e ela bateu em alguma coisa que, pelo gemido que ouvi do outro lado, devia ser sua cara.

– Ai, não! – gritei, assustada, e me apressei a abri-la outra vez. – Desculpa! Você tá bem?

Jack esfregava a testa com uma das mãos, mas não parecia ter sido muito grave. Na verdade, ele parecia simplesmente irritado.

– Não sei, você vai me responder de uma vez?

De repente, já não estava sentindo tanta pena dele.

– Não se você continuar falando comigo desse jeito. E muito menos quando estou no banho.

– Não me...!

– Se está com tanta vontade de falar, espera eu sair do banho!

Não achei que ele fosse fazer isso, para ser franca, então demorei um certo tempo me ensaboando. Ao perceber que não tinha pegado minhas coisas antes de entrar, saí do banheiro só de toalha. Jack estava sentado no corredor, com as pernas esticadas e os braços cruzados. Era a própria imagem de alguém prestes a ter um chilique.

– Já? – perguntou, impaciente.

– Não.

Fui procurar meu pijama e me fechei outra vez no banheiro. Dessa vez demorei de propósito. Coloquei o pijama, os óculos e penteei os cabelos úmidos com os dedos. Finalmente, saí. Ele estava exatamente na mesma posição, mas com ainda menos paciência.

– Já? – repetiu.

– O que você acha?

Passei ao seu lado para ir até a cozinha. Os outros continuavam exatamente onde os tínhamos deixado, e muito atentos a cada movimento. Jack tinha se levantado e me seguia de perto. Ele não disse nada enquanto eu abria a geladeira, mas assim que fiz menção de abrir uma lata de cerveja, ele a tirou de minha mão e a deixou em cima do balcão.

– Ei!

– Eu esperei – replicou, apontando para si mesmo. – Agora, cumpra a sua parte e fale comigo.

– Você chegou a pensar que talvez eu não queira fazer isso?

Ele pensou nisso por um momento.

– Não.

Quando eu fui pegar a cerveja, ele a colocou um pouco mais longe para que eu não conseguisse alcançá-la.

– Com quem você tem um encontro? – insistiu. – Com o cara que estava aqui antes?

– E você ainda me acusa de ter virado uma pessoa ruim? Pelo menos não me transformei numa controladora!

– Me fala logo e pronto! É tão difícil assim?

Impaciente, tentei pegar minha cerveja outra vez. Ele a deixou ainda mais longe. Fiquei vermelha de raiva.

– Não tem graça!

– E eu pareço estar brincando?

– Não te devo nenhuma explicação!

– Me fala com quem você ficou!

– NÃO! – gritei, na cara dele.

– SIM! – ele gritou de volta.

– Meninos.... – interveio Will.

– O QUÊ?! – Nós dois nos viramos para ele, em uníssono. Will recuou imediatamente.

– Os vizinhos...

– Fodam-se os vizinhos! – retrucou Jack, antes de se virar para mim. – Fala.

– Não.

– Fala de uma vez por todas e assim acabamos com isso!

– Não!

Claramente exasperado, Jack passou a mão no cabelo.

– Ross. – A voz de Naya soou surpreendentemente calma em comparação com as nossas. – É só um colega da Jenna. Relaxa um pouco.

– Só um colega... – repetiu, olhando para mim como se eu fosse a culpada de todos os pecados do mundo.

– Sim, algum problema? É o que eu já tinha falado.

– Estou vendo.

– Está vendo o quê?

– Você gosta dele?

Hesitei por um momento. Claro que eu não gostava dele, nem ele de mim. Era um bom amigo, mas nada além disso. Jack apertava ainda mais os lábios a cada segundo de silêncio depois de sua pergunta.

– Sim ou não? – insistiu. – Você também vai dizer a ele que o ama e depois sumir por um ano?

Ah, por Deus!

Até que ele demorou a tocar no assunto. Olhei para o outro lado, constrangida, quando ele deu um passo em minha direção, curvando--se, e meu corpo, apesar da irritação, reagiu a isso. Meus dedos formigavam, e cerrei o punho. Ross continuou a se aproximar de mim.

– Ou você só o quer pra morar de graça em troca de umas quatro trepadas?

– Ross! – Naya se assustou. – Retire isso imediatamente!

Mas ele não lhe deu atenção, e eu me virei para ele. Estava claro que ele esperava impacientemente uma resposta, porque todo o seu corpo permanecia em alerta. Isso confirmava a minha teoria de que ele só queria que eu explodisse contra ele, e me descobri cada vez menos interessada em manter uma relação tranquila.

– Vamos, me responda – insistiu, aproximando-se um pouco mais. A essa altura, seu nariz estava praticamente encostando no meu.

Assim, tão de perto, pude ver que suas pupilas estavam mais dilatadas do que o normal, bem como as manchas verdes que eu tinha visto em seus olhos um ano atrás. Naquela ocasião elas me pareceram encantadoras, mas agora me causavam ainda mais raiva do que eu já estava sentindo.

E falei sem pensar:

– Você é um porco.

Jack não se afastou. Na verdade, parecia estar até satisfeito. Ele estava tão perto que era difícil saber. Eu até gostaria que ele estivesse um pouco mais longe, porque meu corpo estava reagindo de maneiras muito opostas. Por um lado, eu queria atirar alguma coisa na sua cabeça. Por outro, meu formigamento aumentava quanto mais próximos ficávamos um do outro.

Quando apoiou uma mão na bancada, perto de meu quadril, fiquei com medo de perder o controle da situação e me esquecer de que supostamente estava irritada por causa da história do banheiro.

– "Um porco"? – repetiu, com algum sarcasmo. – Pelo menos não sou um mentiroso.

– E eu sou?

Não tinha me dado conta de que eu havia baixado a voz, e ele também. Na verdade, duvidava que os outros conseguissem nos ouvir, caso ainda estivessem ali. No entanto, naqueles momentos eu não me importaria se houvesse mais alguém naquela sala. Estava muito nervosa, e não exatamente por causa da irritação. Apoiei as mãos atrás de mim, sobre a bancada, e senti que elas encostavam, sem querer, na mão dele. Jack se aproximou ainda mais de mim, me obrigando a curvar a coluna um pouco mais.

– Você sabe que não vai gostar de ouvir essa resposta – ele respondeu, em voz baixa.

– Se sou uma pessoa tão ruim, não entendo por que você fica com tanto ciúme.

Depois dessa acusação, ele começou a batucar um dedo perto de minha mão. Eu não era a única pessoa que tinha ficado nervosa.

– Estou pouco me lixando pro seu encontro.

– Então você demonstra isso de um jeito muito estranho...

– Só quero alertar o pobre garoto.

Isso quebrou o que quer que houvesse se formado até aquele momento. Pestanejei, voltei à realidade, e de repente me conscientizei de que estava deixando que um cara que me chamava de tudo e mais um pouco se aproximasse de mim daquela maneira.

Ao afastá-lo de mim apoiando um braço em seu peito, deixei-o tão surpreso que ele não reagiu a tempo e deu um passo para trás.

– "Alertar o pobre garoto"? repeti, furiosa. – Sobre o quê, exatamente?

Ele também caiu em si.

– Sobre como você realmente é!

– Ah, sério? Você quer que eu faça uma lista com tudo o que você fez este ano? E que alerte cada pessoa com quem você transou? Porque com certeza eu teria trabalho até o próximo século!

Exatamente naquele momento Mike entrou no apartamento com um sorriso de orelha a orelha. Nem prestei atenção nele, estava muito ocupada com seu irmão mais novo.

– Olá, família! – cumprimentou, com uma alegria totalmente alheia ao ambiente.

– Não é a mesma coisa! – Jack gritou, ignorando Mike.

– É, sim!

– Não é!!!

Mike se virou para nós e entreabriu a boca, pasmo.

– Foi a maconha que acabou com o meu cérebro ou essa é...?

– É A MESMA COISA, JACK!

– NÃO, NÃO É!

– E qual é a diferença?! Que você simplesmente transa com as pessoas e eu preciso de mais do que isso?!

– Não fale dessa maneira!

– Ah, agora o cara que invadiu o banheiro vai querer me dar aulas de etiqueta!

Enquanto isso, Sue fez sinal para Mike se sentar no outro sofá.

– Daqui dá pra ver melhor.

Tentei pegar minha cerveja de novo, mas Jack voltou a afastá-la de mim. Fiquei ainda mais irritada.

– Me dá minha cerveja de uma vez, Jack!

Ele deu um pulo.

– Ross!

– Deixa de ser infantil!

– Eu, infantil?! E você é o quê?!

– Você quer que eu seja infantil? Então vou te chamar de Jack até você me devolver a cerveja!!!

– É Ross!

– Jack!

– Ross!

– JACK!

– ROSS!

– JACK, JACK, JACK, JACK! – repeti e lhe mostrei a língua, o que o deixou momentaneamente perplexo. – Vai se foder.

Tive que admitir minha derrota e largar a cerveja, mas pelo menos ele acabou mais irritado do que antes. Eu já não estava com um gosto tão ruim na boca. Passei por ele e fui direto até onde estavam os outros, mais especificamente até o sofá que Mike acabava de ocupar. Sentada ali, cruzei os braços e as pernas.

Só me dei conta de que Jack havia me seguido quando vi que Mike se encolhia em seu lugar. Jack olhava fixamente para ele.

– Fora – decretou, enquanto apontava com a cabeça para a poltrona vazia.

– Olha, não sei o que tá rolando, mas se a gente abrir umas cervejinhas e conversar, tudo vai ficar mais...

– Fora, Mike!

Assim que ele deu sinais de que ia se levantar dali, eu o segurei pelo braço e o mantive no lugar.

– Não tem por que ele trocar de lugar! – falei para Jack. – E menos ainda por sua causa!

– Falei pra você sair!

– Não faça isso!

– Hã...

Mike não sabia o que fazer.

– Quero me sentar aqui! – Jack gritou.

– Mas eu não quero ficar perto de você!

– Não pedi a sua opinião!

– Nem eu a sua!

– Vai pra poltrona!

– NÃO!

– Pessoal – Mike interveio, sem sucesso –, eu não me importo de ir pra...

– CALA A BOCA! – gritamos, ao mesmo tempo.

– Você está se comportando como uma criança! – Jack falou. – Primeiro aparece aqui com aquele sujeito, depois bate com a porta na minha cara...!

– Foi sem querer!

– Trazer aquele cara aqui também foi sem querer?!

– Tenho muito carinho por ele, então o respeite!

– Bom, que eu saiba você também tinha muito carinho por mim, e, depois do que aconteceu ontem à noite, pensei que...! – Ao se dar conta do que dizia, voltou ao estado anterior. – Você é uma criançona!

– Eu, criançona? E você é um porco!!

– CHATA!

– IDIOTA!

– CABEÇA-DU...!

– Chega! – Will se levantou. – Essa palhaçada já encheu o saco! Vocês dois são igualmente chatos, parem de brigar pra ver quem é o mais chato!

Ficamos em silêncio, nos encarando, até que Will se meteu e apontou para nós.

– Você – ele me disse –, vai pro quarto gritar no travesseiro. E você – falou para Jack –, vai fumar um cigarro ou fazer sei lá o quê, até se acalmar.

Até mesmo Jack se sentiu intimidado diante da aparente fúria de Will, que se impunha a qualquer um. Assim, cada um foi para um lado, batendo a porta. Não voltamos a olhar um para o outro. Quase preferi que tenha sido assim.

Logo que me vi sozinha no quarto, peguei meu celular e comecei a procurar alguma coisa para me distrair, qualquer coisa. Finalmente me enfiei embaixo das cobertas e fiquei vendo, com o cenho franzido, vídeos aleatórios de pessoas desenhando. Sim, com certeza isso iria me acalmar.

Quase uma hora depois, percebi que estava com fome, porque meu estômago roncava. Cheguei até a porta e colei o ouvido ali: só se ouvia a voz de Naya. Decidi arriscar. Abri a porta e andei na ponta dos pés pelo corredor.

Fiquei bastante aliviada ao ver que apenas Naya e Sue estavam na sala.

– Ainda estão lá em cima – Naya explicou, ao me ver. – Vem, guardei pizza pra você.

– Obrigada. – Peguei minha cerveja, que ainda estava em cima da bancada, e me sentei no sofá. – Eu estava morrendo de fome...

– Normal... a coisa foi intensa.

Eu ia responder, mas me calei, não queria ouvir minha própria voz. Sue estava vendo o vídeo de nossa discussão com um sorrisinho divertido. Ao perceber que eu a tinha flagrado, deu um pulo e tentou escondê-lo.

– Ops.

– Você gravou a gente? Sério mesmo?

– Quero virar youtuber. Tenho que criar algum conteúdo!

– E precisa ser sobre nós?!

– Estou me preparando para o dia em que o Ross ficar famoso no nível das Kardashian! Você tem ideia do quanto isso iria viralizar? Vocês são uma mina de ouro.

Ao sentir meu olhar fuzilante, soltou um suspiro e me passou o celular.

– Tá boooom... Pode apagar, se quiser.

– Obrigada – falei, enquanto apagava o vídeo.

– De qualquer maneira, tenho outras histórias constrangedoras pra vender.

– Sim, conta pra todo mundo – murmurei. – Que se fodam.

Ao devolver o celular para Sue, vi que Naya sorria.

– Bom – ela disse –, pelo menos tivemos um avanço.

– "Um avanço"? A gente viveu a mesma situação ou eu só a imaginei?

– Pode até ser que não pareça, mas ele falou mais hoje do que nos últimos dois meses.

Ao ouvir isso, deixei de fazer beicinho, estava simplesmente surpresa. Sue assentiu.

– Concordo. Embora eu admita que, se ele chegasse a armar uma ceninha de ciúme como essa comigo, eu não ficaria tão tranquila.

– Sim – Naya opinou, fazendo uma careta. – Nunca o tinha visto enciumado. Pra uma primeira vez, até que foi algo bem... extremo. Ele devia aprender a se controlar um pouco mais.

Sue assentiu.

– Da próxima vez, Jenna, me avisa, que eu meto a cabeça dele na lata de lixo.

5

SENSACIONALLL

O PRIMEIRO DIA DE AULA CHEGOU MUITO MAIS RÁPIDO DO QUE EU ESPERAVA. Passei a manhã com um nó no estômago, pois não pisava numa sala de aula havia mais de um ano e, apesar de ter ficado atenta a todas as matérias, para não me perder em nenhum momento, sentia que ainda assim ficaria muito atrás de meus colegas.

Curtis já estava na sala com seus amigos, então me sentei com eles para escutar a apresentação dos professores e professoras sobre as disciplinas daquele semestre. Na verdade, todos diziam o mesmo, porém explicando de modos distintos: as datas das provas e de entrega dos trabalhos, os programas das disciplinas e os livros que teríamos de ler... Fui anotando tudo enquanto Curtis, ao meu lado, não parava de bocejar e de cutucar meu braço com a caneta, só para se divertir.

Assim que saímos da sala, ele se pendurou em meu braço.

– Quantos trabalhos vamos fazer juntos?

– Quase todos, eu diria... Bom, pelo menos assim temos companhia na desgraça.

– Com certeza. Você ouviu a professora de literatura? *Sensacionalll*.

Quando a professora de literatura disse que sua disciplina seria *sensacionalll* rebolando os quadris, virou a piadinha da vez. Não sei como consegui segurar o riso no meio da aula, talvez pelo receio de que ela pegasse uma implicância comigo. Já fora de seu alcance, me atrevi a rir um pouco com Curtis.

– Coitada... vai ter que aguentar as zoeiras!

– Que nada, só até aparecer uma outra e nos esquecermos dela. – Curtis parou de andar quando chegamos ao estacionamento. Ele tinha que encontrar seu carro, e eu precisava ir para a estação de metrô. – Você quer que nos encontremos depois do almoço pra falar dos trabalhos?

– Sim, seria ótimo. No seu quarto?

Ele fez uma careta.

– Podemos tentar, mas acho que meus colegas não vão facilitar muito as coisas. Pode ser na sua casa? Ou seu namorado, que me odeia, vai estar lá?

– Ele não te odeia... e não é meu namorado! – acrescentei imediatamente, fazendo-o rir. – Tá bom, nos vemos lá. De qualquer jeito, faz dias que ele não aparece. Com certeza vamos ficar tranquilos em casa.

Eu não podia estar mais equivocada.

Ao chegar ao apartamento, a primeira coisa que ouvi foi a voz de Naya, que parecia estar muito mal-humorada. Fechei a porta e entrei na sala, onde a encontrei vociferando de modo pouco usual.

– ... quando você quiser! Você é um egoísta!

Confusa, olhei para Jack, que estava na cozinha abrindo uma garrafa de cerveja e olhava para Naya com indiferença, como se o tom de voz dela o incomodasse.

– Já terminou? – ele perguntou.

Claro que isso só conseguiu deixá-la ainda mais irritada.

– Não, não terminei!

– O que aconteceu? – intervim.

Naya se largou no sofá, de braços cruzados.

– Nada! Não aguento mais ele, só isso.

Em seu idioma, isso queria dizer que ela não iria mais falar naquele assunto.

– Mas você tá bem?

– E pra mim, você não pergunta? – ironizou Jack.

Fingi que não tinha escutado e me aproximei de minha amiga, que tinha voltado a se concentrar nas anotações espalhadas na mesa de centro. Pareciam ser de uma matéria complicada, e a situação parecia bastante tensa. Talvez fosse melhor que Curtis viesse outro dia.

No entanto, depois de largar minhas coisas, comer algo e falar com minha avó por telefone, vi que os dois estavam novamente sentados no sofá, ignorando-se mutuamente. Naya continuava com suas anotações e Jack digitava no notebook.

Estava claro que não iam se falar, mas também não pareciam estar com muita vontade de voltar a discutir.

– Ei, meninos...

Fiquei um pouco nervosa quando os dois olharam para mim ao mesmo tempo, especialmente porque Jack fez isso com desconfiança, como se soubesse que não ia gostar do que eu iria dizer.

– Tenho que planejar vários trabalhos para as minhas aulas – comecei, desajeitada.

– Precisa de ajuda? – Naya perguntou.

– Não, não é isso... é que... tenho que fazer isso com um colega, que vai chegar daqui a pouco. Vai ser rapidinho, só pra nos organizarmos e...

– Por mim não tem problema. É o Curtis?

Assenti. Ela pareceu adorar a notícia, mas Jack não disse nada, só me encarava, com uma expressão um pouco contrariada.

– Também podemos ir pra outro lugar – esclareci. Afinal, era a casa dele. – Como o quarto, ou até a bibliote...

– Podem ficar aqui – ele me cortou.

Olhei para ele, perplexa.

– Mas... vocês já estão aqui.

– Vejo que você entendeu.

– Não começa, Ross – protestou Naya.

Ele não respondeu, apenas voltou a cravar os olhos no notebook.

A verdade é que eu estava com medo de que Jack ficasse insuportável por causa de Curtis. Afinal, era meu amigo, e, mesmo que ele fingisse que isso não o afetava, sei que o chatearia. Eu não queria que isso servisse de pretexto para que ele se afastasse de mim.

Logo que pensei isso, ouvi a campainha. Fiz menção de me mexer, mas alguém se adiantou. Naya franziu o cenho.

– Ross, volta aqui!

Ele já havia se levantado e estava se dirigindo à porta. Rapidamente, fui atrás dele, mas não consegui alcançá-lo: quando cheguei, ele já estava de pé, de frente para Curtis, que parecia estar se divertindo.

– Olá, olá.

– O que você quer? – alfinetou Jack.

Ai meu Deus...

– A Jenna está?

– Não.

E tentou fechar a porta na cara dele. E digo "tentou" porque eu tive que pôr o pé no meio, bem a tempo.

– Sim, estou! – Sorri para Curtis, antes de lançar um olhar furioso para Jack. – Vem, entra.

Depois de desviar do amargurado sem muito cuidado, Curtis passou ao meu lado e foi direto para a sala. Ouvi-o conversar com Naya e, com a desculpa de pendurar seu casaco, me plantei no meio do caminho de Jack, que já ia diretamente para onde eles estavam. Ele estava com o olhar cravado na nuca de Curtis, como se quisesse perfurá-la.

– Ja... Ross – me corrigi rapidamente, e ele olhou para mim. – Não começa, por favor.

Ele teve a indecência de fingir que não fazia ideia do que eu estava falando.

– Começar o quê?

– O que você fez outro dia. Você sabe perfeitamente do que estou falando.

Uma pequena faísca de maldade apareceu em seus olhos quando os semicerrou e se inclinou em minha direção.

– Só quero conhecer seu amigo Charlie.

– O nome dele é Curtis.

– Informação vital pra minha vida...

– Ele é gente boa, e muito esperto. E, acima de qualquer coisa, é meu amigo. – Deixei essa última frase pairar entre nós durante alguns segundos. – Vai ser minha dupla em outros três trabalhos.

– De repente você gosta de Charles.

– O nome dele é Curtis! E a questão não é se gosto dele ou não.

– Você vai ter que passar muito tempo com o Caleb se ainda vão fazer mais três trabalhos juntos...

– O nome dele... Bom, tanto faz, só estou te pedindo pra não ficar o intimidando.

– Intimidando?

– Tá na cara que você quer fazer isso. E estou te pedindo pra não fazer.

Quase imediatamente, ele se inclinou ainda mais em minha direção. Parecia estar se divertindo muito.

– E se eu o intimidar... o que vai acontecer?

Não dei corda para ele continuar com suas brincadeirinhas. Não estava disposta a entrar naquele jogo, estava falando bem sério. Quando tentou passar ao meu lado, segurei-o pelo braço. Tive a impressão de ver um sinal de surpresa em seus olhos, mas ele disfarçou rapidamente. No entanto, não se afastou nem um centímetro.

– Estou falando sério – insisti, em voz baixa. – Metade da minha nota em três matérias depende dos trabalhos que vou fazer com ele. Não posso trocar de colega, nem quero fazer isso. Ele é meu amigo, e não quero chateá-lo. Por favor, para de fazer isso.

Uma eternidade se passou sem que ele desgrudasse seus olhos dos meus. Pensei que ele estivesse zombando de mim, mas aí percebi que sua expressão se tornara mais suave.

– Ok – limitou-se a dizer, entre os dentes.

Soltei um suspiro de alívio.

– Ótimo.

– Mas, se ele falar comigo, vou zoar ele.

– Não pode conversar com ele como uma pessoa normal?

– Não gosto dele.

Decidi acabar com a discussão. Depois de soltar seu braço, fui me juntar aos demais na sala. Naya tinha oferecido uma cerveja para Curtis, que estava sentado no sofá livre, e me sentei ao seu lado. Ao ver que Jack ia direto para o outro sofá, tentei esconder meu alívio. Talvez ele me desse ouvidos, afinal de contas.

Enquanto isso, Naya fingia olhar para suas anotações, mas na verdade estava atenta a absolutamente tudo o que se passava ao redor.

– Aliás, no outro dia eu não falei nada – comentou Curtis, pegando as anotações que fizera em aula –, mas sua casa é muito bonita.

Jack ergueu uma sobrancelha.

– A casa é minha.

Olhei rapidamente para ele. Deve ter entendido a indireta, porque suspirou e voltou a olhar para seu notebook.

– Sim, é muito bonita – falei, para quebrar o silêncio incômodo. – Bom, voltando aos trabalhos, pensei que...

E comecei a falar sobre minhas ideias enquanto ele ouvia atentamente e anotava tudo em seu notebook. Trabalhar com Curtis era muito fácil, ele sabia equilibrar o tempo entre a concentração e as brincadeiras, conseguia fazer com que os assuntos acadêmicos não fossem tão entediantes, e, mesmo assim, avançávamos em nossas tarefas. Depois de uma hora, já tínhamos praticamente planejado nosso calendário.

– Acho que vai dar tudo certo no nosso trabalho – murmurei, examinando o que tínhamos feito.

Curtis sorriu.

– Vai ficar *sensacionalll*.

Assim que comecei a rir, senti que um olhar fuzilava metade de meu rosto. Parei de rir, de forma inconsciente, constrangida. E isso que ele não tinha dito nada! Sentia como se tivessem acabado de me pegar no flagra.

Talvez fosse melhor ir ao banheiro, não só para me tranquilizar, mas porque eu realmente precisava ir. Tinha me segurado para não deixar os dois a sós, mas já estava começando a duvidar que fosse acontecer alguma coisa desagradável. Jack não tinha voltado a abrir a boca, e Curtis estava concentrado em seu notebook. Além do mais, Naya estava com eles.

– Volto num minuto – avisei, em voz alta, para que não ficasse claro apenas para Curtis.

Diria que bati meu próprio recorde em entrar no banheiro, fazer xixi e lavar as mãos. No entanto, não foi o suficiente, pois meu querido colega de curso havia se sentado ao lado de Jack, que o olhava desconfiado.

Oh, oh.

– Do que vocês estão falando? – perguntei, com a voz aguda.

Curtis abriu um grande sorriso.

– Estava falando das nossas aulas para o seu... namorado?

Silêncio.

O pior não foi apenas o constrangimento daquele momento, mas o fato de que Curtis sabia perfeitamente o que tinha feito. Parecia estar se divertindo muito.

Naya não disse nada, tampouco Jack. De fato, ele não tinha nenhuma intenção de desmentir o que acabara de ouvir.

– Ele é só meu colega de apartamento – expliquei ao me sentar do outro lado de Curtis.

Jack soltou algo parecido com um ronco divertido.

– O quê? – perguntei.

– Eu diria que sou um pouco mais do que isso.

Curtis nos olhava como se estivesse assistindo à partida de tênis mais interessante de sua vida.

– Não muito mais – respondi, entre os dentes.

Jack se virou para Curtis como se eu não existisse.

– Sou o ex-namorado dela.

– Meu ex-namorado de muito tempo atrás.

– Não faz tanto tempo assim, *meu bem*.

"Meu bem"? Por favor, quase me deu vontade de vomitar... E soube que era essa sua intenção assim que vi o brilho malicioso de seu olhar.

– Faz bastante tempo, *meu bem*.

Provoquei-o com a intenção de irritá-lo, mas consegui exatamente o contrário: ele esboçou um sorrisinho divertido que eu não via havia muito tempo.

Quase me iludi. Quase, quase. Até ele soltar outra pérola:

– Você já se esqueceu de tudo que fizemos neste sofá, *meu bem*?

Naya, que estava bebendo, se engasgou e começou a tossir. Fiquei vermelha como um tomate. Curtis olhou com curiosidade para o sofá em que estava sentado.

– Nunca fizemos nada em nenhum sofá!

– É verdade. Sempre conseguíamos dar um jeito de chegar até o quarto. Ou até o chuveiro. Ou até a bancada...

– A bancada?! – Naya ainda estava dando batidinhas no peito por causa da tosse. – Espero que pelo menos tenham desinfetado depois!

– Não é verdade!

Curtis parecia estar desfrutando daquela situação. E pensar que eu chegara a me preocupar com um possível desconforto dele...

– Jack... – comecei.

– Jennifer.

– Por que você não vai fumar um pouco?

– Fumar faz mal à saúde. Não acho que seja o mais adequado.

– Então vai tomar um ar.

– Estou bem.

– Então por que você não vai se atirar do telhado?

– Também estou bem quanto a isso, obrigado por se preocupar tanto.

Ele sorriu inocentemente. Eu o fuzilei com o olhar.

– Curtis – balbuciei –, vamos pro outro sofá.

Jack levou uma mão ao coração.

– Ah, estou incomodando vocês?

– Sim!

– Estou te incomodando, Carter?

– Curtis – ele corrigiu.

– Ah, sim. Connor.

– É Curtis! – me exasperei. – E, sim, você está incomodando.

– Ele acabou de dizer que não!

– Ai, Ross – Naya interveio. – Você não tem um filme pra finalizar ou algo assim?

Quase no mesmo instante em que Naya falou isso, Curtis se virou para Jack com cara de quem tinha acabado de ter a revelação do século.

– Pera aí... Você é Jack Ross?

Ele se virou para Curtis pouco entusiasmado.

– Algum problema?

– Pelo contrário! Sou muito fã do seu trabalho!

Ah, fala sério!

Revirei os olhos quando Jack me olhou, malevolamente satisfeito. Ele não se importava com Curtis, mas adorava me incomodar.

– Meus amigos e eu ficamos viciados em um dos seus curtas! – ele prosseguiu. – Não te reconheci porque antes você não botava sua cara nos trabalhos. Bem, e também porque Jenna sempre te chama de Jack, e não de Ross... Posso te chamar assim também...?

– Não.

A cortada fez com que o pobre garoto ficasse um pouco vermelho.

– Claro, como quiser. A estreia do filme vai ser daqui a pouco, né?

– Em duas semanas – Naya disse, feliz.

– Já comprei a entrada, então... – Curtis me olhou. – Imagino que seja um pouco tarde pra te convidar. Se bem que posso levar um acompanhante.

Cruzei os braços.

– Não estou interessada.

De novo, caímos todos num silêncio meio incômodo, quebrado por Curtis ao se levantar e perguntar onde ficava o banheiro. Assim que fechou a porta atrás de si, peguei uma das almofadas e atirei na cabeça daquele chato. Surpreso, Jack conseguiu se esquivar e me encarou com os olhos arregalados.

– O quê...?

– Para de irritar ele!

– Eu? Mas eu não fiz nada!

– Você falou com ele!

– Foi ele que se aproximou de mim!

– Falem baixo ou ele vai ouvir – Naya nos recomendou, enquanto revisava suas anotações.

Então baixei a voz e a transformei num sussurro furioso.

– Você disse que não o intimidaria!

– O que estou fazendo pra intimidar ele? – Jack imitou meu tom de voz.

Quando me atirou a almofada de volta, consegui pegá-la antes que atingisse minha cabeça.

– Pra começar, você sabe perfeitamente que o nome dele é Curtis!

– Oh, pobrezinho. Vai ficar uma semana inteira chorando porque não me lembro do nome dele...

– E você está fazendo com que ele se sinta desconfortável!

Joguei de novo a almofada, mas ele a pegou a tempo.

– Pois ele gosta mais de mim que de você!

Ele jogou a almofada de volta e quase conseguiu me acertar. Na verdade, começamos a atirar a almofada na cabeça um do outro toda vez que abríamos a boca.

– Não é verdade! – protestei.

– É, sim! Ele é meu fã!

– Com certeza ele só disse isso pra ficar bem com você, porque na verdade os seus curtas são... um lixo! Como o seu futuro filmezinho!

– Meu futuro filmezinho é a melhor coisa que você vai ver na sua vida! Ah, não... você não foi convidada pra estreia!

– Então vou baixar o filme de graça na internet!

– Isso é ilegal!

Escondi a almofada rapidamente, porque Curtis tinha acabado de sair do banheiro com o celular na mão.

– Pensei que fosse mais cedo – explicou, me mostrando a hora. – Desculpa, Jenna. Preciso ir se eu não quiser ficar sem água quente no chuveiro.

– Não se preocupe, vou terminar de organizar o calendário e passo pra você mais tarde.

Rapidamente, me levantei para acompanhá-lo até a porta e, enquanto ele vestia seu casaco, de costas para mim, aproveitei para empurrar a cabeça de Jack com um dedo. Ele soltou um *ai* ressentido e se esticou para me retribuir o empurrão, mas consegui me esquivar estrategicamente e me aproximei mais de Curtis.

– Foi um prazer revê-los, meninos – Curtis falou, sem perceber nada.

– Igualmente! – exclamou Naya, que estava havia algum tempo tentando não rir.

Jack se limitou a revirar os olhos.

– Vamos sentir sua falta, Craig.

Dessa vez, nem tentei disfarçar: peguei uma almofada e a afundei diretamente na cara de Jack. Em vez de retribuir o golpe, ele segurou a almofada e vi que sacudia os ombros. Estava rindo.

Me detive na entrada com Curtis, que me olhava com certa malícia.

– Fique sabendo que estou cada vez mais curioso pra conhecer a história completa.

– Me convide pra comer um hambúrguer e quem sabe eu te conto.

– É tudo que você vai pedir em troca? Acho que vai valer a pena. – Ele se aproximou para me dar um de seus abraços reconfortantes. – Essa noite eu ia te convidar pra jogar boliche com a gente. Depois podemos sair pra comer um hambúrguer.

– Ah, parece ótimo...

Quando se afastou, sorria. Deu um toquezinho divertido em minha bochecha e depois apontou para seu celular.

– Já te mando uma mensagem com a hora que a gente vai. Até!

Assim que Curtis saiu, voltei à sala com o cenho franzido. Naya optou por não dizer nada, mas Jack me seguiu com os olhos e com um sorriso no rosto enquanto eu recolhia minhas coisas. Tentei me conter, mas, ao passar na frente dele, indo em direção ao quarto, não consegui segurar a vontade de dizer alguma coisa:

– Eu te odeio – falei entre dentes.

– Obrigado.

Por que Jack era tão bom em me provocar e eu não conseguia fazer o mesmo com ele? Me detive no corredor e apertei os olhos.

– Você é um imaturo.

– Não fiz nada de errado! – protestou, se divertindo.

– O pobre Curtis não vai querer voltar aqui!

– Ah, que pena...

– Eu não ia falar nada se você aparecesse com uma *amiguinha* sua! *Mentirosa.*

Sua expressão mudou na mesma hora. Já não parecia estar se divertindo, mas ofendido.

– Você alguma vez já me viu com uma amiguinha?

– Nem precisa. Imaturo.

– Chata.

– Idiota.

– Chata.

– Babaca.

– Chata.

– Imbecil!

– Ela acabou de dizer que me ama, Naya?

Ela sorriu.

– Prefiro não me meter nisso.

– Acho que ela realmente disse que me ama.

– Idiota – me irritei ainda mais enquanto andava pelo corredor.

– Já vai? Você está partindo meu coração!

– Cala a boca! Eu te odeio!

– Eu também te amo, sua chata!

Algumas horas mais tarde, Naya estava sentada em minha cama com as pernas cruzadas. Ela tinha um jantar com Will e estava com bobes no cabelo, o que diminuía bastante a credibilidade de sua expressão desconfiada.

– Então... é verdade que você tem um encontro?

– Não, só vou jogar boliche e comer uns hambúrgueres com alguns amigos.

– Ah, ok. – Isso parecia fazer mais sentido para ela. Enquanto eu tirava algumas roupas da mala e as jogava no tapete, ela me observava atentamente. – E você não gosta do Curtis? Nem um pouquinho? Ele é legal com você, carismático, atraente... Quer dizer, eu amo o Will, mas não sou cega. Se estivesse solteira, me atiraria com tudo nele.

Isso me arrancou um sorriso.

– O Curtis é ótimo – admiti –, mas...

– Maaaaaaas... o quê? – perguntou, curiosa.

– Mas não é... você sabe...

– Não é o Ross, certo?

Eu não disse nada. Fazia tanto tempo que não saía à noite que passei a tarde inteira entusiasmada procurando uma roupa bonita para vestir. No entanto, de repente fiquei sem vontade de me arrumar. Naya soltou um suspiro e se ajoelhou ao meu lado.

– Tudo bem, Jenna... Vocês tiveram uma relação muito intensa. É normal que seja difícil virar a página.

– Não é uma questão de virar a página, a questão é que estamos em livros totalmente diferentes.

– E isso não é bom? – perguntou, confusa.

Eu também estava confusa. Isso não era melhor, supostamente? Afinal, ele era meu ex-namorado, eu não devia sentir nada por ele. Nada de bom, nada de ruim.

Naya deve ter percebido que eu não estava muito bem, pois se apressou a escolher uma de minhas poucas saias, tentando mudar de assunto.

– Você tem que colocar esta saia com o suéter preto! E umas meias, claro. Diga não à hipotermia.

– Vamos jogar boliche, não sei se uma saia...

– Sejamos sinceras, você jogaria mal do mesmo jeito, de saia ou de calça.

– Ei!

Peguei a saia, gargalhando. Ela a pegou de volta e começamos a lutar, entre risadas e puxões, até que a porta se abriu de repente. Sue nos olhava com os olhos apertados.

– Vou tentar ser uma boa pessoa dizendo isso... Qual é a idade mental de vocês, seis anos?

Ops, talvez os gritos tenham sido um pouco mais agudos do que imaginávamos.

– "Qual é a idade mental de vocês, seis anos?" – Naya imitou a voz de Sue, que ergueu uma sobrancelha.

– Você quer morrer?

– "Você quer morrer?" – eu a imitei.

– Estou pensando em deixar um escaravelho dentro do sapato de vocês.

– "Estou pensando em deixar um escaravelho dentro do sapato de vocês" – nós duas imitamos Sue ao mesmo tempo.

Sue soltou um som desesperado.

– Vocês são insuportáveis...

– Fica aqui com a gente, Sue! – Naya convidou.

– Prefiro passar um ano no deserto, descalça, de casaco, sem uma gota de água, tendo o parasita do Mike (que, aliás, acabou de chegar) como única companhia antes de ficar aqui com vocês – replicou, arqueando uma sobrancelha. – Mas muito obrigada pelo convite.

Exatamente naquele momento, Will enfiou a cabeça pela porta e nos olhou com estranhamento.

– O que vocês estão fazendo?

– Estão tirando minha vontade de ter filhos – Sue falou, sumindo no corredor.

Naya e eu trocamos um olhar malicioso ao ver que Will tinha permanecido em pé na porta. Ao nos virarmos para ele ao mesmo tempo, ele recuou.

– O quê...?

Antes que ele pudesse reagir, Naya o segurou e o atirou na cama, no meio de nós. Will reclamou quando começamos a beijar suas bochechas, uma de cada lado, manchando-as com o batom que tínhamos acabado de experimentar. Ambas ríamos de suas tentativas frustradas de escapar, então ele acabou desistindo e cobriu o rosto com as mãos.

– Estou começando a entender a Sue – balbuciou.

Em meio às risadas, vi Mike surgir, exatamente como Will tinha acabado de fazer.

– Acho que estou no céu – murmurou. – Querem continuar...?

– Fora daqui! – protestou Naya, jogando um travesseiro na cara dele.

Assim que Mike saiu, me endireitei e fui ver as horas. Ainda tinha uns dez minutos antes de sair. Me deitei perto de Will, que continuava a esfregar as bochechas, tentando tirar as marcas de batom. Naya soltou uma risadinha ao vê-lo assim.

– Como você fica bem assim, amor. Devia incluir batom em sua rotina diária.

– Hahaha... engraçadinha...

Naya beliscou a bochecha de Will e ele lhe retribuiu com um sorriso tão brega que me deu vontade de vomitar. Nunca tinha prestado atenção à maneira como eles se olhavam, mas de repente era só isso que eu conseguia enxergar. Com inveja, fiz uma cara feia, e os dois se viraram para mim.

– Jenna estava escolhendo uma roupa para hoje à noite – Naya informou. – Falei pra ela colocar a saia e o suéter preto.

– Hummm... você fica melhor de vermelho.

– Olha só, que legal – murmurei, achando graça –, de repente tenho dois estilistas.

– Exato, somos seus estilistas. – Naya ficou encantada com a ideia. – Já vou avisando que nossos honorários são muito altos.

– Posso me permitir isso. Não te contei que agora eu sou insuportavelmente rica? Trabalhei o ano inteiro num renomado posto de gasolina.

Will começou a rir.

– Dizem que todos os milionários começam assim.

– Mas é claro, vou pagar até mais do que vocês estão pedindo. Pelo incômodo.

– Você pode se permitir?

– Sim, claro, imagine que outro dia eu emprestei duzentos dólares para...

Tinha soltado aquilo no meio da brincadeira, mas na metade da frase me dei conta de que havia sido um erro. Will parou de rir e me olhava com uma expressão muito difícil de interpretar. Naya parecia estar confusa.

– Pra quem você emprestou duzentos paus, sua louca? Garanta que te devolvam ou já vou pegar o taco!

Ninguém riu da piada de Naya. Eu estava surpresa demais com a reação de Will, que tinha ficado tenso da cabeça aos pés. De repente, ele se apoiou sobre os cotovelos.

– Você emprestou dinheiro pro Ross? – perguntou, num tom acusatório.

Eu não queria mentir para ele, então assenti, lentamente. Isso o deixou ainda mais irritado. Ele se levantou.

– Will – disse Naya, confusa –, tá tudo bem...?

– Jenna! – ele disse, furioso. – Você deu duzentos dólares pra um viciado? Sério mesmo?

Aquela frase não fazia nenhum sentido, pelo menos para o meu cérebro.

– Ele me disse... me disse que estava devendo dinheiro pra...

– Se ele estivesse devendo dinheiro pra alguém, poderia pagar de seu próprio bolso! Você sabe quanto dinheiro ele está ganhando com esse filme? – Passou a mão no cabelo, frustrado. – A única coisa que ele queria era que você lhe desse dinheiro vivo, porque naquele momento, com certeza, não estava encontrando o dinheiro dele!

A lembrança fugaz de Jack remexendo como um lunático em sua jaqueta me fez engolir em seco.

Will saiu do quarto bastante irritado, e Naya e eu saímos correndo atrás dele. Já na sala, Mike deu um pulo ao ver que aparecemos, porque o pegamos roubando um pacote de biscoitos da despensa, que ele rapidamente escondeu. No entanto, por estarmos todos tão transtornados, não demos importância a isso, com exceção de Sue, que soltou um suspiro e voltou a se concentrar em seu livro.

Eu estava distraída olhando para Will e mexendo compulsivamente as mãos.

– Sinto muito... – Não sabia mais o que dizer. – Achei que assim eu estivesse ajudando, n-não achei...

– Bom, achou errado!

Esse grito fez com que, agora, o susto fosse geral. Will era o único que nunca se zangava. Vê-lo irritado assim era quase como ver Sue escrevendo um poema de amor.

Mas ele não se deu conta de nada. Havia apoiado os cotovelos na bancada e escondia o rosto entre as mãos. Naya permanecia ali ao lado, sem saber se se aproximava ou não.

– Sinto muito – repeti, cada vez mais nervosa. – Posso pedir pra ele me devolver o dinheiro, eu invento algo e...

– Não! – ele disse, sem olhar para mim. – Pode deixar que eu cuido disso, tá? Não faz mais nada.

– Mas...

– Deixa pra lá, Jenna!

Essa última exclamação foi acompanhada pelo barulho da porta da frente se fechando. Me virei para Jack, assustada. Ele estava plantado no hall de entrada e nos olhava fixamente. Tinha escutado a última frase de Will e estava com os ombros tensos.

Analisou seu amigo por um momento antes de fazer o mesmo comigo. Assim que percebi que ele olhou para minhas mãos, que se mexiam compulsivamente, estiquei os braços de ambos os lados do corpo, mas já era tarde. Ele tinha se dado conta de que estávamos discutindo.

– O que aconteceu? – perguntou diretamente a Will.

A pergunta não soou exatamente amigável. De fato, aproximou-se de mim e, mais uma vez, me olhou de cima a baixo, como se eu fosse um alvo muito mais fácil de encarar do que o seu melhor amigo. E ele não deixava de ter razão.

Will tinha esboçado um sorriso bastante convincente e se safou com três palavras:

– Problemas de convivência.

Jack continuava a olhar para mim quando Will disse isso. Passaram-se alguns segundos antes de ele se dirigir ao seu melhor amigo:

– Que problemas?

– Nada. Jenna, você não ia sair pra jantar ou algo assim?

Consegui entender o que ele quis me transmitir com o olhar: que deixasse tudo em suas mãos porque eu já tinha feito bastante estrago. Assenti.

– Sim... vou trocar de roupa.

Tive que fazer isso um pouco mais rápido do que havia planejado, e no fim nem consegui terminar de me maquiar. Mesmo assim, minha imagem no espelho me pareceu bastante agradável. Com certeza mais do que naquele último ano.

Quando voltei para a sala, estavam todos menos Will, que continuava na cozinha, olhando o celular. Assim que me ouviu chegar, Jack virou a cabeça automaticamente para onde eu estava, mas fingi que não tinha me dado conta.

– Tem certeza que não quer que eu fique? – perguntei para Will, em voz baixa.

Pelo menos ele já não parecia tão zangado, apenas cansado. Negou com a cabeça.

– Vá e se divirta. Amanhã a gente resolve isso.

Era inútil insistir, então peguei meu casaco e a bolsa e, antes de sair de casa, me despedi sem olhar especificamente para ninguém.

Finalmente consegui esquecer de tudo por algum tempo e me divertir, como Will havia recomendado, depois de tomar a primeira cerveja na pista de boliche. Eu jogava muito mal, então não faria muita diferença se eu ficasse bêbada: faria o mesmo número de pontos para a minha pobre equipe, que afinal optou por me deixar sentadinha numa cadeira enquanto eles cuidavam do resto.

Curtis nos levou de carro até um restaurante aleatório que tinha uns hambúrgueres nojentos, mas ninguém se importou com isso. Lembro de ter dito que Jack, um ano antes, tinha me levado a um restaurante melhor. Àquela altura, eu já tinha falado nele tantas vezes que o pessoal começou a brincar com isso, e assim não me levaram muito a sério. Mas isso não tinha muita importância, porque a companhia era boa e isso era o essencial.

Quando Curtis e eu já estávamos no elevador do prédio, me cansei e tirei as botas de plataforma que estava usando. Ele sorriu para mim.

– Você tá bêbada?

– Se eu estivesse bêbada, você teria que me carregar – garanti a ele.
– Só estou feliz.

Assim que a porta do elevador se abriu, fui até a entrada do apartamento. Curtis pôs o braço em volta de mim para me estabilizar, mas me soltou ao chegarmos à porta. Ao ver que eu me apoiava com um ombro no batente, ele fez o mesmo no outro lado e me deu um meio-sorriso.

– Foi uma boa ideia essa dos hambúrgueres – ele disse, enquanto eu procurava as chaves. – Mesmo que estivessem nojentos.

– Você já deve ter comido coisas piores.

Isso arrancou uma gargalhada de Curtis que me fez sorrir. Talvez tenha sido exatamente esse som que alertou Jack, pois ele imediatamente abriu a porta. Ao se dar conta de que estávamos rindo, ele foi ficando com a cara cada vez mais fechada.

– Ah, oi outra vez – Curtis o cumprimentou com um sorriso. – Ultimamente tenho te visto mais do que os meus pais.

Soltei uma risada bem pouco elegante e Jack me encarou. Na verdade, antes de ficar com a expressão mais tensa ainda, examinou minha roupa, as botas em minhas mãos, o casaco no chão e meu riso frouxo.

– Você tá bêbada? – perguntou, de forma direta.

Bufei.

– Não sei se você é a pessoa mais adequada pra jogar isso na minha cara.

Ao ver que Jack ficara ainda mais tenso, Curtis levantou as mãos em sinal de rendição.

– Ok, isso aqui já é uma discussão de casal na qual não quero me meter. Passem bem, pombinhos. Boa noite!

– Tchau, Curtis! – Agitei a mão em sua direção. – Você é *sensacionalll*!

Ele soltou uma gargalhada enquanto Jack suspirava, exasperado. Me virei para ele. Estava agachado, recolhendo meu casaco. Também tirou as botas de minhas mãos sem perguntar nada. Então, com o braço, me fez entrar e fechou a porta.

Largou minhas coisas no hall de entrada e me olhou. Parecia emburrado, o que achei muito engraçado.

– O que foi, Ross? Teve uma noite ruim?

– Você se divertiu? – perguntou, num tom quase acusador.

– Na verdade, sim. Fazia tempo que não ria tanto.

Ele se virou tão rápido que não cheguei a ver seu rosto. Estava com a mesma roupa que usava antes de eu sair. Me perguntei por que ele já não estava de pijama, e por que, desde que tínhamos nos reencontrado, eu ainda não o tinha visto de pijama nenhuma vez.

Na verdade, chegamos a ter uma disputa sobre como devíamos dormir. Eu não queria ocupar seu quarto, e ele não queria nem ouvir falar de ficar nele. Toda vez que eu encontrava minha mala no quarto, eu a levava de volta à sala. Em seguida, ela reaparecia no quarto, e assim o ciclo se repetia. No final das contas, aceitei a derrota e parei de levar a mala para a sala.

As pragas que Jack rogava em voz baixa me distraíram. Ele estava lutando com a sanduicheira, e quase comecei a rir dele. Pobrezinho... Eu sabia que ele era ruim na cozinha, mas não pensei que fosse tanto assim.

– Se você estava se divertindo tanto – murmurou sem me olhar, descontando sua frustração na pobre sanduicheira –, por que voltou tão cedo?

– Porque só saí um pouco com alguns amigos.

– "Alguns amigos" – repetiu, com os lábios apertados. – Você estava se divertindo muito com o Conrad.

– O Curtis é gente boa.

– Sim, já percebi que o Charlie te faz rir.

– Ross, ninguém me faz rir como você.

Acho que nós dois reagimos ao mesmo tempo. Ele levantou a cabeça, pasmo, e eu fiquei vermelha dos pés à cabeça. Teria sido muito precipitado? Talvez. Ainda não tínhamos chegado a esse ponto de sinceridade.

Para sair dessa situação, dei a volta na bancada e me aproximei dele. Jack não falou nada quando tirei a trava de segurança da sanduicheira e a abri.

– Você tem que apertar aqui... – eu disse, olhando para ele com o canto do olho. Ele não estava prestando a menor atenção ao utensílio, seus olhos estavam presos nos meus. – E aqui, quando quiser ligá-la. Você quer um sanduíche de quê?

Essa pergunta pareceu devolvê-lo à realidade. Jack pestanejou e contemplou a sanduicheira com uma expressão meio confusa.

– Hã...

– Vai pro sofá, deixa que eu cuido disso.

Ele achou graça dessa ideia e, embora tenha lutado para não sorrir, afinal não conseguiu resistir.

– Você? Não está meio alterada pra dar uma de Gordon Ramsay?

– Mesmo assim cozinho melhor do que você. Fora da minha cozinha!

Quando fiz menção de bater nele com uma colher de madeira, Jack sorriu e se afastou. Aproveitei para me esticar e pegar o pão de forma. Contudo, me virei de novo ao perceber que ele não tinha se mexido. Jack me encarava, de cima a baixo. Ao perceber que eu o tinha flagrado, dirigiu-se apressadamente ao sofá.

Talvez ele tivesse um pouco de razão e eu estivesse bêbada demais para cozinhar. Demorei uma eternidade e quase cortei os dedos várias vezes, mas enfim consegui colocar os sanduíches em dois pratos.

Quando fui para o sofá, Jack parecia mais relaxado. Deixei o prato em seu colo e me sentei ao seu lado, com um suspiro. Quando viu que eu tinha feito um sanduíche igual ao dele, sorriu dissimuladamente.

– Você está com fome?

– Sim, a comida era nojenta.

Sem me dar conta, apoiei a cabeça em seu ombro e olhei para a tv. Estava passando um programa de tatuagens malfeitas, mas não estávamos prestando atenção. Além disso, ao me ouvir dizer que a comida era nojenta, Jack pareceu ficar estranhamente satisfeito.

– Mas é claro – murmurou. – Não conhecem aquele restaurante que eu te levei.

– Não seja tão convencido.

– Se tenho razão, não sou convencido.

– Muito bem, você tem razão. Satisfeito?

– Muito.

Na verdade, eu não estava com tanta fome. Enquanto ele devorava seu sanduíche como se não tivesse comido nos últimos dez anos, fui partindo o meu em pedacinhos e levando-os à boca. Acabei deixando metade do sanduíche, que ele, obviamente, também devorou. Não reclamei. Como o álcool me dava sono e em algum momento nos cobrimos com uma manta, eu estava quentinha e muito à vontade. Minha cabeça continuava apoiada em seu ombro, e Jack não havia se afastado. De fato, diria até que ele tinha se inclinado um pouco mais em minha direção para me proporcionar um apoio melhor. Isso me fez sorrir, e notei que ele me olhou de soslaio durante alguns segundos, mas não disse nada. Nenhum de nós dois disse nada.

Pelo menos até que deixei escapar um bocejo, que aproveitei como desculpa para me aconchegar ainda mais.

– Estou tão confortável...

Jack permaneceu em silêncio, e aproveitei para dar uma olhada nele. Meu olhar se dirigiu involuntariamente para seus olhos, que continuavam grudados na tela. Ele estava com as pupilas dilatadas. Lembrei de minha conversa com Will, mas não queria lhe dizer nada diretamente, então optei por outro caminho.

– Por que você não está de pijama?

Talvez, se fosse dormir... ele não consumiria mais nada, não é? Era assim que essas coisas funcionavam? Você as comprava e já as consumia? Ou será que ele tinha algo aqui? Eu não fazia ideia de como aquilo funcionava, mas queria mantê-lo afastado daquilo e não me ocorreu nada melhor.

Jack ficou um pouco tenso.

– Não sei. Acho que não me lembrei de pôr.

– Você não vai ficar pra dormir?

Ele levou quase um minuto para responder, e acabou falando sem olhar para mim.

– Você quer...? Quer que eu fique?

Agora fui eu que pensei numa boa resposta.

– Não quero que você saia.

Eu não sabia se tinha sido direta demais. Ele ficou ainda mais tenso e engoliu em seco. Mesmo assim, não se afastou. Imaginei que isso fosse um bom sinal.

– Tá bom – ele disse, em voz baixa. – Então... acho que não vou sair.

Esbocei um sorrisinho triunfante, ao qual ele não retribuiu.

– Legal.

Jack estava com as mãos em cima da manta, sobre os joelhos. Não deixei de perceber que ele tamborilava o indicador de maneira compulsiva sobre eles. O silêncio havia mudado: agora já não era incômodo, mas insuportável. Eu ia dizer algo para quebrá-lo, mas ele me interrompeu de repente:

– Jen?

Ele soava quase como se estivesse se afogando. Olhei-o, surpresa. Ele não retribuiu o olhar.

– S-sim...?

– Pegue o dinheiro que você me emprestou. Está na jaqueta.

Olhei para a jaqueta, que continuava no encosto do outro sofá. Jack mantinha os olhos fixos na TV. Eu nunca o tinha visto tão tenso.

– Você tá be...?

– Por favor, pegue o dinheiro e pronto.

Eu me levantei, um pouco mais acelerada por causa do nervosismo dele, e enfiei a mão no bolso da jaqueta. O dinheiro que eu lhe emprestara continuava ali, mas muito mais amassado. Ao pegar as notas, segurei-as por um momento em minhas mãos e depois olhei para ele.

– Jack, você tá...?

Ele me interrompeu ao se levantar bruscamente. Estava com o queixo quase tão tenso quanto os ombros. Eu não soube o que lhe dizer. Jack se limitou a pegar o maço de cigarros e o isqueiro e saiu do apartamento. Pouco depois, ouvi seus passos na escada de incêndio.

6

DUAS MENTIRAS, UMA VERDADE

NAQUELA MANHÃ, FINALMENTE ME ANIMEI PARA IR CORRER. Me levantei com um pulo enérgico, vesti uma roupa esportiva e peguei os fones de ouvido. E, sim, admito que meu entusiasmo estava relacionado, em parte, com o garoto que tinha cumprido sua palavra e ficado em casa para dormir no...

Parei bruscamente logo que entrei na sala. Estava vazia. Jack tinha desaparecido, bem como sua jaqueta.

Fiquei alguns segundos ali, de pé, olhando para o sofá vazio, até que percebi alguém se aproximando de mim. Will tinha acabado de acordar, vinha esfregando os olhos. Com o choque, acabei não me lembrando que no dia anterior tinha faltado pouco para ele atirar um prato em minha cabeça. Falei com ele normalmente:

– Bom dia, Will.

Ele deve ter notado que meu tom de voz não estava muito animado, porque semicerrou os olhos e foi direto até a cafeteira.

– Você tá bem?

– Sim... hã... – Fechei os olhos com força. – Achei que ele não tinha saído.

Will me olhou com uma mistura de incredulidade e piedade.

Está pensando "pobre garota ingênua".

– Ele não costuma ficar pra dormir – explicou, como quem conta para uma criança quem é o Papai Noel. – É... é por causa daquilo que você já sabe, Jenna. Não é por sua causa.

Então eu me lembrei de um pequeno detalhe que havia esquecido.

– Ele me devolveu o dinheiro ontem à noite.

Will largou a cafeteira na mesma hora e olhou para mim, perplexo.

– Sério?

– Sim... e depois subiu pra fumar. Quis ir atrás dele, mas imaginei que seria melhor ele ficar sozinho por um tempo. Não parecia muito à vontade... – Mordi o lábio inferior. – Você acha que é um bom sinal?

Will demorou alguns instantes para responder, enquanto tirava duas xícaras do armário e as punha sobre a bancada. Seus movimentos eram automáticos, como se estivesse pensando em algo muito diferente.

– Não sei – admitiu, por fim. – Prefiro pensar que sim, mas... não sei.

Minha vontade de correr tinha desaparecido. Me sentei em uma das banquetas, cruzei os braços e apoiei o queixo neles enquanto Will enchia as xícaras. Não deixei de notar que ele já sabia de memória como eu gostava do café. Ele era o tipo de pessoa que prestava atenção nos pequenos detalhes.

– Desculpa ter gritado com você ontem – acrescentou, em voz baixa.

Fiquei olhando para suas costas por alguns segundos. Pude ver que, sob a camiseta azul que ele usava para dormir, seus músculos estavam um pouco tensos.

– Não se preocupe, eu bem que mereci.

– Não, Jenna... Eu podia ter te explicado de uma maneira mais civilizada. Não devia ter ficado nervoso daquele jeito. – Will me serviu uma xícara de café fumegante antes que eu pudesse dizer qualquer coisa. – Então deixa eu me desculpar, vai.

– Ok, desculpas aceitas. Sinto muito por ser uma idiota que fica jogando dinheiro pelo mundo. Paz?

Ele deu um meio-sorriso.

– Paz. Até que você volte a arrumar confusão.

Afundei a cara entre os braços, com um ar divertido.

– Então essa paz vai durar bem pouquinho...

Will começou a rir e levantei a cabeça. Ele tinha apoiado um braço na bancada e mexia seu café, embora não parecesse estar muito concentrado nessa tarefa. Estava preocupado.

– Como é que você sabe tanto sobre esse assunto? – Não pude deixar de perguntar. – Não precisa responder se não quiser, é que... eu me sinto uma inútil em relação a isso. Não sei se devia pesquisar ou...

– Não se preocupe, Jenna... Eu... nunca precisei pesquisar isso.

Surpresa, sustentei seu olhar. Ele soltou um suspiro.

– É muito cedo pra falarmos de coisas profundas? – brincou, embora soasse triste.

– Pra pessoas normais, sim, mas eu diria que somos uma exceção.

Will manteve o sorriso triste até desviar os olhos para o café, quando o sorriso se transformou numa careta. Dei um tempo a ele, que começou a falar de novo, desta vez num tom muito baixo:

– Meu irmão morreu de overdose quando eu era criança.

Gelei. Já intuía que seria algo duro de ouvir, mas não imaginei que chegaria a esse extremo.

Apoiei uma mão em seu braço. Isso não iria consolá-lo muito, mas eu queria que pelo menos ele não se sentisse sozinho.

– Isso já faz muito tempo, eu não tinha nem treze anos – acrescentou, pausadamente. – Meus pais brigavam com ele constantemente. Tentaram interná-lo numa clínica de reabilitação, e acho que até conseguiram fazer isso uma vez, mas não serviu de nada. Ele teve outra recaída. E outra, e mais uma. Até que minha mãe o encontrou jogado na entrada de casa. Havia chegado em algum momento da madrugada sem ninguém perceber. Não teve muito o que fazer.

Sua voz soava estranhamente monótona, muito diferente de sua habitual maneira calorosa de se expressar. Fiquei com vontade de lhe dar um abraço, mas ele continuou seu relato:

– Meus pais não conseguiram aguentar e pouco tempo depois se divorciaram. Eu conheci a Naya naquela época. – Isso o fez sorrir um pouco. – Ela foi um pilar muito importante na minha vida. E a única pessoa que me apoiou naquilo tudo.

Inevitavelmente, me mostrei surpresa. Will logo entendeu o motivo.

– O Ross tinha seus próprios problemas pra resolver, acredite – murmurou. – Ele tentou me apoiar como pôde, mas era um assunto muito complicado.

"A verdade é que me lembro perfeitamente do meu irmão antes e depois das drogas. Lembro dele sorridente, saindo para brincar com seus amigos, me acompanhando até o colégio, uma vez até me defendeu quando outro menino implicou comigo... até que caiu nessa. E então já não parecia a mesma pessoa. Ele passou a viver em função das drogas, e cada vez precisava de uma dose maior pra se sentir bem.

"Começou a roubar pra conseguir dinheiro, a nós e a nossos avós, e, quando nos demos conta, começou a conseguir dinheiro de desconhecidos: se aproveitava de qualquer um que sentisse pena dele para conseguir mais, pedia dinheiro, pedia ajuda... Mas nunca era suficiente. Eu mesmo o ajudei muitas vezes – acrescentou. – Meus pais não paravam de me dizer que era uma má ideia, mas ele vinha, me pedia ajuda... eu sentia que não podia dizer não. Às vezes penso que eu poderia tê-lo feito parar se... Bem, não importa.

"Com isso quero dizer que sei bem como é quando alguém de quem você gosta vem pedir que você o ajude e a gente não é capaz de negar, mesmo que seja para o bem daquela pessoa. Não culpo você por ter caído nisso, é muito difícil não ceder."

Fez uma pausa e bebeu o café, embora eu duvidasse que ele realmente estivesse com vontade. A única coisa de que ele precisava era um momento de descanso.

– O Ross nunca vai te contar isso – acrescentou, numa voz calma, olhando atentamente para mim –, mas ele já esteve numa clínica de reabilitação, quando tinha dezoito anos. Durante muito tempo, eu pedi pra ele parar, mas ele não me dava atenção. Até que chegou no fundo do poço. A mãe dele o encontrou a tempo e decidiram interná-lo numa clínica especializada, mas, como ele já era maior de idade e se negou, não puderam fazer muito mais. Pelo menos até que a Naya e eu fomos vê-lo. Eu disse a ele que já tinha perdido um irmão e que não ia perder meu melhor amigo. E que, se ele continuasse nesse caminho, não seria comigo, que eu não ficaria pra ver ele se destruindo.

"Então ele aceitou ir pra uma clínica de reabilitação, passou um mês e meio ali. Ao sair, sua mãe e ele foram para a casa do lago por alguns meses, até que ele se sentisse melhor. Depois ele se matriculou na universidade e encontrou uma diversão com essa história de ser diretor de cinema. Estava mais centrado, tanto nos estudos quanto em outras coisas, inclusive começou a namorar você. Ele nunca tinha se preocupado tanto com outra pessoa, e, não sei... eu gostei muito de ver essa nova versão do meu amigo."

Will fez uma pausa. Seu olhar ficou mais sério.

– Dessa vez é diferente, Jenna... Não quero que ele se machuque, e estou preocupado, mas duvido que agora eu possa convencê-lo. Na verdade, duvido que qualquer pessoa consiga fazer isso, exceto ele mesmo. A única coisa que podemos fazer é tentar ajudá-lo.

– E se isso não for suficiente? – deixei escapar.

Ele não conseguiu responder. Naquele momento, a porta da frente se abriu, e fiquei surpresa ao ver Jack entrar na sala. Então percebi que ele ainda estava com o maço de cigarros na mão e que suas chaves continuavam na bancada. Ele não havia passado a noite fora, só tinha subido um momento para fumar.

Fiquei tão contente que demorei um pouco para tirar minha mão do braço de Will. Ao fazer isso, nós dois ficamos duros como postes e fingimos que só estávamos tomando café. Jack semicerrou os olhos, mas não disse nada. Estava especulando para si mesmo.

– Bom dia – disse Will, falando num tom muito mais natural do que eu conseguiria. – Quer café?

Jack reagiu, afinal, e largou suas coisas na poltrona de qualquer jeito.

– Não. Vou tomar um banho.

Não esperou uma resposta. Passou a mão no rosto e foi para o banheiro. Fiquei pensando que, se ele não estivesse tão desanimado, teria feito alguma pergunta.

As aulas continuaram, e naquela semana consegui chegar ao nível de meus colegas. Fiquei surpresa comigo mesma ao me ver conversando com eles sobre assuntos alheios aos nossos trabalhos e projetos, e atribuí parte do mérito a Curtis, que dava um jeito de me incluir no grupo quando me via um pouco isolada. Embora em algum momento ele tenha deixado de fazer isso sem que eu percebesse, simplesmente continuei a conversar com os outros, algo que, apenas um ano antes, teria sido muito complicado para mim.

Jack, por sua vez, não melhorava. Naquela primeira noite, quatro dias antes, ele tinha ficado em casa, sim, mas à tarde havia sumido, e não voltamos a vê-lo. Nem sequer se deu ao trabalho de responder minhas mensagens.

Eu estava começando a desistir. Will me garantiu que, dentro do possível, Ross estava bem, e eu me conformava com isso. De qualquer maneira, se ele não queria saber de nós, eu também não podia obrigá-lo a fazer isso.

Eu falava frequentemente com Spencer e Shanon, meus irmãos, que me atualizavam sobre o que acontecia com os demais membros da família, inclusive com minha avó, que havia se matriculado em aulas de aeróbica e passava o dia com seu novo grupo de amigas, e por isso andava meio sem tempo para me ligar. Os dois, porém, contavam a ela como as coisas andavam em minha vida. Fiquei feliz por ela, e também pelo pequeno Owen, que tinha tirado uma nota boa numa prova de matemática, a matéria que ele achava mais difícil. Eles me contavam um pouco de suas vidas para que eu não ficasse completamente por fora, enquanto eu, é óbvio, só contava para eles as partes boas da minha.

Durante a ausência de Jack, também me informei pela internet. Minhas buscas eram meio absurdas, desde "Como ajudar uma pessoa viciada em drogas" até "O que fazer para ajudar um amigo que está triste". Não havia muita informação que eu pudesse realmente usar. As únicas coisas que aproveitei foram algumas sugestões:

A) "Garantir a essa pessoa que você está do lado dela, apesar de tudo." Eu tinha tentado, mas duvidava que servisse para alguma coisa; afinal, Jack ainda tinha sentimentos muito negativos em relação a mim.

B) "Controlar os hábitos dessa pessoa." Eu não queria controlá-lo, mas ajudá-lo.

C) "Procurar ajuda profissional." Duvidava que Jack se deixasse levar tão facilmente. Ele não aceitaria ajuda psicológica. Pelo menos, não de cara.

D) "Falar com essa pessoa." Era o que eu mais havia tentado, mas, de novo, não era tão simples.

E) "Fazer uma intervenção, junto com todos os seus entes queridos." Propus isso a Will, mas ele me garantiu que Jack ficaria na defensiva e seria ainda pior. Não lhe faltavam motivos para isso.

F) "Manter uma postura de ajuda, apesar de tudo, e não perder a esperança." Tendo em vista o cenário, imaginei que escolheria essa sugestão.

Enquanto eu repassava essas últimas linhas, Sue soltou um suspiro de cansaço. Estávamos no banco de trás do carro de Will, e ele e Naya não paravam de se beijar, acomodados nos bancos dianteiros. Sorri, disfarçadamente, e arrumei minha saia. Íamos para a festa de Lana, para a qual tínhamos sido convidados naquela manhã. Entendi que era o aniversário de uma de suas amigas e, embora não a conhecêssemos, estaríamos lá. Pelo menos eu me daria melhor com Lana do que da última vez em que estive numa dessas festas.

Ao entrar naquele prédio imaculado – que continuava me lembrando um museu –, tirei o casaco e olhei para o que estava vestindo: um simples top lilás com uma saia preta, que Shanon havia comprado para mim havia alguns meses para ir jantar com ela e seu namorado intermitente – com quem, aliás, ela já tinha brigado. No entanto, eu nunca havia usado aquela roupa antes, sua grande estreia seria esta noite. Apesar de ser um pouco desconfortável e justa, eu gostava de como ela ficava em mim, ainda mais combinada com meu All Star preto – eu não cairia outra vez na armadilha das botas de plataforma. Quanto ao resto, não me esmerei muito: fiz uma trança no cabelo e usei pouquíssima maquiagem.

– Pessoal! – exclamou Lana, descendo as escadas. Estava com um vestido curto vermelho que lhe caía como uma luva. – Sejam bem-vindos! Podem deixar seus casacos aqui, com os outros.

Deu um abraço em cada um de nós – menos em Sue, que se eriçou como um gato nervoso assim que a viu se aproximar – e nos guiou escada acima. Como da outra vez, o corredor estava praticamente vazio, com exceção de umas poucas pessoas que iam de uma sala para a outra. A grande maioria estava no salão, que imaginei que fosse reservado para festas, e estava tão abarrotado quanto na festa anterior, talvez mais. Vi de relance um cartaz de "Feliz aniversário!" numa das paredes, mas ninguém estava dando muita bola para a aniversariante. As pessoas só tinham ido à festa para se embebedar.

Eu estava mais perto de Lana ao atravessarmos a sala, então decidi conversar um pouco com ela:

– O ambiente está bem animado!

Ela sorriu para mim, olhando por cima do ombro.

– Sim, esta é a primeira festa desde o Ano-Novo. O proprietário ficou meio irritado porque quebraram uma luminária, mas conseguimos convencê-lo. Tomara que dessa vez não quebrem nada valioso.

Assim que vi uns garotos passando de mão em mão uma jarra de vinho, rindo às gargalhadas, suspeitei que o proprietário iria se irritar de novo.

– Você veio por causa do Ross? – ela perguntou.

Isso me deixou um pouco desconcertada. Paramos perto da cozinha enquanto os outros saíram atrás de bebidas. Minha expressão a surpreendeu.

– Ele está aqui – esclareceu. – E está com... bem... com seus novos amigos. Pensei que você estivesse procurando por ele.

– "Novos amigos"?

Ela não precisou falar muito mais. Não eram seus amigos, e sim aqueles que não o impediram quando ele começou a se desviar de seu caminho. Fui tomada por um surto de raiva. Então era isso o que ele andava fazendo naqueles últimos dias? Isso já nem me surpreendia mais.

– Onde ele está?

A salinha para a qual Lana me levou era pequena e quadrada. Nela havia sofás e estantes, e alguém havia espalhado almofadas pelo chão, ocupadas por um grupo de pessoas. A mesinha redonda de centro estava abarrotada de objetos diversos, desde pequenas sacolas até um narguilé azul. O cheiro era insuportável, fiquei enjoada assim que entrei. As janelas estavam fechadas, suspeito que de propósito, para conferir mais intensidade à situação.

Um grupo de garotos, reunidos em círculo, consumia o que estava disposto sobre a mesa de centro. Um pouco afastadas, e alheias a eles, duas garotas conversavam e riam enquanto bolavam um baseado.

Só me fixei num deles: sentado tranquilamente numa almofada, dava a primeira tragada no cigarro que acabara de levar à boca. Quis acreditar que era apenas um cigarro, embora suspeitasse que não. Enquanto soltava a fumaça, gargalhando por causa do comentário de um outro sentado ao seu lado, desviou o olhar e cravou os olhos em mim.

Estava surpreso e, de certa forma, constrangido. Todos os seus amigos se viraram para mim imediatamente.

– Ui – disse o grandalhão de cabelos castanhos. – E essa aí, quem é?

Depois de bufar, Jack assumiu sua costumeira expressão desdenhosa.

– Minha mãe.

Vários deles riram, mas ele não os acompanhou nisso. Havia desviado o olhar para qualquer coisa que não fosse eu. Comportava-se como se eu tivesse acabado de arruinar a sua noite.

Não dei importância ao fato de que rissem de mim. Desviei-me rapidamente de seus amigos e atravessei o círculo que haviam formado para me plantar na frente dele. Ele não teve outra opção a não ser me olhar com amargura.

– O que foi?

– "O que foi?" – repeti, indignada. – Foi por isso que você não respondeu nenhuma das minhas mensagens esta semana? Porque estava... fazendo *isso*?

Novas risadas. Não dei bola. Jack não desgrudou os olhos dos meus e deu outra tragada no que quer que estivesse fumando, que eu imaginei que fosse maconha. Ainda lembro de sua irritação ao ver que eu estava fazendo isso, embora já não parecesse se importar muito.

– O que faz você pensar que tenho de responder às suas mensagens? – perguntou finalmente.

– Não custa nada você dizer que está bem. E, se não quiser falar comigo, pode falar com o Will, que também estava preocupado. Será que é tão difícil?

Como resposta, soltou a fumaça lentamente em minha direção. Desviei o rosto, cada vez mais furiosa, e as risadas de seus amigos começaram a me deixar impaciente.

– Ei, ela é sua namorada? – perguntou o grandalhão.

Jack soltou a risada mais desdenhosa que ouvi em minha vida.

– Bem que ela gostaria...

Dessa vez as risadas foram muito mais intensas. Minhas bochechas ficaram vermelhas só de olhar para ele, que mostrava novamente certo desafio no olhar, como se me compelisse a responder. E eu quis. Por um momento, pensei em lembrar a ele como tinha se comportado quando eu fui embora, mas isso era um golpe muito baixo, e eu teria me sentido culpada. Além do mais, queria acreditar que ele falava assim por causa das drogas, e não porque realmente pensasse dessa forma.

– Sou a ex-namorada dele – expliquei, em voz baixa, mas suspeito que todos me ouviram perfeitamente.

– Ex? – perguntou um dos desconhecidos. – Pois parece que não superou.

– É, deixa ele em paz – disse outro.

– Isso, Jenny. – Jack piscou para mim e fez um gesto de despedida com a mão. – Me deixa em paz.

– E relaxa, porra.

– Que amarga.

Arqueei uma sobrancelha quase sem querer. Podia entender que ele estivesse irritado comigo, que me mandasse embora e me tratasse mal. Aquilo não me fazia bem e eu nunca faria isso com ele, mas até certo ponto entendia o motivo de sua irritação. O que eu não suportava é que ele fizesse isso com tanto atrevimento, como se não tivéssemos sido nada um para o outro. Pelo modo com que seus amigos riam, parecia que tínhamos nos despedido depois da primeira transa. Mas não. Nossa relação havia sido curta, mas eu sabia que tinha significado muito para nós dois.

Quando ele me negou isso, dei meia-volta, peguei uma garrafa de cima da mesa e fui direto até o garoto caladinho que segurava o narguilé. Ele estava sentado na frente de Jack, do outro lado da mesinha. Todos ficaram em silêncio, surpresos.

– O que foi? – perguntei. – Não era pra eu relaxar? Pois é o que estou fazendo.

Ouviram-se algumas risadas, mas dessa vez elas foram abafadas pelas exclamações de aprovação dos demais. Jack não disse nada, mas eu o conhecia: tinha ficado tenso dos pés à cabeça e me encarava.

– Assim é que eu gosto! – exclamou o grandalhão, aplaudindo. – E ainda por cima você chegou bem na hora. A gente estava no meio de um jogo.

Deixei de olhar para Jack para me concentrar nele.

– Que jogo?

– Duas mentiras e uma verdade.

– Você precisa contar duas mentiras e uma verdade – disse seu amigo, solenemente.

– Acho que ela já entendeu.

– E depois temos que adivinhar qual é a verdade – acrescentou um outro. – Se a gente acertar, você tem que aceitar um desafio. Se não, é você quem lança um.

– Então se trata de enganar os outros – deduzi.

– Você vai fazer isso muito bem – murmurou Jack, me encarando. – Você é uma especialista em enganar as pessoas.

Seus amigos soltaram um "uuuhhh" muito divertido, mas ele não estava para brincadeiras. Tinha desviado o olhar para o chão.

– Tem razão. – Dei de ombros. – Então se preparem para os desafios, porque não vou ter pena.

– Assim é que se fala! – exclamou um deles.

– Quando quiser – me disse outro.

Antes de esboçar um meio-sorriso, pensei um pouco.

– Tenho dezoito anos, adoro sair pra correr de manhã e só namorei três pessoas em toda minha vida.

Jack sabia quais eram as mentiras e qual a verdade, mas não falou nada. Continuava fumando sentado em sua almofada, cada vez mais tenso.

Seus amigos demoraram um pouco até entrarem num acordo, mas finalmente chegaram a uma conclusão. O grandalhão, que logo descobri que se chamava Eric, foi o porta-voz oficial do grupo.

– A verdade é o lance de sair pra correr!

Soltei um suspiro.

– Estou vendo que não sou uma mentirosa tão boa.

Eles aplaudiram e se cumprimentaram como se tivessem vencido o maior desafio de suas vidas.

– Ok – um deles apontou para mim. – Seu desafio é dar cinco goles seguidos na garrafa que você tem nas mãos.

– Goles grandes!

"A garrafa"? Eu nem tinha certeza do que havia dentro dela, mas bebi. Quando terminei, minha garganta ardia e quase vomitei, mas consegui me controlar. Era só o que me faltava, vomitar na sala da coitada da Lana.

O jogo continuou, e Jack não pronunciou uma só palavra. Uma parte muito vingativa de mim aceitava todos os desafios que me davam, com a intenção de ver se em algum momento ele iria me deter. Ele estava ficando irritado, eu podia ver isso na sua cara, mas não falava nada, apenas cerrava os dentes ou os punhos, e finalmente desviava o olhar para deixar meu caminho livre. Tive que beber mais uma vez, dar uma tragada num cigarro, mostrar a tatuagem que eu tinha feito no quadril havia um ano junto com ele e inclusive mandar um áudio *hot* para um de meus contatos. Eles se irritaram um pouco quando confessei que o tinha mandado para minha irmã e que ela provavelmente saberia que se tratava de um jogo.

Também venci algumas rodadas: eles tiveram que beber, obriguei um de seus amigos a dançar sensualmente, outro teve que mandar uma mensagem como a que eu tinha enviado e inclusive mostrar a todos nós a pior foto de sua galeria. Eles também não se negaram a nada. Me surpreendeu que os desafios, dentro do possível, fossem tão suaves.

Pelo menos até eu perder de novo e Eric esboçar um sorriso malvado.

– Deixa o Finn te beijar desde a tatuagem até o pescoço.

No fim das contas, descobri que Finn era um dos chatos que mais tinha me zoado quando cheguei. Por isso fiquei surpresa ao vê-lo de repente tão hesitante.

Talvez eu não tenha sido a única a perceber a aura furiosa que nosso querido Jack exalava, porque Finn começou a lhe lançar uns olhares vacilantes, tentando se certificar de que aquela seria uma boa ideia.

– Hummm... – hesitei também. – Você não pode lançar outro desafio?

– Só uns beijinhos, nada de mais.

– Sim, não tente escapar agora.

– Se não fizer isso, vamos lançar um desafio ainda pior!

Eu continuava hesitante, e Finn parecia tão inseguro quanto eu. Mesmo assim, se levantou e pigarreou ruidosamente:

– Também não é pra tanto.

Meu top não era tão curto, mas deixava uma parte da barriga de fora, bem como a clavícula e o pescoço. Eu não estava morrendo de vontade que um desconhecido babasse sobre tanta pele exposta.

No entanto, ali estava Finn, e ele parecia muito disposto a seguir adiante. Até que Jack o segurou pelo braço e o afastou. Ele tinha se levantado sem que eu me desse conta, e parecia bastante irritado.

– Deixa que eu faço isso.

Não deu espaço para nenhuma discussão e, quando ficou diante de mim, me convidou a me levantar e me ofereceu o cigarro que acabara de acender. Depois de hesitar um instante, peguei o cigarro e ele apoiou as duas mãos numa estante, perto de meus quadris. Sem dizer palavra, fincou um joelho no chão, à minha frente, para que seu rosto ficasse na altura de meus quadris. Os outros soltavam risadinhas e comentários obscenos, mas eu não os ouvia. Eu estava com os joelhos firmemente apertados um contra o outro e com o coração na boca. Se um desconhecido me deixava nervosa, ele me deixava ainda mais: é que Jack tinha enchido de beijos aquela parte de meu corpo muitas vezes. Dessa vez, porém, eu suspeitava que ele não seria tão carinhoso.

Ele não se fez de rogado. Joguei a cabeça para trás quando senti que ele puxou o elástico de minha saia para descer até a tatuagem e se inclinou para beijá-la. Engoli em seco ao sentir seus lábios sobre minha pele. Ele começou a subir, e a umidade cálida de sua boca foi deixando um rastro em minha barriga, até chegar ao top. Passou entre meus peitos, aprumando-se à medida que me beijava, até chegar à clavícula e à curva do pescoço. O último beijo, embora curto, foi quase agressivo. Ao terminar, pegou seu cigarro de volta e voltou para o seu lugar, sem olhar para mim.

Quando se sentou, parecia até que não estava sentindo absolutamente nada, apenas fumava tranquilamente. Eu, enquanto isso, continuava com os joelhos bem apertados e com o rosto completamente vermelho.

– Ui, fiquei com tesão – brincou Eric, provocando uma nova onda de gargalhadas.

Jack e eu não rimos.

Eu sabia que esse desafio abriria caminho para muitos outros – e piores –, mas tinha esperança de que fossem demorar. Não foi o caso. Na rodada seguinte, mais uma vez descobriram minha verdade. Um pouco nervosa, esperei pelo desafio. Sabia que seria pesado, mas eles conseguiram superar minhas expectativas.

Eric abriu um grande sorriso.

– Te desafio a beijar o Ross do umbigo até a boca.

Pestanejei várias vezes antes de reagir e dar um pulo. Todo mundo parecia entusiasmado, exceto Jack, que se remexia desconfortavelmente em sua almofada.

– Não – eu disse firmemente.

– Ele fez o que pediram – Finn me lembrou.

– Ele não me beijou na boca!

– Então é esse o problema? Você não quer beijar o Ross na boca? – Eric fez uma careta. – Pobre Ross, não é muito bonito, mas é um bom garoto!

Nova rodada de gargalhadas. Jack nem sequer parecia escutá-los. Estava relaxando a mandíbula.

– Não é isso! – Franzi o cenho.

– Não seja covarde!

– É que ela não se atreve.

Essa última frase tinha saído da boca desdenhosa de Jack. Ele não olhava para mim, mas revirou os olhos. Tomei coragem. E não sei se foi por causa de seu comentário, das risadas ou do álcool que havia ingerido, mas de repente me levantei e avancei em sua direção.

Sejamos sinceras, ele sabe o que dizer para te provocar.

Jack levantou os olhos, surpreso. Não esperava por aquilo. Eu nem sequer tinha pensado, mas aí estava. Eu já não podia voltar atrás.

Fiz o mesmo que ele, mas apoiando as mãos nos joelhos e não na estante. Assim que me ajoelhei, os comentários obscenos voltaram, mas eu os ignorei, e suspeito que Jack também. Ele continuava a olhar para mim, surpreso. Assim que se deu conta disso, franziu o cenho, para disfarçar.

– Está tentando provar alguma coisa? – me perguntou, baixinho.

– Cala a boca e me deixa cumprir o desafio.

– Estou vendo que está morrendo de vontade.

Não entendi muito bem se ele disse aquilo com ironia ou com escárnio. E pouco me importava.

Com um nó no estômago, me inclinei para a frente e dei um primeiro beijo bem em cima do botão de sua calça. Senti que ele ficou tenso, mas não disse nada. De forma inconsciente, abriu um pouco mais as pernas para que eu coubesse melhor. Apertei os dedos em seus joelhos enquanto subia por seu abdômen.

Meus beijos não foram tão agressivos quanto os dele, mas lhe provocaram uma reação muito mais brusca do que a que eu tive. Pude sentir que, apesar de permanecer bem quieto, ele ficava cada vez mais tenso à medida que meus lábios subiam por seu corpo. Nem mesmo fez comentários maldosos, apenas me olhava fixamente enquanto eu beijava seu peito. Seu coração palpitava muito mais rápido do que o normal, assim como o meu. Continuei me erguendo e inclinei a cabeça para poder beijar a curva de seu pescoço. Jack engoliu em seco, movendo o pomo de adão. Subi um pouco mais. A barba em seu queixo machucou um pouco meus lábios. Abri os olhos. Ele me encarava, com as pupilas dilatadas. Só me faltava beijar seus lábios, que estavam entreabertos.

No entanto, bem na hora de fazer isso, pus um dedo em sua testa e o empurrei até deixá-lo com as costas grudadas na parede. Ele pestanejou, surpreso.

– Bem que você queria – murmurei e voltei para o meu lugar com o mesmo desdém que ele havia demonstrado alguns segundos antes.

Uma ovação encheu a sala. Percebi que Jack me encarava, mas não retribuí o olhar. Eu tinha bancado a valente, mas não queria vê-lo irritado ou frustrado, ou o quer que fosse.

A tensão aumentara no ambiente. De repente o jogo já não estava mais divertido. Tratava-se de um desafio. E, a cada rodada, aquela tensão sufocante crescia. Eu estava com a cabeça enevoada por causa da bebida, e Jack estava chapadíssimo. Eu sabia disso pelo seu jeito de se mexer, de esticar o braço para pegar o copo ou um cigarro, de olhar para os outros...

Era minha vez de novo.

– Adoro ler, não suporto ver realities... – Comecei a enumerar as mentiras e hesitei um pouco antes de dizer a verdade. Estava com uma na ponta da língua e talvez eu não a tivesse soltado em outra oportunidade, mas, por causa do álcool e do ambiente, ela me escapou por entre os lábios. – E estou apaixonada por um completo idiota.

Não sei que reação eu esperava de Jack, mas é óbvio que eu não achava que ele fosse olhar para mim imediatamente. E muito menos de forma tão furiosa. Parecia disposto a sair correndo. Franzi o cenho, o quê...?

– Ah, essa é fácil – interveio Eric, sem precisar consultar seus companheiros. – A última é a verdade.

Eu mal havia assentido com a cabeça quando Jack, de modo totalmente imprevisível, bateu o copo sobre a mesa, o que chamou a atenção de todo mundo. Estava furioso, e isso ficou bem claro quando se levantou e saiu batendo a porta.

Fiquei pasma. Fiz mal em dizer aquilo? Talvez por estar meio embriagada, meu cérebro não processou a frase completamente antes de soltá-la. Era cedo demais? Muito direto? Eu não tinha certeza, só sabia que estava indo atrás dele, ignorando os outros, que me chamavam para cumprir seu estúpido desafio.

Jack estava praticamente soltando fumaça. As pessoas que o viam passar até se afastavam do caminho sem que ele precisasse pedir, pois percebiam que algo estava errado. Entre elas estava Lana, que olhou para nós com perplexidade.

– Sinto muito por ter sido tão brusca – eu disse a Jack, que estava de costas e não me deu ouvidos até que agarrei seu braço. – Escuta, eu não te...!

Pasma, me detive quando ele subitamente se virou. Eu não esperava uma reação tão imediata e recuei. Ele parecia ainda mais furioso, se é que isso era possível.

– O que é que você quer?! – perguntou, já fora de si. – Estou indo embora porque neste exato momento não estou te aguentando! Você não pode me dar nem cinco segundos de paz?

Eu continuava sem entender a causa de sua irritação. Quer dizer, eu conseguia entender que o tinha magoado, mas tanto assim? Uma parte de mim... por mais patético que fosse... acreditara que, falando aquela verdade, obteria uma reação totalmente oposta.

– N-não sei... – comecei, hesitante.

– O quê? O que é que você não sabe? – inquiriu, dando um passo em minha direção. – O que você estava fazendo lá dentro? Pode deixar que eu digo: estava arruinando tudo, como sempre! E ainda se dispôs a ser beijada por um desconhecido!

– E o que você tem com isso? – pulei, furiosa com a acusação. – Mesmo que eu deixasse todos esses desconhecidos me beijarem! Não te devo nenhuma explicação!

– Então volta lá, pois com certeza eles têm um novo desafio pra você, e dessa vez não estarei lá pra te ajudar!

– Lembro que foi você quem resolveu se meter!

– E daí? Você queria que o Finn te beijasse? – Ele apertou os olhos. – Você gostaria de ver outra pessoa me beijar?

– E você, gostaria que eu me metesse em tudo e arruinasse minha vida sem poder fazer nada a respeito?

Isso saiu sem pensar, mas não me arrependi, especialmente ao ver que seu semblante furioso desapareceu por um segundo. No entanto, quando reapareceu, foi ainda pior.

– Posso fazer o que quiser – disse, entre os dentes.

– E eu também! – Sem me dar conta, me virei para Will e Naya. Sue também estava com eles. Em algum ponto da conversa, Lana tinha ido buscá-los. Felizmente, já estavam com as chaves do carro. Me dirigi a Jack:

– Muito bem, não vou mais estragar a sua festa. Divirta-se.

Quando passei ao seu lado, imaginei que me deixaria sair, mas ele me surpreendeu: me pegou pelo pulso para que eu o olhasse outra vez.

– Sério? Vai sair assim, como se nada tivesse acontecido?

Precisei de alguns segundos para assimilar aquilo. Ainda assim, não entendi absolutamente nada.

– Posso saber o que você quer que eu faça?

– Deixa que eu levo você.

Me livrei de seu braço com um puxão e comecei a rir.

– Você já viu o seu estado? – alfinetei, em tom acusador. – Você não poderia dirigir mesmo que quisesse!

– Quer parar de implicar com tudo que eu digo? Você é insuportável!

– Você é que é! Para de me dar ordens! – explodi. – Eu estava me divertindo até você resolver abrir a boca!

– Você estava prestes a fazer uma bobagem!

– Uma bobagem? E o que é que você sabe sobre as minhas bobagens?

– Ficar de pegação com aqueles idiotas teria sido uma bobagem!

– Ficar de pegação com você é que foi uma bobagem!

Eu estava tão alterada que não parei para pensar no que havia dito nem em como ele havia recebido aquilo. E ele fez exatamente o mesmo. Uma veia palpitava em seu pescoço.

– Se gosta tanto deles, vai morar com eles, e não comigo!

– Estou querendo isso mesmo, só pra não precisar mais te ver!

– Gente... – Naya tentou se meter, sem grande sucesso.

– Então arruma aquela mala de merda e vai embora de uma vez!

– Vou fazer isso! Nem cheguei a desfazer a mala, porque sabia que isso ia acontecer!

– Mas é claro que sabia! Você achava o quê? Que ia encontrar tudo perfeito, quando você mesma se encarregou de deixar tudo uma merda?

– Não se preocupe, porque daqui a pouco vou sair da sua vida outra vez, e aí você já não vai poder me culpar pelos seus problemas!

Ele se deteve. Seu peito subia e descia, agitado. O meu também.

– Então aproveite o alojamento!

– Vou gostar muito mais de morar lá do que com você!

– Sim, e vai poder levar pra lá todos os caras que quiser!

– Só porque você age assim não significa que eu vá agir também!

– Você não tem a menor ideia do que eu faço ou deixo de fazer!

Pelo impacto do que ele disse, demorei algum tempo para responder. Sue viu a oportunidade perfeita para se meter no meio e nos separar.

– Eu diria que por hoje já demos um espetáculo e tanto. É hora de ir embora.

Nenhum dos dois se opôs. Eu me adiantei e, furiosa, fui buscar meu casaco. Enquanto isso, Will ficou um pouco para trás para tentar falar com ele, mas isso não serviu de nada. Já sentados no banco traseiro – um em cada extremo –, a tensão entre nós só era quebrada pela pobre Sue, que estava sentada no meio.

Cravei os olhos na janela para não precisar olhar para ele, e ele fez o mesmo. Não falamos nada durante todo o caminho.

Já no elevador, continuamos mergulhados num profundo e tenso silêncio. Senti que ele me observava, mas não retribuí seu olhar, em parte porque não queria ver sua cara e também porque não queria que ele visse a minha.

Ao entrar em casa, a situação ficou ainda mais desconfortável, porque tanto Will quanto Naya tentaram iniciar uma conversa que morreu rapidamente e, enquanto eu tirava o casaco, eles e Sue se enfiaram em seus respectivos quartos. Não me importei de ficar a sós com Jack. Por fim, ele se sentou no sofá e me deu as costas. Suas palavras, sim, me afetaram.

– Posso te fazer uma pergunta?

Sua voz soava tranquila, mas ele não estava. Havia uma certa agitação furiosa que me deixava ver que ele estava tudo, menos calmo.

– Que pergunta?

– Alguma vez você me traiu?

Acabei deixando meu casaco cair no chão. Fiquei perplexa. Ele estava realmente me perguntando isso?

Ao olhar para ele, vi que me observava atentamente. Estava me perguntando muito a sério e, por sua expressão, suspeitei que esperava uma resposta afirmativa. Fui invadida por uma onda de raiva, muito diferente da que havia sentido antes. Já não estava furiosa, mas magoada. Podia entender que tinha errado com ele, podia entender sua irritação e seus sentimentos negativos com relação a mim, mas achava que ele me conhecia o suficiente para saber que eu nunca faria algo assim.

– Espero que você não esteja perguntando isso a sério – alertei-o, em voz baixa.

Sua mandíbula ficou tensa.

– Eu preciso saber.

– Você sabe perfeitamente.

– Tem certeza? – Sem deixar de me olhar, se endireitou e se aproximou de mim muito lentamente. – Cada vez que te vejo, sinto que te conheço menos.

– Eu poderia dizer o mesmo de você.

– Pelo menos eu sempre fui sincero.

– E eu também!

– Ah, sim. E no último dia você demonstrou isso muito bem...

Eu não podia negar isso, o que me frustrou muito. Misturado com o álcool, esse sentimento se volatizou.

– E você? – ataquei-o.

Jack apertou os olhos.

– Eu?

– Vai fingir que durante nossa relação você não teve nenhum segredo?

– Nunca menti pra você. Nunca. Nem uma única vez, naqueles três meses de merda.

– Mas também não foi completamente honesto! Quantas coisas você escondeu de mim? Hein? Eu sentia que você não confiava em mim!

– Vendo no que a gente se transformou, fiz bem de não confiar! E nem tudo o que acontece na minha vida te diz respeito!

– Eu só queria te conhecer melhor! Te entender! E você nunca me deu a oportunidade de fazer isso!

– E o que você teria feito se eu tivesse te contado tudo? Três meses mais tarde você teria ido embora, pra me deixar ainda mais fodido!

– Tanto faz! Eu sempre te contei tudo que você quis saber, sempre! Sempre tentei fazer com que você se sentisse confortável! Mas você nunca teve essa consideração comigo!

– Minha vida não é problema seu, porra!

– Não, não é mais! – Empurrei seu peito, mas isso não foi, nem de longe, forte o bastante para tirá-lo do lugar; eu simplesmente o peguei de surpresa. – É problema seu! E você tá acabando com ela!

– Estou acabando com ela?!

– Sim, Ross! – Furiosa, empurrei-o outra vez, sem muita vontade. Não era uma questão de ter força, mas de marcar uma distância entre nós. – Depois de tudo que fiz pra que...! Depois do que me custou pra que você fosse àquela maldita escola, você vem e faz isso!

Jack semicerrou os olhos e me segurou pelos pulsos antes que eu pudesse empurrá-lo outra vez.

– "Do que te custou"? O que quer dizer com isso?

– O que importa?! Você teve a oportunidade da sua vida e a está desperdiçando!

– Estou fazendo o que quero!

– Não, você está tentando ser alguém que não é!

– Você não sabe quem eu sou! – Dessa vez, me puxou até me deixar tão perto dele que minhas pernas praticamente ficaram entre as suas.

Estava furioso. – Você não sabe nada de mim! Pelo menos não desde que decidiu me abandonar!

– Sei que você não é... essa pessoa!

– "Essa pessoa..." – repetiu, com raiva.

– Sim, Ross! Esse... imbecil que não para de implicar com todo mundo, de se drogar e de se embebedar porque... não sei por quê!

– E o que eu sou, então?

Parei de tentar fazer com que me soltasse. Na verdade, não me importaria se ele fizesse isso. Não me importava estar tão perto dele. Agora eu estava esgotada e com vontade de chorar, mas segurei a onda.

– Você é bom – eu disse, em voz baixa. – Você é uma boa pessoa, Jack.

Ele apertou meus pulsos com os dedos, mas não se mexeu. De repente, não parecia irritado, apenas ansioso por me ouvir, como se ainda não soubesse como se sentir a respeito. E eu queria me jogar para trás e não dizer nada. O nó em minha garganta crescia cada vez mais e ameaçava me fazer chorar. Mas já era tarde demais para parar, então fiz das tripas coração e comecei a falar sem pensar:

– Você é engraçado, odiosamente encantador, com duas ou três frases consegue fazer com que todo mundo te adore e tem o dom de conseguir o que quer. Você é o cara que gosta de filmes e de fast food, de cinema e de super-heróis. E que faz coisas pelos outros porque adora, embora finja detestar. E você é... é Jack, e não Ross. Ross é a máscara que você usa pra encarar aquilo que realmente te machuca. É só uma fachada. Você não é assim.

Como ele não se mexia e continuava atento às minhas palavras, me enchi de coragem. Movi os braços, e ele afrouxou a pressão em meus pulsos. Lentamente, segurei suas mãos. Ele ficou tenso, mas não se afastou.

– Sei que te magoei, e sinto muito, muito mesmo, você não sabe quanto. Como eu queria poder voltar atrás e... – Balancei a cabeça. – Sei que você sofreu por causa do que eu fiz. E sei que... que a culpa de tudo isso é minha. Mas, vamos lá, você não é essa pessoa, não precisa ser. No fundo, você é o garoto que eu conheci um ano atrás.

Por alguns segundos, ele continuou a me encarar. Eu não conseguia decifrar sua expressão. Era... atormentada? Angustiada? Confusa? Apertei os dedos ao redor de suas mãos, e quase imediatamente ele recuou um passo. Foi como se eu o tivesse feito reagir, e da pior maneira possível. De repente, estava furioso.

– Você mesma se encarregou de fazer desaparecer o garoto que conheceu um ano atrás.

Neguei com a cabeça. Por um momento bem fugaz, tive a impressão de que estava indo bem. Mas, claramente, só tinha conseguido piorar tudo.

– Sinto mui...

– Para de se desculpar! – Ele estava contrariado. – Não quero suas desculpas! Por que você voltou, hein? Pensava que seria tudo lindo? Que a gente teria uma maravilhosa segunda chance e que eu largaria tudo de novo por sua causa? Você acha que vou engolir a mesma história duas vezes?

– Não era história nenhuma – tentei explicar, mas ele não me deixou continuar.

– Você me abandonou, não tente me dizer que o que você fazia era verdadeiro!

– Mas era!

– E por que me abandonou?! – explodiu de repente; fiquei olhando para ele com os olhos arregalados. – Por que foi embora?! O que eu fiz de tão errado pra você ter ido embora daquele jeito?! Eu te dei tudo! Tudo! E não estou falando do dinheiro, do apartamento ou de qualquer dessas merdas! Isso não me importa! Te contei coisas que nunca tinha contado pra ninguém! Embora você não percebesse, eu estava me abrindo, estava tentando fazer isso, Jen! Por você, só por você! Você era a única pessoa no mundo que podia me magoar. E você me magoou.

– Jack... eu não...

– E agora você se acha no direito de voltar pra me ensinar como devo viver a minha vida? Você acha que eu acredito em toda essa merda de amiguinha preocupada? Acha que quero ser seu amigo? Não posso ser seu amigo! Estou ficando louco! Sempre que te vejo, não consigo deixar de pensar que, durante três meses, estive perdidamente apaixonado por uma pessoa que não se importava nem um pouco comigo! Você faz alguma ideia do que uma pessoa sente quando fazem isso com ela? Hein? Não, claro que não. Nunca na porra da sua vida você vai se apaixonar assim por alguém. E, mesmo assim, você está aqui, e se acha no direito de aparecer em minha vida justamente quando eu estava começando a virar essa página!

Ele ia dizer algo mais, mas se deteve e se virou para se afastar de mim. Eu não sabia o que fazer. Sem me dar conta, comecei a remexer as mãos.

– Sinto mui... – Parei, frustrada, ao perceber que estava me repetindo. – N-não queria... se eu soubesse...

– O quê? Se você soubesse o quê? – Voltou para perto de mim em questão de segundos. – Não teria ido embora? Mas você fez isso, e sabia perfeitamente que eu gostava de você. Continuo sem entender por que diabos você foi embora. Porque não foi por causa daquele idiota que estava te esperando em casa, não é? – Abri a boca para responder, mas ele não deixou. – Sabe o que mais? Não quero saber. Eu devia ter feito com você o que fiz com todas as outras, assim eu teria me esquecido que você existe em uma semana.

Apertei os lábios, mas não disse nada. Ele sorriu com malícia. Sabia que tinha tocado num ponto sensível e não hesitou em apertá-lo.

– Era o que eu queria fazer quando te conheci, sabia? Queria só transar com você e te mandar pra casa. Mas o Will me pediu pra não fazer isso porque você era a colega de quarto da namorada dele, e ela tinha gostado de você. A Naya sabia que, se eu fizesse o que pretendia, você nunca mais ia querer sair conosco. Essa foi a única coisa que me deteve. Porque você teria caído, Jen. – Ele se inclinou até seu rosto ficar na altura do meu. Seu meio-sorriso revelava tudo, menos alegria. – Nós dois sabemos que você teria caído, porque estava desesperada demais por um pouco de carinho.

Ele falou essa última frase só para me provocar. Eu queria acreditar que ele realmente não pensava assim. Contudo, meus olhos se encheram de lágrimas de pura raiva. Que ele implicasse comigo era uma coisa, mas que se aproveitasse de minhas inseguranças era outra bem diferente, muito mais baixa. Então resolvi ser igualmente cruel com ele.

– Sabe qual é o seu problema? – perguntei, com a voz trêmula.

– Não tenho problema nenhum.

– Sim, tem sim. E é que, por mais que você tente negar, por mais que isso te perturbe... você continua apaixonado por mim, Jack.

Isso arrancou dele uma gargalhada amarga. Chegou tão perto de mim que tive que jogar a cabeça para trás para olhar para ele, mas não me deixei intimidar. Não me mexi nem um centímetro. E a voz de Jack se transformou quase num sussurro.

– E você por mim, Jen.

Por um momento, não soube o que dizer. Ele aproveitou para continuar falando:

– Pode ser que eu esteja fodido, mas você também está. Assuma logo.

– Eu assumi isso no jogo – repliquei, mordaz. – No jogo que tanto te incomodou porque eu não quis te beijar.

– Não estou nem aí pro que você quer ou deixa de querer.

– Também não estava nem aí que eu cumprisse o desafio com outro? Hein? Porque eu te achei muito preocupado, Jack. – Foi minha oportunidade de pronunciar seu nome como se fosse um insulto. Ele fechou a cara.

– Foda-se. Eu ficaria tão chateado quanto você se me visse com outra pessoa. Nós dois sabemos que você estava morrendo de vontade de me beijar na boca. Só o que te impediu é que você estava irritada e preferiu me incomodar.

– Mentira.

Ele deu um meio-sorriso e se aproximou um pouco mais.

– Se afasta, então.

Ao ver que eu não me movia, inclinou a cabeça. Seu nariz estava praticamente tocando no meu, e, apesar da vontade de me afastar, a vontade de ficar acabou vencendo. Quando pôs a mão em minha nuca, não foi como no ano anterior. Ele não o fez com delicadeza e carinho, mas me segurou pelos cabelos e me puxou para mais perto dele. Mesmo assim, fiquei sem fôlego.

– Vamos, se afasta – insistiu.

Mas sua voz o delatou. Estava mais grave, mais contida. Estava com a outra mão em meus quadris, segurando-me com força, tão tenso quanto eu.

Involuntariamente, baixei os olhos para sua boca. Ele inspirou com força. Achei que ia dizer algo mais, mas não o fez. De repente, se calou. Levantei a vista. Ele estava com os olhos grudados em meus lábios. Ergueu-os de novo. Nossos olhares estancaram por um momento, quase como se ambos esperássemos que o outro desse o primeiro passo, fosse para nos afastar ou para acabar com aquela maldita distância, cada vez menor.

– Tá vendo como eu tinha razão? – consegui dizer. – É você quem não consegue se afastar.

– Posso perfeitamente fazer isso. Mas, sim, você tinha razão em outra coisa: tenho sentimentos que não quero ter. Porque continuo gostando de você, e você não merece. Nunca mereceu que eu gostasse de você, Jennifer. Nunca vai merecer. Mas eu sou idiota o suficiente pra continuar com isso por toda a minha vida.

Acho que esbocei um sorriso irônico para ocultar o quanto aquelas palavras tinham me doído.

– Então se afasta você – consegui murmurar, aproximando-me dele. – Se sou tão ruim assim, se afasta.

Ele negou com a cabeça, furioso. Seus olhos faiscavam de tanta raiva. Mas, de novo, permaneceu imóvel.

– Vamos, Jack – provoquei. – Se afasta, se puder.

Ainda furioso, ele me encarou e fez menção de jogar a cabeça para trás, mas aí eu segurei sua camiseta. Não o atraí nem o puxei para mim, mas isso foi suficiente para que ele abandonasse sua tentativa de se afastar, e, apertando meus cabelos em sua mão, se aproximasse de mim até sua boca esmagar a minha.

Não foi um beijo terno. Na verdade, senti que cada fibra de seu corpo desprendia ressentimento e raiva. Mesmo assim, não o afastei de mim. Minhas mãos apertaram ainda mais sua roupa, e dessa vez puxei seu corpo em direção ao meu. Fiquei com uma perna entre as suas e ele me empurrou para trás. Minhas costas se chocaram contra a bancada e separei nossos lábios para tomar um pouco de ar. Quase na mesma hora, ele segurou meu queixo com uma das mãos e abriu a boca sobre a minha.

Senti seus quadris me apertarem contra a bancada e seu peito prender o meu. Ele soltou meu queixo para deslizar a mão entre meus peitos e enfiá-la entre minhas pernas, num movimento que carecia de suavidade. Eu queria poder dizer que não gostei daquilo, que não soltei um gemido de prazer contra sua boca e que ele não retribuiu, mas estaria mentindo. Minha saia subiu até os quadris quando a mão dele abriu caminho, de modo quase violento, até chegar onde queria. Meus joelhos afrouxaram e Jack me envolveu fortemente com o braço livre. Soltei outro gemido. Ele reagiu me apertando com mais força e enfiando a mão, finalmente, sob minha calcinha.

Mas não chegou a me tocar, porque nesse momento eu reagi e me afastei dele.

Suas palavras tinham me envenenado. Especificamente, as que sugeriram o que ele queria ter feito um ano antes: transar comigo e me abandonar. Naquele momento, tudo me levava à mesma conclusão. Ele não tinha me beijado e tocado com carinho, mas com raiva; não me queria como meu namorado, mas como Ross.

E detestei como aquilo me fez sentir.

Eu estava tão apertada contra a bancada que não tive outra opção a não ser me encolher. Jack recuou um pouco, seu peito ainda subindo e descendo agitadamente, e ajeitei minha saia outra vez, quase chorando.

Ele não disse nada, tampouco lhe dei oportunidade para isso. No entanto, senti seu olhar me seguindo até o quarto.

7

BOA NOITE, JACK

NAQUELA MANHÃ TAMBÉM NÃO FUI CORRER, não tinha vontade de fazer nada. Me aconcheguei um pouco mais entre os lençóis e estiquei a mão para pegar o celular. Eram nove horas.

Havia uma mensagem de Curtis, da noite anterior. Parece que ele também esteve na festa e não tínhamos nos encontrado. Ele perguntava se eu estava bem, pois lhe contaram que eu tinha brigado com alguém. Na mensagem seguinte me informava que tinha dado em cima de uma garota que cursava magistério.

JENNA:
Estou ótima! Acabei de acordar.
Ontem à noite não estava muito bem e fui embora
cedo da festa.

Mentindo de manhãzinha, para começar o dia com alegria.

CURTIS:
Aaaah, e já está melhor?

JENNA:
Sim! 😃

CURTIS:
Tem certeeeza...?

JENNA:

Pode parar de esconder o jogo. Você sabe que está louco pra me contar sobre esse flerte de ontem à noite.

Curtis me mandou uma figurinha de um macaquinho dançando e me contou toda a sua aventura – economizando nos detalhes, felizmente – da noite anterior. Ler sua mensagem me arrancou um sorriso. Em seguida, me convidou para tomar café da manhã com ele em algum lugar bonito. Certamente suspeitava que minha discussão na festa havia sido com Jack e queria me oferecer a oportunidade de desabafar.

Respondi a ele que não se preocupasse, que eu ia tomar café com Naya.

Segunda mentira da manhãzinha. Você está se superando.

Eu não estava com fome nem com vontade de sair da cama, só queria ir ao banheiro. Na noite anterior eu não tinha tirado a maquiagem nem trocado de roupa, e estava um desastre, com o rímel espalhado pelo rosto e com a roupa toda amassada.

Você está parecendo um guaxinim.

Soltei um suspiro e remexi nas minhas coisas até encontrar um pijama. Depois fui ao banheiro, mas, ao ouvir a voz de Will na cozinha, parei no meio do caminho.

– ... nem tanto.

Ah, eu conhecia aquele tom. Era o tom de um pai preocupado.

Houve um momento de silêncio e, por algum motivo, me pareceu melhor não revelar minha presença. Fiquei no corredor, em silêncio absoluto, escutando.

Isso se chama invasão de priv...

– Não saiu ainda? – perguntou Jack.

À merda com a privacidade, nem pense em se mexer.

– Não – disse Will.

Pensei ter ouvido o barulho de uma colherinha mexendo o café. Certamente estavam tomando café da manhã. Jack suspirou e soou como se estivesse com o rosto afundado entre as mãos.

– Pensei que... não sei... que pelo menos sairia pra correr.

Certo, ficou claro que estavam falando de mim, mas eu ainda precisava averiguar em que contexto.

– Ela não fez mais isso desde que voltou – Will lhe informou, delicadamente. – Pode ser que já não goste tanto de correr.

– Não. Ela gostava muito.

– Ross, olha... – Seu amigo suspirou e procurou as palavras adequadas. – Eu te falei que era melhor manter distância, não?

– Eu tentei!

– Sim, eu sei. E veja como terminaram.

Jack voltou a suspirar pesadamente.

– Estou tão... cheio.

– Eu sei.

– De tudo – esclareceu. Eu não entendi direito, mas Will entendeu imediatamente.

– Eu sei – repetiu, num tom mais triste.

Um novo silêncio se seguiu.

– Você acha que...? – começou Jack.

– Não.

Por que não podiam conversar como duas pessoas normais em vez de entenderem tudo apenas se olhando?

A conversa tinha chegado ao fim, então entrei no banheiro, tirei a roupa e tomei um banho muito mais longo do que de costume. Depois me enrolei na toalha e, diante do espelho, tirei o resto da maquiagem.

Já de pijama, abri a porta. Não esperava topar de frente com Jack e fiquei meio petrificada ao vê-lo. Ele tinha levantado a mão para bater à porta, mas, depois de hesitar um segundo, deixou-a cair.

Procurou meu olhar quase ao mesmo tempo que baixei os olhos para o chão. Deve ter entendido que eu não queria conversar, porque se afastou para me deixar passar e, embora tenha me seguido com o olhar, acabou entrando no banheiro sem dizer nada.

Quando cheguei, Will já não estava lá, apenas Sue e Mike, que cochichavam sentados num dos sofás. Senti certo alívio, mais do que gostaria de admitir. Provavelmente, Will sabia o que havia acontecido na noite anterior, e essa não era uma conversa que eu tinha vontade de ter tão cedo.

Felizmente, Mike e Sue não eram assim. De fato, Mike deu um grito de alegria assim que me viu.

– A protagonista da noite!

– "Protagonista"? – Apontei para mim mesma, surpresa. – Eu?

– Da discussão aos gritos.

Ah, ora essa.

– Você nem estava lá! – protestei.

– Mas tenho um espião infiltrado!

Imediatamente adivinhei quem havia sido. Sue sorriu quando lhe fiz uma careta.

– Que fofoqueira você...

Ela não pareceu se importar muito com isso. Moveu-se um pouco para me dar lugar no sofá entre os dois. Assim que me sentei, me deram o mesmo sorrisinho interessado.

– Você não vai contar pra gente? – ela perguntou.

– O quê?

– Você sabe muito bem o quê.

– E o que vocês têm a ver com isso, seus fofoqueiros?

– Quero ficar por dentro das atualizações da relação de vocês! – Mike se defendeu. – Assim que o Ross voltar a dormir com você, vou poder recuperar meu querido sofá.

– Bem, antes de mais nada: o que te faz pensar que ele vai querer dormir comigo?

Ele e Sue soltaram uma gargalhada bastante significativa. Ela chegou a jogar uma almofada em minha cara.

– Vai contar ou não?

– Ontem à noite nós brigamos.

– Sim, até aí a gente já sabe – comentou Mike. – Seu futuro marido quase não me deixou entrar. Detectei tensão no ambiente.

– Ele não deixa escapar nada – ironizou Sue.

– Também não aconteceu nada novo – respondi, assim que olharam para mim outra vez. – Bom, sim. A discussão foi um pouco mais pesada do que de costume. Pode ser que eu o tenha acusado de continuar apaixonado por mim... e que ele não tenha gostado muito disso.

Sue bufou.

– Você fala como se não estivesse exatamente na mesma.

– O que você quer dizer?

– Que você também está apaixonada por ele, não?

Desviei o olhar.

– Não sei. Duvido que alguma vez tenha deixado de estar.

Não sabia muito bem por que estava falando de assuntos tão sérios com aqueles dois. Mike e Sue eram muito divertidos, mas às vezes tinham dificuldade para falar de coisas sérias. No entanto, em momento algum me incomodei. Ao contrário, falaram tudo com tanta naturalidade que me senti aliviada.

O que não gostei tanto foi que tenham começado com seus sorrisinhos misteriosos.

– Que barulho é esse, agente Susie?

– Me chame de "Susie" de novo e te castro.

– D-digo... que barulho é esse, agente Sue?

– Não sei, o que você acha, agente Mike?

– Eu acho que o universo está nos dizendo que... – Abriu os braços dramaticamente. – A TURMA DA DROGA ESTÁ DE VOLTA!

Suponho que esperassem uma reação positiva de mim, mas isso demorou um pouco. Mike estalou os dedos na frente de meu rosto.

– Olá? Você lembra o que é isso?

– Sim... O que a Sue diz quando a gente fuma coisas estranhas, né?

– "Coisas estranhas" – repetiu, gargalhando.

– Podemos fumar de novo, se você quiser – ela ofereceu. – Eu não reclamaria.

– Não precisa. Mas... em que a turma da droga poderia me ajudar? Sem querer ofender, mas fumar não me parece a solução.

– A gente não só fuma! – protestou Mike. – Também podemos alegrar o seu lar...

– ... ou parasitá-lo. – Sue ergueu uma sobrancelha.

– Fazer o próximo sorrir...

– ... ou chorar.

– Melhorar a vida alheia...

– ... ou acabar com ela.

– E, o mais importante... reconciliar as pessoas!

Certoooooo... eu já estava começando a entender aonde queriam chegar.

– Hã... Não sei...

– Se você e o Ross estão precisando de um empurrãozinho, a gente pode dar!

– E se quiserem um empurrão *literalmente*, também.

– Gente, eu agradeço, mas...

Não pude continuar a conversa, alguém estava ligando para meu celular. Quem quer que fosse, eu não tinha aquele número salvo. Usei isso como desculpa para abandonar o assunto das reconciliações.

Enquanto Sue e Mike voltavam a cochichar, me endireitei e atendi a ligação.

– Sim?

– Olá, Jenny...

Me detive imediatamente. Não soube muito bem se isso se devia ao cansaço ou ao fato de ainda ser cedo, mas a voz de Monty não me assustou, simplesmente me provocou exaustão.

– Sério? – perguntei, em voz baixa.

– Não quero brigar – disse Monty.

– Se não quisesse brigar, você me deixaria em paz. Ou vou ter que chamar a polícia?

Meus dois amigos se calaram ao me ouvir dizer isso. Já não pareciam estar se divertindo.

– Só queria te perguntar como vão as coisas.

– Sim, claro...

– Um ano se passou, Jenny. Estou com outra pessoa. Queria começar um novo capítulo da minha vida, um em que não estivéssemos brigados.

Segurei a vontade de lhe dizer algum palavrão, mas só queria que a conversa acabasse o mais rápido possível.

– Adeus.

– Espera! Queria te perguntar quando você vai voltar.

Eu estava quase desligando, mas me detive, de cenho franzido. Algo em seu tom de voz tinha me chamado a atenção, e não era nada de bom.

– Voltar?

– Sim... Você sabe...

– O quê?

Ele permaneceu em silêncio por alguns segundos.

– Você não ficou sabendo?

– Obviamente, não. Você vai me contar?

– Bom... você sabe como são as pessoas daqui. Passam o dia falando e falando, e quando soube da sua vó...

Fiquei tensa dos pés à cabeça.

– Minha vó? O que aconteceu com ela?

– Nada muito grave, que eu saiba. Talvez você deva falar com seus pais. Ontem estive com eles e falamos de você. Eles sentem sua falta, Jenny. Você devia dar uma chance a eles.

Fiquei com vontade de perguntar a ele por que se metia tanto em minha vida, mas me contive. O importante não eram meus pais ou ele, mas minha avó.

– Se precisar falar com alguém... – acrescentou. – Você sabe que, aconteça o que acontecer, minha porta estará sempre abert...

Desliguei antes que ele pudesse continuar.

– Tudo bem? – perguntou Sue.

– Não sei... Preciso falar com a minha irmã.

Felizmente, Shanon é uma dessas pessoas que está sempre com o celular à mão, então não se fez de rogada e me atendeu no segundo toque.

– Oi, maninha!

– Oi. – Minha voz soou mais tensa do que eu planejara. – Pode me dizer o que está acontecendo com a vovó e por que ninguém me falou nada?

Shanon não soube o que dizer.

– Foi a mamãe que te contou?

– Não! Foi Monty!

– Monty? Ele te ligou? Aquele...

– Isso não importa, Shanon! Posso saber o que está acontecendo? Preciso me preocupar?

– Não – ela disse, afinal. – Quero dizer... olha, você vai achar que é muito grave, mas te garanto que não é. Ela teve um infarto e...

– Um infarto?! – Praticamente gritei, mas não me importei com isso. – O quê...? Ela está...?

– Ela está bem, Jenny! Foi um susto, mas te garanto que ela está bem. O Spencer estava com ela e a levou ao hospital. Conseguiram atendê-la a tempo.

– E se da próxima vez ela não estiver com o Spencer? E se não...?

– Ela está sendo bem atendida, ok? Nos revezamos para ficar com ela. Ela detesta, mas é o que precisamos fazer. Não vamos deixar a vovó sozinha, então não se preocupe. Eu estava com medo de te avisar, com medo que você viesse e...

– Então foi por isso que ela não ligou mais pra mim – interrompi. – Aquela história de aula de aeróbica com as amigas é mentira, né?

– Sinto muito, Jenny... Ela também não queria te contar. Você está... brava?

Apertei meu nariz. Fiquei tentada, por um breve instante, a lhe dizer que não, que não estava brava e que entendia perfeitamente seu silêncio. Não era verdade, mas eu sabia que ela precisava ouvir isso para se sentir melhor.

No entanto, me dei conta de que assim faria exatamente o que minha terapeuta tinha me desaconselhado: reprimir meus sentimentos para agradar os outros.

– Sim – respondi, decidida –, estou brava.

– Ok... Bom, saiba que não te avisamos porque...

– Não, Shanon, não importa o motivo. Ela também é minha vó e, se algo assim acontece, eu mereço saber. Não sou uma criança, e se decidir que o melhor pra mim é passar uma semana com ela, vou fazer isso.

Tenho o direito de tomar minhas próprias decisões, não preciso que vocês façam isso por mim. A partir de agora, não quero que me escondam mais nada, entendeu?

Minha irmã permaneceu alguns segundos em silêncio.

– Putz, que tom de voz você usou! Fiquei até com medo.

– Shanon, estou falando sério.

– Sim, você tem razão... Sinto muito. Prometo que nunca mais vou esconder nada de você.

Liguei para minha avó imediatamente, e ela veio com o mesmo discurso: não tinham me contado nada para não me deixar preocupada. Com ela fui incapaz de demonstrar minha irritação. Liguei para ter certeza de que realmente estava bem, de que não queria apenas me tranquilizar. Assim que viu que eu tinha me convencido disso, me perguntou como andavam as coisas, e a conversa voltou para um terreno mais neutro.

O dia transcorreu lentamente. Eu estava muito inquieta com a notícia que acabara de receber. Fui à aula da tarde, voltei, comi sem vontade, revisei minhas anotações, vi TV sem prestar atenção... Os outros entravam e saíam, mas nenhum deles ficou muito tempo em casa, todos tinham seus compromissos. Não me importei muito, no fundo eu não tinha vontade de falar com ninguém.

Eu continuava assim, sem vontade de fazer nada, quando Jack chegou em casa. Vi de relance que ele largou a jaqueta na poltrona, mas não falei nada, e ele também não abriu a boca. Foi direto tomar banho, e eu não desviei os olhos de minhas anotações, mas olhei para ele quando saiu do banho, principalmente porque percebi que havia se arrumado. Estava com uma camiseta preta e uma calça jeans que parecia pouco usada.

– Essa calça é nova? – Deixei escapar.

Jack me olhou de soslaio antes de pegar a jaqueta.

– Sim.

– Ela fica muito bem em você.

– Obrigado.

E isso foi tudo. Pelo menos até meu celular tocar e me deixar tão obviamente tensa que Jack percebeu e ficou olhando para mim sem disfarçar. Eu temia que fosse Monty, mas tive sorte.

– Oi, Chris.

– Oi, Jenna! Tenho boas notícias.

– Mesmo? Quais?

– Finalmente arranjei uma vaga pra você!

Pestanejei, surpresa.

– Você tem um quarto disponível?

Jack, que continuava me olhando descaradamente, apertou os olhos.

– Sim! – respondeu Chris. – Lembra daquela garota que te falei? A que tinha um quarto individual. Ela ganhou a bolsa que estava esperando e vai passar o resto do semestre em outro campus. Estou com os documentos do quarto na minha frente. O que acha?

Eu tinha ficado tanto tempo esperando por aquele quarto que, ao consegui-lo, fiquei sem reação. Por isso minha resposta não foi um sonoro sim, especialmente num dia como aquele.

– Posso pensar até amanhã?

Consegui visualizar sua careta de surpresa.

– Sim, como quiser... Mas você tá bem? Achei que ia dar pulos de alegria.

– É que... hummm... estou um pouco distraída, desculpa.

– Ah, tá bom. Não se preocupe. A essa altura do semestre a demanda também não é muito grande, então posso reservar o quarto pra você. – Por sua voz, deduzi que estava sorrindo. – Preciso fazer muitas ligações, me avise quando se decidir!

– Claro. Obrigada por tudo, Chris.

Ao desligar, fiquei olhando para as anotações de modo tão ausente que não me dei conta de que Jack tinha se aproximado até ficar bem na minha frente. Ele tentava demonstrar indiferença, mas não parava de balançar as chaves, que tilintavam sem cessar.

– Você vai embora? – perguntou diretamente.

– Chris tem um quarto livre.

– E você vai pegar?

– Seria o mais lógico, não? – murmurei. – Nenhum de nós dois está muito confortável morando juntos. Te agradeço por não ter me expulsado da sua casa, mas... digamos que eu sei quando estou sobrando. Não tem problema. Além do mais, o alojamento fica muito mais perto da faculdade, e assim eu economizo no metrô.

Jack me encarou tão intensamente que achei que seu cérebro tinha entrado em curto-circuito. Isso, é claro, me deixou nervosa, então comecei a tagarelar para preencher o silêncio, como fazia em situações semelhantes.

– Eu poderia ir embora amanhã à noite, por exemplo – falei. – E você poderia... quer dizer... o quarto é seu, né? Você poderia dormir lá, e eu fico no sofá, como eu te disse desde o come...

– Eu não quero o quarto – soltou, de repente. – Quero que...

Jack não terminou a frase. Passou a mão no cabelo, desviou o olhar e permaneceu em silêncio. Então olhou para mim de novo.

– Muito bem. Como quiser.

– Não é só o que eu quero, também é o que você quer.

– E o que você quer que eu diga? Que é pra você ir embora? Assim você vai se sentir melhor?

Como já tinha pegado todas as suas coisas, se dispôs a sair sem dizer mais nada. Segui-o com o olhar.

– Você vai fugir toda vez que a gente conversar?

– "Fugir"? Vou a uma festa, e já estou atrasado!

– Admita que você foge toda vez que eu toco num assunto que você não gosta!

Sem se deter, Jack me olhou por cima do ombro.

– Então finalmente temos algo em comum.

Ele não deu margem para resposta, simplesmente deu as costas e saiu.

Depois de alguns instantes contemplando a porta como uma idiota, voltei às minhas anotações, numa tentativa de me concentrar. Embora tenha sido relativamente fácil, de vez em quando pensava em minha avó. Me perguntava se ela estava bem, porque, apesar de ter falado com ela e com Shanon, temia que ainda estivessem escondendo de mim algo sobre a saúde dela, mas em seguida me convencia de que não. E finalmente voltava a me concentrar em minhas anotações. Era um ciclo infinito e muito frustrante.

Apesar de tudo, foi uma noite relativamente tranquila. Naya saiu para jantar com uns amigos; Sue tinha uma prova e se fechou no quarto para estudar; e Mike nem sequer apareceu. Tecnicamente, eu estava sozinha com Will. Fiquei de pedir o jantar, e não me dei conta de que tinha pedido comida para três pessoas até ver como Will olhava para mim.

– O quê? Se ele não aparecer... fica pra amanhã.

Ele se limitou a dar de ombros.

– Como quiser. Mas não o espere por muito tempo, ok? Se sentir que está ficando tarde, vai pra a cama e descansa um pouco.

Embora eu tenha seguido seu conselho e tentado dormir, foi impossível. Ficava imaginando Jack bêbado ou em algum lugar perigoso da cidade, totalmente indefeso e perdido. Isso me dava arrepios, e comecei a me desesperar. Somado à preocupação com minha avó e à decisão de sair ou não de casa... era muita coisa. Não consegui pegar no sono.

Frustrada, voltei à sala e me atirei no sofá. Coberta com minha mantinha, comecei a zapear, só para passar o tempo: precisava de um dos meus realities de gente chorona. Sim, com certeza isso me distrairia.

Infelizmente, não havia nenhum. Depois de um tempo assistindo à reprise de um programa de transformação de beleza, tentei me distrair com o celular. A princípio, queria apenas me certificar se alguém tinha me enviado mensagem, depois me convenci de que queria ver novamente uns vídeos de pessoas pintando, e finalmente reconheci que estava somente esperando notícias de Jack. Entrei tantas vezes em seu perfil que tinha certeza de que, onde quer que estivesse, ele se sentiria observado. No entanto, isso não faria com que escrevesse para mim.

Também existe a possibilidade de você escrever para ele.

Era outra opção.

JENNA:
Ei, sinto muito pelo que falei antes. Não queria discutir
outra vez.

Depois de cinco minutos, reli o que havia escrito e franzi o cenho. Por que eu estava me desculpando?

JENNA:
Na verdade, não sinto, porque você sabe que tenho razão, mas realmente não queria discutir.

Cinco minutos mais tarde, tentei de novo.

JENNA:
Bom, estou mesmo dizendo que "sinto muito", mas saiba que tenho razão.

Mais cinco minutos e eu já estava prestes a continuar passando ridículo quando a tela se iluminou com uma ligação. Com o susto que levei, o celular quase voou em meu rosto, mas consegui segurá-lo a tempo. Jack estava me ligando. Ops.

Você sempre pode apagar tudo e fingir que não aconteceu nada.
Era uma opção tentadora, mas optei por dar a cara a tapa e atendi:
– Hã... oi...
– Nas mensagens você estava soando mais segura, hein?
Ah, não. Aquela maneira de arrastar as palavras...
– Você tá bêbado?
– Eu? Não. – E começou a rir.
Me levantei sem me dar conta. Precisava encontrar meus sapatos.
– Onde você tá? – perguntei.
– Num lugar chamado mundo.
– Estou falando sério.
– Agora você se preocupa em saber onde estou?

– Sempre me preocupei. Vai, fala.

– O quê? Você vai me dar um daqueles socos destruidores?

– Jack...

– Estou na porta.

De fato, encontrei-o sentado no corredor do prédio, no meio de um bocejo. Teve que piscar várias vezes para focar em mim, e então agitou os dedos para me cumprimentar.

– Olá de novo.

Ele ainda segurava o celular com a outra mão, embora eu já tivesse desligado. Quase comentei alguma coisa, mas aí vi suas chaves já meio dentro da fechadura. Bem, mais especificamente... elas foram enfiadas ali com muita força.

– Fala que você não estava tentando abrir a porta de casa com as chaves do carro, por favor. – Como resposta, Jack começou a rir sozinho. Suspirei. – Você consegue ficar de pé?

– Me ensinaram isso quando eu era pequeno, acho que ainda me lembro.

Ao me ajoelhar ao seu lado, ele inclinou a cabeça, numa reverência.

– Jennifer...

– Jack...

– Achei que você já tinha ido embora.

– Eu te disse que só vou amanhã à noite.

Ao ver que ele tinha fechado a cara, parei com a conversa e lhe ofereci uma mão para ajudá-lo a se levantar. Ele não aceitou. Fez o que pôde para se segurar e, na sequência, entrou em casa cambaleando. Fechei a porta e olhei para ele outra vez. Estava com as costas grudadas na parede e com os olhos fechados.

– Acho que, se eu me mexer, vou cair – alertou.

– Pode cair em cima de mim – ofereci, meio de brincadeira. – Eu posso ser sua almofada.

– Cuidado com o que você oferece. Talvez eu aceite.

– Você tá bem? – Passei para um tom mais sério.

Ele abriu um olho e sorriu para mim, com ironia.

– Você tá falando sério? O que você acha?

Jack se inclinou e me olhou de cima a baixo. Nessa minuciosa inspeção, seus olhos se cravaram em minha boca durante dolorosos segundos, que acabaram com uma balançada de cabeça.

– Quem dera nosso segundo primeiro beijo tivesse sido muito melhor do que foi.

Eu não queria falar sobre isso, muito menos naquele estado, então optei por mudar de assunto:

– Por que não nos sentamos um pouco?

– Não quero me sentar.

– Vai, é só pra você não ficar tonto.

Jack bufou, mas acabou arrastando os pés até o sofá. Uma vez ali, desabou e bufou mais uma vez, de modo mais exagerado. Para ajudá-lo, tudo em que consegui pensar – graças às minhas intermináveis buscas na internet – foi em lhe oferecer um copo d'água, e diria que acertei. Seu olhar se iluminou.

Ele fingiu que não conseguia mexer o braço e o deixou cair inutilmente sobre o sofá, depois me olhou com sua melhor cara de filhotinho indefeso.

– Oh, você vai ter que me ajudar...

– Tem certeza que não consegue levantar o braço?

– Você vai se arriscar a deixar que eu me molhe, fique resfriado e morra?

Me sentei ao seu lado e ele sorriu com um ar malicioso. Entreguei a ele o copo cheio de água. Ele o levou à boca com gosto, mas deu um pulo ao tomar o primeiro gole.

– O quê...? Você me trouxe água?!

– Sim... por quê?

– Eu queria outra coisa!

Fiz uma pausa e fiquei bem séria.

– Não vou te dar mais álcool, então pode esquecer.

Jack apoiou a cabeça no encosto do sofá e fechou os olhos: assumia sua derrota. Não dei muita importância a isso até que, passados alguns segundos, ele continuou sem me dizer nada. Levei a mão ao seu rosto, e sua barba de vários dias me pinicou quando o toquei.

– Jack? – murmurei. – Você tá bem?

– Aham...

– Talvez seja melhor eu chamar o Will.

Mas não cheguei a fazer isso. Sua mão saiu disparada para me segurar pelo braço.

– Não – replicou, firme.

– Mas...

– Não. Deixe o Will em paz. – Ele hesitou por um momento. – Por... por favor.

Jack pedindo "por favor"?

Marcaremos este dia histórico em nosso calendário.

– Você devia beber um pouco – sugeri.

– Agora estamos começando a nos entender...

– Água.

– Retiro o que disse.

– Bebe de uma vez!

Ele arqueou as sobrancelhas e obedeceu. Sem ajuda, claro. Quando terminou, me devolveu o copo com um sorriso inocente, que não durou muito tempo.

– Você vai continuar morando aqui?

Tentei fingir que não tinha escutado.

– Tá com fome? Sobrou um hambúrguer.

Essa foi a manobra perfeita. Ele ficou me olhando, surpreso, até que de repente esboçou o sorriso mais terno que eu vira em muito tempo.

– Você pediu comida pra mim?

– Hein...? Não. Que nada. Sobrou, só isso.

Fui à cozinha, esquentei o hambúrguer e voltei para a sala. Jack estava com um sorriso de criança, como se aquilo fosse um grande acontecimento, e não um simples hambúrguer requentado. Devorou-o enquanto assistia à TV, e acabei me sentando ao seu lado. Estava passando um daqueles programas da meia-noite, que ninguém escolhe e ao qual só prestamos atenção quando não conseguimos dormir, mas, de qualquer jeito, nós dois ficamos ligados.

Depois do primeiro episódio, Jack largou o prato vazio sobre a mesa, se ajeitou melhor e apoiou a cabeça em meu ombro.

– Bom, agora que terminei... – começou, levantando e baixando as sobrancelhas. – Estamos aqui, os dois sozinhos... sem que ninguém nos veja... tem alguma ideia do que fazer?

– Dormir.

– Acho que não estamos nos entendendo.

– Não? E posso saber o que você tinha em mente?

Jack manteve o sorrisinho.

– Então...

– Ok, acho melhor você não me dizer.

– Tem certeza? Gosto muito de te escandalizar.

Pensei em rir de sua brincadeira, mas apenas balancei a cabeça. Jack me contemplou por mais alguns instantes antes de franzir o cenho.

– Por que você tá triste?

Eu sabia o motivo, mas não quis dizer a ele.

– Como sabe que estou triste?

– Eu te conheço. Sei a cara que você faz quando está triste.

Não soube o que lhe dizer, principalmente porque não esperava que alguém me flagrasse tão depressa. Se os outros tinham se dado conta de que algo estava acontecendo comigo, talvez tenham pensando que tinha relação com Jack ou simplesmente não haviam me perguntado nada. E, no entanto, ele tinha percebido, mesmo estando bêbado e chapado. Olhei para ele de relance. Seus grandes olhos, despontando entre as mechas do cabelo castanho-claro, não perdiam um só detalhe.

– É por causa da minha vó – confessei. Jack foi a primeira pessoa para quem contei o que estava acontecendo. – Faz pouco tempo... digamos que ela passou mal, e meus irmãos não me contaram.

– Por que não?

– Segundo eles, não quiseram me deixar preocupada. Pelo menos Spencer e Shanon. Com os outros eu não falo.

– E com seus pais?

– Também não. Um dia me cansei de não poder falar o que pensava, e eles não gostaram do que eu tinha a dizer.

Jack ficou pensando sobre o que eu havia dito durante um bom tempo. Finalmente, esboçou um meio-sorriso.

– Fico feliz. Eles não merecem alguém como você.

– Vou tomar isso como um elogio – brinquei.

– E é mesmo, Jen. Você é uma pessoa boa, doce, carinhosa, compreensiva... Não tem ninguém que mereça alguém como você.

– Escuta... você não precisa...

– E sinto muito pela sua vó. Espero que ela se recupere.

Eu tinha começado a ficar nervosa com tanta adulação, mas essa última frase me fez sorrir sinceramente para ele. Eu não queria falar sobre minha avó, e, apesar de agradecer seus bons votos de todo o coração, decidi desviar um pouco o assunto.

– Por que você achou que eu estava triste?

Agora era ele quem tentava desviar o assunto, ou, pelo menos, foi isso que deduzi ao ver sua cara de concentração. Pelo visto, não conseguiu pensar em mais nada, porque se limitou a se ajeitar melhor sobre meu ombro.

– Pensei que fosse por minha causa – confessou, afinal. – Não sei o que está acontecendo comigo ultimamente. Não sirvo pra nada.

– Jack, por favor... não diga isso. Você sabe que não é verdade.

– Você não precisa disfarçar só pra eu me sentir melhor, tá?

– Não estou fazendo isso!

– Nesse último ano, pensei em você muitas vezes – acrescentou, sem jeito. – De muitos modos, e nem todos muito elegantes, confesso, mas... Às vezes imaginava você em casa, enfiada naquele quarto brega com aquela coleção de discos que você nem sequer conhece, abrindo seu caderninho, aquele em que você anotava seus maiores orgulhos e seus maiores fracassos... E imaginava você escrevendo meu nome nas últimas páginas. – Fez uma pequena pausa, sem olhar para mim. – Não quero ser um erro na sua vida, Jen.

De alguma forma, eu soube que ele não esperava uma resposta. Permaneci em silêncio e deixei-o continuar, ainda sem me olhar.

– Sei que nesses dias eu me comportei de uma forma... hã... um pouco complicada. Posso controlar a situação quando estou só com os outros, mas com você fica tudo mais difícil. Eu nunca tinha passado por uma situação em que alguém de quem eu gostasse fosse embora, e menos ainda pela segunda vez... Não sei como devo agir nessa situação.

Dessa vez me inclinei para que ele olhasse para mim. Finalmente, Jack ergueu os olhos e, apesar de continuar com a cabeça sobre meu ombro, me observou através de seus cílios.

– Você podia tentar ser você mesmo – sugeri, meio de brincadeira.

– Não sei se você está preparada pro meu senso de humor quando sou eu mesmo...

Depois de alguns instantes, seu sorriso começou a desaparecer.

– E se esse sempre foi meu verdadeiro eu? – murmurou. Agora mal dava para ouvir sua voz. – E se eu sempre fui assim e com você eu apenas tenha tentado enganar a mim mesmo? Fiquei tanto tempo criticando aquele cara... e, no fim das contas, sou como ele.

Isso me fez reagir instantaneamente.

– Como quem? Como Monty? – Ao ver que não respondia, neguei com a cabeça. – Jack, não diz isso. Você não é assim, ok? Você tem seus pontos fortes e seus pontos fracos, como todo mundo, mas nunca se compare a uma pessoa como ele.

– Mas... o que eu te disse...

– Foi péssimo, sim. E eu também te disse várias coisas ruins. E só por isso você acha que eu também sou como ele?

Era óbvio que Jack hesitava.

– Não.

– Então não se julgue pior do que me julgaria.

Dessa vez o silêncio durou um pouco mais. Ele chegou a levantar a cabeça para me observar. Percorreu meu rosto com o olhar, mas dessa vez não se deteve em meus lábios, mas em meus olhos. Parecia devastado. Eu já o tinha visto triste muitas vezes, mas nunca se deixando levar por sua própria vulnerabilidade.

– Tudo o que eu te disse... não foi de verdade, sabe? É que... sinto muito, sei que é horrível, mas... eu queria que... que você sentisse algo parecido ao que senti quando você me deixou.

Não sabia o que responder. Engoli em seco.

– Você ainda quer isso?

– Não. – A resposta foi imediata, e ele não desgrudou os olhos dos meus. – Só quero te ver todos os dias. Não vai embora outra vez, Jen.

Agora eu é que hesitava. Sabia que ele estava me pedindo com sinceridade, mas em minha cabeça só existiam o cheiro de álcool que ele exalava e aquele par de pupilas dilatadas. Baixei os olhos.

– Se você me pedir isso de novo quando estiver sóbrio... ok, não vou embora. Mas este não é um bom momento pra assuntos profundos. Você devia pôr o pijama.

Ele olhou para a própria roupa. Por algum motivo, achou engraçado.

– Você está com tanta pressa assim de me ver sem roupa? Mushu, por favor, um pouco de decência.

Ah, não. Mushu voltou.

– Então não preciso te ajudar? – ameacei.

– Ok, ok. Vou calar a boca.

Ele não tinha nada para vestir, então revirei a cômoda em que ele agora aparentemente guardava suas coisas. Encontrei umas calças de algodão e uma camiseta de manga curta que, felizmente, tiveram sua aprovação. No entanto, pediu que eu continuasse a ajudá-lo, pois, segundo ele, precisava de alguém que lhe desse a mão para não cair. Eu sabia que isso era mentira e que eu poderia me afastar a qualquer momento, mas me empenhei em ficar ao seu lado.

Consegui não ficar olhando muito para ele quando tirou as calças, mas não tive a mesma sorte com a camiseta: seu peito tinha mudado um pouco.

– Mas o quê...? – Minha voz subiu alguns decibéis quando vi as marcas de tinta em sua pele, que formavam a silhueta de um cervo com

chifres impressionantes, com folhas ao redor, ocupando o peito inteiro.
– Desde quando você tem essa coisa?!

Jack pestanejou e olhou para o próprio peito, como se não se lembrasse do que tinha feito. Ao ver a tatuagem, sorriu.

– Ah, isso? Fiz uma aposta quando eu estava na França. Queriam ver se eu era capaz de cometer alguma loucura.

– E você decidiu tatuar todo o peito?!

– Hã... sim.

– Jack!

– Eu estava bêbado e tinha quatrocentos euros! O que mais eu poderia fazer?

Fiquei tentada a passar os dedos na tatuagem, mas não me atrevi. Consegui desviar o olhar e respirei fundo. Aquilo não era problema meu. O dinheiro era dele, e a decisão também, e era preferível que ele investisse nisso do que em outras coisas.

– Você não gostou? – perguntou.

– Hein? Bom, sim... é bonita... Um pouco grande para o meu gosto, admito, mas...

– Temos que ver onde *você* vai fazer uma.

Empurrei seu ombro para fazê-lo se deitar no sofá. Ele não ofereceu a menor resistência, o que me surpreendeu. Simplesmente se esticou para que a manta o cobrisse dos pés à cabeça. Quando terminou de se acomodar, sorriu como um anjinho.

– Tente descansar um pouco – murmurei. – Se precisar de alguma coisa... Já sabe.

Eu mal tinha acabado de me levantar quando ele me fez sentar outra vez. Segurava meu braço com uma mão e fazia um beicinho.

– Acho que eu ia dormir muito melhor se alguém me fizesse companhia – falou, em tom de lamento. – Tenho taaanto medo do escuro...

– Você quer que eu chame a Sue?

– Não, me conformo com você.

– Ah, muito obrigada por se conformar comigo, idiota.

Jack começou a rir, mas não me soltou, me puxou ainda mais para perto dele. Não fez isso com muita força, mas com insistência. Não estava brincando.

– Dorme comigo – me pediu, em voz baixa. – Por favor.

Hesitante, lancei um olhar ao corredor.

– Tem certeza?

– Sim.

– Aqui? Não no quarto?

– Ficaremos bem aqui.

De novo, hesitei. Não vou negar que também estava com vontade, mas não queria que ele me tirasse dali a pontapés quando acordasse. Afinal de contas, ele não estava em seu juízo perfeito.

– E se amanhã você se arrepender? – repliquei, finalmente.

Jack me contemplou por alguns instantes antes de bufar de modo brincalhão.

– Você acha que já não quis fazer isso desde que voltamos a nos ver?

Tinha soltado meu braço e se afastado para abrir espaço. Me observava com atenção, esperando por minha decisão, e acabei largando os óculos sobre a mesa.

– Ok.

Jack conteve a respiração quando me deitei junto dele, encostando minhas costas em seu peito. E então, como se temesse que eu repensasse, envolveu meu abdômcn com o braço e me puxou até me deixar bem grudada a ele. Já estávamos cobertos com a manta, e levantei um pouco a cabeça para me ajeitar numa parte de seu travesseiro.

– Você já não tem escapatória – brincou.

Disse isso em meu ouvido, e sua respiração cálida mexeu comigo. Eu ainda não estava acostumada a ficar tão perto dele de novo.

– Ah, então isso tudo era uma armadilha. – continuei com a brincadeira.

– Lógico. Pode esquecer de ver a luz do sol outra vez.

– Que pena. Eu gostava de tomar sol.

– Se você se comportar direitinho, vou deixar que chegue perto de uma janela.

– Muito obrigada por sua misericórdia.

Quando riu, meu corpo se sacudiu um pouco junto com o dele. Pela primeira vez eu sentia como se o tempo não tivesse passado e nossa relação não tivesse mudado nada. Gostaria de congelar o tempo para que ficássemos para sempre naquele sofá, exatamente como estávamos.

Jack finalmente me envolveu também com o outro braço e apertou o peito contra as minhas costas. Depois senti que apoiava o rosto em minha cabeça.

– Você tá bem assim? – perguntou.

Não havia me dado conta de meu silêncio até que me obriguei a falar de novo:

– Sim. Muito.

– Bem. – Jack hesitou um instante, sua boca ainda em meus cabelos. – Boa noite, Jen.

– Boa noite, Jack.

E só então consegui adormecer.

A FACA VOADORA

NAYA NÃO COSTUMAVA FAZER RODEIOS: assim que contei a ela o que havia acontecido na noite anterior, ela quis sair comigo para comentar o ocorrido. Como de costume, tive que esperar por ela um bom tempo, e aguentar, por vários minutos, o silêncio incômodo que se criou entre Jack, Will, Sue e eu, enquanto estávamos todos na sala.

Quando minha amiga enfim apareceu, quase suspirei de alívio.

– Tchau, pessoal! – anunciou, olhando especialmente para um deles. – Vou roubá-la de você por um tempinho, Ross!

Fiquei vermelha em tempo recorde. Jack olhou para nós, mas não consegui ver com que cara estava porque minha queridíssima amiga já tinha me arrastado até o hall de entrada.

– Eu adoro semear o caos – comentou, depois de chamar o elevador.

– Naya!

– Desculpa, não pude resistir! – Fez uma pausa para pôr os óculos escuros. – É uma pena que as coisas não sejam como antes... Eu gostava muito da relação que vocês tinham. Mais do que desse cabo de guerra.

– Acredite, eu também.

– Talvez vocês precisem passar mais tempo a sós.

– Já tentamos, Naya. Sempre acabamos discutindo.

– Porque ele está sempre bêbado! Os bêbados ficam de mau humor. Você tem que pegá-lo num dia em que estiver calmo. Hoje, por exemplo.

– Não sei se essa lógica...

– Hoje é o dia perfeito para o plano!

Parei assim que saí do elevador e dei uma olhadinha desconfiada para Naya.

– Que plano?

– Um bom mágico nunca revela os seus truques.

Gostei de passar a manhã com Naya. Embora tivéssemos opiniões bem diferentes sobre o que significa se divertir – ela quis que fizéssemos as unhas, enquanto eu queria ir para a área de lazer do shopping –, nossas conversas me lembraram aquelas que tínhamos quando ela ligava para mim do apartamento e eu ainda estava em casa. Eu a acompanhei quando ela foi comprar roupa – não encontrei nada para mim –, e depois passamos no parque para tomar um sorvete. Já no caminho de volta para casa, paramos no supermercado porque... novidade! No apartamento não havia absolutamente nada para comer.

Gostei de não termos mais falado sobre Jack a manhã inteira. No entanto, para mim estava claro que Naya retomaria o assunto em algum momento, o que ela fez ao entrarmos no elevador.

– Talvez a gente esteja remoendo demais – comentou Naya.

– O quê?

– Esse assunto do Ross. A gente o trata como uma criança que não sabe o que está fazendo de errado, mas na verdade ele é o contrário disso: um adulto perfeitamente consciente de seus atos.

– Mas que continua fazendo tudo errado.

– Sim... – Naya suspirou. – Não sei, quando ele está com você não se comporta de modo tão exagerado. Talvez se lembre de como vocês estavam bem no ano passado.

– Mas então o que eu faço? Tento agir como se nada tivesse mudado?

Disse isso meio de brincadeira, mas Naya me segurou pelos ombros e começou a me sacudir como se eu tivesse lhe dado o elixir da vida eterna.

– Você é um gênio!

– Você acha mesmo que é uma boa ideia? – perguntei, hesitante.

– Mas é claro, Jenna! Pra ele se dar conta do que está perdendo por agir como um inconsequente. Ainda mais depois de ontem à noite.

– Não sei se ele se lembra do que aconteceu ontem à noite, Naya.

– Ele não falou nada?

– Não...

Quando acordamos, tudo que ele disse foi que estava passando mal. Depois de vomitar no banheiro, deixou-se cair no sofá, cobrindo o rosto com as mãos. E qual foi a minha única interação com ele a manhã inteira? Bater à porta do banheiro para perguntar se ele precisava de alguma coisa. E ele grunhiu e pediu que eu não entrasse.

Portanto, não, não tinha nenhuma certeza de que ele se lembrava de algo da noite anterior.

Naya suspirou.

– Então vamos deixar que as coisas sigam seu curso e ver o que acontece. Está pronta?

Perguntou isso ao sair do elevador, brincando com as chaves do apartamento e esperando uma resposta. Tive que concordar:

– Sim, claro... Vamos lá.

As coisas continuavam do jeito que as tínhamos deixado: num silêncio absoluto. Sue estava sentada numa poltrona lendo um livro, Will e Jack estavam no sofá vendo TV e Mike andava pela cozinha com uma cerveja e um sorriso de orelha a orelha.

– Cunhada, essa calça te deixa com uma bundinha maravilhosa – Mike comentou.

Jack olhou para ele com uma cara muito feia e depois voltou a ver TV. Aquilo não era um bom começo.

Não sei em que mundo você acha que isso é um elogio, Mike – murmurei.

– Sim, é nojento – acrescentou Naya. – Se bem que, pensando bem, todos os seus elogios são nojentos.

Mike deu de ombros e continuou o que estava fazendo, enquanto Naya se atirou no sofá para cair em cima de Will. Eu a conhecia tão bem que logo percebi que ela estava tramando algo.

– O que está fazendo?

– Estou te dando oi! Que lindo dia está fazendo hoje, não?

– Hã...

– Não está fazendo um lindo dia, Jenna?

Todos se viraram para mim, que tinha ficado de pé como uma tola.

– Sim! – respondi, com um entusiasmo pouco realista. – Está fazendo... hummm... um dia maravilhoso!

Sue negou com a cabeça e se concentrou novamente em seu livro.

– Como vocês são discretas...

Enquanto Naya continuava tagarelando, coloquei as sacolas com as compras em cima da bancada da cozinha. Ouvi-a dizer algo sobre sair para passear com Will e imaginei que isso era sua tentativa de nos deixar a sós. No entanto, esquecera de que havia outras duas pessoas na sala: Mike tinha acabado de se sentar perto de Sue e não parecia ter a menor intenção de ir embora. Encontrar um momento para falar a sós com Jack seria muito complica...

– Precisa de ajuda?

Eu tinha me abaixado para guardar os cereais no armário, mas levantei a cabeça de repente. Jack estava de pé na minha frente, com as mãos nos bolsos.

Eu já havia me acostumado à sua cara de cansaço, mas naquele dia estava muito pior: as olheiras mais marcadas, o cabelo muito mais bagunçado e emaranhado, a camiseta amassada e a pele pálida... parecia doente. Fiquei com muita pena de vê-lo assim.

Porém, o que mais me chamou a atenção foi a sua atitude. Estava diferente. Parecia desconfortável, até mesmo nervoso.

Demorei tanto analisando-o que quase esqueci da sua pergunta.

– Sim, obrigada – pigarreei e me levantei para lhe passar uma das sacolas. – Pode guardar isso na parte de cima do armário? Eu não alcanço.

Jack assentiu. Enquanto guardava os cereais, percebi que ele me olhava de soslaio. Estranhei o fato de ele ter oferecido ajuda, pois não costumava fazer isso, nem quando estávamos namorando. Sem uma palavra, fui passando a comida para ele em silêncio, e ele ia guardando do mesmo modo.

Cheguei a pensar que aquele silêncio reinaria até terminarmos de guardar tudo, mas de repente Jack pigarreou e eu me virei para ele, que me observava atentamente.

– Continuo querendo que você fique.

Por um instante, meu cérebro foi incapaz de processar aquela informação.

– O quê?

– Você me disse que só iria me dar ouvidos se eu te pedisse isso sóbrio. Então... já estou sóbrio, e não mudei de opinião. Continuo querendo que você fique.

Eu continuava sem reação, e Jack tampouco me deu muito tempo para isso: depois de dizer aquilo, vestiu mais uma vez a máscara de indiferença para esconder sua vergonha, terminou de guardar as coisas em silêncio e voltou rapidamente para o sofá.

Naya não perdia um detalhe.

– Hoje seria bom almoçar algo caseiro – comentou, quase aos gritos, para que todos ouvíssemos. – Não é mesmo, Jenna? Alguém devia te ajudar.

Pronunciou a última frase olhando exclusivamente para Jack, que, ao perceber, afundou um pouquinho mais no sofá para desaparecer.

Naya franziu o cenho.

– Ninguéééééém...?

Ai, Naya...

Afinal apareceu um voluntário, mas não exatamente o que ela tinha em mente.

– Eu ajudo! – exclamou Mike, todo feliz.

– Você? – repeti.

– "Ajudar"? – perguntou Will.

– Sem pedir nada em troca? – acrescentou Sue.

Diante daquelas perguntas todas, Mike pôs os braços na cintura, indignado.

– Posso saber por que isso surpreende tanto vocês?

Eu estava tão perplexa que não tinha reagido até aquele momento.

– Hã... ok. Pode me ajudar, se quiser.

– Beleza!

Assim que Mike entrou na cozinha comigo, me dei conta de que nem sabia o que iríamos cozinhar. Só consegui pensar em preparar um frango assado com legumes, que tirei da geladeira enquanto Mike, sorrindo, lavava as mãos. Nunca poderia imaginar que colaborar na cozinha o deixaria tão feliz.

– Você não quer dar uma volta comigo? – Naya perguntou para Will.

– Posso ir? – interveio Sue. – Não quero ficar aqui com Jenna e os irmãos Monster.

Fiz uma cara feia para ela.

– Uau, obrigada.

Will já estava rindo, não sei muito bem se do que Sue tinha dito ou pelas infelizes tentativas de Naya de tirá-lo de casa.

– Me parece uma boa, vamos dar uma volta.

Assim que ficamos a sós, Mike se virou para mim, esfregando as mãos com entusiasmo.

– O que eu faço? Posso usar uma faca?

– Hã... pode cortar as batatas – eu disse, e ele concordou, alegremente. – Enquanto isso...

– Eu também.

Ambos nos viramos para Jack, que havia se plantado na cozinha com os olhos semicerrados. Logo que pôde, tirou a batata da mão de Mike e se meteu entre nós, disposto a cortá-la.

Seu irmão mais velho, é claro, não conseguiu aceitar que lhe roubassem o lugar.

– Devolve a minha batata! – exigiu.

– Agora ela é minha.

– Jenna, diz pra ele que esse trabalho é meu!

– Há muitas coisas pra fazer – me apressei a dizer. – Você também pode...!

– Eu queria cortar a batata!

– Eu faço isso!

– Por quê?

– Porque faço melhor do que você!

– Tem outras coisas! – falei em seguida, e puxei Mike pelo braço. – Me ajuda aqui com esse frango e pronto, ok?

Mike se postou ao meu lado e me ajudou a tirar as coisas da sacola.

Jack ficou olhando para nós, irritado. Mike aproveitou a oportunidade e lhe mostrou a língua. E assim ficaram o tempo inteiro.

Sue tinha razão. Idade mental: seis anos.

Deixei de tentar estabelecer a paz entre eles e os ignorei completamente. Cada vez que lhes pedia para fazer algo, brigavam como duas crianças. De fato, quando pedi que cortassem a última leva de legumes, os dois estavam se empurrando. Mike deixou cair uma lata de molho no chão, derramando parte de seu conteúdo. Ambos pararam para olhar.

– Viu o que você fez? – disse Jack, pegando um pano e jogando-o na cara de Mike.

– Eu? – Mike jogou o pano de volta. – Foi você que me empurrou!

– Se você não estivesse no meio do caminho, eu não teria te empurrado!

Continuaram atirando o pano um no outro enquanto discutiam e davam voltas pela cozinha. Eu não teria me importado com isso, mas o fato é que, num determinado momento, Mike se chocou comigo enquanto eu cortava os últimos legumes.

Ai.

A pontada foi imediata. Vi que estava com um corte bastante feio na palma da mão e, apesar de ainda não estar doendo muito, devido à surpresa, senti meu corpo todo ficar tenso.

A faca se chocou contra a bancada. Na mesma hora, Jack se adiantou a toda velocidade, tirando seu irmão do caminho.

– Você tá bem? Se machucou?

Como uma imagem vale mais do que mil palavras, mostrei a ele o corte em minha mão. Jack arregalou os olhos e, depois de um segundo de pânico, apressou-se a tirar coisas de uma gaveta até encontrar um pano limpo.

– Não foi nada – ele disse, certamente mais para si mesmo do que para mim. – Não foi nada... Não é nada, você vai ver.

– É só um corte – comentei, mas ele não me deu atenção.

– Você é um idiota – ele repreendeu Mike. – Se não tivesse se metido, Jenna estaria bem!

– Talvez se *você* não tivesse se metido, não teríamos um problema!

– Meninos...

– Eu me meti?

– Sim, você está sempre incomodando!

– Oi?

– Você é que incomoda!

– Meninos, não...

– Você é um chato, nunca sabe quando está sobrando!

– Isso nunca acontece, eu trago muita vida a esta casa!

– Podem parar de discutir como duas crianças só por um momento?! – explodi. – Estou sangrando, caso vocês tenham esquecido!

Trocaram um olhar antes de se aproximarem de mim ao mesmo tempo. Jack afastou um pouco o pano para ver a ferida. O pano já estava ensopado, vermelho-escuro.

– Por que não para de sangrar? – Jack perguntou a si mesmo.

Foi nesse instante que Mike se deu conta de que havia sangue ao seu redor e começou a entrar em pânico.

– E se ela tiver uma hemorragia?! Não sei se poderei viver com a morte de alguém na consciência!

Olhei para Jack, apavorada.

– Eu posso... morrer?

– O quê? Claro que não! É um cortezinho de nada. – Ele disse isso rápido demais, e não deixei de perceber o olhar de advertência que dirigiu ao irmão. – E você, cala a boca!

– O que acontece se a faca estiver contaminada?

– Contaminada...?

– Mike, cala a boca!

– E se não conseguirmos parar o sangramento? E se...?

– Vem – me disse Jack, ignorando-o –, vamos para o hospital.

– Para o... hospital? Mas você não disse que não era nada?

– Não discuta agora – falou, antes de olhar para seu irmão. – E você fica aqui!

– Nãããããão! Não me deixem sozinho!

Assim, Mike acabou no carro conosco. Em outras circunstâncias, eu teria reparado que, pela primeira vez em muito tempo, Jack estava me acompanhando a algum lugar, mas eu estava preocupada demais com a sobrevivência de minha mão. Por isso também não percebi que Jack estava dirigindo muito rápido, como se sua vida não tivesse nenhuma importância. Ao passarmos num sinal amarelo, baixei os olhos. A manga de meu suéter estava ensopada, e minha calça também já estava respingada.

– Ai, não.

Jack se virou automaticamente.

– Que foi? O que houve? Você tá bem?

– Meu suéter já era – falei, mostrando a ele.

Se naquele dia ele não me matou com o olhar, certamente não o faria em nenhuma outra oportunidade.

– Você está preocupada com o suéter?

– É um suéter muito lindo.

– Sim, e uma mão muito linda também. Foco.

Ele também devia dizer isso a si mesmo, porque deu uma olhada no retrovisor e, na sequência, ultrapassou dois carros que corriam bastante, mas menos do que nós. Quis me agarrar ao banco, mas não consegui porque estava segurando o pano sobre a ferida aberta. Jack ultrapassou outros carros e depois atravessou outro sinal amarelo.

– O cara te mostrou o dedo do meio – disse Mike ao passarmos por um dos carros. – Você quer que eu faça o mesmo pra ele?

– Quero que você cale a boca.

Depois de estacionar em frente à entrada de emergência, Jack me levou até lá apoiando a mão em minhas costas. Mike nos seguia de perto, embora sem prestar muita atenção em mim. Jack, porém, estava completamente centrado. Parou diante da mulher no balcão para pedir uma ficha e depois se sentou do lado oposto ao de Mike, me deixando no centro, bastante desconfortável.

– O que aconteceria se você morresse? – Mike me perguntou. – Quer dizer... não estou dizendo que quero que isso aconteça, ok? Mas tenho que perguntar.

– Mike, cala a boca – disse Jack, sem olhar para ele.

– É que estou curioso. Suas coisas passariam a ser nossas? Porque estou interessado no quarto.

– Não pretendo morrer – repliquei. – Lamento te decepcionar.

– Que pena.

– Mike. – Jack o encarou. – Tem umas máquinas legais naquele corredor. Vai lá comprar algo pra comer e fecha essa boca.

– Estou sem fome.

– Está com fome, sim.

– Então tá, estou com fome, mas sem dinheiro.

Seu irmão revirou os olhos e lhe atirou uma nota de cinco dólares, que Mike apanhou no ar, dirigindo-se alegremente à máquina. Não demorou a voltar, trazendo três bombons e um suco. Por um momento, achei que iria dividi-los conosco, mas logo vi que começou a devorar tudo sozinho.

Enquanto, à minha esquerda, Mike comia, me virei disfarçadamente para a direita e vi que Jack estava quase terminando de preencher a ficha. Tudo o que pôs ali estava correto. Como era possível que se lembrasse de tudo? Ao olhar minha data de nascimento, lembrei que faria aniversário dentro de poucos dias, em menos de uma semana. Jack preencheu o último item e levou a ficha para a mulher no balcão, que sorriu pra ele.

Quando se sentou ao meu lado de novo, apontou para a ferida com a cabeça.

– Está doendo?

– Não muito – admiti. – Não sei se era grave a ponto de precisar vir até aqui.

Ele imediatamente ergueu uma sobrancelha.

– Sim, tinha que vir – observou. – Desde quando você ficou tão despreocupada?

– Perdão por te contradizer, papai.

– Sou papai por ter bom senso?

– Escuta, cunhada. – Para chamar minha atenção, Mike me deu uma cotovelada que quase me deixou sem costelas. – Você acha que essa garota está flertando comigo?

Ele estava se referindo a uma garota fofa que teclava num celular. De vez em quando, levantava a cabeça e pousava o olhar sobre um de meus acompanhantes, sim, mas o outro: ela olhava direto para Jack.

Minha consciência fez um barulhinho de desaprovação.

Hummm.

Jack nem sequer havia se dado conta, olhava para minha mão com o cenho franzido, muito ocupado com sua missão. Mike tampouco tinha percebido para quem ela olhava, mas por sua natureza. Ele não precisava de desculpas.

– Sim, ela está olhando pra você – eu disse a Mike. – Se eu fosse você, iria atrás dela.

Isso! Estratégia.

– Cuida da minha comida. Vou atacar.

– Ok. Boa sorte, soldado.

Mike se levantou e se aproximou da garota dando um grande sorriso. Jack e eu o observamos quando se sentou ao lado dela, disposto a atraí--la. A garota não demorou a esquecer de meu namor... hã... de Jack, e a se concentrar em seu irmão.

– Bem, ele tem algo a seu favor – murmurou o acompanhante que me restava –, tem um dom natural para envolver as pessoas.

Demorei alguns segundos para responder. Sabia o que queria dizer e estava morrendo de vontade de saber uma coisa, mas não tinha certeza se me atreveria a dizer isso em voz alta.

Afinal, soltei:

– Você também não se sai mal.

Ele ia dizer algo, mas a enfermeira nos interrompeu ao me chamar pelo alto-falante.

Vinte minutos mais tarde, eu estava com metade da mão enfaixada e abastecida com pomada e comprimidos. E tudo por causa de um corte. Me contive para não reclamar de novo. Sorte que foi na mão esquerda, pelo menos poderia escrever normalmente.

O médico tinha feito um discurso sobre como utilizar objetos cortantes. Escutei-o sem me queixar, mas quando começou a falar da série de cuidados que eu devia ter com minha mão, não consegui me aguentar.

– É só um corte! Não é nada de mais.

– Srta. Brown, uma infecção num corte pode se transformar em algo mais grave do que pensa. Tome esses comprimidos e use a pomada seguindo as instruções indicadas.

– Mas...

– Ela vai fazer isso – Jack garantiu por mim.

Fiz uma cara feia para ele.

– Isso sou eu que decido.

– Vai fazer e pronto, Jen.

Exausta, suspirei e me deixei cair sobre a maca, enquanto eles continuavam a tagarelar sobre o que eu devia ou não fazer. Fazendo beicinho, olhei para minha mão enfaixada. Teria que ficar assim por duas semanas, que custariam muito a passar.

Ao voltar para casa, Mike estava de mau humor porque no fim das contas a garota não tinha lhe dado bola. Entrou no elevador de braços cruzados e não nos esperou para subir. Jack ainda estava soltando o cinto de segurança. Olhei para ele.

– Bom, não chegaram a amputar minha mão, mas é uma boa história pra contar quando eu for velhinha.

Esperava um sorriso, mas ele me dirigiu um olhar bastante hostil e saiu do carro. Ora, ora, que legal.

Estaria chateado por eu não ter lhe agradecido? Ou porque eu não estava levando a sério a situação?

Esperamos pelo elevador em silêncio e depois subimos, acompanhados pelo mesmo desconforto. A única intervenção saiu de minha boca, e ficou sem resposta:

– Obrigada por me levar ao hospital – murmurei. – E por... se preocupar. Te agradeço muito por isso.

Jack nem sequer me olhou. Decidi não insistir. Independentemente do que fosse, ele falaria comigo quando achasse conveniente.

Porém, já quase cruzando a porta – que Mike tinha deixado aberta –, ele parou, com o olhar cravado na entrada. Quase passei na frente dele, mas aí ele se virou para mim.

– Eu não sou o Mike, sabe? – disse, em voz baixa.

Não entendi a que ele se referia, e menos ainda por que falava daquela maneira.

– O quê?

– Estou dizendo que não sou como o Mike. Não fico flertando com qualquer uma que olhe pra mim por mais de dois segundos seguidos.

– Ah. – Não soube o que lhe dizer. – Eu n-não... não quis dizer...

– O que você acha que eu fiquei fazendo esse ano inteiro? Me atirando em cima de cada uma que cruzou o meu caminho?

Não completamente. Uma parte de mim temia que ele voltasse a se comportar como Lana e Naya haviam me descrito um ano antes, mas a outra parte sabia que aquela pessoa não era Jack.

– Não sei – admiti. – Pra ser sincera, tentei pensar o mínimo possível no que você estaria fazendo. Isso não me fazia muito bem.

Jack me contemplou por alguns instantes, perplexo. Não tanto pelo que eu havia dito, mas pelo fato de que eu pudesse acreditar que ele realmente tinha flertado com meio mundo.

– Você acha que, depois do que aconteceu, eu tinha vontade de me envolver com alguém?

– Não sei... Quando estamos irritados não agimos normalmente.

Jack desviou o olhar e negou com a cabeça.

– A única coisa que eu queria era que você entrasse pela porta outra vez, e não me envolver com alguma desconhecida.

Tanta honestidade – sem álcool ou drogas no meio – me pegou desprevenida. Jack não tentou se aproximar, mas de alguma forma senti como se ele tivesse acabado de dar um passo em minha direção. Um passo bem grande.

– Eu não transei com ninguém o ano inteiro – esclareceu, ao ver que eu não reagia. – Não estava nem um pouco interessado.

– Ah...

Devido ao seu olhar insistente, percebi que esperava uma resposta, que acabou sendo muito parecida com a dele.

– Eu também não fiquei com ninguém. Nem beijos, nem sexo... nem nada. Não conseguia.

Jack hesitou, depois se inclinou um pouco em minha direção.

– E o outro idiota?

Monty?

Quando fui embora, uma parte do que usei como motivo foi que queria voltar com o meu ex-namorado. Sabia que com isso iria dissuadir Jack de querer saber algo sobre mim. Porém, vendo em retrospectiva... desejei ter conduzido a situação de outra maneira.

Jack continuava esperando uma resposta. A cada segundo que passava, ficava cada vez mais difícil para ele disfarçar seu nervosismo.

– Nada – repeti. – Eu não podia.

Jack me contemplou por mais alguns segundos e de repente inspirou com força e entrou em casa. Eu o segui, em silêncio. Naya, Sue e Mike estavam encostados no balcão enquanto Will terminava de preparar nossa triste tentativa de frango assado com legumes. Tive que admitir que sua versão cheirava muito melhor do que a minha, especialmente depois do acidente com a faca.

Sue sorriu logo que me viu.

– A inválida voltou dos mortos!

Mostrei a ela minha mão enfaixada e aproveitei para mostrar também o dedo médio. Mike deu uma gargalhada.

– Espero que você não se importe que eu tenha terminado – Will comentou.

– Acho que te adoro.

– Não mais do que me adora – esclareceu Naya, piscando para mim.

– Uma vez na vida vamos comer algo que não seja aquele lixo processado – disse Will. – O mérito é seu, Jenna.

– Obrigada, mas eu não teria conseguido sem a ajuda de... – Hesitei um momento ao sentir os olhares cravados em meu rosto, um de cada lado. – De meus *dois* ajudantes.

Felizmente, os dois se contentaram com a resposta e pararam de brigar.

Quando contei a história do corte para meus irmãos mais velhos, os dois me encheram de perguntas, querendo saber se eu estava bem, se tinha sido grave, se precisavam vir me buscar... Mas, ao entenderem que não tinha sido nada de mais, começaram a rir. Eu não podia culpá-los. Também achava aquilo ridículo.

Eles me contaram como estavam as coisas em casa, e depois cada um continuou o que estava fazendo. No meu caso, ir à aula e ver quem podia me ajudar com a pomada. Naya bem que tentou, mas quase desmaiou ao ver o ferimento, e foi Sue quem acabou fazendo os curativos.

– Mas isso não é nada – protestou, enquanto passava a pomada como se espalhasse manteiga numa fatia de pão. – Nem deve estar doendo!

Doía, sim, mas ela parecia tão orgulhosa de mim que engoli minhas queixas e assenti com a cabeça.

À tarde, Naya teve a genial ideia de ir ao cinema. Obviamente, só queria fazer uma proposta que Jack aceitasse, e não havia outra melhor do que essa. Por isso ficamos todos tão surpresos quando ele recusou.

– Não estou a fim.

– Não? – Até Will estranhou.

Jack desviou o olhar. Claramente procurava uma desculpa, mas não encontrou nenhuma. No fim, deu de ombros e acabou nos acompanhando, sem muito entusiasmo. Estava sentado no banco de trás, comigo, em silêncio. Na verdade, passou o tempo inteiro tentando não dormir.

– Tem certeza que não quer ficar em casa? – perguntei a ele, no meio do caminho.

Ele negou, sem olhar para mim.

Naquele dia fazia mais frio do que o normal, e eu estava usando meu casaco e meu cachecol favoritos. Will e Naya também estavam bem agasalhados, enquanto Jack vestia uma jaqueta mais leve. Só então me dei conta de que naquelas semanas eu não o vira com uma roupa suficientemente quente.

Jack esfregou o nariz e fechou os olhos. Decidi olhar pela janela do carro. Quando seu celular tocou, eu não quis olhar para a tela de forma indiscreta. Jack pôs o telefone no silencioso ao ver quem estava ligando.

– Quem é? – Will perguntou.

Jack voltou a esfregar o nariz e se ajeitou melhor no banco, meio adormecido.

– Meu empresário.

– E você não tinha que atender?

Ele não disse nada e fechou os olhos de novo. Troquei um olhar preocupado com os outros, mas ninguém quis intervir.

Will estacionou meio longe do shopping. Assim que saímos do carro, me agasalhei bem e esperei que Jack fizesse o mesmo. Mas ele não o fez, estava ocupado: apoiava-se com uma mão no capô do carro para não perder o equilíbrio. Ao perceber que eu o tinha visto, se afastou e fingiu que se equilibrava perfeitamente. Will não disfarçou tanto, estava com o cenho franzido.

– Vamos ver que filmes estão passando? – Naya sugeriu, ao sentir a tensão.

De algum jeito, Jack conseguiu chegar sem cair. Não parava de pôr e tirar as mãos dos bolsos, de coçar a nuca e esfregar o nariz, de evitar meu olhar... Me afetou vê-lo assim. Eu não podia negar o que era evidente. Sentia como se estivesse diante de uma sombra do que ele havia sido.

Pela primeira vez desde que voltei, me perguntei se seria sempre assim, se cada vez que déssemos um passo na direção certa ele daria um passo para trás e teria uma recaída. Inevitavelmente, desviei o olhar. Não queria vê-lo. A parte de mim que ainda acreditava que Jack era o mesmo garoto de um ano antes não queria arruinar essa fantasia.

Meu olhar, já afastado dele, deteve-se num grupo de quatro garotas que estavam olhando para nós havia um bom tempo. Estavam cochichando, e tentei achar no rosto delas algo que me fosse familiar. De onde nos conheciam? E não eram só elas que nos olhavam, outras pessoas também o faziam. Examinei minha roupa, talvez houvesse algum problema com ela. Enquanto isso, meus amigos tentavam descobrir quais filmes eram interessantes.

– E se a gente vir o filme romântico? – sugeriu Naya, com um sorriso inocente. Will a abraçou por trás.

– Putz, não – balbuciou Jack.

Os três me olharam, queriam que eu os ajudasse a decidir, mas eu continuava prestando atenção nas pessoas que nos observavam. E foi então que me dei conta.

Elas não estavam olhando para o nosso grupo, mas sim para Jack, assim como a garota que estava no hospital no dia anterior. Ele tinha saído no noticiário, em revistas, jornais e outros meios de comunicação. Eu não tinha procurado muita informação sobre o filme dele, mas sabia que era um dos mais aguardados da temporada. É claro que seu rosto era conhecido. E, além do mais, estávamos num cinema, era impossível que não o reconhecessem. Nós o tínhamos levado ao pior lugar possível.

Minha hipótese se confirmou quando duas garotas se aproximaram com o celular na mão. Nem se deram ao trabalho de dizer alguma coisa, simplesmente o filmaram quando passaram ao seu lado, sem disfarçar nem um pouco. Jack se remexeu, incomodado.

– Vamos ver o de mistério. Peguem as bebidas, por favor – sugeri, e depois me virei para Jack. – Compramos as entradas e esperamos por eles lá dentro?

Jack pareceu surpreso, mas aliviado, pois concordou.

A sensação de alívio não durou muito tempo. Uma vez sentados, algumas cabeças despontavam entre os assentos, ouviam-se cochichos e risos. Jack afundou em seu assento e fingiu não perceber nada, mas, obviamente, estava muito incomodado. Eu não podia culpá-lo. Não sabiam disfarçar, não? Era quase... mal-educado. Dois garotos chegavam a falar em voz alta sobre seu filme. Jack fechou a cara, sem olhar para eles. Naquele momento, soube que aquilo não acabaria bem.

Os dois garotos, que deviam ser da nossa idade, se sentaram exatamente à nossa frente e não paravam de olhar para trás, o que também me deixou nervosa. Jack estava com os olhos grudados na tela, mas começou a cerrar o punho em que apoiava a cabeça.

Quando um dos garotos pegou o celular e se virou para nós, sem um pingo de vergonha na cara, decidi me meter.

Ou melhor, tentei, porque Jack me segurou pelo braço antes que eu pudesse fazer alguma coisa.

– Deixa pra lá, Jen – ele me pediu, em voz baixa.

E eu tentei, realmente tentei, mas até mesmo Will e Naya se sentiam desconfortáveis. Não conseguimos ver o filme direito, os garotos sentados à nossa frente se viravam toda hora e nos filmavam, sem nenhum pudor. Jack se encolhia cada vez mais em sua poltrona, e chegou um momento em que eu já não consegui mais aguentar.

– Você quer sair daqui? – perguntei a ele, num sussurro.

Ele me olhou por alguns segundos, analisando-me detidamente.

– E o filme?

– Não estou gostando – menti. Nem sequer estava vendo o filme.

Me levantei, pedi a ele que me seguisse e me surpreendi quando ele me obedeceu. Acho que atraímos todos os olhares da sala. Fiz um sinal para Naya e Will, indicando que ficassem um pouco mais.

Eu não havia pensado no que fazer se o plano desse certo, então simplesmente olhei ao redor e a saída de emergência chamou minha atenção.

– Ela vai apitar ou algo assim se eu a empurrar? – perguntei a Jack. – Não quero ir pra cadeia.

Jack reprimiu um sorriso.

– Só tem uma maneira de descobrir, pequeno gafanhoto.

Jack passou ao meu lado e empurrou a porta. Como não ouvimos nenhum alarme, ele a segurou e eu passei por baixo de seu braço. A saída dava para a escadaria lateral, coberta, do prédio. Fazia muito frio e estava escurecendo, mas me pareceu que Jack estava se sentindo bem com sua jaqueta de couro. Ele acendeu um cigarro enquanto nos sentávamos num dos degraus da escada.

– As pessoas são sempre assim? – perguntei.

Ele hesitou por um momento antes de soltar a fumaça do cigarro e assentir.

– Quase sempre. Especialmente no cinema.

– E por que você concordou em vir?

– Porque você vinha.

Sua honestidade me fez sorrir e, mesmo que isso se devesse apenas às drogas, me iludi. Me aproximei um pouco mais e apoiei a cabeça em seu ombro. Queria parar por aí, mas acabei entrelaçando os dedos de minha mão boa com os seus. Jack não se afastou.

– Bom, então nada de filmes no cinema até a próxima temporada – concluí. – A não ser que você seja tão rico que consiga comprar um cinema só pra você.

– Acho que ainda não cheguei a tanto.

– Que pena. Ainda bem que sempre vamos poder ver filmes em casa.

Permanecemos alguns segundos em silêncio. Não nos atrevemos a romper aquele silêncio até que olhei de soslaio para ele e o flagrei sorrindo.

– O que foi? – quis saber.

– Nada.

– Se não fosse nada, você não estaria sorrindo.

– É que podíamos ver algum filme de terror.

– Ah, pode esquecer.

– Vou ter que te acompanhar até o banheiro mais tarde, Jen?

– Não tem graça! Ainda tenho pesadelos com a monja malvada...

– Claro, porque foi comprovado cientificamente que os espíritos de monjas malvadas são a principal causa de morte entre as jovenzinhas de dezenove anos.

– Assim como a principal causa de morte dos jovens de vinte e um anos são as jovenzinhas de dezenove.

Jack começou a rir. Depois de alguns segundos, apagou o cigarro, ainda pela metade.

– Vamos pra casa.

Tivemos que esperar algum tempo na cafeteria, onde ninguém nos incomodou. Depois de tomarmos um milk-shake cada um, fomos para o estacionamento e vimos Naya e Will esperando por nós junto ao carro.

Eu sabia que as coisas entre nós tinham melhorado, mas, mesmo assim, me surpreendi ao perceber que Jack passou o braço por cima de meus ombros. Olhei para ele, pasma, e logo descobri que, com esse gesto, ele não pretendia chegar mais perto de mim, mas olhava para trás: os garotos do cinema tinham nos seguido e um deles tentava colocar o celular bem na minha cara. Jack me puxou pelos ombros para que eu não me chocasse com o aparelho.

– Tenha cuidado com isso.

– É sua namorada? – o garoto perguntou, enquanto tentava me focar outra vez.

Ele estava com o celular tão perto de meu rosto que me vi obrigada a recuar para não o engolir. Jack percebeu, e vi que ele foi ficando irritado. Alguns metros mais adiante, um grupo de garotas estava gravando tudo. Eu sabia que Jack queria afastar a câmera de meu rosto, mas ele não podia permitir que o filmassem fazendo algo assim.

Assim que ele deu um passo na direção do garoto, me livrei de seu abraço e me pus no meio para empurrá-lo delicadamente até o carro.

– Vamos – eu disse, entre os dentes.

– É sua namorada? – insistiu o outro, aproximando a câmera de meu rosto mais uma vez.

Jack se adiantou como se quisesse intervir, mas eu o empurrei um pouco mais bruscamente e ele por fim me olhou, surpreso.

– O quê...?

– Vamos pro carro. – Enfatizei cada palavra.

Quando afinal se deu conta de que o estavam filmando, Will e Naya já tinham nos alcançado. Amavelmente, Will pediu a eles que se afastassem, e aproveitamos aquele momento de distração para entrar no carro. Will voltou conosco e dirigiu até em casa. Jack foi direto para o banheiro, e Sue, que estava sentada na poltrona, olhou para nós sem entender nada.

Depois do jantar, quando o incidente do cinema começou a se

dissipar, me atrevi a ficar um pouco mais que os outros no sofá, com Jack. Fiz das tripas coração e me virei para ele.

– Você quer que a gente volte a...?

Ele nem me deixou terminar. Se deitou no sofá e me puxou para perto de si. Inevitavelmente, me fixei num detalhe: ele queria que eu dormisse de costas para ele outra vez. Talvez não quisesse que dormíssemos cara a cara. Decidi não dar muita importância a isso, especialmente quando ele me envolveu com os dois braços, um pelos ombros e outro pela cintura.

Eu não sabia se falava alguma coisa ou se me calava, então optei por repetir o processo de duas noites atrás: ergui um pouco a mão e acariciei seu pulso e o dorso de sua mão. Ele suspirou e aproximou o rosto da curva de meu pescoço. Eu podia sentir seu nariz contra minha pele.

– Desculpa por ter chegado bêbado naquela noite – murmurou de repente. – Fui a uma festa e... exagerei um pouco.

Honestamente, eu não esperava que ele me falasse sobre isso, muito menos naquele momento.

– Não tem problema – murmurei. – Não aconteceu nada de ruim. Só estava com medo de que você tivesse se esquecido.

Jack demorou alguns segundos para responder:

– De que parte?

– Que... você jantou comigo. E que depois dormimos juntos.

Fez-se um momento de silêncio tão prolongado que achei que ele não diria mais nada. Fechei os olhos e me aconcheguei um pouco mais.

– Você está se esquecendo da parte em que pedi pra você ficar, Jen.

Entusiasmada, abri os olhos e esbocei um sorriso.

– Ah, sim... quase me esqueci dessa parte. É que não tinha muita importância.

– Que engraçadinha – murmurou em meu pescoço, provocando um suave formigamento em minha barriga. – E eu pedi outra vez, completamente sóbrio.

– Sim, eu sei.

Jack titubeou.

– E...? Você vai embora?

– Não, se você não quiser.

– Não quero.

– Então eu fico. Só pra te irritar.

Ele tinha chegado tão perto de mim que agora eu sentia sua boca em meu pescoço. Contive a respiração ao perceber que sorria.

– Fico feliz, Jen. Fico muito feliz.

9

TRÊS MESES

FAZIA VÁRIOS DIAS QUE AS COISAS ANDAVAM RELATIVAMENTE BEM – menos a minha mão, que continuava enfaixada –, porém um detalhe permanecia em minha mente desde que eu o tinha escutado. Mais do que um detalhe, era um nome: Vivian.

Will havia perguntado por ela, Jack ficou na defensiva e Naya ficou bastante atenta à minha reação.

Como conseguir segurar nosso lado fofoqueiro se as pessoas tornam tudo tão difícil?

Eu tinha pensado em fazer uma busca por Vivian na internet, mas é claro que eu não sabia qual era o seu sobrenome, nem mesmo conhecia seu rosto. Como iria encontrá-la? Era como procurar uma agulha num palheiro. Então, naquela mesma tarde, quando Will subiu para fumar no terraço, aproveitei para abordar Naya e Lana.

As duas estavam havia um bom tempo no sofá. Naya queria retomar um de seus projetos de literatura francesa, e Lana tinha vindo ajudá-la. Pelo menos era isso que tinham planejado. Na prática, porém, limitaram-se a tagarelar sobre todos os assuntos imagináveis. Eu entendia por que se davam tão bem: ambas tinham uma quantidade impressionante de assuntos para conversar. Se eu não tivesse me desconectado, certamente teria esgotado minha vontade de socializar.

Mas naquele momento eu precisava que prestassem atenção em mim. Pigarreei e assim consegui que as duas se virassem para mim.

– Posso perguntar uma coisinha?

Demoraram alguns instantes para responder. Naya, dramaticamente, chegou a levar a mão ao peito.

– *Você* quer nos perguntar algo?

– É a primeira vez, não? – Lana quis saber.

Ok, talvez eu não conseguisse ser tão discreta quanto havia pretendido. Suspirei e assenti lentamente com a cabeça.

– Sim... Mas me prometam que não vão contar pra ninguém, é importante.

– Isso está ficando interessante – comentou Naya, com entusiasmo. – Prometo!

– Eu também. O que foi?

Não achei que a conversa chegaria tão longe. Um pouco ansiosa, batuquei os dedos no notebook e aproveitei a pausa para formular mentalmente a pergunta. Finalmente, entendi que não havia uma maneira discreta de soltar a pergunta, então fui muito direta:

– Quem é Vivian?

Certo, eu as conhecia muito bem. Sabia que, primeiro, iam achar que eu estava com ciúme. Já estava até preparada para suas gozações. Não esperava, porém, aquelas caras de perplexidade.

– Você não sabe quem é? – Lana mal podia acreditar.

– Vivian Strauss – acrescentou Naya. – Você sabe... é *essa* Vivian Strauss.

– Sei que vocês estão tentando me fazer entender alguma coisa, mas eu realmente não tenho a menor ideia.

Em questão de segundos, tinham me tirado do sofá para pegar meu notebook. Acabei sentada no chão, de pernas cruzadas, enquanto elas batiam suas cabecinhas loiras olhando para a tela.

– Mostre a ela esta foto – propôs Naya.

– Esta? É horrível.

– É maravilhosa!

– Qualquer uma serve – respondi.

E assim fizeram: Lana virou o notebook para que eu pudesse ver a imagem selecionada: uma garota de traços delicados e olhos escuros me retribuía o olhar. Seu cabelo, tingido de um loiro tão claro que passaria por branco, estava preso num coque alto, mas muito arrumado. Tinha o corpo bronzeado, de um perfeito dourado de praia, e estava com um vestido vermelho de lantejoulas. Ela era realmente bonita, mas logo me dei conta de que tinha algo mais especial: era atraente, magnética, talvez.

Estava de costas para a câmera e dedicava um olhar entediado ao espectador. Mesmo assim, me senti irremediavelmente atraída por ela.

– Não sei quem é Vivian – comentei, pasma –, mas parece uma modelo.

– E é mesmo – admitiu Naya, com um suspiro.

Lana me olhou com cautela.

– Talvez você a reconheça depois de ver o filme do Ross... Ela é a atriz principal.

Ah, então era isso. Continuei vendo a foto de Vivian, mas não sei bem como me sentia. Não sabia nada dela, só conseguia ver que era uma garota maravilhosa. Se Jack a havia escolhido como protagonista de seu filme, também devia ser muito talentosa.

– Eles se dão muito bem – comentou Naya. – Acho que se conheceram na universidade na França. Ela queria ser atriz.

– Até agora, não fez nenhum mal a ele – acrescentou Lana.

– Logo que anunciaram o filme, a imprensa se empenhou em dizer que são um casal. Esse assunto costuma deixar o Ross de mau humor, mas Vivian não desmente o boato, porque assim falam deles.

– Falar deles significa que também vão falar de seu filme.

– Exato. Publicidade gratuita.

– Embora eu não saiba se ela atua mesmo – observou Naya. – Quando a conhecer, eu te conto.

– Você vai conhecê-la? – perguntei, surpresa.

– Claro! Esta noite! É a estreia.

Tão cedo? Parece que foi ontem que me contaram que Jack tinha feito um filme...

– Eu iria pra flertar com famosos – protestou Lana –, mas o idiota do Ross não me convidou.

Franzi o cenho, confusa.

– Mas você não tinha um namorado?

– Nem, eu terminei.

– Jack só convidou a mim, Will, Sue e a família dele – explicou Naya. – Mais ninguém. O resto são os familiares dos outros, a imprensa ou os famosos.

Ele também não tinha me convidado e, embora eu até entendesse... sim, me doía um pouquinho.

Sem dúvida, desde o dia do cinema tínhamos recuperado certa normalidade. Eu prestava atenção em alguns detalhes, como perguntar a ele como havia dormido, pedir sua comida favorita ou não deixar que Naya o torturasse com seus filmes ruins... Bobagens, mas eu suspeitava que ele gostava disso. E ele, por sua vez, tinha se oferecido mais de uma vez para me ajudar com os afazeres de casa: fazer a cama, levar as roupas à lavanderia, descer para comprar algo de que eu precisasse... Éramos até mesmo capazes de conversar normalmente sem acabar aos gritos.

Sim, parece um progresso muito pequeno, mas para mim significava muito. Talvez nunca voltássemos a ser um casal, mas pelo menos seríamos amigos. Eu sentia falta de sua companhia, da maneira que fosse, não importava. Eu sentia falta dele. E, quando chegássemos a um certo ponto, quando tudo estivesse mais tranquilo, com a confiança plenamente recuperada, eu contaria a ele o que realmente tinha acontecido um ano antes.

Mas ainda faltava muito para esse momento, e por isso, suponho, ele não havia me convidado para sua première. Se bem que ele também não tinha a melhor relação do mundo com os demais e mesmo assim os tinha convidado. Talvez o problema fosse eu, e não ele.

O barulho da porta de entrada cortou em seco meu monólogo interior, e nós três congelamos em nossos respectivos lugares. Se fosse Will, teríamos a oportunidade de...

Ah, não. Assim que ouvi o barulho das chaves, soube que era Jack. Minha expressão de horror alertou Naya e Lana, que entenderam tudo sem que eu precisasse dizer nada.

Qual era o problema? Que Vivian continuava a olhar para mim da tela de meu notebook.

Lana deu um pulo, fechando o notebook de uma vez; este, durante alguns instantes, voou pela sala. Naya tentou apanhá-lo no ar, mas foi inútil. Consegui pegá-lo bem a tempo e, em pânico diante da iminente chegada de Jack, só consegui pensar numa solução: me sentar em cima do notebook.

Naya continuava procurando uma posição que parecesse natural quando ouvimos seus passos ficarem cada vez mais próximos.

– Ele nunca chega antes da hora do jantar e tinha que escolher justamente hoje pra fazer iss... Oi, Ross!

Jack estava com um moletom velho e girava as chaves num dedo. Assim que ele se deteve ao nosso lado, percebi, mais uma vez, que sua expressão era de cansaço. No entanto, como já fizera naqueles dias, virou-se para mim e me cumprimentou com um sorrisinho.

Ou essa era sua intenção, porque então se deu conta de que nós três o olhávamos com sorrisos largos e aterrorizantes. Assustado, deu um passo para trás.

– Posso saber por que estão me olhando desse jeito?

– Por nada! – exclamou Naya, rápido demais. – Absolutamente nada!

Jack se virou diretamente para mim. Ah, não. Eu era o alvo mais fácil e ele sabia disso. Malandro.

Eu me saía muito mal ao mentir para ele sem preparação prévia. Não sabia o que lhe dizer, não sabia que cara fazer. Assim que eu abrisse a boca, ele iria se dar conta, e eu morreria de vergonha, claro. Como pude pensar em ver essas fotos na sala da casa dele? Por que não consegui segurar um pouquinho só minha vontade de fazer isso?!

– O que você tem aí embaixo? – me perguntou, chegando mais perto de mim.

Lana pestanejou, com um ar de inocência.

– Do que você está falando, Ross?

– Deixe que ela responda. O que você está escondendo?

– Eu? – Minha voz soou aguda demais. – D-do que você está falando?

– Do notebook sobre o qual você está sentada. Que tamanho você acha que tem a sua bunda? Posso vê-lo perfeitamente.

Depois de um pequeno instante de pânico, só consegui pensar numa resposta:

– Q-que notebook?

– Jen... – murmurou, suspirando.

– Eu estava... fazendo umas anotações!

– E a gente estava ajudando – acrescentou Naya, rapidamente.

Jack não deve ter se convencido, pois continuava a olhar para nós como se tivesse deixado escapar alguma coisa. Tudo piorou quando Will entrou em casa com o maço de cigarros na mão. Ele ia dar uma palmadinha nas costas de seu amigo, mas se deteve ao ver a cena, dando um meio-sorriso.

– Oh, oh. Qual o motivo desse silêncio?

– Estavam fazendo algo e não querem me dizer o que é – esclareceu Jack.

– Vixe, então pode esperar o pior.

– "O pior"? – Naya se fez de ofendida, de um modo bem pouco crível. – A gente não estava fazendo nada de errado!

– Então por que não querem contar?

– Porque a gente só estava ajudando Jenna a procu...!

Lana lhe tapou a boca bem a tempo, mas Will e Jack já tinham se virado para mim com os olhos semicerrados.

– A procurar o quê? – perguntou Jack.

– Hã... Não, não era "procurar". Era... é... eu... hã...

Eu precisava pensar em alguma coisa, *qualquer* coisa. Com urgência, olhei ao meu redor. Que desculpa seria boa? O que eu poderia ter procurado que não tivesse nenhuma importância para eles e fizesse com que me deixassem em paz?

E afinal pensei em algo.

– Fiz uma busca pela banda do Mike!

– "A banda do Mike"? – repetiu Will, pouco convencido. – Pra quê?

– Fiquei curiosa. Agora curiosidade é pecado?

Jack negou com a cabeça.

– Você mente tão mal como no ano passado.

Mostrei a língua para ele, que sorriu para mim. Parecia que ia dizer mais alguma coisa, mas naquele momento entrou porta adentro o protagonista de minha desculpa.

Mike não deixou de sorrir ao ver a cena. Decidido, foi se sentar numa das poltronas, como se nada estivesse acontecendo.

– Sinto uma certa tensão no ambiente, família – disse, olhando em seguida para Naya. – O que você fez?

Ela deu um pulo.

– Por que você pergunta só pra mim?

– As três estão com cara de culpadas, e geralmente é você que começa tudo.

– Até o idiota do Mike percebeu – ressaltou Jack.

Ok, era hora de improvisar. Eu podia dizer a verdade... pela metade. Isso iria funcionar, não? Era menos arriscado.

– Muito bem – suspirei; todo mundo olhou para mim. – Admito. Estava pesquisando seu filme.

Isso não era inteiramente verdade, mas serviu para distrair Jack. Ele pestanejou, surpreso, e me contemplou por alguns segundos. Não saberia dizer se sua expressão era de surpresa, horror ou curiosidade.

– Meu filme? – repetiu. – Por quê?

– Por causa desta noite.

– Hein?

– Sua estreia, Jack. É esta noite.

Ele ficou tão imóvel que, por um momento, achei que tinha dito algo muito errado sem me dar conta. Mas então reagiu: passou a mão no cabelo e arregalou os olhos, pasmo.

– Merda!

– Alguém não se lembrava – brincou Mike, mas parou de rir ao receber na cara a almofada lançada por Lana. – Isso foi tão infantil quanto desnecessário.

– O que houve? – perguntei a Jack, que dava voltas pela sala.

– Eu não me lembrava! Nem sei se tenho roupa...

– O quê?! – exclamou Lana, alarmada. – Não te deram um smoking ou algo assim?

– Me deram, mas... eu não gostei.

– Por que não? – perguntou Will.

– Porque é um smoking! Inclusive tenho que usar uma gravata-borboleta e fazer um papel ridículo...

A cara de Mike passou da tranquilidade ao pânico em questão de segundos.

– Tem que usar gravata-borboleta?!

– Só quem fez algum filme. Calma, você não está nesse clube.

– Com certeza vai ficar bem em você – opinei, com um sorriso. – Por que você não experimenta e nos mostra?

Jack hesitou um momento, suspirou e finalmente foi trocar de roupa.

Naya também decidiu se arrumar.

E assim começou o caos.

Lana não demorou a ir para casa, e assim eu fui a única habitante do apartamento que não tinha que se arrumar. Aproveitei para dar uma volta e ligar para meus irmãos, mas ao retornar encontrei uma zona de guerra.

Assim que entrei, vi uma quantidade assustadora de sapatos jogados no corredor. Isso só podia significar uma coisa: Naya estava se arrumando, o que se confirmou assim que ela apareceu descalça com seu vestido cor-de-rosa. Apesar de me ver sorrir, soltou um soluço de desespero.

– Estou horrível!

Não consegui nem lhe responder, porque ela já tinha entrado no quarto outra vez e atirava mais sapatos no corredor.

Instalada na sala, Sue brincava com o celular. Tinha vestido camisa e calças pretas, que ficaram muito bem nela; tinha se maquiado e prendido o cabelo. Normalmente, ela não se esforçava tanto em se arrumar, mas sabia que era um dia importante para Jack, e isso me pareceu muito legal da sua parte.

Will estava ao seu lado com um terno preto e aquele porte cavalheiresco. Assim que cruzamos nossos olhares, levantei os polegares, e ele ficou vermelho. Enquanto andava pelo corredor em busca do último membro da casa, ouvi Sue fazer alguma brincadeira com ele por causa de sua aparência.

Para meu espanto, Jack estava em nosso antigo quarto. Eu não o tinha visto ali dentro desde que voltara. A parte de cima de seu smoking continuava sobre a cama. Com o cenho franzido, ele tentava arrumar a gravata-borboleta. Estava tão concentrado que não percebeu minha presença até que me viu refletida no espelho.

– Não acho a menor graça – balbuciou, de mau humor.

Não tinha me dado conta de que eu estava rindo, mas nem por isso parei.

– Alguém não sabe domar sua borboleta? – brinquei.

Constrangido, tentou arrumá-la com mais empenho.

– Shhhh. Eu sei fazer isso.

– Quer que eu te ajude?

– Você consegue me ajudar? – Ele nem tentou esconder sua surpresa.

– Embora não pareça, sim. Sei arrumar gravatas-borboleta. Deixe comigo.

Jack se ergueu um pouco para que eu pudesse desfazer o desastre que ele tinha feito. Enquanto eu dava um jeito naquilo, percebi que ele me encarava. Tentei ignorá-lo, não queria ficar nervosa. Ele estava lindíssimo e cheiroso. Já me distraía o suficiente sem olhar em seus olhos.

– Você está muito bonito – comentei, de qualquer jeito.

Jack engoliu em seco.

– Obrigado.

– E essa gravata é maravilhosa.

– Por favor, pare de me torturar com isso...

– Aaaaaah... eu mal comecei, te garanto.

Ele sorriu e jogou a cabeça um pouco para trás, para que eu pudesse levantar a gola de sua camisa.

– Se não fosse proibido – murmurou –, eu iria de moletom.

– Com o do Tarantino, né?

– Ou o do Smiths.

– Ou o do Pumba.

– Ou o da Mushu.

Parei de sorrir de repente e semicerrei os olhos. Ele estava começando a rir.

– Bom, você vai fazer o laço, espertinho?

– Ok, ok. Não falo mais nada.

Acabei fazendo o laço com uma habilidade surpreendente, apesar de não ter praticado em muito tempo. Ao terminar, arrumei a gola de sua camisa e dei uma palmadinha carinhosa em seu peito.

– Prontinho. Olha que mocinho mais bonito.

Como não me respondeu, ergui os olhos para ele, que sustentou meu olhar. Ele tinha ficado em silêncio, com ar pensativo, e alguma coisa em seu modo de olhar me deixou um pouco nervosa.

– Bom – murmurei –, suponho que vocês devam sair e...

– Por que você não vai comigo?

Me detive, perplexa. A essa altura?

– Não sei...

– Você pode ir – acrescentou, aproximando-se um pouco mais. – Preciso de uma parceira. Não consigo pensar em ninguém melhor.

Talvez tenha sido pelo modo como ele o sugeriu, mas, para minha própria surpresa, recusei. Era seu dia e ele devia se concentrar no que era importante.

– E deixar que o prestigioso diretor à minha frente se apresente em sua própria estreia com uma garota vestida... – apontei para mim mesma – assim? Posso ver na tv. Ou baixar ilegalmente na internet. Você me conhece, estou sempre vivendo no limite.

Sorri, mas ele não retribuiu. Quando recuei, ele abaixou o olhar.

– Vamos – murmurei –, devemos nos juntar aos outros.

Jack assentiu com a cabeça. Me pareceu que queria dizer algo, mas se limitou a me seguir até a sala.

Todos os outros já estavam prontos, e justo naquele momento Mike abriu a porta principal com um grande sorriso. Estava com uma camisa aberta e amassada e parecia estar um pouco bêbado. Ok, não apenas parecia: tinha nas mãos uma garrafa de champanhe que já estava meio vazia.

– Temos uma limusine inteira só pra nós! – Deu uma voltinha à la Michael Jackson, e a garrafa quase saiu voando. – Putz, essa é a vida que eu mereço.

– Hã... olá?

Mike deu outra volta, agora para se virar em direção à porta. Imagino que ninguém esperava que Chris aparecesse. Seu cabelo cheio de gel estava tão grudado no crânio que parecia ter sido esmagado por um rolo de massa, mas mesmo assim ele parecia muito orgulhoso de seu look. Ninguém se atreveu a contrariá-lo.

Ninguém... menos Sue.

– Posso saber de que você está fantasi...?

– Uau! – exclamei em seguida, interrompendo-a. – Você está... lindíssimo!

Jack fez uma careta pouco convicta, mas todos os outros se apressaram a me dar razão. Especialmente Naya, que se aproximou dele e deu uma arrumada nos ombros da camisa que ele usava.

– Pronto, campeão?

– Pra quê? – perguntou Will.

Sua namorada deu um sorrisinho inocente. Isso bastou para sabermos que ela tinha aprontado alguma coisa.

– O que você fez, Naya? – perguntei.

– Nada de errado! É que um amigo tinha um ingresso sobrando e pensei que não seria nada mal apresentá-lo ao meu querido irmãozinho.

– Só como amigos – esclareceu Chris.

– Sim, sim, como quiser.

No fim das contas, o amigo de Naya era alguém que conhecíamos bastante bem. Quase tive um ataque de riso ao ver Curtis plantado ali com seu perfeito terno cinza e um meio-sorriso capaz de conquistar qualquer um.

– Olá, pessoal.

Naya e Chris olharam de repente para a porta. Naya, entusiasmada; Chris, nervosíssimo. O pobre rapaz tentou se adiantar tão rápido que quase pisou no vestido de sua irmã, mas deu de cara no batente da porta quando ela se esquivou.

– Cuidado! – exclamou Will, tarde demais.

A camisa elegante de Chris ficou manchada com o sangue que respingou do nariz dele, que soltou um grito de dor e cobriu a área afetada com as mãos.

– AI, NÃO! MINHA CAMISA! – gritou Chris.

Sue deu uma risadinha, e Chris lhe deu uma cotovelada que a fez se calar.

Curtis, enquanto isso, observava a cena toda com as sobrancelhas arqueadas, sem saber onde se enfiar.

– Hã... é com você que eu tenho um encontro?

Chris assentiu, com metade do rosto ainda oculto entre as mãos.

– Se você me dá licença um momentinho, vou ali limpar meu rosto... – ele falou, com a voz anasalada –, é que tive um probleminha.

– Sim, estou vendo. Você quebrou o nariz?

– Não, não...

– Acho que sim – opinou Naya, que não parava de tentar espreitar.

– Se estivesse quebrado, ele estaria chorando de dor – garantiu Jack.

Naya bufou.

– Para que o Curtis não veja, ele é capaz de segurar a vontade de chorar.

Acho que ela estava certa, pois seu irmão ficou vermelho dos pés à cabeça. Curtis deu uma gargalhada estrondosa e depois pôs uma mão no ombro de Chris.

– E se fizermos uma pausa pra cuidar disso e depois pensamos no encontro?

– Hummm... sim, parece uma boa ideia.

– Legal, meu carro está aqui embaixo.

– Posso ir com vocês? – sugeriu Naya.

Chris aproveitou que Curtis não estava olhando para afastar sua irmã com um gesto frenético. Naya botou as mãos na cintura, mas não insistiu.

– Putz – comentou Mike. – Aqui todo dia alguém quase morre.

– O estranho é não ter sido você que provocou isso – disse Sue.

Mike se virou para ela imediatamente. Deu um sorriso de galã quase ao mesmo tempo que Sue fez uma careta de nojo.

– Você acha que isso é maneira de falar com o seu parceiro de pre-mière? – perguntou, piscando um olho.

– Ainda nem saímos e eu já me arrependi...

– Vamos lá, um pouco de entusiasmo não seria nada mal. Temos bebida grátis! É uma noite para ficarmos felizes!

Quase sorrindo, vi a porta do outro lado do corredor do prédio se abrindo. Mary e Agnes, vestidas com suas roupas elegantes, estavam conversando. Mas não fiquei tensa por causa delas, e sim por causa do homem que as acompanhava: o pai de Jack.

Oh, oh.

Não consegui me concentrar na expressão de genuína surpresa de Mary, nem na exclamação de Agnes. A única coisa que eu enxergava eram os lábios entreabertos do sr. Ross. Não desviei o olhar quando ele os apertou, formando uma linha dura. Claramente, ele não estava feliz por me ver ali.

No entanto, a primeira a se aproximar foi Mary.

– Jenna! Não sabia que... ah, que bom. Fico muito feliz por te ver de novo!

Me surpreendeu um pouco que ela não guardasse rancor. Afinal, eu havia abandonado seu filho. Embora também houvesse a possibilidade de que Jack não tenha contado para eles os detalhes de nossa ruptura.

– E eu fico feliz por rever vocês – respondi, afinal, e ela não precisou de nenhum outro pretexto para me abraçar.

Por cima de seu ombro, vi que Agnes tinha se aproximado de nós. Passada a surpresa inicial, ela se limitou a semicerrar os olhos.

– Você voltou pra endireitar esse estúpido? – Apontou para Jack, sem a menor vergonha. – Já era hora de alguém fazer com que ele se comporte.

Para minha surpresa, ele ficou vermelho.

– Vovó!

– Nós, as velhas, temos o direito de falar verdades – ela se justificou. – Uma bronca no momento certo soluciona muitos problemas.

– E pode criar muitos outros – observou Will.

– Ai, você sempre tão espertinho – brincou Agnes, e depois lhe deu um apertão carinhoso no braço.

Não prestei muita atenção neles. O sr. Ross tinha posto uma mão no ombro de sua mulher para nos afastar e se colocar à minha frente. Era a primeira vez que eu via os dois se tocarem. Quando chegou mais perto, percebi que o sorriso educado que ele ostentava não chegava até seus olhos.

– Fico feliz por te ver novamente, Jennifer. Vai ficar até o final da estreia?

Tradução: quanto tempo você vai ficar por aqui, pequena sanguessuga?

Naquele ano de ausência, eu havia acusado o sr. Ross de muitas coisas: de me convencer a fazer o que fiz; de me influenciar; de fingir que era uma boa pessoa, a fim de me manipular... Depois me perguntei se aquilo tudo não estava apenas em minha cabeça e ele simplesmente havia tentado me aconselhar da melhor maneira possível.

No entanto, eu suspeitava que não fosse assim. Jack sempre me alertou sobre seu pai. Eu havia ignorado essa advertência muitas vezes, mas não tinha intenção de permitir que isso acontecesse de novo.

Será que eu o estava demonizando só para me sentir menos culpada? Era possível. Ele teria realmente me manipulado só porque não tinha coração? Era outra possibilidade.

– Não – respondi, com uma segurança maior do que me achava capaz de sentir. – Na verdade, eu moro aqui.

O contraste entre as expressões deles foi quase cômico: enquanto parecia que tinham acabado de salvar o dia de Mary, Agnes se limitou a sorrir, e o sr. Ross me encarou.

– Faz muito tempo? – ele perguntou.

– E o que você tem a ver com isso? – disse seu filho mais novo.

Ele deu um breve olhar a Jack, mas não disse nada. Mary estava começando a ficar nervosa, como sempre que os dois discutiam. Com um sorriso hesitante, pegou seu marido pelo braço.

– Temos que ir, ou chegaremos tarde.

– Não podemos ir! – opinou Agnes, apontando para mim. – Ela nem sequer está vestida.

– Ah, não se preocupem, eu não vou.

– O quê? Por que não?

Naya cruzou os braços, tão indignada quanto as duas mulheres.

– O Ross não a convidou – informou-lhes.

Assim que começou uma sequência de recriminações, o pobre Jack teve que recuar um passo. Parecia que Agnes ia bater com a bolsa em sua cabeça. Me apressei a salvá-lo.

– Amanhã eu tenho uma prova importante! – inventei na hora. – Então, mesmo que quisesse, não poderia ir. Preciso estudar.

Aquilo pareceu tranquilizá-las um pouco. Quanto a chegarem tarde, era verdade: faltava apenas uma hora para a estreia e eles continuavam ali. Tinham de sair o quanto antes, especialmente se Jack tivesse que dar alguma entrevista ou falar com a imprensa.

No entanto, antes que eu pudesse dizer isso, ele mesmo interveio:

– Vocês podem ir na frente? Preciso pegar uma coisa.

Era uma mentira muito descarada, mas houve um acordo coletivo para deixá-la passar. Vi que o sr. Ross nos olhava de soslaio ao sair, mas pelo menos não falou nada. O único comentário veio de Mike, que mexeu em meu cabelo alegremente antes de arrastar consigo a pobre Sue.

Uma vez a sós, me virei para Jack.

– Por que mentiu pra eles? – fui logo perguntando.

– Queria que nos deixassem em paz por um momento.

– Por que...?

– Vou voltar cedo – ele me interrompeu.

E, do nada, se aproximou de mim, me pegou pelo queixo e me deu um beijo breve e seco no canto da boca.

A estreia era às nove e ia ser transmitida pela televisão. Eu já tinha sintonizado o canal, mas até o momento só tinham passado os comerciais.

Mordendo a unha do polegar enquanto dava voltas pela sala, liguei para Spencer, que passou um tempo me falando sobre sua vida, e isso foi uma boa distração, mas depois ele teve que desligar para ir jantar. E ali fiquei, como uma idiota, vendo os comerciais na tv, até que meus olhos se voltaram involuntariamente para a bancada da cozinha, justamente onde Jack havia esquecido suas chaves e sua carteira.

Vejamos: era uma estreia, não? Talvez ele não fosse precisar de nada daquilo e tenha deixado em casa de propósito. Talvez ele entrasse em pânico quando se desse conta. Eu não tinha certeza, e não sabia o que fazer.

Tentei ligar para os outros, mas ninguém me atendeu. Certamente já estavam no evento. Minhas opções estavam acabando. De repente, vi que alguém estava me ligando de um número desconhecido.

– Sim?

– Hã, olá. É a Jennifer?

Fiquei meio desorientada. Era uma voz de mulher.

– Hã... sim.

– Ótimo! Sou Joey, a agente de Ross. Me disseram que você está em casa, certo?

– Sim, acabei de encontrar...

– A carteira e as chaves dele, já sei. Estávamos procurando por elas. Você acha que conseguiria trazê-las daqui a pouco? Não tenho tempo de mandar alguém buscar. Você sabe qual é o endereço daqui?

A pergunta me deixou desorientada mais uma vez. Fiquei surpresa ao dizer que sabia o endereço, mesmo antes de pensar sobre o assunto.

– Perfeito – declarou Joey. – Quando chegar, pergunte por mim.

E foi assim que eu acabei no metrô, vestida com um moletom e leggings, a caminho do evento.

O lugar que tinham escolhido para a estreia era o maior cinema da cidade. Uma barreira separava a entrada do exterior, e havia seguranças por toda parte: alguns controlavam a entrada, outros estavam distribuídos ao longo do tapete vermelho pelo qual os atores passavam, e um terceiro grupo encontrava-se junto à horda de fãs que não paravam de gritar e aplaudir.

Se não tivesse visto com meus próprios olhos, teria sido difícil para mim acreditar que tudo aquilo era por causa do filme de Jack. Esbocei um pequeno sorriso de orgulho, que tive de apagar de meu rosto antes de chegar à barreira de seguranças na entrada. Eles não pareciam muito convencidos de minha presença.

– Somente pessoas autorizadas – um deles me alertou.

– Estou procurando Joey. Sou a Jennifer.

Aquilo os deixou meio desconcertados, mas outro segurança usou o microfone oculto para perguntar. Depois de alguns instantes, afastaram-se para me deixar passar.

– No pavilhão do fundo.

O quê?

Ai, não... eu era muito ruim em me orientar...

À aventura!

Arrumei a bolsa sobre o ombro e percorri a parte de trás do estabelecimento o mais rápido que pude. Não havia muita gente, apenas veículos que entravam e saíam. Alguns transportavam cartazes; outros, caixas de som... e os trabalhadores não me deram muita bola, todo mundo corria de um lado para outro.

O caminho que tinham me indicado levava a um beco totalmente deserto. Imaginei que devia entrar por alguma das saídas de emergência do cinema. Abri uma delas, sem hesitar, e, uma vez lá dentro, um mar de vozes me deteve subitamente. Havia gente por toda parte, indo também de um lado para outro, alguns com capacete, outros com celular, outros perseguindo os atores. Uma atriz gritava com uma maquiadora porque, segundo ela, não havia delineado bem os seus olhos. Uma mulher de cabelos escuros e olhos alongados a observava com certo tédio.

Pelo menos até me ver e se aproximar de mim apressadamente. Deduzi que se tratava de Joey.

– Jennifer?

– Sim, aqui estão...

– Ah, obrigada, minha rainha! Você salvou a nossa pele.

Seu abraço foi tão fugaz que não consegui retribuir.

– Vou correndo entregar pra ele – disse, piscando um olho. – Se quiser ficar, deve haver algum lugar livre. Mas você vai ter que trocar de roupa.

– Não, obrigada... preciso voltar pra casa.

– Como quiser... isso não é aí!

Esse último grito dirigiu-se a um homem que empurrava um carrinho com duas caixas de som. Como Joey o estava repreendendo, imaginei que aquela era a deixa para dar o fora. E foi o que fiz.

No entanto, ao abrir a porta traseira, o beco já não estava completamente deserto. Uma garota de braços cruzados, com um cigarro na boca e apoiada na parede oposta me observava distraidamente.

Não precisei perguntar para saber quem era. Cabelo loiro preso num coque elegante, vestido dourado e brilhante, olhos escuros, feições delicadas... Eu já a havia visto antes, embora apenas em fotos: Vivian.

Pelo jeito como me olhou de cima a baixo, entendi que, diferentemente de todas as outras pessoas com quem havia cruzado, ela estava bem pouco interessada em minha forma de vestir ou em quem eu era. Chegou a esboçar um meio-sorriso.

– Ela disse que você tinha que trocar de roupa se quisesse ficar?

Não esperava que nossa primeira interação fosse assim. Na verdade, nem esperava que chegássemos a interagir. Estava tão surpresa que mal reparei no leve sotaque alemão que havia em suas palavras.

– Algo assim – admiti.

– Não sei por que precisamos nos arrumar tanto. Aposto que metade das pessoas que estão aí dentro prefeririam estar vestidas com uma roupa casual.

Deixei escapar um sorriso. Com uma de suas unhas longas e brancas, ela bateu o cigarro e, quando a cinza caiu no chão, ergueu de novo o olhar até deparar com o meu. Puxa, ela era de fato muito atraente, mas não só por causa de sua aparência. Havia algo magnético em sua maneira de olhar, de se mover. Eu começava a entender por que a imprensa estava tão obcecada por ela. Com certeza as câmeras a adoravam.

– Você podia começar essa moda da roupa casual – brinquei. – Se você fizer isso, certamente os outros vão te seguir.

– É muita responsabilidade pra alguém tão descerebrado – brincou, com um meio-sorriso. – Mas garanto a você que o faria. Esse vestido aperta os meus peitos. E, como se não bastasse, ficou horroroso em mim.

– Ah, eu acho que caiu muito bem em você.

– Obrigada pelo consolo, querida, mas continuo o odiando.

Ela me parecia uma pessoa muito bonita e elegante. Certamente, qualquer coisa que vestisse ficaria maravilhosamente bem nela, mas não quis contradizê-la.

– Enfim – replicou, dando outra tragada, tranquilamente –, você vai embora porque não tem uma roupa? Quer que eu te empreste um vestido? Tenho um baú cheio em algum lugar.

Sua oferta me surpreendeu positivamente. Parecia uma garota legal, ao contrário da impressão que eu tivera de Lana no ano anterior. Eu ainda me lembrava de seu comportamento aparentemente perfeito. Todos os meus amigos a adoravam, mas eu nunca tive um bom pressentimento em relação a ela, e afinal eu estava com a razão. Tudo nela era fachada, e ela me detestava tanto quanto eu a ela. No entanto, depois de um ano, de certo modo tínhamos conseguido nos entender. Eu estava feliz por tudo aquilo ter ficado para trás.

Já Vivian me pareceu ser uma garota genuinamente boa. Eu não achava que se tratasse de uma simples fachada.

– Muito obrigada, mas preciso voltar pra casa – eu disse, finalmente. – Se não correr, não vou conseguir ver a première.

– Nisso você tem razão. Depois me diz o que achou do filme.

– Certamente é muito bom. O Jack se esforçou muito nele.

– "Jack"?

– Ross... você sabe, o diretor.

Ela era sua atriz principal, é claro que sabia. Mesmo assim, Vivian me observou com perplexidade por alguns segundos.

– Você o chama de Jack? – perguntou, então, sem ocultar sua surpresa. – Ele odeia que o chamem assim.

– Ah, bem... acho que já o chamei assim tantas vezes que ele já nem se importa.

– Você é amiga dele? Naya, ou algo assim?

– Não, a Naya deve estar lá dentro. Eu sou a Jennifer, prazer em te conhecer.

Estendi-lhe minha mão e um meio-sorriso, mas, ao pronunciar meu nome, me dei conta de que algo havia mudado. Sua simpatia tinha desaparecido, e agora ela me olhava desconfiada.

– "Jennifer" – repetiu, em voz baixa. Seu tom de voz já não era cordial, definitivamente. – Ah, entendi.

Ela sabia quem eu era, isso estava claro. E também ficou bastante claro que ela não gostava nem um pouco de mim.

– O Ross me falou de você – comentou, com tranquilidade.

A antiga Jenny teria se sentido insegura, mas a nova se limitou a erguer uma sobrancelha. Se ela tinha mudado o tom de voz, eu podia fazer o mesmo.

– Imagino que não muito bem.

– Fica difícil falar bem da garota que te abandonou por causa de um ex-namorado abusador.

Senti minha boca se torcer num meio-sorriso muito estranho, quase defensivo.

– Bela síntese.

– Bela maneira de tratar alguém que gosta de você.

Fiquei tentada a lhe responder da pior maneira possível, mas depois lembrei que ela tinha razão: de seu ponto de vista – que era o de Jack, basicamente –, era isso que eu tinha feito. E do meu também, embora a verdadeira razão de meus atos tivesse sido outra: independente de eu ter boas ou más intenções, o resultado tinha sido o mesmo.

– Sim, eu pisei feio na bola com ele – admiti, enfiando as mãos nos bolsos. – Por isso estou aqui, tentando consertar as coisas.

– Há coisas que não têm conserto.

– Como quais?

– Como as pessoas.

– E com isso você quer dizer...?

– Que você arruinou a vida dele.

Dessa vez me coloquei na defensiva:

– O Jack não é um ser dependente da minha pessoa, sabe? Ele consegue superar o fato de que eu o tenha deixado, mesmo que tenha lhe feito mal, e demonstrou isso de sobra. Você protagonizou o filme dele, então certamente deve saber disso. Outra coisa é saber se ele vai me perdoar ou não, mas isso é problema nosso, e de mais ninguém. – Fiz uma pausa e, como não obtive resposta, decidi que a conversa havia chegado ao fim. – Prazer em te conhecer, Vivian.

Não estava mais com vontade de continuar falando com ela, e felizmente ela não insistiu. Enquanto eu me afastava, ouvi-a pisar no cigarro e entrar no edifício.

Ao chegar em casa, como ainda faltavam quinze minutos para o início da première, tomei banho e vesti o pijama. Fiquei com tanta preguiça de cozinhar que enchi uma tigela com leite e cereais para comer no sofá, debaixo do cobertor. Àquela altura o programa já havia começado, transmitido por um canal local. Na TV apareciam o mesmo tapete vermelho e as mesmas grades pretas que eu tinha visto ao vivo uma hora antes.

Então focaram o cartaz do filme. Os olhos de Vivian eram o que mais se destacava: com o queixo apoiado no ombro de um rapaz, ela olhava para a câmera. O rapaz tinha cabelo escuro e, a julgar por seu perfil, parecia tão atraente quanto ela. Os dois estavam diante de um fundo reproduzindo um entardecer: simples e eficiente em partes iguais.

Boa ideia, Jackie.

Lembrei de Jack falando que, às vezes, a simplicidade era o mais atraente, e tinha razão: o cartaz chamava a atenção por causa de seus protagonistas e de seus olhares, ressaltados pelo título, na parte de baixo, em letras cursivas: TRÊS MESES.

Vivian logo apareceu na tela. Parecia muito simpática, respondendo às perguntas do entrevistador, tal como havia sido comigo antes de eu lhe revelar meu nome. Gostei de seu modo de falar: direta, porém educada, ficou claro que não gostava de meias-palavras: se pensava alguma coisa, ia logo falando. E isso, apesar de ela não me agradar inteiramente, era algo que eu admirava muito em qualquer pessoa.

Entrevistaram mais três pessoas, entre elas o rapaz do cartaz, embora eu não tenha prestado muita atenção nele. Fiquei concentradíssima em minha tigela de cereais até aparecer na tela um rosto conhecido. Ao lado da mãe de Jack, seu pai respondeu a algumas perguntas: disse que estava muito orgulhoso; que, devido à sua carreira de pianista, só pôde desfrutar da companhia de seus filhos em poucos momentos, e que estava feliz por poder passar mais tempo com eles agora... Mesmo assim, Mike não apareceu, nem Sue, Naya ou Will, nem mesmo Agnes. E, embora Mary estivesse presente, não abriu a boca.

Quando Jack finalmente apareceu ao lado de sua agente, fiquei com a sensação de que se sentia desconfortável. Os fãs o aclamavam, mas ele foi o único que não se virou para cumprimentá-los. E, embora olhasse para o repórter, eu poderia jurar que nem sequer o via. Não sei no que ele poderia estar pensando, mas não era nas perguntas.

Ao contrário das outras entrevistas, na sua o repórter não estava sozinho, havia muitos outros jornalistas com microfones de diferentes redes tentando se adiantar a seus colegas. Bombardearam Jack com tanta intensidade que nem eu consegui entender a maioria das perguntas.

– Você está nervoso por saber que o seu filme será exibido em sua cidade natal? –uma mulher perguntou.

– Não.

– Como se sente? – perguntou outro jornalista. – Orgulhoso? Preocupado?

– Indiferente.

Mas, o que ele estava fazendo? Se eu estava nervosa, não queria nem imaginar como Joey – que não parava de lhe dirigir olhares furtivos – estaria se sentindo.

– Como sua família está se sentindo com o seu sucesso?

– Pergunte a eles.

– Você veio sem acompanhante?

– Sim.

– Vivian Strauss não está te acompanhando?

– Não.

– Dizem que vocês têm um relacionamento, isso é...?

– Não.

– Há alguém importante em sua vida?

Joey interveio imediatamente:

– Perguntas sobre o filme, por favor.

– Qual a sua inspiração para o filme? – perguntou outro.

– Não sei.

– São verdadeiros os rumores de que se trata de uma história real?

Jack ficou olhando para o repórter que fez a pergunta. Depois, ergueu uma sobrancelha.

– Você viu?

– Hein?

– Você viu o filme?

– Não... Bem, eu ia vê-lo agora e...

– E você acredita nos rumores a respeito de um filme que nem chegou a ver?

Não precisei ver nada além da maldisfarçada expressão de pânico no rosto de Joey para saber que ela não permitiria que Jack voltasse a falar com jornalistas. Com um sorriso, puxou-o pelo braço para tirá-lo do foco e depois retomaram as entrevistas com produtores e afins. Como essa parte já não me interessava e tampouco exibiriam o filme, suspirei e fui trocando de canal até encontrar o programa de transformação de beleza.

Em algum momento peguei no sono e, ao abrir os olhos, o programa já tinha trocado de protagonistas. Ajeitei os óculos. O que havia me acordado? Ah, sim. O barulho da porta.

Eu achava que o grupo inteiro estaria de volta em casa, mas só havia uma pessoa: Jack atirou as chaves na bancada e se aproximou de mim, do nada. Tive que ajustar de novo os óculos para ter certeza de que estava enxergando bem.

– O que está fazendo aqui? – perguntei a ele, perplexa.

– Também fico feliz de te ver.

Tirou o casaco e o jogou de qualquer jeito numa poltrona. Depois ficou puxando repetidamente a gravata-borboleta, até que se rendeu e se agachou ao meu lado. Assim que se livrou da gravata, deixou-se cair no sofá, perto de meus pés. Parecia bastante cansado. Seu olhar se deteve na tigela com leite e cereais que eu havia enchido mais uma vez antes de cochilar, e não hesitou em se apropriar dela.

E assim começou a comer diante da TV. Fiquei atordoada.

– Você não tinha uma estreia pra assistir?

– Sim.

– A sua, na verdade.

– Aham.

– E você está aqui.

– Parece que sim.

Fiquei em silêncio, analisando a situação.

– Posso perguntar por quê?

Depois de engolir a assustadora quantidade de cereais que tinha enfiado na boca, Jack deu de ombros.

– Não posso ficar aqui?

– Claro que sim! Não quis dizer isso. É que... você abandonou sua própria première?

– Ninguém vai sentir minha falta.

– Mas é o seu filme.

– Por isso mesmo. Foram ver meu filme, não a mim. Que diferença faz se estou aqui com você e não com eles?

Dito desse jeito, até para mim soou absurdo, então não falei mais nada enquanto ele, em silêncio, terminou de comer, levou a tigela para a cozinha e desabotoou a camisa. Consegui não reclamar quando ele fez uma bola com ela e a atirou na poltrona com as outras coisas, e tentei não olhar para ele além do estritamente necessário quando começou a andar pela sala sem camisa, o que para mim foi algo bastante complicado.

Mas não durou muito tempo, pois ele logo vestiu uma camiseta e trocou a calça que estava usando por uma de algodão. Depois pegou seu maço de cigarros e saiu para fumar. Tudo no mais absoluto silêncio, razão pela qual decidi não o incomodar. Ao voltar, sentou-se comigo no sofá e ficou batucando os dedos sobre os joelhos de maneira meio ansiosa. Finalmente, virou-se para mim.

– Podemos voltar a dormir juntos?

– Não.

A resposta o deixou um pouco perplexo, e me apressei a corrigir:

– Q-quer dizer... sim! Mas o sofá está acabando com a minha coluna. Numa cama normal, por favor.

– Ah.

Dirigiu um breve olhar ao corredor, especificamente à porta do quarto que tínhamos dividido no ano anterior, e pensou no assunto por alguns instantes. Talvez eu tenha me precipitado um pouco, também não queria que ele se sentisse pressionado a se deitar numa cama comigo. Mas, pensando bem, foi ele quem perguntou se eu queria que voltássemos a dormir juntos.

Quase já tinha perdido a esperança de que ele falasse quando, de repente, assentiu.

– Vou precisar de ajuda pra levar minhas coisas.

Pestanejei, confusa, até me dar conta do que ele estava insinuando. Então assenti mais intensamente do que o necessário. Ao ver isso, ele segurou um sorriso.

– Eu te ajudo! – exclamei, levantando num pulo. – Sem problemas!

– Quanto entusiasmo. Acho que vou pensar melhor.

– Já era, você já concordou!

Enquanto me agachava perto da sua cômoda, ele começou a rir, e ao me passar as coisas, ainda estava com um ar divertido. Continuei abrindo as gavetas, cada vez mais confusa. Estavam todas vazias, menos a primeira, que também não tinha muita coisa.

– O que você tanto procura? – ele quis saber.

– Isso é tudo? Não tcm mais nada?

– O que mais você quer?

– Roupas!

– Mas tem roupas!

– Dois moletons e uma calça!

Com a mão boa, mostrei a ele as peças, para provar o que estava dizendo, e Jack cruzou os braços.

– Também tenho camisetas!

– Jack, você precisa de mais roupas!

– E por quê? – perguntou, emburrado.

– Porque você é famoso! Aceite o seu novo status!

– Eu gosto das minhas roupas!

Me limitei a mostrar um moletom amarelo completamente desgastado, não dava nem para ver o logotipo. Indignado, Jack ergueu o queixo.

– É o meu moletom do Tarantino.

– E como é que você sabe? Se não dá nem pra ver a imagem!

– Porque gosto dele e o uso muito! Não se meta com ele!

– Mas é horrível!

– Pra quem não gosta, até que você roubava meus moletons sempre que podia!

– Eu os usava como pijama, não pra sair!

Como resposta, soltou um suspiro melancólico. Apenas tirei tudo da gaveta e coloquei à sua frente. Parecia que eu estava lhe apresentando as provas de um crime.

– Nem sequer estavam bem dobradas – acusei-o.

– E daí?

– E daí que roupa é pra ser dobrada.

– Pra quê?

– Pra não amassar!

– Mas se depois vai amassar de qualquer jeito!

Revirei os olhos, me endireitei com os dois moletons nas mãos e fui para o quarto. Ao sentir que ele me seguia, falei sem olhar pra ele:

– É melhor você não me seguir de mãos vazias, Jack Ross!

Claro que ele se deteve e, rapidamente, deu meia-volta.

Jack pegou suas adoradas camisetas e, juntos, colocamos tudo em frente à cômoda do quarto. Ali dentro ainda havia algumas peças de roupa, possivelmente já sem uso. Entre elas estavam os moletons que ele costumava me emprestar, como o do Pumba e o de *Pulp Fiction*. Ao vê-los, não falamos nada, simplesmente começamos a guardar tudo.

Ou melhor, eu guardei. Ele não fez mais do que atirar as camisetas de qualquer jeito.

– O que está fazendo? – protestei, enquanto arrumava aquele caos.

– Você não disse pra eu guardar as roupas aí?

– Não assim! Minha nossa, agora entendo como minha irmã se sentia quando eu deixava o quarto dela uma bagunça.

– Mas estou fazendo alguma coisa direito?

– Não! Sai daqui. Deixa comigo.

– Desde quando você é a Sue?

Ameacei jogar uma meia na sua cara, e ele, com um sorriso divertido, foi um pouco mais para longe. Com as costas apoiadas na cama, ficou observando meu trabalho sem questionar, inclusive olhando para o celular em vários momentos.

Ao terminar, me senti bastante satisfeita.

– Nada mal.

– Se você for maníaca por limpeza...

– Se você tiver um pouco de ordem na vida – corrigi, apontando para ele com um dedo acusador. – Sério, compre umas roupas, nem que seja um moletom novo. Esse dá pena.

– Pra mim serve.

– E o que você vai fazer se algum dia ficar sem roupa limpa?

– Botar na máquina de lavar.

– E se ela quebrar, você vai mandar a lavadora para o conserto?

– Ok – ele me deteve, se divertindo –, em que momento passamos a ser um casal de sessenta anos?

– Neste exato momento.

– Como quiser, Michelle.

Me virei de repente para ele, que tentou ocultar seu sorriso, sem conseguir.

– O que foi que você disse? – perguntei, apontando para ele de novo.

– Eu? Nada.

– Pensei ter ouvido algo.

– Você deve estar com os ouvidos entupidos.

– Eles estão ótimos. Você falou "Michelle".

Na mesma hora, Jack levou uma mão ao coração.

– Jen, você pronunciou a palavra proibida!

– Não, foi você que fez isso!

– Não, você acabou de falar! Precisamos pensar num castigo adequado pra isso.

Isso me fez dar um pulo, assustada.

– C-castigo...? O quê?

– E, já que proibiram a tortura há alguns anos, terei de escolher um método menos ilegal.

Quase perguntei o que seria, mas ele então se aproximou a uma velocidade alarmante. Me encolhi completamente, pois ele havia cutucado minhas costelas com um dedo.

Ah, não... cócegas!

Fuja, fuja!

Presa do pânico, tentei recuar, mas era tarde demais. Jack ostentava um sorriso odioso quando me pegou pelo calcanhar e me puxou para baixo. Rindo como uma histérica, me agarrei aos lençóis enquanto ele continuava, mas só consegui deixar a cama toda desarrumada. Como eu estava quase escapando, ele optou por cravar um joelho de cada lado de meus quadris e continuar com seu trabalho, enquanto eu, ainda gargalhando, tentava agarrar seu pulso com a mão boa.

– Para! – exigi, embora isso não soasse muito convincente por causa das risadas. – PARAAA!!

– Pede direito que eu vou pensar no assunto.

– JACK!

– Resposta incorreta – ele cantarolou, feliz.

Seus polegares encontraram um espaço entre minhas calças e meu moletom, e o contato de seus dedos com minha pele me provocou um arrepio no corpo inteiro. Isso, além das cócegas e do riso frouxo, foi suficiente para que eu me rendesse.

Em sua defesa, diremos que você aguentou bastante.

– OK! Para, por favor!

Ele parou imediatamente e apoiou as mãos, agora livres, nos dois lados de minha cabeça. Parecia bastante satisfeito consigo mesmo. Eu, enquanto isso, levei uma mão ao coração para tentar me acalmar. Meu peito subia e descia a toda velocidade.

– Eu te odeio – falei, como pude.

– Hummm... será que eu ouvi bem? Terei que começar outra...?

– NÃO! Eu estava brincando!

Ele voltou a rir na mesma hora.

– Viu? Não é tão difícil.

– No dia em que eu descobrir onde você sente cócegas, vou me vingar.

– Você tem permissão pra me tocar o quaaaaanto quiser, pra tentar descobrir.

Irritada, estiquei a mão até alcançar um travesseiro e bati em seu rosto com ele. Foi um ataque bastante infeliz, mas pelo menos consegui fazer com que ele semicerrasse os olhos.

– Vamos continuar?

– Hein?

– Foi você que provocou.

– Não! Mais cócegas, não, por favor!

– Tá bom. Outra coisa, então.

Sem acrescentar mais nada, senti que passava um braço pela minha cintura. Assim que ele se levantou, descobri a mim mesma flutuando de cabeça para baixo: ele tinha me colocado em seu ombro. Inevitavelmente, revirei os olhos.

– Sério mesmo? – protestei.

Ele não me respondeu. Tinha tirado o celular do bolso, para dar uma olhada. Quando tentei olhar, ele o escondeu rapidamente.

– Agora vai começar com segredinhos?

– Sou um homem misterioso, Michelle.

– NÃO ME CHAME...!

– Além do mais, o que você fazia olhando para o meu celular? Você se transformou numa bisbilhoteira durante este ano?

– Eu sempre fui!

Suas gargalhadas fizeram meu corpo balançar sobre seus ombros. Felizmente, ele me segurava bem firme enquanto se dirigia à sala.

– Vamos ver um filme – sentenciou.

– Eu escolho.

– Não, eu escolho.

– E quem te deu permissão?

– Os documentos do apartamento e da televisão – enumerou. – Você não sabe o que consta nesses documentos?

– Não estou nem aí.

– Ali diz que são meus. – Ignorou meu comentário, e pude adivinhar que sorria. – Portanto, quem escolhe sou eu. E nesta casa eu escolho não ver esses realities ruins, esse lixo.

– Não são lixo!

– São um verdadeiro lixo.

– Você sim que é um lixo.

– Você é mais.

– Não, você é mais.

– Não, você é muito mais.

– Não, você é muitíssim... EI!

Assim que aterrissei de costas no sofá, ele esfregou as mãos como se acabasse de fazer um grande trabalho. Mostrei o dedo médio para ele, que fez o mesmo.

– Você podia ter lesionado minha mão ferida – lamentei dramaticamente. – Será que poderia conviver com essa culpa?

– Não me manipule ou vou te chamar de "Michelle".

– Ou seja, você pode implicar comigo, mas eu não posso com você.

– Exatamente.

– Me parece péssimo. Meus amigos fizeram isso comigo a vida toda.

– Então teremos que mudar isso, aqui o direito de te irritar está reservado.

– E o que isso quer dizer? Que só você pode implicar comigo?

– Sim, só eu.

Revirei os olhos do modo mais exagerado que consegui.

– Que romântico...

– Se eu ficasse romântico de verdade, você ficaria vermelha, entraria em pânico e correria para o banheiro.

Verdade.

Mentira!

Você vive se enganando.

Bem... não havia necessidade de dizer isso tão abertamente!

Assim que ele pegou o celular outra vez, não consegui resistir e fiquei de joelhos para espiar a tela. Jack tentou me tirar dali, e eu o puxei pelo braço, fazendo com que ele acabasse sentado ao meu lado. Como pretendia levantar-se outra vez, logo montei nele, deixando-o tão surpreso que aproveitei a oportunidade e escondi seu celular atrás de mim.

– Peça perdão e eu te devolvo.

Ele baixou os olhos para onde eu estava sentada, sobre seu colo, e de repente ergueu-os outra vez para me olhar com o cenho franzido.

– Bem que você gostaria.

Tentou roubá-lo de mim, mas eu o impedi, com o braço em seu peito.

– Nada disso. Peça desculpas.

– Por quê?

– Por me chamar de Michelle!

– Me dá o celular, é importante!

– Quem quer que seja, pode esperar um pouco.

– Não é isso, não seja ciumenta.

Indignada, vacilei por um momento, que ele aproveitou para tirar o celular de minhas mãos. Olhou para a tela e, quando eu ia protestar, botou um dedo sobre meus lábios, sem olhar para mim.

– Shhhh.

Olhei para ele com o cenho franzido.

– Escuta, o quê...?

Tentei mais uma vez olhar para a tela, e ele substituiu o dedo pela mão toda, tapando meu rosto para evitar que eu me movesse. Tentei me livrar com um beliscão.

– Me solta! – murmurei, como pude. – Não consigo ver nada!

– Essa é a ideia.

– Me solta!

– Espera.

– Esperar o quê?

– Só espera.

– Pra que você quer que eu espe...?!

Ele tirou a mão de meu rosto e virou a tela do celular para mim. Não havia notificações.

– O quê...?

– Feliz aniversário, Jen!

Oi?

Depois de hesitar, olhei para o celular. Era meia-noite em ponto, ou seja, a hora zero do dia dezesseis de fevereiro.

Como continuei sem dizer nada, Jack interveio:

– Não me diga que você tinha esquecido.

– Oi? – Fiquei vermelha dos pés à cabeça. – Claro que não tinha esquecido!

– Eu diria que sim.

– Não...! – Jack, sorridente, esfregou minha bochecha, e eu reclamei. – Ei!

– Você é um desastre – ele disse. – E olha que eu nem sou muito bom nessas coisas, mas está ficando cada vez mais difícil te superar. Enfim, feliz aniversário. Quantos anos você está fazendo? Doze aninhos? Dez?

– Vinte – protestei, afastando suas mãos de mim.

– Vinte anos! – Fingiu surpresa. – Olha só que garota mais grandinha. E você se comportou bem este ano? Já puxaram suas orelhinhas? Quer que eu faça isso?

– Ah, cala a boca.

– Não vai nem me agradecer? Fui o primeiro.

E então, finalmente, me dei conta do que ele estava fazendo ali. Olhei-o com os olhos arregalados, prologando o silêncio, e Jack pareceu ficar cada vez mais confuso.

– Você saiu da première porque era meu aniversário? – perguntei.

Eu tinha acertado em cheio. Soube disso no instante em que ele deu de ombros.

– Talvez.

– Sério? – insisti, num tom melancólico.

Estava claro que ele não sabia o que me dizer.

– Você tá... triste? Porque, se estiver, direi que não.

– Não estou triste, seu tonto, estou emocionada!

– "Tonto"? – zombou.

– Acho realmente que foi a coisa mais gentil que já fizeram por mim.

– Quer dizer que todas as minhas façanhas do passado acabaram de ser completamente eclipsadas. Que ótimo.

– Espera aí, e se quiserem fazer alguma entrevista e você não estiver lá?

Ele soltou um suspiro e se deixou cair no sofá.

– Você acha mesmo que neste exato momento isso me importa minimamente? A estreia foi ontem.

– "Ontem" faz um minuto e meio.

– E o passado, é passado. Fui o primeiro ou não?

– Mas é claro que foi o primeiro. Você ficou olhando a hora cinquenta vezes!

– Que atencioso da sua parte, zombar do garoto que abandonou a própria première pra te dar os parabéns.

Revirei os olhos e pus meus braços ao redor de seu pescoço. Se não o tivesse abraçado simplesmente, teria me dado conta a tempo de que ele queria um beijo. Finalmente, suspirou e passou os braços pela minha cintura.

– Muito obrigada! – exclamei.

– Agora já está bem melhor. Se você não me der os parabéns no meu aniversário, vou fazer você se lembrar disso pelo resto da minha vida.

Ainda com o rosto encostado em seu ombro, comecei a rir.

– Tentei fazer isso este ano e você nem me deu bola, seu tonto.

Jack vinha acariciando metodicamente minhas costas, mas parou o movimento instantaneamente.

Oh, oh.

Um pouco surpresa, me afastei dele, que me olhava com o cenho franzido. Não soube muito bem como interpretar sua expressão. Ele parecia irritado, mas igualmente surpreso.

– O que você quer dizer com isso? – perguntou finalmente.

– Que tentei falar com você no seu aniversário.

– Não, você não fez isso.

– Sim, Jack... Liguei pra você, uma garota atendeu e pedi a ela que te avisasse, caso você quisesse retornar a ligação. Como não tive resposta, achei que...

– Espera, espera. – Ele me pegou pelo braço, cada vez mais tenso. – Uma garota atendeu a ligação? Que garota?

– Uma que tinha um sotaque um pouco...

– "Sotaque"? – repetiu, com a voz alterada. – Então a Vivian atendeu a ligação e não me disse nada?

Quando ele falou isso, finalmente me dei conta de que o sotaque que eu tinha ouvido na ocasião, e também algumas horas antes, na première, era alemão. Tinha razão, foi Vivian.

Não soube o que lhe dizer, ele estava muito irritado. O que quer que tivéssemos vivido até aquele momento acabava de ruir. Com um palavrão dito entre os dentes, Jack me pegou pela cintura e me sentou ao seu lado. Depois ficou de pé, dando voltas e passando a mão no cabelo ansiosamente.

– Tudo bem – assegurei. – Agora podemos esclarecer isso e...

– Não, Jen! Tudo bem coisa nenhuma. Ela sabia... sabia que naquele dia... – Jack se deteve e cobriu o rosto com as mãos. Estava furioso. – Ela sabia como eu estava mal naquele dia, sabia perfeitamente! E mesmo assim não me disse nada.

Pensei em sugerir que talvez ela tivesse esquecido de repassar meu recado, mas nem eu mesma acreditava nisso. Ela devia ter seus motivos, mas tinha sido de propósito.

– E por que ela faria algo assim? – perguntei.

– Porque ela acha que você não é boa o suficiente pra mim. E porque esteve presente em boa parte do tempo em que senti sua falta. Não quer que eu volte a passar por isso.

Não soube o que dizer. Podia entender a motivação de Vivian, e evidentemente eu não havia lhe causado uma boa impressão.

– Mas isso não é desculpa – insistiu Jack, dando voltas outra vez. – É o meu celular. E a minha vida! Se eu quiser falar com alguém, é um direito que tenho. Ela não tem por que pegar meu celular e...

– Jack. – Tentei acalmá-lo. – Ouça, agora isso não importa.

– Pra mim importa!

– E de que adianta você ficar irritado com ela agora? Ela está na pre-mière. Quando você a encontrar, pode reclamar o quanto quiser, mas fazer isso agora não vai adiantar nada.

Isso o fez refletir. Jack se deteve e se sentou desajeitadamente no sofá, ao meu lado. Agora, em vez de ficar em cima dele, me aproximei e pus a mão em suas costas. Ele tinha passado da euforia à depressão, e agora estava com os ombros caídos.

– O que aconteceu de tão grave nesse dia? – perguntei.

– Não sei, Jen. Muita coisa ao mesmo tempo. E tudo piorou quando fiquei sozinho com ela. Comecei a falar de... de certas coisas que não me fazem bem e a recordar momentos que me fazem sentir muito mal. E, no fim... tive uma recaída.

– "Recaída"?

– Voltei às drogas.

Quem dera eu tivesse encontrado as palavras perfeitas para conso-lá-lo, mas a verdade é que não soube o que lhe dizer. Não sabia que sua recaída tinha acontecido há relativamente pouco tempo, justo no dia de seu aniversário. Se soubesse, teria ligado outras quarenta vezes, até que me atendesse. E, mesmo assim, é possível que ele tivesse tido uma recaída de qualquer jeito, mas... o que mais eu podia pensar? Já havia acontecido, de nada adiantaria qualquer suposição.

Como eu não disse nada, Jack desviou o olhar. Parecia constrangido.

– Não queria que você me visse assim – admitiu.

– Todos passamos por momentos ruins, Jack.

– Sim, mas... eu já te disse. Pode ser que isso não seja um momento ruim. E se esse for realmente meu modo de ser? Você quer mesmo ficar com alguém assim?

Então era isso que lhe causava tanto medo? Que, se constatasse a verdade, nunca mais eu ia querer ficar com ele? Quase comecei a rir, mas, em vez disso, me aproximei um pouco mais e apoiei o rosto em seu ombro.

– Todos passamos por momentos ruins – repeti –, e você está passando por um desses agora. Não vou julgar sua vida inteira por causa de um único erro.

– Não é apenas um, Jen. São muitos.

– Não importa. Eu já sabia que você não era perfeito – acrescentei, com um meio-sorriso –, eu também não sou. Cometo muitos erros. Cometi o erro de te deixar, por exemplo. E olha que você tem mil defeitos. Não vamos esquecer que você odeia pizza de churrasco. Se eu perdoei isso, posso perdoar qualquer coisa.

Ele torceu um pouco a boca, como se não soubesse se devia rir ou não, e continuei falando:

– Quanto a ficarmos juntos ou não... depois vemos isso, quando nós dois estivermos um pouco melhores, tá bem? Agora tem coisas mais importantes. Como o seu bem-estar, por exemplo.

– Meu bem-estar?

– Jack... Sei que não quer ouvir isso, mas... você tem que largar as drogas.

Ele não disse nada. De fato, permaneceu em silêncio por mais de um minuto, e depois balançou a cabeça.

– Não é tão fácil. Preciso delas.

– Você passou mais anos da sua vida sem drogas do que com elas. Não precisa delas.

Dessa vez ele não disse nada.

– A única coisa que você precisa é de ajuda – acrescentei, meio tensa por sua possível resposta negativa. Ainda me lembrava da conversa com Will. – Todos que moram aqui gostam de você, Jack. E sua mãe e sua avó te adoram. Até mesmo o Mike, mesmo que vocês às vezes não se deem muito bem, vai te apoiar em tudo que você precisar.

– E do que é que eu preciso, exatamente?

– De ajuda profissional.

Ele soltou algo parecido com um riso amargo.

– Você quer me enfiar numa prisão pra drogados? Sério mesmo?

– Não é uma prisão pra drogados, é uma clínica pra pessoas que precisam de ajuda. E você está viciado, Jack. Precisa de ajuda.

– Para de repetir que eu preciso de ajuda – balbuciou, de olhos fechados.

Fiquei em silêncio, e ele balançou novamente a cabeça.

– Essas clínicas são caríssimas – concluiu. – Já estive em uma, então sei disso em primeira mão.

– Quanto custam?

– A caríssima em que minha mãe me pôs... uns quinze mil por mês.

Se eu não estivesse sentada, teria caído de bunda no chão. Tanto dinheiro assim? De onde iríamos tirar? Se eu não tinha nem o suficiente para meio mês! Eu podia pedir ajuda à minha família – pelo menos àqueles com quem ainda falava –, aos meus amigos e à família de Jack, mas, claro... Duvidava que o sr. Ross fosse contribuir significativamente. E Mary, consequentemente, também não.

– Podíamos procurar um lugar mais barato. – Foi a única coisa em que consegui pensar. – Que seja bom, mas sem...

– Deixa, Jen. Hoje é o seu aniversário, você não devia estar pensando nisso.

– Como o aniversário é meu, eu decido em que quero pensar.

Dessa vez ele me deu um sorriso genuíno. Parecia que ia acrescentar algo, mas naquele momento a porta da frente se abriu. Nós nos viramos para Mike, que havia perdido o casaco e a gravata pelo caminho, bem como alguns botões da camisa.

– Como eu odeio as festas em que não sou o protagonista – protestou.

Foi então que se deu conta de que estávamos ali. Piscou um olho, insolente.

– O que estavam fazendo? Será que interrompi um tórrido beijo de reconciliação?

– Muito engraçadinho – balbuciou seu irmão, de má vontade.

– Vou tomar isso como um não.

– Hoje é o aniversário da Jen – esclareceu Jack, com um olhar significativo.

Eu tinha quase certeza de que aquele olhar significava "saia daqui". Mike o interpretou como "fique aqui".

– Felicidades, cunhada! – Ele se aproximou de mim e veio me abraçar. Ele fedia a álcool. – Temos que comemorar!

– Obrigada, Mike – respondi, com um ar divertido.

Quando se afastou de mim, baixou a voz para fingir que Jack não podia escutá-lo:

– Quer sair comigo pra comemorar e deixar esse chato aqui sozinho?

– Como também sou uma chata, é melhor ficar aqui com o meu chato.

Mike balançou a cabeça.

– Então tá. Quero dormir. Saiam da minha sala.

Jack escolheu não matar seu irmão, levantou-se e foi direto para o quarto.

Eu o segui com o olhar antes de me virar outra vez para Mike, que estava de bom humor.

– Ele se acha muito esperto, mas faço o que quero com ele – falou. – Basta um comentário e ele vai direto pro quarto.

– Você fez isso de propósito?

– Mas é claro. Já estava sentindo falta do meu sofazinho.

Quando entrei no quarto, Jack já tinha se enfiado na cama e brincava com um bicho de pelúcia que eu conhecia muito bem. Felizmente, não me perguntou nada sobre o Manchinhas, apenas o pôs de volta no meu lado da cama. Depois de hesitar por alguns segundos, afastei o cobertor e me deitei ao seu lado. Ele não olhou para mim antes de apagar a luz. Imaginei que, devido à nossa última conversa, já tinha material de sobra para passar a noite pensando.

Eu não queria incomodá-lo, então me ajeitei melhor em meu lado da cama e estiquei o braço para deixar os óculos sobre a mesinha de cabeceira.

Porém, apenas alguns segundos depois, murmurou:

– Você acha que, se eu fosse pra uma clínica dessas... serviria pra alguma coisa?

Depois de alguns instantes, girei sobre mim mesma para olhar para ele. Jack também me observava. Parecia mais vulnerável do que eu esperava, como se realmente se importasse com minha resposta.

– Sim. Claro que acho.

– E se não servir pra nada?

– Então vamos procurar outra solução. Mas pelo menos você saberia que tentou.

Eu me aconcheguei em seu corpo e apoiei o rosto em seu ombro. Automaticamente, Jack envolveu minhas costas com um braço. Então não dissemos mais nada.

10

SURPRESA!

ACORDEI DE BOM HUMOR. Não apenas era meu aniversário, mas também tinha conseguido descansar direito. Pelo barulho de água, soube que Jack estava tomando banho, então me levantei e fui direto para a cozinha fazer café para todos.

Não, não fui correr. Spencer vai me matar quando nos encontrarmos. Quanto tempo fazia que eu não saía para treinar?

Estava bebendo o primeiro gole de café quando tocaram a campainha. Como Mike não estava no sofá e os outros ainda estavam dormindo, imaginei que fosse ele. Frequentemente ele saía para fumar e depois não conseguia entrar em casa porque havia se esquecido das chaves. Por isso, abri a porta com um meio-sorriso, que desapareceu assim que vi seu pai.

Durante o que me pareceu uma verdadeira eternidade, o sr. Ross ficou me encarando. Ele estava bem-arrumado, como de costume, enquanto eu... ops, ainda estava de pijama. Não era a roupa mais adequada para recebê-lo.

Se pelo menos eu tivesse dito algo coerente... mas ele passou ao meu lado, furioso, e até se chocou de propósito contra meu ombro. Inexplicavelmente, consegui não derramar o café.

– Nossa, bom dia – murmurei, a contragosto.

O sr. Ross ficou de pé no meio da sala e olhou ao redor. Parecia muito deslocado, não combinava com o aspecto informal e alegre do apartamento.

– Onde está meu filho? – perguntou.

– Qual deles?

– Você sabe qual, Jennifer.

– Está tomando banho. – Apontei para a porta do banheiro. – Mas, se quiser esperar um pouco, posso chamá-lo e...

– Não precisa – me cortou. – É com você que eu quero falar.

Aquilo não era um bom sinal, e eu não estava preparada para ter uma conversa com ele naquelas condições. Depois de um momento de hesitação, olhei para mim mesma e, com a mão livre, apontei para o corredor.

– Me dê um minuto pra eu me trocar e...

– Não – me cortou outra vez. – Sente-se.

Não sei exatamente o que desencadeou o processo, se foi sua ordem ou seu tom de voz, mas subitamente tive um desagradável déjà-vu de minha relação com Monty. Ele costumava me dar ordens desse jeito, e eu sempre havia permitido. Ou melhor, a antiga Jenny é que havia permitido. A nova, não. Por isso permaneci de pé, exatamente onde estava, e tomei um gole do café.

O sr. Ross esteve a ponto de dizer alguma grosseria, mas conseguiu se controlar e se sentou numa das banquetas.

– Não sabia que você tinha voltado – ele disse.

De novo, ele usava aquele tom desagradável. Fiquei na defensiva e nem consegui entender o motivo.

– Não sabia que tinha que avisar.

– Eu achei que tínhamos chegado a um acordo, Jennifer.

Aquilo me deixou um pouco desconcertada.

– "Um acordo"?

– Você me disse que amava meu filho, não? Disse que faria qualquer coisa pelo bem-estar e pelo futuro dele.

– E fiz – lembrei-o. – Eu o deixei.

– Sim, mas você voltou.

– O Jack já não estava naquela escola na França, sr. Ross.

– Sei disso perfeitamente – alfinetou, como se estivesse perdendo a paciência. – Mas você está morando com ele, não? Sabe o quanto ele está mal. Deve saber, a não ser que esteja cega ou que seja burra.

Sem me dar conta, apertei a xícara com os dedos.

– Pois pode ser que eu seja burra, mas é claro que não sou cega. Posso ver o que está acontecendo.

– E o que está fazendo aqui? Quer prejudicá-lo ainda mais?

– Estou aqui pra terminar os meus estudos.

– E precisa fazer isso morando nesta casa? Não há alojamentos para estudantes?

– Sim, há – respondi, erguendo uma sobrancelha –, mas eu moro onde bem quiser.

Nem eu mesma sabia de onde tinha saído aquela atitude rebelde, mas estava funcionando. Uma vez na vida, não era eu quem tremia de vergonha ou de raiva quando outra pessoa abria a boca, mas o sr. Ross.

Aquilo foi... estranhamente satisfatório.

– Claro – ele disse, com raiva. – Aqui pagam tudo pra você. Quem recusaria algo assim?

Justo antes de responder, entendi que era isso o que ele queria. Tratava-se do mesmo método que Jack havia usado quando chegou: provocar uma briga para justificar uma discussão. Se eu havia aguentado seu filho, podia fazer o mesmo com ele, então me limitei a ficar bebendo café. O sr. Ross ficou vermelho de raiva.

– Você quer que ele piore, Jennifer? É isso?

– Não sei do que está falando.

– Sabe perfeitamente! – explodiu. – Quem você pensa que é? Acha que tem o direito de controlar a vida dele? Quanto tempo vocês ficaram juntos? Um mês? Pelo amor de Deus, eu já tive dores de cabeça que duraram mais do que isso! Vocês são duas crianças, não sabem nada um do outro. Nem sequer conhecem a vocês mesmos!

Diante de sua perturbação, ergui as sobrancelhas, surpresa.

– Acha mesmo que eu controlo a vida dele?

– Sim.

– Por quê?

– Porque você faz isso.

– Só o que faço é me preocupar com ele. E, se o senhor fizesse o mesmo, ficaria mais preocupado com outras coisas, em vez de tentar me convencer a me afastar dele. Não tem visto o seu filho ultimamente? Não vê que ele precisa de outro tipo de ajuda?

Ele ficou em silêncio, me encarando. Por um momento, achei que daria meia-volta e iria embora, mas ele apenas apertou os lábios e remexeu em seu bolso. Ao ver que ele tirou dali uma carteira e uma caneta, me senti ainda mais perdida.

– Quanto? – ele perguntou.

– "Quanto" o quê?

– Vamos, Jennifer, quanto você quer para se afastar dele? – Mostrou algo na carteira. – Dois mil, três mil?

Demorei um pouco a reagir, principalmente porque a situação era absurda demais para que eu pudesse acreditar que aquilo realmente estava acontecendo. Ele estava insinuando que eu só me interessava pelo dinheiro de Jack. E não apenas isso, mas também achava que seu filho tinha um cartaz sobre a cabeça com um preço, e que ele era capaz de igualá-lo.

– Fora – murmurei, furiosa.

– Muito bem – suspirou. – Dez mil?

– Dez...? – Balancei a cabeça, perplexa. – Por que está fazendo isso?

– Porque quero o melhor para o Jack, e você não é o melhor para ele. Vinte mil? Não vou aumentar muito mais esse valor, Jennifer.

Fora daqui!

– Sinto muito, querida, mas esta casa é do meu filho.

– Quer que eu conte ao seu filho o que está fazendo?

Minhas palavras funcionaram perfeitamente. O sr. Ross, furioso, arrancou o cheque da carteira e o carimbou em meu peito. Inconscientemente, recolhi-o do chão, e, como estava segurando a xícara com a mão machucada, acabei derramando um pouco de café. Ele nem se alterou.

– Se te encontrar de novo nesta casa, meus métodos não serão tão eloquentes.

E, depois disso, saiu batendo a porta.

Ele me dava um pouco de medo, preciso admitir. Mas, ao mesmo tempo, era difícil para mim levá-lo a sério. Não se tratava de Monty, ele não ia me machucar. E podia tentar me subornar quantas vezes quisesse, mas nunca conseguiria nada.

Depois de limpar as gotas de café do chão, peguei minha xícara outra vez. Eu a tinha deixado na bancada, junto ao cheque. Indignada, agarrei-o com as duas mãos para rasgá-lo ao meio.

Mas então olhei melhor para o valor do cheque: vinte mil dólares.

Quanto Jack disse que custava aquela clínica caríssima na qual havia sido internado uma vez?

Com um meio-sorriso, guardei o cheque bem dobradinho no bolso.

— FELIZ ANIVERSÁRIO!!!

Sorri assim que os vi. Tinha acabado de chegar da faculdade, e meus amigos haviam organizado uma "surpresa" para mim. E digo isso entre aspas porque de manhã eu tinha visto Naya preparando a festa.

Ela e Will carregavam um pequeno cartaz em que havia uma mensagem de parabéns, Mike estava com duas garrafas de cerveja, Curtis e Lana faziam soar suas línguas de sogra, Chris aplaudia e Sue estava de braços cruzados com uma expressão de tédio que só desapareceu na hora de me dar os parabéns.

Tinham se esforçado muito para que tudo corresse bem: a mesa de centro estava repleta de pratos com minhas comidas favoritas, havia um balde de gelo cheio de cervejas, rolava uma música tranquila e vários balões flutuavam ao meu redor. Era óbvio que o mérito era sobretudo de Naya e Will, então fui abraçá-los primeiro.

– Vocês estão conseguindo me animar para comemorar meu aniversário – admiti, enquanto os abraçava.

– Assim que se fala! – gritou Naya, com orgulho.

Devido à ausência de Jack, fiquei meio desanimada durante a primeira hora, mas depois me convenci de que ele iria aparecer em algum momento. Parece que ele tinha uma festa na casa de Vivian. Eu conseguia entendê-lo: certamente, queria falar com ela sobre aquela ligação. Só esperava que lhe sobrasse um pouquinho de tempo para passar em minha festa de aniversário. Sem ele, a celebração não me parecia tão especial.

Mesmo assim, me diverti muito. Depois de comer horrores, abri uma cerveja; enquanto a bebia, Curtis se aproximou e, pegando-me pela cintura, me obrigou a dançar com ele. Ambos paramos quando Chris tentou se juntar a nós com seus passos de dança desajeitados; ao se dar conta de que estávamos rindo, cruzou os braços e foi para o sofá. Curtis piscou para mim e foi atrás dele para se sentar ao seu lado.

– Te deixaram sozinha, cunhadinha?

Me virei para Mike, que se aproximava mexendo os quadris de modo bastante sugestivo. Tentei não rir, mas foi inútil.

– Posso saber o que você está fazendo?

– Seduzindo a aniversariante!

– Tentando, na verdade – acrescentou Sue, aproximando-se com uma cerveja aberta na mão. – Parece um pavão fazendo a dança de aca-salamento.

Explodi numa gargalhada, mas Mike não deu muita bola. Simples-mente apontou para nós duas.

– A dança da turma da droga!

Sue tentou escapulir como um animalzinho assustado, mas não con-seguiu, pois a tinha segurado pelo braço. Assim que a enfiei entre Mike e eu, começou a protestar veementemente porque ambos dançávamos grudados nela. Depois de um tempo fingindo estar entediada, ela se ren-deu e deu um sorrisinho. Não chegou a se juntar à nossa dança, mas pelo menos não nos afastou com um empurrão.

Naya, como sempre, logo se entediou e quis que jogássemos algo divertido. Sua primeira opção foi o jogo da garrafa, mas assim que con-seguiu que Curtis e Chris se beijassem, se deu por satisfeita e passou para "Verdade ou desafio". Depois se cansou porque ninguém escolhia o desafio, então encurtou o nome do jogo para "Desafio" simplesmente, e deixou sua imaginação fluir da pior maneira: me vi obrigada a assistir a um clipe do filme da monja louca, Mike se ofendeu porque descobriu que Sue tinha ficado com mais garotas do que ele, Will teve que fazer uma dança sensual para Curtis, e Chris teve que fazer outra para Sue, que quase arranhou seu rosto...

Eu estava me divertindo bastante, mas ainda continuava sentindo falta de alguém: Jack. E não só dele, mas de minha família. Sim, alguns estavam zangados e não queriam nem falar comigo, mas... qual era a desculpa dos outros? Será que ninguém se lembrava de meu aniversário? Tudo bem, eu mesma já tinha me esquecido do aniversário deles, mas mesmo assim me sentia um pouco triste.

Enquanto Chris tentava, mais uma vez, oferecer uma dança sensual para Sue, me afastei um pouco do grupo e tirei o celular do bolso. Estava um pouco bêbada, então não encontrei o número de Jack de primeira.

– Oláááááá... – disse a ele, num tom de lástima, num áudio. – Não quero ser esse tipo de aniversariante, mas... você acha que consegue chegar antes da meia-noite? Por favor? O pessoal organizou uma festa incrível e estamos nos divertindo muito. Acho que você também ia gostar bastante. Entendo se você não puder – acrescentei, ao me sentir muito patética. – Com certeza você vai acabar vendo, posso apostar o que for que Sue está gravando tudo e...

O áudio foi interrompido e enviado. Entendi o motivo ao ver que estava recebendo uma ligação. Meu cérebro precisou de alguns segundos para compreender o significado das letras que apareciam na tela.

Minha mãe.

Fiquei nervosa, admito. Ela ia me dar os parabéns, como se nada tivesse acontecido? Ia me repreender por alguma coisa?

Não estava muito claro para mim qual das duas opções me irritaria mais, então decidi atender sem mais delongas.

– Oi, mamãe.

– Oi – murmurou, no mesmo tom cauteloso.

Engoli em seco, tentando me livrar daquele nó na garganta.

– Meus amigos organizaram uma festa de aniversário pra mim – comentei. – Por isso está barulhento aqui, não é que eu esteja numa discoteca nem nada...

– Jennifer...

– Não sabia que você ia me ligar. Ou teria subido até o terraço pra você me ouvir melhor. Está me ouvindo bem?

– Jennifer, querida...

– Se não estiver me ouvindo, me diga e...

– Jennifer – me interrompeu, dessa vez com mais ímpeto. – Me ouça, está bem? Sinto muito. Você não imagina o quanto eu lamento ter que te dizer isso, especialmente num dia como hoje, mas... é a vovó, querida. Ela faleceu.

A frase ficou ecoando entre nós, e eu fiquei encarando a parede que havia à minha frente. Poderia ter sentido a alegria se evaporar de meu corpo, ou talvez a tristeza o invadir. Mas não, não senti nada. Simplesmente escutei meu próprio coração bater muito lentamente.

– Foi tudo muito rápido – acrescentou. Sua voz parecia vir de outra galáxia. – Faz uma ou duas horas, Shanon e Spencer a levaram ao hospital porque ela não estava se sentindo muito bem. Não puderam fazer nada, mas ela não sofreu, querida. E não estava sozinha. Os dois ficaram com ela até o fim.

Como não obteve resposta, ela continuou falando. Eu continuava procurando minha respiração, era como se meu corpo não me pertencesse.

– Compramos uma passagem pra que você possa vir se despedir dela. O papai vai te buscar pra você não fazer todo o trajeto sozinha, então não se preocupe. Estaremos todos juntos, ok?

E finalmente consegui assentir com a cabeça.

11

UMA CASA VAZIA

AS ÚLTIMAS HORAS FORAM TÃO CAÓTICAS QUE MAL TIVE TEMPO DE RESPIRAR. Em casa, as coisas estavam muito mal: mamãe não parava de chorar, e papai tentava consolá-la; os gêmeos passaram o tempo todo brigando; Owen perguntava continuamente por sua bisavó, e minha irmã, incansável, explicava-lhe que agora ela era uma estrelinha no céu; enquanto isso, Spencer tentava estabelecer alguma ordem, e eu simplesmente tentava ajudar em tudo que podia.

É verdade que nas famílias existem papéis bem demarcados; quando se é o irmão mais novo, certas coisas são esperadas de você que ninguém exigiria do mais velho. No entanto, diante de um acontecimento trágico, esses papéis desaparecem com muita facilidade. Eu era a mais nova, mas não tive tempo de chorar nem de ser consolada. Havia tanta gente precisando disso que me senti incapaz de pensar no assunto.

E, nesse contexto, voltei a falar com o restante de minha família. Spencer, papai e eu éramos os únicos realmente disponíveis, por isso nos dedicamos a organizar tudo. Como meus irmãos gêmeos não paravam de discutir, Spencer me suplicou que os obrigasse a fazer as pazes. Quando consegui, mamãe se aproximou de mim e me deu um abraço apertado em sinal de agradecimento. Depois voltou a falar sobre a vovó e começou a chorar, aí papai apareceu rapidamente para a consolar.

O funeral seguiu a mesma dinâmica: eu andava de um lado para outro sem parar, falando com os convidados e tentando colocar um pouco de ordem. Mamãe tinha subido para o seu quarto porque não aguentava mais, e papai a seguira. Shanon tentava fazer com que seu filho parasse de choramingar, os gêmeos começaram a discutir de novo e Spencer estava sozinho. O que mais eu poderia fazer a não ser ajudá-lo?

Alguns de nossos parentes e amigos me deram palmadinhas reconfortantes, outros me falaram do quanto minha avó era maravilhosa, da força que ela tinha apesar da idade. E eu odiei isso, porque sabia que não a conheciam tão bem quanto eu. Ao vê-la no caixão, não havia me parecido uma mulher forte, mas uma pessoa franzina que aparentava exatamente a idade que tinha. Havia segurado sua mão para mantê-la entre as minhas. Estava fria. Mamãe começou a chorar ao ver isso, mas eu, não; não sei por quê, mas me sentia incapaz de chorar. Imagino que em algum lugar de minha mente eu continuava acreditando que tudo voltaria ao normal a qualquer momento.

Mas não foi assim, claro.

Os pais de Monty estavam entre os convidados. Eu não lhes dirigi a palavra, embora eles tenham dito algumas coisas para me consolar, assim como aqueles que havia poucos dias ainda me acusavam de fazer denúncias falsas e de ter fugido de casa. Talvez em outro momento isso tivesse me incomodado, mas não nesse dia. Pelo menos, vovó estava tendo uma despedida movimentada. Ela não merecia menos.

– Jenny – papai falou. Em algum momento ele havia reaparecido. – Por que não descansa um pouco? Deixa que eu cuido disso.

Assenti com a cabeça e me afastei do grupo. Pensei em subir até o meu quarto, como mamãe, mas acabei optando pelo pátio dos fundos. Era fevereiro, e lá fora restava apenas uma fina camada de neve que fazia o gramado brilhar. Desci a escada e suspirei ao me sentar num dos degraus. O ar frio do entardecer me fez bem, desanuviou minha cabeça. Passei a mão no cabelo, suspirei novamente e fiquei ali por um bom tempo, até ouvir a porta se abrir e alguém se aproximar com passos hesitantes.

Achei que fosse a mamãe, mas não podia estar mais equivocada: era minha ex-melhor amiga, Nel, a mesma que havia deixado de falar comigo e começado a namorar Monty pouco depois de nosso rompimento.

Eu a tinha visto uma vez ou outra no último ano, porque o posto de gasolina em que trabalhei naquela época ficava bem ao lado de sua casa. Contudo, nem sequer tentamos nos falar. Eu não tinha nenhuma vontade de reabrir o livro de nossa amizade estropiada, e ela certamente não queria manter qualquer tipo de conversa comigo.

Nel sempre foi uma garota muito bonita, desde pequena. Seu cabelo era de um tom de castanho muito claro – no colégio costumavam chamá-la de "cabelo de palha", o que a irritava profundamente –, seus olhos eram grandes e castanhos e ela tinha um senso de moda muito especial. Ela gostava de se destacar, esse sempre havia sido seu ponto fraco, por isso fiquei surpresa ao ver que não estava com um vestido curto e decotado, mas com um suéter preto e calças largas.

Não quis comentar nada a respeito, sabia quem lhe havia pedido para mudar de estilo, podia até imaginar a voz de Monty dizendo que essa ou aquela roupa era de vadia. Sempre odiei essa palavra, ele sempre a usava comigo. Me perguntei se Nel também já não havia começado a odiá-la.

Ela se deu conta de que eu a estava observando e bufou, cansada.

– Me visto assim porque quero.

– Eu não falei nada.

– Não, mas posso ver sua postura insuportável.

Com um suspiro, me virei para a frente.

– Não tenho o dia todo pra isso, Nel.

Como sempre, não pediu licença para descer dois degraus e se sentar ao meu lado. Notei que estava olhando para mim com algum nervosismo, mas demorou para falar. Achei meio triste que, depois de mais de dez anos de amizade, nosso distanciamento fosse tamanho que nem soubéssemos o que dizer num momento como aquele.

– Sinto muito por sua avó – comentou, afinal, num tom de voz mais baixo. – Quer dizer... eu sei que você gostava muito dela. Não vou te dizer que sei o que está sentindo, porque estaria mentindo; nunca perdi ninguém que fosse tão importante pra mim. Mas, bem, se precisar de algo... já sabe.

Não eram as melhores palavras de consolo do universo, e suspeitei que não fossem inteiramente verdadeiras. Claro que eu lamentava isso, mas não poderia procurá-la se precisasse de algo. A amizade, mesmo depois de tantos anos, era um conceito muito frágil, e, depois de ultrapassados certos limites, era difícil recuperá-la.

E era isso o que estava acontecendo naquele momento: Nel já não era minha amiga, era uma mera convidada, que, apesar de ter conhecido minha avó, não lamentava sua morte. Tampouco queria me consolar, mas a si própria; mais tarde diria a si mesma que havia cumprido seu dever. Isso me incomodou muito, mas eu não disse nada, me limitei a juntar os joelhos e apoiar meu queixo em cima deles.

– Obrigada – murmurei, dando a conversa por encerrada.

Mas Nel não tinha terminado. Depois de brincar um pouco com um fiozinho solto de sua calça, virou-se para mim.

– Você está brava comigo?

– Nel, sério... podemos conversar outro dia.

– E quando será isso? Porque você não mora mais aqui.

– Pois é, não – repliquei. Ela tinha falado num tom acusador, mas eu não via por que deveria me sentir culpada. – Mas existem os celulares.

– Não tenho seu número.

– Como não?

Como não me respondeu, olhei para ela, que já não me retribuía o olhar e estava com o rosto um pouco vermelho.

– Ah – repliquei, assentindo levemente. – Monty te obrigou a apagar.

– Ele não me obrigou, Jenna. Eu faço o que quero.

– Claro... A escolha dessa roupa também foi sua, né?

Nel assentiu, sem olhar para mim.

– Me diz uma coisa – falei –, no ano passado, quando fui embora, vocês já estavam juntos? Foi por isso que você parou de atender minhas ligações?

– É... complicado.

Eu tinha suspeitado disso muitas vezes. Um ano atrás eu estava cega demais para acreditar nisso, ou melhor, não quis ver. Para mim era muito mais simples achar que tudo tinha sido culpa de Nel, por ela não poder se defender, do que admitir a realidade: que a culpa era de Monty. Como eu sentia medo dele, e não dela, fiz a opção covarde, a mais fácil, e resolvi acreditar nele quando me jurou que tudo era coisa de minha amiga, que o havia seduzido porque era sacana e não gostava de mim.

E, claro, em minha cabeça, Nel era a garota que sempre tinha me superado em tudo, a que não tinha um pingo de insegurança, a número um. Mas isso não era verdade: como todo mundo, ela às vezes se sentia insegura e tinha seus pontos fracos. A única diferença é que ela escondia isso melhor do que eu.

Visto dessa maneira, para mim ficava muito complicado continuar brava com ela. Quando a olhei, não senti raiva, só pena. Ela lembrava a mim mesma.

– O que foi? – alfinetou, na defensiva. – Vai me dizer pra deixá-lo?

– Não posso te obrigar a nada, Nel. Você já é adulta e deve tomar suas próprias decisões.

– Exato. E o que quero é ficar com ele.

– Se você acha que não pode conseguir nada melhor...

Ela ficou vermelha. Eu tinha tocado num ponto sensível.

– Posso conseguir o que quiser.

– Então não se conforme com tão pouco.

Eu sabia que nada do que disséssemos uma à outra traria algo positivo, então me levantei e entrei em casa. Não voltei a ver Nel, mas sim os pais dela, que me pareceram muito mais velhos e cansados do que da última vez em que havia falado com eles. De todos que compareceram ao funeral, eram os únicos que nunca haviam questionado minhas acusações.

O funeral prosseguiu, mas não consegui continuar falando com as pessoas. Fui me sentar no sofá, perto de meus irmãos gêmeos: Steve estava numa poltrona, com uma cerveja na mão e o olhar perdido; e Sonny estava sentado ao meu lado. Ao ver que olhava para ele, me deu um pequeno sorriso e uma palmadinha no joelho. Fiquei um tempo olhando para suas juntas machucadas, distraída.

– Tomara que essa gente vá embora para eu poder ligar o video game – murmurou Steve.

Ambos olhamos para ele: Sonny, com ar de surpresa; eu, arqueando a sobrancelha.

– Você acha que esse é o momento oportuno pra começar a matar ogros? – murmurei.

– É o melhor. Você sabe o quanto isso alivia?

– Bom, isso é verdade – Sonny teve que admitir. – Mas se a gente jogar na frente do bairro inteiro, vão falar sobre isso pelo resto das nossas vidas.

Não pude evitar e sorri, assim como Steve, e ninguém falou mais nada.

Nesse momento vi que havia chegado outro convidado. Já prestes a soltar um palavrão, percebi que não se tratava de alguém cuja cara eu mal conhecia e que só desejava passar uma boa imagem com sua presença e algumas palavras de consolo, mas que essa pessoa precisara pegar um avião para chegar ali.

Dei um pulo ao me levantar e Jack me viu. Tinha no rosto um sorriso cansado, com olheiras bem marcadas, a pele mais pálida do que de costume e os cabelos bagunçados. Talvez em outro momento eu tivesse me preocupado, mas naquele só consegui atravessar a sala e avançar para lhe dar um abraço.

– Não acredito que você veio – disse a ele, sem saber se isso soava como uma repreensão, um agradecimento ou as duas coisas.

Não via sua expressão, mas adivinhei que sorria quando me envolveu com um braço.

– Imaginei que você estivesse correndo de um lado pro outro, consolando todo mundo, e disse a mim mesmo que alguém precisava fazer isso por você.

– E se eu te dissesse que meu único consolo seria dar um soco em cada um dos convidados?

– Aí eu te diria pra sair correndo, porque duvido que eles fossem gostar.

Sorri de leve, sem vontade, e me afastei. Ele examinou meu rosto; parecia realmente preocupado.

– Sinto muito por não ter aparecido ontem – ele falou, meio constrangido. – Quis esclarecer as coisas com Vivian, fui naquela festa... mas te juro que não fiz nada de errado – acrescentou. Eu sabia que ele não estava falando de beijar alguém, mas daquele outro assunto. – Te juro. E ouvi sua mensagem de áudio: cheguei antes da meia-noite, mas você já não estava. Os outros me contaram tudo e...

– E o importante é que estamos aqui – replicou Naya, que apareceu atrás dele.

Com um pulo, me afastei de Jack. Naya e Will tinham entrado com ele e eu não havia percebido.

Para ser completamente honesta... claro que eu esperava por Jack: isso de aparecer de surpresa era o tipo de besteira que ele fazia melhor. Mas não esperava que Naya e Will também viessem. Pela primeira vez desde que chegara, estive a ponto de chorar.

Will se deu conta e me puxou para si, num abraço ao qual Naya se juntou. Apertada entre os dois, percebi que várias cabeças se viravam para nós, com curiosidade, o que não me incomodou. Realmente, só me afetou o comportamento de minha mãe, que contemplou a situação e, na sequência, se enfiou na cozinha.

Jack percebeu, mas não disse nada.

– Como você tá? – Will me perguntou. Pela primeira vez, senti que alguém me perguntava isso como se realmente quisesse saber.

– Não sei – admiti. – Foi tudo muito... rápido.

– Te entendo. – O riso nervoso de Naya indicava que ela se sentia um pouco desconfortável, ela não lidava muito bem com a tristeza. – Tivemos que deixar a casa nas mãos de Sue e Mike, imagina como foi rápido.

– Quando a gente voltar, não vamos ter mais que nos preocupar com a casa – comentou Jack. – Até porque ela já não vai existir.

– Terá sido varrida do mapa por uma explosão – assentiu Naya.

– Exato.

Will negava com a cabeça.

– Vocês nunca viram a Sue realmente irritada, né? Assim que o Mike acabar com sua paciência, ela vai fechar a porta na cara dele e não vai mais deixar ele entrar. Ela é mais esperta do que todos nós juntos.

– Isso é verdade – sorri.

O restante do funeral não me pareceu tão tedioso quanto me parecera pela manhã. Shanon e Spencer cumprimentaram meus amigos, e até os gêmeos quiseram falar com eles. Minha mãe não, claro. Ela tinha se fechado em seu quarto mais uma vez, e papai me deu a entender que era melhor não a incomodar. Eu não tinha nenhuma intenção de fazer isso, já que aquele não era o melhor dia para iniciar uma briga.

Quando todo mundo foi embora, Jack, Will e Naya nos ajudaram a recolher as coisas. Ou pelo menos tentaram, porque, depois de alguns minutos, papai se aproximou de mim com uma expressão de visível desconforto.

– Jenny... – começou, pigarreando e evitando olhar para Jack por cima de meu ombro –, não sei como te dizer isso, mas... é melhor você não dormir aqui hoje.

Arqueei as sobrancelhas. Sério mesmo? Foi mamãe quem pediu isso a ele? Mesmo num dia como esse ela não podia dar uma trégua na guerra?

Will e Naya pararam de recolher as coisas e se olharam. Jack, não. Ele encarava meu pai, com uma expressão indecifrável.

– Você está expulsando a Jenny de casa? – perguntou Shanon, indignada.

– Não estou expulsando ninguém, mas acho que hoje é melhor deixar sua mãe tranquila.

– E quem disse isso, você ou mamãe? – perguntou Spencer.

Os gêmeos, ao perceberem que as coisas saíam da paz relativa que havia reinado naquele dia, mantiveram-se distantes. Papai passou a mão no rosto; parecia esgotado.

– Não interessa quem disse – falou, afinal, confirmando nossas suspeitas. – Se só você ficar, Jenny, tudo bem. Mas se todo mundo...

– Não vou expulsar meus amigos – esclareci, em tom cortante.

Papai suspirou.

– Só quero um pouco de paz.

Quase lhe respondi grosseiramente. Quase. Mas aí senti Jack me pegando pelo braço. Sua expressão era surpreendentemente serena.

– As passagens de volta são pra esta noite. E tem uma pra você, se quiser.

Eu seria incapaz de expressar o alívio que senti.

Assim que recolhemos tudo e nos despedimos de Shanon e Owen, entramos no carro de Spencer, que tinha se oferecido para nos levar ao aeroporto. Jack se sentou na frente, ao lado dele, enquanto eu optei por ficar junto a uma das janelas do banco traseiro. Naya ficou na outra janela, e Will, suspirando, se ajeitou entre nós duas.

Eu queria ir embora, admito. Mal podia esperar para chegar em casa, tomar um banho e, acima de tudo, descansar; sentia como se fizesse anos que não dormia. E, embora tenha pensado em fazer isso durante o trajeto, tive uma ideia.

– Spencer, pode parar o carro um pouco?

Ele entendeu por que eu estava pedindo aquilo e, hesitante, me deu uma olhadinha antes de parar o carro em frente à casa de minha avó.

– Não quero ser chato – disse Will, fazendo uma careta –, mas não temos muito tempo até a saída do voo.

– Vou ser rápida.

Entrar na casa de minha avó foi um choque de realidade. Fazia tempo que eu não entrava naquela casa sem que ela estivesse presente, e estranhei ver todas as luzes apagadas. Nunca havia me dado conta do quanto ela era grande, assim, vazia. Cruzei o patamar e contemplei a sala. Nunca percebera que ela tinha tantas fotos de seus netos e de sua irmã, mas nenhuma dela mesma. Por que eu nunca tinha prestado atenção em tudo isso? Entrei na cozinha e encontrei uma tigela com massa crua, pronta para preparar um bolo. Depois de ficar olhando por algum tempo, lavei a tigela e a coloquei na pilha de louça para secar.

Finalmente, subi as escadas e entrei no banheiro. Algumas semanas antes, eu havia deixado ali a minha escova de cabelos. Eu não a usava muito, mas achei importante pegá-la. Assim que o fiz, voltei para o andar de baixo e fiquei sentada no sofá. Não sei quanto tempo se passou, nem em que momento comecei a chorar ali mesmo, apertando a escova entre os dedos, mas, ao voltar para o carro, ninguém falou nada. Simplesmente nos dirigimos ao aeroporto.

A NOITE DAS VERDADES

VOLTAR AO APARTAMENTO FOI COMO DESPERTAR DEPOIS DE UM SONHO RUIM.
Fiquei feliz por estar longe da realidade que vivi na casa de meus pais.
Não voltei a chorar nem a mencionar minha avó, mas por alguns dias
foi muito difícil conseguir me concentrar em qualquer coisa. Nas aulas,
apoiava a cabeça em uma das mãos e ficava olhando para um ponto fixo
até que o professor me chamasse a atenção, mas nem assim eu conseguia me concentrar inteiramente.

Curtis percebeu, mas não comentou nada sobre isso. Na verdade,
ninguém comentou, pelo que, de algum modo, fiquei grata. O que eu
menos queria era falar sobre esse assunto, então foi bom terem respeitado isso. Assim, em vez de me fazer perguntas, Curtis me falava de sua
vida para me distrair.

– Você ligou de novo para o Chris? – perguntei a ele, um dia.

Sentados a uma das mesas do lado de fora do campus, ele comia
seu lanche enquanto eu mexia o café que havia pedido. Curtis suspirou,
cansado, e deu de ombros.

– Vou ligar amanhã.

– Se você o tratar mal, a Naya vai te matar – alertei, com um sorriso.

– Bom, também não estamos casados.

– E o que aconteceu no encontro de vocês? Você não curtiu?

– Foi bom. Ele é tão desajeitado que acaba sendo divertido – acrescentou, pensativo. – Mas não passa muito disso.

– Ele é um bom garoto – opinei –, meio rígido com as regras, mas
tem bom coração. Desde que cheguei à universidade, sempre me tratou
muito bem.

Curtis assentiu distraidamente e brincou com sua comida.

– Você vai achar horrível, mas não sei se isso é suficiente pra mim. Que tenha um bom coração, quero dizer. Sei que isso é bom, que é o que mais me convém, mas...

– Mas você gosta de uma confusão, né?

Ele sorriu com malícia e continuamos conversando sobre outros assuntos.

No mais, os dias transcorreram tranquilos, entre os pratos intragáveis de Naya, as aparições de Mike, as reclamações de Sue e os suspiros de Will. Pouco a pouco, tudo voltou relativamente à normalidade, uma na qual Jack dormia em casa todas as noites.

De algum modo, ele e eu retomamos a rotina do ano anterior, quando ainda éramos amigos. Abríamos espaço um para o outro para trocarmos de roupa, nos revezávamos para arrumar a cama, perguntávamos como tinha sido o dia um do outro, de vez em quando víamos um filme no notebook, falávamos bobagens... como se nada tivesse acontecido. Desde que, é claro, não se prestasse atenção em suas olheiras e no fato de que ele havia emagrecido muito.

Um detalhe novo era minha mão machucada. Faltavam poucos dias para retirar as ataduras, mas eu ainda precisava passar a pomada, coisa que não sabia fazer direito, e Will não estava em casa... Então pedi a Jack que passasse, pensando que poderia ser o meio-termo perfeito entre os gritinhos de Naya e a despreocupação de Sue, mas eu não podia estar mais enganada.

– Jack – falei, o mais suavemente que pude –, juro que não sou feita de porcelana.

Ele estava tão concentrado que tinha até se inclinado para a frente, com o lábio inferior entre os dentes. Depois do que falei, parou de me dar aqueles toquezinhos de nada com o dedo untado de pomada e ergueu a cabeça, indignado.

– Não quero te machucar!

– Você não vai me machucar se pressionar um pouco mais!

Ele atendeu ao meu pedido, não sem me lançar repetidos olhares de preocupação. Quando terminou, enfaixei minha mão outra vez com as ataduras, com sua ajuda. Embora esses curativos fossem novidade, a presença contínua de Jack em casa tinha trazido de volta velhos costumes de que eu não sentia a menor falta, como as discussões entre ele e seu irmão.

Uma tarde, enquanto passava a limpo algumas anotações, os dois se sentaram comigo no sofá, um de cada lado. Jack estava comendo pipoca, e seu irmão meteu a mão para tentar roubar um punhado: Jack o empurrou, Mike bateu com a cabeça no encosto do sofá e depois a esfregou dramaticamente.

– Ei, cuidado! Você podia ter quebrado meu pescoço!

– Vaso ruim não quebra.

– Deixa eu te lembrar que somos irmãos, você também é um vaso ruim! Além do mais, tenha um pouco de respeito por seus colegas de apartamento.

– Você não é meu colega de apartamento, você é o parasita do meu sofá.

– Você bem que gosta que eu fique aqui!

– Você não tinha uma banda de sucesso? Por que não compra o seu próprio apartamento?

– Porque é chato morar sozinho!

– E morar com você é um inferno!

Fechei os olhos com força, tentando não intervir na discussão.

Por que você não vai morar na casa de uma das suas mil namoradas? – sugeriu Jack.

– Estou tentando mudar e ser um homem de uma mulher só, ok?

– Então te desejo boa sorte pra encontrar "uma mulher só" que te aguente.

– Desejo o mesmo pra você, babaca!

– Sanguessuga.

– Imbecil.

– Idiota.

– Rabugento.

– Parasita.

– Cha...

– Vocês dois são uns chatos! – explodi, fechando o notebook com força. – Estão exatamente no mesmo nível de chatice, então parem de discutir sobre quem é o pior! Vocês dois são!

Os dois se calaram e me olharam com a mesma expressão de surpresa. Se minha paciência não tivesse acabado, eu teria rido pelo fato de os dois serem tão parecidos.

– Também não precisava nos chamar de "chatos" – replicou Mike.

– Sim, Jen – assentiu Jack. – Você exagerou.

– Eu o quê?

– Você acha bonito chamar de chato o cara que oferece a cama pra você todas as noites?

– Ou o queridíssimo irmão dele?

Afundei o rosto entre as mãos.

– Não acredito que a única vez que vocês concordam em algo seja pra me contrariar.

Mike começou a rir e deu um apertão em meu ombro. Quando começou a bagunçar meu cabelo, soltei um grunhido de protesto e me levantei.

– Vou tomar banho – anunciei. – Assim não preciso aguentar vocês.

– Vai ficar bonita pra esta noite, cunhada?

Eu já estava indo para o corredor, mas parei e olhei para ele, confusa. Jack tinha se irritado. Oh, oh.

– Ops – Mike levantou as mãos em sinal de rendição –, escapou.

– Sim, claro... – Seu irmão revirou os olhos.

– Do que vocês estão falando?

Mike abriu um grande sorriso.

– Esta noite temos um jantar na casa de nossos pais. Você foi convidada, cunhada.

– Não é nada de mais – Jack me garantiu. – Você não precisa ir.

– "Nada de mais"?

– Minha mãe queria comemorar o seu aniversário, Jen... – ele respondeu, passando a mão na nuca. – Depois que eu contei tudo que aconteceu, ela cancelou o jantar, mas insistiu em tentar outra vez.

– Ela está fazendo comida pra um batalhão – acrescentou Mike.

Não era o melhor convite do mundo, mas admito que uma parte de mim queria ir, só para incomodar o sr. Ross. Tinha certeza de que Mary é quem havia me convidado, e não ele. Além disso, eu estava com os nervos à flor da pele desde o funeral e parecia estar constantemente procurando uma discussão para poder gritar e desabafar.

– Quero ir – falei automaticamente.

Jack se surpreendeu, mas não quis me contrariar.

– Se você quer...

– Você nunca pergunta isso pra mim – protestou Mike.

– É que eu não me importo com você.

Mike levou uma mão ao coração, como se tivesse acabado de levar um tiro. Depois de se fingir de morto por alguns segundos, ele se endireitou e nos deu um sorriso radiante.

– Ok, vamos ao jantar. Mas ainda faltam algumas horas, o que vamos fazer até lá?

Prestes a responder, meus olhos se cravaram na cômoda. Mike não entendeu, mas Jack, sim. Assim que sorri para ele, começou a negar freneticamente com a cabeça.

– Ah, não.

– Ah, sim.

– "Ah" o quê? – perguntou Mike.

– Não quero fazer compras!

– Você precisa de roupas!

– Não preciso! Me recuso!

Uma hora mais tarde, estávamos vendo roupas no shopping.

Jack me seguia, mas fazia todo o possível para deixar bem claro que havia ido contrariado. Bufava, perguntava se faltava muito para o jantar, olhava o relógio, colocava de volta no cabide as roupas que eu lhe mostrava... enquanto Mike, ao contrário, andava à nossa frente e toda hora pegava peças de roupa para experimentar. Sempre voltava fazendo alguma careta porque não gostava das roupas, mas pelo menos se divertia.

Depois de dar várias voltas, parei junto à estante dos moletons, peguei um azul, totalmente liso, e o mostrei para Jack.

– O que acha deste?

– É horrível, obrigado.

Devolvi o moletom no lugar e peguei outro, cinza, com um desenho no meio. Abri um sorriso.

– E este?

– *Minions?* Sério mesmo?

– Qual o problema? Eu acho os Minions fofinhos.

– E pra mim eles dão vontade de cortar os pulsos.

– Ok. – Revirei os olhos e fui atrás de outro. – E est...?

– Sendo sincero, Jen... – Ele nem olhou para o moletom. – Não vou gostar de nenhum.

– Porque você é muito negativo!

– E porque são muito sem graça!

– Mas este é...

– Sem graça.

– Mas você nem olhou pra ele!

– Porque sei que não vou gostar!

– Nem se for do *De volta para o futuro*?

Ele o pegou em tempo recorde.

Eu achei horrível, mas Jack adorou. Soube disso assim que vi sua expressão.

– E agora...? – sugeri, sorrindo.

– Ok, nada mal.

– Olha, cunhada. – Mike se aproximou de mim, todo feliz, com quase dez peças de roupa sob o braço. – Você gosta destas? Não são incríveis? Jackie vai me dar de presente.

– "Jackie vai me dar de presente"? – repetiu seu irmão. – Desde quando?

– Por que não? Você é rico.

– Não sou rico, Mike! Bem que eu gostaria!

– Bom, já vou dar um jeito nisso. Cunhada, você acha que o rosa e o azul...?

E começou a tagarelar sobre cores e combinações de roupa. Quando voltamos para casa, ele carregava cinco sacolas, enquanto Jack tinha apenas uma, com o moletom. Deixamos Mike na sala para que pudesse desfilar como um modelo diante de Naya, Will e Sue – que não lhe deram muita bola, desconfio – e fomos para o quarto. Jack largou a sacola de qualquer jeito e, com um sorrisinho de orgulho, vestiu o novo moletom.

– Olha como ficou bem em mim – comentou, olhando-se no espelho.

Sentada na cama, arqueei uma sobrancelha.

– Quem o escolheu tem muito bom gosto, sem dúvida.

Jack sorriu e se virou para mim.

– Por que não comprou nada pra você?

– Porque tenho roupa de sobra, e o que me falta eu roubo da minha irmã.

Dito isso, me lembrei que eu também precisava me arrumar, então trocamos de papel. Enquanto ele esperava sentado na cama, comecei a experimentar algumas roupas: calças, saias... nada me agradava. Eu posava diante do espelho, mas sentia que tudo ficava ou muito arrumado ou informal demais. Não conseguia achar o meio-termo de que precisava.

Depois de ter experimentado quatro suéteres, Jack começou a bufar.

– Quantas vezes você trocou de roupa em cinco minutos?

– É que não gostei de como ficaram em mim!

– Todos são suéteres – observou, de cenho franzido. – Todos eles.

– E daí? Não são iguais.

– São literalmente iguais.

– Não é verdade! Olha, este é mais largo aqui e aqui, o outro era mais...

– Você não pode simplesmente escolher um deles e pronto?

– Não.

– Todos ficam bem em você, Jen!

– Não é verdade!

– Muito bem, e se *eu* escolher um deles?

Pensei sobre isso por um momento.

– Hummm... tá. Você pode tentar.

Enquanto ele remexia em minhas coisas, fiquei ao seu lado, de braços cruzados. Ele estava pegando os mesmos suéteres que eu tinha acabado de experimentar. Assim que o vi pegar o marrom, mais largo, sorri.

– Este é lindo!

– Você tá brincando, né? É horrível – murmurou, atirando-o no chão.

– Ei, cuidado com as minhas coisas!

– Hummm... – Ele me ignorou e pegou um suéter amarelo. – Nem a pau. Você ia ficar parecendo o sol.

– "O sol..."?

– Este. – Pegou um que eu tinha roubado de Shanon. – O que você usou faz tempo pra ir a um show do Mike. Acho que vermelho fica bem em você.

– Então vai ser este. – Enquanto guardávamos o resto das roupas no armário, não pude deixar de sorrir para ele. – O mais curioso é que este nem é meu. Dei de presente pra minha irmã quando ela fez...

Em minha pausa para me lembrar em que ano havia sido, Jack parou de repente. Me virei para ele, surpresa. Parecia ter acabado de se dar conta de algo.

– O que foi?

– Merda!

Pestanejei, preocupada. O que eu havia perdido? O que estava acontecendo agora?

– Tinha esquecido – balbuciou, afastando-se de mim.

Por um momento, temi que ele saísse do quarto por algum motivo que eu não compreendia, mas aí ele se deteve junto de sua cômoda e abriu uma das gavetas que não costumava usar. Não me lembrava de tê-la examinado quando guardamos suas roupas. Jack começou a tirar dali camisetas velhas, jogando-as no chão, e finalmente encontrou o que tanto procurava.

– Aqui está... Ainda bem que você me lembrou.

Continuei sem entender nada até que ele se virou e me mostrou um pacote grande e violeta.

– Seu presente de aniversário! – anunciou, com um grande sorriso.

Honestamente, não sei que cara fiz, mas ele achou muita graça.

– Ok, admito que eu esperava um pouquinho mais de entusiasmo.

– Não é que eu não tenha gostado! – reagi, rapidamente. Sentia como se estivesse alucinando. – Você comprou um presente pra mim? Quando? Achei que o dinheiro...

– Sim, não estou numa fase muito boa – admitiu, fazendo uma careta. – Tive que esperar receber o dinheiro do filme. Mas antes tarde do que nunca.

E então ele jogou o pacote para o alto. Não sei como consegui pegá-lo, eu não tinha a melhor coordenação do mundo. Mas pelo menos o susto me fez sair de meu devaneio e fazer uma cara feia para ele.

– Cuidado com o meu presente!

– Foi só pra animar as coisas!

Já sentada na cama, abri o pacote com muito cuidado, não queria estragar o laço nem o papel. Jack, sentado perto de mim, observava o processo com bastante impaciência.

– Não quer abrir isso de uma vez? – protestou. – Nesse ritmo, vou me aposentar antes de você conseguir ver o que é.

– É preciso ter paciência, Jackie.

Ele semicerrou os olhos por causa do apelido que usei, mas não disse nada. Quando por fim consegui ver qual era o presente, meu sorriso desapareceu de repente.

Ao ver isso, Jack começou a ficar nervoso.

– Você não gostou? – quis saber. – Posso trocar, não tem problema.

Mas o meu silêncio não se devia ao fato de não ter gostado, pelo contrário. Era uma caixa de madeira escura com um nome gravado num dos lados: "Rembrandt". Incapaz de me controlar, destravei o fecho prateado e abri a caixa. Continha uma paleta do mesmo tom de madeira, tubos de tinta a óleo, pincéis de primeira qualidade, carvões, verniz de retoque... ali tinha tudo que eu podia imaginar. Com os dedos trêmulos, acariciei a ponta dos pincéis, enquanto Jack continuava me olhando atentamente. Eu podia sentir a tensão emanando de seu corpo.

– Não gostou? – insistiu. – Espero que você continue pintando e tudo mais. A verdade é que eu não entendo nada de artes plásticas, então precisei da ajuda da minha mãe. Acredite, ela se divertiu muito ao ver que eu não sabia nem por onde começar... Disse que essa era sua marca favorita e... Puxa, não sei. Você pode me dizer alguma coisa? Diga se gostou, pelo menos. Porque ela vai rir se agora...

– Jack... nem sei o que dizer.

E era verdade, eu tinha ficado completamente sem palavras. Fazia muitos anos que não frequentava aulas de pintura, mas eu gostava muito. Minha última vez tinha sido com a mãe de Jack, em sua casa do lago. O fato de ele ter se lembrado disso e ter se dado ao trabalho de procurar algo tão completo me deixou emocionada.

– Que tal um "obrigada"? – sugeriu. – Me contento com isso.

– Obrigada – enfatizei. – Muito obrigada.

– Aaah, assim já é bem melhor.

– Nunca tinham me dado um presente tão...

– Feio? Equivocado? Horrível?

– ... pessoal – esclareci, com um ar divertido. – Não fique tão nervoso, eu adorei!

– E como eu ia saber se você ficou aí como uma pateta?

Longe de me incomodar, afastei a caixa e me aproximei para envolver seu pescoço com os braços. Ele aceitou o gesto com um sorriso.

– Estou tão feliz que vou ignorar o fato de que você acabou de me chamar de "pateta".

– Nota para o futuro: "Deixá-la tão contente que quando fizer alguma bobagem ela não consiga se irritar".

Soltei uma gargalhada irônica que o fez rir e, no impulso do momento, virei a cabeça, que ficou à altura da sua. Jack não se afastou quando nossos lábios se encontraram. Na verdade, parou de me dar palmadinhas incômodas nas costas e levou a mão aos meus quadris. Achei que ele ia me puxar para si, mas aí se afastou e começou a negar com a cabeça.

– Não, não – ele disse. – Se continuar assim, vou perder toda a vontade de ir a esse estúpido jantar.

– Tá booom – concordei, e fui deixar a caixa em cima da cômoda.

Enquanto trocava de suéter, Jack se aproximou para bisbilhotar dentro dela. Sua cara de confusão era a coisa mais divertida que eu vira em muito tempo.

– O que foi? – perguntei, olhando-o pelo reflexo no espelho. Eu estava retocando a maquiagem.

– É que não entendo quem precisa de tantos pincéis, se basta desenhar quatro linhas numa tela... E essas cores todas? De quantas combinações alguém precisa? Isso é loucura!

Sorri, deixando a maquiagem de lado, e me aproximei dele. Estava inspecionando um dos objetos, com os olhos semicerrados.

– O que é isto?

– Carvão.

– Tipo... carvão?

– Mais ou menos.

– Você pinta com carvão? – Fez uma careta.

Quando comecei a rir, ele ameaçou pintar meu nariz. Detive-o a tempo, e ele colocou o carvão de volta na caixa. Antes que se afastasse, peguei-o pelo braço.

– Obrigada mais uma vez pelo presente.

– Você não tem que ficar me agradecendo o tempo todo, sabe?

– Ok, essa será a última vez. Muito obrigada!

Por que você não está nervosa?

Eu estou nervosa.

Mas não tanto quanto deveria. Está indo direto para a toca do inimigo!

Sei me defender!

Sim, ok... Já viu o quanto isso adiantou da última vez...

– No que você tanto está pensando?

A voz de Jack me fez dar um sorrisinho nervoso. Ainda bem que ele não sabia de nada, do contrário teria que lhe dar muitas explicações.

– Estou pensando que você devia estar agradecido por esse moletom tão bonito e novo que está vestindo – concluí.

Ele suspirou e olhou para a frente, dando a conversa por encerrada.

A verdade é que a perspectiva de que seu pai estivesse em casa realmente me deixava nervosa, mas não queria recusar o convite por causa disso. Afinal, Mary, Mike e Agnes estariam presentes. Iria deixar de estar com eles somente pela possibilidade de que o sr. Ross aparecesse, quando tinham planejado tudo em minha homenagem?

Mesmo assim, eu ainda estava com o cheque dele, e Jack continuava sem saber disso, o que me deixava ainda mais nervosa, porque não sabia o que ele acharia pior: que eu não o tivesse rasgado ou que quisesse usá-lo para o bem dele.

Mike estava no banco traseiro, mas não falou nada; tanto silêncio era algo muito estranho para mim. Tentei animá-lo com um grande sorriso, e ele retribuiu com um bem menor. Suspeitei que ele também estava com um mau pressentimento, como sempre que íamos ver seus pais.

Assim que chegamos à enorme casa de fachada branca e janelas de madeira escura, Jack guardou o carro na garagem. Havia um Mercedes estacionado bem ao lado, e quis acreditar que fosse de Mary, embora duvidasse disso. Jack esperou junto à porta e me deu a mão. Curiosamente, de nós três, ele era o que parecia estar menos tenso.

A casa estava tal como me lembrava, mas me pareceu muito estranho voltar lá depois de um ano de idas e vindas. Atravessamos o corredor imaculado, de decoração branca e impessoal, e chegamos à sala, onde Mary nos recebeu com um grande sorriso. Estava usando jeans pretos, uma camisa rosa e luvas térmicas com bolinhos coloridos bordados.

– Olá, meninos! – cumprimentou, alegremente, e se atirou sobre nós. Jack fez uma careta ao ganhar um beijo na bochecha, mas aceitei o abraço dela com prazer. – Como vai, Jenna? Fico muito feliz que você tenha vindo.

– Vou bem, obrigada pelo convite.

– Imagine! – respondeu, afastando-se para olhar para seu outro filho. – Mike! Posso saber o que você fez com seu rosto?

Mike teve um rompante de criatividade antes de vir, e, ao se barbear, tinha deixado somente a sombra de um bigodinho. Sue ficou rindo disso durante um bom tempo.

Mike cruzou os braços, indignado.

– Todo mundo recebe abraços e carinhos... e eu recebo uma crítica? Muito obrigado, mamãe.

– Ah, querido... é para você dar uma refletida.

Os irmãos Monster foram para a sala, e eu fiquei com Mary na cozinha. Não era uma grande cozinheira – ou era o que ela dizia –, então estava muito orgulhosa por ter feito tudo sozinha. Me ofereceu um tour pela salada, pelo robalo assado, o purê de batatas, o bolo de chocolate... Parecia muita coisa para um jantar com tão poucas pessoas, mas não quis cortar seu entusiasmo. Além disso, tudo estava com uma cara boa demais. Ela me deixou experimentar o molho do robalo, para dar um veredito, e tive que assentir, surpresa.

– As receitas são de um livro que ganhei de presente há alguns anos. Supostamente, são de um nível avançado – acrescentou, muito orgulhosa de si mesma. – Quando me cansar de desenhar, já sei qual será minha nova vocação.

– Você sempre pode combinar as duas coisas – comentei. – Aliás, obrigada por ajudar o Jack com o presente. Foi muita gentileza.

– Você gostou? Ainda bem! O pobrezinho estava tão nervoso... Não parava de me perguntar se eu tinha certeza, se essa caixa era a melhor, ou alguma outra. – Deu um sorriso divertido. – É bom vê-lo nervoso por querer impressionar alguém, não é algo que acontece com muita frequência.

Não soube o que lhe dizer, então fechei o forno para que o robalo terminasse de assar. Ao me virar, seu sorriso estava um pouco triste.

– Os meninos me contaram o que aconteceu no dia do seu aniversário. Lamento muito, querida. Sei o que significa perder um ente querido num dia tão importante.

– Sabe? – perguntei, surpresa.

– Minha mãe faleceu no Dia das Mães. Não é a mesma coisa, claro, mas... foi um golpe muito duro. Eu era mais nova do que você, e meu pai morreu pouco depois. Acho que não suportou a ideia de ter que seguir em frente sem ela.

De algum modo, tive a sensação de que ela já não contava aquilo para mim, mas para si mesma. Estava com o olhar cravado no forno e brincava com uma de suas inúmeras pulseiras.

– Eu conheci o Jack pouco depois – acrescentou, em voz baixa. – Às vezes me pergunto se as coisas teriam sido diferentes se eu não estivesse me sentindo tão sozinha.

Essa última parte me chamou a atenção, e falei sem pensar:

– Não teria se casado com ele?

Uau, numa escala de coisas sem noção que se pode perguntar a alguém, essa aí tem que estar no top dez.

No entanto, Mary se limitou a sorrir para mim, com ar melancólico.

– Acho que ele me deu a atenção que eu precisava em um momento de vulnerabilidade, e me deixei levar por isso. Teria me casado com ele se não fosse por isso? Talvez não. Mas não teria tido meus dois filhos, que são o que mais amo neste mundo. Então eu diria que, no fim das contas, não foi uma decisão tão ruim.

Não soube o que lhe dizer e nem tive tempo de pensar sobre aquilo porque, rapidamente, ela voltou a me perguntar como estava lidando com a perda de minha avó. Eu estava tão confusa que, pela primeira vez, consegui falar nela sem ficar com vontade de chorar.

Mary se comportou de modo meio estranho depois dessa conversa. Mudava de assunto toda vez que sentia que a questão de seu casamento podia vir à tona e não parava de brincar com suas pulseiras. Decidi que já havia abusado de sua paciência e disse que esperaria por ela na sala, junto com os rapazes e Agnes, o que a deixou bastante aliviada.

Assim que entrei na sala, vi que Mike havia ligado o video game e dava tiros a torto e a direito por uma cidade. Por algum motivo, circulava num tanque cor-de-rosa e sua arma era de ouro. A tela estava dividida em duas: na outra metade, o personagem de Agnes dava voltas confusas pela cidade, com um estilingue na mão.

– Eu também quero uma pistola! – protestava, apertando histericamente os botões do controle remoto. – Com essa coisa não consigo machucar ninguém!

Para demonstrar, atirou uma pedra num idoso que passava ao seu lado. O ancião lhe deu um golpe tão forte na cabeça com uma bengala que sua tela escureceu, e Mike começou a gargalhar.

– Sou o rei desse jogo!

– Espera, vó – interveio Jack, chegando mais perto para fazer com que ela apertasse um botão de seu controle. – Aqui, olha. Pode ir trocando de arma.

Claro que ela escolheu uma metralhadora. Logo que ela se virou e o tanque de Mike apareceu na tela, ele deu um pulo no sofá.

– Não, vó! Esper...!

– TOMA!!!

Durante várias partidas, a tela de Mike se limitou a mostrar seu personagem tentando escapar de uma morte certa, enquanto Agnes ia trocando de armas e matando-o de maneiras cada vez mais criativas. Jack gargalhava cada vez que ela conseguia fazer isso, mas Mike, claro, ficava vermelho de raiva e tentava se defender. Eu me limitei a contemplar o espetáculo com um meio-sorriso. Pelo menos os dois se aliaram quando chegou a hora de atacar o vilão do jogo.

– Tenho que matar esse? – perguntou Agnes.

– Sim! Rápido, ou ele vai sacar a metralhadora e...! vó!

– Não posso matá-lo, é uma criança!

– Ele tem trinta anos!

– Então, é uma criança!

– Pega as granadas agora ou...! vóóóó! Assim você vai deixar matarcm a gente!

– Você sabe o tamanho da contaminação que uma granada pode causar, jovenzinho? Vamos respeitar o meio ambiente.

Eu gostaria que aquele jogo continuasse indefinidamente, mas ouvi passos na escada. Jack foi o primeiro a notar, embora mal tenha olhado para seu pai. Ele vestia uma de suas calças elegantes e uma camiseta polo, uma dessas com a marca bordada no peito, para não deixar dúvidas sobre seu alto preço. Analisou a situação através de seus óculos quadrados e finalmente fez uma careta de desgosto.

– Deixem de perder tempo com bobagens e ajudem a mãe de vocês a arrumar a mesa.

Agnes revirou os olhos.

– Não seja estraga-prazeres, estamos nos divertindo à beça.

– Felizmente para você, mamãe, estou falando com meus filhos. Não me ouviram?

Mike ficou tenso e deu uma olhadinha de soslaio para Jack, como se esperasse por sua reação antes de decidir qual seria a dele.

Jack respondeu sem olhar para seu pai:

– Por que *você* não faz isso e nos deixa em paz?

Não houve tempo para reação alguma. Mary saiu às pressas da cozinha, carregando pratos e talheres. Tinha um sorriso nervoso nos lábios.

– Tudo bem, eu mesma arrumo! – garantiu, largando tudo de qualquer jeito sobre a mesa. – Viram? É rápido!

Mike tinha pausado o jogo e brincava com o controle, Agnes contemplava a situação e Jack continuava com os olhos cravados na tela, consciente de que seu pai não tinha desgrudado os olhos de cima dele desde que abrira a boca.

No fim, decidi me levantar e passar no meio deles, de propósito. Se o sr. Ross me fulminou com o olhar, eu não retribuí.

– Eu te ajudo. – Sorri para Mary.

Mike hesitou um momento antes de se levantar para vir nos ajudar. Depois disso, ninguém falou mais nada. Levamos os pratos para a mesa em completo silêncio e, quando já estávamos todos sentados, Agnes e Jack distribuíram os pratos já servidos. O sr. Ross foi o único que não ajudou em nada, simplesmente se sentou na ponta da mesa e nem sequer falou quando começamos a comer, limitou-se a remexer sua comida com pouco interesse. Me senti mal ao ver que Mary lhe dirigiu um olhar magoado. Eu sabia o quanto ela havia se esforçado para que tudo saísse bem.

– Isso está muito bom – comentei.

Por baixo da mesa, dei um pontapé em Mike, que deu um pulo e concordou, rapidamente. Como se não tivesse ficado claro, começou a enfiar na boca todo o purê que conseguiu. Sua mãe começou a rir assim que o viu fazer isso.

– Parte do mérito é da Agnes – teve que admitir. – A ideia do jantar foi dela.

– Tínhamos que comemorar o aniversário de nossa garota favorita – disse ela, piscando para mim. – Quantos anos você fez, querida?

– Vinte.

– Ah, se eu tivesse vinte anos...

– Você tem – comentou Jack, com um sorriso levado. – Só que multiplicados várias vezes.

Agnes foi a primeira a rir, não sem atirar um guardanapo na cara de seu neto. E, claro, em meio à diversão, o sr. Ross teve que soltar um suspiro.

– Vocês não conseguem se comportar como pessoas normais durante um jantar? – perguntou.

– O que era aquele presente que você ia dar para ela? – Agnes perguntou para Jack, ignorando seu filho completamente. – Parecia grande.

– Uma caixa de pintura – respondi, dando um pequeno sorriso. – Foi uma grande gentileza. Já estou com vontade de começar a usá-la.

Jack esboçou um sorriso envergonhado. Que fofo.

– Qual é o barato de pintar? – Mike se perguntou. – Parece uma coisa chata.

– É que destruir um microfone aos gritos é muito mais divertido. – Jack revirou os olhos.

– Pois isso tem sua arte. E eu não só grito, eu também gemo!

– Não sei se isso depõe a seu favor, meu filho – disse Mary.

A conversa continuou, e, apesar de o sr. Ross ter permanecido em silêncio, ninguém pareceu sequer se lembrar dele, inclusive cheguei a me esquecer dele por um bom tempo. Parecíamos haver chegado a um acordo silencioso no qual todo mundo ignorava sua existência. Ele não estava gostando nada disso, o que demonstrou claramente assim que ficamos a sós.

Eu tinha ido ao banheiro e sabia que ele tentaria me abordar para aproveitar que eu estava sozinha, então já estava preparada para isso. O que não esperava é que ele fosse fazer isso imediatamente.

Mal terminei de lavar as mãos e a porta do banheiro se abriu. Dei um pulo para trás quando o sr. Ross fechou a porta com força.

– Você e eu temos que conversar – ele exigiu.

Ergui um pouco o queixo, sem perceber.

– Se você tinha algo pra me dizer, já fez isso naquele dia.

– E o que você quer? Mais dinheiro?

Já estávamos discutindo outra vez. Cansada, sequei as mãos na toalha.

– Não sei mais como te dizer que não estou com seu filho por causa de dinheiro.

– Se bem me lembro, isso não te impediu de aceitar o cheque.

– E você adoraria saber o que vou fazer com o dinheiro, não é?

Ele soltou uma risada irônica que me deixou em alerta. Havia algo naquela situação que me fez lembrar de como me sentia durante meu relacionamento com Monty. Talvez fosse sua atitude, ou a situação em si, mas senti que meu corpo reagia da mesma maneira.

– Você se acha muito esperta, não é? – perguntou, em voz baixa. – Eu encontrei muitas espertinhas como você ao longo de minha vida, Jennifer. Vocês são como mariposas em volta da luz. Só pensam em dinheiro e em encontrar alguém idiota o suficiente para dá-lo a vocês.

– Talvez o idiota seja você por pensar que o Jack não conseguiria se dar conta disso por si só.

Fiquei paralisada. Nunca tinha falado com ele daquele jeito e senti como se, também pela primeira vez, tivesse feito aquilo com Monty. O sr. Ross pareceu ter ficado tão surpreso que aproveitei sua distração para passar por ele e sair do banheiro. Precisava voltar à presença dos outros antes que a situação piorasse ainda mais.

Inconscientemente, senti que ele iria se aproximar de mim. Eu já havia estado tantas vezes naquela mesma situação, visto aquele mesmo olhar de ódio em tantas ocasiões... que senti que ele tentaria tocar em mim. Me esquivei bem a tempo e me virei para ele, o que também o deixou surpreso.

– Você acha que eu sou como uma mariposa em volta da luz? – acusei-o, furiosa por sua tentativa de me segurar. – E você é o quê, então? Algo ainda pior.

– Eu só quero o melhor para o futuro do meu filho.

– Não é verdade! A única coisa que importa pra você é se gabar de suas conquistas!

– Que bobagem!

– A única bobagem nessa história toda foi eu ter te dado ouvidos quando me falou aquelas besteiras todas no Natal.

Aquilo fez com que ele me olhasse com desconfiança.

– E o que eu falei para você, Jennifer? – perguntou lentamente. – Que o deixasse largado por aí? Porque não lembro que tenha sido assim.

– Você sabia perfeitamente o que estava fazendo.

– Em momento algum eu falei para você abandoná-lo.

– Mas estava me manipulando!

– Tem razão, você é bem fácil de manipular, mas eu nunca pedi que o abandonasse. Se meu filho sofreu tanto nesse último ano, foi por culpa sua.

Eu não podia mais suportar que ele continuasse jogando a culpa de tudo em cima de mim. Mas o caminho não era esse, eu sabia, então segui por outro bem diferente.

– Você nunca se importou com a felicidade dele – acusei, em voz baixa.

– Mais do que você pensa.

– É, percebe-se. Por isso sua família toda gosta tanto de você.

Eu tinha tocado num ponto sensível, e fiquei feliz por isso. Não devia ter falado assim? Eu já não conseguia ver com clareza. Mas pelo menos o sr. Ross começou a perder a calma com aquelas palavras.

– Algum dia, Jennifer, quando ele te deixar e se der conta de como é o mundo real... vai me agradecer.

– Como te agradeceu pelo que você fez com ele no colégio?

Aquilo foi tão arriscado quanto dar um mortal triplo. Eu não sabia o que havia acontecido no colégio, apenas que Jack tinha começado a flertar com as drogas naquela época e que algo em sua vida havia mudado por culpa de seu pai. Mas senti que havia acertado assim que o sr. Ross me dirigiu um olhar hesitante.

– Ele te contou o que aconteceu?

– Você arruinou a adolescência dos seus filhos – respondi, sem dar ouvidos à sua pergunta. – E diz que quer o melhor pra eles. É isso mesmo?

– Que meu filho seja um mal-agradecido...

– "Mal-agradecido"?

– Você sabe quantas "doações altruístas" eu tive que fazer para o colégio dele para que não o expulsassem toda vez que fazia alguma besteira? Tem noção da quantidade de fianças que tive de pagar porque ele se metia em brigas como um criminoso? Quer que eu te apresente a conta do que ele me deve?

– Essas são as únicas coisas a que você dá importância, não é? O dinheiro e a opinião dos outros!

– Ele está onde está graças a essas duas coisas! – cuspiu, o que me deixou um pouco assustada. – Devia estar de joelhos me agradecendo por tudo que investi nele e parar de fazer besteira! Sem mim, ele não seria nada além de outro fracassado jogado em algum canto dessa cidade!

– Sem você, ele seria um garoto normal! Ele não precisa do seu dinheiro pra realizar os sonhos dele!

– E o que é que você sabe sobre o que ele precisa?

– Bom, talvez eu saiba poucas coisas, mas sei que o que uma criança precisa não é dinheiro, mas um pai que a ame! O que ele precisava não era que você pagasse as fianças ou o colégio, mas que você se sentasse com ele e tentasse entender o que estava acontecendo em sua vida pra ter chegado àquele extremo! Que oferecesse ajuda a ele! Que mostrasse que não ele estava sozinho! É isso que um pai que ama seu filho faz, e não apenas dar dinheiro pra jogar isso na cara depois, como se ele te devesse algo!

Meu discurso o deixou calado por alguns segundos, até que ele veio outra vez em minha direção. Seu comportamento se tornou mais obscuro e furioso. Nunca o tinha visto assim.

– Você está me acusando de não amar meu filho, Jennifer? – perguntou, numa voz que soava como uma advertência.

– Não, você não o ama. Só gosta de você mesmo! Nem o Jack nem o Mike receberam metade do amor que mereciam, e tudo por culpa sua!

– E o que é que você sabe? Ainda é uma criança!

– Uma criança que ama o Jack mais do que o seu próprio pai!

– É a mesma que o fez voltar para as drogas.

Agora foi minha vez de sentir que acabava de levar um murro no estômago. Eu não queria mais continuar com aquela conversa. Me virei, furiosa, e decidi que era hora de voltar para casa. Mas aí me deparei com Jack.

Não consegui interpretar sua expressão. Uma parte dele parecia desolada; a outra, furiosa. Ele me olhava fixamente, mas senti que não me via. Não queria nem imaginar o que ele estava pensando. Caso tivesse escutado a conversa inteira, teria ouvido todas as asneiras que seu pai disse sobre ele. E não só isso: também teria ouvido, finalmente, a verdade sobre o que havia acontecido um ano antes.

Mas essa não foi a primeira coisa que ele me perguntou:

– Você aceitou o cheque dele? – perguntou, em voz baixa.

Mary, que aparecera correndo, parou no meio do corredor e ficou olhando para o filho e para o marido, que nos observava atentamente.

Não soube o que dizer a Jack. Eu tinha aceitado o cheque, sim. Não havia maneira de enfeitar a verdade.

– Sim – admiti, em voz baixa.

– De vinte mil dólares – acrescentou seu pai, sério. – Isso é o que ela acha que você vale.

Jack o ignorou completamente e continuou a olhar para mim. Então me dei conta de que já não havia maneira de ficar enrolando. Mesmo que ele não gostasse, iria saber a verdade.

– Eu ia pagar a clínica de reabilitação sobre a qual falamos – admiti.

Jack pestanejou bastante, ainda me olhando fixamente. Eu não sabia como ele iria encarar aquilo. Sabia como ele ficava quando tocávamos nesse assunto, e duvidava que acharia muita graça no fato de eu ter aceitado um cheque de seu pai.

E então, para surpresa de todos, ele começou a rir. Sim, a rir.

Confusa, troquei um olhar com Mary, que parecia tão perdida quanto eu. Ou melhor, ela estava apavorada. Olhava incessantemente para o filho e para o marido, como se tivesse medo de que os dois fossem se atracar a qualquer momento.

O riso de Jack não era muito alegre, tinha um traço de amargura. Mesmo assim, ele colocou a mão em meu ombro.

– Você extorquiu vinte mil dólares do meu pai? – perguntou, balançando a cabeça. – Puxa, Jen... Quando eu achava que não podia gostar mais de você...

Não soube o que responder. Com a mão em meu ombro, Jack me afastou suavemente de seu caminho. Depois disso, seu sorriso começou a evaporar. Estava olhando para seu pai. Mary imediatamente se meteu entre os dois.

– Jack, querido – começou, com a voz trêmula –, por que não volta pra casa? Não quero que você faça algo de que possa se arrepender e...

– Olha pra você, mamãe. É a primeira vez que você intervém em toda a minha vida... e é pra defendê-lo.

Suas palavras, aparentemente doces, atingiram Mary como um balde de água fria. Vi isso no modo como ela olhava para seu filho. Jack nem se alterou, simplesmente lhe deu um meio-sorriso repleto de raiva.

– Você quer que eu te diga quantas vezes esperei que você fizesse isso quando eu era pequeno? – murmurou. – Sempre me perguntei o que eu fazia de tão errado para que minha mãe, mesmo vendo o que estava acontecendo, não fizesse nada pra impedi-lo.

– Jack, querido, eu não...

– Você não fez nada a minha vida inteira, e não vai começar esta noite. Sai da minha frente, mamãe.

Mary continuou olhando para ele com os olhos arregalados, mas acabou recuando. Ela estava pálida e trêmula.

Jack deu um passo em direção ao pai, que continuava de pé, com os olhos semicerrados. Apesar de tentar manter um semblante seguro, era óbvio que estava tenso da cabeça aos pés, inclusive numa postura defensiva. Mas nem precisava ficar assim, porque Jack se limitou a analisá-lo de cima a baixo antes de cravar os olhos nos dele e negar com a cabeça.

– Algum dia a vida vai te colocar no seu lugar, mas não serei eu a sujar as mãos. Não quero ser como você – acrescentou calmamente. Apesar de estar de costas para mim, senti o tremor em sua voz. – Se eu tiver filhos, nunca vou tratá-los como você nos tratou.

Fez uma pausa e voltou a olhá-lo de cima a baixo, e desta vez pude sentir que tinha um nó na garganta.

– E pensar que tive medo de você durante toda a minha vida... Você é apenas um homenzinho triste, pai. É só isso que você vai ser.

Não precisou dizer mais nada. O rosto de seu pai não demonstrava nada, mas Jack sabia que aquilo havia doído nele mais do que se tivesse levado um soco, mil vezes mais. Jack nem sequer voltou a olhar para ele. Virou-se, com os ombros afundados, e avançou até parar à minha frente. Parecia esgotado.

– Vamos pra casa – me suplicou, em voz baixa.

Não hesitei. Peguei sua mão e o puxei em direção à sala. Jack se deixou levar sem falar nada. Seus pais não foram atrás de nós.

Mike e Agnes estavam sentados num dos sofás. Ela, com as mãos fechadas sobre o colo; ele, com a cabeça baixa.

– Vão pra casa – disse Agnes, com um sorrisinho triste. – Nós daremos um jeito.

Entendi o que ela quis dizer: queria ficar a sós com Mike. Assenti com a cabeça e me dirigi à garagem, onde Jack finalmente reagiu e pegou as chaves do carro. Sugeri que pegássemos um táxi, caso ele não estivesse em condições de dirigir, mas ele nem respondeu. E fiquei surpresa ao vê-lo conduzir muito mais devagar do que de costume.

Pensei, várias vezes, se devia dizer alguma coisa, mas acabei respeitando seu silêncio e me limitei a olhar pela janela, para lhe dar espaço.

Ao chegar ao estacionamento, continuávamos em silêncio. Virei-me para Jack, que permanecia com as mãos no volante e o olhar cravado à sua frente. Não parecia tenso, mas abatido. Decidi não sair do carro até que ele saísse.

E, finalmente, falou:

– Agora você já sabe que...

– Não precisa dizer nada, Jack.

Olhou para mim, surpreso.

– O que você quer dizer?

Eu não sabia como abordar o assunto, não havia uma maneira leve de falar sobre aquilo. Mas eu tinha entendido perfeitamente o que ele não quis me contar um ano antes e qual era a origem do ódio que sentia por seu pai.

– Ele batia em vocês, não é?

Várias emoções cruzaram seu semblante, da surpresa ao cansaço. Por fim, apertou um pouco mais as mãos no volante.

– Como é que você sabe?

– Porque conheço aquele olhar de agressor – murmurei. – E conheço melhor ainda o olhar de uma vítima.

Jack desviou os olhos e se deixou cair no assento. Nunca o tinha visto tão cansado, parecia muito mais novo do que era, como se tivesse voltado a ser um menino pequeno e vulnerável.

– No começo, era só comigo – disse, finalmente. – Para o Mike ele ficava só olhando, até ele fazer dezenove anos. Sinceramente, não sei o que é pior. Comigo ele tinha se convencido de que podia me remodelar como quisesse, me tornar útil e se sentir orgulhoso. O Mike, por outro lado... lembro que, quando éramos pequenos, ele fazia de tudo pra chamar a atenção do nosso pai, mas era inútil. Ele sempre o deu por perdido.

Não soube o que lhe dizer. Antes que eu pudesse pensar em qualquer coisa, ele continuou.

– Pra mim não foi tão grave – acrescentou, meio hesitante –, pelo menos enquanto eu era pequeno. Aquilo era tão frequente que se transformou em... parte da rotina, de um modo estranho e perverso. Lembro de pensar que era a coisa mais normal do mundo, que acontecia em todas as casas e em todas as famílias. Só me dei conta de que era uma coisa errada alguns anos depois, quando bati num colega do colégio e o diretor me suspendeu por dois dias.

"Foi aí que comecei a perceber o que acontecia. Como minha mãe nunca tinha dito nada, eu não achava que fosse uma coisa errada. Eu podia aguentar alguns empurrões e tapas, mas o dia em que finalmente me dei conta de que precisava acabar com aquilo foi quando vi meu pai com o Mike. Ele nunca havia encostado um dedo no Mike, mas naquele dia ultrapassou seus limites. O Mike tinha roubado dinheiro dele."

– Por quê? – perguntei, perplexa.

– Jen... O Mike teve problemas com drogas desde muito jovem. Ele roubava dinheiro de todos nós pra comprar mais.

A revelação me deixou lívida. Depois de uns instantes de hesitação, me inclinei em sua direção.

– E... ele continua usando?

– Não. Quando ficou sabendo que eu estava indo pelo mesmo caminho, se desfez de tudo que tinha e tentou fazer com que eu fizesse o mesmo. Mais de uma vez, quase teve uma recaída, especialmente ao se ver em situações muito complicadas, mas... nunca vou me esquecer do que ele fez por mim.

Era a primeira vez que Jack falava de Mike como um irmão mais velho, e não como um incômodo do qual queria se livrar. Esbocei um sorrisinho triste, enquanto ele continuava seu relato.

– Naquela noite, flagrei meu pai batendo no Mike, mas não como batia em mim. Ele costumava me dar um tabefe ou um empurrão, mas com ele foi diferente: o Mike estava jogado no chão, e ele não parava de chutá-lo. O Mike cobria a cabeça, e mamãe chorava. E... não me lembro muito bem, mas perdi a paciência. Me atirei sobre ele e peguei-o tão desprevenido que ele se afastou do Mike e começamos a lutar. Ele tinha mais força, mas eu era mais jovem e tinha mais energia... mais raiva...

– Quantos anos você tinha?

– Quinze.

Me segurei para não falar nada. Balancei a cabeça e o deixei continuar.

– Lembro que ele me disse pra me afastar e que eu acabaria sendo um inútil como o Mike. Sei que continuamos brigando, e então... dei um soco na cara dele. Eu nunca havia batido em ninguém desse jeito. Seu nariz começou a sangrar e... bem, me acovardei. Seu primeiro impulso foi me pegar pelo pescoço e me empurrar para trás. Bati direto numa mesa de vidro que tinha na sala. E foi assim que acabei com as minhas costas.

Jack parou um pouco para se recompor. Estava muito triste.

– Naquela época, eu jogava basquete, você viu os troféus. Eu adorava, Jen, você não imagina o quanto. Eu estava perto de me tornar capitão do time, o outro cara ia se formar e queria que eu ficasse no lugar dele; eu ia ser o capitão mais jovem da história do colégio. Mas não rolou. Os troféus que você viu foram os últimos. Tive que esquecer de tudo aquilo, inclusive de dirigir. Na queda fui atingido na medula. Não lembro mais muito bem do diagnóstico, mas era difícil mexer as pernas e um dos braços, tudo me doía. Depois da cirurgia, fiquei quase dois anos fazendo reabilitação. Felizmente, aquilo não me afetou pelo resto da vida, mas não pude mais praticar esportes; não tenho mais a coordenação necessária, e sinto que meu ombro pode sair do lugar, então tive que parar.

Senti que ele me olhava, à espera de alguma reação.

– E por isso você começou... – Não soube como terminar a frase.

– Sim, comecei a me interessar pelas drogas naquela época. Tenho consciência de que não era a solução mais saudável, se pudesse voltar atrás... eu o faria, Jen, te garanto. O Mike largou as drogas na mesma época e tentou me ajudar, mas eu me fechei. Meu pai mal olhava pra mim, e eu não falava com minha mãe. De algum modo, eu a culpava. Dá pra acreditar? Dizia a ela que, se tivesse interferido antes, nada daquilo teria acontecido. Na verdade, eu tinha era medo de dizer isso pro meu pai. Nem sequer podia estar no mesmo cômodo que ele sem me acovardar.

– Por isso você saiu de casa tão cedo – deduzi.

– Sim. Quando estava no hospital, não tinha nada pra fazer. Mamãe levava livros e filmes pra me entreter, e eles eram minha única válvula de escape. Imagino que queria que eu a perdoasse, então, sempre que me visitava, me levava algo novo. Os livros não me interessaram tanto, mas comecei a gostar muito dos filmes. Comecei a pesquisar pela internet, a procurar informações sobre as técnicas usadas, como eram feitos...

– E descobriu que queria ser diretor de cinema – murmurei, sorrindo.

– Sim. Não demorei a chegar a essa conclusão.

Fiquei olhando para ele. Um pensamento me rondava.

– Jack... – comecei, e ele me olhou –, o que aconteceu com as suas costas...

– Sim? – perguntou, ao ver que eu não continuava.

– A tatuagem cobriu a cicatriz?

Fez-se um silêncio. Ele estava muito atento à minha reação.

– Sim.

– E você a fez... depois de tudo isso acontecer?

– Sim. A primeira custou noventa dólares, e eu estava bêbado quando fiz. – Esboçou um sorriso e olhou para o ponto de meu quadril onde sabia que estava a minha tatuagem. – Era um desastre. Fui tentar arrumá-la, mas muito tempo depois, quando consegui largar a cocaína. A ideia foi do Will. Eu a fiz porque queria que minha vida tomasse outro rumo, queria melhorar as coisas. Por isso deixei que você a fizesse, Jen – acrescentou, antes que eu pudesse intervir. – Não pense na cicatriz que tem ali embaixo. É... é simbólica. Significou um novo começo pra mim, e queria que a sua significasse o mesmo pra você.

Olhei para baixo. Em meu quadril havia uma pequena águia com as asas abertas, idêntica à que cobria sua nuca. Embora não fosse tão majestosa quanto a dele, eu gostava muito dela.

Quando ergui os olhos, surpreendi-o de cabeça baixa.

Espere aí, essa reação...

– Você pensou que eu fiquei chateada? – perguntei, incrédula.

– Você fez uma tatuagem sem conhecer a história que havia por trás dela. Eu não te culparia se estivesse chateada.

– Jack...

– Imaginei que, depois de me deixar, você se arrependeria de ter feito a tatuagem – comentou, com tristeza. – Naquela noite, eu não te disse nada, mas na festa da Lana vi que você ainda a tem. Você não faz ideia de como fiquei feliz por causa disso.

– Eu nunca a apagaria.

– Isso é o que dizem todos que fazem tatuagens com seus ex.

Apesar de ter conseguido me arrancar um sorriso, este não durou muito. Eu continuava pensando na história toda que Jack havia me contado. Uma parte dela ainda não conseguia entrar em minha cabeça.

– É verdade que sua mãe nunca fez nada? Nem a Agnes?

– Minha avó nunca soube de nada. Ela já tinha passado maus momentos com seu marido, e eu quis poupá-la da tristeza de descobrir que seu filho era exatamente igual. Ela acha que não me dou bem com meu pai porque... não sei muito bem por quê, na verdade. Mas, se ela soubesse o motivo, meu pai ficaria em maus lençóis.

– E sua mãe?

Eu não podia acreditar que ela não tivesse feito nada, isso simplesmente não entrava na minha cabeça. Eu não tinha filhos e nunca me deparei com a possibilidade de que um ente querido pudesse estar em perigo, mas era incapaz de pensar que não tentaria impedir que isso acontecesse.

Jack deu de ombros, num gesto de falsa indiferença.

– Nunca fez nada.

– Nunca? Mas... ela sabia? Sabia o que acontecia?

– Sim. E nunca fez nada.

Ele parecia devastado. Quis consolá-lo, mas não sabia se ele queria um abraço, se queria que alguém o tocasse, ou até mesmo falasse com ele, então esperei que reagisse. Depois de alguns segundos, ele me olhou com o rosto tenso e com uma expressão muito diferente, de vulnerabilidade.

– Ninguém nunca havia me defendido – admitiu, em voz baixa. – Nunca. Até esta noite. Até você chegar.

Abri e fechei a boca, incapaz de dizer algo coerente. Depois de algum tempo, consegui falar:

– Eu sempre vou te defender, Jack. Mesmo que às vezes você seja um idiota.

Disse isso para que ele sorrisse, e consegui.

– Eu sei. Nunca tive a segurança de ter alguém sempre ao meu lado. Não sei o que fazer nesses casos.

– Bom, então estamos empatados, porque eu também nunca tive alguém em minha vida que me apoiasse tanto quanto você.

Jack me contemplou durante alguns segundos.

– Que casalzinho de merda que nós somos, hein?

– Casal...?

– Eu não te conto nada, você me larga pra eu ir estudar do outro lado do mundo... não tem como isso dar certo.

Por um momento, esqueci que Jack tinha ouvido essa parte. De repente, meu sorriso se apagou e meus olhos se arregalaram. Agora era ele quem ria, estava cansado, mas mesmo assim tinha energia para zombar de mim.

Que cara insuportável.

– Se eu não gostasse tanto de você – comentou –, jogaria na sua cara que você acabou ouvindo meu pai, e olha que te mandei não fazer isso.

– É... – suspirei. – Pode jogar isso na minha cara, mas só uma vez. Assim ficaremos em paz.

– Então tá: eu te avisei.

– Eu sei. Fui uma idiota.

– Não uma idiota, mas uma garota que passou metade da vida sendo manipulada. Mas você já não é assim – acrescentou, me olhando mais detidamente. – Você... mudou.

– Pra pior? – brinquei.

– Não, Jen, pra melhor. Você não parece a mesma. Não tem medo de dizer o que pensa ou de enfrentar alguém como meu pai pra deixar claro que não vai se deixar manipular outra vez. A Jen do ano passado teria sido incapaz de fazer algo assim.

O fato de ter ficado vermelha me tirou um pouco de credibilidade, mas ainda assim me senti muito bem com suas palavras. Sim, eu me sentia muito melhor comigo mesma, mas parecia que ninguém mais havia notado. Jack foi o primeiro a falar sobre isso, e ele o fez com um olhar tão terno que quase afundei o rosto entre as mãos.

– Outro dia você me falou que eu podia ser o Jack ou o Ross – comentou. – Pois você era a Jenny, mas agora é a Jen.

– E de qual você gosta mais? Seja sincero.

Ele fingiu pensar sobre o assunto, embora fosse óbvio que já sabia a resposta.

– Deixa eu ver, a Jenny era legal. Era simpática e eu gostava muito dela, mas a Jen me deixa com muito mais te...

– Jack!

– Você pediu pra eu ser sincero!

– Não tanto!

– Gosto mais da Jen – esclareceu, num tom menos brincalhão. – Muito mais, eu diria.

– Muito bem.

– Você parece muito orgulhosa de si mesma, hein?

– E estou.

Jack sorriu e, para minha surpresa, estendeu a mão até alcançar a minha. Já não havia sorrisos. Ele parecia um pouco nervoso.

– Eu ouvi quase toda a conversa. Esse dinheiro que você aceitou... é mesmo pra me ajudar?

Assenti imediatamente e apertei sua mão.

– Quando você estiver pronto...

– Estou pronto. Porra, mais do que pronto. – Fechou os olhos. – Faz algum tempo que estou pensando nisso, e... não quero começar a turnê do meu filme estando chapado. Quando eu for velho, não vou querer ver as fotos da minha maior conquista e constatar que minha lembrança seja essa. Você tem razão, Jen. Preciso de ajuda.

– E todos nós estaremos com você – garanti.

Jack deu um meio-sorriso e se inclinou um pouco mais pra perto.

– Você também, né?

– Serei a primeira, seu bobo. Como não?

– Eu ouvi a parte em que você disse ao meu pai que me amava.

Ah, esse pequeno detalhe...

Se eu dissesse que não senti um pouco de pânico, estaria mentindo. E não porque não fosse verdade, mas porque nunca tinha me atrevido a dizer aquilo a alguém, pelo menos de modo consciente.

Sua expressão estava um pouco tensa, como se esperasse que eu dissesse algo. Eu não sabia se faria isso ou não; naquele momento, eu nem sequer conseguia falar.

– É verdade? – insistiu. – Se for verdade, diga que me ama.

– Ah, você já sabe...

– Mas acho que, se você não me disser, vou ter um infarto.

Comecei a rir, e isso, inconscientemente, fez meu corpo relaxar. Por fim, assenti com a cabeça. Que sentido havia em continuar negando?

– Eu te amo.

Jack demorou um pouco a reagir, mas depois envolveu meu rosto com suas mãos.

– Sem mais segredos – ele disse, me olhando atentamente. – Me promete, Jen. Nunca mais. Quero que você fale comigo, e não que saia correndo porque acha que é o melhor pra mim.

– Sinto mui...

– Não me diga que sente muito, diga que não vai fazer isso outra vez.

Coloquei uma mão sobre a dele.

– Sem mais segredos. Eu prometo.

Quando se inclinou para me beijar, pude sentir seu alívio. Fiquei sem ar por causa do beijo, que tinha consistido apenas em apertar seus lábios nos meus. Mal tive tempo de processar isso quando ele se afastou de mim.

– Eu também te amo, Jen.

E voltou a se inclinar sobre mim. Quando me beijou de novo, foi de um modo muito menos lento e suave, deixando entrever a vontade que sentira de fazer isso desde que havíamos nos reencontrado. Com certeza, ele percebia que o mesmo acontecia comigo, porque me sentia exatamente igual. Sem conseguir me conter, fechei os olhos e me apoiei em seu banco para ficar mais perto dele.

No entanto, assim que tentei abrir minha boca sobre a sua, Jack se afastou e se endireitou no banco.

– Não – declarou, decidido. – Sei quais são suas intenções quando você me beija assim, e não quero fazer isso com você até que eu esteja limpo.

Pestanejei, surpresa, e me sentei direito outra vez.

– Ah... tá bom. Como quiser.

Durante alguns segundos eternos, permanecemos em silêncio, olhando para a frente. Eu batucava com um dedo sobre o joelho, enquanto ele fazia o mesmo no volante.

Depois de algum tempo, não pude mais aguentar e voltei a falar:

– Jack?

– Sim?

– Isso de esperar me parece muito bonito.

– Sim.

– Diz muito sobre você.

– Sim...

– Mas não acho que eu tenha tanta paciência.

Para minha surpresa, ele soltou o maior suspiro de alívio da história.

– Puxa, ainda bem, porque eu também não tenho.

Dessa vez, ele não se conteve. Segurou minha nuca para me beijar na boca. Tanta intensidade me pegou desprevenida. Mal havia recuperado o juízo quando vi que ele saiu do carro para abrir a porta para mim. Me ofereceu a mão, mais nervoso do que queria aparentar, e deixei que me guiasse até o elevador.

Assim que a porta se fechou, me olhou como se não soubesse o que fazer. Resolvi a situação puxando seu moletom para ficar mais perto dele, que envolveu meu quadril com as mãos e me empurrou até me deixar com as costas grudadas na parede do elevador. Não se afastou até a porta se abrir, e demorou tanto a se mexer que a porta começou a se fechar outra vez. Me afastei dele e, rindo, estiquei a perna para segurar a porta.

Quando chegamos à porta do apartamento, nossa respiração estava agitada, e nossas bochechas, vermelhas. Jack tirou as chaves do bolso e tentou enfiá-las na fechadura, com tanta pressa que precisou de três tentativas até conseguir abrir a porta. Ao perceber que eu estava rindo, me deu um sorrisinho de olhos semicerrados.

– Você me acha engraçado, Michelle?

– Eu te acho tão fofo que vou ignorar que me chamou de Michelle.

Passei ao seu lado para entrar no apartamento. Meu sorriso se apagou assim que ele fechou a porta e me pegou pela nuca para me fazer girar e grudar sua boca na minha.

Ok, acabaram as risadas.

Ao sentir que ele se inclinava para me segurar pela parte baixa das costas e me encostar em seu corpo, afastei um pouco a cabeça. Isso foi o suficiente para ter certeza de que a sala estava vazia, antes de Jack colocar um dedo em meu queixo para virar meu rosto para o dele.

Não sei quanto tempo passamos na sala, mas, quando ele se afastou, eu já não podia mais. Minha respiração estava um desastre, e uma onda de calor tinha deixado meu rosto vermelho. Jack me pegou pela mão e me levou direto para o quarto. Uma vez lá dentro, hesitou novamente. Decidi assumir o comando da situação: puxei-o de novo pelo moletom, agora para empurrá-lo em direção à cama. Já apoiado sobre seus cotovelos, montei nele, que sorria surpreso e encantado ao mesmo tempo.

– Puxa, quando eu falei que gostava da nova Jen, não sabia o quanto era verdade.

– Quer que eu tape sua boca?

– Está falando sério? Porque eu estou aberto a dar esse passo, hein? Sem problemas.

Foi minha vez de rir, e Jack parou quando enfiei minhas mãos sob seu moletom para tirá-lo. Se endireitou em seguida, facilitando o meu acesso, e a roupa foi parar em algum canto do quarto que não tinha a menor importância para nenhum de nós. Então ele puxou meu suéter para cima e o arrancou junto com a camiseta que usava embaixo. Senti seus lábios cálidos sobre a pele de minha barriga, e como subiam entre meus seios até o pescoço. Era o mesmo percurso que ele tinha feito naquela festa, só que agora o destino final acabou sendo minha boca. Enquanto me beijava, afundou uma mão em meus cabelos, e envolvi seu pescoço com os braços.

As roupas logo desapareceram, assim como o nervosismo que havia nos invadido depois que fechamos aquela porta. Eu adorava ficar com ele, adorava o modo como me olhava, como me acariciava... até mesmo as coisas que me dizia em voz baixa, fosse para me fazer rir ou para me deixar vermelha. Adorava como ele fazia eu me sentir, e o que eu mais adorava era como eu o fazia se sentir.

Pouco depois, na penumbra do quarto, vi como seu rosto descansava sobre meu peito e como seus braços rodeavam minha cintura. Jack estava profundamente adormecido. Meus dedos acariciaram a tatuagem em sua nuca, e ele se agarrou ao meu corpo quando senti a aspereza de sua cicatriz.

Não, Jack não voltaria a ficar só. Nenhum dos dois voltaria. Nunca mais.

13

COMEÇAR DO ZERO

– COMO VOCÊ TÁ? – perguntei, meio inutilmente.

Will dirigia em silêncio. Naya, ao seu lado, nos olhou de soslaio. Somente Jack me acompanhava no banco traseiro do carro.

Ele havia passado a manhã em silêncio, pensativo, dando voltas pelo quarto. Quando comentei a situação com Will, ele me recomendou que o deixasse algum tempo sozinho. Claro, ele tinha razão. Ao meio-dia, Jack apareceu com as mãos nos bolsos e me pediu o folheto da clínica de reabilitação que estávamos olhando.

Na verdade, tínhamos pesquisado mais de uma. Não estava muito certa a respeito do orçamento de que dispúnhamos, além dos vinte mil dólares vindos do cheque de seu pai.

Felizmente, Joey se mostrou mais do que disposta a me ajudar.

Na mesma manhã em que Jack me pediu o folheto, Joey foi até o apartamento e, juntas, procuramos mais informação na internet. No final, selecionamos quatro clínicas diferentes e imprimimos os folhetos de cada uma. Admito que estava um pouco nervosa quando os mostramos aos meus amigos, especialmente por causa de Jack, pois não sabia como ele reagiria. Para surpresa de todos, ele simplesmente os pegou e pensou no assunto por algumas horas.

Tal como eu suspeitava, a que ele escolheu – que não era a mais cara – parecia-lhe atraente porque ficava mais perto do apartamento. Ficava nos arredores da cidade, a uma hora e meia de carro. Embora fosse impossível visitá-lo todos os dias, as outras ficavam tão longe que não poderíamos vê-lo nem uma vez por semana. Além disso, por telefone pareciam ser os mais simpáticos: diferentemente das outras clínicas, falavam de seus pacientes como seres humanos, e não como números de uma longa lista.

Portanto, ali estávamos, no carro, a caminho da clínica. A bagagem mínima de Jack ocupava o porta-malas, e ele não tinha desgrudado os olhos da janela desde que entramos no carro. Quis lhe perguntar mais uma vez como estava, mas duvidei que me respondesse.

– Querem ouvir um pouco de música? – sugeriu Naya, para quebrar o silêncio.

– Tá bom – concordei.

Will também assentiu com a cabeça.

Como Jack não falou nada, ela tomou isso como uma resposta afirmativa.

A música amenizou o restante da viagem, e acabamos chegando antes do que eu gostaria. Uma parte de mim estava apavorada com a ideia de deixá-lo sozinho num estado tão vulnerável, enquanto a outra parte tinha certeza de que estávamos fazendo o que era preciso.

O lugar me pareceu muito mais bonito do que eu havia imaginado. Ficava numa zona rural, rodeada de granjas e de casas de campo, e na entrada havia uma rotatória com laranjeiras em flor. O prédio em si era integrado à natureza: as paredes eram cobertas de trepadeiras, e os vasos de flores estavam bem cuidados.

Jack também se surpreendeu ao ver o local. Assim que desceu do carro, fez sombra com uma mão e olhou para tudo com as sobrancelhas arqueadas. Quis fazer uma brincadeira, mas não achei que era o melhor momento.

– Gostou? – perguntei a ele.

– Nada mal.

Era a primeira vez em um bom tempo que ele me respondia, então aproveitei para me aproximar e colocar minha mão em seu braço. Embora não tenha olhado para mim, também não se afastou.

– Você viu as fotos do folheto?

– Sim... Algumas.

– O lugar parece legal, né?

– Não tem cara de que vão me amarrar na cama, se é o que te preocupa.

Bem, talvez seu humor estivesse para brincadeiras.

Ou talvez ele estivesse tentando disfarçar o nervosismo com um pouco de humor. Por seu sorriso tenso, imaginei que fosse esse o caso.

Não tive muito tempo para pensar sobre isso, porque Will e Naya já estavam falando com a mulher baixinha de cabelo encaracolado que veio nos atender. Ela me pareceu muito gentil e mostrou a todos nós as instalações, antes de mostrar para Jack aquele que seria o seu quarto, que iria dividir com outra pessoa.

– Não consigo te imaginar dividindo o quarto – disse Naya, sorrindo.

Jack deu de ombros.

– A Jen dividiu o quarto com você e acabou me conhecendo. Espero ter essa sorte.

– Mas é convencido!

Quando a visita terminou, Jack parou de fazer comentários engraçadinhos em cada uma das salas e ficou remexendo os dedos dentro dos bolsos da calça. Já na porta de entrada, a funcionária se afastou para que pudéssemos ter um pouco de privacidade.

Hora de se despedir.

O tempo tinha passado muito depressa, eu não queria ir embora, não tão cedo. Pensei em perguntar se podíamos ver alguma outra sala, mas então Naya se adiantou a mim. Para meu espanto absoluto, ela ficou na ponta dos pés e envolveu Jack com os braços. Acho que nem ele mesmo esperava por isso, porque deu um pulo, assustado.

– Estou muito orgulhosa de você – ela disse, abraçando-o.

– Ah... hã... eu...

– Se precisar de alguma coisa: roupa, comida... nos avise, ok? Posso fazer uns cupcakes e trazer pra você!

Bem, isso fez Jack reagir.

– Me contento com o abraço! – respondeu imediatamente, e o retribuiu com mais vontade do que nunca.

Will foi o próximo e, embora não tenham se abraçado, falaram alguma coisa um para o outro em voz baixa. Preferi não ficar muito perto para preservar sua privacidade.

Quando chegou a minha vez, Jack deu um sorrisinho mais animado. E fiquei na dúvida: abraçava-o ou não? Felizmente, ele resolveu isso passando um braço pelos meus ombros e puxando-me para si. Depois de um pequeno beijo, ele se afastou e fixou seu olhar no meu.

– Última frase antes de nos despedirmos? – perguntou.

– Preocupe-se apenas em ficar bem que eu me encarrego de garantir que, quando você voltar, o apartamento ainda exista.

De volta ao apartamento, meu único consolo foi a gargalhada que ele deu quando eu disse isso.

Era errado sentir sua falta? Deixe-me ver: sim, ele estava na clínica para o seu próprio bem, para cuidar de sua saúde, mas isso não significava que eu não sentisse sua ausência.

A primeira semana foi a mais difícil, não apenas por ele não estar presente, mas porque eu não podia ligar para ele toda hora para saber como estava. Na clínica, não o deixavam ficar com o celular vinte e quatro horas por dia, e ele já tinha me avisado que não iria me ligar todos os dias. Certamente, preferia se desconectar um pouco do mundo, então resolvi que o melhor era deixar que ele decidisse quando iria ligar.

Depois desses primeiros dias, fui me acostumando à ideia de falar menos com ele, a dormir sozinha, a conviver somente com Will, Naya e Sue... O que mais me ajudou foram as aulas. Minha concentração aumentou, minha relação com meus colegas melhorou, e aos poucos minhas notas também começaram a melhorar. Curtis até começou a me chamar de...

– Ei, nerd.

Sim: nerd.

Em pleno mês de março, todos os alunos procuravam as áreas ensolaradas para ficar lagarteando, loucos para que o verão começasse.

Curtis e eu estávamos deitados na grama que rodeava nosso prédio da faculdade, um ao lado do outro, esticados para lados opostos, com as cabeças juntas. Ele deu mais um gole no refrigerante que tinha acabado de comprar; eu me limitei a continuar olhando para as nuvens.

– Você não me escutou? – ele protestou.

– Sim, mas estou tentando te ignorar.

– Curtis! Jenna!

Levantamos a cabeça na mesma hora. Chris se aproximava de nós com um grande sorriso. A julgar pela sacola de comida que carregava, estava em seu horário de descanso.

Meu amigo imediatamente ficou tenso dos pés à cabeça. Fazia várias semanas que não se viam, e não haviam terminado exatamente em bons termos, especialmente porque Curtis deixara de atender suas ligações.

Mas Chris não parecia estar chateado. Limitou-se a se sentar ao nosso lado com um grande sorriso e a pegar sua comida.

– Que bom, não gosto de comer sozinho – comentou casualmente. – Estão com fome? Querem um pouco?

Olhei para os dois. Curtis engoliu em seco.

– Hã... eu estou bem, obrigado.

– Eu não me importaria de comer alguma coisa – comentei, tentando me manter afastada da tensão entre eles. Me aproximei de Chris e apontei para sua marmita. – O que tem aí?

– Canapés de frango com queijo e amêndoas. Prove um, você vai gostar. Não é pra me gabar, mas a pobre Naya não tem o menor dote culinário porque ele ficou todo comigo.

Curtis riu entre os dentes enquanto eu enfiava um dos canapés na boca. Realmente, estava delicioso. Chris deve ter percebido isso em minha expressão, porque esboçou um sorrisinho orgulhoso.

No entanto, depois disso voltamos àquele silêncio desconfortável. Chris não parecia estar consciente disso, e foi o primeiro a falar:

– Como está o Ross? Você já foi vê-lo?

Ah, pergunta complicada. Fiz uma careta.

– Não... ele não quer que ninguém vá até lá.

– Nem os pais dele?

Se você soubesse, Chrissy...

– Não. Eles também não.

A única coisa que interrompeu o silêncio que se seguiu a essa frase foi o som que Chris e eu fazíamos ao mastigar. Curtis sorveu ruidosamente o refrigerante, imagino que para diminuir o incômodo, mas não adiantou muito. Chris estava na dele.

– E você, como tá? – perguntei a Chris.

– Bem, como sempre. Não posso reclamar.

– E o alojamento?

– Pra ser sincero, estou começando a me cansar um pouco – admitiu, com um suspiro.

– Sério?

– Sim. Não é fácil trabalhar o dia inteiro, fazer tudo da melhor maneira possível, e depois as pessoas nem responderem nem explicarem por que não querem mais te ver. Não sei, acho que mereço que me falem as coisas claramente, não? Afinal, fiz de tudo pra tentar fazer as coisas funcionarem. Mas tudo bem, tenho muitas ofertas de trabalho, e com certeza num novo emprego as pessoas vão me tratar como mereço.

Curtis pestanejou, surpreso, quando Chris fechou o pote da marmita e se levantou.

– Acabei de me lembrar que tenho uma entrevista bem agora – disse, com alegria, e acenou para nós. – Tchau, tchau.

Ambos o seguimos com o olhar, pasmos. Curtis nem bebeu mais seu rcfrigerante.

Quando contei isso a Naya, naquela mesma tarde, ela começou a gargalhar e a aplaudir. Parecia muito orgulhosa de seu irmão mais velho.

– Assim é que eu gosto! Que deixe as coisas claras!

Sue, Mike e Will estavam conosco. Sue franziu o cenho.

– Não foi você que os apresentou?

– Bom, eu já sou perfeita em todo o resto, não posso ser também uma boa casamenteira.

– Disse ela, humildemente...

– Além disso, ele é mais velho – ressaltou Naya. – Não posso estar sempre o ajudando, ele tem que se virar sozinho.

Todas as cabeças se voltaram lentamente para Mike, que tentava empurrar a lata de cerveja com os joelhos para levá-la à boca. Quando percebeu que todo mundo o observava, ergueu os olhos.

– O que foi?

– Não sei – comentou Sue. – Isso de um irmão mais velho ter que ser ajudado eternamente por seu irmão mais novo... não te lembra de alguma coisa?

– Não seja cruel – pediu Will, embora estivesse sorrindo.

Felizmente, Mike não costumava se ofender com esse tipo de comentário. Apenas largou a lata de cerveja sobre a mesa e nos olhou com curiosidade.

– Por falar em irmãos mais novos...

– Vejam como ele se esquivou da pergunta. – Sue começou a rir.

– ... e o meu irmão? Como vão as coisas pra ele no hospício?

– Não é um hospício! – repliquei imediatamente.

– A gente não sabe – acrescentou Will. – Não por ele, pelo menos. A enfermeira diz que tudo está indo muito bem, mas ele não quer falar com a gente.

– Por que não?

– Isso você teria que perguntar a ele – disse Naya –, mas ele não deixa.

Mike ficou um tempo sem dizer nada. Inclusive quando chegaram as pizzas que havíamos pedido eu o vi remexendo uma das fatias, sem demonstrar grande apetite. Eu quis lhe perguntar algo, mas ele se adiantou e nos disse que tinha de sair mais cedo. Foi embora antes que alguém pudesse lhe perguntar qualquer coisa.

No dia seguinte, a enfermeira ligou para Will para lhe informar que Mike tinha passado a manhã inteira com seu irmão. Não tenho ideia do que ele possa ter dito, mas naquela mesma noite Jack ligou para mim pela primeira vez desde que havia ido para a clínica.

Como eu não esperava por isso, atendi a ligação de má vontade:

– Sim?

– Oi, Jen...

Eu tinha ido até a lavanderia lavar roupa e parei de repente, enquanto esfregava uma mancha. Fazia mais de um mês que não falava com Jack, e achei estranho que sua primeira frase tenha sido tão cautelosa...

– Oi – eu disse, precavida.

– O Mike veio aqui hoje de manhã.

Sério? Era essa a primeira coisa que ele tinha para me dizer? Abandonei o suéter e suspirei.

– E como foi?

– Bem. Eu... olha... não sei como começar. Você tá... brava comigo?

Era uma boa pergunta. Eu me sentia frustrada com muitas coisas, mas talvez "brava" não fosse a palavra mais adequada.

– Por não ter me ligado até agora? – adivinhei.

– Sim, por isso.

– Se você precisa ficar afastado durante um tempo, eu entendo. Isso que você está passando não é fácil e...

– Não, Jen – ele me cortou. Então me dei conta de que ele soava meio congestionado, como se estivesse resfriado. – Não é que... olha... Não é que eu não quero falar com você. Puxa, eu não penso em outra coisa que não seja em vocês, especialmente em você, mas...

Permaneceu em silêncio por tanto tempo que achei que tinha desligado, mas depois retomou a conversa.

– Mas eu não quero que vocês me vejam assim – finalizou.

Eu já desconfiava, por isso não havia insistido muito. No entanto, era ruim saber que ele se sentia assim.

– Jack – comecei, no tom mais compreensivo que consegui assumir –, somos seus amigos. Se você precisar de apoio, estaremos aí. Não importa em que situação você se encontre.

– Sim, tá bom... É muito fácil dizer isso sem ver como eu estou.

– Você se sentiu desconfortável com o Mike?

Ele pensou nisso por algum tempo.

– Não. Mas ele sabe como essas coisas funcionam.

– O Will também sabe. E se ele fosse aí?

– O Will? – De novo, ele precisou pensar. – Sim... eu gostaria de ver o Will.

Suspirei outra vez, agora aliviada.

– Se você quiser, digo pra ele ir te ver amanhã, depois da aula.

– Ok. Obrigado, Jen.

– De nada. Depois te passo minha taxa de mensageira.

Seu riso suave me fez sorrir. Ele parecia muito mais tranquilo do que no começo da ligação.

– Como você tá? – me perguntou, então. – Como vão as aulas?

E comecei a lhe contar tudo que havia acontecido durante sua ausência, que não tinha sido grande coisa. Ele me ouviu atentamente e chegou a rir em algum momento. Mas, apesar disso, eu estava achando meio triste ter que desligar e deixá-lo sozinho de novo. Desejava estar um pouquinho mais perto dele. Embora ele não quisesse receber visitas, pelo menos eu teria o consolo de poder acudi-lo a qualquer momento.

Cumprindo sua palavra, Will foi vê-lo no dia seguinte. Naya o fez levar os cupcakes que havia prometido, que estavam chamuscados e cobertos por uma estranha calda vermelha que Sue diagnosticou como "sangue espesso". Suspeitei que não chegaram a comê-los, mas Will voltou com um grande sorriso nos lábios e com a bandeja vazia.

Quis retribuir aquele sorriso, mas a verdade é que me senti um pouco excluída. Will e Mike podiam visitá-lo, mas eu não? Queria ser compreensiva, queria mesmo, mas, às vezes, quando me sentia insegura, era muito complicado.

As semanas se sucediam, e eu as vivia como algo passageiro. Comecei a curtir minha rotina e retomei as corridas matinais. Cheguei a falar algumas vezes com meus pais, que tentavam me ligar para recuperar a relação, apesar de não terem se desculpado. Eram conversas muito incômodas, e continuariam assim até que eles dessem o braço a torcer.

Bem no meio de uma dessas ligações, cheguei em casa e me deparei com uma cena curiosa. A primeira coisa que vi foram uns sapatos de salto alto jogados no corredor, depois, roupas espalhadas por toda parte e, finalmente, Sue, que batia com força na porta do banheiro enquanto Naya gritava lá de dentro. Pelo jeito, ela tinha se trancado ali.

– Hã... mãe, eu te ligo outra hora – murmurei e desliguei.

Sue, furiosa, deu um pontapé na porta.

– Estou me mijando!! ABRE ESSA PORTA DE UMA VEZ!

– NÃO! Me deixa em paz!

– Você não pode ver sua novela no quarto?! O banheiro foi feito para as pessoas que querem mijar!!!

– ME DEIXA EM PAZ!

– O que está acontecendo? – interrompi, me desviando dos sapatos para chegar até elas.

Sue se virou para mim. Estava com os joelhos grudados e com uma mão entre as pernas. Com a outra, esmurrava a porta do banheiro. Era claro que se tratava de uma emergência de nível grave.

– Se você não abrir essa porta, vou mijar no tapete do seu quarto! – Sue garantiu, furiosa.

– Ceeerto... é melhor tentar fazer ela abrir a porta.

– Então tenta você!

Sue deu um pulinho para o lado, ainda com cara de sofrimento. Bati na porta com os nós dos dedos.

– Naya, o que houve? Aconteceu alguma coisa?

– Não! Me deixa em paz!

Essa não! Ela parecia ter chorado. Preocupada, tentei abrir a porta.

– Se você abrir, pode nos contar o que está acontecendo e vamos poder te ajudar.

– Eu não vou te ajudar! – disse Sue.

Eu a repreendi e revirei os olhos; pelo menos Naya não voltou a pedir que fôssemos embora. Ouvi-a fungar e depois dar uns passinhos, cada vez mais próximos.

– Não sei se quero contar.

– Seja o que for, vamos pensar no que fazer.

– Não sei, Jenna...

– É melhor dividir isso com a gente do que carregar o peso todo sozinha, não?

Aquilo a convenceu. Depois de alguns instantes de hesitação, destrancou a fechadura e abriu a porta. Estava com um vestido de festa cor-de-rosa e a maquiagem escorrendo pelo rosto. Estava chorando havia um bom tempo.

Quando eu ia dizer algo, Sue passou voando entre nós.

– NÃO CONSIGO SEGURAR MAIS!

Ela não se importou muito que estivéssemos ali, abaixou as calças e imediatamente se sentou no vaso. Eu me virei para Naya, que tinha começado a chorar outra vez. Eu não sabia se a abraçava ou se lhe dava um pouco de espaço.

– O que foi? – perguntei a ela, em voz baixa, preocupada.

Sua resposta foi cobrir o rosto com uma das mãos e continuar chorando. Com a outra, Naya me mostrou o que estava escondendo. Era uma espécie de bastão branco e rosa, protegido por um invólucro de plástico, que peguei já arqueando uma sobrancelha.

– O quê...? – comecei, mas me calei de repente ao ver o que era. Ergui os olhos na direção de minha amiga, pasma. Ela chorou com mais força ainda, como se isso fosse possível. – Naya, você está grávida?

Justo naquele momento, ouvimos um barulhinho de xixi. Naya e eu nos viramos. Pela primeira vez na história, Sue ficou vermelha.

– P-perdão! Foi o choque...

Revirei os olhos enquanto ela se apressava em vestir a calça e lavar as mãos. Naya tinha voltado a soluçar, agora sentada no chão. Parecia desolada. Sem saber mais o que fazer, me sentei ao seu lado e passei o braço por cima de seus ombros.

Sue pegou o teste e as instruções e começou a investigar. Talvez estivesse tentando averiguar se as duas barrinhas eram um resultado negativo.

– Pode ser um engano – sugeriu.

– Esses testes nunca falham! – protestou Naya, entre soluços.

– Bom, podemos fazer outro teste – apoiei a ideia. – É melhor ter certeza antes de chegar a conclusões precipitadas, né?

Porém, duas idas à farmácia e dois testes mais tarde, o resultado não mudou. E, consequentemente, o pranto de Naya não diminuiu. Suspirei, passando a mão em suas costas. Sue se sentou junto conosco no chão, era ela a encarregada de passar a embalagem de lenços de papel para Naya toda vez que o que ela tinha à mão se desfazia por causa das lágrimas e do ranho.

– Isso... vai arruinar a minha vida! – Naya choramingava.

Sue fez uma careta.

– É um bebê, não uma hipoteca.

– Cala a boca!

– Espera, vamos pensar um pouco – sugeri. – Neste momento isso pode parecer algo muito grande, mas...

– *É algo muito grande, Jenna!* – Naya deu um pulo, afastando-se de mim, sem parar de chorar.

– O que eu não entendo é como isso foi acontecer – interveio Sue, entregando um novo lenço de papel para Naya. – Vocês não usam preservativo?

– Não... no ano passado comecei a tomar pílula.

Franzi o cenho.

– Bom, isso devia funcionar, não?

– Sim... mas tenho que tomar uma pílula todos os dias na mesma hora e... hã...

– Deixe-me adivinhar – comentou Sue –, às vezes você esquece.

Naya ficou tão vermelha quanto seus olhos já estavam e abaixou a cabeça.

– Achei que não ia acontecer nada!

– E veja como aconteceu... o milagre da vida.

– SUE!!!

– Ok, vamos nos acalmar – sugeri, erguendo os braços em sinal de rendição. – A pergunta aqui é: o Will já sabe?

Naya negou lentamente com a cabeça.

– Ele foi visitar o Ross outra vez, só vai chegar em casa à noite. A gente queria sair pra jantar num daqueles restaurantes chiques... eu estava muito empolgada... Ia ser nosso presente de aniversário.

– Pois veja que presente de aniversário... – murmurou Sue.

E Naya começou a chorar outra vez, agora pendurada no ombro de

Sue, que deu um pulo e tentou sair correndo. Eu a impedi, com um olhar de advertência.

– Você pode contar pra ele durante o jantar – Sue comentou, depois de ver que não conseguiria escapar.

– Não sei... e depois? Digo a ele que não terá outra opção além de se tornar pai? Ele vai me odiar!

– O Will nunca te odiaria – opinei –, muito menos por esse motivo.

– Isso é verdade – opinou Sue.

– Ok, mas vai continuar existindo um bebê que arruinará a nossa vida.

Fiz uma careta.

– Minha irmã teve um filho quando era bem mais nova do que você e sempre disse que essa foi a melhor decisão que tomou na vida – comentei. – E meus pais se casaram aos vinte anos. Eram outros tempos, mas, bem... é só pra você ter uma ideia.

– Também existe a possibilidade de não ter o bebê – acrescentou Sue. – Pelo menos isso é o que eu faria. Mas também é verdade que meu instinto maternal é igual ao da Cruella.

Naya, afinal, se afastou dela e abraçou os joelhos. Pelo menos deixara de soluçar.

– Bom, eu sempre gostei muito de crianças – admitiu. – E sempre gostei da ideia de ter filhos ainda jovem, mas... não pensei que isso chegaria tão rápido. Ainda nem terminei a faculdade. O Will vai se formar em um mês, sim, mas... não sei...

– Você não precisa decidir isso hoje – comentei. – Fale com o Will esta noite, e amanhã, mais tranquilos, vocês podem consultar um ginecologista.

– Sim – acrescentou Sue. – Com certeza será um conselheiro melhor do que nós.

Isso fez nossa amiga sorrir e se sentir um pouco menos desanimada. Depois de contemplar por um tempo os três testes positivos, levantou-se abalada e se olhou no espelho.

Sua expressão passou da tristeza ao horror no mesmo instante.

– Mas por que ninguém me avisou que eu estava um desastre?!

– Hã...

– Achamos que era uma escolha sua – comentou Sue.

Dei-lhe uma cotovelada, e ela soltou uma risadinha malévola. Naya afundou o rosto nas mãos.

– Mas isso é um desastre!

– Não é, Naya – falei. – Sente-se.

– Hein?

– Parabéns, você acaba de contratar duas estilistas profissionais que vão te ajudar em tudo que precisar.

– Duas? – perguntou Sue, que suspirou ao ver minha cara. – Ok... duas.

14

O RESTAURANTE DOS ANOS SESSENTA

EU BRINCAVA COM OS DEDOS, ANSIOSA. Will, que estava ao meu lado, dirigindo, fez o que pôde para ocultar um sorrisinho.

– Você tá bem?

– Sim, sim. Perfeitamente. Você acha que o Jack vai ficar feliz em me ver?

– Considerando que foi ele quem pediu que você fosse... eu diria que sim.

Já haviam se passado dois meses e meio. Eu sabia que as coisas estavam melhorando porque Jack tinha passado da situação de não querer me dar muitos detalhes sobre como ele estava para outra em que me garantia que seria bom que eu o visitasse. Por causa das provas da faculdade, tive que postergar a visita até aquele dia. Finalmente, iria vê-lo novamente.

Will estacionou o carro na rotatória da entrada. Com um suspiro nervoso, me despedi dele e saí do carro. Percorri o caminho a passos largos, ansiosa para entrar, e fiquei feliz ao ser recebida por um funcionário da clínica. Se tivesse de ficar muito tempo esperando no hall de entrada, teria tido um ataque do coração.

De qualquer maneira, tive de esperar. Me fizeram aguardar sentado num corredor com cadeiras de plástico, paredes amarelas e piso de lajotas brancas. Era a única sala do lugar que parecia ter saído de um hospital. Batuquei os dedos nos joelhos; estava usando calça comprida e uma camiseta regata e não parava de suar. Estávamos em maio e começava a fazer calor. Ou eu é que estava muito nervosa? Talvez um pouco das duas coisas.

Ergui a cabeça assim que ouvi passos no corredor. O homem que havia me acompanhado até ali sorriu e fez um sinal: Jack acabava de sair de uma das salas. Me levantei de um pulo, entusiasmada.

Ele estava um pouco menos magro do que eu me lembrava, mas mais pálido. Tinha cortado um pouco o cabelo, que já não parecia tão bagunçado como de costume. Vestia uma bermuda de algodão que lhe chegava aos joelhos e um moletom cinza, aberto. Estava com as mãos escondidas nos bolsos. Tudo isso, porém, não tinha a menor importância para mim, porque, logo que me viu e abriu um grande sorriso, compreendi tudo o que precisava saber: que ele estava perfeitamente bem.

Começamos a avançar com mais rapidez, quase ao mesmo tempo. Nos encontramos no meio do corredor, e não consegui mais me segurar: me atirei sobre ele, que de algum modo conseguiu me segurar em seus braços e continuar de pé. Nem sequer pensei, envolvi seu pescoço com os braços, e Jack começou a rir, com o rosto em meu ombro.

– Ok, admito que eu também estava com saudade de você.

O homem que havia nos acompanhado falou algo sobre nos deixar a sós por algum tempo e entrou no quarto do qual Jack havia saído. Assim que ficamos sozinhos, me afastei de Jack e segurei seus braços. Precisei examiná-lo de cima a baixo várias vezes antes de me convencer de que ele estava realmente bem, o que ele pareceu achar muito engraçado.

– E então, aprovado?

– Depende de como você se comportar – brinquei, mas não consegui segurar o sorriso por muito tempo. – Sei que você me pediu pra vir na semana passada, mas eu estava em período de provas e não...

– Fica tranquila, eu também não fui te ver.

– Mas você não podia!

– Pois é. Fica em paz.

Enquanto eu ria, Jack indicou a porta de vidro no final do corredor.

– Quer ver o jardim?

O jardim era um pouco maior do que eu havia imaginado: com um campo de futebol, uma piscina e um estábulo, parecia a casa de campo de algum milionário. Jack, porém, preferiu ficar no terraço, coberto por uma estrutura de madeira e trepadeiras, onde havia vários bancos de pedra. Outros pacientes estavam sentados tranquilamente no gramado, mas Jack optou por um banco na sombra.

Uma vez sentados, pude prestar mais atenção nele. Já não estava com aquela aparência de doente da última vez em que tínhamos nos visto. Havia recuperado um tom pálido e natural, e parecia ter ganhado também um pouco de massa muscular. Certamente ali também havia uma academia. Quando voltasse para casa, talvez eu conseguisse convencê-lo a sair para correr comigo.

– É mais bonito do que no folheto – comentei, para quebrar o silêncio.

Ele pestanejou, voltou à realidade e sorriu para mim, distraído.

– Sim... até que não é ruim.

– E que tal os horários? Você consegue aproveitar tudo isso?

– No começo, não muito, o controle era maior. Agora só tenho reuniões de manhã, e à tarde tem várias atividades: meditação, ioga, natação...

– Sério? E você faz alguma dessas coisas?

– Dei uma chance à ioga, mas tenho menos flexibilidade do que este banco. – Conseguiu me arrancar um sorriso e depois continuou: – Também dá pra fazer terapia com animais. Todo mundo se inscreve, e não é ruim... Mas gosto mais da natação. Ah, e da academia. Também oferecem aulas de arte, mas eu não quis. O que me faz lembrar da...

– Sim, já estreei a caixa.

Quando adivinhei a pergunta antes que ele a formulasse, piscou um olho para mim.

– E que tal?

– Uma maravilha – respondi. – Não consegui usá-la muito por causa das provas, mas nas poucas vezes em que a usei... minha nossa, Jack. Você devia ver a quantidade de coisas que dá pra fazer. A Sue está reclamando do cheiro de tinta, mas ele não desaparece por mais que eu abra a porta da sacada! O que mais posso fazer? Me encher de aromatizador de ambientes? Felizmente, a Naya e o Will são mais compreensivos.

– Esses dois, hein? – murmurou Jack. – O Will já me contou o que aconteceu. É... surreal.

– Acho que até pra eles parece surreal...

Ele sorriu e assentiu:

– Sempre achei que o Will seria um ótimo pai. Sei que ele quer ser.

Não pude dizer o mesmo de Naya. Embora eu realmente quisesse confiar em suas habilidades maternais, depois de termos praticado em bonecos trocar fraldas, dar papinha, dar banho e outras coisas, e depois de ver dois bebês ficarem sem cabeça e um sair voando pela janela... tinha minhas dúvidas.

– E todos nós vamos ajudá-los – acrescentei.

Jack assentiu outra vez. Eu estava com a sensação de que a nossa conversa tentava encobrir o assunto sobre o qual realmente devíamos falar, mas ele não iria mencioná-lo, disso eu tinha certeza. Então estiquei o braço e peguei sua mão. Ele olhou para mim imediatamente, cauteloso.

– Tá tudo bem? – perguntei diretamente.

Ele deu de ombros, mas estava claro que tinha algo em mente.

– Não sei.

Eu não queria pressioná-lo, mas sabia que queria falar sobre aquilo, então me limitei a esperar que ele formulasse melhor o que queria dizer. Finalmente, conseguiu.

– Não... não sei se estou preparado pra voltar ao mundo real.

Aquela não era a resposta que eu esperava, e demorei alguns segundos para lhe responder:

Você pode levar o tempo que quiser...

– Não, Jen... Já estou melhor. Sei que logo vou poder sair daqui, mas quando voltar não quero pensar em filmes nem em divulgação, muito menos em entrevistas. O simples fato de pensar nisso já... não sei... já me deixa nervoso. – Suspirou pesadamente e apoiou os cotovelos nos joelhos. Parecia cansado. – Me dá vontade de vomitar.

Tentei processar o que ele estava me dizendo.

– Você prefere se manter afastado de tudo isso?

– Sim! Bem... não. Sei que não posso fazer isso eternamente – acrescentou. – Mas... não sei... seria demais pedir pra não ter que me preocupar com isso por alguns meses, mesmo saindo daqui?

Não, não era pedir demais. Pelo menos para mim.

Com certeza Joey vai adorar essa ideia.

Mas ele estava dizendo isso para mim, então ficou claro que essa era a opinião que ele priorizava. E a minha opinião era que o mais importante, sempre, era que ele estivesse bem. Logo haveria tempo para os filmes, a divulgação e as entrevistas.

– Pensei em duas alternativas – comentei.

Jack apoiou a cabeça sobre o punho e olhou para mim. De novo, ele me pareceu muito mais jovem do que realmente era, talvez porque estivesse cansado ou porque ainda estava muito vulnerável.

– Quais? – perguntou.

– A primeira é você se trancar no apartamento o verão inteiro.

– É tentador.

– Tem uma segunda opção.

– Duvido que seja tão boa.

– Talvez eu te surpreenda. E se a gente esperar minhas provas terminarem e você sair daqui e for viajar juntos?

Aquilo o deixou pensativo. Depois de alguns segundos, Jack se levantou e me olhou, intrigado.

– Pra onde?

– Não sei. Poderíamos ir pra casa do lago, por exemplo. Ou, se você topar uma aventura, poderíamos pegar um avião. Eu nunca saí do país – acrescentei, e quase revirei os olhos ao ver que ele sorria com malícia. – Sim, já sei, parece que vim de outra galáxia.

– Foi você que disse, hein?

– Então, o que acha?

Ele substituiu seu sorrisinho malicioso por outro mais tranquilo.

– Seria bom ir pra outro lugar – admitiu. – Eu gostaria de viajar pra um lugar que fosse um pouco mais longe do que a casa do lago.

– Pra casa dos meus pais? – brinquei.

– Ah, eles adorariam nos ver aparecendo de mãos dadas.

– Te garanto que eu adoraria ver a cara deles.

Jack levou uma mão ao peito, escandalizado.

– Quem é você e o que você fez com a minha doce e inocente Jenny?

– Eu a corrompi pra que nunca mais permita que você a chame de "doce e inocente Jenny".

Ele começou a rir. Depois, passou um braço sobre meus ombros e me apertou contra seu corpo. Estava de novo com um sorriso malicioso.

– Faça uma lista dos lugares que você quer conhecer. Num verão inteiro dá pra ir a vários deles.

– E depois vomitou em cima de mim, você acredita?

Revirei os olhos. Passei o dia todo aceleradíssima. Desde as provas finais durante a manhã até aquele momento eu correra de um lado para outro, tentando não me esquecer de nada. Pendurei a bolsa no ombro apressadamente enquanto minha irmã continuava reclamando por telefone.

– Claro que acredito – respondi. – São crianças, Shanon. Não conseguem controlar essas coisas.

– E daí? Quer dizer, é o aniversário de um dos amiguinhos do Owen, e me fazem de motorista, e ainda por cima tenho que levar o menino que vomita depois de cinco minutos de viagem. Não assinei nenhum documento dizendo que teria que fazer isso!

– Você assinou esse documento no momento em que entrou no grupo de pais e mães da escola.

– Ah, nem me fale de Mordor.

Era assim que ela se referia ao grupo. Não entendi muito bem, imaginei que se tratasse de algum filme. E devia ser algo negativo, porque, claramente, o tom que ela usava não deixava espaço para dúvida.

Ao falar de Owen, me lembrei de Manchinhas e voltei correndo para a cama para ajeitá-lo direitinho, perfeitamente reto entre os dois travesseiros.

– Olha, não quero interromper o seu drama enorme – comentei –, mas tenho que desligar.

– Agora?

– Vou buscar o Jack na clínica. Finalmente ele vai voltar pra casa!

– E isso é mais importante do que o vômito no meu carro?

– Shanon!

– Estou brincando – acrescentou, se divertindo. – Que dê tudo certo, Jenny. Se precisar de algo, já sabe.

Depois de nos despedirmos, desliguei e guardei o celular no bolso de minha bermuda verde, que combinava com a camiseta mostarda. Não entendia por que estava tão nervosa e preocupada com minha aparência. Afinal, Jack já tinha me visto várias vezes e também não iria prestar tanta atenção em como eu estava vestida. Ele já estaria bastante ocupado com seus próprios dramas.

– Jenna? – Will me chamou.

Hora de ir.

Saí do quarto praticamente pulando. Estava muito emocionada. Os outros estavam me esperando na sala. Will me acompanharia, Sue e Naya preferiram ficar em casa.

Ainda bem, porque eu não estava disposta a ficar num carro com Naya e Will, menos ainda durante uma hora e meia. Desde a noite de seu aniversário de namoro, eles mal se falavam, e, quando o faziam, era para discutir. Nada mais. Não era um bom momento, e eu é que não iria me meter naquilo para que discutissem ainda mais.

Mesmo assim, eu estava emocionada. Conseguia imaginar uma viagem com Will, que era um cara muito legal e com quem eu me divertia muito. Ainda mais se no final estaríamos também com Jack.

Mas meu entusiasmo veio abaixo assim que entrei na sala. Estavam todos de pé, tensos, e havia uma pessoa que eu não esperava. Mary, a mãe de Jack, captou meu olhar imediatamente e, meio insegura, esboçou um sorriso.

– Oi, Jennifer.

– O-oi...

Eu estava tão perplexa que não me ocorreu fazer nada além de olhar para meus amigos em busca de uma resposta coerente, que nenhum deles tinha para me oferecer. Pareciam tão perdidos quanto eu.

– Soube que o Jack vai sair da clínica hoje – comentou Mary, com certa reserva. – Me pareceu uma boa ideia que fôssemos juntas.

Eu não tinha tanta certeza de que era uma boa ideia, mas não me atrevi a dizer isso.

– Hã... bom...

– Sei que as coisas estão meio desconfortáveis – ela acrescentou. – Mas não consegui pensar numa maneira melhor de falar com ele.

– Quando ele voltar, haverá oportunidades de sobra – garantiu Will.

– Mas ele não vai querer. Dessa maneira, por pior que isso soe... ele não terá outra opção a não ser me ouvir.

Hesitei mais uma vez e olhei para Will como se ele fosse a voz da razão. Embora ele não me parecesse muito decidido, imaginei quais eram suas dúvidas.

– Talvez seja melhor você ir sozinha – sugeri a Mary. – Assim vocês podem ficar mais à vontade e...

– O Jack vai se sentir mais confortável com alguém de confiança ao seu lado. Achei que você seria uma boa opção. Se quiser, claro.

Estive prestes a dizer que não. Quase disse. Mas aí percebi seu olhar suplicante.

Will, ao ver que ela havia me convencido, soltou um suspiro.

Trinta minutos mais tarde, já na estrada, comecei a me perguntar se tinha sido uma boa ideia. O luxuoso carro de Mary atravessava tranquilamente a zona menos povoada da cidade, o ar-condicionado estava ligado e os bancos eram muito confortáveis, mas... não estávamos conversando, não tínhamos muito a dizer uma à outra. Também não estávamos ouvindo música, e Mary se limitava a bater com as unhas roídas sobre o volante sempre que podia.

Eu já estava começando a acreditar que permaneceríamos uma hora mais em silêncio, mas notei que ela sorria para mim.

– Aliás, como vai você?

A pergunta de 1 milhão de dólares.

– Bem.

Não elaborei minha resposta, principalmente porque não sabia como fazê-lo.

– Fico feliz. Na última vez em que nos vimos, achei você muito triste.

Imaginei que ela não se referia à última cena que eu presenciara em sua casa, mas ao motivo de termos adiado a comemoração de meu aniversário.

– Ainda sinto muita falta da minha vó – tive que admitir, e meu tom de voz se tornou mais triste. – Éramos muito unidas.

– Sinto muito, Jennifer... Eu não devia ter perguntado.

– Não, tudo bem. Gosto de falar sobre ela, embora não pareça. E tenho a sensação de que ninguém quer que eu faça isso.

Mary sorriu, compreensiva.

– Eu também era muito ligada aos meus avós – comentou. – De fato, meu avô costumava andar comigo de carro pra tudo que é lado. Ele gostava de dirigir, era o que dizia. Sempre insistia que eu não precisava tirar a carteira de habilitação, e eu suspeitava que era porque ele não me achava capaz de conseguir. Agora, olhando para trás, acho que ele sabia que era o único momento do dia que passávamos juntos e ele não queria perder isso.

Olhei para ela durante alguns instantes.

– Ele continua...?

– Ah, não. Ele morreu há muito tempo. Era muito mais velho – acrescentou. – Puxa, sinto como se fizesse muito tempo que não falava sobre ele. O pobre coitado merece ser mencionado com mais frequência, mas as pessoas não gostam de falar dessas coisas.

– Há muitas coisas sobre as quais as pessoas não querem conversar.

Eu não pretendia soar tão severa. Mary me olhou de soslaio antes de se voltar novamente para a estrada. Para dizer a verdade, não tinha muita certeza de por que havia dito aquilo. Um pouco por causa dela, outro pouco por...

– Como vão seus pais?

Me surpreendeu que ela tenha adivinhado tão rápido. Pega de surpresa, desviei o olhar para a janela do carro.

– Estão bem, acho.

– Acha?

– Não temos nos falado muito.

– Entendo.

Ela não disse mais nada, mas essa simples palavra me fez cruzar os braços. Seu tom de voz tinha sido compassivo, e eu não queria que ela se compadecesse de mim.

– Tá tudo bem.

– Entendo – repetiu.

– Não, você não entende.

– Entendo mais do que você pensa.

Que mania os adultos têm de achar que entendem absolutamente tudo. Suspirei e me recostei no assento. Mary sorriu para mim, com certa pena.

– Se você está chateada com eles, deve ter um bom motivo.

– E tenho.

– Mas, embora não pareça, tenho certeza de que eles se preocupam muito com você.

– Não se preocuparam muito quando deixaram que eu saísse de casa, nem quando passaram um ano inteiro me ignorando, nem quando me acusaram de ter mentido a respeito de Monty, nem mesmo quando, no funeral da minha vó, preferiram me mandar embora junto com o Jack do que tentar ter um dia de paz.

Disse isso com toda a minha raiva. Mary ficou olhando para a frente com a boca entreaberta, e demorou uma eternidade para voltar a falar:

– Entendo...

– Você continua dizendo que entende, mas não acho que seja o caso.

De novo, meu tom de voz soou muito mais agressivo do que eu pretendia. Ela não pareceu se afetar muito. Voltou a esboçar aquele sorriso compreensivo.

– Entendo melhor do que gostaria.

– E acha que eles têm razão?

– Claro que não.

Aquilo me surpreendeu. Olhei para ela com uma sobrancelha ligeiramente arqueada.

– Sério?

– Totalmente. Eles agiram de modo injustificável.

– Ah...

– O Jack não sabe nada sobre isso, não é?

Tecnicamente, não. Ele só sabia que meus pais não gostavam muito que eu estivesse com ele. Eu não tinha mencionado essa parte sobre Monty. Conhecendo Jack, mesmo que eu voltasse a me dar bem com eles outra vez, sei que ele seria incapaz de lhes perdoar por terem feito algo assim comigo.

– Somente o essencial. Por quê?

– Quando se trata de você... Ele se comporta de maneira muito particular – ela falou, escolhendo muito bem as palavras. – É uma parte dele que eu não via há muito tempo.

– A que você se refere?

– Como eu poderia te explicar? – Ela pensou por um momento. – O Mike sempre foi um garoto muito... impulsivo. Começou a se meter em encrencas ainda muito jovem. E, embora eu o ame com toda a minha alma, sempre foi uma criança. Para ele é muito complicado levar as coisas a sério, e nunca teve que se preocupar com ninguém. Ele tem empatia de sobra, mas nunca precisou pôr em prática. E tudo por causa do Jackie. Ele sempre foi... o irmão mais velho, de alguma forma. Durante toda a minha vida eu tive certeza de que ele amadureceu muito rápido porque se deu conta de que era isso que faltava em casa. E, quando era pequeno, adorava o irmão, Jenna – acrescentou, olhando para mim. – Você não faz ideia do quanto. O Mike era o ídolo dele. Ele queria impressioná-lo, queria que ele o admirasse. Se tirava uma nota boa, mostrava para o Mike. Se ganhava algum troféu, saía correndo para contar para ele. E quando o Michael caiu num... terreno perigoso... o Jack fez de tudo para ajudá-lo.

Ela fez uma pausa. Estava com os olhos cravados na estrada e com os dedos aferrados com força ao volante.

– E o que mudou? – perguntei.

– Acho que o Jack se deu conta de que, às vezes, por mais que se tente... há pessoas que não podem ser salvas.

Desviei o olhar na mesma hora. De algum modo, sentia que ela havia me dado um choque de realidade.

– O Jack sempre teve esse complexo de salvador, de querer ajudar aqueles que não percebem que precisam de ajuda. Quando era pequeno, fazia isso com todo mundo. O Mike que o fez mudar: começou a ignorar todo mundo, a imitar o jeito de ser do irmão... E eu não o vi de novo tentando ser um salvador até você aparecer.

Eu não soube o que responder. Talvez ela estivesse se referindo àquilo como algo positivo, talvez como algo negativo. O que quer que fosse, ela fazia com que eu sentisse culpa.

– Acho que algo em você o fez se lembrar de como ele se comportava com o pai – acrescentou Mary, sem me olhar. – Ele não conseguiu salvar a si mesmo, mas podia salvar você. Sempre acreditei que foi por isso que ele abandonou o estilo de vida que levava. Ele se deu conta de que estava seguindo os passos do Mike.

Fez outra pausa, e dessa vez sorriu para mim.

– Por isso eu quis que você viesse comigo, e não o Will ou o Mike. Acho que você consegue arrancar dele esse lado mais... compreensivo? Isso faz algum sentido?

Fiquei em silêncio. Não olhei para ela, não sabia como estava me sentindo. Por um lado, fiquei feliz por ela ter me contado aquilo. Por outro, não queria que ela me usasse para falar com Jack. Não me parecia justo.

– Voltando ao assunto anterior – acrescentou, ao perceber minha falta de reação. – Se quer um conselho, Jennifer, eu daria outra oportunidade à sua família.

– Pra que eles voltem a duvidar de tudo que eu disser?

– Não estou dizendo para você reconstruir uma relação saudável e maravilhosa com eles, mas sim para estabelecer alguma relação. Para que eles, pelo menos, saibam que você está bem. Para você saber que eles estão bem. Embora não pareça, um dia você vai gostar de ter pelo menos isso.

Ficamos em silêncio pelo restante da viagem e, surpreendentemente, deixei de me sentir desconfortável com ela. Não estava em meu momento mais feliz, mas já não sentia que havia cometido um erro ao viajar em sua companhia.

Assim que chegamos à clínica, fui a primeira a sair do carro. Estava, mais uma vez, muito emocionada, e muito nervosa com a possível reação de Jack à presença de sua mãe. Mary também estava tensa, tinha saído do carro comigo, mas ficou alguns passos para trás, com os braços cruzados. Sabia tão bem quanto eu que aquilo tudo podia dar muito errado.

Depois de alguns minutos de espera, o homem que havia me atendido da última vez saiu do prédio acompanhado por Jack, que estava com uma bermuda e o mesmo moletom cinza e desabotoado do outro dia. Seu sorriso era bastante entusiasmado, ele estava emocionado por sair. Quase conseguiu me contagiar com isso.

Depois de se despedir do homem com uma batidinha nas costas, pendurou sua bolsa esportiva no ombro e desceu as escadas da entrada com um sorriso ainda maior. Fui a primeira que ele viu, e veio direto em minha direção.

No entanto, parou um pouco antes de chegar até mim. Tinha acabado de ver sua mãe.

Eu gostaria de dizer que sua reação foi pouco expressiva, mas não foi assim. Seu sorriso se apagou imediatamente, substituído por um cenho franzido. Não gostou nada que ela tivesse vindo.

– O que está fazendo aqui?

– Oi, Jackie...

– Que Jackie, que nada. Posso saber o que está fazendo aqui? – Ele se virou para mim, irritado. – Você veio com ela?

Bem, adeus ao bom astral com que ele tinha descido as escadas.

Dei de ombros, vagamente, sem saber o que lhe dizer.

– Ela se ofereceu pra vir, e não me pareceu uma má ideia, não sei...

– Mas é uma má ideia – respondeu e olhou para sua mãe. – Pode ir, obrigado. Vamos pegar um táxi.

Mary não parecia muito surpresa com sua reação. Simplesmente suspirou, cansada.

– Você não pode escutar o que tenho para dizer?

– Agora? Agora você quer falar? Não aprendeu nada em vinte e dois anos?

– Jack... – comecei, mas ele me cortou.

– Não – ele disse, sem me olhar. Estava completamente focado em sua mãe. – Pode voltar pra casa, não tenho nada pra falar com você.

– Não vou voltar para casa. Na verdade, não vou sair daqui até você falar comigo.

– Você está me ameaçando?

– Sim, veja só. Finalmente parece que aprendi alguma coisa em vinte e dois anos.

Essa última frase fez Jack pestanejar, perplexo. Ouvir sua mãe falando desse jeito era algo novo para ele. Eu mesma fiquei surpresa.

– Quero apenas convidá-los para jantar – acrescentou, apontando para seu carro. Olhou para mim, em busca de ajuda. – Por que você não procura na internet algum lugar que te agrade, Jenna? Com certeza você deve estar com fome.

Para nossa surpresa, Jack acabou entrando no carro, sentando-se no meio do assento traseiro. Não quis se sentar na frente e não conseguimos arrancar dele nem um pingo de informação. Mary estava nos levando a um lindo restaurante que eu havia encontrado no mapa.

O local era bem pequeno e parecia ambientado nos anos 1960, com os bancos vermelhos e estofados, as mesas de pés palito, o piso quadriculado em preto e branco... O cheiro era de carne na brasa e, apesar da tensão, meu estômago roncava. Jack conteve um sorriso enquanto nos sentávamos à mesa.

Com Mary de um lado e nós dois do outro, a única distração que tínhamos era o que conseguíamos ver através da janela: um grupo de crianças perseguindo umas às outras numa piscina de bolinhas que havia ao lado do estacionamento. Jack as seguia com o olhar, distraído, enquanto eu punha um cardápio à frente de cada um de nós.

– Estão com vontade de comer algo em especial? – perguntou Mary, numa triste tentativa de soar casual.

Jack não respondeu.

– Hambúrguer com molho barbecue – sugeri. – Aposto que o Jack vai adorar.

Ele pelo menos bufou, num tom brincalhão.

– As drogas não acabaram com o meu bom gosto, sinto muito.

– Você é a única pessoa capaz de fazer uma piada sobre drogas logo depois de sair de uma clínica de reabilitação.

Ele me olhou com uma sobrancelha arqueada e um meio-sorriso.

– Também sou a única pessoa capaz de fazer com que ela seja engraçada.

Tentei revirar os olhos, mas acabei deixando escapar um sorriso. Jack pareceu muito orgulhoso de si mesmo.

Mary nos observava com curiosidade, mas não nos interrompeu. Especialmente quando seu filho começou a examinar o cardápio.

– Deixe-me ver... batatas com bacon, anéis de cebola, iscas de frango...

– Você sabe que depois vai ter que comer isso tudo? – perguntei.

Ele ergueu a cabeça.

– Estou com fome, tá?

– Peça o que quiser – replicou sua mãe, sem maiores preocupações. – Não sei o que os meninos dessa família têm, comem sem parar e estão sempre com fome.

– É mesmo! – intervim, indignada. – Uma vez eu o vi comer três hambúrgueres seguidos. Três! E ainda pediu sobremesa!

– Por que isso não me surpreende?

– Hã... – Jack franziu o cenho. – E se vocês parassem de falar como se eu não estivesse aqui?

– Você pode tapar os ouvidos, Jackie – sugeri, com um meio-sorriso.

Ele fez uma cara feia para mim, mas continuou olhando o cardápio. Finalmente, pediu metade das coisas que viu. Enquanto Mary e eu esperávamos nossos hambúrgueres e ele devorava as entradas, observei que ela o olhava fixamente, mordendo o lábio inferior. Seu nervosismo era palpável. Estava claro que ela queria lhe dizer algo, mas não sabia como.

– Está gostoso? – perguntou, finalmente.

Como resposta, Jack deu de ombros. Ela continuou:

– Se quiser pedir mais alguma coisa, você só tem que...

– Por que não solta de uma vez o que você quer me dizer? Assim terminamos com isso.

Mary o contemplou por alguns instantes. Achei que não ia dizer nada, que tudo ficaria daquele jeito, mas por fim ela soltou:

– Seu pai e eu vamos nos divorciar.

Jack parou de mastigar e olhou para ela, perplexo. Cheguei a pensar que ele tinha parado de respirar. Ficou completamente paralisado.

Eita, hora de sair de fininho.

Não sei que desculpa dei, acho que tinha alguma coisa a ver com o celular. Nenhum dos dois olhou para mim quando me levantei da mesa para sair por um momento do restaurante. Enquanto fingia estar ocupada com o celular, dei uma olhadinha para ver se os dois continuavam conversando. Bom. Suspirei e me sentei no banco da entrada. Era melhor deixá-los a sós por algum tempo.

Alguns minutos mais tarde, imaginei que minha escapada já não fazia muito sentido e voltei ao restaurante. Embora continuassem em silêncio, a situação havia mudado muito: Mary prestava muita atenção ao seu hambúrguer, chegou a comentar que estava muito bom, mas não deixei de notar sua voz tremida nem o fato de que não erguia os olhos. Jack refletia, quase ausente, enquanto remexia a comida.

E, de algum modo, soube que aquele silêncio já não era tão tenso quanto o anterior.

– Hummm... que bom – insistiu Mary, ao ver que ninguém lhe respondia.

– Sim, muito bom – respondi, dando uma boa mordida no meu hambúrguer.

Diante de minha triste tentativa de parecer natural, Jack esboçou um sorrisinho e continuou comendo.

– Quem te *ligou*? – perguntou, brincalhão, enfatizando a palavra "ligou".

– A clínica. Disseram que você esqueceu seu bom humor lá e por isso não consegue mais ser engraçado.

Jack riu de tal maneira que quase deixou sua comida cair no chão. Mary sorriu e deu outra mordida em seu hambúrguer.

Não fiquei sabendo sobre o que eles conversaram durante minha curta ausência, e, embora ainda desse para notar alguma tensão entre eles, fiquei feliz ao constatar que os ombros de Jack estavam mais relaxados.

15

IRMÃOZINHOS VS. AMIGUINHOS

– SABE AQUELE MOMENTO NOS FILMES DE TERROR no qual o protagonista entra num corredor escuro e você grita "Não faça isso!" porque sabe que não é uma boa ideia, mas mesmo assim ele entra e você pensa "Mas que idiota"? Pois estou me sentindo um pouco assim.

Esbocei um sorriso malicioso e virei a cabeça para o assento traseiro. Jack estava de braços cruzados e usava óculos de sol. Estava também meio ranzinza desde que voltara ao apartamento.

Ele não sabia para onde íamos. Eu tinha pensado nisso depois de conversar com Will na tarde anterior. A clínica havia nos enviado uma carta com recomendações para Jack, e ele brincou dizendo que não era um aspirador de pó e não precisava de instruções, mas, de qualquer maneira, tínhamos guardado a carta. Uma das principais recomendações era a de que ele fizesse algum exercício físico. E que melhor maneira de estimulá-lo a fazer exercício do que o levando ao lugar em que ele costumava jogar com Will?

Eu estava certa de que ele iria adorar. Naya e Sue não quiseram nos acompanhar, mas Mike estava sentado ao seu lado e olhou para Jack com curiosidade.

– E quem é o assassino neste filme? – perguntou. – Jenna?

– O Will – falei. – Por algum motivo, é ele que está dirigindo.

Ele pareceu muito feliz com seu novo papel de assassino.

– Exato. Estou no comando. Agora vocês estão sob as minhas ordens.

– Uau, Will – comentei, brincando –, o poder te corrompeu em tempo recorde.

– É mesmo – assentiu Mike. – Antes você não era assim.

Enquanto nós três ríamos, Jack bufou e abriu a janela para deixar entrar o ar quase veranil. Estava louca para chegar e, quando estacionamos, saí imediatamente do carro. Jack foi o último a sair, suspirando profundamente e deixando bem claro que o que ele queria mesmo era ter ficado em casa.

Não vamos deixar que isso diminua nosso entusiasmo.

Segundo o que Will havia me contado, Jack passava os verões de sua infância na casa do lago. Uma das trilhas que a cercavam levava à quadra de basquete em que estávamos agora. Era uma quadra pequena, e obviamente ninguém cuidava de sua manutenção havia muito tempo, mas era um local íntimo e, para ele, especial, me parecia.

Peguei Jack pelo braço e o arrastei até o porta-malas. Ele estava tão ocupado reclamando que nem se deu conta de onde estávamos. Apenas notou como eu procurava a bola de basquete que havia escondido.

– Afinal, você vai me dizer o que quer fazer?

– Tenha um pouco de paciência.

– Não. Eu exijo saber.

– E eu exijo que você se cale.

Justo quando ele ia me responder, encontrei a bola e a lancei contra seu peito. Jack a pegou com surpreendente habilidade e baixou os olhos. Depois de uns instantes de hesitação, contemplou, por fim, o que estava ao seu redor. Não consegui ver seus olhos, apenas sua boca entreaberta.

– O quê...?

Will apareceu do nada e tirou a bola de suas mãos. Jack, surpreso, deu um pulo.

– Ei!

– Você precisa ser mais rápido!

Aquilo o tirou de seu devaneio. Will saiu batendo a bola, e Jack atirou os óculos no banco do carro para poder sair correndo atrás dele. Enquanto os dois disputavam a bola, entre risos e empurrões, Mike se espreguiçou e ficou de pé ao meu lado.

– Só uma coisinha – ele disse. – Se eu soubesse que vir até aqui com vocês significava ter que fazer exercício, teria ficado no apartamento.

– Agora você já está aqui, Mike. Anime-se, vamos!

Dei um tapinha em suas costas e fui encontrar os outros. Depois de suspirar, Mike decidiu me seguir.

Will e Jack continuavam se provocando enquanto passavam a bola de mão em mão. Num dado momento, Jack conseguiu roubá-la, girou sobre si mesmo para mirar na cesta e, apesar de estar no meio da quadra, a bola atravessou o aro sem tocá-lo. Abri a boca, impressionada, mas Mike e Will não pareceram ficar muito surpresos. Will pegou o rebote e roubou a bola para enterrá-la mais de perto.

Quando voltaram para perto de nós, Jack estava com um grande sorriso. Jogou a bola no chão e ela quicou em minha direção. Desajeitada, peguei a bola.

– Sua vez – ele me informou.

Minha vez de passar vergonha, isso sim!

– M-mas... eu não sei jogar...

– É só bater a bola, Jenna. – Will sorriu. – Com certeza até você consegue fazer isso.

– EI!

Enquanto eu o perseguia com a bola à mostra e ele se esquivava de mim, Mike esfregou as mãos.

– E se fizermos um jogo de "irmãozinhos contra amiguinhos"?

Jack foi o único que não concordou. Imediatamente, começou a reclamar porque não queria estar no mesmo time de Mike. Porém, passados alguns segundos, cedeu e foi para o outro lado da quadra com seu irmão, deixando-me com Will. Em seu favor, direi que ele pelo menos tentou me ensinar o básico em cinco minutos, mas isso de nada adiantou, porque minha habilidade esportiva começava e terminava no atletismo.

– Pegar a bola e sair correndo não é uma opção, certo? – Fiz uma careta.

Meu companheiro de equipe começou a rir.

– Não, mas você sempre pode dar um chute no saco do adversário e fugir. Isso nunca falha.

No fim, não me saí tão mal quanto achava que iria, ou, pelo menos, não no modo prático de ver a vida. Will se encarregava de fazer as cestas e de bloquear Jack, que era mais irritante do que um mosquito que não te deixa dormir. Eu ficava com o trabalho sujo: dar cotoveladas e empurrões, roubar a bola e sair correndo... O fato de correr todos os dias acabou se mostrando útil, porque não havia quem me pegasse.

– Você não pode correr sem bater a bola! – Mike se indignava, apontando para mim.

– Me denuncia pro árbitro!

Várias cestas depois, Mike dava umas paradas para recuperar o fôlego. Fazia isso e bebia a cerveja que, de algum modo, tinha trazido escondida dentro da calça.

– Mike! – Jack se frustrava toda vez que o pegava bebendo. – Eles estão dando uma surra na gente! Para de beber!!!

– Preciso repor os sais minerais!

Por mais que seu irmão o abandonasse de tempos em tempos, o irritante do Jack era muito bom. Will e eu, juntos, tínhamos dificuldades para marcá-lo. Na verdade, não consegui impedir nenhuma jogada dele a não ser depois de uma hora de jogo. Ou pelo menos tentei me convencer disso, porque tinha a sensação de que ele havia deixado que eu me colocasse em seu caminho.

Com um sorriso malévolo e toda a tranquilidade do mundo, começou a passar a bola de uma mão para a outra.

Cansada?

– Não.

– Estou achando sua respiração um pouco alterada.

– É que você é tãããão bonito que me deixa sem ar.

Ele riu, e aproveitei para tentar roubar-lhe a bola. Não adiantou de nada, ele a passou por debaixo da perna para pegá-la com a outra mão e facilmente passou por mim e foi direto fazer a cesta.

Que humilhação, Michelle.

O rebote foi direto para Jack, mas Will deu um pulo e conseguiu pegar a bola. Foi tudo tão rápido que eu mal tive tempo de reagir e de repente me vi com a bola na mão. Foi a primeira vez que a recebi tão perto da cesta.

– Tenta você! – Will me animou, preparado para o rebote.

– Isso vai ser muito divertido – comentou Jack, com um sorriso.

– Não vai ser divertido, vou te dar uma surra!

Perdi um pouco de credibilidade quando, ao tentar jogar a bola, ela saiu voando e tive que correr para recuperá-la. Então eu devia ficar batendo a bola sem parar de correr?! Se eu não conseguia fazer isso parada!

– Você precisa melhorar essa coordenação, Michelle – sugeriu Jack.

– E você precisa melhorar fechando um pouco essa boca!

Emburrada, fui em direção à cesta batendo a bola a dez centímetros do chão. Jack soltou uma gargalhada e se adiantou para tentar tirar a bola de mim. Eu não queria deixar que ele a tomasse, então peguei a bola com as duas mãos e tentei sair correndo. Ele chegou bem a tempo, então no último momento segurei a bola junto ao peito como se fosse a coisa mais valiosa em que eu já havia posto as mãos.

– Isso não vale! – protestou Jack, tentando bater na bola para que eu a soltasse.

– Will, socorro!

Mas Will estava ocupado rindo em outro canto da quadra.

Numa última tentativa, Jack me envolveu com um braço e me ergueu no ar. Agarrei a bola com mais força ainda e comecei a espernear.

– Me solta! Cartão vermelho!

– Isso é no futebol!

– WIIILL!!!

Por fim, meu companheiro reagiu e passou correndo diante de mim. Joguei a bola para ele como pude, e Jack me largou no chão para ir atrás dele.

Ok, admito que me animei um pouquinho com o jogo.

Ao terminar, enquanto Will e Mike fumavam perto do carro, fiquei sentada no meio da quadra com os braços cruzados. Jack batia a bola com toda a calma do mundo.

– Eu não tenho culpa que você joga tão mal, Jen – provocou.

– Eu não jogo mal! Você é que é um trapaceiro.

– Que ruim perder, né?

– E que ruim ganhar!

– Pelo menos eu ganho, Michelle.

Ele disse isso ficando de cócoras à minha frente. Fiquei tentada a empurrá-lo para que perdesse o equilíbrio, mas acabei me conformando com tomar a bola e abraçá-la bem forte.

– Você quer tentar? – ele me perguntou.

– O quê?

– Arremessar. Ora, o que mais seria? – Ele se levantou e me estendeu a mão. – Vamos, eu te ensino.

Aceitei, ainda emburrada. Ficamos a alguns metros da cesta.

– Vamos te ensinar as bases do arremesso, Jennifer Michelle Brown – anunciou alegremente.

– Não faça eu me arrepender disso.

– Ok... Deixa as pernas um pouco mais separadas. – Ao dizer isso, se agachou para fazer o mesmo. Quando esticou o corpo de novo, posicionou os meus ombros. – Os braços assim... Exato. Não, o cotovelo reto. Isso. Não é tão difícil, né?

Eu não estava muito certa, porque não tinha feito absolutamente nada. Ele tinha se encarregado de arrumar cada extensão de meu corpo. Mesmo assim, assenti.

– Agora, mire e... espera aí, afaste um pouco a palma da mão da bola. Muito bem! Agora dobre um pouco os joelhos, dê um impulso para cima e espere os aplausos.

– É isso?

– Bom, temos que ver como está sua pontaria. Se for tão boa quanto sua coordenação, duvido que seja só isso.

– Jack, quero te lembrar que o Will deixou as chaves do carro na minha bolsa. Você quer voltar pra casa dando um passeio a pé?

– Já te disse como você fica bem com essas leggings? Porque você deslumbra todos que passam por você.

Sorri para ele com ironia e me concentrei na cesta outra vez. Estava com mais vontade de acertar do que jamais iria admitir, e, por causa da concentração, comecei a morder o lábio inferior. Depois de alguns segundos, fiz o que ele me disse e...

... nada.

O professor de educação física que te deu nota zero podia prever o futuro.

Jack soltou um riso sufocado, mas, ao ver que eu tinha percebido, apressou-se a correr atrás da bola. Ele me fez tentar muitas outras vezes, mas era óbvio que aquilo não era o meu forte, eu não tinha uma boa mira. Por mais que ele me explicasse como fazer, eu não conseguiria assim, de uma hora para outra.

Depois da última vez que tentei, me surpreendi ao sentir ele colocar suas mãos sobre as minhas na bola. Tinha parado bem atrás de mim, com os olhos cravados no objetivo.

– Vamos ver... – murmurou, concentrado. – Unidos venceremos, não é, Jenny? Um, dois e...

Jack fez todo o trabalho, mas não me importei nem um pouco com isso, especialmente ao ver que a bola entrava de forma limpa e perfeita na cesta.

Uma onda de animação – bastante ridícula, vale dizer – me invadiu dos pés à cabeça, e, sem conseguir me conter, comecei a dar pulinhos de alegria atrás da bola, que continuava quicando perto da cesta.

Will e Mike me olhavam, confusos, mas Jack se limitou a aplaudir.

– Quem é essa? Michael Jordan? LeBron James? Nossa, cheguei a me arrepiar!

– Vou fingir que você está falando sério porque neste momento estou muito feliz! – exclamei, batendo em sua mão. Jack sorriu para mim quando simulei segurar uma taça no ar. – Quero dedicar este prêmio ao meu treinador, que fez todo o trabalho sujo; ao Will, por me deixar fazer parte de sua equipe apesar de eu ser uma negação; ao Mike, por não ter rido muito; ao meu velho professor de educação física, por ter me dado zero...

– "Zero"? – Jack repetiu, pasmo. – Quem tira zero em educação física?

– Eu não merecia – esclareci, em seguida. – Acontece que ele não gostava de mim. Vivia dizendo "srta. Brown, isto", "srta. Brown, aqui-lo"... era insuportável.

– Alguma teoria que explique a razão disso?

– Não tenho teorias, mas sei disso perfeitamente. Uma vez ele nos deixou o dia livre, eu estava jogando bola com umas amigas...

– A coisa está ficando interessante – comentou.

– ... e ele se meteu no meio porque, segundo ele, ficar passando a bola umas para as outras não era um jogo à altura de uma aula de educação física.

Depois de uma pausa, Jack franziu o cenho.

– Tenho a sensação de que você está ocultando alguma informação, "srta. Brown".

Suspirei, cansada, e dei de ombros.

– Pode ser que, depois de nos dizer isso, ele tenha nos dado as costas. E pode ser que minha amiga Nel tenha fingido lhe dar um tapa na bunda, pra nos fazer rir. – Fiz outra pausa. Jack me ouvia com mais atenção ainda. – E pode ser que eu tenha fingido jogar a bola na cabeça dele pra que rissem ainda mais.

– Por favor, diga que não jogou a bola nele de verdade!

– Eu estava com as mãos escorregadias de suor! – me defendi.

Jack gargalhava, como sempre que eu lhe contava esse tipo de história. Quis rir junto com ele, mas perdi a vontade assim que Will e Mike se aproximaram. Só me faltava que ele espalhasse essa história! Mas meu rival número um no basquete conseguiu guardar segredo e se limitou a passar o braço por cima de meus ombros para voltarmos ao carro. Mesmo assim, não parou de rir durante todo o caminho.

– Tem certeza que não quer que eu fique?

Não sabia exatamente quantas vezes eu tinha lhe perguntado isso, mas Jack sempre dava a mesma resposta:

– Vai e se divirta.

O jogo daquela manhã tinha me cansado menos do que eu esperava, então acabei topando ir à festa de Lana. Naya e Will também iriam, enquanto Sue preferiu ficar em casa.

A recusa de Jack era de outro tipo. Ele não queria encontrar as pessoas com as quais costumava se drogar. Eu entendia que aquele havia sido um processo difícil e que ele não quisesse se expor à tentação. No entanto, não gostei de vê-lo deitado na cama com o notebook no colo. Ele estava se atualizando sobre as coisas de seu trabalho e não parecia muito contente. Só levantava a cabeça para ver o que eu estava vestindo. Me decidi por um vestido cor-de-rosa, de alças, de comprimento acima dos joelhos, que me parecia muito fofo. Era um presente de Spencer, embora eu suspeitasse que Shanon é que o havia comprado.

Como literalmente todos os presentes de Spencer.

– Que tal? – perguntei, com as mãos na cintura.

Jack espichou o pescoço como uma tartaruga para ter uma perspectiva melhor. Ele estava com seu pijama de sempre, mas numa versão de verão: uma camiseta regata e uma bermuda de algodão. Por seu sorriso, deduzi que gostou do que eu estava vestindo.

– Ora, ora... por que você não desfila um pouquinho pra eu poder ver melhor?

– Não é curto demais?

– Existe algum vestido "curto demais"?

– Jack, estou falando sério.

– É perfeito – me garantiu, já sem brincar. – E ficou ótimo em você, Jen. Não sei quem te deu de presente, mas quero beijar essa pessoa.

– Como você sabe que não fui eu que comprei?

– Porque você só conhece a seção de suéteres das lojas.

Não respondi. Principalmente porque ele tinha razão.

Me olhei no espelho mais uma vez para prender o cabelo. Eu achava estranho que Jack não fizesse objeção à minha roupa. Na verdade, achava ainda mais estranho que ele não quisesse ir comigo à festa só para... sei lá, me controlar? Na minha cabeça, isso sempre fora o normal. Mas não demorei a chegar à conclusão de que o normal sempre foi exatamente o contrário.

Já com a bolsa e o casaco na mão, me inclinei sobre a cama para lhe dar um beijo na boca. Ele retribuiu distraidamente, estava com os olhos fixos em seu e-mail.

– Nos vemos mais tarde – me despedi.

– Divirta-se, Mushu.

Imaginei que ele tenha visto meu dedo médio erguido, porque ouvi uma risadinha antes de fechar a porta.

Naya e Will já estavam na sala, apenas porque ela tinha começado a escolher a roupa desde a hora em que estávamos jogando basquete. Uma vez na vida, não chegaríamos tarde.

– Pronta? – Will perguntou, ao me ver.

– Pronta – confirmei. Com um aceno, me despedi de Sue, que lia um livro sem muito entusiasmo. – Até logo, sua chata.

Sue dissera que não estava com vontade de sair naquela noite, mas eu suspeitava que só queria ficar para fazer companhia a Jack. Mas, claro, tratava-se de Sue: ela jamais admitiria isso.

– Morra. – Foi sua despedida. Só se virou no último momento para semicerrar os olhos. – Se acontecer algo interessante, depois me conta.

Durante todo o trajeto, a única coisa relevante foi o fato de que Naya e Will evitaram olhar um para o outro, tanto quanto possível. Era um pouco estranho vê-los assim. Não sei se era porque tinham discutido, porque não tinham tratado daquele assunto que os unia profundamente ou se simplesmente porque não sabiam como encará-lo.

Desde a noite em que Naya fez o teste, o relacionamento deles estava em crise: Will dizia a ela que precisavam tomar uma decisão, e Naya se fechava, dizendo que precisava pensar mais; Will dizia que precisavam procurar um apartamento maior para eles, e Naya não gostava de nenhum; Will dizia que precisavam parar de discutir, Naya dava meia-volta e saía do quarto.

Era uma situação muito tensa, então decidi não falar nada durante todo o trajeto. Eu conhecia Naya, e se ela quisesse falar sobre o assunto seria difícil evitar. E Will... bem, ele era mais reservado. Não queria pressioná-lo e fazê-lo se sentir ainda pior.

Já na festa, subimos a escadaria digna de um hotel grego em completo silêncio. Apesar de ainda ser cedo, as pessoas já haviam se espalhado bastante pela fraternidade de Lana. Alguns bebiam nas escadas, outros atravessavam o corredor, outros se dirigiam para os carros... Como de costume, segui o som da música até a sala onde a festa acontecia. Alguém tinha levado um jogo de luzes que iluminava as pessoas que dançavam.

De rosa para verde, de verde para azul... Todos pulavam ao som de uma música qualquer, erguendo os copos e cantando a letra, que sabiam de cor. Parecia uma boa festa.

No entanto, assim que entramos na cozinha, me dei conta de que ela não seria especialmente agradável. Will enfiou a mão no balde com gelo e pegou duas cervejas. Naya estendeu o braço para pegar uma delas, mas seu namorado a colocou em minha mão e ficou com a outra.

Depois disso, houve um instante de silêncio. Naya olhava para ele com os olhos semicerrados.

– O que está fazendo?

– Você não pretende beber álcool, né?

– Agora você vai controlar o que eu bebo?

Talvez Naya estivesse encarando tudo como algo muito pessoal. Will apertou os lábios, irritado.

– Só quero garantir que vocês estejam bem.

– No plural?

– Tanto você quanto...

– Quanto o quê? O óvulo? O embrião? Nem sequer sei o que é.

– Seja o que for, você não deve beber álcool. E você sabe disso perfeitamente.

– O pai do ano...

A frase foi dita num sussurro, mas deu para ouvir perfeitamente, pois coincidiu com o intervalo entre uma música e outra. Seu tom, talvez mais do que as palavras em si, fez Will fechar a cara, dar meia-volta e se perder entre a multidão para evitar a discussão que, sem dúvida, viria a seguir.

Naya o seguiu com o olhar, baixou a cabeça e, quando parecia que ia começar a chorar, dirigiu toda a sua raiva para mim.

– Não vai dizer nada? Certamente está do lado dele.

– Naya... Não estou do lado de ninguém, mas é verdade que, até tomar uma decisão, é melhor você não beb...

Ela nem me deixou terminar. Saiu para o terraço, na direção oposta à de Will. E fiquei assim, sozinha, com uma cerveja na mão, sem abri-la, cercada de desconhecidos.

Outra noite intensa na vida de Jennifer Michelle Brown.

Não queria voltar para casa, mas também não estava muito acostumada a ficar sozinha num ambiente tão movimentado, então levei alguns minutos para decidir abrir a cerveja e tomar um golinho. Talvez isso me animasse um pouco, mas eu não estava com sede nem com vontade de ficar dando pulos com aquela gente toda. No final, decidi ir até o terraço em busca de Naya.

Ela tinha se sentado perto de meu amigo Curtis, numa área com espreguiçadeiras e cadeiras de madeira. Estavam rodeados por um grupo cujos membros reconheci por causa das aulas, mas Naya não estava rindo nem bebendo com eles. Estava de braços cruzados, olhando a cidade.

Imaginei que me ver só a faria se sentir mais desconfortável, então recuei até a porta da entrada antes que Curtis me visse. Felizmente, ele estava muito ocupado: com um braço sobre os ombros de um garoto bem bonito que eu nunca havia visto antes. Deviam estar jogando algum jogo, porque Curtis lhe passou uma carta com os lábios e, assim que ela caiu, todo o grupo começou a aplaudir. Ele não hesitou em beijá-lo.

Ao me virar, vi que Chris observava tudo através da janela da cozinha. Seu rosto deixava entrever o quanto lhe doía o que estava vendo, mas, assim que percebeu minha presença, deu um sorrisinho e saiu, apressado.

Bem, essa não parecia ser a melhor noite de ninguém.

Exceto para Curtis.

Não demorei a encontrar Will. Ele estava no extremo oposto da festa, bebendo uma cerveja e acompanhando sem muito interesse uma partida de *beer pong*. Pensei em me aproximar e lhe perguntar como estava, mas, assim como com Naya, fiquei com a impressão de que iria incomodá-lo. Então acabei num cantinho junto à porta, com o celular na mão.

Estava me sentindo tentada a falar com Jack ou com Sue? Sim, muito. Mas, se fizesse isso, saberiam que não estávamos nos divertindo e depois, em casa, as coisas ficariam ainda mais desconfortáveis. Comecei a escrever mensagens várias vezes, mas acabei desistindo.

Na última tentativa, ouvi uma garota sufocar um grito e ergui a cabeça automaticamente. Meu olhar buscou alguma fonte de perigo, mas logo me dei conta de que se tratava de um grupinho que tinha acabado de entrar na sala. Olhei para eles atentamente e reconheci o ator principal do filme de Jack. Várias cabeças se voltaram em sua direção, e as pessoas se afastaram um pouco para deixá-los passar.

Não demorei a ver Vivian entre os membros do grupo. Estava vestida de modo muito mais informal do que eu esperaria dela. Na estreia do filme, quando ela me disse que preferia um moletom a um vestido brilhante, não estava mentindo: vestia um jeans simples com um top preto. E estava maravilhosa, segurando uma garrafa e batendo na tampa com a unha branca enquanto olhava ao redor com uma curiosidade distante.

Pensei em me aproximar e cumprimentá-la, mas, depois do nosso último encontro, duvidava que essa fosse uma decisão inteligente. Em vez disso, escapei para a cozinha e joguei o resto da cerveja na pia. Peguei um copo de água gelada, iria precisar se...

– Oi de novo.

Quase xinguei o pobre do copo, como se a culpa fosse dele. Vivian estava ao meu lado. Não olhava para mim, estava muito ocupada escolhendo com qual bebida iria encher sua garrafinha, que tinha inscritas algumas palavras em francês.

– Oi – falei, num tom neutro, sem muita simpatia.

Cada uma seguiu com as próprias coisas, sem dirigir a palavra uma à outra. Ela encheu sua garrafinha, e eu tomei um gole de água gelada.

Depois de um tempo, tive que decidir se devia sair dali e deixar claro o que pensava sobre ela ou se devia ser minimamente educada e perguntar como ela estava. Optei pela segunda alternativa.

– Bonita garrafa – falei.

Percebi que ela me olhava de soslaio, mas demorou alguns instantes para responder:

– Não gosto de usar o mesmo copo que já foi usado por outras cinquenta pessoas nas últimas duas horas. Não me parece muito higiênico.

A lembrança de Sue fingindo vomitar toda vez que tinha que dividir alguma coisa com alguém me fez sorrir.

– Tenho uma amiga com quem você se daria bem – deixei escapar.

Vivian me deu outra olhadinha, mas não se dignou a me responder, não imediatamente. Deu a volta, apoiou o quadril na bancada e bebeu de sua garrafa.

– Olha, que legal, você tem uma amiga... Parabéns!

Ok, o tom era irritante, ela em si era muito irritante, mas só na minha presença, o que me deixava ainda mais chateada. Por que sempre sobrava pra mim engolir o lado ruim das pessoas? Eu é que arrancava isso delas ou o quê?

– Obrigada – eu disse, simplesmente.

– Ela é a única?

– O quê?

– Ela é sua única amiga?

– Não. – Talvez eu tenha dito isso num tom um pouco mais agressivo do que pretendia. – Tenho vários. Um deles você já conhece, imagino.

– Ah, sim... Espero que você não trate todos os seus amigos do mesmo jeito.

Fiquei sem reação por algum tempo, não estava preparada para uma resposta tão direta. Tomei ar e, justamente quando ia responder, senti uma mão em meu ombro. Lana estava ao nosso lado, com um sorriso doce e educado que contrastava com a expressão em nossos rostos.

– Estava procurando por você, Jenna! – exclamou, num tom casual, e depois olhou para Vivian, sem deixar de sorrir. – Ah, oi. Você é a Vivian, não é?

Vivian não pareceu ficar muito contente com a pergunta.

– Sim.

– Olha só, Jenna... você está se relacionando com a nata da sociedade!

Algo em seu tom de voz fez com que nós duas viréssemos a cabeça em sua direção, Vivian com o cenho franzido, e eu com confusão. Ela parecia estar zombando. Lana me encarou. Uma de suas sobrancelhas loiras se arqueou de forma significativa, e não precisei de outros sinais para entender o que ela estava fazendo.

– Sim – afirmei, tentando imitar seu tom de voz. – A elite da hierarquia social.

– Depois de conviver com tantas estrelas, como vai continuar se relacionando com a gente?

– Vou criar expectativas tão altas que depois ninguém poderá satisfazê-las.

– Claro, não estaremos à altura...

– Vocês cometem erros, e isso é inaceitável. Preciso de pessoas mais perfeitas.

– Claro. Ainda bem que você já encontrou o exemplo perfeito, não?

– É pra isso ser engraçado? – Vivian nos interrompeu.

Lana se voltou para ela com uma mão no coração.

– "Engraçado"? Por quê?

– Vocês sabem por quê.

– Mas se nós só estamos falando coisas boas. – Fingi estar surpresa.

Vivian revirou os olhos, se afastou da bancada e saiu em direção à festa. Vários olhares a acompanharam, mas ela não deu muita bola. Quando já tinha se afastado, Lana me deu uma leve cotovelada, com um ar divertido.

– Viu como é fácil? Você não pode deixar que ela te insulte desse jeito.

– Obrigada pela lição, professora do mal.

– De nada, depois te passo meus honorários – disse, com uma piscadela. – O que está fazendo aqui sozinha? Onde está todo mundo?

– Então... fui perdendo todos pelo caminho. O Will e a Naya não estão se falando, o Curtis e o Chris estão chateados, a Sue e o Jack ficaram em casa...

– Espera, você disse "Chris"? O irmão da Naya?

Assenti, hesitante. Por que ela usava aquele tom?

– Acho que acabei de vê-lo – exclamou, surpresa. – Estava chorando...

– O quê? E você não disse nada?

– Pensei que fosse alguém parecido com ele! Ele nunca vem às festas!

– E onde ele está?

– Acabou de entrar no banheiro.

Suspirei. Podia imaginar por que ele estava chorando. Pobrezinho.

Finalmente, resolvi ir atrás dele, seguida por Lana. Atravessar a festa foi um pouco mais difícil do que havíamos imaginado, então levamos quase cinco minutos para chegar até o corredor e outros cinco para encontrar a porta do banheiro.

Na verdade, essa última parte foi bem mais simples, já que Chris tinha se trancado no banheiro cuja porta Will não parava de esmurrar. Naya estava ao seu lado, roendo as unhas. Parecia muito nervosa.

– Abre logo! – ela gritou.

– Me deixem em paz!

Will tentou abrir a porta, mas foi inútil. Com um suspiro cansado, virou-se para nós. Pareceu bastante aliviado por nos ver.

– Ah, olá, meninas...

– Sério? – replicou Naya, como se não conseguisse acreditar que ele se preocupasse em nos cumprimentar em tais circunstâncias. – Chris, abre logo essa porta!

– O que aconteceu? – perguntou Lana.

– Não sabemos – explicou Will, ignorando estrategicamente as críticas de sua namorada. – Vi que ele passou por aqui chorando e encontrei a Naya tentando abrir a porta.

– Quero ficar sozinho! – gritou Chris lá de dentro.

Era minha vez de intervir. Passei a mão no cabelo e dei de ombros.

– Acho que é por causa do Curtis – expliquei. – Ele estava com outra pessoa.

"Curtis"? – repetiu Naya. – Estão juntos de novo?

– Não... teoricamente eles não estão namorando, mas com certeza deve ter doído ver aquela cena.

Lana suspirou e terminou de beber o que restava em seu copo. Claramente, aquele drama todo a deixava meio entediada.

– É isso, Chris? – perguntou Naya, com a boca quase grudada na porta. – Ele te magoou? Quer que eu vá lá dar um pontapé na bunda dele?

– Calma, fera – Will recomendou.

– Cala a boca!! Chris, me responde!

– Como quer que ele te responda se você grita desse jeito? – explodiu Will, já irritado. – Na real, como é que qualquer pessoa conseguiria te responder? Você acha que pode falar assim com todo mundo?

– Não é o momento, ok?

– E quem decide isso? Você?

– Meu irmão está chorando! Calma!

– Seu irmão está tentando se acalmar, e a única coisa que você consegue fazer é dizer a ele que vai dar um pontapé em alguém! Quem é que precisa se acalmar, Naya?

– Meu Deus, você fica insuportável quando acha que sabe tudo...

– Não sei tudo, mas claramente sei mais coisas do que você.

– Sério mesmo? Sabe consolar meu irmão melhor que eu?

– Qualquer um saberia fazer isso melhor que você!

Naya abriu a boca para responder, mas então a porta se abriu. Os dois deram um passo para trás, surpresos, quando Chris apareceu com o rosto coberto de lágrimas e vários pedaços de papel higiênico nas mãos. Seu peito subia e descia enquanto ele olhava para o grupinho que havia se reunido ao seu redor.

– Você não tem que falar nada para o Curtis – Chris disse, num tom surpreendentemente calmo, apesar de ainda estar chorando.

Naya deixou de lado qualquer discussão para apoiar as mãos nos ombros do irmão.

– Tem certeza? Posso fazer isso.

– Não... nem sequer gosto dele.

– Não? – repetiu Will, surpreso.

– Não... Quer dizer, ele é atraente, mas... não somos compatíveis. Se a gente fosse um casal, não ia durar nem duas semanas.

Fez-se um momento de silêncio. Todos nós trocamos olhares.

– Então... – eu disse – por que está chorando? Aconteceu alguma coisa que não sabemos?

– Não, não é isso... É que... – Ele começou a fungar, e novas lágrimas invadiram seu rosto quando olhou para sua irmã e para Will. – Sempre sinto que estou dois passos atrás de todo mundo... Olha pra você! Você encontrou a pessoa que ama ainda muito jovem...

– Eu não era tão jovem – Naya protestou, mas Chris já não a ouvia.

– Depois, Jenna encontrou o Ross. E a Lana poderia arranjar quem quisesse! Assim como o Curtis – acrescentou, cabisbaixo. – Sou o único que sempre sobra. Nunca vou encontrar ninguém que queira ficar comigo...

– Não diga isso. – Triste, Naya passou um braço por cima dos ombros dele. – Claro que você vai encontrar alguém.

– E mesmo que não encontre – acrescentou Will, chegando mais perto dele –, também não tem problema. Nenhum casal é perfeito. Encontrar alguém não é garantia de ser feliz pra sempre.

– Vocês não entendem – insistiu Chris, passando papel embaixo dos olhos. – Não tenho nenhum tipo de encanto, não tenho graça nem um trabalho interessante, não sou bom nos esportes, não sei me relacionar com as pessoas, não estou em forma, não sou bonito... não tenho nada.

– Claro que você tem! – exclamou Lana, sorridente. – Tem o poder de distribuir os quartos no alojamento!

Todos nos viramos para ela na mesma hora. Ela ficou vermelha.

– E o que faço com isso? – perguntou Chris. – Ameaço alguma garota inocente dizendo a ela que não vou lhe dar um quarto até que ela saia comigo? E eu nem gosto de garotas!

– Você pode ameaçar algum irmão ou algum primo dela...

– Lana – intervim –, por que você não fica aqui do meu lado?

– O que estamos querendo dizer – esclareceu Will, que monopolizou novamente a atenção – é que é claro que você tem qualidades. Você é muito organizado, por exemplo.

– E você se dá muito bem gerenciando as coisas – acrescentou Naya, logo depois. – Mesmo as mais complicadas, que fariam qualquer um surtar.

– Também é muito inteligente. Quando a gente era mais novo, Naya sempre se queixava de que não conseguia te superar de nenhuma maneira.

– Isso é verdade! E além do mais você cuida de um alojamento inteiro. Quantas pessoas com a sua idade podem dizer isso, Chris?

– Nenhuma – disse Will.

– Exatamente!

Chris continuava cabisbaixo. Quando levantou a cabeça, olhou para sua irmã.

– Mas papai e mamãe não estão muito orgulhosos.

Naya hesitou um momento.

– Se querem priorizar outras coisas... o problema é deles. Nós não precisamos deles! Temos um ao outro, sempre foi assim. Você se lembra da noite em que eles nos contaram que iam se separar?

– Só lembro que, mesmo você sendo mais nova, teve que me consolar, porque eu não parava de chorar.

– Então? Você não estava chorando por nós, mas por eles, lembra? Você tinha medo que eles ficassem sozinhos pra sempre.

– Sim...

– E agora estão felizes, à sua maneira, e continuam sozinhos. Não precisam de mais ninguém.

– Bem...

– Quantas pessoas você conhece que pensam nos outros antes de pensar em si mesmos, Chris? Porque eu sou incapaz disso, e não conheço ninguém mais que o faça, a não ser você. Tem ideia do quanto isso te torna valioso? Ok, você tem razão, tem um montão de coisas nas quais você não se dá bem, mas esse cuidado com as pessoas não é uma delas. Olha pra nós: estamos aqui porque nos preocupamos com você. Acha que a gente faria isso se você não fosse exatamente como é?

Houve uma pausa. Chris, sensibilizado, secou as lágrimas e passou o braço por cima dos ombros de sua irmã e de seu cunhado. Depois de alguns segundos, esboçou um pequeno sorriso.

– Obrigado. Vocês vão ser ótimos pais.

Quase imediatamente, Lana se engasgou com a bebida e começou a tossir violentamente.

– P-pais? Mas o quê...?

Tapei sua boca precipitadamente.

– Shhh! Assim você vai arruinar o momento emotivo.

– Acho que foi arruinado com a tosse – comentou Will, divertido –, mas agradecemos a tentativa.

Chris assentiu.

– Sim, me perdoem... Foi um baixo-astral pontual. Vou ficar bem.

– Quer que a gente te acompanhe até em casa? – Naya perguntou.

Agradeci por ele ter aceitado, porque isso significava que iríamos embora da festa. Tive a imensa sorte de não encontrar Vivian outra vez a caminho da saída, e também de Chris não ter encontrado Curtis. Lana nos acompanhou até a entrada e, depois de nos despedirmos dela, entramos todos no carro. Adorei aquele momento de tranquilidade pós-festa.

A caminho de casa, com Chris já dormindo no banco do carro, não deixei de perceber que Naya e Will se olhavam e sorriam um para o outro, com cumplicidade. Imaginei que tinham superado a crise.

16

ENTREVISTAS NA TERCEIRA FASE

DEPOIS DE SEGURAR POR UM BOM TEMPO A VONTADE DE PERGUNTAR, não consegui mais me conter:

– Naya... posso saber o que você está fazendo?

Ela estava havia quase dez minutos com a camiseta levantada e não parava de passar um aparelho branco na barriga. O que quer que fosse que ela pretendia fazer, não devia estar dando muito certo. Ela não parava de soltar palavrões entre os dentes.

– Estou tentando ouvir os batimentos do coração do bebê – falou, concentrada.

– Já? Mas... Você está grávida de quanto tempo?

– Sei lá. Três ou quatro semanas, acho.

– Não é um pouco... cedo?

– Não! Vou escutar de qualquer jeito e ninguém vai me impedir.

Considerando que os únicos que estavam na sala com ela éramos Jack, Sue e eu, e que cada um estava concentrado em suas coisas, eu duvidava muito que alguém a impedisse. Sue nem se deu ao trabalho de erguer os olhos de seu notebook, enquanto Jack baixou o volume da TV para contemplar Naya.

– O que está fazendo?

– Lá vem o outro... – ela se lamentou. – Vocês podem me deixar em paz?

– Por que tanta agressividade?

– Porque eu não consigo ouvir os batimentos do coração do bebê!

– Talvez ele tenha percebido o quanto você é maluca e se escondeu.

– Me deixa em paz, estou tentando escutar meu bebê!

– Mas... quando foi que você decidiu ter o bebê? O que eu perdi?

– Foi num momento que não te interessa – replicou ela, com muita dignidade. – Serei uma excelente mãe, e nada do que você diga vai me fazer mudar de opinião.

– Ok.

– Porque vou ser.

– Ok...

– Vou ser!

– Eu não falei nada!

– Estou vendo em seu olhar!!!

– A única coisa que meu olhar expressa é que temo por essa pobre criatura!!!

Naya ameaçou atirar o aparelho em Jack, mas então Will saiu do quarto. Não teve tempo nem de ir até a cozinha antes de sua namorada começar a fazer gestos frenéticos em sua direção.

– Wiiiiiill! Acho que tem alguma coisa errada!

Como sempre que ela fazia soar o alarme, Will empalideceu, lançou pelos ares o que tinha nas mãos e deixou tudo de lado para correr até ela.

– O que foi? Tá sentindo alguma dor? Você tá bem? O quê...?

– Não estou ouvindo os batimentos!

Imediatamente, seu namorado fechou os olhos com força, tentando reunir toda a paciência possível antes de continuar:

– Naya, você está de um mês, claro que não vai ouvir os batimentos.

– Devia poder ouvir! Li isso na internet!

– Na internet também dizem que a Avril Lavigne morreu e o que vemos hoje em dia é apenas um lagarto que tomou seu lugar – comentou Sue, sem parar de teclar. – Não dá pra levar tudo tão a sério.

– E o que é que você sabe? Seu instinto materno está no meio do seu...

– É cedo demais, Naya – falei. Ela me olhou desconfiada. – Espera umas semaninhas mais e verá como vai ouvir os batimentos perfeitamente. E dentro de alguns meses vai ter um parto ótimo.

– Você nunca assistiu a um parto, né? – Sue arqueou a sobrancelha.

– Eu só disse que vai ser ótimo!

– Sim, uma vez eu tive um filho e foi maravilhoso – murmurou Jack.

Eu ia responder, mas bateram à porta. Will era o único que estava de pé, então todo mundo se virou para ele automaticamente. Enquanto ele foi abrir a porta, Naya se desfez dos fios todos e baixou a camiseta, com cara de derrota.

– Posso saber onde está a estrelinha? – Ouvimos, vindo da porta de entrada.

A voz me pareceu familiar, mas para mais ninguém, exceto para Jack.

Toda a sua calma desapareceu instantaneamente; sua expressão passou da tranquilidade para o pânico absoluto. Pensei em lhe perguntar o que estava acontecendo, mas ele se mexeu tão rápido que caiu de bunda no chão, e começou a se arrastar para se esconder atrás do sofá.

– O quê...? – Sue tentou perguntar. – EI!

Jack tinha acabado de bater as costas contra a poltrona de Sue, de modo que ela quase caiu no chão. Mas todos os esforços foram em vão. Jack ainda não estava totalmente escondido quando Joey apareceu na sala com as mãos na cintura e o cenho franzido. Precisou apenas fazer um escaneamento geral para encontrá-lo.

– Aí está você!

Só dava para ver sua bunda meio oculta pela poltrona, mas ficou bem claro que ele havia dado um pulo. Resignado, pôs-se de joelhos e seus olhos assomaram por trás do encosto da poltrona.

– Estou de folga – Jack disse, rapidamente.

Joey estava quase arrancando os cabelos.

– "De folga"?! Você está desaparecido desde fevereiro! E estamos quase em junho!

– Você me devia muitos dias de folga!

Joey suspirou e passou os olhos pelas demais pessoas: Naya esmurrava um fio, Sue a fuzilava com o olhar, Will claramente estava estressado, e eu estava sorrindo. Ela escolheu rapidamente.

– Como vai, Jenna? Espero que ele não esteja te dando muita dor de cabeça.

– Só as justas e necessárias.

– E por que você não pergunta pra mim se ela não me dá dor de cabeça? – Jack questionou, ofendido.

– Porque já sei a resposta. Precisamos conversar – acrescentou, apontando para ele. – E não me venha com desculpas. *Agora.*

– O que pode ser tão urgente? Estou ocupado!

– Você estava vendo TV – lembrou Will.

Jack lhe lançou um olhar ofendido e acabou se dirigindo até Joey, com os ombros caídos.

– Não quero voltar – lamentou-se.

– E eu te diria para fazer exatamente isso, mas no contrato você se comprometeu a fazer a divulgação do filme. Sério mesmo que você quer arriscar tudo só pra não dar algumas entrevistas?

– Eu queria viajar, ok?

– Pra onde?

– Não sei. Mas eu ia passar o verão por aí com a Jen.

Automaticamente, todas as cabeças se voltaram para mim. Esbocei um sorriso que provavelmente parecia uma careta.

– Hã... sim. Esse era o plano.

– Olha, Ross... – disse Joey, com um suspiro. – Entendo que esses meses tenham sido complicados, e sou a primeira a te agradecer por ter decidido seguir por esse caminho, mas regras são regras. Você não pode desaparecer por tanto tempo. Seus companheiros também têm problemas, e mesmo assim cumprem o que se comprometeram a fazer. Não estou pedindo que você passe o resto do ano na frente de uma câmera, mas você não pode ignorar as coisas desse jeito.

Jack bufou e se atirou ao meu lado no sofá. Não estava muito entusiasmado com a ideia, mas não tinha alternativa.

– Quando vocês estavam pensando em viajar? – perguntou Will, tentando acalmar as coisas.

– Ainda não planejamos nada – respondi. – Em meados de junho, talvez.

– E por que você não faz todas as entrevistas presenciais que faltam antes disso, Ross? Depois poderia fazer apenas as por escrito ou as de videochamada.

Joey fechou a cara, mas não protestou, e Jack também não. Imaginei que tivéssemos chegado a um entendimento.

– Isso me parece uma boa ideia – opinei. – Você se encarrega das suas coisas que eu organizo a viagem.

– Eu te ajudo! – Naya interveio imediatamente. – Ninguém ganha de mim na hora de encontrar voos baratos.

– Eles não precisam de voos baratos – comentou Sue, ainda concentrada em suas coisas. – São mais ricos que você.

– Então melhor ainda! Não preciso procurar tanto.

Joey, que havia cruzado os braços, olhou para Jack, que fingiu que não a via.

– Então? – insistiu ela. – Temos um trato?

– Acho que sim...

– Então levanta a bunda desse sofá, vai tomar um banho e vista uma roupa decente. Você tem uma entrevista dentro de uma hora e meia.

Jack jogou a cabeça para trás, soltou um profundo suspiro e se dirigiu ao banheiro arrastando os pés.

Sue ergueu uma sobrancelha, intrigada.

– Você pode vir morar com a gente?

– Eu diria que sim, mas gosto demais de privacidade. Quantas pessoas moram nesse apartamentinho?

– Tem mais gente do que devia.

– Enfim, não serei eu a julgar. Já morei num apartamento com outros estudantes em condições piores – Joey acrescentou, com o celular na mão. – Digam ao pequeno príncipe que em meia hora um carro vai passar aqui pra pegá-lo, ok?

Ela não esperou pela resposta de ninguém. Virou-se, enfiou a mão no pacote de bolachas de Naya e saiu mastigando uma delas.

Felizmente, Jack fez sua parte e vestiu uma roupa decente, chegando a ouvir uma ou outra piadinha de Will e de Sue. Naya não falou nada, porque ela já estava muito concentrada em encontrar alguma viagem dos sonhos para nós. Eu não entendia por que ela levava isso tão a sério, talvez simplesmente servisse para se distrair de seus próprios problemas, por isso eu não lhe disse nada quando continuou nessa busca enquanto nos encarregávamos do jantar.

– Frio ou calor? – me perguntou quando voltei à sala com os hambúrgueres que tínhamos pedido.

– Hummm... é verão, não? Então, calor.

– Onde ele se enfiou? – protestou Sue, que estava havia algum tempo trocando de canal, procurando a entrevista de Jack.

Will suspirou e tratou de comer seu hambúrguer.

– Ok, calor – Naya continuou, teclando numa velocidade alarmante. – Praia ou montanha?

– Se der pra ter as duas coisas... melhor.

– E se for uma só?

– Praia. Assim eu me bronzeio um pouco.

– Quem paga pra ficar estendida no sol? – murmurou Sue. – É melhor ficar na sombra.

Will fez uma careta.

– Quando eu era pequeno, meus irmãos me diziam que eu era mais baixo do que eles porque a nossa mãe tinha ficado muito tempo nadando no mar e eu tinha encolhido, como lã em água quente. E o pior é que eu acreditava.

– Me mandavam "abrir o olho". – Sue franziu o cenho.

– E me chamavam de "bunduda" – acrescentei.

– Pobrezinhos, sofreram taaanto... – Naya nos cortou de repente. – Vocês podem se concentrar na viagem e parar de chorar?

Nós três ficamos momentaneamente para baixo, mas aí Naya deu um pulo de alegria.

– O que acha da Austrália?

– Fica meio longe, não?

– E tem uns bichos perigosos, é como entrar em *Jumanji* – opinou Sue.

Will arqueou uma sobrancelha.

– Que bichos?

– Tubarões, crocodilos, cangurus...

– Cangurus? Eles te parecem perigosos?

– Os cangurus dão socos!

– Então você tem medo dos cangurus...

– Pelo menos eu não achava que encolhi porque minha mãe nadava demais!

– Se enxerga, garota...

– Ok – Naya interrompeu outra vez. – E a Itália?

Suspirei, sentando-me ao seu lado.

– Um pouco... clichê, não?

– Rangiroa, então.

– Onde isso fica?

– Que inculta – opinou Sue.

– E você sabe onde fica? – perguntou Will, com um ar divertido.

– Cala a boca.

– Fica na Polinésia Francesa – informou Naya –, diz aqui.

– Não acho que o Jack vai ficar muito feliz com qualquer coisa relacionada com a França. – Tive que admitir. – Não podemos ir a algum lugar pra onde todo mundo vai? Não sei... Grécia, por exemplo?

Saquei imediatamente que Naya tinha achado uma boa ideia, bem como fiquei com a sensação de que ela não gostou muito que eu tivesse lhe roubado o momento de protagonismo. Sorri e dei um tapinha em seu ombro. Ela se limitou a torcer o nariz e voltar a teclar.

– Ok, Grécia. Atenas, ilhas...?

– Ilhas – eu disse.

– Olha, é perfei...

– Aí está ele!

Todos levantamos a cabeça: finalmente Jack estava aparecendo na TV. Ele e Vivian estavam sentados num sofá marrom, e o cenário imitava uma sala qualquer, embora de vez em quando a câmera focasse o público, que não parava de rir das piadinhas do apresentador, um homem de meia-idade com óculos pequenos e um sorriso enérgico.

Começamos a ver o programa justamente quando mostravam imagens da turnê que Vivian e o restante do elenco fizeram de país em país, com todo tipo de divulgação. Era óbvio que isso tinha surtido efeito, porque eles apareciam o tempo todo tirando fotos com os fãs. Eles pareciam estar adorando aquilo, mas eu duvidava que Jack se sentisse assim, o que se confirmou quando o vi brincando com seu copo d'água. Enquanto Vivian respondia às perguntas do apresentador com um sorriso enorme, Jack esboçava um ou outro, para fingir que prestava atenção na conversa.

– Bom, suponho que já estejam fartos dessa pergunta, mas não posso deixar de perguntar – disse o homem, sorrindo. – O que sentem estando na posição de vocês? Esperavam fazer tanto sucesso?

Esbocei uma careta. Vivian tinha experimentado isso, mas Jack, não. Will deve ter pensado o mesmo que eu, porque ficou tenso.

– É maravilhoso – respondeu Vivian, com seu sorriso mais profissional. – Sinto como se estivesse vivendo um sonho, como se nada disso fosse real e eu fosse acordar a qualquer momento. Ver as pessoas felizes com o nosso trabalho... existe algo mais gratificante do que isso?

O público aplaudiu, mas Sue revirou os olhos do modo mais exagerado que pôde.

– Vamos comer algodão-doce e dar pulinhos entre os arco-íris – ironizou, e depois balançou a cabeça. – Graças a Deus eu não sou famosa, todo mundo ia me odiar.

– Já fazem isso – disse Naya, com um sorrisinho malévolo.

A verdade é que Vivian também não parecia muito à vontade com sua resposta. Observando-a com atenção, ficou claro para mim que ela havia sido treinada para dizer aquelas coisas, para ser perfeita. Fiquei com um pouco de pena por ela não poder dar uma resposta sincera nem mesmo quando lhe perguntavam algo.

Jack, no entanto, não tinha sido treinado. Quando chegou sua vez, esboçou um sorriso desconfortável e pensou na resposta durante algum tempo. Achei que ele ia fazer Joey desmaiar, mas de repente começou a falar:

– A verdade é que a minha vida não mudou muito. Continuo com os mesmos amigos, moro no mesmo lugar, sigo escrevendo roteiros sempre que posso... Em geral, tudo segue igual.

Quando o apresentador sorriu, soltei um suspiro de alívio.

– Que interessante – opinou. – E o que seus amigos pensam de sua nova fase? Eles viram o filme?

Tive a impressão de que meus amigos ficaram um pouco tensos. Naya e Will se entreolharam, mas todos ficaram em silêncio. Eu era a única que não havia visto o filme.

– A maioria viu – comentou Jack, que tinha pigarreado antes de retomar a palavra. – Eles gostaram muito.

– Alguma história engraçada que você possa nos contar?

– Não.

O sorriso do apresentador fraquejou, e Vivian deu uma cotovelada muito maldisfarçada em Jack, que se obrigou a sorrir de novo.

– Bem, tem essa história generalizada que todos achavam que meu primeiro filme seria de terror – falou, finalmente. – Ninguém esperava que fosse um romance.

– Mas é um romance um pouco trágico – opinou o homem, demonstrando interesse. – De fato, o que mais se comenta sobre o filme é o tom funesto que cerca constantemente os protagonistas. O que você acha disso?

Eu não estava entendendo muito bem do que eles falavam, mas Jack perdeu o sorriso educado. Vivian apertou um pouco os dentes.

– Nem todos os romances têm um final de conto de fadas – ele soltou, de modo um pouco mais brusco do que o estritamente necessário. – É um filme realista.

– Então não existem histórias de amor que acabem bem?

– Na vida real? Poucas.

– Está falando por experiência própria?

– O que o Ross quer dizer – disse Vivian, desenvolta, e pela primeira vez fiquei feliz por ela intervir – é que as histórias felizes são maravilhosas, sim, mas não são as únicas que existem. As histórias tristes também merecem ser contadas.

Me pareceu que o público estava de acordo, mas Jack não tinha recuperado sua postura despreocupada, ainda apertava seu copo. Vivian deve ter percebido, porque se inclinou um pouco mais para a frente, deixando claro que tentava ser o centro das atenções para ajudá-lo, mas não adiantou. O apresentador agora só tinha olhos para o que achava que era uma bomba prestes a explodir.

– É uma reflexão muito interessante – opinou, entrelaçando os dedos. – O que você acha, Ross? Acha que as histórias trágicas merecem ser contadas?

– Acho que sim.

– E seu sumiço nos últimos meses? Alguma outra história que mereça ser contada?

Fiquei paralisada em meu lugar, assim como meus amigos. Não sei como foi que Jack conseguiu disfarçar, mas mal reagiu. Só quem o conhecia bem poderia notar aquela leve mudança em sua expressão.

– Nada muito interessante – garantiu.

– Então não é nada grave?

– Um familiar andou doente – sublinhou, na defensiva. – Se me afastei por uns meses, foi para cuidar dele.

Quem diria que o familiar em questão era ele mesmo.

O apresentador abriu a boca para responder, mas Vivian interveio antes que ele conseguisse dizer alguma coisa:

– Foram meses muito duros, mas ele foi melhorando aos poucos – garantiu, olhando para Jack. Ele esboçou um sorriso de gratidão. – De fato, eu diria que agora ele está completamente curado.

– Você também conhece esse familiar, Vivian?

– Sim, muito bem. Estive com o Ross durante todo o processo. Não queria deixá-lo sozinho.

Quase ao mesmo tempo que o público soltou um "ooooooh" emocionado, franzi o cenho. Não havia motivos para ficar tensa. O apresentador captou a indireta e afinal se calou, Jack estava mais tranquilo, e Vivian continuou a falar sobre outros assuntos... Mas então entendi o que ela quisera dizer com aquilo.

Ele tinha me proibido de visitá-lo enquanto Vivian estava lá?

Os outros só ficaram me olhando. Eu não tinha certeza se eles haviam entendido do mesmo modo que eu, mas somente Will abriu a boca, para comentar que estava passando um filme em outro canal. Todos fingimos assistir ao filme enquanto comíamos nossos hambúrgueres.

Sue foi a primeira a se fechar em seu quarto, enquanto Naya e Will enrolaram um pouco para me perguntar se precisava de algo mais. Como insisti dizendo que estava bem, acabaram cedendo e me deixaram sozinha na sala.

E a verdade é que eu estava... bem? Não havia mentido. Afinal de contas, não era como se Jack tivesse acabado de admitir, ao vivo, que estava apaixonado por outra pessoa. Simplesmente dissera que confiava tanto em Vivian a ponto de ficar com ela num momento de sua vida em que nem sequer queria me ver. Acredito, porém, que isso me doeu mais do que se ele tivesse admitido que os dois tinham se envolvido por detrás das câmeras.

Eu podia entender um beijo, uma atração... mas confiança era outra coisa. Desde então, uma ideia muito incômoda passava incessantemente por minha cabeça: que ele pudesse confiar mais nela do que em mim. Ou, para além de Vivian, que ele não confiasse absolutamente em mim. É difícil lutar contra um pensamento que está há tempos borbulhando em sua mente. Meu pensamento era que, depois daquele ano em que ficamos separados, nunca recuperaríamos a confiança que havíamos tido no início da relação. De algum modo, eu sentia como se tivesse acabado de confirmar isso.

Mesmo assim, era incapaz de me chatear com ele, não tinha motivos suficientes.

Quando a porta da frente se abriu, fiquei tensa da cabeça aos pés. Mas era Mike. Ele tentou girar as chaves entre os dedos, mas elas acabaram escapando e bateram num copo que estava em cima da bancada. Rapidamente ele o pegou com uma mão, para que não caísse no chão, e só então se deu conta de que eu o estava observando.

– Opa! – exclamou, ao se erguer. Teve que pensar um momento antes de encontrar uma maneira de salvar a situação. – Viu só que habilidades de ninja? Admita que impressionei você.

– Tanto que nem sequer vou comentar.

Encostei os joelhos no peito e apoiei o queixo neles. Mike andou um pouco antes de se sentar ao meu lado. Tinha tirado a jaqueta e estava com uma bermuda velha e com uma camiseta que tinha mais buracos do que tecido. Totalmente alheio ao estado em que me encontrava, passou um braço por cima de meus ombros para me apertar contra ele.

– Ah, minha cunhadinha! Como gosto de você!

– Mike... o que você quer?

– Por que tenho que querer algo?

– Porque você está sendo simpático demais.

– E daí?

– E daí que a sua simpatia nunca sai de graça.

Ele suspirou dramaticamente e acabou me soltando.

– Você se importaria de ir dormir? Estou cansado.

– Então é isso, você só queria me enxotar daqui. – Semicerrei os olhos.

– Olha, se quiser ficar, posso fazer uma cabaninha.

– Não, obrigada.

– Foi o que pensei.

No entanto, nem tinha chegado a me levantar quando ambos nos viramos para a porta de entrada. Jack entrou com a mesma energia com que havia saído: nenhuma. Desta vez, porém, isso se devia a um motivo muito diferente. Mal havia pisado na sala e me buscou com o olhar. Não deve ter gostado muito do que viu, porque fez uma cara feia.

– Hã... Olá.

Mike abriu um grande sorriso.

– Ei! Te vi na TV e falei: "Olha, se não é o meu irmão!". Às vezes me esqueço que agora você é famoso.

Jack não lhe respondeu. Eu já tinha dado as costas para eles e estava outra vez com o queixo apoiado nos joelhos. Ainda estava em dúvida sobre se devia ou não me chatear, embora sua clara expressão de culpa me indicasse que ele, obviamente, achava que não me faltavam motivos.

– Sim... – Jack mal prestou atenção em seu irmão. – Jen, vamos conversar no quarto.

Meu primeiro impulso foi o de concordar com ele, mas então me dei conta de que não estava com vontade de ter aquela conversa. Não naquela noite, pelo menos.

– Vai você, estou sem sono.

Eu não queria parecer chateada, mas suspeito que Jack tenha encarado assim. Ele soltou um suspiro e se aproximou de mim. Já estava na defensiva.

– Vamos – insistiu.

Eu não gostava de receber ordens, menos ainda quando ele as soltava assim.

– Já te disse que não.

– E eu te pedi pra fazer isso mesmo assim.

– Não, você ordenou. Não é a mesma coisa.

– E daí?

– E daí que quando você pedir "por favor" talvez eu atenda seu pedido.

Mike, com as sobrancelhas arqueadas, olhou para nós dois, tendo claramente avaliado a situação, porque afinal optou por erguer os polegares e esboçar um sorrisinho nervoso.

– Detecto um certo desconforto, e não é do tipo que eu gosto, então vou sair bem devagar pra deixá-los discutir em paz.

– Tanto faz – balbuciei e me pus de pé. – Já vamos pro quarto.

– Obrigado – ironizou Jack.

Mike não disse nada, simplesmente se atirou no sofá, sem nos dar a chance de voltar atrás. Felizmente para ele, nenhum dos dois tinha a intenção de fazer isso.

Fui a primeira a entrar no quarto. Enquanto fingia mexer no pijama para vesti-lo, ouvi Jack fechar a porta atrás de si e se plantar do outro lado da cama, de braços cruzados.

– Antes que você comece a grit...

– Pra começar – cortei-o –, você nem sequer me deu tempo pra reagir e já está agindo assim.

– Porque já imagino o que você vai dizer.

– Mesmo? E o que é?

– *Sério, Jack?* – ele imitou minha voz num tom tão agudo que dei um pulo, além de gesticular com as mãos como eu costumava fazer. – *Ela podia ir te ver e eu não? Você não confia em mim, é isso?*

Como ele acertou na mosca de modo tão contundente, fiquei vermelha da cabeça aos pés. Se antes eu estava na defensiva, naquele momento isso triplicou.

– Pois veja só, é exatamente isso. Você precisa zombar de mim?

– Não estou zombando de você – ele logo voltou atrás, embora sem ceder. – Quero que me deixe explicar antes de chegar a alguma conclusão precipitada.

– E eu te impedi de fazer isso? Não falei nada!

– Mas... posso ver o que você está pensando!

– O que estou pensando é que, se fosse o contrário, você não deixaria eu me explicar, senhor "acabaram-se os segredos entre nós"! – repliquei, frustrada. – O que você acha que é isso? Não é um segredo? Como você se sentiria se eu só deixasse que o Will, por exemplo, me visitasse?

Jack pensou nisso por um momento, e, pela cara que fez, deduzi que não muito bem.

– Não é a mesma coisa – ele disse.

– E qual é a diferença?

– São muitas!

– Quais?!

– A Vivian sabe o que é passar por isso, e você não, por exemplo!

Pestanejei, surpresa por seu tom de voz alterado. Não esperava que as coisas fossem chegar a esse ponto, nem tão rapidamente. Frustrado, Jack passou a mão no cabelo.

Bem, eu tinha duas opções: podia ficar mais irritada do que ele e começar uma competição de gritos...

Tentador.

... ou podia ser a adulta que estabeleceria um pouco de paz.

Entediante.

– Bom – falei, no tom mais calmo de que fui capaz –, pode ser que ela saiba mais sobre esse assunto, mas eu não queria te visitar pra dar uma conferência. Só queria te oferecer um pouco de apoio.

– Não é tão simples.

– E como é que você sabe? Você me deu alguma chance de fazer isso?

Eu só queria te ajudar! Como acha que me sinto vendo que todo mundo pôde fazer isso menos eu?

– Jen, não é... não é um momento bonito, sabe? É um período muito fodido, em que você trata mal as pessoas, inclusive aquelas que você mais ama. Sei que você tem boas intenções, mas não teria suportado mais de cinco minutos. E eu não queria que...

Ele se calou. Automaticamente, deduzi o que ele havia omitido.

– O quê? – perguntei, surpresa. – Você acha que eu ia te deixar outra vez? Jack não disse nada, mas desviou o olhar.

Com um suspiro, contornei a cama para ficar ao seu lado. Ele tentou se esquivar do meu olhar, mas, mesmo assim, consegui envolver seu rosto com as mãos. Na penumbra do quarto, eu não conseguia enxergar as manchas verdes de seus olhos castanhos, que assim pareciam mais tristes.

– Pra começar, você pode parar de pensar que vou sair correndo cada vez que acontecer algo que não saia exatamente como eu queria? – sugeri. – Não vou fazer isso. Estou aqui, com você, e não tenho nenhuma intenção de ir embora. O que mais preciso fazer pra você entender isso?

– Não é você, Jen... É que...

Jack apertou os lábios. Não sabia como se explicar e estava ficando frustrado consigo mesmo.

– Tanto faz. – Decidi pôr um ponto-final no assunto. – Olha, você não tinha me contado isso e pronto. Eu também escondi muitas coisas de você, num outro momento, e, embora isso me incomode e me doa, vamos deixar assim. Além disso, ela é sua amiga, então... não sei... vou tentar me dar bem com ela, se isso tornar as coisas mais fáceis.

Pensei em esboçar um sorriso conciliador, mas me detive ao perceber sua expressão. Sua atitude defensiva passara a ser outra, mais... cautelosa.

Ah, não...

– O que foi? – perguntei, direta.

Como se parte de mim já soubesse que eu não gostaria de ouvir o que ele tinha para me dizer, retirei as mãos de seu rosto e dei um passo para trás. Jack engoliu em seco, sem conseguir me olhar nos olhos.

– Tem uma coisa que você precisa saber.

– Que coisa?

– Você se lembra quando eu contei que... hã... que eu não tinha feito nada durante todo o ano em que ficamos separados?

Joguei a cabeça para trás, desconfiada. Não estava gostando nem um pouco do rumo que aquela conversa estava tomando. Ele levantou os olhos. Definitivamente, ele estava sendo muito precavido, queria ver minha expressão para determinar como deveria prosseguir.

– Era mentira? – eu quis saber. – É isso?

– Não!

– Não?

– Bom...

– "Bom" o quê?

– É que eu te disse que não tinha transado com ninguém e... hã...

Mais uma vez, ficou calado. Aquele silêncio estava me matando.

– Jack, fala de uma vez e pronto!

– Eu disse que... hã... que não transei com ninguém. Não exatamente.

– "Não exatamente"?

– Não sei, Jen! Não me lembro muito bem, ok? Beijei algumas pessoas, com poucas cheguei a fazer algo mais, mas não...

– "Algo mais"?

Jack continuava a repetir o que tinha dito, num tom cada vez mais agudo. Fechou os olhos com força e, quando voltou a abri-los, parecia cansado.

– Não transei com ninguém que eu não conhecesse.

Entendi na mesma hora o que aquela frase significava. Pestanejei várias vezes. De repente, me senti muito desconfortável por estar tão perto dele.

– Mas transou com a Vivian, não é?

– Não é tão simples.

– Ah, não? Pois vou te dizer o que é simples – alfinetei. – Você me disse que não tinha transado com ninguém.

– Sei disso...

– E posso saber por que mentiu pra mim? Você me pediu sinceridade, e eu não menti mais pra você, Jack! Por que você pode fazer isso e eu não?

– É que eu não sabia como você iria reagir!

– E como você quer que eu reaja? Quer que eu te aplauda? Que te peça detalhes?

Me virei, frustrada. Assim que me afastei, senti que ele me segurava pelo braço, para que eu não me movesse.

– Espera, Jen – suplicou. – Me desculpa, tá bem? Não devia ter feito isso.

– Não devia ter mentido pra mim!

– É sério que você se incomoda mais por eu ter mentido do que por ter transado com outra pessoa?

– Você estava comigo quando fez isso? Não. – Soltei meu braço com um puxão. Ele não me respondeu. – Agora suponho que está, e não me falou nada sobre isso!

– "Supõe" que estou com você? – repetiu, num tom completamente diferente. – Não há nada pra supor, não é?

Revirei os olhos. Sério mesmo que ele só tinha prestado atenção nisso?

– Olha, deixa pra lá...

– Não. A Vivian é apenas uma amiga – garantiu, aproximando-se outra vez. Cruzei os braços, mas não me afastei quando ele colocou a mão em minha nuca. – Foi no meu aniversário, ok? Naquela mesma noite. Ela teve um dia ruim, eu também... e simplesmente aconteceu. E logo depois eu tive uma recaída. Isso é tudo. Desde então, não fizemos mais nada, nem sequer nos beijamos de novo. Te juro.

– Sério mesmo? – questionei, pouco convencida.

– Sim. Por que está me perguntando desse jeito?

– Jack, por favor... Ela é atraente, culta, lindíssima, compreende o seu trabalho... Como você não vai gostar dela? Se eu mesma gosto dela!

– Eu adoro conviver com ela, mas é apenas uma amiga! Não a amo, ela não me atrai, nem um pouco!

– Muito bem. Então por que você transou com ela?

Isso o pegou meio desprevenido. Abriu a boca, voltou a fechá-la. Não encontrando uma resposta adequada, contra-atacou:

– Você também tem um amigo atraente, muito educado, lindíssimo, que estuda o mesmo que você, e nem por isso eu armo esse circo.

Quase afundei o rosto no travesseiro. Quase.

– Não? Lembra como você agiu quando o Curtis veio aqui?

– Eu tinha meus motivos!

– Não mais do que eu! E eu nunca transei com ele!

– Mas sei que ele tem uma queda por você!

– E daí? Ele gosta de garotos!

– E de garotas!

– Mas os garotos ficam com noventa por cento!

Mal acabei de contar isso a Curtis e ele explodiu numa gargalhada. Abaixei os braços e interrompi a explicação para olhar para ele, irritada. Ele ria com tanta vontade que chegou a cair de costas no gramado que cerca nosso prédio da faculdade.

– Noventa por cento... – disse, rindo.

– Não tem graça.

– Por favor... – suspirou, ainda sorrindo. – Diz pra mim que você não falou isso realmente.

– Claro que falei!

– Meu Deus, ainda bem que você não tem Twitter... teriam te cancelado em dois minutos.

– Posso saber por quê?

– Vejamos, Jenna, querida, amada, luz da minha vida... como posso te explicar? – Começou a passar a mão no meu braço como se eu fosse uma criança a quem ele devesse consolar. – Essa história das porcentagens... vamos deixar isso para os espertinhos, ok? Isso não é tão matemático assim.

– Ah. Desculpa...

– Tudo bem, mas, agora que você já sabe disso, pode guardar pra si. – Curtis piscou para mim. – Mas me conta, o que aconteceu depois? Vocês fizeram as pazes? Deram aquela trepadinha de reconciliação?

– Não. Discutimos um pouco mais e depois dormimos de costas um para o outro.

– Maravilha!

– Para de tirar sarro de mim!

– Ei, você estabeleceu porcentagens para a minha atração sexual. Tenho o direito de tirar sarro de você.

– Já pedi desculpa, Curtis!

– Ok – ele cedeu, finalmente. – Você tinha motivos pra se irritar.

– Obrigada.

– Embora eu também deva te dizer que, se você não estivesse tão estressada por causa das notas, talvez não ficasse tão nervosa.

Nisso ele tinha razão. Fiz uma cara feia ao olhar de novo para o relógio, já estava quase na hora. Tínhamos combinado de ver juntos quando subissem as notas na plataforma virtual dos alunos. Na verdade, eu tinha cada vez menos certeza de querer companhia quando divulgassem as notas, pois suspeitava que tinha sido reprovada numa disciplina.

– Pode ser que eu esteja mais nervosa do que o normal – admiti.

– Vamos ver se quando você voltar pra casa ele te surpreende com umas flores e você o perdoa.

– Flores? É melhor que ele tenha feito um bolo pra mim.

Curtis sorriu e abriu a boca para acrescentar algo, mas desistiu ao ouvir o alarme de seu celular. Ah, não, eram oito horas.

– As notas – murmurei, em pânico.

– Calma. Se for reprovada em alguma matéria, ainda vamos nos ver.

– Curtis, isso não ajuda muito!

Deixei-o consultar suas notas antes, principalmente porque, se fossem muito ruins, eu nem olharia as minhas. Não havia nenhuma lógica por trás desse raciocínio, mas servia para diminuir meu nervosismo.

– Vamos ver... – murmurou, tranquilamente. – Aprovado, aprovado, reprovado, aprovado, reprovado. Não está tão ruim, né?

– Curtis! Inteligente como é, você poderia tirar notas tão boas...

– Pra quê? Sendo reprovado, fico mais alguns anos por aqui. Se fosse aprovado em tudo, teria que sair da minha bolha e procurar emprego.

Sorri e peguei o celular para consultar as minhas. Ele se inclinou, intrigado.

– E então?

Com o coração na boca, comecei a ler:

– Aprovada...

– Muito bem...

– Aprovada, aprovada, aprovada e...

– Por Deus, não faça uma pausa dramática logo agora.

– Ah, não...

– O quê?

– Aprovada, Curtis! Nas cinco!!!

Com a emoção, o celular voou de minhas mãos, mas nem me importei com isso. Curtis começou a rir e a gritar comigo. Enquanto rolávamos pelo gramado feito dois malucos, os outros alunos nos observavam com curiosidade. Não demos a menor bola: eu não tinha sido reprovada em nada, e ele só em duas matérias. Era tudo o que queríamos.

Eu estava tão feliz que, um pouco mais tarde, ao abrir a porta do apartamento, mal me lembrava do aborrecimento da noite anterior. Ostentava um grande sorriso e dava pulos de alegria.

Da sala, Mike e Sue me olharam, confusos.

– Não – disse ela –, não parece que tenha sido uma discussão.

– Está animada demais. – Mike concordou.

– Do que estão falando?

– Estamos teorizando sobre por que o Ross se meteu na cozinha – Sue me explicou. – Se não for pra te pedir perdão, vou ficar sem teorias.

De fato, Jack estava de luvas vermelhas tirando uma assadeira do forno. Não tinha se virado porque estava usando fones de ouvido. Com o celular apoiado no pote das bolachas, acompanhava cuidadosamente o tutorial de uma receita.

Isso me pareceu tão fofo que, sem pensar muito no que estava fazendo, parei ao seu lado e dei uma batidinha em seu ombro.

– O que você está cozi...?

– AAAH!

Dei um pulo, assustada, quando ele teve um sobressalto e largou a assadeira de repente. O que quer que fosse que ele havia tentado cozinhar – algo que estava totalmente queimado, aliás – terminou esparramado pelo chão. Por um momento, ficamos os dois olhando para aquele desastre.

– Ops – murmurei.

Jack tirou as luvas com uma expressão de derrota.

– Bem... aqui termina minha triste tentativa de fazer uma lasanha.

– Isso era... uma lasanha?

O que aquela massa preta e decomposta tinha a ver com uma lasanha? Tentei não fazer uma careta quando ele se virou para mim.

– Quero dizer que... hã... Que pena, né? Estava com uma cara muito boa e...

– Não precisa mentir – falou, derrotado, e tirou os fones de ouvido para me dar mais atenção. – Era pra você.

– Pra me pedir perdão ou por causa das provas?

– Eu ia dizer que era por causa das provas, mas se também servisse pra pedir desculpas eu não iria reclamar.

Quando me viu rir, virou a cabeça de lado.

– O que foi?

– É que talvez já esteja na hora de deixar de pedir desculpa com comida, não?

– Não consigo pensar em outro modo de fazer isso...

– Existe a inovadora maneira de fazer isso diretamente, com um simples "sinto muito", você vai ver.

Jack conteve um sorriso e assentiu:

– Ok, eu sinto muito. Não devia ter escondido algo assim de você por tanto tempo. Mas juro pra você que não sinto nada por ela. Ela é minha amiga, só isso. E ela também não sente nada por mim – acrescentou, rapidamente. – Se ela não vai muito com a sua cara, é porque... bom... porque tem aquela imagem de você, por tudo que contei a ela um ano atrás. Mas estou tentando fazer ela entender que você não é aquela pessoa, que nunca foi.

– Tecnicamente, sou, sim. – Fiz uma pausa, pensativa. – Deixa que eu cuido da minha relação com ela, tá bom? Você já tem muita coisa nessa sua cabecinha.

– Isso quer dizer que você me perdoa?

– Não sei, você consegue preparar um bom chili pra mim?

Sua expressão passou da cautela ao entusiasmo em questão de segundos. Chegou a dar um pulinho de alegria.

– Você quer um chili? Sério? Você gostou?

– NÃO! – Mike e Sue gritaram, em uníssono.

– Não liga, eles não sabem apreciar a arte – garanti a ele. – Se você preparar um chili pra mim, eu te perdoo.

– Combinado! Você vai adorar!

Enquanto Jack punha a mão na massa, entusiasmado, mostrei a língua para Mike e Sue. Eles torceram o nariz, com cara de nojo.

17

A SARGENTA DOS GRITOS

SEMPRE ACHEI QUE NINGUÉM GOSTASSE DO MÊS DE SETEMBRO. As crianças voltam à escola; os adultos, ao trabalho; o verão termina, reinstala-se a rotina... e, no nosso caso, as férias chegam ao fim.

Nem tudo era tão ruim: afinal de contas, eu estava com um bronzeado de arrasar e tinha me divertido muito na Grécia, embora, pensando bem, a viagem tenha me parecido curta demais. Jack se sentia da mesma forma, pois no trajeto de volta para casa me sugeriu várias vezes que ficássemos um pouquinho mais por lá, que ainda não era hora de voltar. Mas era: eu devia retornar às aulas, ele tinha que divulgar seu filme... Não podíamos ignorar nossas responsabilidades.

Dito assim, soa maravilhoso.

– Já estou me arrependendo.

Olhei para Jack de cara feia. Já estávamos em casa havia uma semana e, embora ele achasse o contrário, não se esqueceu da aposta que fizemos assim que chegamos à Grécia: o primeiro que se queimasse na praia teria que fazer um favor para o outro. Como dois dias depois voltamos para o hotel com Jack parecendo um camarão, estava claro quem tinha perdido.

Não sei o que ele esperava que eu lhe pedisse, mas o peguei absolutamente de surpresa, o que compreendi assim que o vi semicerrar um dos olhos, num tique nervoso.

– Aqui estamos, senhoras e senhores – comentou Mike, metendo a cabeça no meio de nossos assentos –, na primeira aula de condução da jovem e encantadora Jennifer. Será que ela vai se sair bem? Será que Jackie ficará sem carro? Logo descobriremos.

Mal o ouviu dizer isso, seu irmão deu um pulo e freou no meio do descampado.

– Não brinque com isso!

– E se eu descobrir que dirijo muito melhor do que você? – sugeri, com um meio-sorriso.

– Não se iluda, não quero que você fique de coração partido quando descobrir que é um desastre.

Will, que estava no banco traseiro ao lado de Mike, também resolveu olhar para nós.

– Tomara que você dirija melhor do que o Ross, assim ele se cala um pouco.

– Por que está me atacando dessa maneira?

Soltei uma risadinha e saí do carro, entusiasmada. Jack suspirou e fez o mesmo. Quando já estávamos cada um no devido lugar no carro, esfreguei as mãos com entusiasmo. Ele ainda estava fazendo uma careta angustiada.

– Então... é assim que você se sente – brinquei, ao colocar as mãos no volante.

– Já estou arrependido.

– Ela vai se sair bem, Ross! – exclamou seu irmão. – Não seja tão chato. Will assentiu.

– Além disso, se ela não se sair bem, você terá uma bela desculpa pra comprar um carro novo.

– Ou uma namorada nova – acrescentei.

– Você precisa fazer muito mais do que destruir meu carro pra se livrar de mim.

Sorri enquanto Will e Mike colocavam o cinto de segurança. Embora os dois quisessem ver o desastre, Naya e Sue tinham preferido permanecer num lugar seguro. Era compreensível a escolha de Sue porque... bem, porque era Sue. E também dava para entender a decisão de Naya, que já estava grávida de quatro meses.

Mas o importante era que, pela primeira vez na vida, eu ia dirigir um carro. Soltei um gritinho de emoção e comecei a tocar em tudo.

O limpador de para-brisa começou a se mexer e, quando tentei pará-lo, bati sem querer na buzina.

Todos me observavam em silêncio.

– Qual era a aposta? – perguntou Will, num tom divertido.

Mike levantou a mão.

– Eu disse que ela ia se sair mal. Estou vendo que tenho mais chance.

– Eu disse que ela se assustaria – lembrou Will.

Automaticamente, olhei para Jack, que tinha esboçado um sorrisinho inocente.

– Qual foi a *sua* aposta?

– Que você se sairia superbem, claro. Estou sempre a seu favor.

Mike bufou de modo exagerado, zombeteiro.

– Que menti...

– Primeiro aviso – Jack falou, apontando para ele. – No terceiro, você e esse outro pentelho vão voltar a pé pra casa.

Will deu um pulo.

– Eu não falei nada!

– Então faz ele calar a boca!

– Podem calar a boca todos vocês? – falei, tentando entender o mecanismo que tinha à minha frente. – Deixa eu ver... deve ter algum botãozinho pra que isso comece a funcionar, não?

Jack cobriu o rosto com as mãos.

– O que foi? – perguntei.

– Estou vendo vários resultados possíveis, e meu pobre carro não sobrevive em nenhum.

– Vamos, Jackie. Tenha um pouco de fé!

Ele descobriu o rosto, mas não parecia estar mais calmo, de jeito nenhum. Na verdade, parecia ainda mais nervoso. Pôs uma mão em cada um dos meus ombros, muito sério.

– Jen, eu suplico, não acabe com o meu carro. É o que mais amo na vi... – parou ao ver minha cara – ... a segunda coisa que mais amo na vida.

– Você ia dizer que era a primeira?

– Não, não, imagina.

– A primeira coisa é a sua cama – assinalou Mike.

Jack esticou um dedo em sua direção.

– Segundo aviso.

Will suspirou e puxou Mike pelo braço para que ele voltasse a se sentar corretamente. Estava claro que não queria voltar para casa andando. Enquanto isso, Jack se concentrou mais uma vez no que era importante. Inclinou-se em minha direção e apontou para minhas pernas.

– Vamos começar com os pedais...

– Os pedais? Onde ficam?

Quando seu rosto assumiu uma expressão de horror absoluto, comecei a rir às gargalhadas.

– Estou brincando! Já sei que tem dois pedais.

– Ok. Mudei de opinião. Vamos trocar de lugar.

– Não! – Quando ele tentou se afastar, segurei-o pelo braço. – Me dê outra chance, por favor. Prometo que vou ter cuidado.

Jack pensou nisso por algum tempo e acabou se dispondo a me mostrar os pedais. Assim começou a aula sobre as mudanças de marcha, o uso do freio de mão, os assentos, o cinto de segurança, o volante e outras coisas que não me interessavam tanto, mas às quais prestei atenção, de qualquer maneira. Eu só queria saber de acelerar e de começar a dirigir, mas me controlei, especialmente porque Jack, quando terminou as explicações, suspirou e olhou para o seu carro como se esse estivesse destinado a uma morte certa.

– Vamos lá – murmurou e ligou o carro por mim.

O motor rugiu e dei um grande sorriso.

– Vamos lá! – repeti.

Mike quis se assegurar de que seu cinto estivesse bem preso.

– O que acham que a Naya e a Sue vão fazer se a gente morrer?

– Vão dar uma festa – disse Will.

– Você acha?

– Sim. Vão ficar com um quarto inteirinho pro bebê.

– E um parasita a menos no sofá – disse Jack, antes de se virar para mim. – Acelera antes que eu mude de opinião. Suavemente, por favor.

– Vamos ver... – murmurei. – Freio de mão, embreagem, mudança de marcha...

Depois de minha tentativa frustrada de engatar a marcha, Jack suspirou outra vez e pôs a mão sobre a minha, para me guiar. Seu nervosismo aumentava a cada segundo.

– Ok, já está em primeira. Agora, suavemente...

Eu o obedeci. À medida que pisava lentamente no pedal, o carro andava para a frente. Meu entusiasmo era evidente, mas me contive para não arrumar confusão e apertei os dedos no volante. Muito séria, acelerei um pouco mais: dez por hora! Esbocei um grande sorriso e olhei para Jack, que virou meu rosto para a frente, angustiado.

– Estou fazendo tudo direitinho? – perguntei.

– Você tá indo muito bem – Will me garantiu, e sorri ainda mais.

– Vamos tentar chegar até aquele poste ali – Jack me sugeriu. – Mantenha a velocidade, gire um pouco o volante... o quê?

Ele tinha se dado conta de minha risada maligna. Parecia ofendido.

– Acho que nunca te vi tão nervoso. É divertido.

– Jen, por favor...

Suspirei e tentei seguir suas instruções. Quando viu que eu não havia girado o suficiente, mexeu um pouco no volante. Estavam todos muito concentrados no que eu fazia; eu mais ainda, pois estava muito tensa.

Ao chegarmos ao poste, Jack me disse para voltar para a entrada do descampado, só um pouquinho mais rápido. E assim seguimos durante quase uma hora. Não sei quantas voltas demos, mas no final eu já estava me sentindo um pouco mais segura, e Jack parecia aliviado.

– Até que você foi bem – Will me elogiou, apertando carinhosamente meu ombro.

– Agora só falta você dizer isso sem parecer surpreso – brinquei.

– Bom, ainda não morremos – comentou Mike. – Já é um bom começo.

Farto de escutar seu irmão, Jack balançou a cabeça, concentrando-se em mim outra vez. Parecia imensamente tranquilo, pelo menos comparado ao início da aula de direção, o que me deixou mais animada.

– O que achou? – perguntei a ele.

– Você fez tudo muito bem.

– De verdade?

– De verdade.

– Isso quer dizer que posso dirigir até em casa?

Seu sorriso desapareceu imediatamente.

– Vamos deixar a próxima aula pra outro dia, ok?

– Sobre o que vai ser a próxima aula?

– Sobre a marcha a r...

– Sobre como reagir diante situações de emergência! – falou Mike, entusiasmado. – É muito importante. Na estrada, você tem que ser uma só com o carro.

Will olhou para ele, confuso.

– E o que é uma situação de emergên...?

– CUIDADO, JENNA! UM GATINHO!

O grito me fez dar um pulo no banco e, apavorada, apertar bem fundo o pedal do freio. O carro deu uma balançada. Senti um braço cruzar meu peito e dei um grito sufocado. Estava com as mãos tão agarradas ao volante que meus dedos ficaram brancos.

E, no entanto... nada de gatinhos.

Houve apenas um golpe forte e sonoro contra meu assento.

– AAAI!

Jack, ainda com o braço à frente de meu corpo, se virou para seu irmão, furioso.

– Como pode pensar em fazer esse tipo de brincadeira? Você pirou?

Mike estava muito ocupado cobrindo seu nariz dolorido com os dedos. Balançava-se de um lado para outro, lamentando-se.

– Era brincadeira! Porra, você quebrou meu nariz!

– Não está nem sangrando – observou Will.

– De onde você tirou que isso era uma boa ideia, Mike?! – me indignei.

– Achei que seria divertido!

– É um idiota – falou seu irmão.

– Vocês lembram que eu me machuquei?

Ai, tinha me esquecido dessa parte.

Melhor assim.

– Ai, Mike. – me virei para ele, com pena. – Sinto muito, eu não queria...

– Não peça desculpa – protestou Jack. – Ele mereceu isso.

Mike não disse nada. Enquanto Jack e eu trocávamos de lugar no carro, ele se ajeitou em seu lugar e cravou os olhos na janela. A verdade é que seu comportamento estava um pouco estranho desde que voltamos da viagem. Antes, ele costumava ignorar certos comentários de Jack ou simplesmente respondia dizendo algo ainda pior, mas já não fazia isso. Parecia que agora esses comentários lhe pesavam mais, e ele olhava para seu irmão por algum tempo antes de virar o rosto para qualquer outro lado, claramente incomodado.

Na verdade, quase ninguém estava igual a quando fomos viajar: Naya estava meio atrapalhada com a gravidez, e Will também, pois passava o dia com ela; Mike se incomodava frequentemente com seu irmão; Lana tinha arrumado um namorado; Chrissy se sentia mais seguro do que nunca consigo mesmo; Curtis estava estudando para tirar a carteira de motorista... e a única que não tinha mudado nada era Sue, que continuava tal como a havíamos deixado em junho.

A única verdadeira.

Ao chegarmos ao apartamento, Mike ainda estava com a mão sobre o nariz machucado. Embora Naya não tenha se dado conta por estar cozinhando algo suspeito, Sue o viu, largou o livro que estava lendo e esboçou um sorriso, entusiasmada.

– Quem foi que bateu nele?

– Ninguém. Foi um acidente – esclareci.

Ela apenas bufou e retomou sua leitura, pouco impressionada.

Enquanto os irmãos Monster se acomodavam, me virei para Naya e Will. O cheiro do que ela estava cozinhando era horrível, mas, mesmo assim, Will deu um grande sorriso e experimentou aquela massa crua sem fazer nenhuma careta. Naya soltou um gritinho de felicidade e começou a conversar com ele, ao mesmo tempo que ele a abraçou pela cintura e...

– ... verdade – dizia Jack, que me devolveu à realidade. Me sentei ao seu lado no sofá. Mike preferiu ficar sozinho numa poltrona, como vinha fazendo desde que voltamos. – Jen estava dirigindo superbem até que esse idiota a assustou.

Sue bufou de novo, dessa vez num tom zombeteiro.

– A sua opinião não conta, Ross.

– E por que não?

– Você é como uma mãe. Só enxerga o lado bom.

– Não é verdade!

– Não? Então fale alguma coisa ruim sobre a Jenna, qualquer coisa.

Fez-se um momento de silêncio. Jack me olhou, abriu a boca e voltou a fechá-la. Como não conseguiu dizer nada, fechou a cara.

– Teoria comprovada. – Mike desenhou um tique no ar.

– Você não consegue falar nada de ruim sobre mim? – brinquei, beliscando sua bochecha. Meu namorado se afastou, de cara feia. – Você é a primeira pessoa assim na minha vida, Jackie.

– Se eu achasse que você não se saiu bem, eu diria.

– Então vai me deixar dirigir seu carro outra vez?

Jack jogou a cabeça para trás, enquanto Sue e Mike riam.

– Se você quiser... – disse, por fim, resignado.

Sorri e me aproximei dele para envolver seu pescoço e lhe dar um sonoro beijo na bochecha. Não me deixou dar outro, tinha se virado para mim, e não protestei quando me segurou pela cintura para me deixar mais perto dele. Era para scr um beijo inocente, mas esse gesto mudou tudo.

– Ótimo. – Sue suspirou, entediada. – Agora que eu achava que aqueles dois tinham ficado com o ouro dos casaizinhos pegajosos, chegam vocês.

– Dá pra parar? – acrescentou Mike.

Jack se afastou de mim e, achando graça, lançou uma almofada na cabeça dele.

– Por quê? Você fica com ciúme?

Irritado, Mike fez menção de jogar a almofada de volta, mas Sue a arrancou dele e a colocou em sua poltrona, cuidando para que não ficasse amassada.

Me surpreendi com o fato de Jack estar tão carinhoso e continuar grudado em mim. Antes de sair para fumar com Will, segurou meu rosto com uma mão para me dar outro beijo e piscou para mim. Não entendi nada, mas eu é que não iria reclamar.

Àquela altura, Naya já havia aparecido com uma travessa de biscoitos de chocolate, que tinham ficado tempo demais no forno e estavam bem pretos. Além disso, as bolas de massa eram tão grandes que grudaram umas nas outras, parecendo uma torta escura e achatada. No entanto, Sue, Mike e eu obviamente fingimos entusiasmo quando Naya colocou a travessa diante de nós.

– É minha primeira tentativa! – exclamou, com orgulho. – Estou tentando aprender algumas receitas para quando o bebê estiver maiorzinho. Assim ele vai gostar mais de mim.

– Então você quer comprar o amor dele com açúcar – observou Sue.

Naya decidiu, sabiamente, que era melhor ignorá-la. Mike já tinha se apoderado de um biscoito, que observou com cuidado em busca de alguma parte que não estivesse chamuscada. Não teve muita sorte.

– O que foi, Mike? – ela perguntou, preocupada. – Não gostou?

– Não muito.

Ele soltou isso sem pensar, entendi assim que vi sua cara de pânico. Naya levou uma mão ao coração, e seus olhos se encheram de lágrimas. Mike deu um pulo tão grande que o biscoito quase saiu voando.

– Eu não quis dizer isso!

– Quis, sim! Eu queimei tudo!

– Nem estão tão queimados! – respondeu Mike, raspando o biscoito com uma faca tão velozmente que a qualquer momento sairia fumaça devido à fricção. – Tá vendo? É só olhar dentro deles!

– Sou uma cozinheira horrível! – Naya berrou. – O Will teria feito esses biscoitos perfeitamente bem!

Dito isso, se deixou cair ao meu lado e apoiou a cabeça no encosto do sofá. Já não estava chorando, mas permanecia com os lábios curvados para baixo. Apertei seu joelho carinhosamente, e ela fingiu que não percebeu.

– Vou ser uma mãe horrível – concluiu.

– Você vai ser uma mãe maravilhosa! – exclamei, assustada.

– Não é verdade! Continuo despreparada pra cuidar de outro ser...

Mike torceu o nariz, ainda raspando o biscoito.

– Tudo isso só porque você queimou a comida? Eu não sei nem acender um forno e não choro toda vez que me lembro disso.

– Não é por causa da comida!!!

– Os biscoitos queimados são uma metáfora de sua maternidade. – Sue levantava e abaixava as sobrancelhas. Mike estancou na palavra "metáfora": piscou uma, duas, três vezes, e então olhou para elas fazendo uma careta.

– Você vai queimar seu bebê...?

Naya suspirou dramaticamente e foi direto para o quarto. Sue deu um cascudo em Mike, e seu biscoito todo raspado caiu no chão. Fui atrás de minha amiga.

Entrei no quarto. Enquanto estivemos fora, Will e ela haviam comprado um montão de coisas para o bebê, todas ainda na caixa: brinquedos, o berço, um cadeirão... tudo preparado para o grande dia. Essa imagem me fez sorrir, até que a vi deitada na cama com as mãos na barriga. Claramente, algo estava acontecendo com ela.

– Posso deitar aqui com você? – perguntei.

Ela assentiu e abriu espaço. Era estranho olhar para ela e ver sua barriga inchada. Ainda não tinha me acostumado com isso.

– O que foi? Quer conversar?

Naya suspirou e olhou para sua barriga com a mesma cara de antes.

– Não sei... É que não estou me sentindo como acho que devia.

– Por quê?

– Porque nem tudo são flores. Não estou... entusiasmada, e ainda não consigo sentir aquele instinto materno. Eu achava que isso tudo seria mais...

– Como a Disneylândia? – sugeri.

Ela assentiu, lentamente.

– Não sinto que serei uma boa mãe. Na verdade, não sinto nem que serei mãe, simplesmente.

– É que isso não se sente, Naya. Se aprende.

Então ela me olhou, triste.

– Você acha?

– Mas é claro. Ou você acha que todas as mães do mundo nascem sabendo como isso funciona?

– Ah... não sei...

– Dê uma chance a você mesma – recomendei, sorrindo. – Você já está aprendendo muitas coisas, os biscoitos de hoje não estavam tão queimados quanto a última pizza!

– A pizza estava queimada?!

Diante da minha cara de pânico, soltou um suspiro dramático e ficou olhando de novo para o teto.

– Continuo estressada. Não tem nenhum tutorial na internet que possa ajudar?

– Se tivesse, estariam milionários.

De qualquer forma, tirei o celular do bolso e comecei a procurar.

– O que está fazendo? – ela quis saber.

– Vou perguntar pro nosso bom amigo Google.

– Veja se aparece alguma coisa sobre socar paredes. Estou morrendo de vontade de fazer isso.

Sorri e continuei procurando. Não havia nenhuma informação interessante, mas acabei encontrando uma página de procedência duvidosa com uma lista de conselhos. Era melhor do que nada.

– Aqui tem algumas... hã... dicas.

– Quais?

– A primeira: aromaterapia.

– Pfff...

– Ok, descartada. A segunda é rir.

– Você acha que estou com humor pra isso?

– Descartada também. Humm... ioga.

– Estou tão inchada que mal consigo ficar em pé sem ajuda. Como vou fazer ioga?

– Ok! A última, então: gritar pra liberar as tensões.

Houve um momento de silêncio. Naya olhou para mim, avaliando a proposta.

– Gritar?

– Aqui diz que libera as tensões instantaneamente. Recomendam cobrir o rosto com um travesseiro para abafar o barulho e...

– Não preciso de um travesseiro – garantiu.

Nós duas nos levantamos, e ela começou a se mexer como se estivesse fazendo o aquecimento prévio para algum exercício. Fiquei com vontade de rir, mas tinha ativado o modo treinadora: Naya havia deixado de ser ela mesma e tinha se transformado numa aluna.

Vamos, sargenta. Você consegue!

– Preparada? – perguntei.

– Vamos com tudo! – respondeu, motivadíssima.

– Assim é que eu gosto! Fale mais alto!

– Preparada!

– MAIS ALTO!

– PREPARADA!

– PRA QUÊ?!

– PRA SER MÃE!

– NÃO ESTOU TE OUVINDO!

– PRA SER MÃE!!!

– A MELHOR MÃE DO MUNDO!

– SIM!!!!

– FALE BEM ALTO!

– A MELHOR MÃE DO MUNDO!

– ESSE BEBÊ TEM SORTE!

– MUITA!

– MAIS ALTO!

– MUITA!!!

– VOCÊ VAI COZINHAR COISAS DELICIOSAS PRA ELE!

– VOU SABER COZINHAR!

– E NÃO VAI DIZER PALAVRÕES NA FRENTE DELE!

– NUNCA, PORRA!

– NÃO ESTOU TE OUVINDO, NAYA!

– POOOOOORRAAAAAAA!!!!

– MAIS ALTOOOO!!!!

Naya parou por um momento, tomou ar e...

... quando Jack abriu a porta, soltou-o de repente:

– Posso saber o que está acont...?

– AAAAAAAAAAAAH!!!!!

O grito foi tão brutal que Jack deu um pulo para trás, apavorado, e bateu de costas na estante, derrubando vários livros em meio aos gritos. Enquanto isso, Naya agitava os braços como se estivesse liberando adrenalina, com um grande sorriso nos lábios.

– Isso funciona, Jenna!

– Tá vendo? Você só precisava pôr pra fora!

– Você é a melhor!

Jack continuava encurralado contra a estante, como um animalzinho assustado, quando Sue entrou correndo no quarto, extremamente incomodada.

– Quem é que vocês estão matando?

– Pois é. – Mike apareceu atrás dela. – O vizinho veio até aqui nos xingar.

– E o que vocês disseram? – perguntei.

Mike apontou para Sue.

– Mandei a fera atender.

– Alguém pode me explicar pra que tudo isso? – perguntou Jack, recompondo-se.

– Naya estava botando pra fora – expliquei.

– Você devia experimentar! – Ela abriu um grande sorriso.

Sue bufou.

– Ninguém gosta dessas best...

Sua voz foi interrompida pelo horrível grito de Mike, muito mais exagerado que o de Naya. Com o susto, Sue deu um pulo e foi para o canto dos assustados, junto com Jack, que tapou os ouvidos.

– Você me assustou, seu idiota! – alfinetou Jack.

– É verdade, funciona! – gritou Mike, entusiasmado.

– Sério? – perguntei.

– Sim, experimenta!

Jack tentou acalmar as coisas.

– Se mais alguém começar a gritar, eu vou...

Gritei com tanta força que minha garganta chegou a doer. Mike e Naya aplaudiram, entusiasmados, assim que acabei. Sue e Jack negavam com a cabeça. Foi então que apareceu o único que faltava: Will entrou no quarto com os olhos arregalados e a expressão desfigurada.

– O que está acontecendo? Por que essa gritaria? Naya, você está...?

– É pra liberar as tensões – esclareceu Mike.

Will ponderou aquelas palavras por algum tempo e, quando vi que um cansaço absoluto se apoderou de sua expressão, imaginei que ele se juntaria ao grupo dos assustados.

– Vocês devem estar brincando.

– Funciona muito bem! – garantiu Naya. – Me sinto aliviada.

– Ok. E vocês não podem ir se aliviar na sala? Preciso trocar de roupa.

Mike piscou para ele.

– Já que estamos aqui, por que você não faz uma dancinha sexy pra nós?

Will lhe mostrou o dedo médio – algo não muito comum para ele – e começou a nos expulsar do quarto, um a um. A única que saiu por conta própria foi Naya, a quem encontramos no meio do corredor com um grande sorriso.

– Sabe de uma coisa? Isso me motivou tanto que vou preparar mais uma porção de biscoitos! E esses vão ficar bons, sem a ajuda do Will!

Enquanto ela se dirigia à cozinha dando pequenos saltos, senti que meus três companheiros me fulminavam com os olhos.

Talvez não tivesse sido uma grande ideia ajudar Naya. Naquela noite, deitados na cama, Jack e eu tivemos que escutar, ao fundo, os ruídos amorosos deles. Suspirei, entediada, quando Naya começou a narrar para Will todas as coisas sujas que queria que ele fizesse com ela.

Se quiser, também posso fazer uma lista de coisas sujas para você.

– Esses dois não se entediam, hein? – murmurei.

Jack, que estava com o rosto afundado no travesseiro, girou sobre si mesmo para olhar para mim.

– Por favor, você pode me lembrar por que não ficamos na Grécia?

– Porque temos responsabilidades.

– Isso sim é que é entediante...

Sorri e tentei bater em seu braço, mas ele segurou meu pulso, com um sorrisinho malicioso.

– Se bem que aquela noite em que você bebeu tanto...

– A gente combinou de não falar sobre isso – falei, em seguida.

– ... e atirou uma lata no carro de um policial...

– Jack! Fizemos um pacto!

– Você disse que eu não podia mencionar isso na frente dos outros, mas agora estamos sozinhos.

– Seu trapaceiro!

Ele não pareceu se importar. Na verdade, parecia até entusiasmado: ele iria me lembrar daquela noite até a morte. Que culpa eu tinha de ter perdido o controle com o tal do *open bar*? Eu não sabia que aqueles coquetéis tinham álcool! E também não me lembrava muito daquela noite, além de que chegara a subir no balcão. O garçom, de saco cheio, chamou a polícia, e eu acabei atirando uma lata no para-brisa da viatura, enquanto lhes gritava que estavam restringindo minha liberdade. Não fosse por Jack, que chegou mostrando seu sorriso mais encantador, eu agora teria uma maravilhosa história para contar sobre alguma cadeia da Grécia.

Mas, claro... não foi uma noite da qual eu me sentisse particularmente orgulhosa. Jack, porém, achava tudo muito engraçado, e por qualquer motivo trazia essa história à tona.

– Não ria tanto – protestei. – Quer que eu te lembre do dia em que você voltou todo vermelho para o hotel porque tinha esquecido do protetor solar?

– Aquilo foi um lapso!

– Ou da noite em que você dormiu com o spray na mão porque achava que os mosquitos estavam te perseguindo?

– E estavam! Só você que não foi muito picada!

Ri, me divertindo, mas parei quando aqueles dois bateram na parede com mais força ainda. Jack revirou os olhos.

– Precisam fazer tanto barulho?

– Naya está grávida, pode fazer o barulho que quiser.

– Por que está usando a desculpa da gravidez pra tudo?

– Porque eu posso. Também vou fazer isso quando ficar grávida.

Ok, talvez eu tenha dito isso muito subitamente. Jack ficou me olhando com o mesmo tique nervoso do dia em que lhe pedi o carro. Fiz uma careta, preocupada.

– Hã... você tá bem?

– É que... hã... você está sugerindo...?

– Não, por Deus! Não quero ter filhos agora – garanti a ele, que soltou um enorme suspiro de alívio. – Daqui a algum tempo, né?

– Se você me disser que quer agora, também não vou reclamar.

– Sim, porque vivemos o momento perfeito pra cuidar de um bebê...

– Nunca é cedo demais pra sonhar – brincou.

No entanto, aquela brincadeira fez seu olhar se iluminar, e por um momento achei que ele estava gostando da ideia de ser pai, mas ele não demorou a me corrigir.

– Já imaginou como um filho nosso seria bonito?

– Hã...

– Uma mistura de nós dois. Seria modelo, certamente.

– E pouco humilde, pelo que vejo.

– Mas não poderíamos ter um filho aqui – acrescentou, pensativo.

Quando começou a inspecionar o quarto, semicerrei os olhos.

– O que está fazendo?

– Estou pensando.

– Em quê?

– Que aqui é pequeno demais. Will e Naya já se organizaram, não podemos enfiar outra criança neste apartamento.

– Quem falou em...?

– As crianças precisam correr e tal, não é? Como os animaizinhos. Quando eu era pequeno, precisava de um jardim pra não destruir a casa.

– O que você era, um dinossauro?

– Não, não poderíamos morar aqui. – Ficou em silêncio outra vez, pensativo, antes de dar de ombros. – Eu podia fazer outro filme, ganhar mais dinheiro e comprar uma mansão.

– E depois acordar.

– Ou você poderia pintar uma dessas bobagens abstratas que estão na moda, e aí você compraria a mansão.

– Jack! Por que estamos falando disso? Relaxa!

Pestanejou, surpreso, e me encarou. Fiquei tentada a lhe dizer algo mais, mas aí ele voltou a falar:

– Nunca tinha parado pra pensar em algo assim.

– Em comprar uma casa?

– Em ter uma família.

Para minha surpresa, essa confissão o fez ficar vermelho, e ele desviou o olhar. Jack não costumava se constranger muito, por isso logo entendi que suas palavras tinham sido muito sinceras. Apertei um pouco os lábios, não gostava de vê-lo assim. Estiquei os braços para envolver seu pescoço; ele deixou que eu fizesse isso, com certa relutância.

– Por que não? – perguntei.

– Não sei. Sempre achei que acabaria vivendo sozinho. Quer dizer, estava claro que o Will e a Naya seriam um desses casais insuportáveis com cinquenta filhos, dois cães, um gato, um hamster e uma casa de veraneio na praia, e meu plano era ser o querido tio Jack que levava presentes para as crianças depois de cada viagem. E eu não enxergava o querido tio Jack levando esse tipo de vida.

Pensei nisso por um momento.

– Nem tudo é tão preto e branco, sabe? Há muitas cores no meio. Nenhuma vida é igual a outra.

– E o que isso significa?

– Que talvez, um dia, você seja o querido papai Jack que vai viajar com seus filhos e trazer presentes para os tios Will e Naya. Por que não?

Isso lhe arrancou um sorriso. Quase consegui ver como ele imaginava a cena.

– Mas você vai ter tempo de pensar sobre isso – acrescentei, aproximando meu rosto de seu pescoço. – O importante agora é fazer o que você mais gosta.

Depois dessas palavras, ele me olhou com o canto do olho, com um sorrisinho malévolo.

– Estou fazendo exatamente isso.

Deixei escapar uma risadinha bastante boba quando ele se virou para afundar o nariz em meu pescoço. Quase ao mesmo tempo, enfiou uma mão dentro de minha camiseta e, ao passá-la pelas costelas, tentando subir, comecei a rir involuntariamente. Senti seus lábios encostarem em meu pescoço. Então sua mão encontrou me...

– Gente! Apareceu o... Ops.

Mike ficou parado na entrada do quarto, com a mão na porta. Estava com os olhos arregalados, especialmente quando dei um pulo e retirei a mão de Jack.

– Ninguém te ensinou a bater na porta? – Jack protestou ao se afastar de mim.

– Obrigado por me lembrar constantemente da minha falta de vida sexual.

– Obrigado por sempre interromper nossos momentos a sós.

– Em minha defesa, posso dizer que, como não estava ouvindo os barulhinhos vindos do outro quarto, não achei que...

– O que foi, Mike? – perguntei. Não queria ouvir como aquela conversa iria terminar.

Ele me olhou por alguns instantes antes de se lembrar do que tinha ido fazer ali.

– O vizinho xarope está na porta perguntando o que é essa gritaria. Eu não sei como explicar a ele de um jeito calmo, e se eu chegar a acordar Sue para que ela faça isso, vamos ficar sem vizinho. Bem, é isso.

Contive um sorriso quando Jack falou um palavrão entre os dentes e se levantou da cama. De saco cheio, passou ao lado de seu irmão para ir resolver o assunto.

Fiquei esperando que Mike saísse, mas ele ficou parado por um momento na porta. Como de costume, esperei o típico comentário malicioso e sem noção que ele me lançava todas as noites antes de eu ir para a cama.

Mas não. Naquela noite, ele me olhou por mais um instante, esboçou um sorriso um pouco estranho e depois desviou o olhar. Então voltou para a sala, em absoluto silêncio.

18

FAMÍLIAS E CHUPETAS

– VOCÊ JÁ VAI?

Minha pergunta soou patética demais, inclusive para mim. Ainda estava com manchas de tinta nas mãos, e o cavalete continuava montado perto da sacada, embora já fizesse algum tempo que eu tinha parado de pintar e continuasse sentada na beira da cama.

De maneira descuidada, Jack estava jogando algumas roupas numa bolsa de viagem ao lado da cômoda.

– Aham. – Não soava muito entusiasmado.

– Até quando?

– Até sexta-feira, se não me engano. – Parou para sorrir para mim. – Será que você vai conseguir sobreviver três dias sem mim, Michelle?

– Com certeza vou ficar melhor sem ouvir esse nome. – Fiz uma pausa quando ele retomou a tarefa. – Entendo que um festival de cinema seja importante, mas... te avisaram só agora e você já tem que ir amanhã? Sério?

– É assim. Eu também não gosto muito disso, se serve de consolo.

Fiz uma cara feia e olhei para minhas mãos manchadas de azul. Eu tinha me acostumado a tê-lo o tempo todo ao meu lado, mas sabia que ele tinha alguns compromissos a cumprir, como essas viagens para divulgar seu filme.

Três dias não eram muito tempo, mas ainda assim fiquei triste por ele precisar viajar tão abruptamente.

Você sempre pode esconder o passaporte dele.

– Pode deixar que eu te conto tudo que acontecer por aqui – concluí, em voz baixa.

– E não economize nos detalhes, nem mesmo os gritos histéricos da Naya.

Esbocei um sorriso e, em vez de dizer qualquer outra coisa, me agachei ao lado da bolsa para bater em seu joelho com uma meia. Jack me olhou, alarmado.

– Ei!

– Você acha que isso é maneira de arrumar uma mala?

– Ainda estou escolhendo o que levar! Depois eu arrumo direitinho.

– Sim, claro. Você quer é que eu veja esse desastre e acabe organizando pra você.

Como resposta, fez sua melhor cara de inocente. Mas eu me negava a ajudá-lo, então deixei as meias onde estavam.

– Você vai ter que se virar sozinho.

– Eita, acho que agora te amo um pouco menos.

– Mentira.

– Baita mentira – confirmou, com o mesmo sorriso angelical. – Mas depois não me critique se não gostar do resultado.

Decidi deixá-lo ali e fui até a sala. Como no dia anterior, Naya tentava ouvir os batimentos do coração do bebê, de novo sem muito sucesso; Mike estava vendo TV; e Will dava voltas pela cozinha. Só faltava Sue, que estava tomando banho.

Mike ocupava uma das poltronas, então me sentei na de Sue para que ele não ficasse isolado num canto da sala. Ele nem se deu ao trabalho de olhar para mim, simplesmente continuou a zapear.

– Não achou nada de interessante?

– Não.

– Lixo inútil – Naya murmurava enquanto isso. Batia repetidamente no aparelhinho. – Vamos! Faça alguma coisa!

Finalmente, Mike escolheu um programa sobre pessoas que tentavam ajeitar tatuagens desastrosas. Depois aumentou o volume para não ouvir as reclamações de Naya, mas ela nem percebeu.

– Sempre me perguntei quem poderia pensar em tatuar uma coisa dessas – comentei, vendo o programa com Mike. Ele não disse nada, não prestava muita atenção em mim. – Vai ver era uma aposta. Você faria uma tatuagem por causa de uma aposta? Eu acho que não seria capaz.

Minha tentativa de conversar com ele não funcionou, Mike nem sequer olhou para mim, nem mesmo quando meu celular tocou. Tirei-o do bolso e olhei para a tela: era Spencer. Hesitei. A última vez que alguém da minha família tinha ligado para mim sem anúncio foi para me contar sobre a morte de minha avó. Uma sensação muito desagradável se instalou em meu peito, como se eu tivesse tomado uma bebida muito amarga. Apesar disso, tive que atender.

– Oi.

– Oi, Jenny – ele falou, com uma alegria que me deixou mais relaxada. – Que voz é essa?

– Como?

– Você parece preocupada. Tá tudo bem?

– Sim, sim... Aconteceu alguma coisa? Tá tudo bem?

– Sim, uma maravilha!

Só então me permiti dar um suspiro de alívio, que Spencer escutou, claro.

– Tá tudo bem, Jenny. Desculpa se te assustei.

– Sem problemas – respondi. – Mas, se tá tudo bem, por que você me ligou? Está precisando de alguma coisa?

Meu irmão não era o tipo de pessoa que ligava para conversar sobre a vida. Quando ligava, era porque realmente tinha algo a dizer.

– Tenho ótimas notícias, maninha – anunciou, com alegria.

– Mesmo?

– Vou participar de uma convenção. Tenho que dar uma palestra para uma nova geração de professores de educação física.

– Que legal!

– Talvez não pareça, mas sou uma espécie de autoridade na área.

– Uuuuuh...

– Por que a brincadeira?

– Pra você pensar sobre o que acabou de me dizer, seu convencido.

– Estou te contando porque a convenção vai ser na sua universidade,

Jenny. Chego amanhã. O que acha de fazermos uma pequena aventura fraternal pela cidade?

Aquilo me deixou pasma. Naya me olhava com curiosidade, como se tentasse decifrar o que estavam me dizendo.

– Sério? – perguntei a meu irmão, entusiasmada. – Vai ficar aqui quanto tempo?

– Só até depois de amanhã, preciso voltar logo, tenho que dar aula.

– Então vou fazer de tudo pra você se divertir muito nesses dois dias!

Spencer parecia tão animado quanto eu, e, terminada a conversa, não consegui disfarçar meu enorme sorriso.

Em meio àquela alegria momentânea, não me dei conta de que Sue havia entrado na sala. Já vestia seu pijama de sempre, mas ainda estava com o cabelo úmido e me olhava com tanta curiosidade quanto Naya.

– Quem era? – perguntou diretamente. – Você está flertando com alguém?

– Sim – Naya respondeu por mim. – Com o Ross.

– Com mais alguém, digo.

Semicerrei os olhos.

– Sim, Sue. E sempre peço pra ele me ligar quando estou na casa do meu namorado, pra garantir que ele nunca vai ficar sabendo.

– Ei, eu tinha que perguntar. Você ficou toda feliz.

– Era meu irmão mais velho. Ele vai ficar dois dias por aqui!

Como resposta, Sue apenas torceu o nariz.

– Não me lembro de alguma vez ter ficado tão contente por causa de algum dos meus irmãos.

– Você tem irmãos? – perguntei, curiosa.

– Sete. Todos insuportáveis.

– Sete?!

– Esse é o detalhe que você reteve? Sério mesmo?

– É o que me interessa!

– Pois a mim interessa outro detalhe: seu irmão é bonito?

A pergunta me pegou desprevenida, e demorei alguns segundos para responder, enquanto, da cozinha, Will ria de mim.

– E eu sei lá? – soltei. – Ele é meu irmão.

– E daí?

– E daí que não posso aplicar a ele meus padrões de beleza!

– Sim – Naya interrompeu, tranquilamente. – Ele é muito bonito.

Sue sorriu enquanto eu olhava para ela, desconfiada.

– Deixa ele em paz – avisei. – Faz pouco tempo que terminou com a namorada e ainda está curando as feridas.

– Não se preocupe, posso lamber todas elas.

Will riu de novo, enquanto Naya persistia em sua tentativa de usar o aparelho para ouvir os batimentos do bebê e Mike trocou de canal mais uma vez. Cansada, joguei a cabeça para trás. Estávamos desse jeito quando Jack nos encontrou, um pouco mais tarde. Contemplou a situação, confuso.

– Perdi alguma coisa?

Eu não era muito fã de despedidas, menos ainda em aeroportos. Mesmo assim, não me afastei de Jack até chegar à área do controle de segurança. Ele estava acompanhado da equipe toda: Joey, os atores principais, dois maquiadores, dois seguranças e três ou quatro pessoas mais que não consegui identificar. Nenhuma delas ficou muito surpresa ao me ver.

O festival era na Itália, eles ainda tinham muitas horas de voo pela frente, chegariam somente à noite e, portanto, só tinham compromissos na manhã seguinte. Quando pedi a Jack que me avisasse logo que chegasse ao hotel, para ter certeza de que estava bem, ele brincou dizendo que não me escreveria.

Que engraçadinho esse rapaz!

Assim, fiquei na dúvida se ele sobreviveria ou não ao voo – o que conferia emoção à minha vida –, porque nos encontrávamos às portas do controle de segurança, a dez minutos do embarque, e eu não ia desperdiçar o tempo com esse tipo de exigência. Jack só se afastou de mim para descartar a garrafa de água que tinha nas mãos, momento que aproveitei para olhar para Vivian. Ela e o outro ator principal estavam bem perto de nós, em silêncio.

Ela me olhava de um jeito meio estranho, como se não confiasse em mim. Fiquei com vontade de fazer algum comentário irônico, mas tinha me comprometido a tentar melhorar nossa relação. Nunca seríamos amigas, mas podíamos tentar manter a coisa no terreno da cordialidade.

– Estão nervosos por causa do festival? – perguntei a eles. Imaginei que, me dirigindo aos dois, a situação não ficaria tão desconfortável.

Imaginei corretamente. Vivian se manteve em silêncio, mas o garoto me respondeu:

– Estamos bastante acostumados. Há meses que estamos fazendo isso.

– Então vocês precisam dar umas aulas para o Jack.

Finalmente, Vivian reagiu, esboçando um sorriso que não chegou até seus olhos.

– Não se preocupe, o Ross estará em boas mãos.

Captei o comentário venenoso, mas não estava a fim de iniciar uma discussão, menos ainda antes do embarque deles.

Se não puder vencer o inimigo, junte-se a ele.

– Nas melhores mãos – garanti, no mesmo tom que ela usara.

Por um momento, nos limitamos a olhar uma para a outra sem o menor sinal de simpatia. O pobre ator, que tinha ficado à parte disso tudo, nos olhava sem entender nada.

Foi então que senti um dedo em meu queixo. Jack, parado ao meu lado, girou minha cabeça até me deixar de frente para ele.

– Tudo bem? – perguntou, lançando um olhar de advertência para Vivian.

Ela bufou algo incompreensível e se afastou de nós, logo seguida por seu colega. Outra vez a sós, me aproximei de Jack e envolvi sua cintura, puxando-o para perto de mim. Seus ombros relaxaram instantaneamente.

– Eles não estavam te incomodando, né?

– Claro que não. E muito menos o garoto, que parece um fofo.

– Ele é gente boa. Trabalha muito bem.

– Ei, pombinhos! – Joey exclamou, impaciente. – Se perdermos o voo...!

Não ouvi o restante da advertência porque Jack bufou com todas as suas forças.

– Que pesadelo...

– Acho que estão te chamando – brinquei.

– Azar, vão ter que esperar.

– Você sabe que daqui a pouco vai ter que aguentar várias horas dentro de um avião com eles, né?

– Vai ser mais difícil aguentar três dias sem ficar assim com você. Eles que se fodam.

Rindo, abri a boca para responder, mas ele grudou seus lábios nos meus antes que eu pudesse fazer isso. Perdi a vontade de falar na mesma hora e praticamente deixei cair meu peso sobre ele. Jack não reclamou, pelo contrário, envolveu meus quadris com um braço e segurou minha nuca com a outra mão. Sem vergonha alguma, deixei-o abrir a boca sobre a minha. Quando ele me beijava dessa maneira, eu mal conseguia pensar, só conseguia sentir. Sentir seus lábios sobre os meus, seus dedos em minhas costas, a mão agarrada à minha nuca...

Mas de repente se deteve, e, embora sua boca se mantivesse praticamente grudada à minha, senti que ele estava longe. Puxei-o para perto de mim, mas ele não se moveu, simplesmente sorriu.

– Eu ficaria fazendo isso o dia inteiro, Jen, mas estou um pouco preocupado com o fato de Joey continuar nos fuzilando com o olhar.

– E se você ficar?

Perguntei isso fazendo beicinho e pude ver certa hesitação cruzar seu olhar. Abriu e fechou a boca. Por fim, balançou a cabeça.

– Não me tente.

– Estou brincando... Cuidado com os fãs loucos e com essas coisas todas que as pessoas famosas têm que se preocupar, ok?

Ele achou graça do meu comentário. Quando começou a rir, apertou meu corpo contra o seu e me beijou outra vez, mal roçando minha boca e logo se afastando. Fiz outra careta e ele passou a mão nos cabelos, frustrado.

– Você pode parar de me tentar com a ideia de não entrar nesse avião?

– Jack Ross! – insistiu Joey, impaciente.

Ele soltou um palavrão, eu segurei uma risada. No fim das contas, ele não teve outra opção a não ser pendurar a bolsa de viagem no ombro.

– Vai sentir minha falta? – ele me perguntou.

– Claro que não.

– Que sorte você tem de eu saber que você me adora.

– Ou é o que deixo você acreditar só pra roubar o seu dinheiro.

– Acho que vou te lembrar desse comentário toda vez que te ligar, Michelle. Se bem que, se você me disser a cor da sua calcinha e depois a tirar, talvez eu possa te perdoar.

– Ainda bem que sonhar é de graça.

De novo, ele riu. Joey já devia estar prestes a nos matar quando Jack voltou a me beijar. Dessa vez, ele se afastou rapidamente, deixando uma distância prudente entre nós.

– Se comporte direitinho na minha ausência, Mushu.

– Não sinta tanta falta de mim.

Jack piscou para mim, se virou e avançou na direção de Joey, que continuava esperando por ele, de braços cruzados. E isso foi tudo. Jack partiu.

Fiquei plantada no corredor do aeroporto por um minuto inteiro, sem saber o que fazer, e depois dei meia-volta para me dirigir à área de desembarque. Meu irmão chegaria dentro de mais ou menos uma hora.

Esperei por ele num dos cafés do aeroporto. Precavida, pelo menos tinha levado o notebook, pois o segundo ano do curso já iria começar e seria bom estar a par dos programas, principalmente porque neste ano Curtis não seria meu colega em quase nenhuma disciplina.

Spencer chegou exatamente quando consegui entrar no grupo de minha futura turma. Eu já havia saído do café e o esperava junto à massa de pessoas que se amontoavam na área de desembarque. Escondi o celular no bolso e comecei a acenar, entusiasmada; depois de alguns segundos, ele me viu.

Assim que chegou até mim, soltei um grito de alegria e me lancei sobre ele, que me envolveu com um braço e me levantou do chão. Esperneei como uma criança, enquanto ele ria.

– Minha nossa, que alegria por me ver.

– Fazia muito tempo que não tinha notícias suas!

Sorridente, Spencer me largou no chão e, na sequência, bagunçou meu cabelo.

– Vejo que está bem, maninha, muito mais feliz do que quando nos visitou em fevereiro, com certeza.

– É graças à distância da sua aura corrosiva.

Spencer fingiu secar algumas lágrimas, passou o braço por cima de meus ombros e nos encaminhamos para a saída. Ele podia se fazer de durão, mas bem que havia sentido minha falta.

Apesar de minhas aulas particulares de condução, eu ainda não tinha carteira de motorista nem veículo próprio, então fomos para casa de metrô. Passamos o caminho inteiro contando um para o outro tudo o que era imprescindível, nos atualizando sobre as novidades... Vi o brilho orgulhoso em seus olhos quando lhe contei que havia voltado a correr de manhã, brilho que desapareceu assim que disse quantos quilômetros eu percorria. Tive que aceitar que isso não o havia impressionado muito.

Meia hora mais tarde, estávamos subindo as escadas do prédio de Jack.

Não dá para subir pelo elevador ao lado de seu irmão fitness.

– Então é por isso que você nos abandonou – brincou, enquanto me seguia. – Agora vive cercada de luxo.

– Você diz isso por causa da umidade no teto, do papel de parede rasgado...?

Spencer começou a rir.

– Tá sozinha em casa?

– Não. O Jack teve que viajar por causa do filme, mas os outros estão aqui.

– Os outros?

– A Naya e o Will, que você conheceu no velório da vovó; a Sue, que é uma colega de apartamento, e também o Mike, o irmão mais velho do Jack.

– Ah, já vi tudo.

Assim que chegamos ao nosso andar, abri a porta do apartamento e me afastei para que Spencer pudesse entrar com sua mochila. Ele olhava ao seu redor com interesse, como se tentasse imaginar como eu vivia entre aquelas quatro paredes.

– Preparado pra sua apresentação à sociedade? – perguntei.

– Nasci preparado.

Sorri e desviei dele para entrar na sala. Meus companheiros estavam tal como os havia deixado antes de sair com Jack: Will e Naya, em um dos sofás; Sue lendo uma revista em sua poltrona; e Mike, na outra, mudando de canal.

Posições habituais.

Todos se voltaram para nós a fim de inspecionar meu irmão: nenhum deles disfarçava muito bem.

– Meninos, este é o Spencer. – Apresentei-o e depois repeti o que já havia dito na escada, para que ele conseguisse identificar cada um deles. Meu irmão os cumprimentou com um sorriso cordial. – Já disse a ele que vocês não se importam que ele passe uma noite aqui.

– Claro que não! – exclamou Naya, com um grande sorriso. – Vem, vem! Sente-se aqui conosco, porque você precisa nos contar todas as histórias embaraçosas da Jenna.

– Não sei se uma tarde só vai ser suficiente para tantas histórias.

Fiz uma cara feia para ele, que bagunçou meu cabelo pela enésima vez antes de se sentar no sofá. Segui-o de perto e lancei um olhar de advertência para Sue, mas ela não estava prestando muita atenção em nós, concentrada em sua revista. Talvez meu irmão não a tivesse impressionado tanto como havíamos pensado.

– Você vai dar uma palestra? – Will demonstrou interesse, assim que nos acomodamos.

– Sim, mas ainda tenho duas horinhas livres – esclareceu. – Não é lá muito importante, mas precisavam que alguém fizesse isso e me pagaram a passagem de avião, então aproveitei pra visitar minha irmãzinha – acrescentou, piscando para mim. – Não vou negar que papai e mamãe também querem saber se está tudo bem com você.

– E o que você vai dizer a eles? – perguntei.

– Também não tenho falado muito com eles, e aparentemente você não está grávida, então não tem risco de você dar uma de Shanon. Vou dizer que está tudo bem.

Naya pigarreou ruidosamente, e Spencer se virou para ela com um sorriso que foi desaparecendo lentamente ao se dar conta de seu lapso.

– Q-quer dizer... não há nada de errado com o fato de alguém engravidar!

Minha amiga não conseguiu mais se segurar e soltou uma risada malévola, que fez Spencer revirar os olhos. A partir de então, a conversa fluiu tranquilamente. Mike e Sue não falavam muito, mas Spencer se fixou num deles.

– E você – perguntou diretamente a Sue –, também é estudante?

Sue suspirou, como se aquela conversa a entediasse.

– Sim.

– Não de comunicação, imagino.

Naya sufocou uma risada muito maldisfarçada, enquanto Sue, olhando para meu irmão, ergueu uma sobrancelha.

– Psicologia.

– Parece interessante.

– A gente aprende coisas *muito* interessantes.

– Sobre como as pessoas se comportam?

– Sobre como elas pensam.

– Deve ser complcxo.

– Nem tanto. A maioria das pessoas funciona de um jeito mais simples do que uma chupeta.

Depois dessa frase, meu irmão esboçou um sorriso quando Sue deixou a revista de lado para se levantar.

– Quer uma cerveja? – ela perguntou, ao passar ao seu lado.

Spencer, que a havia seguido com o olhar, pestanejou e ergueu a vista até seus olhos se encontrarem. Ela estava com as mãos na cintura.

– Sim, claro.

Era o momento de investigar aqueles olhares: Sue ergueu uma sobrancelha, sem parecer estar muito incomodada, pelo contrário. Quando ela se virou, meu irmão a olhou de tal forma que quase fez a sala tremer.

Depois ela passou e deixou a cerveja em sua mão sem olhar para ele, mas, quando se sentou, não o perdeu de vista. Spencer abriu a garrafa e a levou aos lábios sem quebrar o contato visual.

Aiii... que nojo!

Will e Naya riram ao ver minha careta, então a desfiz. Sue e Spencer tinham começado a conversar outra vez, trocavam palavras como se fossem disparos. Acho que qualquer outra pessoa teria se ofendido, mas eles pareciam não se importar com isso.

Então notei que Mike já não estava na sala; havia saído em algum momento, mas estávamos todos tão distraídos que não prestamos atenção nele. Confusa, percorri a sala com o olhar até encontrar os olhos de Will.

– Ele saiu com os meus cigarros – disse Will. Pelo tom que usou, deduzi que Mike não havia lhe pedido permissão para isso.

Então Mike estava no terraço. Pensei em ficar na sala para que meu irmão não se sentisse deslocado, mas logo me dei conta de que, ali, a única deslocada era eu. Assim, me levantei e, com a desculpa de ir tomar um ar, saí do apartamento.

Fazia muito tempo que não ia até o terraço. Ao chegar à janela e ver a escada de incêndio, não achei muita graça: sempre fora até ali com a ajuda de Jack.

É hora de ser uma mulher moderna e independente, Jennifer.

Suspirei, xinguei Mike entre os dentes e passei uma perna por cima do batente da janela. Aterrissei desajeitadamente e, depois de me assegurar de que a estrutura inteira não estava caindo, me atrevi a empurrar a janela para começar a subir a escada. Até chegar ao terraço, não tinha percebido o frio que estava fazendo.

Mike estava de pé, perto da beirada, com uma mão no bolso e um cigarro na outra. Deu uma tragada e soltou a fumaça sem olhar para mim, totalmente ensimesmado.

Fiquei tentada a assustá-lo, mas não queria que o plano B de Jack – jogar as pessoas do terraço do prédio – acabasse prejudicando seu irmão.

– Oi.

Embora não tenha se assustado, Mike ficou tenso ao ouvir minha voz. Ele se virou, confuso, e me olhou de cima a baixo, achando que havia se esquecido de algo lá embaixo e que eu a estava levando para ele. Ao ver que não era isso, perguntou-se qual era o motivo de minha presença ali.

– Oi – disse ele, como se estivesse testando o terreno.

– Você se importa se eu ficar um pouco com você aqui?

Ainda confuso, deu de ombros e continuou a me examinar. Quando cheguei ao seu lado, já não prestava atenção em mim, com o cigarro pela metade de novo entre os lábios.

Quando não sorria, nem zombava, nem fazia gestos frenéticos, ele e Jack eram mais parecidos do que ambos gostariam de admitir. Apesar de Mike ser um pouco mais baixo e seu cabelo ser um pouco mais comprido, no resto eram idênticos.

Ele certamente notou minha inspeção, pois soltou um suspiro e olhou para mim erguendo uma sobrancelha.

– Não acredito que você subiu só pra ficar me olhando.

– Hã... não.

– Então você se importaria de parar com isso?

– Desculpa, eu não me... quer dizer... Não tinha me dado conta, foi mal.

Olhei para a frente, envergonhada. Depois de alguns segundos, Mike finalmente falou num tom mais relaxado.

– Você quer me falar alguma coisa?

– Não exatamente. Queria te perguntar uma coisa.

– O quê?

– Você tá bem?

Ele não pareceu muito surpreso, apenas fingiu não entender o motivo de minha pergunta.

– Por que não estaria?

– Não sei, faz alguns dias que você anda um pouco... estranho. E agora, com essa história do Spencer com a Sue...

– O que é que tem?

– É que parece que tem um clima rolando ali, não? Dá a impressão de que... você sabe...

Não sei por que eu me expressei de maneira tão vaga, mas pelo menos consegui fazer com que Mike prestasse atenção em mim. Eu esperava ver uma expressão de surpresa ou de constrangimento, mas me pareceu que ele simplesmente não estava se aguentando de vontade de rir.

– O que foi? – perguntei.

– Não se ofenda, mas você é a única que ainda não sabe que aqueles dois vão transar.

– Aaaaai... Que nojo.

– O que eu não entendo – adicionou, apontando para mim com a mão com que segurava o cigarro –, é por que eu devia me importar com isso.

Boa observação.

Ele me deu mais alguns instantes para que eu pensasse muito bem no que ia lhe responder. Ainda bem.

– Bem, é que eu achei que...

– O quê...? – Me incentivou a continuar.

– Que a Sue e você...

Ele piscou duas vezes, pasmo.

– A Sue é minha amiga, por que eu ia querer saber com quem ela transa?

Mike continuava a me olhar como se eu estivesse dizendo coisas muito absurdas, mas não fez nenhum comentário.

– Olha, eu estranhei seu comportamento nesses últimos dias – eu disse, afinal.

– Que dias?

– Desde que voltamos de viagem, Mike. Você mal fala com a gente.

– Falo como sempre falei.

– Não é verdade. Com Jack você não fala, e comigo menos ainda.

Minha acusação acabou sendo muito mais direta do que eu pretendia. Mike desviou o olhar e permaneceu alguns segundos em silêncio.

– Não sei do que você está falando – concluiu, amassando a bituca com a sola do tênis.

Ele se moveu para sair, mas eu o segurei pelo braço, deixando-o tenso. No entanto, não me afastou, simplesmente se virou para mim.

– O que foi? O que mais você quer?

– Entendo que não queira falar sobre isso – esclareci, no tom mais conciliador que consegui –, mas eu gostaria de saber se a gente fez algo que te incomodou, pra não voltar a fazer isso!

Vi que ele hesitou, mas depois voltou a se fechar. Retirou minha mão de seu braço e, claramente desconfortável, deu um passo para trás.

– É por causa da viagem? – perguntei, me rendendo. – Você também queria ir, ou algo assim?

– O que eu faria lá com vocês? – balbuciou, mas detectei alguma mentira em suas palavras.

– Então... Será que dissemos algo de ruim sem perceber?

– Jenna... não tem a ver com vocês.

Não era verdade, não totalmente, soube disso assim que ele falou. Mike abaixou a cabeça.

– É a minha banda. Acabou.

Minha expressão mudou completamente, cheguei a ficar sem palavras. Ele estava com os ombros caídos, incapaz de olhar para mim. Estendi os braços como se fosse lhe dar um abraço, mas acabei ficando onde estava.

– Mike... Sinto muito. O que aconteceu?

– O baixista saiu pra tocar em outra banda, e os outros acabaram indo atrás dele. Fiquei sozinho, então não fazia muito sentido continuar chamando aquilo de "banda" nem continuar a fazer qualquer coisa.

Assenti, lentamente. Mais uma vez, hesitante, não sabia se devia ou não me aproximar dele.

– Mas você fez algumas aulas de canto, né? A Naya me contou. Talvez pudesse encontrar outra banda ou até mesmo começar uma carreira solo. Muitos cantores fazem isso!

– Não sei, Jenna... no momento não estou com vontade de fazer nada. Dediquei tantos anos a isso que, agora sem a banda, não sei o que fazer.

Não consegui me segurar mais, dei um passo à frente e lhe dei um abraço. Mike ficou tenso dos pés à cabeça, estático, mas não me afastou. Depois de alguns segundos, me deu uns tapinhas nas costas, como se ele é que estivesse me consolando.

– Sinto muito, Mike – murmurei, apoiada em seu ombro.

– Não é pra tanto...

– Quer que eu entre na sua banda? Sei tocar triângulo!

Senti seu corpo se sacudir um pouco, o que indicava que ele tinha começado a rir. Não eram as risadas divertidas e zombeteiras que ele costumava dar desde que o conheci, mas essas, pelo menos, me pareceram sinceras.

– Triângulo? – repetiu, tentando não zombar de mim.

– E toco com muito estilo.

– Tenho certeza.

– E não canto muito bem, mas talvez desse pra fazer um backing vocal.

Ele voltou a rir e então me deu um abraço com uma força que eu não esperava, mas sua risada desapareceu de repente. Fiquei tentada a virar a cabeça para observar sua expressão, mas acabei devolvendo-lhe os tapinhas que ele havia me dado uns minutos antes.

Não sei quanto tempo ficamos em silêncio, mas não me afastei até que ele afrouxou um pouco o abraço. Preocupada, recuei e vi que ele continuava de cabeça baixa. Já não parecia estar de mau humor, mas triste.

Dei um apertão carinhoso em seu braço.

– E se formos ver aquele programa de tatuagens desastrosas? Parei na metade outro dia. E estou congelando aqui em cima.

Mike deu um sorriso forçado. Achei que ele fosse desistir, seu olhar também indicava isso, mas então ele assentiu com a cabeça. Descemos juntos as escadas de volta para casa.

– Ainda estou vivo. Posso desligar?

Quase revirei os olhos. Porém, em vez de desligar, Jack soltou uma risada divertida.

– Consigo imaginar sua cara de brava.

– Que bom, porque ela está bastante exagerada.

Segundo meus cálculos, fazia alguns minutos que ele havia chegado ao hotel. Aqui eram quase duas da manhã, mas eu conseguira ficar acordada. Queria aguentar pelo menos a primeira noite para conversar um pouco com ele.

Além disso, para mim era um pouco difícil dormir sozinha numa cama tão grande, e, embora tivesse me oferecido para dormir no sofá para que Spencer pudesse ficar no quarto, ele já tinha decidido onde iria passar a noite. Mike pôde usar o sofá sem problemas, e eu tive que ficar sozinha no quarto.

Me cobri melhor com os cobertores e envolvi as pernas e os braços no travesseiro que tinha o cheiro de seu xampu. Coloquei o celular a um palmo de distância, com o viva-voz ativado e a tela apontando para o teto. Fiquei olhando a foto em que ele piscava para mim e me mostrava a língua, rindo.

– Jen... – disse, assim que se acalmou. Havia certa ternura em sua voz, mas também certa repreensão –, você parece muito cansada.

– E daí?

– E daí que não quero que você deixe de dormir só pra falar comigo. Posso ligar pra você amanhã à tarde.

– À noite sempre se contam coisas mais interessantes.

Fez uma pausa. Ouvi ele se mexendo e imaginei que também estivesse na cama. Apoiei o rosto em seu travesseiro.

– Como vão as coisas por aí? – perguntou. – Já tocou fogo no prédio?

– Depende de como você interpretar isso.

– Oi?

– Há apenas meia hora, os barulhos da Naya e do Will não me deixavam nem pensar. E suspeito que os do meu irmão e da Sue começarão daqui a pouco.

– Seu irmão e a Sue...?

– Sim, que surpresa, né?

– Putz, é só eu sair um dia que perco a noite louca do apartamento.

Soltei uma risada um pouco cansada.

– Não pra todos. Mike está roncando no sofá. E eu estou aqui falando com você.

– Posso saber por que você diz isso como se fosse uma coisa ruim?

– Porque estou começando a me entediar. Devia ter passado esse tempo todo relendo *Thor*. Esse sim não me deixa entediada.

– Jen, você começar a me comparar com meus super-heróis favoritos não vai levar a lugar nenhum.

Outra risada, dessa vez misturada a um bocejo. Sem dúvida eu estava muito cansada, mas queria conversar um pouco com Jack.

– Você ainda não me contou nada – lembrei-o.

– Ah, como pude esquecer de mencionar a maravilhosa aterrissagem? Ou que dormi o voo inteiro? Ou a corrida de táxi na qual ninguém entendia o motorista porque ele falava ainda mais rápido do que dirigia?

– Você faz tudo soar tão interessante...

– Chegamos ao hotel há dez minutos – falou, num tom menos brincalhão. – Estamos todos no mesmo hotel.

– Ah, que bom...

– A Vivian está no outro extremo do corredor! – ele acrescentou rapidamente. – E por nada do mundo eu pensaria em...

Quando ouviu minha gargalhada, interrompeu a si mesmo.

– Do que você está achando tanta graça?

– Não estou acostumada a te ver tão nervoso. É muito fofo.

– Escuta, tenha um pouco de respeito por minha reputação de insensível.

Apesar da piadinha, detectei certa tensão.

– Jack, eu confio em você – garanti, em voz baixa.

– Eu sei, mas...

– Sim?

– Gostaria de te dar uma prova pra que você confiasse ainda mais.

Distraída, fiquei olhando sua cômoda. Sem perceber, tinha esboçado um sorrisinho.

– Se você quiser, essa viagem poderia ser a prova – propus. – Me mostre que não vai acontecer nada, que é apenas trabalho, que ela é sua amiga... e vou considerar que você me deu uma prova de peso.

– Humm... Acho que é uma boa ideia. Mas como você vai saber que não estou mentindo?

Definitivamente, isso soava como uma piada. Semicerrei os olhos, brincalhona, e aproximei o celular da boca.

– Jack, por favor... como se você conseguisse ficar com qualquer outra pessoa depois de ter voltado comigo.

Ele ficou um momento em silêncio, pasmo, e então ouvi um estrondo, como se o telefone tivesse caído em sua cara.

– O quê...? Quem é você? Onde está minha Jenny?

Ela não pode atender o telefone, porque está morta.

– Sou eu mesma – esclareci, mais diplomaticamente –, mas mais sincera.

– Então a fera sempre esteve aí escondida, hein? Um dado muito interessante...

– Como se você escondesse muito a sua.

– Não escondo mesmo – admitiu, sem se constranger –, mas às vezes me contenho pra não te chocar.

– Você não conseguiria me chocar, seu tonto.

– Sério?

– Sério.

– Tem certeza?

– Tenho.

– Então por que não me conta o que está vestindo?

Meu sorriso petulante vacilou e se transformou numa careta quando olhei para minha roupa deprimente.

– Hã... – comecei, hesitante. – Uma camiseta velha que comprei no Parque Warner, uma das suas calças de moletom e o cabelo preso num coque bagunçado...

– Parece magnífico, mas eu estava falando do que você está usando *por baixo* de toda essa maravilhosa indumentária.

Olha só, que espertinho!

– Nada que te interesse – respondi.

– Viu só como você se choca? – ele me provocou. – Não que eu não goste, hein? Mas você precisa admitir que...

– Não estou vestindo mais nada.

Jack ficou um momento em silêncio. Eu quase conseguia ouvir a fumaça saindo de seu cérebro trabalhando a toda velocidade.

– Como? – perguntou, afinal.

– Estou sem calcinha. Contente com a resposta?

– Não vale mentir, hein? Mentira tem perna curta.

– Não estou mentindo. Quer que eu mande uma foto?

Ouvi ele conter a respiração.

– Putz, claro que quero. Todas que você quiser. Um álbum inteiro, se quiser.

– Humm... se você me convencer...

– Jen, por favor, estou ficando muito excitado e isso me preocupa. Promete que você não vai desligar de repente, ou vou começar a chorar.

Comecei a rir. Eu não havia mentido para ele. Com tantas distrações, tinha me esquecido de colocar roupa para lavar. De manhã, eu certamente encontraria algo para vestir, mas naquele momento estava mesmo apenas com sua calça e uma camiseta.

– Não quero te fazer sofrer – eu disse, por fim. – Melhor deixar assim.

– Sim, é melhor.

– Gostaria de conversar com você mais um pouquinho, mas acho que precisamos descansar.

– Nem me fale.

Sorri e peguei o celular para aproximá-lo da boca.

– Descanse bem, Jack. Amanhã você vai impressionar todo mundo, e isso requer muita energia.

Ele riu entre os dentes.

– Eu te amo, Jen.

– Eu também te amo.

Ambos hesitamos por um momento, mas apertamos ao mesmo tempo o botão de desligar. Fiquei olhando para o teto por algum tempo, depois olhei para minha roupa. Me sentindo um pouco mais corajosa do que de costume, me deitei de lado e abaixei o elástico da calça para que se pudesse ver a curva de meus quadris nus. Tirei uma foto. Bem, mais de uma, talvez mais de dez.

Assim que encontrei o ângulo perfeito, esbocei um sorriso malicioso e mandei a foto para Jack.

JEN:
Viu como eu não estava mentindo? 😃

A resposta demorou poucos segundos para chegar.

JACK:
Jen, obrigado! Você acaba de tornar meus sonhos muito mais interessantes.

19

A TURMA DA DRO... DO RESGATE

DORMI MELHOR DO QUE PENSEI QUE DORMIRIA, mas acordei muito mais cedo que de costume. Vesti uma roupa esportiva, peguei os fones de ouvido e atravessei o corredor na ponta dos pés. Todas as portas estavam fechadas, e Mike ainda dormia no sofá. Tentei fechar a porta da entrada silenciosamente.

Quando voltei, uma hora mais tarde, já não havia tanta calma. Naya continuava dormindo, como de costume, mas Will, Mike e Spencer estavam tomando o café da manhã na bancada da cozinha.

– Bom dia, Jenna – Will me cumprimentou ao me ver.

Os outros dois fizeram um sinal com a cabeça, e aproveitei a distração para roubar uma torrada de meu irmão, lambendo-a antes que ele tentasse recuperá-la.

– Ei! Que tipo de anfitrião rouba seu próprio hóspede?

– O tipo que tem fome.

O único a rir comigo foi Mike, então me sentei na banqueta ao lado de meu aliado. Spencer passou a mão no cabelo e estendeu a xícara para que Will lhe servisse mais café, o que me fez sorrir, com um ar divertido.

– Está cansado?

– Palestras são cansativas – observou Mike, no mesmo tom que usei.

Will sorria e balançava a cabeça.

– Vocês são umas crianças – protestou Spencer.

– E você é um vovô! – acusei-o. – Antes não te afetava tanto ficar acordado até tarde.

– Logo você vai chegar à minha idade, maninha, e vou poder te zoar também.

Só então ele se deu conta de que eu estava com roupa esportiva. Semicerrou os olhos, desconfiado.

– Você foi correr sem mim? – perguntou, num tom acusatório.

– Você estava dormindo, não achei que...

– Que traição!

– Spencer! Eu achei que...!

– Já vou trocar de roupa e vamos sair outra vez. Você tem que me mostrar que caminho faz.

Bufei e escondi o rosto entre as mãos, mas isso não adiantou. Spencer já havia se levantado e ido ao quarto de Sue, onde certamente havia deixado suas coisas.

Mike e Will me olhavam com cara de deboche.

– Agora é você que parece cansada – comentou Mike.

Não tive outra opção a não ser sair de novo. Felizmente, Spencer se cansou depois de pouco tempo e diminuímos o ritmo. Se eu tivesse que correr a toda velocidade mais uma vez, provavelmente teria perdido um pulmão.

Já era quase meio-dia quando paramos para descansar num banco do parque. Eu queria comprar um sorvete no caminho, mas Spencer me obrigou a escolher um energético, que bebi com resignação. Pelo menos tinha sabor de laranja.

– Eu queria mesmo era um sorvete – protestei.

– Você pode comprar um quando eu for embora.

– Preciso te lembrar da quantidade de vezes que você comeu cereal de chocolate na minha frente?

– Você pode me deixar ser o irmão responsável por algumas horas, por favor?

Sorri e dei outro gole na bebida. Ficamos alguns segundos em silêncio, ainda suando devido ao esforço e com as bochechas vermelhas. E isso que não estava fazendo muito calor, as pessoas já estavam usando blusa de manga comprida.

– Que horas você tem que ir?

– O embarque é às oito, ainda tenho algumas horas. A palestra foi boa, aliás – acrescentou, num tom rancoroso. – Obrigado por perguntar.

Segurei um sorriso.

– Você queria que eu abrisse a porta do quarto da Sue pra perguntar?

– Hã... não.

– Foi o que pensei, por isso não perguntei. Mas fico feliz que tenha se saído bem.

– Sempre me saio bem – garantiu, piscando para mim. – E você? A troco de que todas aquelas latas de tinta no seu quarto?

– Como é que você sabe...?

– A Sue me contou.

Nossa fofoqueira favorita.

– Por que a surpresa? Você sabe que eu estudei pintura vários anos.

– Sim, mas fazia muito tempo que você não falava sobre isso.

– Contei para o Jack, ele me deu de presente uma caixa de pintura no meu aniversário, e voltei a pintar um pouco.

Eu disse isso num tom neutro, mas semicerrei os olhos ao ver seu olhar zombeteiro.

– O que foi?

– Como seus olhos se iluminam quando você fala do seu galã, hein?

– Cala a boca, seu idiota.

– Ei, mais respeito com seu irmão mais velho.

– O mesmo que, no ano passado, fez uma marcação cerrada quando o conheceu? Isso tirou todo o seu direito de me zoar.

– Em minha defesa, eu não o conhecia. Agora gosto dele, e não é ruim ver você com alguém que não é um babaca em tempo integral.

Apesar de sorrir, depois dessa última observação desviei o olhar. Spencer suspirou e passou o braço pelo encosto do banco, atrás de meus ombros.

– Foi mal, Jenny. Não queria ter mencionado ele.

– Tudo bem.

Eu suspeitava que nunca iria gostar de falar sobre Monty, ainda que se passassem vários anos. De algum modo, ainda sentia que aquela experiência era muito recente. Não sabia quanto tempo teria de passar até que pudesse pensar nisso sem me importar, ou se chegaria a fazê-lo, mas por enquanto eu preferia ignorar sua existência.

Pelo menos ele já não tentava mais falar comigo, havia me deixado em paz no início do verão. Talvez fosse graças a Naya, pois, assim que lhe contei, ela se apressou a pegar meu celular e bloquear o número de Monty. Ao me devolver o telefone, ela me garantiu que da próxima vez o bloquearia pessoalmente.

Spencer inclinou a cabeça, preocupado com meu silêncio.

– Quer continuar?

– Não, agora estou bem.

– Ok. – Ele fez uma pausa. – Olha, se deixei você chateada com a...

– Você voltou a ver ele?

Spencer ainda morava no mesmo bairro que Monty, então isso era bastante provável.

– Uma vez ou outra – admitiu, fazendo uma careta. – Preferia não o encontrar mais. Mas ele nem se atreve a chegar perto de mim.

– Fico feliz por ele não te incomodar, pelo menos.

– Como se ele tivesse coragem de incomodar alguém maior do que ele.

Não fiz nenhum comentário. Comecei a brincar com a garrafa do energético.

– E a Nel?

– Ainda não o mandou à merda, se é isso que você quer saber.

– Sim, mas... ela tá bem? Como vão as coisas com ela?

Eu não voltara a falar com a Nel desde o velório de minha avó, e tinha vontade de saber se sua situação havia melhorado. Na verdade, tinha em mente que seu comportamento lembrava o meu próprio um ano antes.

Spencer coçou a cabeça, pensando numa resposta.

– O que foi? – perguntei, preocupada.

– Bem... dá pra ver que ela não está em seu melhor momento. Não é nenhum segredo.

– Do que é que você está falando?

– Ela emagreceu muito, mal sai de casa, foi despedida... Os pais dela às vezes passam na casa de papai e mamãe pra pedir ajuda a eles. Como os dois passaram pela mesma coisa com você...

Não pude deixar de bufar, com ironia.

– E que conselhos eles dão? Que digam à Nel que deixe de ser boba porque é tudo coisa da cabeça dela?

– Não sei, Jenny, também não fico perguntando.

Assenti e desviei o olhar. Spencer não tocou mais no assunto. Sugeriu que voltássemos a correr, e foi o que fizemos.

Naquela mesma tarde, quando ele começou a recolher suas coisas espalhadas pelo quarto de Sue, fui invadida pela nostalgia. Gostaria que ele ficasse mais uns dias conosco, era como se tivesse acabado de chegar.

– Tem certeza que não quer que eu te acompanhe até o aeroporto? – insisti, assim que descemos até a entrada do prédio.

– Já sou grandinho, Jenny – respondeu e me deu um abraço. – Além do mais, já conheço o caminho.

Sorri, até ele começar a bagunçar meu cabelo. Dei um pulo para trás, ajeitando-o.

– Algum dia você vai parar de fazer isso? – protestei.

– Sim, quando você crescer.

– Em fevereiro vou fazer vinte e um anos! Quanto mais você quer que eu cresça?

– Fala comigo quando tiver quarenta.

Mostrei a língua para ele, que soltou uma risada divertida. Na sequência, despediu-se mais uma vez e saiu com sua mochila em direção à estação do metrô. Fiquei em pé ali por algum tempo, olhando para ele, até que dobrou a esquina.

Só percebi que já havia escurecido e fazia frio alguns minutos depois. No elevador, passei as mãos pelos braços para me esquentar, mas, como continuava congelando, assim que entrei no apartamento fui logo vestir um dos moletons de Jack. Depois voltei para a sala, onde só restavam Mike e Sue. Naya e Will tinham saído para jantar.

– Que carinha mais triste – brincou Sue quando me viu. – E se a gente der uma animada nela com um hambúrguer?

– Não estou com muita fome.

– Eu como a sua parte – Mike respondeu.

– Pra você, nem água, seu parasita.

Mike sorriu de um jeito muito parecido ao que costumava fazer antes de Jack e eu termos viajado. Me sentei ao seu lado e visivelmente me afundei no encosto do sofá, tanto que não puderam ignorar que alguma coisa não estava bem.

– Já está sentindo falta de seu irmão? – Sue me perguntou, surpresa. – Mas ele acabou de ir embora!

– Não é isso.

– E o que é, então? – Mike, curioso, quis saber.

– Está sentindo falta do Ross – Sue tentou adivinhar.

– Humm... faz sentido.

– Não estou sentindo falta de ninguém! – esclareci. – É outra coisa.

Eles me encararam por alguns instantes. Claramente, não iam permitir que os deixasse assim.

– Estou preocupada com uma amiga.

– "Uma amiga"? – Sue levou uma mão ao coração.

– Você tem outros amigos além de nós? – perguntou Mike, repetindo o gesto de Sue.

– Talvez não seja a melhor definição... Lembram da última vez que fumamos? Quando contei pra vocês que tive um ataque de ansiedade por...?

– Por causa da amiga que se envolveu com seu ex-namorado – Sue concluiu, ao ver que eu não conseguia.

– Sim. Então, é com ela que estou preocupada. Agora eles estão juntos.

Deixei que a ideia se assentasse na cabeça deles e, pouco a pouco, suas expressões passaram da confusão para a compreensão. Sue torceu a boca, com desgosto.

– Ok, entendi do que se trata.

– Spencer me disse que as coisas não vão nada bem com ela. E no velório da minha vó não achei que ela estivesse em seu melhor momento.

– Por que não fala com ela? – sugeriu Mike, sem muita certeza.

– Porque ela não atende minhas ligações, me bloqueou.

– Então liga pra ela do meu celular.

Pisquei várias vezes antes de me endireitar repentinamente. Mas é claro, como não pensei nisso antes?

– Talvez ela desligue, de qualquer maneira – eu disse, quase como um aviso para mim mesma de que não devia me iludir.

– Pelo menos você terá tentado – opinou Sue, e nisso ela tinha razão.

Peguei o celular de Mike e, com as mãos tremendo bastante, digitei o número de minha ex-melhor amiga. Curiosamente, ainda o sabia de memória. Depois me sentei e ativei o viva-voz. Sue e Mike haviam se inclinado para a frente para ouvir melhor.

Cada toque parecia eterno. Nel não era dessas pessoas que atendem de primeira. De fato, não costumava ficar pendurada no telefone, era bem provável que não visse que estava recebendo uma ligação a tempo de atender. No entanto, no terceiro toque ouvi um barulho do outro lado da linha.

Olhei para meus dois amigos com os olhos arregalados.

– Sim? – disse Nel, ao atender.

Sua voz soava normal. Cansada talvez, mas normal.

– Oi, Nel – murmurei. – Por favor, não desliga.

Ela ficou em silêncio por alguns segundos, aparentemente contendo a respiração.

– O quê...? Por que está ligando pra mim? Está com um número novo ou...?

– É de um amigo.

De novo, silêncio, que dessa vez durou um pouco menos.

– Não quero falar com você.

– Espera! – exclamei, ao ouvi-la mover o celular, na certeza de que ia desligar. – Só queria perguntar como você está. Só isso. É só me dizer isso e depois, se quiser, pode desligar.

– Estou bem. Contente?

– Não. Pelo menos me diga a verdade.

– Acabei de fazer isso.

– Não. O Spencer me contou tudo.

Ela hesitou. Mike e Sue se olharam.

– "Tudo" o quê? – perguntou Nel.

– Que você perdeu o emprego, por exemplo.

– Não perdi, ok? Eu mesma saí.

– Por quê?

– O que você tem com isso?

Fechei os olhos e inspirei profundamente.

– Olha, Nel... sei perfeitamente pelo que você está passando. Eu estava na mesma situação que você, e sei que não é...

– Por que você acha que sabe alguma coisa sobre a minha situação?

– Porque já passei por isso!

– E como sabe? Você não tem nem ideia da minha situação...

– Porque você não me fala!

– Porque você foi embora há meses! – rebateu. – Praticamente nem nos conhecemos mais, Jenna!

– A gente nem estava se falando, Nel!

– Você podia ter tentado!

– E você também!

– Não, eu não!

Talvez ela tenha deixado isso escapar, pois permaneceu calada durante algum tempo. Eu quase conseguia enxergar sua expressão de horror.

– Não? – perguntei, por fim.

Agora foi ela quem inspirou profundamente. Ficou tanto tempo em silêncio que olhei para meus amigos, muito atentos à conversa. Já estava achando que Nel ia desligar quando, de repente, voltou a falar:

– Não é tão fácil.

Ela disse isso num tom mais baixo. Pela primeira vez, fiquei com a sensação de que ela soava diferente da garota que tinha sido minha amiga, sempre tão enérgica e decidida. E essa pessoa não era nada disso, falava como se tivesse de medir as palavras.

– Não é tão fácil – repetiu.

– Também não é tão difícil quanto parece, Nel. Juro pra você.

Ela soltou algo parecido com um riso sufocado.

– E é você quem me diz?

– Sim, eu mesma. Você está na mesma situação em que eu estava.

– Não, Jenna. Você não tem nem ideia.

– Então me explique!

Ela suspirou.

– Você foi morar longe, encontrou um grupo de amigos que te aju-dou... eu estou aqui, presa com ele. Mesmo que eu tentasse me afastar, ele me encontraria.

– Ele me deixou em paz.

– Porque você foi embora!

– Então faça como a Jenna – Sue interveio, de repente. – Venha para a universidade, que as matrículas ainda estão abertas.

– Quem...?

– Ou venha pra cá mesmo sem se matricular na faculdade – opinou Mike. – Nem tudo começa e termina por aí, sabe?

– Sim, sei que não é o seu caso, agente Mike.

Enquanto ele lhe mostrava a língua, percebi que Nel balbuciava.

– Quem são essas pessoas? O quê...?

– São dois amigos meio intrometidos – expliquei. – Mas eles têm razão, com certeza você vai encontrar alguma coisa por aqui!

– Sim, claro... A vida não é tão simples, Jenna.

– Seus pais têm dinheiro, podiam te ajudar durante um tempo. Ainda mais se for pra você se afastar do Monty.

Ao ouvir isso, claramente ficou pensando no assunto.

– M-mas... não sei como...

– A gente pode te buscar! – exclamou Mike, de repente.

Sue fez uma careta.

– Ei, "a gente" quem?

– Estamos com o carro do meu irmão!

– Não acho que ele esteja muito disposto a emprestar o carro – opi-nei, hesitante.

– Se você pedir, com certeza ele nos empresta.

Sue não estava muito convencida.

– São quantas horas de viagem, indo de carro?

– Umas cinco, mais ou menos.

– Cinco?!

– Hã... – A voz de Nel nos interrompeu. – Alguém aí já pensou que talvez eu não queira que vocês venham?

Nós três ficamos olhando para o celular por algum tempo.

– Você não quer? – perguntei.

– Hã... não sei. É que é tudo muito precipitado!

– Como deve ser – declarou Sue, com muita dignidade.

– E ele vai se irritar.

– Bom – disse Mike –, você não vai estar aí pra ver. Deixa ele se irritar o quanto quiser.

Isso a deixou em silêncio por alguns segundos.

– Ok – disse Nel, finalmente. – Sim... Ok.

Convencer Jack a nos emprestar o carro foi mais fácil do que pensávamos, só precisei lhe dizer que era uma emergência. Sua única condição foi não deixar Mike dirigir, e foi assim que Sue se transformou na motorista oficial da noite.

A viagem com eles não foi exatamente tranquila. Sue tomou dois cafés ao longo do caminho, embora estivesse sem sono, Mike não parou de tagarelar, de cantar e de dançar no banco de trás, e eu fiquei o tempo todo roendo as unhas.

Para mim foi muito estranho chegar ao meu antigo bairro com aquela turma. Sue era a única que nunca o havia visitado, e Mike não se lembrava de nada, então fui explicando a história toda pelo caminho. Pareciam bastante fascinados, como se não acreditassem que todas aquelas coisas pudessem ter acontecido num lugar tão pequeno.

– E onde sua amiga mora? – Sue perguntou, ao parar num sinal.

– Duas ruas pra baixo. Não fica muito longe da casa dos meus pais.

– Nós não vamos visitá-los? – quis saber Mike, se enfiando entre os assentos dianteiros.

Fiquei alguns segundos em silêncio.

– Não acho que seja uma boa ideia.

– São seus pais, você é que manda.

Se havia algo que eu apreciava naqueles dois era que, embora gostassem de fofocar, compreendiam perfeitamente os limites de cada pessoa: quando você não queria falar sobre algum assunto, eles nunca insistiam.

Sue estacionou o carro de Jack do outro lado da rua de Nel. Nós três descemos do carro com os nervos à flor da pele, mas me tranquilizou bastante não ver nem sinal do carro ou da moto de Monty, nem dos carros dos pais de Nel. Claramente, não havia mais ninguém em casa além dela.

Achei estranhíssimo subir os degraus que levavam ao alpendre da casa dela, especialmente ao lado de Mike e Sue. Tentei fazer isso com rapidez e toquei a campainha. Nel abriu a porta praticamente na mesma hora. Fiquei surpresa ao vê-la tão frenética; estava com uma mala de mão e uma mochila nos ombros. Sem dúvida, ela já estava nos esperando. Também achei estranho tê-la à minha frente, mais ainda por não haver sinal de hostilidade entre nós.

Nel ficou olhando para mim com os olhos bem atentos, seu peito subindo e descendo a toda velocidade.

– Oi – murmurou.

– Oi... Estes são o Mike e a Sue, que você conheceu por telefone.

Os dois acenaram para ela, cumprimentando-a. Nel assentiu com a cabeça, mas estava tão nervosa que mal processou a informação.

– É esse o carro?

– Sim – falei. – Podemos partir quando quiser. Você avisou seus pais?

– Eles estão sabendo de tudo – respondeu e se apressou a fechar a porta atrás de si. – Vamos embora, por favor.

Assenti com a cabeça e me agachei para ajudá-la com a mala, mas a expressão em seu rosto me deteve. Ela estava lívida. Assustada, virei a cabeça e fiquei com a mesma cara que ela ao ver Monty parado no meio-fio.

Ele estava tal como me lembrava dele, talvez um pouco mais musculoso. Parece que estava trabalhando numa academia porque havia sido expulso do time de basquete. Naquele exato momento, estava com uma roupa esportiva, uma bolsa pendurada no ombro e fones de ouvido, que tirou assim que nos viu. Claramente, tinha acabado de sair do trabalho.

– O quê...? – começou, olhando para Mike e Sue. Sua expressão confusa se dissipou quando me descobriu, e sua cara se fechou. – Ah, já entendi.

Essas palavras foram suficientes para Nel me olhar desesperada, como se esperasse que eu soubesse o que fazer. Mas eu não sabia. No entanto, me dei conta de que minha expressão não era igual à dela; de que, embora Monty me desse medo, por motivos óbvios, eu já não entrava em pânico ao vê-lo, minhas mãos já não suavam e meu cérebro não desligava. Eu temia sua reação, mas não me aterrorizava mais.

Eu me endireitei, sem a mala de Nel, e me virei para ele. Monty cravou os olhos nos meus. Eu conhecia aquela expressão, ele estava furioso. Quando pensou em abrir a boca, porém, eu o cortei antes que pudesse dizer qualquer coisa:

– Você não pode ficar tão perto de mim. Lembra da medida protetiva?

Monty ficou alguns segundos em silêncio, depois soltou uma risada irônica e, com toda a calma do mundo, guardou o celular e os fones de ouvido em sua bolsa.

– O que você andou dizendo pra ela, Jenny? – Fez questão de que meu nome soasse como um insulto, apesar de seu tom de voz tranquilo. – Disse pra ela me deixar, é isso?

– Contei a verdade pra ela, nada mais.

Monty inclinou a cabeça, esboçando um sorrisinho falso, ainda olhando para mim.

– Sabe o que eu acho? Que você não consegue suportar que as pessoas sejam felizes sem você. E que você se incomoda por termos um bom relacionamento, porque isso significa que o problema não era comigo, mas com você.

Quase soltei uma risada irônica, parecida com a dele, que continuou falando:

– Você não estava tão bem com seu novo namorado? O que está fazendo aqui? Por que continua a se meter na minha vida?

– Você é que fica se metendo na minha vida! – exclamei, indignada. – Foi você que me ligou quando minha vó morreu, é você que continua falando com os meus pais!

– O que você quer que eu faça? Moramos na mesma cidade. Talvez você é quem devesse tentar se relacionar mais com a sua família, mas prefere ir pro outro canto do país. Você realmente acha estranho eles te ignorarem?

Abri a boca para responder, mas Mike interveio e me pegou pelo braço.

– Melhor irmos embora – ele disse, em voz baixa. Foi uma das poucas vezes em que o vi tão sério. – Essa conversa não vai servir de nada.

– Exato. – Sue apontou para o carro. – Vem, vamos embora.

Não ia ser tão fácil. Mesmo assim, fiz um gesto afirmativo para Nel. Ela engoliu em seco e pegou sua mochila, que tinha deixado cair devido ao pânico. Mike pegou sua mala, e Nel se postou automaticamente entre Sue e mim.

Para minha surpresa, Monty não se mexeu, limitou-se a nos seguir com o olhar. Entretanto, quando passamos ao seu lado, cravou os olhos em Nel.

– Você vai embora? – jogou em sua cara. – Não vai nem se despedir?

– Ignora – recomendei a ela, em voz baixa.

Nel o ignorou e apertou o passo, querendo chegar logo ao carro, mas não conseguiu, pois Monty a agarrou pela manga do moletom. Ela deu um pulo e parou bruscamente.

– Estou falando com você – disse Monty. – Você podia pelo menos me olhar nos olhos.

Ela se virou para olhar para ele. Estava com os lábios pálidos e segurava a mochila com tanta força que seus dedos estavam brancos. Num impulso, me adiantei a Sue e Mike e segurei Monty pelo braço, com força. Ele se virou para mim, surpreso.

– O que está fazendo?

– Solta ela – avisei.

– Não se meta nisso.

– Se quiser, me meto.

Fiquei surpresa com a firmeza de minha própria voz e com a força com que o segurava. Nel tentava se afastar, claramente aterrorizada, mas Monty não tirava os olhos de mim. Pela primeira vez desde que o conhecera, pensei vislumbrar alguma hesitação em seu olhar.

– Solta ela – repeti, numa voz baixa, mas imponente.

Me veio à mente a imagem de Jack enfrentando seu pai: eu me lembrava do que ele havia feito, e sem usar violência. De fato, tinha deixado claro que não precisava bater nele para mostrar quem estava com a razão. E vi a mim mesma tentando fazer isso com Monty, que semicerrou os olhos.

– Ela é minha namorada, isso não é problema seu.

– Ela é minha melhor amiga, e isso é problema meu, sim. Ainda mais quando o cara que quase arruinou a minha vida está tentando fazer o mesmo com ela. Solta ela, Monty.

Para o espanto de todos, ele a soltou. Nel recuou, e Sue a segurou para que não caísse. Monty havia se virado totalmente para mim, e, embora eu tenha jogado a cabeça para trás para olhar para ele, não deixei que me intimidasse. Não me mexi, não mudei um único gesto, apenas lhe devolvi o olhar.

– Você se acha muito corajosa? – ele me perguntou, erguendo uma sobrancelha. – Pois você continua a ser a mesma garota insegura de dois anos atrás, Jenny. A única diferença é que agora você banca a valentona porque sabe que tem dois idiotas pra te defender. Mas não se engane, por mais que agora você se faça de durona, estava apaixonada por mim. E sabe que tudo que aconteceu, tudo aquilo de que você tanto reclamava, era recíproco. Esse é um peso que você vai ter que carregar. Você nunca vai conseguir amar esse imbecil com quem está namorando agora, porque ele nunca vai te tratar como eu te tratava. Você é patética.

Agora fui eu quem soltou uma risada, bem mais sonora e exagerada do que esperava, que o fez franzir o cenho.

– Apaixonada? – repeti lentamente, sem conseguir acreditar. – Monty, por favor...

– O quê?

– Pode ser que eu ainda seja um pouco insegura, mas pelo menos não me dedico a arruinar a vida dos outros pra compensar. Essa é a diferença, Monty, e o motivo de eu não estar mais com você. Eu amo o Jack, e não cheguei nem a gostar de você, e ninguém vai. Você vem me falar de peso a carregar? Pois esse é o seu, e isso sim é que é patético.

Como é bom pôr isso para fora!

Depois que despejei tudo isso, soltei todo o ar que tinha dentro de mim. Havia tirado um peso enorme das minhas costas, mas não contava com o fato de que Monty não tinha por que reagir do mesmo modo que o sr. Ross; afinal, eram duas pessoas diferentes. E, embora a reação do primeiro tenha sido ficar paralisado, a do segundo foi bem mais expressiva.

Percebi que Monty ia se atirar sobre mim muito antes que ele fizesse o primeiro movimento, e instintivamente me joguei para trás. Eu conhecia aquele gesto, ele ia tentar me pegar pelo pescoço. Talvez Nel ou Sue não o reconhecessem, mas Mike, sim, pois o havia visto muitas vezes. Por isso se adiantou a elas e empurrou Monty para que se afastasse de mim. Embora tenha ficado surpreso, Monty manteve o equilíbrio e se virou para Mike, cujo peito subia e descia com rapidez.

– O quê...? – começou Monty, mas Mike logo o interrompeu.

– Deixa elas em paz de uma vez por todas!

Aquele grito surpreendeu a todos, inclusive Monty, que franziu o cenho, confuso. Dava a impressão de que Mike estava levando aquilo tudo para o lado pessoal, além do necessário.

– Ou o quê? – Monty perguntou, afinal, e deu um passo na direção de Mike. – O que você vai fazer?

Mike nem sequer parou para pensar, simplesmente tentou dar um soco na cara de Monty, mas fez isso tão devagar que Monty percebeu e no fim das contas foi ele quem acabou dando um soco em Mike.

O barulho de um osso se quebrando me fez dar um pulo, e fiquei especialmente apavorada quando Mike se curvou para pôr a mão no nariz. Uma parte de mim, totalmente irracional, se lançou para a frente para deter Monty, embora soubesse que não iria conseguir. Eu não podia competir com sua força bruta, mas também não podia permitir que ele batesse em Mike daquele jeito.

No entanto, isso não foi necessário: justamente quando Monty ia se atirar outra vez sobre ele, Sue apareceu e se meteu entre os dois. Seu movimento foi tão rápido que eu mal consegui ver o impacto de sua mão contra o pescoço de Monty, que, na sequência, começou a tossir desesperadamente para recuperar o ar.

– Vamos! – gritou Sue.

Ela queria ir na direção do carro, mas Monty estava no meio do caminho. Sem pensar com muita clareza, apontei para o lado oposto da rua.

– Por aqui!

Sem pensar, peguei Nel pelo braço e corri atrás de Sue e Mike. Para minha surpresa, ele não parava de rir, segurando o nariz sangrando.

– Que loucura! – exclamou. – Você quase o derrubou com aquele golpe!

– Você acha que é o momento de pensar nisso?!

Pensei em dar meu apoio ao que Sue acabara de dizer, mas paramos todos de repente para olhar, surpresos, algo que havia passado a toda velocidade ao nosso lado, na direção contrária. Quase caí de bunda no chão quando vi que era minha mãe. Vinha correndo, com uma vassoura na mão, e não hesitou um segundo em ir para cima de Monty, que parecia estar nos perseguindo. Arregalei os olhos quando ela começou a bater na cabeça dele com a vassoura, várias vezes.

– Deixa eles em paz! – gritava mamãe, batendo nele repetidamente, a uma velocidade realmente impressionante. – Patife! Canalha! Pilantra! BANDIDO!

Este último insulto foi acompanhado de um golpe que quase quebrou a vassoura nas costas de Monty, que tentava inutilmente se proteger, com os braços, dos golpes que não cessavam.

– Já chamei a polícia! – mamãe o avisou. – Agora você vai ver o que é bom!

Isso o fez reagir: Monty espichou o braço e tentou agarrar a vassoura, mamãe a afastou para impedi-lo, e ele aproveitou a oportunidade para sair correndo. Não parou até pegar de volta a bolsa que havia deixado no chão um pouco antes e continuou correndo rua abaixo até sua casa.

Quando mamãe se virou em nossa direção, nós quatro a olhávamos com perplexidade. Ela respirava ofegante, mas parecia muito orgulhosa de si mesma e, claro, preocupada conosco.

– Vocês estão bem? Ele machucou vocês?

Eu estava tão pasma que só consegui apontar vagamente para Mike, cujo nariz não parava de sangrar. Mamãe soltou um grito sufocado e rapidamente se aproximou para inspecionar o ferimento. Enquanto isso, escutamos passos lentos e pesados atrás de nós. Papai parou ao nosso lado, exausto, e apoiou as mãos nos joelhos. Demorou quase um minuto para conseguir falar:

– Fiquem tranquilos... – ele disse, ofegante. – Eu vou salvar vocês, não se preocupem.

O nariz de Mike parou de sangrar em poucos minutos, e Sue prometeu que iria nos ensinar o golpe do pescoço assim que chegássemos em casa. No fim das contas, descobrimos que mamãe não havia chamado a polícia, mas isso serviu para que Monty não voltasse a aparecer e tampouco tentasse falar com Nel, o que foi um alívio.

Por ora, continuávamos na casa de meus pais, que tinham insistido para que não viajássemos à noite, no que tinham razão. A única que podia dirigir era Sue, e ela estava claramente cansada, então realmente não era uma ideia muito boa.

Embora nas últimas vezes em que estive naquela casa as condições não tenham sido muito tranquilas, naquela ocasião me senti surpreendentemente confortável. Papai e mamãe arrumaram o antigo quarto de Steve e Shanon para Mike e Sue, enquanto eu resolvi dividir o meu com Nel. Era muito tarde, quase duas da manhã, então eles não demoraram a se recolher. Quando entrei no quarto, encontrei cada um em sua cama individual: Sue dormia como um vampiro num sarcófago, enquanto Mike estava esparramado sobre a cama, com uma perna para cada lado do colchão.

Fechei a porta sem fazer barulho e fui para o meu quarto. No entanto, encontrei papai no meio do corredor, já de pijama.

– Você gostou de como me meti na briga, hein? – brincou, em voz baixa, para não acordar ninguém. – Quando perguntarem, podemos dizer que cheguei a tempo de fazer algo útil.

Sei que sua intenção era me fazer rir, mas não consegui. Papai suspirou.

– Olha, Jenny... sei que não agimos muito bem com você...

– Não, não mesmo.

Ele pareceu meio surpreso com a interrupção, mas seguiu falando:

– Você tem o direito de estar chateada.

– E estou.

– Jenny... só quero te dizer que você pode voltar pra casa. Estou tentando me desculpar.

– Mas não é assim que se desculpa. Não depois de meses sem sequer nos falarmos, de me expulsar do velório da vovó e de não terem acreditado no que eu disse sobre o Monty até ele fazer o mesmo com outra pessoa. – Fiz uma pausa, tentando recuperar a compostura. – Agradeço a ajuda que nos deram hoje, mas nada mudou. Amanhã vamos embora.

Não esperei por sua resposta, e ele se afastou para me deixar passar.

Nel já estava deitada quando entrei no quarto. Havia vestido um dos pijamas que trouxera na mala e olhava para o teto, bastante abalada. Assim que fechei a porta, apoiou-se sobre os cotovelos para ver minha cara.

– Ouvi a conversa – confessou, fazendo uma careta. – Sinto muito.

– Não sinta, alguém precisava dizer o que eu disse.

Eu já tinha escovado os dentes e vestido um pijama, então afastei os lençóis e me deitei ao seu lado. Depois que apaguei a luz, ficamos em silêncio durante um bom tempo.

– Que noite! – Nel murmurou, por fim.

No escuro, assenti.

– A verdade é que eu não esperava acabar o dia com você.

Apesar do nervosismo, ela soltou uma risada e deu uma palmadinha em meu braço.

– Não sou boa o suficiente pra você ou o quê?

– Bem, você não é exatamente a minha preferência, preciso admitir.

Nós duas rimos, mas depois disso ficamos caladas. Nel suspirou e abraçou um dos travesseiros.

– Obrigada por ter vindo – murmurou, afinal.

– Não foi nada.

– Não, sério... Obrigada por ter insistido. Depois de tudo que aconte...

– Nel, honestamente... prefiro esquecer isso.

E eu disse isso porque, se ficasse me lembrando de tudo, não seria capaz de olhar para ela do mesmo modo.

– Ok – ela concordou. – Boa noite, então.

Murmurei um boa-noite e me deitei de costas para ela. No entanto, Nel voltou a falar depois de alguns segundos.

– Obrigada por ter me ajudado, mesmo que não sejamos mais amigas.

Abri os olhos, mas não me virei, ainda de costas.

– Você teria feito o mesmo por mim.

Isso não era verdade, ambas sabíamos. Mesmo assim, ela não me desmentiu.

– Daqui consigo ver a casa da árvore. Desde que manchei o tapete, você não me deixou mais entrar lá.

– Um merecido castigo pelo seu grave vacilo.

– Fui exilada, mas por um motivo.

– Exatamente.

– A gente era feliz naquela época, né? – Refletiu um momento. – Sinto muito por ter estragado isso.

Meu sorriso se apagou lentamente. Apesar de ter esperado por aquele pedido de desculpa durante muito tempo, ao recebê-lo me dei conta de que não era a desculpa correta.

– Nunca foi culpa sua, Nel. Nem sua, nem minha.

Nenhuma das duas falou mais nada a noite inteira.

Não sei quem ficou mais surpreso na manhã seguinte, os gêmeos ou Spencer, que tinha ido até a casa de meus pais para cumprimentá-los e encontrou todos nós tomando o café da manhã na mesa da cozinha.

Eu estava com vontade de voltar para a minha casa, então não deixei que demorassem muito. Antes das nove horas já estavam todos no carro, menos eu, que estava guardando as coisas de Nel no porta-malas. Papai e mamãe se aproximaram para se despedir, com um semblante hesitante.

– Tenham cuidado na estrada – ela pediu. – E parem pra comer alguma coisa.

– Ok.

– Liguem quando chegarem em casa – disse ele.

– Pode deixar.

Fechei o porta-malas e dei a volta no carro, mas os dois se puseram no caminho para impedir minha passagem.

– Sentimos muito, querida – minha mãe acrescentou, em voz baixa.

Olhei para os dois, sem entender como me sentia. Não queria dizer a eles que continuava chateada. Na verdade, uma parte de mim não queria continuar chateada, mas a outra se negava a se sentir outra vez como um ano antes. Para encerrar o assunto, abracei-os brevemente e dei a volta para entrar no carro. Eles, em vez de insistir, simplesmente nos desejaram boa viagem.

Na volta, cochilei várias vezes durante o trajeto. Não foi o caso de meus três companheiros: Mike e Sue passaram a viagem toda cantando as músicas que tocavam no rádio, e embora Nel, a princípio, não tenha se animado totalmente – pois estava abalada e constrangida –, quando acordei pela segunda vez ela já estava cantando com eles a plenos pulmões. Revirei os olhos e tratei de tapar os ouvidos, mas não adiantou.

Olhei para o celular, que vibrava. Oh, oh. Uma ligação de Jack. Assim que Sue baixou o volume do rádio, atendi:

– Diz pra mim que você ainda não chegou, por favor – supliquei.

– Admito que a última coisa que eu esperava quando você me pediu o carro era chegar em casa e descobrir que você fugiu com o Mike e a Sue.

Esbocei um sorriso, cansada.

– Desculpa, Jack.

– Não se desculpe. O bom dessa relação é que você sempre encontra um jeito de me surpreender. – Pelo barulho que ouvi, deduzi que ele tinha se atirado no sofá. – Posso pelo menos perguntar o que você foi fazer?

Olhei de relance para meus três companheiros de viagem; nenhum deles olhava para mim, mas todos pareciam estar atentos.

Bisbilhoteiros.

Assim que a cara de Monty me veio à memória, fiquei tentada a lhe dizer, para que não se preocupasse, que somente tínhamos ido visitar meus pais. No entanto, me lembrei de nosso trato: nada de mentiras.

– Não fica chateado... – pedi, em voz baixa.

Jack demorou um pouco a responder; seu humor se dissipou.

– Se você falar desse jeito, já vou ficar.

– É que você vai pensar que é muito mais do que na verdade...

– Jen, por que não me diz logo o que é, e assim eu decido se quero ou não me chatear?

Não era uma ideia ruim. Apoiei a cabeça na janela e, depois de alguns segundos de hesitação, decidi contar tudo a ele. Jack não disse absolutamente nada, o que foi me deixando ainda mais nervosa. Eu precisava saber se ele já havia ou não se chateado. Ou, pelo menos, que tipo de reação eu poderia esperar dele ao chegar ao apartamento.

Quando terminei a explicação, Sue, Nel e Mike também já estavam na expectativa de sua resposta.

– Você está chateado? – perguntei, por fim.

– Não sei – admitiu.

Deixei que ele pensasse por alguns segundos, e afinal soltou um suspiro.

– Se eu soubesse, provavelmente não teria te emprestado o carro.

– Jack!

– O quê? É perigoso, isso podia ter acabado muito mal.

– Mas acabou bem.

– Mas poderia...

– Mas acabou bem! – gritou Sue. – Para de fazer drama.

Jack suspirou outra vez.

– Às vezes me lembro de por que, no início, eu não gostava muito dela.

– Pois foi ela quem nos livrou do Monty.

– Embora outras vezes eu goste dela.

Apesar de a conversa ter terminado normalmente, quando Sue entrou no estacionamento, eu inevitavelmente senti a emoção prévia ao reencontro. Nel já tinha ido embora, seus pais iriam lhe pagar um quarto de hotel até que ela encontrasse um lugar para ficar, e, embora nós três tenhamos lhe oferecido para se instalar em nosso apartamento, ela preferiu ficar sozinha. Eu não podia culpá-la, ela precisava de um bom período de solidão.

– Então essa era a famosa amiga – Sue comentou ao entrarmos no elevador.

Assenti, séria.

– Ela mesma. A mais esperta, a mais linda... a mais tudo.

– Sim, ela é melhor que você – soltou Mike.

A cotovelada de Sue o fez dar um pulo.

– Ei!

– Não seja tão babaca!

– Bem, Jenna tem mais personalidade!

– E se pararmos de falar sobre isso? – sugeri, fazendo uma careta.

Felizmente, as portas do elevador se abriram, e isso nos serviu de desculpa para encerrar aquela conversa. Abri a porta de casa com os nervos à flor da pele, mas me tranquilizei ao ver as cabecinhas de Naya e Will aparecendo no encosto do sofá. Pareciam contentes.

– Olha só quem voltou. – Naya arqueou as sobrancelhas várias vezes.

– Não nos trouxeram nenhum presente dessa aventura? – perguntou Will.

– Trouxemos o carro do Ross inteirinho. – Sue deu de ombros. – Isso sim é um bom presente.

Jack estava sentado no outro sofá. Sua mala continuava junto à cozinha; sem dúvida, tinha tirado um cochilo, pois ainda estava esfregando os olhos e com cara de cansado.

Hesitei por um instante antes de me aproximar dele, não sabia se ele reagiria bem ou mal. No entanto, soube a resposta assim que o vi suspirar e se levantar. Passou ao meu lado, mas não fez muito mais do que assentir com a cabeça para me cumprimentar. Nem abraços, nem beijos, nem nada.

– Jack... – comecei.

– Agora não – me pediu, com uma voz cansada.

Os outros viram como ele se fechou no quarto e, na sequência, olharam para mim para ver o que eu faria. Depois de pensar por alguns segundos, peguei a mala e a arrastei atrás dele. Encontrei-o deitado na cama, com um travesseiro sobre a cabeça. Assim que me ouviu, suspirou mais uma vez.

– Agora não – repetiu, com a voz tensa.

– Só quero explicar...

– O quê? Que nem tentou me avisar, quando a gente combinou que ia consultar um ao outro sobre qualquer coisa? Ainda mais em casos como esse...

– Foi tudo muito de repente!

– Assim como a minha viagem. E estou cansado. Agora não – repetiu, pela terceira vez, e nem me deu a oportunidade de responder. Virou-se para ficar de costas para mim e fingiu que havia se esquecido de minha existência.

Como eu sabia que já não conseguiríamos esclarecer mais nada, deixei-o sozinho no quarto.

20

NATAL EM FAMÍLIA

NOS MESES SEGUINTES, ACABEI ME ACOSTUMANDO ÀS AUSÊNCIAS DE JACK. Ele viajava por alguns dias, voltava com alguma comida típica do lugar que havia visitado, partia outra vez... E, com certeza, parecia contente, gostava de ter algo que fazer e também de conhecer seus fãs e seus diretores, atores e produtores favoritos. Dava para notar que ele adorava o ambiente pelo qual circulava.

Como se não bastasse, vinha se tornando cada vez mais conhecido. Antes ele era famoso em sua cidade, claro, mas seu estrelato já tinha começado a ultrapassar esse limite para chegar às pessoas de outras cidades, e até de outros países e continentes. Assim que começou a se soltar nas entrevistas e a fazer suas piadas habituais, caiu nas graças de todo mundo. Sue ficou obcecada com o aumento do número de visualizações nos vídeos em que ele aparecia, então ela o supervisionava, enquanto todos nós nos conformávamos em vê-lo na TV.

Mas claro que nem tudo estava uma maravilha. No fim de setembro, comecei o segundo ano do curso totalmente sozinha, pois Curtis já não estava lá para me amparar. Os primeiros dias foram difíceis, e, apesar de conhecer alguns alunos do ano anterior, eu não tinha muita proximidade com eles; muitas vezes me sentia sozinha e perdida na matéria. Até que um dia conversei sobre isso com Will, e ele me incentivou a ser eu mesma e a puxar conversa com os demais. Fiquei com muita vergonha, mas funcionou, e desde aquele dia, embora ainda não tivesse amigos íntimos, ao menos tinha alguns colegas com quem podia estudar e fazer os trabalhos.

Foi justamente ao sair de uma aula na qual estávamos fazendo um dos trabalhos que tive a impressão de ouvir o clique de uma câmera, que procurei em toda parte, sem sucesso. Pelo menos até a semana seguinte, quando uma das revistas mais importantes do país publicou um artigo sobre Jack e colocou uma foto minha, me apresentando como sua namorada.

Fiquei irritada, mas quando Jack nos ligou da Alemanha e vimos o quanto ele estava furioso, deixamos passar a irritação para tentar tranquilizá-lo.

– Cara, relaxa – sugeriu Will. – Não é tão grave quanto parece.

Will, Naya e eu estávamos na sala, com meu celular sobre a mesinha de centro e o viva-voz ligado.

– Não vou me acalmar! – reclamou Jack, ainda furioso. – Quem eles pensam que são pra se meter na intimidade das pessoas desse jeito? E se virem qual faculdade Jen frequenta? E se começarem a incomodar ela?

– Jack – interrompi no tom de voz mais suave que encontrei –, o artigo saiu hoje de manhã, e até agora ninguém veio me procurar. Acho que, pela foto, não dá pra reconhecer a faculdade.

Ele bufou, exasperado, mas pelo menos se acalmou um pouco.

– Acabou a colaboração com eles.

– Não seja tão radical – pediu Will.

– Cala a boca.

– Não seja tão radical – repeti.

– Tá bom.

Will ergueu a cabeça para me olhar, indignado.

– Acabei de te dizer a mesma coisa!

– Bom, então você não soou tão convincente.

Era a primeira vez em muito tempo que concordávamos em algo; precisamente, desde o dia em que fomos buscar Nel. Embora não tivéssemos confrontos diretos, eu sentia que alguma coisa no ar nos impedia de ficar confortáveis um com o outro como de costume. Tive vontade de falar com ele sobre isso, mas, de tanto postergar, tínhamos esquecido de conversar sobre o assunto: considerando suas viagens e minhas aulas, era difícil encontrar um momento para discutir algo que, no fundo, não queríamos enfrentar.

Enquanto seu melhor amigo se indignava, Jack soltou uma enxurrada de palavrões do outro lado da linha. Naya suspirou e se atirou no sofá. Aliás, ela já estava grávida de quase oito meses e, embora tivesse frequentado as aulas durante todo o outono, em dezembro começou a se sentir mal e a nos ligar para pedir ajuda. Finalmente, Will a convenceu a terminar o semestre em casa e, felizmente, nenhum professor se opôs a isso.

Só havia um pequeno problema...

Pequeno?!

... a convivência.

Naya normalmente já era complicada, mas a Naya nervosa por causa da gravidez e, além disso, entediada por ter de ficar em casa... estava em outro nível.

Às vezes, ela cozinhava o dia inteiro; outras, se atirava no sofá sem se mexer, depois resolvia limpar a casa ou se irritava por qualquer bobagem comigo, com Sue ou com Mike; todo dia uma coisa diferente. A situação chegou a tal ponto que eu já entrava em casa na defensiva, para o caso de ela surtar e ficar com vontade de atirar um sapato na minha cara assim que eu passasse pela porta.

Isso, porém, não chegou a acontecer. Na verdade, apesar de suas mudanças de humor, ela continuava sendo uma grande amiga. Como Will tinha começado a trabalhar num escritório de advocacia e chegava em casa cansadíssimo, muitas vezes eu é que ficava com ela até altas horas, conversando e vendo filmes ou séries, porque, tendo passado boa parte do dia dormindo, à noite ela não sentia muito sono.

Numa dessas noites, enquanto usava a geringonça que permite ouvir os batimentos do coração do bebê – que afinal funcionava direito –, não consegui evitar e olhei para ela de soslaio.

– Você não tem curiosidade de saber se é menino ou menina? – perguntei, comendo mais um nacho coberto de queijo derretido.

Sim, também tínhamos adotado o hábito de comer de madrugada.

Pouco se fala de como isso é bom.

– Não sei – murmurou Naya, me passando os fones para que eu pudesse ouvir os batimentos. Coloquei um dos fones no ouvido e sorri ao escutar aquilo. – Desde que tenha saúde, pode ser o que quiser.

– Já pensou em algum nome?

– Em muitos, mas o Will não gosta de nenhum.

– Ah, sério? E quais são?

– Gabriela, Michelle ou Kim.

Ao ouvir o segundo nome, tirei o fone do ouvido.

– Michelle? Sério?

– Não é por sua causa! É por causa da música dos Beatles, assim posso cantar para ela quando crescer. – Ao ver minha cara de nojo, ela deduziu que era por um motivo diferente do verdadeiro. – É muito chiclete, você não conhece? *Michelle, ma belle, these are words...*

– Por favor, pare de cantar.

– Gabriela é por causa do filme *High School Musical* – acrescentou, sorrindo.

– Naya...

– E Kim é...

– Por favor, que não seja por causa da Kim Kardashian!

– ... por causa da Kardashian!

– Estou tentando, com todas as minhas forças, não te julgar.

– São nomes maravilhosos!

– E de qual nome o Will gosta?

– Jane.

Silêncio. Inclinei a cabeça para indicar a ela que continuasse, mas ela balançou a sua de um lado para o outro.

– Não tem uma explicação, ele simplesmente gosta desse nome.

– Ah, que profundo.

– Bom, sempre podemos chamá-la de Michelle Gabriela Kim Jane. Assim todo mundo fica contente!

Todo mundo menos a criança.

– E se for um menino? – perguntei.

Ela ergueu o queixo, muito segura.

– É uma menina.

– E como é que você sabe?

– Uma mãe sabe essas coisas!

Eu não sabia se uma mãe possuía conhecimentos ginecológicos pelo simples fato de ser mãe, mas ela parecia ter tanta certeza que eu não quis insistir.

Mike e Sue eram os únicos que continuavam fazendo as mesmas coisas de sempre, com a diferença de que ambos estavam desempregados. Sue terminou a faculdade e não se preocupou em procurar emprego, enquanto Mike ficou sem sua banda e não chegou a buscar nenhuma alternativa.

Passavam o dia todo vendo filmes, comendo e vendo TV. Jack os chamara de "vagabundos" mais de uma vez, mas eles não deram muita bola, especialmente Sue, que de algum modo sempre conseguia dinheiro para pagar o aluguel e seus caprichos. Mike não tinha dinheiro, mas pedia à sua mãe tudo o que precisava.

Mary às vezes aparecia no apartamento, embora isso não fosse muito confortável para ninguém. Somente seu filho mais velho agia como se não fosse nada, enquanto Jack mantinha com ela conversas tão curtas quanto possível, e somente quando Agnes a acompanhava ele fazia algum esforço para participar.

Suspeito que Jack se sentia decepcionado. Passados vários meses, e apesar de sua mãe ter lhe dito que iria se divorciar, ela não movia uma palha para levar isso a cabo. Já não morava com seu pai, agora tinha a casa só para ela, ele havia alugado um apartamento. No entanto, tudo estava parado, não tinham assinado documento algum, nada era oficial. Eu tinha certeza de que Jack achava que ela iria desistir a qualquer momento, por isso ele evitava alimentar esperanças.

Nel também tinha alugado um apartamento – bem, seus pais é que tinham. Ela não queria se matricular na universidade – dizia que isso não era para ela –, então ficava procurando cursinhos na internet para poder acrescentar algo ao seu currículo. No momento, ninguém a chamava para nada porque ela não tinha experiência em nenhuma área. No entanto, ela não se importava muito, já que isso lhe deixava tempo livre para fazer tudo que quisesse.

As coisas entre nós tinham mudado muito. Já não tínhamos a mesma confiança de anos antes, mas de vez em quando combinávamos de nos encontrar para falar sobre como iam as coisas. Eram conversas curtas, triviais e bem básicas, mas mesmo assim eu gostava de que existisse a possibilidade de falar com ela. Afinal, ela fizera parte de minha vida durante um longo tempo.

E, com tudo isso, eu... bem, eu continuava estudando.

Fazer o quê?

– Por que você não larga?

Levantei a cabeça e por fim saí de meus devaneios. Jack estava deitado na cama olhando o celular, mas o largou para se concentrar em mim, que continuava sentada no chão, de pernas cruzadas, com uma tela diante de mim e uma paleta cheia de tinta.

– O quê? – perguntei.

– Por que você não larga a faculdade?

– A troco de quê?

– Você acabou de me dizer que não se anima com seu curso.

Hesitei por um momento, dei outra pincelada verde na tela.

– Bem... não me animo, é verdade, mas isso não quer dizer que eu não goste.

– Você podia fazer um cursinho de alguma coisa, como a sua amiga.

– Não sei, Jack...

– Digo isso pra você não perder tanto tempo com duas coisas que não servem pra nada.

As "duas coisas" eram a pintura e o meu curso. Na cabeça dele não cabia a noção de que eu estudasse algo pelo qual não estava apaixonada e nem que empregasse meu tempo em algo ao qual não queria me dedicar. Para ele, isso era uma grande perda de tempo.

Mas não para mim. Daí o dilema.

Tínhamos debatido esse assunto tantas vezes que eu já não tinha vontade de retomá-lo. Eu gostava de pintar, e continuaria a fazer isso. Gostava da ideia de terminar algo por mim mesma, e terminaria o curso. Era a minha vida, eu que precisava decidir, não deixaria que ele me influenciasse. E, como eu não queria discutir como das outras vezes, dei a Jack um olhar de advertência e continuei o que estava fazendo.

Ele suspirou pesadamente para demonstrar sua discordância, mas não insistiu mais.

– O que você está pintando? – perguntou.

– Algo muito, muito feio.

– Sério?

– Sim. É você me ignorando.

Apesar de ter falado em tom de brincadeira, havia certa acusação implícita nisso. Mostrei a ele a tela, para que visse a si mesmo na posição de um minuto atrás: deitado, com o celular na mão. Jack revirou os olhos.

– Eu não te ignoro.

– Como quiser...

– O desenho não está nada mau – acrescentou, tentando desviar do assunto. – Embora minha mãe sempre diga que um verdadeiro artista não imita a realidade, mas cria a sua própria. Ou alguma outra bobagem mística como essa.

Ao escutá-lo, refleti por alguns segundos. Tantos que mal reagi quando soou o alarme de meu celular. Me estiquei para desligá-lo e então me lembrei do motivo do alarme.

– SÃO SEIS HORAS!

Jack deu um pulo tão grande que quase caiu da cama.

– O que foi...?

– Como é que você não me avisou?! Ainda tenho que tomar banho, e a ceia é às oito!

Não esperei sua resposta, saí disparada pelo corredor. Consegui entrar no banheiro um pouco antes de Sue, que ficou me xingando do lado de fora, mas acabou me deixando tomar um banho correndo. O mais difícil foi limpar a tinta que estava debaixo das unhas, um horror!

Saí correndo e voltei para o quarto. Jack havia guardado as tintas – algo totalmente incomum para ele: tinha se dado conta de que estávamos com pressa – e tinha aberto a porta da sacada para ventilar o lugar. Eu estava tão acelerada que não me dei conta do frio que estava fazendo, simplesmente vasculhei as gavetas do armário. De algum modo, consegui encontrar uma calcinha e um sutiã e coloquei as meias, aos pulos.

Jack observava tudo com uma sobrancelha arqueada.

– Tudo bem se chegarmos um pouco atrasados, viu? Não vão fechar a porta na nossa cara.

– Mas é Natal! Claro que vão fazer isso!

– Tecnicamente, o Natal é amanhã. Hoje é a véspera do Natal.

Não respondi, ocupada em vestir apressadamente meu vestido de lã. Jack, com toda a calma do mundo, calçou seus tênis gastos e se olhou no espelho para se certificar de que estava com o cabelo bem bagunçado. E esses foram todos seus preparativos para a festa.

Que inveja!

Enquanto isso, eu já estava com as botas, tinha escolhido o casaco, atirado nossa bolsa de viagem para Jack e corria de novo até o banheiro para me maquiar. Mais uma vez, deixei Sue de fora justamente quando ela ia entrar no banheiro.

– JENNIFER!

– Juro que vai ser rápido!

Quando abri a porta outra vez, ela praticamente me atropelou e se certificou de me trancar do lado de fora. Contive um sorriso e voltei para o quarto, onde Jack me deixou enfiar a nécessaire em outra bolsa que trazia pendurada em seu ombro.

– Será que estou esquecendo de alguma coisa? – perguntei a mim mesma, em voz alta.

– Acho que n...

– O carregador! Sem ele posso ter um infarto.

Ele voltou a esperar pacientemente, e continuou esperando enquanto eu dava voltas e terminava de guardar tudo o que havíamos deixado pelo caminho. Quando chegamos à sala, já eram oito e meia.

– Divirtam-se! – exclamou Naya, deitada no sofá. Com tantos cobertores, mal dava para ver seus olhinhos. – E bebam muito por mim!

– Não bebam tanto – disse Will, sentado ao seu lado.

A noite de Natal deles consistiria numa pequena ceia à luz de velas na mesinha de centro, o que pareceu a Naya a coisa mais romântica do mundo, e Will estava tão cansado que agradecia qualquer coisa que não implicasse sair de casa.

Sue também estava de saída, aparentemente sem outra opção a não ser jantar com sua família. Não parecia muito entusiasmada, mas ninguém se atreveu a lhe perguntar dos seus sete irmãos.

Mike iria conosco e estava nos esperando lá embaixo com um cigarro na boca, que Jack o fez apagar antes de entrar no carro. E assim partimos rumo à casa do lago, onde passaríamos as festas com Agnes e Mary.

Pura felicidade.

Como já havíamos visitado minha família no aniversário de minha mãe, decidi não os convidar para a casa do lago. Além do mais, a situação já seria suficientemente desconfortável para que aumentássemos ainda mais a tensão. Levando em consideração a relação de Jack com sua mãe, a nossa relação, a de Mike com... já havia perigo o bastante.

Além disso, duvidava que eles iriam querer se juntar a nós. Durante o aniversário de minha mãe, tampouco senti que as coisas tivessem mudado tanto, achei tudo bem desconfortável. Quando fui embora, senti que a única conversa coerente tinha sido com meu sobrinho, Owen, que me jogou na cara o fato de que eu não o tinha visitado no verão – embora tivesse prometido isso a ele –, me perguntou como estava o meu Manchinhas – eu disse que bem – e depois encarou Jack e lhe disse que não podia mais me roubar – ele simplesmente riu. Também tínhamos conversado com os demais membros da família, mas não teve nem metade da graça.

– E se a gente ouvir música? – sugeriu Mike, devolvendo-me ao mundo real. – Melhor ainda, e se eu puder escolher?

Mike se adiantou para mexer no rádio, mas Jack afastou sua mão com um tapa e sintonizou uma emissora qualquer. Mike, apesar de não conhecer muitas daquelas músicas, cantou a plenos pulmões todas que conseguiu.

Eu nunca tinha estado na casa do lago em pleno inverno. Fazia quase dois anos que não íamos, e fiquei surpresa ao ver que mais casas estavam sendo construídas ao longo do caminho. Jack me disse que aquilo seria transformado num condomínio e que logo deixaria de ser um lugar tranquilo.

– Tudo que é bom acaba – afirmou Mike, solene.

– E você, que é ruim, não acaba nunca – respondeu seu irmão.

Mike o ignorou e aproveitou a distração de Jack para pôr a música que queria.

Assim que chegamos à casa, Jack estacionou o carro sob o alpendre e desceu para pegar as malas. Sem o menor cuidado, Mike arrastou a sua pela neve e foi o primeiro a subir os imaculados degraus da entrada. Para quem estava dentro da casa era bem fácil adivinhar quem estava tocando a campainha, pois Mike era o único que fazia isso compulsivamente. Por isso sua mãe abriu a porta com um sorriso.

– Já tínhamos ouvido da primeira vez – disse a seu filho, abraçando-o.

Jack chegou depois de Mike e deu uma olhadinha para a taça que sua mãe balançava de um lado para outro.

– Oi, mamãe – cumprimentou-a, simplesmente, e passou sem esperar seu abraço.

Mary o seguiu com o olhar, mas não falou nada. Assim que me viu parada na porta, fez um esforço para sorrir.

– Olá, Jennifer! – exclamou, me dando um abraço carinhoso. – Como vai? E as notas, foram boas?

– As provas são no mês que vem, mas acho que vou me sair bem.

– Ah, claro, claro...

Eu me afastei, meio confusa. Mary parecia perdida. Será que já estava bêbada? Mas tínhamos acabado de chegar!

De qualquer maneira, não falei nada. Fechei a porta atrás de mim e atravessei o hall de entrada e a sala para ir à cozinha, onde Agnes acabara de tirar do forno um peru gigante e temperava-o com um molho. O peru estava com uma cara ótima, e Mike não parava de pular ao seu redor, como se a qualquer momento fosse roubá-lo.

Agnes mal nos olhou ao nos cumprimentar, fez apenas um gesto vago com a mão. Tinha uma missão a cumprir e estava muito concentrada nisso.

– Vou subir com as coisas – murmurou Jack.

Também subiu com as minhas, mas sem me olhar, como quase tudo o que havia feito durante aqueles meses. Suspirei e fui atrás dele, também sem lhe dirigir o olhar.

Optamos por dormir no mesmo quarto que da última vez, o que era dele quando pequeno. Atirei as coisas sobre a cama, troquei as lentes de contato pelos óculos e me virei para Jack, mas ele já não estava. Encontrei-o minutos mais tarde na sacada do final do corredor, ao lado do piano que vi seu pai tocar da outra vez.

Apesar do frio, Jack estava do lado de fora, com os antebraços apoiados na grade da sacada, contemplando a área mais congelada do lago, mas não parecia estar muito atento a nada. Algo o preocupava. Pensei em deixá-lo sozinho, pois, afinal de contas, não estávamos no melhor momento de nosso relacionamento. No fim, porém, minha preocupação venceu meu orgulho.

– Você tá bem? – perguntei.

Ele não se virou. Coloquei-me na mesma posição que ele, bem ao seu lado, e o olhei com o canto do olho. Sim, definitivamente, algo o preocupava.

– Você acha que deixar o apartamento nas mãos do Will e da Naya foi uma boa ideia? – perguntou, depois de um momento de silêncio.

Obviamente, não era isso o que o estava deixando tão distraído, mas não quis insistir.

– O Will não vai deixar ninguém explodir o apartamento, se é isso que te preocupa – brinquei.

Jack sorriu e deu de ombros.

– Certo, isso já me deixa mais tranquilo.

– Pense em como estaremos todos bem dentro de um mês, quando a Naya tiver parido e um bebê chorão estiver morando com a gente. Com certeza isso te tranquiliza.

Ele fez uma careta, o que me fez sorrir ainda mais.

– Você não é a melhor pessoa a quem recorrer para se acalmar, sabia? – murmurou.

– Também nunca fingi ser. E não disse nenhuma mentira!

Jack bufou e escondeu o rosto entre as mãos.

– Não consigo acreditar que eles vão ter um filho – ele se lamentou. – Estão entrando na fase adulta muito depressa.

– Só falta eles se casarem – brinquei.

– O Will nunca se casaria, ele não acredita no casamento. E a Naya também não.

Nisso ele tinha razão, embora eu conseguisse imaginar Naya aceitando se casar só para ter fotos bonitas do evento.

– Além do mais – acrescentou Jack –, ninguém se casa aos vinte ou aos vinte e dois anos.

– Algumas pessoas, sim. Minha mãe se casou aos dezenove anos, e a irmã dela, aos vinte e três. Ambas estavam grávidas.

– Ou seja, na sua família as pessoas não só têm quinhentos filhos como os têm muito cedo.

Dei uma gargalhada antes de dar de ombros.

– Parece que sim. Shanon continuou a tradição de engravidar muito jovem. Agora só falta que alguém mais se case ainda jovem e teremos cumprido todos os requisitos.

Jack me olhou por alguns instantes, como se tivesse acabado de ter uma ideia. De repente, se ajoelhou, e eu dei um pulo tão grande que quase caí da sacada.

– JACK!

Agora foi sua vez de gargalhar. Ele se levantou e apontou para mim, ainda se contorcendo de rir.

– Não tem graça! – reclamei, ainda apavorada.

– Claro que tem, é que você não viu a cara que fez!

No entanto, depois dessas risadas, fomos envolvidos novamente por um silêncio um pouco incômodo. Jack pigarreou e se afastou um passo de mim, enquanto eu puxava um fio solto do vestido.

– Você sabe que pode me contar seja o que for que esteja te preocupando, não sabe? – murmurei, afinal.

Jack me olhou por alguns instantes. Por um momento, achei que ia dizer alguma coisa, mas depois ele deu de ombros vagamente e desviou o olhar.

– Eu estou bem – mentiu e entrou na casa.

E, mais uma vez, fechou a porta.

Agnes foi quem se encarregou de preparar a comida. Chegou a colocar seus óculos de meia-lua porque, aparentemente, não havia feito legumes o suficiente e tinha que se certificar de que ninguém ganharia um centímetro a mais de cenoura além do que lhe cabia. Demorou horrores para nos servir, mas ninguém reclamou, e começamos a comer assim que ela se sentou à mesa.

A verdade é que aquela não foi exatamente uma ceia confortável. Só quem falava éramos Mike, Agnes e eu. Mary se dedicava a tomar vinho, e Jack, a comer. Mike permanecia totalmente alheio à situação, mas Agnes dava umas olhadinhas de soslaio para Mary, como se tentasse dizer a ela que estava na hora de parar. Seja como for, Mary não parou de beber em momento algum. De fato, mal havíamos terminado a sobremesa quando ela se levantou de repente e derramou um pouco de vinho na toalha, sem se dar conta.

– Vamos abrir os presentes!

– Não é pra fazer isso só à meia-noite? – perguntou Mike.

– E daí? Ninguém vai ver!

Jack observou como sua mãe se dirigia à sala, mas não disse nada, nem se mexeu até eu tocar em seu braço para que me seguisse. Pelo menos quando começamos a abrir os presentes a situação se acalmou um pouco.

Mike não tinha comprado nada para ninguém, mas, para compensar, cantou uma música para todos nós. Ele tinha melhorado um pouco. Agnes tinha feito biscoitos, que fomos comendo enquanto abríamos os presentes. Mary presenteou Jack e Mike com ingressos para o show de uma banda de que eles gostavam; Mike lhe deu um abraço, mas Jack permaneceu em silêncio. Depois sua mãe me deu um *smartwatch* para eu não precisar levar o celular quando fosse correr. Dei a ela brincos com o símbolo da paz, que a fizeram soltar um grito de alegria. Para Mike, dei um colete jeans, de que ele também pareceu gostar muito e, para Agnes, um jogo para o video game que ela havia comprado.

Jack se adiantou ao me dar um presente, antes que eu pudesse lhe dar o seu. Apesar da tensão de antes, estava sorrindo.

– A sua animação me deixa preocupada – murmurei, ao aceitar o presente.

– Será o melhor presente da sua vida, você vai ver.

Abri o pacote sem muita convicção, e fiquei menos convicta ainda quando desdobrei a camiseta com que ele havia me presenteado: tinha uma grande flecha apontando para cima, exatamente para o meu rosto quando eu a estivesse vestindo, e estava escrito: *Me arrependi de ter abandonado meu namorado.*

Quando abaixei a camiseta para olhar para ele, Jack estava com um grande sorriso nos lábios.

– E aí, gostou?

– Quer saber? Fico contente que você tenha me dado isso.

Ele hesitou, e seu sorriso se apagou um pouco.

– Sério?

– Totalmente, porque agora não vou me sentir culpada por te dar isto de presente.

Dei a Jack o pacote, que ele abriu, desconfiado. Assim que viu o que estava escrito em sua camiseta, me olhou com uma sobrancelha arqueada.

– Sério? *Babá 24 horas?* Que engraçadinha.

Agora quem riu fui eu.

Os presentes amenizaram um pouco a tensão, mas não acabaram com ela. Mary continuava bebendo sem parar, tinha quase acabado sozinha com uma garrafa de vinho, e isso começava a se perceber em seu modo de agir. Arrastava as palavras, balançava-se de um lado para outro, cantava junto com Mike, apoiava todo o seu peso em meu ombro, ria de maneira escandalosa... Jack a encarava, sem qualquer expressão, embora eu pudesse perceber que ele ficava cada vez mais tenso à medida que a noite avançava.

O ponto culminante foi quando Mary, em meio a gargalhadas, envolveu meu ombro com um braço e me fez perder o equilíbrio. Ambas caímos no sofá envoltas nas risadas de Mary, e Jack tensionou a mandíbula.

– Dá pra parar de fazer esse papel ridículo? – ele soltou, imagino que sem pensar.

Todas as risadas morreram imediatamente. Mary, que ainda se balançava desajeitadamente sobre mim, olhou para seu filho mais novo.

– Só estou me divertindo.

– Não. Você está bêbada, e todo mundo está incomodado. Pretende parar de beber em algum momento?

Mary, por fim, se afastou de mim e se jogou numa poltrona. Ela estava sorrindo, mas não havia dúvida de que as palavras de Jack a haviam afetado, sobretudo quando baixou a voz e, também sem pensar, soltou:

– Às vezes você se parece muito com seu pai.

Jack não reagiu imediatamente, apenas ficou olhando para ela, pestanejando sem parar. Mike parou de dançar, e Agnes ficou ali observando a cena sem saber o que fazer. Ela podia ser a pessoa mais desenvolta do mundo, mas em situações como essa sempre paralisava.

E foi então que Jack voltou a si. Estava sentado no sofá, mas se levantou de repente.

– Você vai me comparar com ele? – perguntou, quase cuspindo as palavras.

– E você? Vai me tratar como ele?

– Só estou pedindo pra você parar de se embebedar, mãe!

– Não! Está me dizendo que estou passando vergonha!

– Porque está! Você não reage a nada, nunca faz nada, e agora resolveu me atacar? Então aquela conversinha no restaurante não serviu pra nada?

– A conversa no restaurante foi sincera.

– Mas você não fez nada! Tudo continua exatamente igual!

– Eu não moro mais com seu pai, Jack!

– E daí? Continua a se comportar exatamente como antes, nada mudou. A única coisa que por fim te fez reagir foi essa taça de vinho. Se eu soubesse que o álcool era a única coisa que você precisava pra dizer algo, teria te dado há muito tempo!

Vi que Mary recebeu o golpe com uma firmeza surpreendente. Largou a taça de vinho e se endireitou na poltrona para encarar seu filho. Estavam separados por uns dois metros de tapete, mas, de alguma maneira, pareciam estar cara a cara.

– Você acha que é o único que sofreu com essa situação? – Mary alfinetou.

Jack parecia um pouco surpreso com essa acusação.

– O que é que você disse?

– Você me entendeu perfeitamente. Todos nós passamos pela mesma situação! Seu irmão, eu, sua avó...

Jack continuava a olhar para ela como se alguma coisa não se encaixasse, mas essa última acusação o deixou com o corpo todo tenso.

– Não é a mesma coisa!

– É a mesm...

– Não, não é! Ele alguma vez fez com você o que fazia comigo? Alguma vez ele te bateu?

– Nem toda violência é física, Jack.

Ela disse isso com tanta calma que ele hesitou. Inequivocamente, era o álcool falando em nome de Mary, e, embora eu não estivesse totalmente de acordo com o que ela dizia, nisso ela tinha um pouco de razão.

– O que você quer dizer com isso? – Jack quis saber. – Que vocês passaram por coisa pior que eu?

– Quero dizer que o seu sofrimento não anula o nosso.

Aquilo já não soou como uma acusação, mas como um lamento, como se ela o estivesse guardando dentro de si por muito tempo. Jack continuava olhando para ela, perplexo, com uma mistura de raiva e confusão. Pensei em dizer algo para que acabassem com aquela discussão – aquilo não ia terminar bem –, mas não sabia o quê. Talvez fosse melhor que falassem tudo de uma vez por todas.

– E você me diz isso agora que comecei a falar sobre o assunto? – perguntou Jack então. Estava tão furioso que sua voz tremia. – Durante anos eu não falei absolutamente nada. Tive que engolir que você tivesse suas depressões, que Mike caísse nas drogas, que meu pai sempre tivesse essa obsessão comigo, que vovó não quisesse fazer absolutamente nada pra nos ajudar... E nunca abri a boca pra reclamar. Nunca. Agora que por fim estou fazendo isso, você quer jogar na minha cara que estou tentando *anular* a dor de vocês? Algum dia você parou pra pensar em tudo que eu tive que passar?

Mary baixou os olhos, mas não a cabeça.

– Sinto muito que você tenha tido que passar por isso sozinho, Jack. Sinto de coração. Mas...

– Sem "mas"! – Ele pulou. – Será que você não entende? Eu sempre estive aqui pra você, pro Mike e pra todo mundo. Quem esteve aqui pra mim, hein? Quem? Você não tem o direito de jogar nada na minha cara quando nunca na sua vida você se preocupou com os outros.

– Não faço outra coisa a não ser me preocupar com vocês, Jack!

– Então demonstre isso!

– É o que estou fazendo! – ela explodiu, de repente. Seu desespero fez seu filho se calar. – Ou tentando fazer! Não sei quantas vezes vou ter que te pedir perdão por não estar aqui quando você precisou de mim, mas agora estou tentando consertar isso. Você acha que seu pai não me tratava mal, Jack? Acha que para mim foi tudo um mar de rosas? Eu estava apavorada, ok? E não por mim, mas por vocês. Você mesmo ficava apavorado quando ele perdia o controle. Acha mesmo que para mim teria sido fácil escapar quando eu não tinha dinheiro, nem trabalho, nem nada? Se eu tivesse te tirado de casa naquele momento, você também ia jogar isso na minha cara. Pelo menos agora você está com a vida feita, e eu só preciso me preocupar comigo mesma. Porque você não deve acreditar, nem por um segundo, que eu vou poder voltar a trabalhar. Isso também me afeta, Jack. Ninguém vai querer comprar os meus quadros nem visitar minhas galerias. Ninguém. Ele vai se encarregar disso pessoalmente. Não está vendo? Não estou apenas me separando, estou me despedindo da minha carreira inteira. E, antes que você jogue na minha cara que estou me fazendo de vítima, faço isso porque preciso virar a página. Não fiquei com você quando você era pequeno – acrescentou, em voz baixa, mais abalada –, e não sei o que preciso fazer pra você me perdoar, ou pra que eu mesma me perdoe. Este parecia ser um bom começo. Não é, Jack?

Dessa vez, não houve resposta. Mary olhou ao redor com desespero, em busca de apoio, mas só encontrou olhares voltados para o chão. Fui a única a fazer contato visual com ela. Então, apertou os lábios com força, numa tentativa de conter suas emoções, o que não serviu para muita coisa.

– Não é tão fácil sair desse lugar – acrescentou, olhando para mim.

Eu não queria me meter naquela briga, não queria fazer parte daquilo, não depois desses meses de distanciamento de Jack. Seria praticamente como jogar mais lenha na fogueira. Ao mesmo tempo, porém, eu não podia negar algo tão real por parte de sua mãe.

– Não, não é – confirmei, em voz baixa.

Jack olhou para mim na mesma hora. O discurso de Mary havia lhe tocado e o pôs de novo na defensiva:

– O que você disse?

– Que não é tão fácil sair de uma relação como essa. Ainda mais quando é a única coisa que se tem.

Ele balançou a cabeça, sem poder acreditar.

– Você está do lado dela?

– Não, Jack, não estou do lado de ninguém. Não tem um lado pra escolher, você não entende? Isso é o que ele iria querer, que vocês brigassem entre si. A única coisa que todos vocês fizeram foi escapar dele, e a única coisa que ele fez foi se aproveitar da vulnerabilidade de vocês. Ele é o vilão dessa história, e não vocês.

Assim que eu disse isso, me dei conta de que não parava de mexer as mãos. Não estava gostando daquela situação, não estava gostando de ter me manifestado. E, é claro, não estava gostando de ver Jack naquele estado.

Ele olhou para mim, depois para sua mãe. Sua cara de garoto durão e entediado começou a rachar, e de repente ele cerrou os dentes para não vermos o que lhe passava pela cabeça. Mas não conseguia evitar, era tão expressivo quanto sua mãe. Pouco depois, já não conseguia olhar para ninguém e baixou os olhos.

– Eu só queria uma mãe – admitiu, em voz baixa.

Não vi a expressão de Mary porque estava olhando para minhas mãos. Ela demorou vários segundos para responder:

– Me desculpe, Jack.

– Queria que alguém me dissesse que eu não estava sozinho.

– Sei que agora você não consegue acreditar em mim, mas... Só quero fazer todo o possível para que você não volte a se sentir assim, Jack. Nem você, nem o Mike, nem ninguém da família. Te juro. Só preciso de outra chance. Só mais uma.

Ele também levou alguns segundos para responder. Levantei a cabeça. Parecia que Mary estava disposta a dar um passo em direção a Jack, mas se deteve. Obviamente, ela hesitava, sem saber se era uma boa ideia se aproximar dele, mas afinal se encheu de coragem e percorreu a distância entre eles. Jack não se afastou quando ela o envolveu com os braços, segurando-o com firmeza. Inclusive fiquei com a impressão de que ele escondia o rosto em seu ombro.

Estava olhando para eles quando Agnes suspirou.

– Se soubesse que terminaríamos assim, eu também teria entornado uma garrafa de vinho.

Mike, que ficara mudo até aquele momento, soltou uma gargalhada meio trêmula. Mary se afastou de Jack para fazer uma cara feia para eles, e meu namorado se virou e saiu para a área dos fundos, aparentemente sem se importar com a temperatura. Simplesmente foi até o cais e ficou dando voltas por ali.

Eu o segui com o olhar, mas então Mary entrou em meu campo de visão.

– Deixa ele sozinho por um tempo – me recomendou. Depois, apontou para as escadas e disse: – Acho que vou descansar um pouco. Minha cabeça está girando. Emoções demais, bebida demais...

– Vou seguir seu exemplo – respondeu Agnes, tirando da cabeça o gorro de Papai Noel. – Estou velha demais pra tanto drama emocional.

Mary sorriu, mesmo sem vontade, e apertou meu ombro carinhosamente ao passar ao meu lado. Parou um momento ao lado de Mike e lhe falou algo em voz baixa, e, quando ele assentiu, ela se dirigiu às escadas com sua sogra.

Assim que desapareceram no andar superior, me virei para Mike. Ele continuava contemplando o lugar por onde seu irmão tinha saído.

– Se precisar falar a sós com ele... – comecei.

– Não preciso.

– Bem, então não faça isso. Mas de qualquer maneira vou deixar a sala pra você, tá bom?

Eu mal havia chegado ao andar superior quando escutei Mike abrir a porta dos fundos.

Honestamente, não sei sobre o que conversaram. Fui vencida pela curiosidade e olhei pela janela, mas só consegui ver Jack agachado, com a cabeça entre as mãos, e Mike sentado ao seu lado, no chão coberto de neve. Ele não parecia se importar nem um pouco com isso, estava totalmente concentrado em seu irmão mais novo.

Como considerei que era melhor preservar sua privacidade, tirei os óculos, vesti o pijama e me deitei na velha cama de Jack. Tantos sentimentos tinham me deixado esgotada, então dormi imediatamente.

Quando abri os olhos de novo, ainda era noite. Me virei, confusa, e vi Jack atrás de mim, havia acabado de se deitar na cama. Embora ele estivesse com as mãos geladas, não reclamei e deixei que me abraçasse por trás. Seu corpo estava tenso, mas, assim que apoiou o rosto em minha cabeça, relaxou completamente.

Não é que naqueles meses não tenhamos nos tocado nunca, mas de algum modo eu não o havia sentido tão sincero quanto ao fazer esse simples gesto. Me permiti desfrutar daquele abraço, pelo menos por alguns instantes, até que virei a cabeça em sua direção. Não conseguia enxergar nada, mas notei que ele estava com as bochechas úmidas.

Uma parte de mim queria abraçá-lo, mas a outra se conteve.

– Jack... – comecei.

– Sinto muito.

Não parecia que fosse chorar de novo. Mesmo assim, senti que a tensão de meu corpo se desfazia.

– Eu também sinto muito – eu disse, em voz baixa.

– Não gosto de como nossa relação anda ultimamente, e não gosto que a gente fique tanto tempo separado. Vou parar de viaj...

– Ei, pode parar... – interrompi rapidamente. – Jack, o que aconteceu nesses últimos meses não foi por causa da distância.

– Mas a distância piorou as coisas.

– Mas é o seu trabalho – repliquei. – E, mesmo que você não tivesse que fazer isso, eu continuaria com minhas aulas. É isso que eu quero – frisei. – Gosto muito delas, não abriria mão delas, e você não devia abrir mão das suas viagens.

– E aí? Vamos ficar assim pra sempre?

– Pra sempre, não... talvez por alguns anos, não sei. Mas isso faz parte da nossa vida, Jack. Temos que aprender a lidar com isso.

Isso o fez refletir por alguns instantes. Então senti que não havia muito mais a dizer e passei o dedo por sua mão.

– Você falou com o Mike? – perguntei, finalmente.

– Na verdade, foi ele quem falou. Não cala a boca nunca.

Dei risada, suavemente. Em seguida, Jack se agarrou ainda mais às minhas costas. Apesar de não termos falado mais nada, adormeci com mais serenidade do que naqueles últimos meses.

21

JAY E ELLIE

ISSO VAI SOAR MAL.

Muito mal.

Mas uma parte de mim estava começando a se cansar do fato de que Jack e Mike tivessem de repente uma boa relação.

De fato, soou muito mal.

Devo esclarecer que não era pela relação em si, mas pelo que isso representava para os demais. Jack era um cara brincalhão, que gostava de rir, e as brincadeiras de Mike consistiam em incomodar os outros. Era uma péssima combinação, porque, quando se juntavam, isso resultava no seguinte: Sue os expulsava de seu quarto, Naya gritava com eles, Will ameaçava jogar coisas na cabeça deles, e eu trancava a porta do quarto.

Talvez fosse diferente para os outros, mas a reação que provocavam em Naya era preocupante: afinal, ela estava grávida de nove meses. Eu tinha medo de que sua bolsa estourasse no meio de um ataque histérico por culpa dos irmãos Monster. Especialmente em dias importantes, como o do chá de bebê.

Will considerava chá de bebê uma bobagem de filme estrangeiro, mas ainda assim tinha aceitado organizar a festa com Naya. E todos estavam fazendo exatamente isto quando cheguei de uma de minhas provas: Sue e Mike enchiam balões coloridos, Will cozinhava, Naya tentava se meter na cozinha – e ele, sabiamente, não deixava –, e Jack tinha subido numa cadeira para pendurar um cartaz de um bebê com chapeuzinho de festa.

Eu podia ter esboçado um grande sorriso e começado a ajudá-los, mas assim que cheguei perto de Jack me dei conta de um pequeno e horrível detalhe: eu tinha me esquecido da festa e não trouxera nenhum presente. Estava no meio de minha pequena crise mental quando Naya se aproximou de mim com um grande sorriso. Sua barriga estava tão grande que ela caminhava meio encurvada.

– Jenna! – exclamou, alegremente. – Até que enfim! Você pode ajudar o Will na cozinha? Ele não me deixa ajudar.

– Por que será... – comentou Sue.

A risada de Mike fez com que ele aspirasse todo o gás hélio do balão que estava enchendo. Quando começou a tossir, em tons bem agudos, Sue riu tanto que caiu no chão e fingiu que limpava lágrimas de riso.

Assim que os viu, Naya revirou os olhos e se virou para mim.

– Você pode ajudá-lo?

– Hã...

Eu precisava ir às compras urgentemente!

Missão presente: ativada.

– Maravilha! Te agradeço muito – me disse, e não pude senão forçar um sorriso. – Estou louca de vontade de ver meu presente! O que será?

– Então...

– Espere, não me conte! A graça toda está em não saber o que é!

Dito isso, saiu disparada em direção a Sue e Mike. Enquanto os repreendia por brincarem com o gás hélio em vez de ajudarem a decorar a festa, Jack riu maliciosamente e olhou para mim lá das alturas.

– Você não trouxe presente, né?

– Cala a boca! Se a Naya te escutar...

– Que desastre, Jennifer Michelle.

– É que eu não sei o que comprar nessas ocasiões! – me justifiquei, de modo meio lamentável. – Algo para o bebê? Para os pais?

– Sua irmã não fez uma festa dessas antes de ter o Owen?

– Que nada! Shanon fugia da luz do sol como um vampiro. Não queria que ninguém a visse com barrigão.

Jack sorriu e me estendeu a mão, pedindo o outro cartaz. Passei a ele, que logo o pendurou.

– Bem, pode ficar tranquila – comentou, distraído. – Dessa vez, eu te cubro.

– Oi?

– Trouxe um presente. Da parte de nós dois.

Missão presente: anulada.

Arqueei as sobrancelhas, pasma.

– Sério, Jack? Que bom!

– Eu sei, eu sei. Vou reivindicar isso quando for do meu interesse.

Sorri e belisquei sua perna. Ele fingiu sentir dor e depois continuou seu trabalho.

No entanto, eu continuava intrigada.

– E o que é?

– A graça de um presente é não saber o que é, você ouviu a Naya.

– Mas isso só se aplica a quem vai receber o presente!

– E não quero estragar a surpresa deles antes da hora, Jen.

Semicerrei os olhos.

– Você está insinuando que não sei guardar segredos?

– Não, estou afirmando: te amo, mas você é boca grande.

– Eu consigo guardar um segredo!

– Se a Naya começar a te perguntar, você vai abrir o bico em questão de segundos. Você desmorona sob pressão.

Eu queria negar, mas ele não estava tão errado. Suspirei e o deixei ali para ir ajudar Will, tal como havia prometido.

Em seguida, Lana apareceu com seu novo namorado, embora eu suspeite que a única que se preocupou em saber seu nome tenha sido Naya. Depois chegou Chris com uma cesta cheia de chocolates, que Mike tentou roubar, mas foi impedido por Naya. Depois se juntaram à festa alguns colegas da faculdade do casal protagonista, além de Curtis – que se instalou no extremo oposto de Chris – e algumas amigas do tempo do colégio.

Não éramos muitos, mas, amontoados como estávamos, tinha-se a impressão de que havia meia cidade naquele apartamento. Uma música tranquila estava tocando, Will e eu andávamos de um lado para outro repondo a comida, que toda hora acabava; Sue perseguia a todos para que não deixassem uma só mancha em sua preciosa sala; Jack tentava falar ao telefone num canto; e Naya tentava dar atenção a todo mundo...

Claro que não foi nada entediante.

O que mais gostei foi a comida. Will resolveu fazer brigadeiros, e eu não parava de comê-los, se bem que quem mais comeu foi Naya, pois era seu doce favorito.

Chegou uma hora em que Will estava tão agitado que a própria Naya o pegou pelo braço e o fez se sentar ao seu lado. Como ela percebeu que ele tinha a intenção de sair correndo assim que ela se descuidasse, levou as mãos à boca para que sua voz soasse mais alta e exclamou:

– Hora dos presentes!

– Naya... – lamentou-se Will.

– Está na hora! Me deem coisas!

Hesitante, olhei para Jack, mas ele simplesmente sorriu para mim e seguiu os demais.

Naya foi abrindo pouco a pouco os presentes. Era um trabalho em equipe: ela arrancava o papel e Will descobria o que era. Ganharam duas chupetas, uma quantidade absurda de roupinhas, uma quantidade ainda mais absurda de bichos de pelúcia, chocalhos e brinquedos variados, um chiqueirinho e uma cadeira de balanço para bebês, uma mochila canguru e muitos artigos para o banho do bebê. Daria para a criança se aposentar sem acabar com tudo.

Enquanto os presentes eram entregues, Naya não parava de inspecioná-los. Era óbvio que, morta de curiosidade, esperava pelo nosso presente, então, assim que ficou sem nada mais para abrir, virou-se para nós. Consequentemente, todos também nos olharam.

– Só falta um – insinuou Will, arqueando as sobrancelhas.

Olhei de soslaio para Jack, que tirou um presente de dentro de sua jaqueta. Era um envelope liso, vermelho, com um lacinho dourado. Naya o pegou com vontade e começou a abri-lo. Quando, por fim, chegou ao presente em si, acho que todos nós tivemos a mesma reação: não entender nada. Somente Jack sorria, mas Naya e Will, com cara de perdidos, olhavam para o maço de documentos escritos em letra miúda.

– O que é isso? – indagou Naya, folheando os documentos a toda velocidade.

Will tirou-os da mão dela para examiná-los. De repente, ergueu a cabeça. O sorriso de Jack só aumentou.

– Um momento... – começou Will.

– Aham– Jack sorriu.

– O que foi? – Naya olhava para os dois, cada vez mais nervosa. – Parem de se comunicar telepaticamente, não estou entendendo nada!

Jack, por fim, teve piedade dela. Esticou o braço e apontou para um determinado ponto da primeira folha do documento.

– São os documentos deste apartamento.

Fui a primeira, depois de Will, a entender. Abri a boca, pasma. Naya continuava a olhar para nós sem compreender nada.

– Você quer que a gente o emoldure ou algo assim?

– Naya – interveio Will, colocando a mão em seu braço –, ele está nos dando de presente.

O tempo que Naya levou para assimilar a notícia transcorreu em completo silêncio. Todo mundo olhava para nós, e acho que ninguém parecia mais perplexa do que eu. Jack, assim que viu minha cara, riu e piscou para mim.

– Você está nos dando uma casa de presente? – reagiu Naya, afinal, com a voz mais aguda do que de costume. Parecia ter engolido o hélio dos balões que Mike tinha enchido.

– Tecnicamente, é um apartamento – esclareceu Jack.

– M-mas... Ross...

– Vocês gostaram?

Will, de repente, arrancou os documentos da mão de Naya para devolvê-los.

– Não podemos aceitar isso, cara.

– Claro que podem. – Jack franziu o cenho. – Este apartamento não é tão ruim.

– Não é por isso!

– E então?

– É demais!

– Não é. Tem três quartos e fica no centro da cidade. Não faltará nada pra vocês, e ainda poderão tirar um peso das costas. Não estavam precisando de um lugar pra criar o bebê?

– Sim...

– Então, parabéns, vocês já têm um.

Eles não conseguiram falar mais nada. Todo mundo estava dando os parabéns a eles. Dirigi um olhar inquisitivo para Jack, e ele voltou a sorrir para mim.

– Queria ver sua cara de surpresa – admitiu.

– Jack... você deu uma casa de presente! – exclamei, sem conseguir acreditar. – Você sabe que agora todo mundo que está nesta festa vai te odiar, né? Você acabou de afundar eles na mais absoluta miséria.

– Vou superar isso. Você viu a Sue e o Mike?

Eu me virei para eles, que tinham saído correndo para puxar o saco de Naya e de Will, conscientes de quem eram os novos proprietários.

– Não querem ser expulsos – brinquei. – Depois nós é que teremos que sair.

– Não é preciso, vamos encontrar outra coisa.

– Outro apartamento por aqui?

– Tinha pensado em algo... maior. Com jardim. Mas como você quiser.

Eu tinha falado aquilo brincando e me surpreendi ao ver como ele estava sério. Quando quis falar sobre isso, Jack já tinha se enfiado no meio das pessoas.

O restante da festa transcorreu sem maiores acontecimentos. Pouco a pouco, a comida foi acabando e os convidados começaram a ir embora. Lá pelas onze da noite, a casa já estava vazia, e tratamos de recolher as sobras da festa.

Quando fui para o quarto com Jack, estava esgotada. Me cobri até o nariz e me afundei no travesseiro. Ele apagou a luz e me olhou de soslaio.

– O que está fazendo?

– Estou me perguntando quando você vai viajar de novo. Agora já me acostumei a ter uma cama grande só pra mim.

Felizmente, ele entendeu a piada e deu uma gargalhada. Esticou um braço para me puxar para perto dele, mas rolei até a beira da cama.

– Muito bem, Michelle – replicou, fingindo que havia se zangado. – Vou levar isso em conta da próxima vez que viajar.

– E vai fazer o quê? Não vai voltar?

– Não sei, mas você vai precisar me mandar muitas fotos obscenas pra que eu consiga esquecer este momento.

Sorri e rolei outra vez, dessa vez indo em sua direção na cama. Assim que encontrei seu corpo, semicerrei os olhos.

– Não sei de quem são essas fotos obscenas de que você fala, porque eu nunca te mandei nenhuma.

– Eu as guardaria num lugar seguro – ele me garantiu, com uma mão no coração. – Ninguém as veria além de mim, e eu só olharia para elas em situações extremas.

– Não acredito que...

O barulho da porta se abrindo me interrompeu. Jack e eu nos viramos para Mike, que enfiara a cabeça pela abertura.

– Olá, olá.

– O que você quer? – seu irmão perguntou.

– Só queria dar um oi.

Não consegui evitar um sorriso divertido.

– À meia-noite?

– Sempre é uma boa hora para cumprimentar meus colegas de apartamento favoritos.

– Mike – insistiu Jack –, posso saber o que você quer?

Dessa vez ele suspirou dramaticamente e falou a verdade:

– É que Chrissy está roncando muito. E eu pensei...

– Não.

Depois da firme negativa de Jack, ele levou uma mão ao coração.

– Você nem sabe o que eu ia dizer!

– Ia perguntar se pode dormir aqui, com a gente. E a resposta é a mesma.

– Mas...!

– Não!

– Por que não vai pro quarto da Sue? – sugeri a ele.

Mike arqueou uma sobrancelha.

– Você tem coragem de acordar ela? Porque eu não tenho.

Ok, eu também não me atreveria. Fiz uma careta. Era verdade que dava para ouvir os roncos do Chris ali no quarto.

– Então, não sei... – comecei.

Jack, que sabia que eu estava começando a ceder, suspirou, exasperado.

– Vai ter que dormir no chão.

– No chão?!

– Você não vai querer dormir na minha cama, né?

Pouco depois, Mike estava deitado no tapete do quarto, com um travesseiro e um cobertor que não cobria seus pés.

A própria imagem da felicidade.

Houve alguns minutos de silêncio, mas é claro que nós três estávamos acordados. Olhei para o teto por algum tempo, pensativa, então me virei para Jack, que estava acordado, sim, e soltou outro suspiro exasperado.

– Tá bom! – cedeu. – Vem pra cama e cala a boca.

Suponho que Jack tenha pensado que era para Mike se deitar em uma das pontas, mas seu irmão, sem perder tempo, se enfiou no meio de nós dois. Tive que me afastar para não levar uma joelhada. Jack o fulminou com o olhar.

– Posso saber o que está fazendo?

– Você me disse pra vir pra cama!

– Mas não assim!

– E se dormirmos um pouquinho? – supliquei.

Os dois trocaram um olhar hostil antes de Mike sorrir para mim.

– Me diga: o que está sentindo ao ter, finalmente, o irmão bom em sua cama?

– Que a cama ficou muito apertada – respondi.

– Dá pra dormir, seu chato? – alfinetou Jack.

– Agora fiquei sem sono! Vamos contar histórias de terror?

– Conheço uma de um cara que matou seu irmão mais velho porque ele não o deixava dormir.

Vinte minutos e duas histórias depois, Mike afinal adormeceu. Ele reclamava de Chris, mas roncava tanto ou mais do que ele. Era difícil dormir com aquele barulho. Olhei para Jack, que não era exatamente a melhor pessoa do mundo quando estava com sono. Ele tapava os ouvidos com as mãos.

– O que fiz de tão horrível pra ter que aguentar isso? – lamentou-se.

– Shhh... fala baixo.

– Está com medo de acordar o bebê de um metro e oitenta que está aqui no meio?

Segurei o riso enquanto ele se afundava ainda mais no colchão.

– Ele arruinou a nossa noite – protestou.

– Temos todas as noites do mundo pra ficar juntos, Jack.

– E mesmo assim não são suficientes.

– Então pratique o conformismo, que é uma coisa muito bonita.

Isso o fez sorrir. Depois, nós dois nos viramos, tentando dormir.

– Ai...

Larguei o celular para olhar para Naya, que estava deitada no sofá com os braços espichados, muito dramática. Mike, na poltrona, nem pensou em prestar atenção nela, ocupado que estava em ficar trocando de canal. Naya se certificou de que ninguém estava lhe dando bola e se espreguiçou ainda mais.

– Aaaaaai...

– O que foi? – decidi perguntar.

– Puxa, até que enfim alguém se deu conta do meu sofrimento.

– Que sofrimento? – Mike falou, fazendo uma careta.

– Preciso de ajuda pra me levantar! Estou quase me mijando.

A careta de Mike se acentuou ainda mais.

– Quantas vezes por dia você precisa mijar?

– Tenho que mijar por dois, me deixa em paz!

Como vi que ele não estava muito disposto, fui ajudá-la. Naya se agarrou às minhas mãos para tomar impulso e, preguiçosamente, começou a se arrastar em direção ao banheiro. Assim que a ouvi fechar a porta, voltei para o sofá. Mike seguia mudando de canal.

– E se você deixar num canal só?

– Não gostei de nada.

– Coloca num filme.

– Não sei qual escolher.

– Se quiser, posso pedir uma recomendação pro Jack.

Para minha surpresa, Mike revirou os olhos. Como na época em que voltamos da viagem, ele estava mais uma vez de mau humor, parecia se incomodar com tudo que lhe diziam.

– Jack está ocupado na Holanda, deixa ele.

– Mas ele podia...

– Você acha que ele é o único que conhece cinema?

Sua resposta foi tão extrema e tão direta que não consegui mais disfarçar. Me virei para ele com o cenho franzido e, sem hesitar nem por um segundo, arranquei de suas mãos o controle remoto. Mike deu um pulo quando desliguei a tv.

– O quê...?

– Deu. Você pode me dizer de uma vez o que está acontecendo?

Ele pestanejou várias vezes. Não esperava uma pergunta tão direta.

– Comigo?

– Sim, com você. Por que se incomoda com tudo o que faço e falo? O que foi que eu fiz?

– Nada.

– Não me diga isso, ok? Sinto como se morasse outra vez com meus irmãos. Sei que está acontecendo alguma coisa, então, por favor, fala logo.

Dessa vez ele hesitou, abriu e fechou a boca, em dúvida. Aproveitei para me sentar um pouco mais perto dele. Ele não se afastou, mas também não olhou para mim.

– Ainda é por causa da banda? – perguntei.

– Hein? Não, claro que não.

– E então?

Ele hesitou mais uma vez.

– É... é complicado.

– Bom, se quiser falar sobre isso, estou aqui. Mas você não pode tratar mal as outras pessoas porque está passando por um momento complicado.

Ele torceu o nariz.

– Eu não queria te tratar mal. Gosto muito de você.

– E eu de você! – respondi e pus uma mão sobre a dele. – Passamos por mil coisas juntos, você sabe que, se precisar de alguma coisa, estou aqui!

Mike me olhou meio desconfiado, como se custasse a acreditar no que tinha escutado.

– Sério mesmo?

– Claro.

Como ele não disse nada, esbocei um sorriso, que ele não retribuiu. Continuou me olhando e, depois, justamente quando eu estava para sair dali, inclinou-se para a frente e me deu um beijo na boca.

Isso me pegou tão desprevenida que meu cérebro levou alguns segundos para entender o que estava acontecendo. Fiquei paralisada, depois me joguei para trás. Mike chegou alguns centímetros mais perto e, sem nem perceber, caí do sofá. Ele só reagiu ao ouvir o barulho de meu corpo caindo. Se levantou, num pulo, e me olhou com os olhos arregalados.

– O que está fazendo? – perguntei, com uma cara de espanto igual à dele.

– N-não sei... eu... eu não...

Não tenho nem ideia do que ele diria a seguir, pois nos viramos ao ouvir o grito sufocado de Naya. Ela estivera o tempo todo parada na entrada da sala, com uma mão cobrindo sua boca. Provavelmente, ela teria feito algum comentário, mas quando vi sua saia molhada, me levantei de repente.

– O que houve? O que é isso?!

– Você se mijou?! – berrou Mike.

Naya afinal reagiu e negou com a cabeça.

– Hã... não sei se esse é o melhor momento pra mais drama... mas acho que a bolsa acabou de estourar.

Nós três ficamos em silêncio por alguns segundos, principalmente porque ninguém sabia o que fazer. Tínhamos conseguido reunir os três piores exemplos de responsabilidade da casa.

– Will! – gritei e fui correndo até o seu quarto. Abri a porta sem bater, ele deu um pulo e acordou. – Will, corre, vem!

– Eu estava dormin...!

– A bolsa da Naya estourou!

Apesar da cara de sono, ele acordou de repente. Em tempo recorde, calçou os sapatos e pôs no ombro uma bolsa já preparada. Passou ao meu lado a toda velocidade e envolveu Naya com um braço, para que ela não tivesse que andar sozinha. Mike a segurava do outro lado, tomando cuidado para não tocar no que ele achava que era xixi. Quando o alcancei, Will já tinha pegado as chaves de seu carro.

– Você está em condições de dirigir? – perguntei, insegura.

Ele parecia estar muito atordoado, e deve ter achado isso também, pois ficou olhando para as chaves sem saber o que fazer. Sue não estava em casa, e Mike e eu não éramos os melhores motoristas do mundo.

Ao ouvir a porta se abrir, todos nos voltamos para Jack, que estava entrando com sua mala e com um grande sorriso.

– Adivinhem quem chegou antes do previst...! Eita.

Desconheço qual foi seu pensamento ao ver aquela cena, mas ele rapidamente absorveu toda a informação necessária. Largou a mala de repente e, de qualquer jeito, tirou as chaves do bolso.

– Merda! – exclamou, num tom de voz agudo.

– Pegue o carro e espere a gente lá embaixo! – Will lhe pediu.

Jack nem pensou, desceu as escadas a toda velocidade, enquanto eu apertava o botão do elevador repetidamente, como se assim ele fosse chegar mais rápido. Will, Naya e Mike me seguiam de perto, com Naya hiperventilando entre os dois.

– Ai, meu Deus... Ai, meu Deus... – recitava em voz baixa, quase como uma prece. – Essa criança vai sair por aí... Vai sair por aí!!

– Vai ficar tudo bem! – garanti, ainda esperando pelo elevador.

– Não, não vai! É impossível que passe! Vai ficar presa no meio do caminho.

– Não vai, não vai... – Mike tentava consolá-la dando palmadinhas em seu braço. – Vai sair num impulso, você vai ver!

– Cala a boca! Você acabou de beijar a Jenna, não pode opinar!

Will ia repreendê-la pelo tom que estava usando, mas levantou a cabeça de repente para olhar para mim, que não tive tempo de reagir porque o elevador chegou naquele exato momento. Naya soltou um gemido de desespero enquanto a carregavam para dentro do elevador. Apertei o botão do térreo, com os nervos à flor da pele.

Will olhou para Mike, furioso, e ele enrubesceu.

– Você tem sorte de estarmos ocupados com isso agora – garantiu a ele.

Naya estava hiperventilando, mas sorriu.

– Tem tempo de dar um pontapé na bunda dele, se é isso que você quer fazer.

– Não foi como ela falou! – protestou Mike, na defensiva. – É... complicado.

Will soltou algo parecido com um riso sarcástico.

– Com você é sempre complicado, Mike.

– Não foi como das outras vezes!

– Cala a boca, ok? Cala a boca. O Ross não merece isso, e você sabe.

Dessa vez ele não disse nada. Eu continuei olhando para baixo e não percebi que as portas tinham se aberto até sentir uma lufada de ar frio. Jack vinha correndo, e, embora tenha sentido a tensão no ar, associou-a à situação de Naya e não fez nenhum comentário, simplesmente ajudou Will a levá-la até o carro.

Assim que Naya se ajeitou no banco de trás, ao lado de Mike e de seu namorado, me sentei na frente ao lado de Jack, que já tinha ligado o motor e se enfiado no meio do trânsito.

Muito séria, coloquei a mão em seu braço.

– Acho que finalmente chegou o momento de você nos mostrar como consegue dirigir rápido.

Por um momento ele me pareceu confuso, mas depois esboçou um grande sorriso.

– Ótimo!

Naya grunhiu:

– Não tem nada de ótimo! É uma merda!!!

– Não fale palavrões na frente do bebê! – protestou Will.

– Ele que tape os ouvidos! Porra, vou me partir ao meio de repente!

Pelo menos Jack parou de sorrir e começou a dirigir com seriedade, enquanto, no banco de trás, Naya se lamentava:

– Dói muito! – ela se queixou.

– Temos que cronometrar as contrações! – Will parecia estar possuído. – Se são a cada...

– O que é uma contração? – perguntou Mike.

– AAAH! CALA A BOCA, MIKE!

– Olha, ele não tem culpa se vai sair um ser do meio das suas pernas! – Jack soltou, para surpresa de todos, e depois olhou para Naya pelo retrovisor. – Você podia tentar não manchar os assentos com...?

– JENNA, TIRA ELE DO CARRO!

Dei uma olhadinha significativa para meu namorado, que entendeu a indireta e não falou mais nada durante todo o trajeto.

Em meio a muitos gritos e contrações, conseguimos chegar ao hospital em tempo recorde. Jack freou bruscamente em frente à entrada, e Will desceu do carro apressado, junto com Naya. Estava claro que Mike não pretendia entrar com eles, mas como Naya segurava sua mão com força ele não teve outra opção a não ser correr atrás deles. Jack achou um lugar para estacionar a trinta metros da entrada, então tivemos que correr um pouco. A recepcionista nos indicou um dos corredores e encontramos os três dentro de um quarto.

Naya já estava com uma camisola de hospital, deitada na cama. Seu peito subia e descia no ritmo de sua respiração agitada, e ela estava com o rosto e o pescoço completamente vermelhos. Mike permanecia ao lado dela, contra sua vontade; ela tinha apertado tanto a mão dele que estava até meio retorcida, e a cada vez que ela gritava, ele gritava também. Will dava voltas pelo quarto, em pânico.

– Jenna! – exclamou Naya, ao me ver, e esticou a mão para mim. – Vem, por favor! Preciso de apoio!

– E eu? – protestou Will.

– Eu te odeio! Estou sofrendo por culpa sua!

Assim que falou isso, Naya começou a choramingar.

– Desculpa, não quis dizer isso!

Will revirou os olhos, mas aceitou a mão que Naya lhe ofereceu. Ela pensou em se inclinar para beijar sua mão, mas se deitou de novo, com uma careta de dor.

– Porra, como dói! E o imbecil do médico diz que eu preciso ter contrações a cada dois minutos!

– Qual é o intervalo agora? – perguntou Jack, que observava a situação com certo temor.

– A cada dez! – ela se lamentou, chorando. – Isso é horrível, não quero ser mãe. Não dá pra tirar o bebê agora?

– Querida, precisa dilatar mais – disse Will, tão calmamente quanto possível.

Ela não reclamou, mas gemeu, num lamento. Num canto do quarto, Jack continuava contemplando a situação.

– Mas... dói tanto assim? Sério?

Naya só parou de gemer para pegar um travesseiro e o atirar na cabeça de Jack. Como ela pretendia continuar com isso, peguei Jack pelo braço e o levei até a saída.

– Vamos procurar algo pra beber!

Jack se deixou arrastar sem resistência. Assim que chegamos à máquina de bebidas, comecei a enfiar moedas.

– Devo admitir que não era essa a recepção que eu esperava – murmurou –, mas um pouco de ação não faz mal a ninguém.

– Que tipo de recepção você esperava?

– Honestamente? Dar uma trepadinha, não ajudar num parto.

Dei-lhe uma cotovelada, ou tentei, porque ele se esquivou e pegou uma das garrafas de água que tínhamos tirado da máquina.

– Comigo você não "dá uma trepadinha" – frisei.

– E como você chamaria isso que a gente faz? Uma festa do pijama sem pijama?

– Não, seu tonto. Eu chamaria de "fazer amor".

Ele fingiu vomitar.

– Te deixo sozinha por dois dias e você fica cafona.

– Eu não estava sozinha, estava com amigos.

– Mas sem seu querido namorado que te impede de ser cafona.

Essa frase inevitavelmente me fez lembrar do que havia acontecido pouco antes de sairmos de casa. Olhei para ele, sem saber se contava ou não. Seria uma boa ideia soltar a bomba naquele momento, ou era melhor esperar?

Quando eu estava para abrir a boca, Will apareceu, do nada, e pegou nossas duas garrafas de água. O coitado estava morrendo de calor.

– Vamos precisar de mais água – ele disse.

Ficamos no quarto de Naya todo o tempo que nos foi permitido, depois fomos para o corredor, o mais próximo possível dela. Deixaram somente Will entrar de novo – a pedido de Naya, suponho –, mas não os pais nem o irmão dela, que chegaram mais tarde. Sue e Lana foram as últimas a chegar, e trocaram um olhar fulminante antes de virem se sentar conosco.

O comitê de boas-vindas ao bebê.

Eu nunca tinha precisado esperar por um parto. No caso de minha irmã, o parto teve que ser induzido, e tudo transcorreu em uma ou duas horas. Além disso, era a primeira vez que uma pessoa próxima a mim tinha engravidado, e por isso a espera me pareceu tão longa.

Todo o mundo já tinha entendido que levaria uma eternidade, menos eu. A única diversão que encontrei foi ficar falando sobre nomes com Jack.

– Se eu tivesse uma filha, não a chamaria de Kim – comentei. – Menos ainda por causa da Kardashian.

– Kylie é melhor? Por causa da Jenner?

Fiz uma careta de horror e ele riu.

– Eu gosto de Jeremy.

Ele não se estendeu na resposta e eu o olhei sem entender.

– Por quê?

– Não sei, eu gosto. Nem muito longo, nem muito curto; nem muito comum, nem muito original. A mediocridade perfeita.

– Então você quer ter filhos medíocres.

– Filhos? No plural? Não me assuste, Michelle.

Balancei a cabeça e voltei ao assunto.

– Eu gosto de Elisabeth. Acho muito elegante.

– E chato. Meio mundo se chama Elisabeth.

– Isso não impede que seja um nome elegante!

– É como se chamar John. Se você gritar "John!" no meio da rua, metade das pessoas vai se virar.

– Pois vou ser bem básica, mas eu gosto. E eu a chamaria de Ellie.

Jack deu de ombros.

– Ok, Ellie eu aceito.

– Que bom.

– Agora só falta a gente fazer esses filhos. Vamos lá?

Continuamos falando sobre nomes, mas até isso acabou me entediando depois de um tempo. Era mais divertido ficar vendo como os pais de Chris e Naya e os de Will evitavam olhar uns para os outros, como se fossem morrer se entrecruzassem seus olhares. Chris tentava estabelecer alguma conversa entre eles, mas não adiantou muito: "pais divorciados", ele gesticulou a título de explicação, como se isso justificasse tudo.

Eu estava quase dormindo quando de repente Will apareceu, saindo do quarto. Seu sorriso enorme me fez suspirar de alívio.

– O bebê está bem! – ele exclamou, entusiasmado. – Ainda está na incubadora, mas não houve nenhum problema. Já nos disseram que ela é muito saudável, e Naya também está bem.

– "Ela"? – repetiu a mãe de Naya. – Então é uma menina?

Will voltou a assentir, com um enorme sorriso.

– Vocês querem conhecer a Jane?

NOVO CONVÍVIO

NÃO SEI QUANTAS VEZES JACK JÁ HAVIA BUFADO, mas continuou fazendo isso, impaciente.

– Por favor, que alguém mate essa criança e acabe com seu sofrimento.

Tentei não rir, o que não me custou muito porque, afinal, eu também estava esgotada, mas encarava a coisa toda com mais calma.

Desde que Naya e Jane tinham voltado para casa, um mês antes, nossas noites eram acompanhadas pela trilha sonora da bebê. Ela não parava de chorar, e não chorava baixinho exatamente, mas com gritos de protesto. Queria que todo mundo soubesse que não estava contente, e não havia maneira de acalmá-la.

Escutei os passos de Will aproximando-se da sala. Claramente, tentava tranquilizar a menina, mas isso serviu apenas para incomodar Mike. Não demorei a ouvi-lo reclamar, e Jane então chorou com mais força ainda.

– Ela passa as noites chorando e os dias dormindo – murmurei. – É como se fizesse isso de propósito.

– Ela faz de propósito – observou Jack. – Os bebês são malignos por natureza.

– Não generalize!

– Mas são. Como os gremlins, parecem adoráveis, mas não há quem os aguente.

Que linda comparação!

– E como ficam Jay e Ellie? – perguntei.

– Mudei de ideia. Estamos muito bem assim. Que os outros tenham filhos.

Soltei uma risada cansada, que durou até Jane começar a gemer. Jack soltou um palavrão e, para minha surpresa, saiu da cama de repente.

Assim que chegou à porta, me endireitei, apoiando-me nos cotovelos.

– Por favor, me diz que você não vai bater num bebê.

– Quem você pensa que eu sou?

– Uma pessoa que está com cara de que quer matar alguém.

– E você acertou, porque vou matar os pais da criança.

Não tive outra opção a não ser ir atrás dele.

Na sala, Will embalava Jane para que se acalmasse, mas não estava adiantando muito. Sue tinha acordado e ficava dando voltas, cada vez mais frustrada. Mike estava sentado no sofá, meio adormecido.

– Posso saber o que está acontecendo com ela? – Jack perguntou.

– Se eu soubesse – replicou Will lentamente –, você acha que não tentaria dar um jeito?

– Eu acho que ela odeia todos nós – opinou Mike.

– Somos dois – murmurou Sue.

– Onde está a Naya? – perguntei.

– Dormiu. – Will falou isso quase com rancor. – Que inveja.

Jane gemeu, recomeçando a sinfonia. Seu pobre pai tentou tranquilizá-la, mas de nada adiantou. Ninguém ficou surpreso quando um vizinho bateu à porta. Naquele mês, já tinham aparecido mais de dez vezes. Eu conseguia entender que o barulho incomodasse, mas... o que podíamos fazer? Colocá-la num quarto à prova de som?

Até o momento, pelo menos, tinham tido a sorte de que eu é que abrira a porta para eles, tentando explicar a situação e pedindo desculpas do modo mais cordial, que quase todos aceitavam. O vizinho de cima, mais rabugento, não aceitava tão facilmente, mas eu não me importava com isso. O importante era não deixar que Sue abrisse a porta, porque aí ficaríamos sem vizinhos.

Por esse motivo – e porque parecia que Jack realmente ia matar alguém –, me adiantei e cheguei sozinha à porta. Abri-a com a cara mais gentil que consegui fazer naquele momento. De fato, era o vizinho de cima, que me olhava como se quisesse quebrar tudo.

– Oi, boa noite – falei.

– Oi? – repetiu, fora de si. – Posso saber o que acontece com essa criatura?

– É uma menina, não uma "criatura".

O homem começou a ficar vermelho.

Começou...

– E eu tenho cara de que me importo com o que ela seja?

– Estamos tentando fazer com que ela se acalme – eu disse, como sempre.

– Mas está na cara que não está funcionando. Façam alguma coisa logo!

Abri a boca para lhe responder, mas uma mão se cravou no batente da porta, em cima de minha cabeça. O barulho fez com que tanto o vizinho quanto eu déssemos um pulo, e não precisei me virar para saber que era Jack. O vizinho o examinou com os olhos semicerrados.

– O que você quer? – perguntou Jack.

O homem ergueu um pouco o queixo, indignado.

– Vim fazer uma reclamação.

– Sim, estou vendo. Mas não pode fazer isso mantendo alguma distância?

Acho que ninguém havia se dado conta, mas durante o ligeiro diálogo anterior ele tinha se aproximado de mim com o dedo em riste e o cenho franzido. Depois, fez uma cara feia, mas acabou recuando.

– Essa criança está chorando – observou.

– Ah, obrigado por nos avisar.

– É um barulho muito incômodo.

– Quase tanto quanto a sua voz.

Olhei para Jack com os olhos arregalados, mas ele nem se mexeu. O vizinho estava ficando cada vez mais vermelho.

– Já não bastam as festas e agora isso, é impossível morar com vocês aqui embaixo!

– Você pode se mudar, então. O que acha?

– Não pretendo me mudar!

– Então tape os ouvidos.

– E se eu não quiser? – o vizinho perguntou, brusco. – Deixa eu te lembrar que estou na minha casa!

– E deixa eu te lembrar que, neste exato momento, você está na nossa casa. E se não quiser tapar os ouvidos, faça um favor a todos e cale a boca.

Isso, isso.

O vizinho ficou tão desnorteado que levou alguns segundos para reagir:

– Então vocês não vão fazer nada? Isso é uma vergonha!

– O plano é a gente se matar todos ao mesmo tempo – replicou Jack. – Se quiser participar, é só subir até o terraço e se atirar no meio da rua. Depois vamos até lá pra te fazer companhia. Chega, boa noite.

E fechou a porta na cara do homem, assim, do nada. Fiquei olhando para ele de boca aberta.

– Jack!

– O quê?

– Esse homem tem cara de ser um assassino frio!

– Eu é que vou virar um assassino frio se ele voltar a falar com você desse jeito. Babaca. Você o deixou fazer isso esses dias todos?

– É só uma pessoa mal-humorada... Eu não queria deixar as coisas piores.

Ok, eu me sentia mais firme do que no ano passado, mas isso não significava que eu ia ficar comprando briga com todo mundo!

– Então ele que vá descontar seu mau humor nele mesmo – disse Jack, irritado.

A menina continuava chorando. Me aproximei de Will, que estava praticamente dormindo em pé. Ele deve ter percebido que não ia conseguir dar mais de si e passou a bebê à primeira pessoa que encontrou: Mike.

– Você pode segurá-la?

Mike olhou para ele com os olhos arregalados, mas a verdade é que não tinha opção. Com os braços trêmulos, pegou a menina e a encostou em seu peito. Jane olhou para Mike entre lágrimas, e então... silêncio.

Ela se calou.

Todos contemplamos aquela cena com perplexidade, Will mais do que todos.

– Ela ficou quieta! – falou Sue. – Sim! Maravilha!

Jack fez um sinal para mim, frenético.

– Vamos dormir, rápido!

Mike olhou para nós, com um pânico cada vez maior.

– Não me deixem aqui sozinho! Não sei o que fazer!

– Você não está sozinho – observei.

Will já estava dormindo no outro sofá, tão cansado que o estranho era que tivesse aguentado tanto.

– É tipo estar sozinho! – protestou Mike.

– Divirta-se, babá – Sue zombou e escapuliu para seu quarto.

A última coisa que vi foi a cara de horror de Mike, mas Jack já estava me arrastando para o quarto. Fechou a porta fazendo o menor ruído possível e, assim que pôde, se atirou na cama e fechou os olhos. O problema foi que ele ocupou toda a cama, especialmente o meu lado. Cruzei os braços.

– Ei, eu também preciso de espaço.

– O que é seu é meu, e o que é meu é seu.

– Onde está escrito isso?

– Assim que nos casarmos, vai estar.

– Pare com essa brincadeira!

Desde que eu entrara em pânico com essa maldita brincadeira, no Natal, ele a repetia a todo momento.

– E onde devo dormir? – perguntei. – No chão?

– Se quiser...

– Jack!

– Desde quando dormir em cima de mim virou um problema?

Ah, era assim? Pois ele ia se arrepender.

Sem hesitar, me joguei sobre suas costas. Jack grunhiu de dor, mas estava com tanta preguiça que nem se mexeu, simplesmente fechou os olhos, o que eu também fiz, pelo menos durante um minuto. Depois enfiei a cabeça por cima de seu ombro.

– Já dormiu?

– Já.

Arqueei uma sobrancelha.

– Mentira.

– Verdade.

– Você está me respondendo!

– Sou sonâmbulo.

– E bobo.

– Nunca neguei.

Olhei-o fixamente até ele suspirar e me retribuir o olhar.

– Tá, o que foi?

– Vamos falar de alguma coisa.

– De dormir? Porque é a única coisa que me interessa.

– Não, de qualquer coisa! Estou sem sono.

– Olha, Jen, eu te amo. Muito. Mais que tudo no mundo. Te juro. Mas você é uma chata. Vai dormir.

– Acho que vou ficar assim um pouco mais.

Ele fechou os olhos outra vez.

– Lembra de quando eu não via nenhum defeito em você? Pois já passamos dessa fase. Agora vejo vários.

– Ok, então vamos dormir. Mas vai pro seu lado da cama.

Jack girou sobre si mesmo e eu me enfiei debaixo dos lençóis. Ele não estava acostumado a dormir pouco, então começou a respirar profundamente assim que fechou os olhos. Sorri e o cobri com o lençol.

Naya parecia uma morta-viva. Andava com sua camisola cor-de-rosa, o cabelo desarrumado, olheiras enormes e com pelo menos um produto infantil em uma das mãos sempre. Na outra, carregava sua filha.

Às vezes eu não conseguia resistir e me oferecia para cuidar de Jane para que Naya saísse um pouco, embora nem sempre fosse possível. A universidade me tomava muito tempo; quando não estava em aula, estava estudando ou fazendo anotações, e eu gostava de usar o restante do tempo para pintar ou ligar para meus irmãos, e não para servir de babá.

Mas havia exceções, como aquele dia. Apesar de já estar escuro, cheguei um pouco antes e tomei um banho demorado e quentinho. Ao sair, encontrei Naya tal como a havia deixado: dormindo no sofá, com a cabeça torta. Jane olhava para a TV – e para Sue e Mike, com grande interesse –, e Will dormia no outro sofá. Eram o casal perfeito.

Eu me inclinei para Naya e toquei gentilmente em seu ombro. Ela automaticamente me passou sua filha, e eu a ajeitei em meu colo, com a cabecinha apoiada em meu ombro, para embalá-la um pouco. Com a troca, ela começou a gemer, mas em seguida parou.

Sue me observava com um grande sorriso.

– Olha só pra você, a tia do ano. Já te imagino com uns dez filhinhos.

– Não tem graça, Sue.

– Deve ser porque não estou dizendo isso de brincadeira.

Mike nos olhou de soslaio, mas não disse nada. Já não fazia piadinhas sobre minha relação com seu irmão, não desde o beijo, evidentemente.

Eu não havia contado para Jack. Tinha quase certeza de que deveria contar, mas já fazia tanto tempo que eu nem sabia mais como abordar o assunto. Várias vezes eu tinha tentado lhe contar, mas sempre havia alguma interrupção. Depois de certo tempo, parei de tentar. Mike não tinha feito nenhum comentário sobre isso, nem mesmo para se desculpar. No entanto, a distância entre nós aumentara muito: já nem tocava cm mim, ncm fazia aquclas piadinhas dc tcor scxual quc clc achava tão engraçadas – quando, na verdade, eram meio nojentas –, praticamente nem sequer me olhava de frente.

Uma parte de mim preferia que fosse assim, enquanto a outra desejava que ele não tivesse complicado tanto as coisas. Voltei à realidade quando Will acordou, dando um pequeno pulo. Ainda sonolento, contemplou a cena e, assim que localizou suas duas meninas, voltou a descansar no sofá.

– Oi, Jenna – murmurou, esfregando os olhos.

– Bom dia, papai do ano.

Não tenho certeza se ele esboçou um sorriso ou uma careta.

– Alguém sabe se a Naya já deu a mamadeira pra ela?

Peguei a mamadeira quase vazia que pendia perigosamente da mão de Naya e coloquei-a sobre a mesinha.

– Parece que sim.

– Bom – murmurou Will, antes de bocejar com a boca bem aberta. – Então, se vocês me derem licença...

– Tem que tirar mais um cochilo – esclareceu Mike.

– Os outros quarenta não foram suficientes – confirmou Sue.

Enquanto conversavam, chequei o celular. Ainda não eram oito horas, e imaginei que Jack viria jantar, pois tinha ido apenas ajudar sua mãe em algo. Desde a ceia de Natal, fazia isso com frequência, e já não parecia tão desconfortável quanto na primeira vez que havia saído para ajudá-la. Na verdade, acho que ele fazia isso simplesmente porque tinha vontade.

– ... exatamente.

Levantei a cabeça, surpresa, pois era a voz de Naya, que em algum momento havia acordado e já estava brava, especificamente com Mike.

– O que foi? – perguntei.

Ele continuava cabisbaixo; devia se sentir culpado, qualquer que fosse o assunto de que estivessem falando, o que se confirmou com a cara feia que Naya fez para ele.

– Acontece que o senhor beijos roubados acha que pode sair dando conselhos pra todo mundo sobre relacionamentos...

Olhei para Mike, que continuava calado. Sue olhava para todos, sem saber o que dizer, o que era raro.

– Naya... – comecei.

– Que Naya, que nada! Ele merece. Que nos deixe em paz.

– Não acho que ele tenha falado de maldade – comentou Will.

– Vai ficar do lado dele? Tenho que te lembrar que ele magoou seu melhor amigo, Will?

Mike esfregou as têmporas, tentando escapar daquilo tudo, o que não deve ter funcionado muito bem, porque logo desistiu.

– O Ross não ficou sabendo – ele disse finalmente –, então ficar brigando em seu nome não faz nenhum sentido.

Imediatamente me senti mal, eu não gostava do fato de que todo mundo soubesse menos ele, que, mesmo ignorando o acontecido, era o mais afetado pelo ocorrido. Ao me virar para Mike, vi que estava olhando para mim, e isso me pegou tão desprevenida que não desviei o olhar nem quando ele se levantou.

– Você quer fazer isso? – ele me perguntou, direto.

– Hein?

– Quer contar para o Ross? Então vem, vamos contar de uma vez! Estou farto de viver com essa tensão de merda.

– Olha os palavrões! – Will o repreendeu, apontando para a bebê.

Mike não se importou nem um pouco.

– Eu mesmo vou contar pra ele – soltou.

Sue fez uma careta.

– Eu não sei se essa é a melhor ideia do mundo...

– E o que você quer? – Naya deu um pulo. – Que Jenna conte pra ele? Ela não tem culpa do Mike ter se jogado em cima dela!

– É claro que o Mike está arrependido! – Sue o defendeu, no mesmo tom de Naya. – Não está vendo?

– Sim, claro... Você o defende.

– Sim, porque todos podemos cometer erros.

– É um erro que ele tenha se jogado em cima das três namoradas do próprio irmão? Ah, pobrezinho.

– Naya, ele já disse que se arrepende disso!

– Mas fez de novo!

– E está tentando consertar as coisas!

– E se vocês deixarem os dois envolvidos falarem? – sugeriu Will, cansado.

Sue e Naya trocaram olhares indignados e, na sequência, se viraram para nós dois. Claramente, Mike estava bastante transtornado desde que se levantara, mas sua tensão foi aumentando ao longo da discussão.

– Eu posso contar pra ele – garantiu.

Não me ocorreu um único motivo para negar isso a ele.

– Tá bom.

– Eu consigo.

– Acredito em você.

– Consigo mesmo!

– Acredito mesmo.

Num momento de silêncio, em que ele claramente hesitava, ouvimos a porta da frente se abrir. Jack entrou assobiando tranquilamente, mas se deteve ao entrar na sala assim que percebeu aquela tensão entre todos nós. Olhou para seu irmão e depois para mim. Era óbvio que não estava entendendo nada.

– O que foi?

– Vamos, meu amor. – Naya pegou sua filhinha e se encaminhou para o quarto. – Seus tios precisam conversar.

– Conversar? – repetiu Jack.

Sem pensar, olhei para Will, que parecia tão nervoso quanto eu. Mike estava ainda mais nervoso, abria e fechava as mãos sem parar, como se não soubesse o que fazer com elas. Sue era a única que não se mexia, simplesmente observava a situação com os lábios apertados.

– O que foi? – repetiu Jack, impaciente, e se virou para mim. – Tá tudo bem?

– Não – interveio Mike, de repente. – Aconteceu algo.

– Mike... – Will tentou impedi-lo, mas Mike o deteve com um gesto.

– Não. Já é hora de contar o que aconteceu.

– O quê? – Jack parecia cada vez mais confuso.

– Eu beijei a Jenna.

Mike falou isso assim, sem mais, sem nenhum tipo de atenuante, simplesmente lançou a frase no ar e esperou que a granada tocasse o chão. Jack permaneceu alguns segundos em silêncio, olhando para ele, incrédulo. Cheguei a pensar que isso não o afetaria, mas então sua expressão ficou sombria.

Ai, não.

– Isso é uma piada?

– Não – Mike respondeu, no mesmo tom. – Foi na noite em que Naya deu à luz. Eu a beijei e ela se afastou. Ponto.

Disse isso como se não houvesse com que se preocupar, como se fosse uma informação sem importância. Jack, porém, estava cada vez mais tenso. Se, até aquele momento, não havia desgrudado os olhos de seu irmão, agora tinha se virado para mim. Não consegui decifrar sua expressão, talvez estivesse sentindo muitas coisas e ainda não tivesse decidido qual delas era mais importante.

– Você não me disse nada – me acusou, em voz baixa.

Aí estava a minha parte de culpa, e eu sabia que isso seria o que mais lhe incomodaria.

– Eu sei – admiti. – Sinto muito.

– Você disse que a gente contaria tudo um para o outro.

– Jack...

– E você? – Virou-se bruscamente para seu irmão, dessa vez num tom de voz furioso. – Você é um desgraçado.

– Ross. – Will se levantou com as mãos para o alto, como se tentasse acalmar um animal selvagem. – Agora você está nervoso. Não diga nada que possa se arrepender.

– Ah, não se preocupe, não vou me arrepender disso.

– Bom, já contei – respondeu Mike. – Pelo menos dessa vez eu fui sincero.

Jack o observou por alguns instantes. Eu soube, então, que, dentre todos os seus sentimentos, ele escolhera a raiva. Seu sorriso irônico só podia significar isso.

– E você acha que, porque me contou, eu não vou me chatear? – sugeriu, com sarcasmo. – Que torna isso menos grave?

– Só queria que você ficasse sabendo por mim.

– Saber o quê? Que você não mudou nada? Vai à merda, Mike.

– Dessa vez foi diferente!

– Sim, como todas as outras. Você me vem com esse discursinho de irmão mais velho querendo fazer as pazes, mas continua o mesmo babaca de sempre. Depois não vai sair chorando por aí, dizendo que ninguém gosta de você, porque nós dois sabemos que tem um bom motivo pra isso.

Esse golpe doeu até em mim. Quando Mike fechou a cara, desviei o olhar. No entanto, Jack não tinha terminado: virou-se para mim como se quisesse me dizer algo, mas seu silêncio me doeu mais; simplesmente passou ao meu lado sem me olhar e, finalmente, se deteve em frente a Will.

– Você sabia disso? – jogou em sua cara.

Tive a impressão de que essa foi a acusação que mais lhe doeu; em nenhuma outra ouvi sua voz tremer desse jeito.

Will assentiu lentamente.

– Sinto muito, Ross.

– Sente muito? – falou, com ironia. – Vai à merda você também, Will. Sério, me deixem em paz, todos vocês. Vocês são uma piada.

Saiu de casa sem olhar para ninguém, e nenhum dos três voltou a abrir a boca.

– Acho que a minha filha me odeia.

Pelo menos não é o seu namorado que te odeia.

Eu estava havia vários minutos de pé no corredor enquanto Naya tentava trocar a fralda de Jane. Até aquele momento, ela só tinha conseguido fazer com que a menina se remexesse, grunhisse e gemesse em sinal de protesto.

– Ok – ela disse, depois da quinta tentativa –, agora eu já não acho, mas *tenho certeza* que ela me odeia. Como pode fazer isso sendo tão pequena?

– Não faça drama, é só uma fralda!

– Não é só por causa da fralda! Sou um desastre em tudo que envolve a maternidade! É sempre o Will que tem que fazer tudo...

– Ai, Naya...

Talvez em outro dia eu pudesse ter sido mais delicada com ela, mas não nesse, em que já tinha muito com que me preocupar. Jack não aparecia desde a noite anterior; eu tinha feito uma prova de manhã e, obviamente, havia dormido muito mal. Não tinha tempo nem de me concentrar em meu próprio drama, então tampouco tinha tempo de tentar amenizar o drama de outra pessoa.

– Eu sei que sou uma chata – Naya murmurou.

– Você não é chata, você simplesmente deixa que qualquer besteira te abale. Pode ser que você não seja muito boa trocando fraldas, mas isso é algo muito fácil de aprender.

Dito isso, me adiantei e segurei suavemente os tornozelos de Jane; ela pestanejou alegremente e olhou para seu patinho de borracha enquanto eu me encarregava de tudo. Naya observava tudo com os olhos bem atentos, só faltava pegar um caderno para tomar notas. Assim que a fralda limpa de Jane ficou bem ajustada, eu fiz cócegas em sua barriguinha, ela balbuciou alegremente e se remexeu um pouco.

– Viu? Não é nada, é só uma questão de prática.

– Como é que você sabe...?

– Já cuidei bastante do meu sobrinho.

Naya assentiu, fascinada, e contemplou meu trabalho como se fosse uma obra de arte.

– Posso te avisar da próxima vez que precisar trocar a fralda, pra você me dizer se estou fazendo direito?

– Mas é claro. Você vai ver, logo você vai ficar craque nisso.

Eu disse aquilo brincando, mas ela pareceu entusiasmada. Pegou Jane com uma habilidade impressionante e guardou as coisas com a mão livre. A bebê se agarrou a uma mecha de seu cabelo louro e a apertava com todas as suas forças, logo a levaria à boca para sugá-la. Por algum motivo, só fazia isso com Naya, e ela, apesar de ser a senhora cabelos perfeitos, não parecia se importar muito.

– Como foi na prova? – me perguntou, de volta à sala.

– Bem mal.

– E as aulas?

– Horríveis.

– Vejo que estamos todos numa ótima fase...

Eu não disse nada. Tinha ido realmente mal na prova, e minhas aulas andavam pelo mesmo caminho. Ficar à altura de meus colegas estava sendo muito mais difícil do que ano anterior, o que se confirmou assim que terminei a prova. Todos haviam comentado as respostas e como tinham achado fácil, enquanto eu só conseguia pensar nas calamidades que havia escrito; não queria nem saber da nota.

Ainda estava com as anotações espalhadas sobre a mesinha de centro quando voltei ao sofá. Will, sentado ao meu lado com seu notebook, finalizava algum trabalho, enquanto Mike e Sue, em suas respectivas poltronas, conversavam. Bufando, Naya ocupou o outro sofá.

– Meus peitos doem.

– Que nojo – murmurou Mike.

– Você tem nojo de peitos? – Sue o censurou.

Tentei ignorá-los e me concentrar em minhas anotações, mas foi difícil. Eu podia ter ido para o quarto, mas não quis, tinha sido a primeira a chegar na sala. Os outros viram que eu estava estudando, e mesmo assim ligaram a TV. Era uma bobagem? Sim. Eu ainda podia ir para o quarto? Também, mas não quis fazer isso, agora era uma questão de orgulho, e além disso eu estava irritadíssima fazia uma quantidade de horas preocupante.

– Tenho mais nojo de você – Mike disse a Sue.

Ela sufocou um grito e bateu com uma almofada em sua cara, Mike se irritou e começou a bater nela com outra. Sue se incomodou porque ele estava acabando com seu ecossistema perfeito, e Jane começou a choramingar. Will pediu a Naya para ver se Jane estava com fome, e ela reclamou, dizendo que Jane já havia comido. Will insistiu, Naya se irritou. Mike bateu com uma almofada na boca de Sue, ela fez o mesmo com ele. Uma das almofadas voou em direção às minhas anotações e jogou algumas delas pela sala. Jane pegou uma das folhas e a amassou, comecei a correr tentando recuperar as outras. Mike pisou numa delas sem querer e, ao tentar levantá-la, não percebeu que continuava debaixo de seu pé, rasgando-a ao meio. Sue o empurrou, e Mike se chocou contra Will, que apoiou uma das mãos na mesinha e acabou amassando as poucas folhas que tinham sobrevivido ao desastre.

Não sei quando se deram conta de que eu estava chegando ao meu limite, mas, um a um, foram se calando e olharam para mim. Assim que o silêncio se impôs, fechei os olhos, inspirei com força e me agachei para recuperar a única folha de papel que não tinha sido pisoteada, amassada ou rasgada.

Inspire, expire, inspire, expire...

Segui minhas instruções. Tentei não matar ninguém... e então a porta se abriu.

Só podia ser Jack, que entrou na sala como um furacão e me buscou com os olhos. Mas foi surpreendente vê-lo com a mesma roupa da noite anterior e que estivesse acompanhado por Vivian.

Eu não a vira desde o aniversário de Jack, em que fingimos que nos suportávamos mutuamente. Ela, com um grande sorriso, e eu tentando não fazer cara de nojo porque tinha me proposto a me dar bem com ela. Mas éra impossível.

– Me deixe em paz de uma vez! – Jack ordenou. – Falei pra você não subir!

– Acontece que eu quis subir, veja só. Ou você vai me expulsar?

– Sim. Fora!

Vivian abriu a boca para protestar, mas Jack já tinha se virado para mim. Parecia indignado.

– Você não me mandou nenhuma mensagem! – me jogou na cara.

Era verdade, não havia feito isso e nem tinha intenção de fazer. Já era muita coisa ter tido que estudar e não ter conseguido dormir.

Isso mesmo.

– E também não me ligou! – acrescentou, irritado. – Eu podia ter ido a qualquer lugar!

– E foi à minha casa – acrescentou Vivian, com ironia.

Não sei se ela esperava alguma reação de minha parte, que continuava a encará-los. Não conseguindo o que queria, Vivian tirou algo do bolso e jogou em cima da mesinha de centro. Ficamos todos em silêncio ao ver o pacotinho de cocaína; Jack empalideceu, Jane começou a chorar, Naya tentou acalmá-la, e eu só olhava para tudo fixamente.

– Isso que ele foi procurar na minha festa! – disse Vivian, apontando para o pacote.

– Não consumi nada! – Jack falou rapidamente.

– Mas foi procurar! E por culpa sua, mais uma vez! Eu disse que você teria uma recaída por causa dela, Ross, eu te disse. Como me incomoda sempre ter raz...

Ela não conseguiu terminar a frase. O inconfundível ruído de papel sendo rasgado violentamente fez com que todos me olhassem, perplexos. Jane chegou a parar de chorar. Meus punhos ainda tremiam ao continuar destruindo o maldito papel.

– Acabou – eu disse, em voz baixa, marcando cada palavra com um rasgão. – Estou... cheia... dessa... merda... toda...

– Olha os palavrões! – Will deu um pulo.

– Estou cagando para os palavrões! – falei, e ele se calou. – Estou cansada de todos. De todos! Não se salva um! Cada um com seus dramas particulares, estou cansada disso! Você e os palavrões... você acha que neste momento eu dou a mínima para os malditos palavrões? Você acha que a Jane se importa com isso? Ela é uma bebê, uma maldita bebê! Não importa o que você faça, ela só quer saber de dormir, comer e cagar!

Eu nunca havia soltado uma enxurrada de palavrões como essa, mas de repente me senti como nova. Meu coração batia com força, e consegui liberar toda a raiva que havia acumulado.

Will nem respondeu, ficou me olhando, perplexo.

– Não precisa ficar assim – protestou Naya.

– Logo você vem me dizer isso? – Dei um pulo, me virando para ela. – Você não parou de reclamar desde que a Sue e eu te encontramos sentada no banheiro! Nem um único dia, Naya! Que o bebê isso, que o Will aquilo, que nós aquilo outro... nada te satisfaz, em tudo você encontra defeito! Você não se dá conta de que não é a única pessoa no mundo que precisa ouvir que tudo vai ficar bem? Porque às vezes você bem que poderia consolar alguém e deixar de ficar obcecada por ser consolada pelos outros!

Ouvi algo parecido com um riso contido e me virei para Sue, que tentou disfarçar fingindo que estava tossindo. Não adiantou nada, eu já estava na frente dela.

– E você, o que está achando de tão engraçado? – alfinetei. – Porque estou começando a me cansar de você não levar a sério nenhuma droga de problema desta casa. Sempre fala com a gente como se fosse superior a todos e como se não tivesse uma parcela de culpa em nenhum problema, e acha que isso te dá o direito de debochar de todo mundo.

Quer saber? Não é assim! Você é tão estúpida quanto o resto de nós, Sue. Sinto muito por te trazer de volta à Terra. Sabe aqueles filmes ruins em que o garoto popular conhece a garota rejeitada que achava que sabia tudo porque falava coisas estranhas e se relacionava pouco com as pessoas? Pois essa garota é você! Você não é melhor do que ninguém, só é menos extrovertida, mas isso não te faz superior! Supera isso de uma vez por todas!

Nem precisei que o seguinte da fila dissesse alguma coisa: Mike continuava paralisado, como se temesse que, se mexesse um único músculo, o ataque se voltaria a ele mais uma vez. Não adiantou nada, pois ele acabou sendo a próxima vítima:

– E você, o quê? É só mais do mesmo. Ah, você me beijou? Sério? Você sabia que eu te diria que não! E, mesmo que suspeitasse que alguma coisa podia acontecer, deveria ter respeitado seu irmão! Qual é o seu problema, cara? Está com ciúme e acha que essa é a maneira de passar por cima dos outros? Tentando destruir as pessoas? Já tentou algum dia ser uma pessoa melhor? E não estou falando de quando você se encheu de coragem pra contar tudo pro Jack, e sim de ser corajoso de verdade e assumir que cometeu um grande erro. E pedir perdão! Sério, não é tão difícil! Se você está realmente arrependido, peça perdão de uma vez por todas por ter agido assim com as pessoas que gostam de você!

Àquela altura, meu peito subia e descia a toda velocidade. Me virei para as duas pessoas restantes e, furiosa, peguei o pacotinho de cocaína e o atirei na direção de Vivian. Ela o agarrou como pôde, surpresa.

– Ah, com você é melhor nem começar. Acha que é a melhor amiga do mundo, não é? Mas eu não acho que uma amiga de verdade ficaria tão contente quanto você ao ver que Jack estava prestes a ter uma recaída. Porque, admita, você adora a ideia de que eu seja a malvada da história, não é? Não te conheço tanto, Vivian, mas estou começando a ficar de saco cheio desse seu comportamento de merda. Se eu ainda não te ignoro completamente, é por causa do Jack, mas nem por um momento pense que eu quero me aproximar de você. Pode ser que eu tenha cometido erros, mas eu nunca teria escondido que ele recebeu uma ligação no dia do aniversário, nunca teria deixado que voltasse a usar drogas e, obviamente, nunca teria me aproveitado de um de seus piores momentos pra ir pra cama com ele. Mas acho que a malvada sou eu, né? Talvez esteja na hora de você comprar uma porra de um espelho e parar de julgar os outros.

Agora só restava o último. Respirei fundo e me virei para Jack. Ele tinha perdido toda a pose que tinha ao entrar. De fato, assim que dei um passo em sua direção, ele recuou, suas pernas se chocaram contra o sofá, e ele acabou sentadinho ali.

– E você, Jack Ross, me escute bem...

– Mas eu não fiz nada de errado! – falou, em seguida. – Eu juro!

– Você acha pouco sumir a noite inteira? Ou fugir toda vez que tiver uma discussão? E ainda esperar que eu é que vá atrás de você? Você nunca parou pra pensar que, se enfrentar os problemas, eles não vão grudar em você e você nem vai passar a vida toda arrastando eles? Estou de saco cheio de você jogar na minha cara que eu te abandonei, que escondo segredos e tudo o mais, quando você foi o primeiro a me esconder tudo que bem entendeu. Sim, o Mike me beijou. Sim, eu tentei te contar, mas acabei desistindo. Me desculpa, tá bem? Se você não tivesse saído correndo, eu teria me desculpado! Mas não, era melhor encontrar Vivian pra ver se tinha uma recaída. Você fala de mim, mas, claramente, essa não é a reação mais madura do mundo. Nenhum de nós dois é perfeito; na verdade, estamos bastante longe disso, então, da próxima vez que alguma coisa te incomodar, você me fala e pronto. Ou vamos ter que armar esse circo de merda toda vez que um dos dois fizer uma cagada, hein, Jack? Porque na primeira vez eu achei fofo, mas agora isso já está começando a me irritar.

Falei tudo tão rápido e tão de supetão que, mal terminei, senti que me faltava o ar. Olhei para todos; nem mesmo Jane tinha motivos para chorar.

No fim, a única que disse alguma coisa foi Sue:

– Você está um pouco...

– Estou é de saco cheio, é assim que estou. Só queria ficar em paz, passando a limpo minhas anotações, porque estou farta de ir mal nas provas. Então, por favor, embora vocês achem que o meu curso seja uma perda de tempo, será que podem se afastar das folhas que vocês acabaram de destruir, pra ver se eu consigo recuperar alguma delas?

Ninguém hesitou um só segundo em se agachar e começar a empilhá-las sobre a mesa, até Vivian os ajudou. Não sei bem o que fiz, mas claramente havia funcionado.

Recolhi todas as minhas folhas rasgadas – inclusive a que eu mesma rasguei – e meu estojo e fui para o quarto. No entanto, me detive no início do corredor para dar uma última olhada para eles, por cima do ombro.

– Pensem um pouquinho – acrescentei, bem séria.

Você se transformou no Vin Diesel.

Ninguém tentou me deter, e fiquei grata por isso. De fato, uma vez em meu quarto, passou-se um bom tempo até que eu os ouvisse falar qualquer coisa outra vez. Não dei a menor bola, tinha trabalho para fazer. Peguei o notebook e comecei a transcrever minhas anotações, já não voltariam a me ver com folhas de papel que pudessem – ou que eu mesma pudesse – rasgar em pedacinhos.

Não sei quanto tempo se passou entre uma coisa e outra, certamente várias horas, porque quando bateram à porta eu já estava quase terminando meu trabalho. Levantei os olhos e vi que Jack entrava no quarto com cautela. De novo, não parecia tão destemido quanto quando chegou ao apartamento.

– Oi...

Fechou a porta atrás de si e olhou ao redor. Claramente, procurava algo com que desviar a atenção, mas não encontrou nada e teve que se concentrar em mim outra vez, com um sorriso inocente.

– Olha, sobre o que você falou...

– Tem certeza que quer retomar esse assunto?

– Não, não... Só queria dizer que... humm... que você tem razão, em parte.

Continuei olhando para ele fixamente, que começou a se balançar na ponta dos pés.

– Não acho que seu curso seja uma perda de tempo – acrescentou. – Na verdade, me parece admirável terminar um curso.

Como eu ainda o olhava fixamente, Jack estava ficando cada vez mais nervoso.

– E a pintura também não é uma perda de tempo.

Silêncio. Olhar fixo. Ele, finalmente, cruzou os braços.

– Sei que você está esperando que eu diga algo, mas não sei o que é.

– Claro que sabe.

Jack jogou a cabeça para trás, como se lhe doesse ter que pronunciar as duas palavrinhas mágicas. Por fim, resignado, voltou a olhar para mim.

– Me desculpa.

Esbocei um meio-sorriso satisfeito e baixei novamente os olhos até as minhas anotações. Jack ficou ali plantado mais alguns segundos, surpreso.

– Era isso?

– Sim.

– Você não vai dizer mais nada?

– Estou ocupada.

Emburrado, voltou-se de novo em direção à porta. No entanto, detive-o quando estava saindo.

– Jack?

Ele me olhou por cima do ombro, com curiosidade.

– Você realmente pensou em voltar a usar aquilo? – perguntei.

A pergunta o fez hesitar. Baixou os olhos, pensou no assunto por algum tempo e depois voltou a olhar para mim.

– Por um momento – admitiu, em voz baixa. – Mas logo desisti.

– Por quê?

– Porque me dei conta de que, se continuasse naquele caminho, eu podia mais perder do que ganhar.

Ficou um momento em silêncio e depois fez um gesto com a cabeça apontando para minhas anotações.

– Te aviso quando o jantar estiver pronto. Força aí no trabalho.

23

COMEÇOS, FINAIS

PARA SER HONESTA, EU JÁ NÃO LEMBRAVA COMO ERA VER ALGUÉM CRESCER. Tinha vivenciado isso com Owen, mas, como não morávamos juntos, não tinha plena consciência do quanto a vida de alguém tão pequeno afeta as pessoas que o cercam.

Com poucos meses de idade, Jane já não chorava com a intensidade dos primeiros dias. À medida que crescia, identificávamos de que coisas ela gostava. Entre as minhas, uma blusa branca com botões cor-de-rosa que Sue achava horrenda; Jane não concordava, pois toda vez que a via começava a rir e a tentar arrancar os botões. No caso de Jack, era a música. Sempre que ele colocava uma música para ela ouvir, a menina balançava a cabeça de cima para baixo e emitia murmúrios que traduzíamos como *mais uma, mais uma*, até que Will aparecia para nos dizer que Jane precisava dormir um pouco. Sue era de quem ela menos gostava, e, suspeito, o sentimento era recíproco: Sue se recusava a segurar um bebê, e Jane agitava os bracinhos, desesperada, toda vez que Naya ameaçava deixá-la com ela. Mike, pelo contrário, continuava sendo seu favorito; com ele, ela parava de chorar, aceitava a papinha que normalmente não comia e até dormia imediatamente. Cada vez que Will e Naya ficavam fartos, deixavam-na com ele para que se acalmasse um pouco. No começo, Mike se mostrou meio relutante, mas dava para ver que, no fundo, ele adorava.

O pesadelo começou quando, pouco depois de completar um ano de idade, Jane começou a andar. Ela se apoiava em tudo que é lugar, pegava nossas coisas e as carregava para o outro lado da casa, ou as escondia no quarto de seus pais, ou as dava de presente para Mike... e, como era um pouco caótica, parecia só gostar dele, que às vezes se beneficiava com tudo aquilo. No entanto, ela também fazia coisas muito divertidas: empenhava-se em vestir roupas de mil cores distintas e em fazer com que prendessem seus cabelos encaracolados com dois lacinhos, gostava de se encher de pulseiras de cores gritantes que ficavam lindas sobre sua tez escura, e chegou a querer se maquiar como sua mãe. Como tinha olhos verdes como os de Naya, elas ficavam bastante parecidas, e isso a deixava feliz.

Pela mesma época, Jane começou a pronunciar algumas palavras. Chamava a todos nós de "mamãe" e "papai", mas Naya e Will não davam muita importância a isso. Suas outras palavras eram: "não", "sim", "tchau", "oi" e "cocô". Jack a havia ensinado a dizer essa última quando não gostasse de alguma coisa, e agora, toda vez que tinha de fazer algo que não queria, ela começava a gritar "cocô" e a engatinhar a toda velocidade para se esconder embaixo da cama.

Comigo ela tinha uma boa relação, que começou a melhorar alguns meses mais tarde, pois, como eu estudava, mal tinha tempo para ela, especialmente em meu último ano de faculdade: Jack ainda viajava bastante, Will continuava trabalhando, e Sue estava procurando emprego, mas eu era a mais ausente. No entanto, no dia em que tive um pouco de tempo livre e a levei ao meu quarto para lhe ensinar a pintar, um mundo novo se abriu para ela. Desde então, assim que via que eu estava livre, gritava "Pintar, pintar!" e me arrastava até o quarto para lambuzar as mãos de tinta e "pintar" alguma de minhas telas, até descobrir que eu usava um pincel e começar a usá-lo também.

No meio de uma dessas sessões de pintura, Jack bateu à porta. Eu me virei para ele, mas Jane estava tão concentrada que não parou de pintar.

– Está na hora de jantar – ele falou.

– Shhh, não tire a concentração da artista.

Jack sorriu e se aproximou para pegar Jane no colo. Ela berrou ao soltar o pincel, mas, uma vez no ar, começou a rir. Jack a levou até a sala sobre o ombro, como de costume, e ela se despediu de mim com um aceno de mão.

Assim que limpei e guardei todo o material, ajeitei o cabelo e a camiseta e fui até a sala para me juntar aos demais. Desde que Jane, mais crescidinha, começou a perguntar sobre o que comíamos, substituímos o fast food por coisas mais saudáveis e adequadas para a alimentação infantil. Assim, em vez de pizza ou hambúrguer, naquela noite tínhamos filés empanados com uma saladinha do lado, coisa que nem Mike nem Jack se davam ao trabalho de experimentar; eram mais infantis do que Jane.

– O que querem ver? – Will perguntou, trocando de canal. – Um programa qualquer, um filme qualquer, uma série qualquer...?

– Eu voto por um reality qualquer – eu disse, com um grande sorriso.

– Então eu voto por morrer – interveio Jack.

Mostrei a língua para ele e procurei Naya com os olhos para lhe pedir ajuda, mas ela estava ocupada: fingia levar à boca a comida de Jane para que ela se assustasse e a aceitasse.

– Programa – votou Mike.

– Filme – votou Jack.

Dessa vez tivemos que apelar para Sue em busca de um desempate, mas me surpreendeu vê-la desanimada, remexendo a comida sem prestar muita atenção em nós.

– Você tá bem? – perguntou Will, que também tinha notado como ela estava.

Sue suspirou, como se já esperasse pela pergunta, e deixou a comida de lado. Ao levantar a cabeça, parecia tudo, menos animada.

– Consegui um emprego.

Apesar de sua seriedade, logo nos alegramos.

– Parabéns, Sue! – exclamei, com entusiasmo.

– Por que você fala isso como se fosse uma coisa ruim? – perguntou Mike.

– Porque é em outra cidade. Se aceitar, vou ter que me mudar.

Isso já não suscitou tanta alegria. Naya parou de sorrir imediatamente.

– Você vai embora?

– Não tenho alternativa. Além do mais... já sabíamos que um dia isso ia acontecer, né? Também não ia ficar morando pra sempre com vocês.

Sue dizia isso como se não se importasse nem um pouco, mas estava claramente afetada pela situação. Falava baixinho e olhava para o chão, como se não pudesse nos fitar nos olhos.

– Começo em junho do ano que vem, também não é preciso fazer drama – acrescentou. – Teremos tempo de nos despedir e... bem, todo o resto.

Mike a olhava de boca aberta, sem conseguir acreditar que ela não o tivesse avisado antes. Embora, conhecendo Sue, o mais provável é que ela só estivesse nos avisando naquele momento, e a todos ao mesmo tempo, porque tinha acabado de saber.

Eu também me sentia um pouco estranha, como se, de algum modo, tivessem me abandonado; talvez porque isso servisse como um lembrete de que a configuração das pessoas naquele apartamento tinha uma data de validade e, embora provavelmente continuaríamos sendo amigos por muito tempo, as coisas não seriam mais como até então. Estávamos todos mudando, afinal de contas. Naya e Will tinham Jane, eu me formaria dentro de um ano, e Jack viajava pelo mundo divulgando seu filme. Não podíamos ficar estagnados naquele lugar, e Sue tinha acabado de dar o tiro de largada.

Jack pensava a mesma coisa, eu tinha certeza, o que se confirmou quando, naquela mesma noite, depois de conversarmos um pouco na cama, ele me olhou, sério, e disse:

– Você quer continuar morando aqui?

Sua pergunta foi tão repentina que eu dei uma risada.

– Minha nossa, que maneira de abordar as coisas.

– Perdão, é que... Essa história da Sue me fez pensar.

– Em quê?

– Isso de nos mudarmos é sério, já te disse faz tempo. Eu gostaria de morar num lugar que tivesse um jardim.

Me virei de lado e apoiei a cabeça no pulso. Jack parecia um pouco nervoso, como se não soubesse que reação devia esperar.

– Por que estou com a impressão de que você não está me contando tudo? – murmurei.

– É que... tenho uma ideia, mas queria ver o que você acha.

– Que ideia?

– Você disse que gosta da casa do lago, né?

Levei alguns instantes para processar a informação.

– Essa casa é do seu pai, Jack.

– Já não é, agora é da minha mãe, ela a conseguiu no divórcio – acrescentou. Ele ostentava o mesmo sorriso de satisfação daquele dia, no início de novembro, em que sua mãe começou a falar seriamente em se separar. – Ela tem essa casa e a da família, na qual sempre moramos, e já me disse várias vezes que não precisa de duas casas. São gastos demais e, considerando que agora ela já não vende muitos quadros, prefiro que ela gaste suas economias em outras coisas. Se eu comprasse a casa do lago, mataria dois coelhos com uma cajadada só.

– Mas... você tem como? Porque eu só conseguiria pagar as cadeiras do jardim.

Ele começou a rir e assentiu com a cabeça.

– Acho que sim, mas seria mais seguro se fizesse outro filme.

– É isso que eu chamo de "autoconfiança"...

Ele não pareceu se arrepender da última coisa que falou, embora tivesse todos os motivos do mundo: havia meses insistiam para que ele escrevesse um novo roteiro, e só o desculpavam por demorar tanto porque o primeiro filme ainda fazia sucesso.

Certamente, eu era a única tonta que não o tinha visto, e toda vez que eu tocava no assunto ele se esquivava estrategicamente, e acabávamos vendo outra coisa. Sempre achei que ele não ficara totalmente orgulhoso de seu trabalho e tinha vergonha.

– Um filme novo, hein? – murmurei. – E sobre o que será dessa vez?

– Estou com vontade de fazer um filme de terror.

– Que ótimo, meu namorado terá feito dois filmes, e eu serei a única a não ter visto nenhum dos dois.

– Puxa, logo agora que eu ia te pedir pra ser a protagonista desse...

Por falar em protagonistas... ele e Vivian continuavam sendo amigos. Na verdade, minha relação com ela havia melhorado desde a minha explosão contra meio mundo, porque, apesar de não sermos amigas – e eu duvidava que algum dia chegássemos a ser –, não nos olhávamos com cara de nojo toda vez que precisávamos estar no mesmo ambiente. Já era um avanço.

– Deixa isso pra um profissional – falei. – Eu me conformo com assistir à estreia e comer de graça.

– Essa é a atitude, Michelle.

Ele não estava brincando com essa história da casa do lago, muito pelo contrário: no dia seguinte fomos vê-la, junto com sua mãe e um advogado. Como Jack já a conhecia, acompanhou o advogado enquanto Mary me mostrava os cômodos que eu ainda não tinha visto. No primeiro andar havia um ateliê dedicado exclusivamente para suas pinturas.

– Aqui você poderia pintar – ela comentou, sorrindo.

Apesar de sua tranquilidade, percebi certa nostalgia em sua voz. Desde o divórcio, não vendera uma única obra, já que, tal como havia previsto, seu ex-marido se encarregou de impossibilitar que isso acontecesse. Consequentemente, parou de pintar, de fotografar e, de maneira geral, de criar. Era como se a arte já não a entusiasmasse.

– Você pode me acompanhar sempre que quiser – respondi.

– Não sei se quero voltar a pintar.

– Então pode ser minha empresária – brinquei. – Quem conhece melhor que você o mundinho da arte?

Mary sorriu e balançou a cabeça, depois continuou me mostrando a casa. Faltava ver alguns quartos e a garagem, que parecia não estar mais sendo usada, pois era ali que guardavam as tralhas: desde bicicletas até pranchas de surfe, tudo coberto de pó, o que me fez espirrar assim que entrei ali.

Era uma casa maravilhosa. O único inconveniente era que ficava muito longe de nossos amigos e, para ser sincera, eu ainda não estava preparada para me afastar deles. Jack deve ter percebido isso no caminho de volta para casa, porque me olhou com preocupação.

– Você prefere deixar as coisas assim?

– Não... Quer dizer, eu quero muito morar com você, mas...

– Mas não está preparada pra se despedir deles, não é?

Assenti lentamente. Jack pensou por alguns instantes.

– Podemos esperar que você se forme. Assim você não vai precisar fazer esses deslocamentos intermináveis até a faculdade.

Como só faltava um ano para eu me formar, aceitei.

E, certamente, achei que esse período iria transcorrer lentamente, que eu poderia desfrutar dos últimos meses de convivência com meus amigos sem maiores preocupações, mas não foi assim. Levando em conta os trabalhos, as provas e as horas dedicadas ao trabalho de conclusão de curso, mal me sobrou tempo para ficar com eles, e só o que me acalmava era pintar, ou, no máximo, falar por telefone com minha família.

Além do mais, Jack estava na mesma. Como Vivian o havia ajudado a escrever o roteiro de seu primeiro filme, ele também a contratou para elaborar o novo roteiro. Ficavam horas e horas trancados no quarto, desenvolvendo ideias e esboçando personagens. De vez em quando eu passava algum tempo pintando ao seu lado, e aproveitava para fazer uma ou outra sugestão.

Consequentemente, não tínhamos tempo para mais nada. Devido ao cansaço, dormíamos assim que nos deitávamos na cama e, ao acordar, logo retomávamos nossos trabalhos. Se ainda encontrávamos algum momento para nós, era em datas importantes, como nos eventos familiares, mas pouco mais que isso.

Por exemplo, em meu aniversário, que decidimos comemorar junto com o de Jane, devido à proximidade de datas. Como tínhamos a casa do lago, decidimos passar um fim de semana lá todos juntos, com o compromisso de ninguém poder trabalhar. Foi muito bom, me diverti muito. Comemorei meus vinte e três anos, e Jane, seu terceiro aniversário. E como comemorou: comeu tanto que ficou quase uma semana com dor de barriga.

Uma de minhas lembranças especiais daqueles dias é de Mike, de quando ele teve a ideia genial de fazer uma fogueira e, por algum motivo, achou que Naya era a pessoa indicada para lhe ajudar. Foram procurar lenha, jogaram-na de qualquer maneira sobre o gramado e tentaram, durante quase dez minutos, acender um dos troncos com um isqueiro. Quando os encontramos, tudo que tinham conseguido foi que saísse uma fumacinha de toda aquela lenha.

Jack riu tanto que não conseguiu dizer nada. Eu passeava com Jane pela mão e preferi não chegar muito perto, com medo de que incendiassem algo. Sue revirava os olhos. Finalmente, Will se aproximou deles.

– Nenhum de vocês pensou que é mais fácil acender um galho ou um pedaço de papel e jogar sobre a lenha?

Mike e Naya trocaram um olhar confuso e, só depois de algum tempo, Mike desistiu de usar o isqueiro.

– Faz sentido – admitiu Naya.

– Mas é claro que faz sentido. – Sue passou a mão no rosto, com os olhos fechados. – Santa paciência...

– Ei! – protestou Mike. – Isso podia ter acontecido com qualquer um!

Foi Will quem acendeu a fogueira, e só aceitou minha ajuda e a de Jane; ela tinha que colocar pedrinhas no círculo que seu pai havia formado para proteger o resto do gramado. Depois colocamos os troncos e os galhos, e acendemos tudo com jornal. Apesar de o trabalho ter sido inteiramente nosso – ou melhor, de Will –, Mike e Naya passaram a noite falando sobre como a fogueira deles tinha ficado boa.

E assim, entre eventos, festas e trabalho... chegou o dia de minha formatura.

Virei disfarçadamente a cabeça para ver o público. Eu estava na área destinada aos alunos, com minha beca azul e meu chapeuzinho de formanda. Eu tinha comprado um lindo vestido cor-de-rosa, mas nem dava para ver: todos estávamos vestidos do mesmo jeito.

Um moletom teria sido melhor.

Eu sabia que meus amigos estavam no meio do público, então os procurei com o olhar. Primeiro enxerguei meus pais, que tinham percorrido um longo caminho desde sua casa, ajudados por meus irmãos, para virem à cerimônia, e, apesar de não termos a melhor relação do mundo, eu estava profundamente agradecida a eles. Conversavam tranquilamente com Agnes e Mary, enquanto Mike falava com meu sobrinho, Owen, que já não era tão pequeno. Ele já nem sequer me perguntava por seu bicho de pelúcia, embora eu ainda o mantivesse ao lado de meu travesseiro.

Justiça para o Manchinhas.

Naya, Will, Lana, Sue, Chris, Curtis... estavam todos ali, espalhados pelo recinto e esperando que anunciassem meu nome. Por enquanto, ainda estavam nos sobrenomes que começam com a letra A. Somente Jack captou meu olhar, depois ergueu os polegares me desejando sorte, e, como resposta, sorri para ele.

Meus colegas estavam tão nervosos quanto eu; as filas da frente se esvaziavam pouco a pouco, e meu coração batia a toda velocidade a cada lugar que ficava vazio, pois isso significava que logo seria minha vez. Eu tinha que subir no palco, pegar o diploma, cumprimentar o reitor e depois ficar de pé ao lado de meus colegas. Tudo isso sem cair ou passar vergonha.

Um grande desafio.

Chegou a vez do colega que estava sentado ao meu lado. Acompanhei seu percurso como se estivesse em câmera lenta, e depois o reitor pegou de novo o papel para ler o próximo nome:

– Jennifer Michelle Brown!

Merda, já estávamos outra vez com o "Michelle", certamente Jack estava se contorcendo de rir.

Tal como fizera com os demais, toda a plateia aplaudiu quando comecei a subir os degraus em direção ao palco. O reitor sorriu, me deu os parabéns e entregou meu diploma. Aceitei-o com as mãos suadas, e ele apontou para a câmera. Implorei para que meu sorriso ficasse ao menos um pouco convincente, pois eu estava muito nervosa.

Tiraram a foto, em seguida me encaminhei para junto de meus colegas e cumprimentei meus amigos com o canudo do diploma. Estavam todos de pé, aplaudindo, Jane mais que todos: ela estava sentada sobre os ombros de Will e agitava os bracinhos no ar.

A festa foi no terraço da faculdade, repleto de garçons com bandejas carregadas, familiares chorosos e estudantes que suspiravam aliviados. Alguns continuariam estudando, mas para mim já havia acabado, e eu estava muito orgulhosa: finalmente, tinha conseguido concluir o curso.

Todos me deram os parabéns, até meus irmãos gêmeos me disseram que estavam orgulhosos de mim, um fato totalmente inédito. Mas eu estava esgotada, tanto nervosismo ao longo do tempo acabou me afetando, e tudo que eu queria era ir embora e descansar. Mesmo assim, fiquei até a meia-noite, quando já não pude aguentar mais e sugeri que fôssemos para casa. Todo mundo concordou.

Passar da agitação da festa para a calma do apartamento me fez relaxar. Jane já tinha dormido, e Will e Naya foram colocá-la na cama. Sue e Mike não se retiraram, ficaram conversando na sala. E eu, apesar de tudo, ainda não queria ir me deitar; Jack me observava com curiosidade, como se estivesse se perguntando o que eu tinha em mente.

– Está a fim de beber uma cerveja ruim comigo? – sugeri.

– Isso parece tão tentador que não posso recusar.

Algum tempo e duas cervejas mais tarde, estávamos sentados nas cadeirinhas dobráveis do terraço; eu, ainda de salto alto e vestido, ele de camisa e calça social. Não sei qual dos dois estava mais deslocado ali.

– Que nojo – murmurou, tentando abrir algum botão. – Por que você tem que me convidar pra eventos aos quais não posso ir de moletom?

– Pobrezinho, deve ter sofrido muito.

– Muito mesmo!

– Quando eu for à estreia do seu filme e tiver que vestir uma roupa desconfortável, não vou reclamar tanto!

Ele sorriu para mim com malícia.

– Então finalmente consegui te convencer a ir, hein?

Tínhamos discutido o assunto várias vezes: embora eu quisesse ir, não estava morrendo de vontade de ver um filme de terror e ficar traumatizada o ano inteiro. Eu ainda tinha pesadelos com a maldita monja.

– Não sei, eu... – comecei.

– Mas eu sei! Você vai à estreia e vou te arrastar junto comigo até a primeira fila.

– Jack!

– Fim de papo.

Sorri e fingi que ia jogar cerveja nele, mas ele simplesmente se ajeitou na cadeira.

– E ficaremos ricos – acrescentou. – Porque com a maldita casa do lago, só me sobraram vinte dólares na conta.

– Bem-vindo à minha vida.

– Você vai poder comprar algumas tintas – acrescentou.

– Talvez você pudesse fazer um investimento melhor.

– Melhor do que você? – Ele fingiu se escandalizar.

– Você podia comprar o carro mais caro do mundo.

– Eu gosto do meu carro, por que você implica com ele?

– Ou todas as roupas de *Kill Bill* que encontrar à venda.

– Eu, comprando roupa? Você perdeu a cabeça?

– Também poderia comprar outra casa. É o que os ricos fazem, não é?

– Não tenho espírito de rico.

– Ou andar num desses balões gigantes...

– Parece bom.

– Ou fazer um cruzeiro.

– Ou comprar um iate.

– Ou pagar umas férias.

– Ou uma lua de mel.

Eu ia acrescentar algo mais, mas meu sorriso se apagou de repente. Surpresa, olhei para Jack, e fiquei ainda mais desconcertada ao ver que ele também tinha ficado muito sério.

Oh, oh.

Ele limpou a garganta, nervoso.

Jack, nervoso!

OH, OH.

– Pensei nisso durante muito tempo, mas não queria me precipitar – confessou. – E, quanto mais penso, mais faz sentido.

– Jack – eu disse lentamente –, se isso for outra brincadeirinha...

– Não é brincadeira – logo me garantiu e se esticou para pegar minha mão. – Fui me aconselhar com a sua irmã e ela se emocionou muito com a ideia – acrescentou, sorrindo. – Seus pais também pareceram muito entusiasmados, sua mãe até me deu algumas ideias sobre como fazer isso. E é melhor nem te contar como minha avó e minha mãe reagiram...

Nem mesmo precisei mencionar nada de especial, ambas esperavam por isso *impacientemente*.

Eu queria falar algo, mas estava paralisada. Olhei para sua mão sobre a minha e procurei de novo seu olhar. Não podia acreditar que aquilo fosse real, quis me beliscar para ter certeza, mas então Jack continuou a falar:

– Olha, Jen... Sei que somos um pouco jovens e que só estamos há alguns anos juntos. Tenho consciência de que nem tudo foi perfeito, que tivemos muitas discussões e que ainda virão muitas outras. Mas... é disso que se trata, certo? De que, embora nem tudo seja tão perfeito, a gente queira continuar juntos, e de que juntos vamos superar os obstáculos. Nunca consegui fazer isso com ninguém. Você é a única pessoa no mundo com quem eu poderia imaginar passar uma vida inteira. Então... aí vai.

Quando ele enfiou a mão livre no bolso da calça, meu corpo pareceu reagir. Meu coração batia a toda velocidade, senti que meu rosto estava vermelho, minhas mãos suavam. Com a respiração entalada na garganta, olhei para a caixinha de veludo. Jack apertou os dedos ao redor de minha mão.

– A primeira vez que ficamos juntos durou só três meses, mas eu fui incapaz de imaginar um único ano sem estar com você. Agora, depois de tudo que passamos... sou incapaz de imaginar minha vida sem você. E sei que isso soa muito repentino e cafona... porque, porra, está ficando mais brega do que durante o ensaio... mas não faz mal. Quero ficar com você. E, embora eu saiba que não precisamos de um papel para provar que nos amamos, sei que pra você é importante, e por isso também é importante pra mim. Então, deixo em suas mãos. Jen... você quer se casar comigo?

Se você disser que não, eu juro que me mudo para outra cabeça.

Na verdade, eu não tinha certeza do que queria dizer. Jack abriu a caixinha, e o anel dourado soltou um clarão de luz. Eu o olhava com a boca entreaberta e com o corpo completamente paralisado.

– Esse é um bom momento pra dizer alguma coisa – acrescentou, depois de alguns segundos, visivelmente nervoso. – De preferência um "sim", mas é melhor que você mesma decida isso.

Finalmente, reagi. Pigarreei e comecei a assentir freneticamente. Jack me olhava como se não conseguisse acreditar.

– Sim – eu disse, em voz baixa.

– Sim?

– Sim!

– Sério?

– Jack, já disse que sim!

– Mas... sério mesmo? De verdade?

Em meio a um ataque de nervos, consegui rir.

– Jack, estou te dizendo que sim! Me dá logo esse anel!

Isso o fez reagir. Jack se adiantou e colocou o anel em meu dedo anelar. Olhei para o anel por um momento, pasma, antes de olhar de novo para ele. Não sei quem estava mais surpreso, nem se se tratava de surpresa, alívio ou terror. Acabávamos de dar um passo enorme, um passo que, honestamente, nunca pensei que chegaria a dar. Mas, uma vez dado... sentia como se tivesse tomado a decisão certa. Deixei escapar um suspiro de alívio.

– Isso significa que teremos que organizar um casamento? – ele me perguntou.

Sorri e lhe mostrei o anel, bem orgulhosa.

– Isso significa que você vai começar a me chamar de Jennifer Michelle Ross, Jack?

Depois abrimos duas cervejas. E outras duas. E... muitas mais. Depois de um tempo, perdi a conta, mas não dei nenhuma importância a isso.

Nem todas as noites foram feitas para se preocupar.

RUF-RUF

JACK ESTAVA DEITADO NO TAPETE DA SALA COM JANE, que o olhava atentamente, com curiosidade. Toda vez que Jack ficava em silêncio, ela dava um tapa no brinquedo que tinha à sua frente, ele fingia se assustar e Jane dava gargalhadas.

E depois ele diz que não se dá bem com crianças.

De vez em quando, Sue dava uma olhadinha impaciente para os dois, porque o barulho do brinquedo a fazia pular, interrompendo sua leitura. Mesmo assim, não reclamou muito. Will sorriu ao ver isso, mas não falou nada.

– E essa? – disse Naya de repente. – É perfeita!

Me concentrei nela e na tela do notebook.

– Casamento temático – li, sem me convencer.

– Seria incrível! Você podia fazer um casamento Disney, aí eu posso ir de Cinderela!

– E a Sue pode ser o Zangado. – Jack abriu um grande sorriso.

Ela fez menção de jogar o livro em sua cabeça, e Jane riu mais uma vez.

– E você poderia ser a Bela! – me disse Naya.

– Então o Ross vai ser a Fera – comentou Will, fazendo uma careta.

Sua namorada deu de ombros.

– Não ficaria mal.

– Obrigado, querida amiga. – Jack ergueu uma sobrancelha.

– Não disse isso pra te ofender, é que você daria uma boa Fera!

– Sinto muito, Naya – eu disse –, mas acho que não vai rolar. Não acho que seria meu casamento ideal.

– Nem o meu – garantiu Jack.

– Não sei por que estamos pesquisando tipos de casamento pela internet – acrescentei, confusa. – Quer dizer, por que não fazer uma cerimônia de casamento comum?

Naya se mostrou indignada.

– Porque são um tédio!

– Assim que eu disser pra minha mãe que ela tem que vir fantasiada pro casamento, ela vai me matar na frente de todos os convidados, vestida de sra. Potts.

– Seria uma tremenda reviravolta na história – murmurou Sue.

– E pra que tanta complicação? – perguntou Will. – Jenna tem razão, façam um casamento normal, com cerimônia, banquete e festa. E pronto.

– Tanto faz – bufou Jack. – Se o casamento é uma mera formalidade.

Seu amigo lhe deu um toquezinho no ombro, e, assim que viu que tanto Naya quanto eu o fulminávamos com os olhos, Jack parou de sorrir.

– Q-quer dizer... é um dia maravilhoso. Eu adoro, quero muito comemorar.

– Jack, você não está me ajudando muito – murmurei.

– Como não? Estou distraindo a monstrinha!

– Monstrinha! – Jane confirmou, com muita dignidade.

– Estou me referindo ao casamento! – insisti.

– Ah, bom, isso é você que decide. Confio no seu bom senso.

– O casamento também é seu, Jack.

– Sim, obrigado por me lembrar disso, às vezes eu esqueço.

– Então dê alguma ideia!

– Pra mim tanto faz como for o casamento, Jen. A única coisa que me importa é me casar com você.

Fiquei em silêncio, especialmente porque Naya, ao meu lado, fez um barulhinho parecido a um lamento enquanto assoava o nariz.

– Que bonito – ela gemeu, secando as lágrimas.

– E que brega – murmurou Sue.

Will, como fazia sempre que nossas conversas saíam do trilho, desligou a TV e se sentou para trazer um pouco de bom senso.

– Vejamos... – começou.

– Silêncio, parem todos – Jack anunciou dramaticamente. – A voz da razão está prestes a se pronunciar!

– Ah, cala a boca. –Will revirou os olhos e voltou a olhar para mim. – Por que você é que está se dando ao trabalho de organizar a cerimônia, se tem gente que se dedica a isso?

– Mas isso sai muito caro – murmurei.

– Querida, seu pretendente é rico – Sue me lembrou.

Jack estava fazendo careta para Jane, mas se deteve por um momento.

– Ela também – observou –, agora dividimos tudo. Você quer contratar alguém pra organizar a cerimônia, Jen?

– Hã... não sei. – Pensei no assunto por um momento. – Primeiro precisamos ter uma ideia mínima do que queremos, né?

– Também não há tantas opções assim. – Jack fez uma careta de horror.

– Bom – interveio Naya –, não se trata apenas da cerimônia em si. Também é preciso pensar no local, no número de convidados, na comida, na decoração, na...

– Ok, entendi! – Jack refletiu. – Não podemos fazer isso na casa da minha mãe? Convidamos vinte pessoas, compramos um bolo no supermercado e...

Naya jogou uma almofada na cara de Jack antes que ele terminasse de falar. Jane, mais uma vez, riu às gargalhadas.

– Não seja fuleiro! – alfinetou. – Você é rico, então é melhor que tudo seja perfeito!

– Podemos nos concentrar? – suspirou Will. – Vejamos, Jenna, onde você gostaria de celebrar o casamento?

Talvez eu realmente tivesse uma ideia muito clara e tenha pensado nela muito mais do que gostaria de admitir.

– Por favor, me diz que você não quer uma festa Disney – Jack suplicou.

– Não, não... – Baixei os olhos, constrangida. – Na verdade, eu tinha pensado em algo um pouco mais... convencional.

– Isso está ficando interessante – disse Sue, fechando o livro.

– E o que é? – Will me perguntou.

– Sempre quis me casar na praia.

Houve um momento de silêncio. Olhei de soslaio para Jack, que parecia um pouco surpreso.

– Na praia? – repetiu.

– É só uma ideia. Se você não gostar, não precisamos...

– Por que numa praia? – Sue me interrompeu.

– Porque não gosto da ideia de um casamento tãããão formal. Na praia nós podemos ficar mais tranquilos e usar uma roupa mais confortável, né? Talvez a gente nem precise de sapatos.

Limpei a garganta de novo, desconfortável, ao ver que todos estavam me olhando.

– Como hippies? – Naya fez uma careta de horror absoluto.

– Sim...

– M-mas... você perdeu a cabeça? O quê...?

– Adorei a ideia – interrompeu Jack, sorrindo só para mim. – Não se fala mais nisso. Um casamento praiano. Como hippies.

Naya ainda não conseguia acreditar, mas Will abriu um grande sorriso.

– Então agora só está faltando toooodo o resto. Parabéns!

Não sei se ele falou isso para nos consolar, mas não funcionou muito bem. Me bateu uma preguiça terrível e deixei o notebook de lado para pensar em outra coisa.

Como já era bem tarde, só consegui cogitar uma coisa:

– O que temos para o jantar?

– Hoje a Jane vai dormir na casa da vovó – disse Will, piscando para sua filha, que abriu um grande sorriso. – Então, o que vocês quiserem.

– Vou pedir um hambúrguer! – exclamou Naya.

Todos concordaram, mas afundei mais ainda no sofá, com cara de nojo.

– Não pode ser outra coisa? – sugeri.

– Podemos pedir pizza – disse Jack. – Aí você pode comer uma daquelas suas pizzas nojentas de churrasco.

– Não, não...

Sue levantou os olhos do livro, surpresa.

– Você vai rejeitar uma pizza de churrasco?

– Ontem já pedimos pizza, e eu quase vomitei só por causa do cheiro. Não, obrigada. Podemos pedir algo mais... leve?

Jack logo concordou, assim como Will. Sue continuava achando estranho, mas não falou nada. Somente Naya continuou me encarando, não com estranhamento, mas como se tivesse acabado de perceber algo.

– O que foi? – perguntei.

– Venha comigo. Emergência feminina.

Segui Naya até o banheiro e, assim que entramos, ela me fez sentar na tampa do vaso e me olhou bem de perto. Pestanejei muito, pasma.

– Posso saber o quê...?

– Quando foi a última vez que você menstruou?

A pergunta me pegou totalmente desprevenida.

– Então... foi mais ou menos no dia cinco de maio.

– Jenna, estamos em dezessete de junho.

Suas palavras me fizeram silenciar por um momento, principalmente porque meu cérebro se negava a processar a informação que acabara de receber. Naya engoliu em seco e pousou as mãos em meus ombros.

– Já desceu outra vez?

– Não...

– E costuma ser regular?

Assenti, e Naya levou as mãos à cabeça.

– Me diz que você não transou sem proteção.

– Eu... eu não...

Eu ia negar, mas aí me lembrei da noite da formatura, algumas semanas antes: bebemos, rimos e, definitivamente, acabamos na cama. Não me lembrava de ter usado nenhum tipo de proteção.

Naya deve ter lido isso em meu rosto, porque soltou um palavrão em voz baixa:

– Porra... Bom, nada de pânico, ainda não temos certeza. Você tem algum teste de gravidez aí?

– Eu? Pra quê?!

– Pra emergências!

Suponho que nossos gritos não tenham sido tão dissimulados quanto pensávamos, porque de repente Jack bateu à porta.

– Tá tudo bem? – ele quis saber.

– Não!

– Hein?

– Naya! – protestei.

– Desculpa, é o nervosismo.

Jack não esperou que abríssemos a porta, foi entrando no banheiro, pois a resposta o deixara preocupado. Olhou para nós duas de cima a baixo antes de se virar novamente para mim. Não precisou pensar muito para ver que eu estava preocupada: certamente, eu estava pálida.

– O que foi? – me perguntou, ao se aproximar. – Não tá se sentindo bem?

– Você não faz ideia – respondeu Naya.

Quando lhe dirigi um olhar de reprovação, ela recuou. Jack parecia cada vez mais preocupado, então falei sem rodeios:

– Você se lembra da noite da minha formatura?

– Não muito – disse, com um sorrisinho maroto.

– Exatamente.

– Exatamente o quê?

– Que não nos lembramos do que aconteceu. E minha menstruação não veio.

Se eu havia demorado a entender o que aquilo podia significar, ele demorou mais ainda. Olhou para mim por um bom tempo, como se o que eu dissera não fizesse sentido, e então jogou a cabeça bruscamente para trás.

– N-não, mas... Eu usei camisinha, com certeza...

– "Com certeza"? – repetiu Naya, em tom de bronca.

Chegamos a esse ponto, Naya nos dando uma bronca. Jack hesitou, visivelmente, e voltou a olhar para mim.

– Não sei – admitiu ele, em voz baixa.

– Então bora fazer um teste. Vocês têm sorte de eu ter um guardado por aqui.

Os dois me deixaram sozinha por um tempo e fiz o teste, com as mãos trêmulas. Nem sabia como estava me sentindo, mas já começava a entender a histeria de Naya quando a encontramos nesse mesmo banheiro anos antes. Ao terminar, coloquei a tampinha no aparato, agora só precisava esperar cinco minutos. Deixei os dois entrarem de novo, e acabamos todos sentados no chão. Jack passava as mãos no cabelo, eu pelos braços, e Naya, impaciente, dava voltas ao redor do teste.

– Pensem em outra coisa – sugeriu. – O que vão fazer esta noite?

– Transar é que não – Jack respondeu, em voz baixa.

– Ok, e amanhã, o que vão fazer? – ela reformulou a pergunta.

– Vamos às compras – murmurei, tentando me concentrar –, precisamos de mais móveis para a reforma. O Mike quer ir conosco.

– Ok, ok. E à noite?

– Temos o jantar de despedida. E depois vamos dormir na nossa casa nova.

– Exato. Continue falando.

E foi o que fiz: tagarelei sem parar, embora duvidasse que Jack estivesse prestando atenção. Só queria me distrair, Naya tinha razão ao afirmar que isso funcionava muito bem. Não parei de falar até que, finalmente, os cinco minutos passaram.

– Bom – murmurou ela. – Vamos lá.

Tive a impressão de que ela girava o teste em câmera lenta, mais ainda quando começou a olhar para ele, porque olhava e olhava, mas não dizia nada. Estava me deixando desesperada.

– E aí? – quis saber.

– Hã... acho que não funcionou.

– Oi? – Jack balbuciou.

– Talvez seja um bom momento pra confessar que esse era o teste mais barato que tinha... e que o comprei pouco depois de a Jane nascer. Não sei se essas porcarias estragam depois de um tempo.

– NAYA!

– Perdão, perdão!

Como era muito tarde, decidi que só ia olhar no dia seguinte. Uma parte de mim achava impossível que desse positivo; afinal, não sentia que estivesse grávida, e sempre pensei que, no dia em que estivesse, eu logo notaria. Mesmo assim, não fiquei tranquila a noite inteira. Como Jack, tentei aproveitar o jantar, mas dava para ver que estávamos tensos e distraídos. Comi em silêncio, enquanto ele fingia prestar atenção na conversa.

Já na cama, ficamos mais algum tempo em silêncio, e depois olhei para Jack.

– Não podemos pirar com isso. Amanhã tiramos a dúvida e pronto.

– Sim...

Ele não parecia nem um pouco convencido disso, então tentei mudar de assunto:

– E se falarmos sobre o casamento? Ainda não escolhemos a data.

– Eu gosto da primeira metade do ano – confessou.

– Poderia ser em junho.

– Muito calor.

– Em março?

– Muito frio.

– Hã... maio?

– Não gosto desse mês.

– Então não sei. Abril?

Dessa vez ele ficou pensando.

– Abril é bom.

– Ótimo! No fim, no começo...?

– No meio do mês. Nem tão pra lá, nem tão pra cá.

– Dia quinze, então.

– Não gosto desse número.

Semicerrei os olhos. Ele sorriu como um anjinho.

– Dia dezesseis? – sugeri.

Para minha surpresa, ele sorriu, entusiasmado.

– Sim! Dia dezesseis é perfeito.

– Então já temos duas coisas decididas.

– Sim, o Will tem razão. Agora só falta toooodo o resto.

Jack sorriu e me desejou boa-noite. Dessa vez, de verdade.

Ele adormeceu em poucos minutos, mas eu não tive tanta sorte: uma parte de mim imaginava a histeria que seria atravessar uma gravidez, enquanto a outra só conseguia pensar em Jane e em Owen e dizer a si mesma que não havia por que dar tudo errado. Além do mais, eu já era mais velha do que Naya e Shanon quando ambas engravidaram. Mesmo assim...

À uma da manhã, não consegui aguentar mais, me vesti e fui até a primeira farmácia aberta que encontrei. Meia hora depois, mexi suavemente nos ombros de Jack. Confuso, ele pestanejou e, por fim, acordou.

– O quê...?

– Vem. É urgente.

Ele estava tão sonolento que demorou vários segundos para vir atrás de mim. Eu estava tão nervosa que aqueles segundos me pareceram horas.

– Por que você está vestida? – murmurou.

– Porque fui comprar uma coisa. E fala baixo, ou o Mike vai ouvir tudo.

– O Mike não nos ouviria nem se atirássemos uma bomba nuclear nele.

Assim que entramos no banheiro, fechei a porta e o fiz sentar na tampa do vaso. Jack continuava me olhando com cara de sono.

– Pode me dizer o que está acontecendo?

Como resposta, pus o teste de gravidez em sua mão. Jack deu um pulo e acordou.

– Isto é...?

– Sim. Pelos meus cálculos, falta um minuto.

– Um minuto. – Jack passou a outra mão nos cabelos. – Ok, consigo sobreviver mais um minuto. Tudo bem. Vai dar tudo certo.

Em outra ocasião, talvez eu tivesse sorrido, mas a verdade é que estava tão nervosa quanto ele.

– E se der negativo? – murmurei. – O que acontece?

Eu mesma me surpreendi com meu tom de decepção. Jack me olhou de soslaio.

– Posso te oferecer quantas tentativas você quiser.

– Estou falando sério.

– E o que te faz pensar que eu não estou?

– Ok, e se der positivo?

– Então vamos ter que voltar àquela loja horrível e comprar um berço com roupa de cama do Tarantino.

Sorri e balancei a cabeça.

– Bom, se der positivo, e dentro de alguns meses descobrirmos que é um menino...

– ... o pequeno Jay por fim virá à luz.

– E se for menina?

– Vai se chamar Ellie, não?

– Me deixa um pouco ansiosa já termos isso tão planejado.

– Quer que eu te diga o quanto estou ansioso por este treco ainda não estar pronto?

– Quarenta segundos, Jack.

– E se tivermos três filhos? – Ele me olhou com os olhos entreabertos.

Soltei um risinho nervoso.

– Não tenho certeza nem se quero um filho.

– Vamos lá, um é pouco. Cinco já são um desastre, como pudemos comprovar com você...

– Ei!

– ... e dois também, como pudemos comprovar comigo. As alternativas são: três ou quatro. A menos que você queira seis. Sete não, já que a Sue não é um bom exemplo.

– Ok. Para. Três, no máximo. No máximo mesmo!

– E como vamos chamar o terceiro? – Ele pensou por um momento. – Rufus?

– Rufus? – Fiz uma cara de pavor.

– Qual o problema com Rufus? É original.

– Minha nossa...

– Podíamos chamá-lo de Ruf-Ruf.

– Quantas surras você quer que ele leve no recreio?

– Vou ensinar Rufus a se defender.

– Muito bem, Karatê Kid, e se for menina?

– Meu instinto de pai novato me diz que vai ser um menino.

– Meu instinto de mãe novata me diz que neste exato momento estou tendo um ataque de pânico.

– E Tyler? Você gosta?

Pensei por um momento.

– Não é ruim.

– Então já temos nosso trio de ouro.

– Eu só falei que não era ruim!

– E por isso decidimos, Michelle. Somos um time.

– Jack, se você me chamar de Michelle de novo...

– Quanto falta pra essa porcaria? – Ele logo mudou de assunto.

Olhei a hora no celular e meu coração parou quando me dei conta de que já estava pronto. Jack deve ter visto minha cara de espanto, porque levou uma mão ao peito.

– Nunca rezei na minha vida, mas acho que vou começar hoje.

– Pra que saia positivo ou negativo?

– Pra que saia positivo, obviamente.

– Não tenho tanta certeza.

Nervosa, me afastei dele e abaixei a cabeça para verificar o resultado. Senti seu olhar ansioso se cravar em meu perfil.

– E então? – perguntou, impaciente. – Devemos comprar preservativos ou um berço?

– Não sei... quantas linhas pra que seja positivo?

– Uma linha quer dizer negativo. Duas, positivo.

Limpei a garganta.

– É que estou vendo cinco linhas.

– O quê...?

Ele se deteve um momento, antes de franzir o cenho.

– Você não está com as lentes?!

– Ops. Acho que não.

– Jen, vou ter um ataque, e você sem conseguir ver nada!!! Me dá isso!

Jack tirou o teste de minhas mãos e o olhou; durante alguns segundos, não disse nada. Senti meu nervosismo aumentar.

– E então? – perguntei.

Ele levantou os olhos e os cravou nos meus.

– Parece que teremos que voltar àquela loja de móveis, pequeno gafanhoto.

25

NOVAS ETAPAS

– NEM PENSAR.

– Mas...

– N, A, O, til: não.

– Você é uma chata.

Examinei mais detidamente a roupa de cama que ele me mostrou, com o desenho de não sei que filme de Tarantino, bem sangrento, com certeza, porque era a única coisa que eu conseguia distinguir, além de uma espada meio estranha.

Neguéi com a cabeça mais uma vez e continuei a andar pelo corredor da loja de móveis.

– Não vou dormir com *isso* em cima de mim.

– Você sempre pode dormir com isto em cima de você – ele disse, apontando para si mesmo.

– Como quiser, mas não se esqueça do que combinamos: se um de nós não gostar de alguma coisa, não compramos.

Mesmo sabendo que eu tinha razão, voltou a olhar para aqueles lençóis, decepcionado.

– O que há de errado com eles? – protestou.

– *Tudo?*

– O noivado está mudando você, Mushu. Antes você era mais aventureira.

– Posso dar minha contribuição? – interveio Mike alegremente.

Paramos no meio do corredor e olhamos para ele, que fez questão de nos acompanhar, e aparentemente também queria ser nosso assessor pessoal.

– Já voltou? – Jack não conseguiu esconder seu mau humor.

– É que meu sorvete já acabou. – Mike deu de ombros.

Sim, descobrimos que a melhor maneira de nos livrarmos de Mike era lhe dar dinheiro para que fosse tomar sorvete.

Você se deu conta de que ele é filho de vocês?

– E você tem que vir pra cá? – perguntou Jack.

– Você pensou em algo melhor?

Jack suspirou e tirou outra nota da carteira. Seu irmão sorriu.

– É um prazer fazer negócio com vocês.

– E chega de sorvete – avisei a ele. – Depois você se queixa de dor de barriga.

– E o que faço, então?

– Você vai pensar em alguma coisa. – Jack o afastou para retomar a caminhada.

Quando Mike saiu da loja, me agarrei outra vez ao braço de Jack, que estava estranhamente animado, considerando que sempre detestou ir às compras. Ao ver que alguém tinha virado a cabeça por tê-lo reconhecido, mudou rapidamente de corredor. Também já havia se acostumado a esse tipo de coisa.

– Nunca pensei que acabaria comprando roupa de cama – murmurou.

– Não compramos apenas roupa de cama.

– Ah, sim, e um sofá. Que maravilha.

– Lembro que foi você quem teve a ideia de trocar os móveis.

– Mas eu era jovem e inocente! Não pensava nas consequências.

– Mas só se passaram dois dias!

– O tempo é relativo.

– Como quiser. Temos que ir à seção infantil.

Simplesmente dizer isso me soou estranho. Jack esboçou um sorrisinho complacente, frequente nele desde que o teste deu positivo.

Quem diria que ele é que se entusiasmaria com crianças?

Vejamos, eu também estava feliz, mas, em parte, ainda estava apavorada. Não tinha certeza de ser responsável o suficiente para cuidar de outro ser vivo, nem de querer uma mudança tão drástica em minha vida. Eu estava animada, mas também sentia uma espécie de vertigem ao pensar no assunto.

No entanto, isso não diminuía minha vontade de comprar coisinhas para crianças, e ficamos quase uma hora dando voltas pela seção infantil. Como Naya e Will iam nos emprestar várias coisas de Jane, só precisávamos comprar um punhado de bugigangas sobre as quais eu jamais ouvira falar na vida, mas que, aparentemente, todos os pais do mundo precisavam comprar.

– Estamos precisando de molduras? – ele me perguntou, de repente.

Olhei para Jack, que contemplava com curiosidade as molduras de fotos de família.

– Humm... não sei. Você está pensando em tirar muitas fotos?

– É assim, não é? Quando se tem um bebê, a gente tira fotos até cansar.

Sorri meio de lado, mas em seguida vi que ele olhava para uma foto de dois avós com um bebê nos braços. Depois de olhar para ela por algum tempo, tentou se afastar, para disfarçar, mas aí percebeu que eu o havia pegado em flagrante.

– O que foi? – perguntou.

– Jack... sei que não falamos sobre isso até agora, mas...

– Não vou dizer nada pra ele.

Referia-se ao seu pai, sobre quem não falávamos havia muito tempo, certamente porque não sentíamos necessidade. Porém, as coisas tinham mudado: íamos nos casar e ter um filho. Eu não podia obrigá-lo a dizer nada, mas quis lhe dar a opção de fazer isso.

– Se quiser avisar ele, por mim, tudo bem – falei, num tom conciliador. – Não temos por que convidar seu pai para o casamento, mas talvez você se sinta melhor se ele souber.

Jack refletiu sobre isso, olhando novamente para a moldura com a foto dos avós. Por fim, balançou a cabeça.

– Esse bebê merece crescer numa família unida. Não quero que tenha uma pessoa assim em sua vida.

– Então não se fala mais nisso.

Ergueu uma sobrancelha, intrigado.

– Você não vai insistir?

– Não.

– Nem mesmo com o casamento?

– Ele é seu pai, Jack. Você decide.

Ele tentou disfarçar, mas percebi seu alívio com minha resposta. Sem precisar dizer mais nada, entrelacei nossos braços e continuamos com as compras.

Acabamos com dois carrinhos cheios e bem pouca vontade de montar móveis. Fomos guardar tudo no carro; Mike nos esperava ali com um pacote de doces, e, quando Jack tentou pegar um, ele se esquivou estrategicamente. Em questão de segundos, começaram a brigar para saber quem tinha mais direito de escolher o doce que queria.

Finalmente, entraram no carro. Jack não conseguiu pegar nenhum doce, estava com o cenho franzido, que ficou mais ainda quando Mike me ofereceu um doce, sorrindo.

– Pra você sempre tem, Jenna.

Felizmente, não discutiram mais no caminho para a casa do lago, onde vínhamos guardando nossas coisas havia duas semanas. Só faltava levar nossas roupas para lá, algo que deixamos para o final porque, no fundo, estávamos todos tristes por sair do apartamento.

Digo "todos" porque Mike havia se somado à aventura.

Nós percebemos que ele também estava se mudando no dia em que encontrei uma sacola com suas roupas entre as minhas caixas. Liguei em seguida para Jack, que se irritou muito. No fim, o que Mike queria era se mudar para a casa de hóspedes que havia na propriedade, dizendo que seria apenas por alguns meses, até que encontrasse um novo trabalho e pudesse ir embora. Ambos sabíamos que ele ficaria lá por toda a vida.

Eu não me importava tanto com isso. A casa de hóspedes ficava a uma boa distância da casa principal, e, mesmo que Mike morasse ali, eu não o imaginava visitando-nos diariamente. No entanto, perguntei a Jack, pois, afinal, era ele quem podia se incomodar com isso.

Não sei quem ficou mais surpreso quando ele aceitou, se Mike ou eu.

– Sério? – ele perguntou, abismado.

– Claro.

– M-mas...

– Precisamos de um jardineiro.

Mike fechou a cara, mas Jack não estava brincando.

– Você achou que ia ficar morando ali de graça? Isso acabou, você já é bem grandinho e precisa pagar de algum modo.

– Não posso ser o cozinheiro de vocês?

– Não! – berrei, de imediato.

– Só precisamos de um jardineiro – acrescentou Jack. – É pegar ou largar.

No fim, Mike aceitou, e por isso estava nos ajudando a colocar tudo no lugar.

Eu precisava, mais do que tudo, de uma ajuda com as pinturas. Mary havia aceitado ser minha representante, me dizendo, muito segura de si, que eu logo poderia me dedicar à pintura, mas que, para ser uma artista, precisava praticar até que meus dedos sangrassem. Assim, sistematicamente, me encomendava quadros, pinturas e retratos. Ela estava coberta de razão, embora não pudesse ser mais exigente; e eu, em parte, adorava isso.

A última coisa que deixamos naquela sala foi a caixinha que Jack havia me dado de presente quando fiz vinte anos. Coloquei-a sobre a mesa e pisquei para ele.

– Podemos ir embora.

A última vez que estivemos no apartamento como se ainda morássemos ali foi no jantar de despedida, mas, depois de mexer em tantos móveis, eu estava esgotada, e empolgada. Naya tinha cozinhado para todos, e, embora eu não estivesse com muita vontade de provar sua comida, sabia que algum dia iria sentir falta disso.

Entramos no apartamento animados. Naya, Will, Jane e Sue estavam divididos entre os sofás e as poltronas. Jane deu um grande sorriso e foi abraçar Mike.

– Veja, você atrai as mulheres inclusive quando são pequenas – Naya brincou.

– É que ela ainda não tem discernimento. – Sue sorriu docemente.

Mike gritou quando Jane se enganchou em seu tornozelo, fazendo arte.

– Will, controle sua filha!

– Como andam os preparativos para a casa nova? – Naya perguntou, ignorando-o. – Já podemos ir visitar?

– Podem ir, mas ainda precisam nos entregar alguns móveis – esclareci. – Que estranho ter essa conversa, parece uma conversa de adultos.

– Teoricamente, somos adultos – disse Sue.

Naya fez a mesma cara de desgosto que eu.

– Desculpe, mas somos *jovens* adultos. Não esqueça dessa palavra, que é essencial.

– Você tem uma filha, um apartamento e um namorado oficial. Pra mim, você é uma adulta.

– Não sou adulta! Sou pós-adolescente!

– Chegou cedo a crise dos trinta – brincou Mike.

Sue começou a rir, e Naya se dirigiu ao namorado em busca de ajuda:

– Fala pra eles calarem a boca!

Will suspirou pesadamente e olhou para eles.

– Vocês querem pagar pelo jantar?

– Ok – Sue concordou, sem se preocupar.

Já Mike não estava tão contente, logo parou de rir e fez sua melhor cara de filhote.

– Me desculpem, eu não queria ofender. Naya é jovem, e eu, um estúpido.

Naya esboçou um sorrisinho de orgulho, mas então se lembrou de algo:

– O que vocês vão fazer com ele? – ela perguntou para Jack e para mim.

Mike deu um pulo, ofendido.

– Não fale de mim como se eu fosse o cachorro deles!

– Mike vai morar *provisoriamente* – frisei essa palavra – em nossa casa de hóspedes. Sem nos incomodar.

– E serei o jardineiro. – Mike sorriu, satisfeito. – Pra que depois papai não diga que eu não sei ganhar a vida.

– Sim, porque isso de ganhar seu próprio dinheiro e ter sua própria vida está descartado, né? – disse Sue.

– Quer ir morar comigo, agente Susie? Tenho uma cama de casal grande demais só pra mim.

– Sério, eu preferia dormir no chão de um posto de gasolina.

– Assim você parte meu coração.

– Você nem tem coração.

Mike fechou a cara.

– Além do mais – acrescentou Sue, tranquilamente, olhando seu celular –, vou embora amanhã de manhã. Já falei pra vocês: consegui um emprego.

Sabíamos disso, é claro, mas, toda vez que alguém tocava no assunto, Naya começava a choramingar, e esse dia não foi uma exceção. Quando seu lábio inferior começou a tremer, Jane se arrastou até ela e envolveu seu pescoço com os bracinhos, algo que só fez aumentar sua vontade de chorar.

– Vocês todos vão embora e vão me deixar sozinha!

– Seu namorado e sua filha vão ficar aqui com você. – Will olhou para ela com os olhos semicerrados.

– Mas não é a mesma coisa! Nada será como antes...

Como ninguém sabia o que dizer, resolvi intervir:

– Não vamos pra tão longe, Naya. Sue vai estar aqui do lado, e nós a apenas uma hora de carro. Podemos nos visitar uma vez por semana.

– Ou duas – negociou, rapidamente –, um dia em cada casa.

– Me parece bom.

Dei uma cotovelada em Jack, que estava absorto em frente à TV, e ele assentiu, sem saber do que estávamos falando.

– Sim, com certeza.

Conseguimos animar Naya, que já sorria de novo.

No entanto, assim que levamos o resto de nossas coisas para o carro, sua alegria se desfez, pois estávamos prestes a partir.

– Vocês não podem ficar mais uma noite? – ela perguntou. – Por favor?

Will interveio por nós:

– Amor, eles têm que ir pra casa.

Ela assentiu lentamente e ficou olhando para nós. Partiu meu coração vê-la assim tão desolada, mas também não podíamos fazer mais nada.

Ou... quase nada.

– E se tirarmos uma foto? – sugeri.

Enquanto o olhar de Naya se iluminou, os outros acharam um verdadeiro horror.

– Eu não tiro fotos – protestou Sue.

– Ah, vai, só uma! Pra ficar de lembrança. Naya tem razão, um dia vamos pensar nesses anos todos e vamos ter vontade de reviver isso. Nada melhor do que uma foto para guardar esses momentos pra sempre!

Meu pequeno monólogo os convenceu. Will sorriu e trocou de lugar para se sentar com Jack e comigo; Jane continuava dormindo no outro sofá, então resolvemos não a incomodar; Naya foi ajeitar a câmera, entusiasmada; quanto a Sue, tive que puxá-la pelo braço.

Acabamos bem posicionados: Sue, no meio, com um casalzinho de cada lado; como faltava lugar, eu tinha me sentado no colo de Jack. Todos sorrimos para a câmera, mas aí Jack suspirou e fez um sinal para seu irmão.

– Vem, tira a foto com a gente.

Ele hesitou, como se não quisesse se emocionar antes do tempo.

– Sério?

– Você também morou aqui, não é? Então vem.

Entusiasmado, logo arranjou um lugar, ou melhor, ocupou-o: se jogou e acabou deitado sobre a gente enquanto olhava para a câmera.

– Estão prontos? – perguntou Naya. – SORRIAM!

O clique da câmera capturou nosso sorriso entusiasmado, e depois começamos a nos levantar. Naya correu para ver o resultado e deve ter gostado, pois não fez nenhuma objeção.

– Bom – murmurou Jack. – Está na hora de ir, né?

Naya apontou para ele.

– Nem pense em ser insensível. Esta noite você não tem o direito de ser.

Ele revirou os olhos quando Naya me esmagou num forte abraço; ao se afastar, secou dramaticamente algumas lágrimas, e Will se adiantou para se despedir de nós.

– Sim, tá bom – disse Jack –, vamos embora.

– Nossa, como você é pouco dramático. – Sue negou com a cabeça.

– Vamos nos ver daqui a três dias! Pra que tanto drama?

– É simbólico! – disse Naya. – Ou será que você não vai sentir nossa falta, seu idiota?

Jack pensou nisso por um momento. Olhei para ele com cara de advertência e ele suspirou.

– Eu odeio despedidas – falou, de má vontade.

– Isso é um "sim"? – Naya sorriu, à vontade.

– Acho que dá pra considerar que é um "mais ou menos".

– EU SABIA! Ross, eu sabia que, no fundo, você nos ama!

Jack deu um pulo, mas não se afastou quando ela começou a apertá-lo.

– Já podem ir – ela disse, depois. – Só queria que ele admitisse isso em voz alta. Estão livres, passarinhos.

Mike bocejou ruidosamente, já na porta.

– Vamos embora ou não? Estou com sono.

Os três nos acompanharam até a porta, como se não conhecêssemos o caminho. Assim que chegamos ao corredor, nos viramos para olhar para eles: estava na hora de ir embora, mas ninguém movia um único músculo.

Além disso, comecei a entender Naya: eu também estava com um nó na garganta. Estávamos realmente indo embora, de algum modo era o fim daquilo. Eu estava preparada para partir, mas isso não impedia que quisesse ficar com eles, afinal, eram minha segunda família. Com nossas qualidades e defeitos, havíamos escolhido uns aos outros, e não poderíamos ter escolhido melhor.

Esbocei um sorriso triste.

– Se comportem sem a gente, hein?

Naya já estava choramingando outra vez, Will esboçou um sorriso parecido com o meu, e Sue cruzou os braços, evitando encontrar nossos olhos.

– Digo o mesmo pra vocês – murmurou Will.

Fiquei em silêncio um pouco mais. Então senti que Jack envolvia sua mão na minha e soltei todo o ar dos pulmões.

– Adeus, pessoal.

Para meu espanto, a primeira a responder foi Sue, e não Naya.

– Esse negócio das visitas era verdade, né? Duas por semana, vocês prometeram.

Não consegui me segurar mais e me atirei sobre ela para lhe dar um abraço, e ela começou a reclamar em alto e bom som quando os demais se juntaram ao abraço, divertidos.

– Não, me larguem! Que nojo! ME LARGUEM!

– O azar é seu! – disse Naya, antes de sorrir alegremente. – Abraço grupal!

Sue suspirou e, finalmente, deixou que a abraçássemos.

Alguns minutos depois, eu olhava para a estrada escura à nossa frente. O rádio estava desligado, então o único som a nos fazer companhia eram os roncos de Mike no banco traseiro. Olhei de soslaio para meu noivo, que parecia pensativo. Estiquei a mão e a pus sobre a dele, em cima do câmbio da marcha.

– Você se deu conta de que é isso que chamam de "encerrar uma etapa para começar outra"? – falei. – Minha terapeuta falou nisso mais de uma vez.

Ele sorriu.

– A pergunta é... "vai ser melhor ou pior?"

– O que vivemos até agora foi maravilhoso, mas eu diria que vai ser ainda melhor.

– Sim, eu também.

Ele apoiou nossas mãos em meu colo e senti que mexia lentamente em meu anel com o polegar. Ao chegar à pedra cravejada, me olhou com o canto do olho.

– Pronta pra essa nova etapa, Jen?

Nem precisei pensar para responder. Esbocei um sorriso e assenti com a cabeça.

– Estou pronta.

Epílogo

16 DE ABRIL

RESPIREI FUNDO E ME OLHEI MAIS UMA VEZ NO ESPELHO.

– Ficou bem em você – insistiu Shanon, atrás de mim. – Deixa de ser chata.

– Ela está nervosa, deixa ela – protestou mamãe, antes de secar uma lágrima, dramaticamente. – Ah, meu amor, você não sabe como está maravilhosa. Até que enfim um filho meu está se casando!

– Sim, porque com os outros a coisa está muito difícil.

Mamãe sorriu inocentemente.

– Depositei minhas esperanças em vocês duas, os outros são casos perdidos.

– Falou a melhor mãe da história. – Shanon suspirou. – Enfim, precisamos descer, né?

Por fim, encontrei minhas cordas vocais:

– Tenho que esperar o papai.

– Então vamos te deixar um pouco sozinha. – Shanon me deu um apertão no ombro. – Sorte no campo de batalha, minha irmã.

– É só um casamento – mamãe lembrou a ela, de má vontade.

– Pois foi isso que eu disse.

Desde que me deixaram sozinha, meu sorriso desaparecia conforme transcorriam os segundos. Rapidamente, aproveitei para me olhar no espelho pela enésima vez.

Minha maquiagem era casual demais para um casamento, exatamente como eu pedira. Meu cabelo estava preso em um coque, com várias mechas soltas, cacheadas, fruto de uma improvisação de última hora, pois descobrimos que minha mecha rebelde não pararia quieta. Assim ficava muito melhor. Engoli em seco e passei os dedos pela barra do vestido. Assim que o vira, tinha me parecido perfeito, e agora também, apesar do nervosismo. Era bem simples: ombros descobertos, acinturado, corte reto. Até papai gostou dele, o que foi um alívio, porque ele dificilmente gostava de alguma coisa.

E eu estava descalça, claro. Contive um sorriso ao imaginar a cara de horror de minha mãe quando Shanon lhe disse que tinha de ir descalça ao casamento de sua filha.

Nervosa, alisei um amassado no vestido. Bateram à porta, e Naya enfiou a cabeça lá dentro e olhou para mim.

– Posso entrar? Temos uma pequena emergência.

Eu sabia exatamente qual era aquela pequena emergência.

– O que aconteceu agora? – sorri.

– Acho que ele quer a atenção da mamãe.

Naya abriu completamente a porta e se aproximou com o bebê nos braços. Jay berrava como uma sirene enquanto tentava puxar o cabelo de Naya, e ela não parava de se mexer para se esquivar dele.

– Por que me saio tão mal com as crianças? – protestou, fazendo uma careta.

– Porque eles enxergam algo que nós não conseguimos. – Sue entrou depois dela. – Você pode fazer essa criança se calar agora mesmo? Minha cabeça está a ponto de explodir.

Sorri e peguei meu filho. Assim que me viu, ele se acalmou. Ouvi Naya bufar, mas a ignorei.

– O que foi, Jay? – perguntei, divertida. – Você está deixando a tia Naya irritada?

– E a tia Sue também – observou ela mesma, se atirando na cadeira que eu havia usado até aquele momento. – Aliás, posso perguntar o que foi que eu te fiz pra você me obrigar a usar este estúpido vestido?

Ela, Naya e Shanon eram minhas madrinhas e estavam com vestidos azul-claros, simples e bonitos, e com o cabelo solto, com duas mechas que se juntavam na parte de trás. Naya tinha adorado, é claro; Sue, nem tanto.

– Sue. – Olhei para ela. – Deixa eu te lembrar que é o *meu* casamento.

– E que culpa tenho eu?

– Vamos, não seja rabugenta. Ficou ótimo em você!

Quando Naya riu, achando graça, me virei para ela.

– Sim, o Mike já disse isso pra ela umas cinco vezes.

Ambas olhamos para Sue com um sorriso de orelha a orelha. Ela simplesmente revirou os olhos.

– Preciso de amigos da minha idade.

– Só temos dois anos de diferença – Naya lhe lembrou.

– Mentalmente, não.

Deixei-as com sua discussão para prestar atenção em Jay, não queria que ele começasse a chorar de novo. Ele bocejou e se recostou para dormir um pouco.

– Vocês viram os outros convidados? – perguntei.

– Estão todos na praia. – Naya fez uma careta. – Seu irmão também, estava ensaiando o discurso.

Eu ainda me lembrava do grande sorriso de Spencer ao me contar que tinha tirado um diploma on-line para ser cerimonialista. Depois de discutirmos muito esse assunto – e de me certificar de que ele não estava inventando, mas que isso realmente existia –, Jack acabou me convencendo de que seria divertido.

Então, sim, meu irmão Spencer – o mesmo que jogava comida em meu cabelo quando se irritava – é quem ia celebrar o nosso casamento.

O que podia dar errado?

Tudo.

– Você devia terminar de se arrumar – acrescentou Naya. – Dentro de alguns minutos, o Ross subirá ao altar. Meu Deus, como é estranho falar isso em voz alta. O Ross subindo ao altar! Achei que não viveria pra ver esse dia.

– Vocês falaram com ele?

Sue riu.

– Ele estava atacando a comida do banquete. Quando a mãe dele o lembrou, aos gritos, que podia manchar sua roupa, ele disse que estava nervoso e pediu que ela o deixasse em paz.

Balancei a cabeça e, justo quando Jay adormeceu, Naya se aproximou.

– Deixa comigo. Imagina se ele vomitar em cima de você... que desastre!

– Sim... você pode levar ele até a minha mãe?

– Sem problemas. – Fez um sinal para Sue com a cabeça. – Vamos, titia Sue, está na hora de ir.

– Se você me chamar assim de novo, vou me enterrar no bolo do casamento.

– Ok, ok. – Naya apareceu pela última vez. – Nos vemos no altar, Jenna! Você está maravilhosa!

Como Sue não disse nada, Naya lhe deu uma cotovelada.

– Ei!

– Fala alguma coisa bonita pra ela.

– Oi?

– Fala!

– Ah, hã... humm... O Ross vai ficar de pau duro assim que olhar pra você.

Senti que estava ficando vermelha enquanto Naya a puxava abruptamente.

– Como você é grosseira! – Ouvi-a repreender Sue corredor afora.

– O que tem de errado com isso? Foi um elogio!

Fechei a porta depois que elas saíram e fiquei sozinha durante uma eternidade, ou assim me pareceu. Papai estava me esperando lá embaixo para me acompanhar no momento adequado. O pessoal do hotel tinha sido muito gentil ao nos deixar usar o terraço, seu trecho de praia privada e ao se encarregar do bufê. Bem, não foi uma questão de gentileza, mas de dinheiro, vocês entenderam.

Eu já tinha enroscado no dedo umas dez vezes a mecha de cabelo cacheado quando finalmente ouvi baterem à porta.

– Jenny? – A voz de papai me deixou ainda mais nervosa. – Você está pronta?

Abri a porta e senti minhas mãos tremerem.

– Não, mas também não vou estar dentro de dez minutos.

– Isso é um "vamos"?

– Sim.

Quando ele ajeitou minha mecha rebelde, relaxei um pouco.

– Vamos logo ou seu quase-marido vai ter um ataque do coração – ele recomendou.

Aceitei seu braço e me apoiei nele com uma das mãos.

– Você falou com ele?

– Sim, um pouco antes de subir.

– Ele estava muito nervoso?

– Arrumou a gravata catorze vezes durante uma conversa de dois minutos, o que você acha?

– Mas... ele não sabe arrumar a gravata.

– Sei disso. Eu tive que ajudá-lo. Mais uma vez.

Desci as escadas entre risos. Ao dobrar a esquina do hotel, já começava a areia, onde haviam traçado um caminho de pétalas que conduzia ao altar. Em outra situação, eu teria achado cafona, mas estava tão emocionada e nervosa que mal reparei nelas.

Papai se deteve comigo pouco antes de tomarmos o caminho, para me dar um momento de paz.

– Acho que nunca fiquei tão nervosa em toda a minha vida – eu disse, em voz baixa.

– Ainda podemos pegar um táxi e ir embora daqui.

Achei graça da brincadeira, mas meu sorriso durou pouco. Levei uma mão ao coração, que batia a toda velocidade, e com a outra apertei o pequeno buquê de flores que nem me lembrava de ter pegado. Meu corpo inteiro tremia.

– Como posso estar tão tensa? – resmunguei. – A parte difícil já passou, né? Agora é só dizer "sim, aceito" e seguir adiante com a vida.

Quando papai deu uma palmadinha em meu ombro, me pareceu confuso.

– O que foi? Você ainda tem dúvidas?

Pensei nisso por um momento enquanto tentava me acalmar.

– Dúvidas? Não. Vontade de vomitar? Muita.

– Então faça isso aqui, ou a fotógrafa vai imortalizar o momento.

– Não, já passou. Estou bem.

– Então vamos?

Ele me ofereceu o braço, e hesitei em aceitá-lo e ficar ao seu lado. Respirei fundo e, finalmente, assenti. Papai falou alguma coisa, mas meus ouvidos zumbiam e não consegui entender o que ele disse. Só senti que ele me puxava pelo caminhozinho de pétalas e que automaticamente comecei apertar com força o buquê.

Na praia, a uma distância prudente do mar, vi as fileiras de cadeiras azul-claras, as flores, o arco de madeira enfeitado para a ocasião, a decoração... e os convidados. Tínhamos decidido que a cerimônia de casamento seria a mais íntima possível, então não havia muitas pessoas. Ali estavam mamãe, Shanon, Owen, Sonny e Steve, Mary e Agnes, Sue, Mike, Will, Jane e Naya, Lana com um rapaz – imaginei que fosse seu novo rolo –, Chris, Curtis, Vivian e alguns atores, Joey, Nel... e alguns parentes da parte de ambos. Devido ao nervosismo, não identifiquei ninguém mais.

Spencer estava bem atrás do arco de madeira, com um sorriso de orelha a orelha. E, perto dele, Jack esperava. Quase comecei a rir ao vê-lo tão ou mais nervoso do que eu. De fato, estávamos tão nervosos que nem sequer nos olhamos de cima a baixo – eu achava que isso iria acontecer –, mas entrelaçamos nossos olhares fixamente, de modo que nem percebi que meu pai me deixou junto a ele, deu uma batidinha em seu ombro e foi se sentar com os demais convidados.

Então Spencer começou a falar, e aproveitei para olhar para Jack: estava com um terno preto feito sob medida que ficava tão bem nele que quase esqueci que estávamos em público e que eu não podia me atirar sobre ele para beijá-lo – pelo menos, não ainda. Quando ergui um pouco os olhos, esbocei um pequeno sorriso, pois ele estava fazendo exatamente o mesmo que eu. Um dos lados de sua boca se levantou ao examinar cada centímetro de meu vestido.

– Não é tão transparente quanto eu gostaria, mas não está mal – ele me disse, em voz baixa.

Não respondi. Eu não conseguia nem pensar, só olhar para ele fixamente, pois ele tinha se acalmado, e sua calma era, de algum modo, o que me impedia de desmaiar. Estava tão concentrada nisso que não me dei conta de que agora ele estava segurando minha mão. Recitou algo, mas eu não entendi. Então franziu o cenho, mas não o compreendi.

Ainda bem que meu irmão estava ali para me explicar, aos gritos:

– JENNY!

Dei um pulo e olhei para Spencer.

– O que foi?

– Dá pra você se concentrar no que eu te digo?

Ouvi risadas ao redor e senti meu rosto se tingir de vermelho. Jack tentava não rir de mim, apertou levemente minha mão para me dar força e depois, com a cabeça, apontou para Spencer, para que eu me concentrasse nele.

– O que... o que foi? O que você perguntou?

– Se você aceita ser a esposa dele, Jenny – esclareceu.

– Ah.

Tentei me acalmar quando Jack começou a rir.

– Não me assuste – ele me pediu, em voz baixa.

– Não estou te assustando – garanti. – Sim, aceito.

Quando Jack pôs a aliança dourada em meu dedo, estava com um sorriso entusiasmado nos lábios. Dei graças a Deus por ter conseguido acertar de primeira ao colocar a aliança em seu dedo, pois minhas mãos tremiam tanto que eu não tinha certeza se iria conseguir.

Depois disso, finalmente consegui entender as palavras de Spencer:

– Pelo poder que me foi concedido pela internet há duas semanas, eu os declaro marido e mulher! Já podem se agarrar!

– Spencer! – mamãe gritou, do meio do público.

– Perdão. Jackie, você já pode dar um beijinho na minha irmã.

Fiquei tentada a rir, mas aí Jack envolveu meu rosto com suas mãos. O contraste de sua pele cálida com a aliança fria fez meu coração acelerar. Fechei os olhos. O beijo foi breve, suave e carinhoso. Ele se afastou poucos segundos depois.

Achei que ele ia me dizer alguma coisa, tinha certeza de que tinha essa intenção, mas Spencer se jogou sobre nós e nos envolveu num abraço, ao qual logo se uniram Sonny e Steve. E, de repente, metade dos convidados começou a nos arrastar de um lado para o outro.

O jantar seria servido no terraço do hotel, bem ao lado do espaço onde foi realizada a cerimônia. Eu estava mais calma, embora minhas mãos ainda estivessem tremendo. Além disso, como a festa contava com *open bar*, imaginei que em cinco minutos meus irmãos estariam bêbados, outro motivo para aumentar minha tensão. Eu só esperava não precisar *ver* isso.

Mas, não, o jantar transcorreu calmamente, ou, pelo menos, numa calma relativa. Mike foi o padrinho do casamento e se empenhou em fazer um discurso, que consistiu, acima de tudo, em pegar no nosso pé. Mas o público achou engraçado e ele ficou contente, então Jack e eu também o aplaudimos. Depois foram as madrinhas que quiseram dizer algumas palavras. Naya foi a porta-voz, e basicamente se dedicou a chorar e a dizer que estava tudo muito bonito. De novo, todos aplaudimos.

Passaram-se os minutos, depois as horas, e a comida foi desaparecendo lentamente, ao contrário das bebidas, que eram repostas constantemente. Os convidados andavam de um lado para outro, dançando, cantando, comendo e bebendo. Estavam se divertindo bastante.

Eu estava começando a pensar em beber alguma coisa quando a fotógrafa apareceu. Era uma garota pequena, de cabelo escuro e expressivos olhos azuis, com uma câmera quase maior do que ela.

– Parabéns pelo casamento, está tudo muito bonito – ela disse. – Espero que não seja um momento ruim, mas pensei em tirar algumas fotos antes que o sol se ponha. Acho que podem ficar bem bonitas.

Eu não havia percebido que nós tínhamos pouquíssimas fotos juntos, quase todas eram apenas com os convidados. Me levantei e peguei Jack pelo braço, mas ele não parecia estar muito entusiasmado. No caminho, não sei por quê, me deu vontade de conversar com a fotógrafa:

– Você já fotografou muitos casamentos?

– Na verdade, não, este é o primeiro. Costumo fotografar paisagens.

– Sério? Minha irmã te encontrou porque você tinha trabalhado com uma banda.

– Isso foi algo... diferente. Meu namorado tocava nessa banda, então me ofereceu o trabalho. É uma longa história.

Me detive e olhei para ela, curiosa.

– É o garoto tatuado da foto? O da guitarra?

Ela pareceu ficar sinceramente surpresa. Jack, mais ainda.

– Desde quando você fica procurando fotos de garotos tatuados tocando guitarra? – protestou.

– Eu não procurei! – esclareci. – Foi a Shanon que me mostrou a foto. E me pareceu muito...

Jack pigarreou.

– ... interessante – concluí, vermelha de vergonha.

A garota começou a rir, achando graça. Vai saber o que achou de nós; com certeza, que éramos umas figuras.

– Te garanto que é interessante – ela disse. – Aliás, meu nome é Brooke. É um prazer.

– Jenna –me apresentei, embora provavelmente ela já soubesse meu nome. – Bem, onde você quer que a gente fique?

Brooke nos fotografou em diferentes posições, e, depois de uns vinte minutos, o sol já havia baixado tanto que não conseguimos continuar. Ela nos mostrou várias fotos, certamente maravilhosas. Eu estava prestes a dizer isso quando ouvi alguém gritando e correndo em minha direção.

Antes que eu pudesse reagir, Sonny e Steve me ergueram e soltei um grito de horror, que se multiplicou quando percebi que estavam me levando para a beira do mar. Busquei a ajuda de Jack, mas ele não se achava em melhores condições: Naya, Sue, Mike e Will já se ocupavam dele.

E foi assim que acabei dentro do mar com meu vestido de noiva. Os gêmeos tinham me soltado de tal maneira que acabei mergulhando na água. Coloquei a cabeça para fora, furiosa, e olhei para baixo.

– Meu vestido! – berrei, me virando para aqueles dois demônios, que já corriam pela beira da praia para salvar suas vidas. – Voltem aqui, covardes! Quero afogar vocês dois!

– Como vão voltar se você diz isso pra eles? – Mike me perguntou.

Cruzei os braços, emburrada, ao ver que os outros também tinham se jogado na água. Ver tantos ternos e vestidos arruinados me fez suspirar. Olhei para a areia e me dei conta de que o restante dos parentes nos julgava com o olhar; claramente, preferiam a comida do banquete.

Senti meus ombros relaxarem quando Jack se aproximou de mim, pingando. Tirou o terno e o atirou na beira da praia. A camisa ficou transparente, de tão molhada.

– Minha querida senhora e esposa. – Fez uma reverência exagerada.

Ignorei os demais – que, um pouco distantes de nós, riam e jogavam água uns nos outros – e me concentrei em Jack. Ele se inclinou para a frente e me segurou pela cintura, me puxando para junto de seu corpo. Me deu um beijo bem mais profundo do que o anterior, e, ao nos afastarmos, vi que sorria.

– O que acontece com nossos encontros que sempre terminam na água, Michelle?

– Pra começar, isso não é um encontro, é o nosso casamento.

– Tecnicamente, pode ser considerado um encontro.

– E, pra terminar, não me chame de Michelle, ou vou pedir o divórcio.

Para minha surpresa, seu sorriso se acentuou.

– Agora você já pode me ameaçar com isso, né?

– E você gosta?

– Isso quer dizer que estamos casados. Como não vou gostar, Michelle?

– Para de me chamar de...!

– Aliás, acho que foi uma grande ideia essa de nos jogar no mar.

Ele me agarrou de novo, dessa vez com as duas mãos – e pelos quadris –, e envolvi seu pescoço com os braços, com um sorriso divertido.

– Por quê?

– Porque seu vestido fica transparente.

Tentei me afastar para me cobrir de algum modo, mas ele riu e não deixou que eu me mexesse.

– Fique tranquila, eu te cubro – me garantiu. – Só eu vou ficar sabendo que você está com uma calcinha cor-de-rosa.

– Você ia ficar sabendo de qualquer jeito, né? Ou já se esqueceu da noite de núpcias?

– Se esqueci? Não paro de pensar nisso desde que coloquei essa maldita aliança no seu dedo.

Comecei a rir, mas parei quando ele se inclinou para me beijar. Me joguei para trás, para impedir que ele fizesse isso. Jack arqueou uma sobrancelha, curioso.

– Ok, primeira regra do nosso casamento... – comecei.

– Desde quando podemos estabelecer regras?

– Desde agora. A primeira é...

– Eu só quero impor uma regra – esclareceu.

Olhei para ele, intrigada.

– Qual?

– Quero que você admita que nossas transas são nota dez.

– Jack!

– Admita! Da primeira vez você me aprovou! Temos que começar nosso casamento sem mentiras, Michelle!

– Isso não é mentira. É... ocultar a verdade.

– Então são nota dez mesmo! – ele abriu um grande sorriso. – Eu sabia.

– São nota nove e meio.

– Sim, claro.

– Nove e noventa e nove.

– São nota quinze, mas me conformo com um dez.

– Muito bem – admiti. – São nota dez.

Seu sorriso triunfal foi quase maior do que quando aceitei me casar com ele. Balancei a cabeça.

– Obrigado pela sua sinceridade, querida esposa – disse, solenemente. – Já era hora.

– Não tão rápido. – Pus um dedo em seus lábios assim que ele tentou me beijar pela segunda vez. – Eu também tenho uma regra, uma só. E você está moralmente obrigado a cumprir com ela, hein?

Seus olhos brilharam de curiosidade.

– Muito bem, e qual é?

– Você está absoluta e totalmente proibido de me chamar de Michelle.

Houve um momento de silêncio. Jack fez uma careta.

– Mas eu adoro te chamar assim!

– E eu tenho vontade de me afogar no mar toda vez que você faz isso. Você não tem outra opção a não ser cumprir essa regra – concluí. – Nada de Michelle.

– Mas...

– Nada de Michelle. E também não pode me chamar de Mushu!

– Não foi isso que combinamos!

– Mas é a minha regra. Você a aceita ou não?

Enquanto ele pensava, me pareceu transcorrer uma eternidade. E então seus olhos brilharam, brincalhões.

– Muito bem – ele sorriu, por fim. – A partir de agora, só vou te chamar de sra. Ross.

SUA OPINIÃO É MUITO IMPORTANTE

Mande um e-mail para **opiniao@vreditoras.com.br**
com o título deste livro no campo "Assunto".

1ª edição, fev. 2025

FONTES Relation Two 45pt;
         Freight Sans Pro Bold 14/17pt;
         Freight Sans Cmp Pro Bold 10/12pt;
         Freight Text Pro Book 10/12pt
PAPEL Lux cream 60g/m²
IMPRESSÃO Bartira Gráfica
LOTE BAR031224